LE COMPAGNON DU TOUR DE FRANCE

Collection dirigée par Michel Zink et Michel Jarrety

GEORGE SAND

Le Compagnon
du Tour de France

ÉDITION ÉTABLIE, PRÉSENTÉE ET ANNOTÉE
PAR JEAN-LOUIS CABANÈS

LE LIVRE DE POCHE
Classiques

Professeur à l'Université Paris-X Nanterre, Jean-Louis Cabanès, parmi d'autres travaux consacrés au roman du XIXᵉ siècle, a fait paraître *Le Corps et la maladie dans les récits réalistes : 1856-1893* (Klincksieck, 1991). Il a également procuré, au Livre de Poche, l'édition du *Docteur Pascal* de Zola.

Préface

Quand s'étaient-ils rencontrés ? Le 17 juin 1835, si l'on en croit Jean-Pierre Lacassagne. Quand correspondirent-ils pour la première fois ? Fin décembre 1836. Depuis quand le lisait-elle ? On ne le sait pas avec précision, mais cette lecture fut déterminante dès 1837 (peut-être même dès 1836) dans la conversion de George Sand au socialisme humanitaire. Qu'on en juge d'après cette lettre qu'elle fit parvenir à Charles Duvernet, le 27 décembre 1841 : « Au temps de mon scepticisme, quand j'écrivais *Lélia*, la tête perdue de douleurs et de doutes sur toute chose, j'adorais la bonté, la science, la profondeur de Leroux mais je n'étais pas convaincue. Je le regardais comme un homme dupe de sa vertu. J'en ai bien rappelé, car si j'ai une goutte de vertu dans les veines, c'est à lui que je la dois. » Cette vertu trouvait à se concrétiser dans l'amour du peuple, dans l'appel à la fraternité, tels qu'ils se formulaient dans *Le Compagnon du Tour de France* dont la *Bibliographie de la France*, le 12 décembre 1840, annonçait la publication chez Perrotin. Ce roman est, en effet, tout imprégné des thèses défendues par Leroux à qui il doit encore sur un autre plan. C'est ce philosophe — l'ampleur, la profondeur de ses réflexions mérite qu'on l'appelle ainsi — qui fit connaître à George Sand, en mai 1840, *Le Livre du compagnonnage* d'Agricol Perdiguier, ouvrage qui donnera à la romancière l'occasion de créer, à travers le personnage de Pierre Huguenin, un menuisier véritablement apostolique, un prolétaire idéal annonçant à tous la bonne nouvelle de la transformation de la société par l'épanouissement du peuple, ferment d'une régénérescence.

On le constate à ces quelques dates, la rédaction du roman fut rapide. George Sand ne se contenta pas de lire Agricol Perdiguier, elle le reçut, l'interrogea[1], correspondit avec lui, l'encouragea à entreprendre un nouveau Tour de France, afin que l'appel à l'union de tous les Compagnons, quels que fussent les différents Devoirs auxquels ils pouvaient être affiliés, trouve à s'affirmer au plus vite. Elle écrivit aussi au docteur Ange Guépin le 20 septembre 1840, pour qu'il lui donne des précisions sur les conflits compagnonniques à Nantes, en 1820, et sur les tentatives de conciliation qui s'étaient amorcées dès cette époque. Lire *Le Compagnon du Tour de France* implique donc que l'on se souvienne constamment de Leroux et de Perdiguier, sans perdre de vue pour autant que George Sand a son imaginaire propre, que les romans qu'elle a déjà écrits ont fixé une poétique avec laquelle cet ouvrage ne rompt pas. Précisons encore que cet écrivain ne prétend pas rédiger des traités politiques, des ouvrages de philosophie. George Sand est certes éloquente, mais elle pense à partir de la fiction qu'elle développe et le roman est une œuvre de fantaisie. Elle n'a cessé de le dire :

> J'ai essayé de soulever des problèmes sérieux dans des écrits dont la forme frivole et toute de fantaisie per-

---

1. Un carnet de 70 folios (BNF, NAF 13646) évoque les questions à poser à Agricol Perdiguier — il sert en cela d'aide-mémoire ; il met également en réserve des corrections à apporter sur épreuves, probablement à la suite d'une conversation qu'elle a eue avec ce Compagnon menuisier.

met à l'imagination de se lancer dans une recherche de l'idéal absolu qui n'a pas d'inconvénients en politique. Un roman n'est pas un traité. Les personnages dissertent sans conséquence et cherchent, comme des individus qui causent au coin de leur feu, à se rendre raison du présent et de l'avenir. Les romans parlent au cœur et à l'imagination, et quand on vit dans une époque d'égoïsme et d'endurcissement on peut, sous cette forme, frapper fort pour réveiller les consciences et les cœurs, s'il s'agissait d'écrire une doctrine pour être mise en pratique immédiatement, ou de donner le dernier mot de ses croyances relativement à l'humanité, telle qu'elle est aujourd'hui, j'aurais été plus prudente et moins vague dans mes appréciations.

(Lettre à Jean Dessoliaire, 2 novembre 1848).

Pour analyser comment la fiction imagine et pense, « en soulevant des problèmes sérieux », il importe tout d'abord de comprendre comment George Sand a pu se penser elle-même, et penser l'Histoire à partir de Pierre Leroux, avant même que la lecture du *Livre du compagnonnage* enclenche le processus créateur. On ne saurait, en effet, analyser le travail romanesque sans rappeler qu'il trouve sens « dans l'effervescence utopique d'avant 1848 [1] ».

Fondateur du *Globe* qu'il orienta vers le saint-simonisme après 1830, Leroux entra en dissidence dès 1831. Il prit ses distances avec le libéralisme érotique d'Enfantin qui voulait s'ériger en Père unique et suprême des disciples du comte de Saint-Simon. Pierre Leroux récusera également l'opposition entre époques critiques et époques organiques qui, loin de faire apparaître la continuité de

---

1. J'emprunte cette expression à l'ouvrage fondateur de Michèle Hecquet, *Poétique de la parabole : les romans socialistes de George Sand (1800-1845)*, Klincksieck, 1992, p. 10.

l'Histoire, la voyait se développer en périodes antithétiques. En revanche, dans son essai *De l'humanité*, il citera comme parole d'Évangile ce mot de Saint-Simon : « L'âge d'or, qu'une aveugle tradition a placé jusqu'ici dans le passé, est devant nous[1]. » L'Histoire est donc tout entière aimantée par l'idée de perfectibilité vers une fin radieuse. Cette idée n'était pas neuve. Condorcet, puis Mme de Staël postulèrent que l'Histoire se définissait comme une suite de progrès cumulatifs. Mais il s'agissait pour eux, avant tout, de mettre en évidence les progrès de l'esprit humain : ils pensaient la perfectibilité en termes de civilisation, de philosophie, de culture. Le providentialisme historique de Leroux le conduisit à réfléchir en termes de corps social, d'humanité. Car, s'il est pour ce penseur une évidence, c'est qu'on ne peut définir l'essence de l'homme en l'isolant de ses semblables. Toute philosophie se condamnerait d'elle-même, comme celle de Victor Cousin ou de Jouffroy, qui analyserait la psychologie humaine en invoquant des individus abstraits[2]. « Je » s'énonce toujours comme un « nous » implicite. « Je » seul n'existe pas. L'homme est donc par essence un animal sociable et perfectible. Les deux qualifiants ne se dissocient pas, car le perfectionnement de l'homme tient à son effort pour perfectionner une société qui le perfectionne à son tour, et cela dans une dialectique dont le terme est de faire advenir le ciel sur la terre[3]. Il s'agissait d'en finir avec le solitaire romantique, de surmonter le spleen, ce mal de toute une génération, dont Leroux a proposé d'intéressantes analyses. La mélancolie émanerait, chez les poètes romantiques, d'un désir de régénération sociale qui ne se saisit pas toujours comme tel :

---

1. Pierre Leroux, *De l'humanité* (1840), Fayard, 1985, p. 119.
2. Voir *Réfutation de l'éclectisme*, Gosselin, 1839, Slatkine, 1978.
3. Voir *De l'humanité, op. cit.*, p. 116-118.

« Cependant vous êtes vous-mêmes les annonciateurs de
la religion nouvelle [...]. Tout en vous enchaînant au
deuil du passé, vous semez abondamment des germes de
renaissance, chantres de mort de l'ancien ordre social et
en même temps fanfares éclatantes, qui appelez la vie
nouvelle, et préludez, sans en voir vous-mêmes l'aurore,
aux destinées promises à l'humanité[1]. »

Ce spleen, ce désenchantement, décrits magnifique-
ment par Leroux, George Sand les a profondément éprouvés — *Lélia* en témoigne. Mais la liaison passionnée avec
le républicain Michel de Bourges en 1835, la lecture de
Lamennais, la découverte des œuvres de Leroux — il est
significatif que la lettre de décembre 1836 que celui-ci
envoie à la romancière s'achève sur un post-scriptum où
le mot « espérance » vient faire le contrepoint du mot
« spleen »[2] — convertissent la mélancolie en des credo
nouveaux, qui s'exposent, s'énoncent, s'approfondissent
dans la trajectoire qui va de *Mauprat* à *Consuelo*. Ils
prennent la forme, dans *Le Compagnon*, d'un messianisme social : le peuple est appelé à régénérer la société,
il est dans sa destinée de favoriser un renouveau des arts.
Le parcours psychologique du personnage principal, dans
un raccourci fictionnel, figure, au sein même du roman,
le parcours de l'écrivain qui lui a donné vie. Pierre
Huguenin connaît, en effet, la mélancolie et parvient à la
dépasser dans un rêve prophétique où il se représente la
perfectibilité sans fin de l'humanité. Rien ne saurait
mieux figurer la dignité nouvelle que George Sand entend
donner au peuple que l'intériorité dont le Compagnon
menuisier se voit doté par la romancière : il éprouve les
sentiments qui affectent plus particulièrement les âmes

1. « Aux philosophes », *Revue encyclopédique*, septembre 1831.
2. Lettre citée par Georges Lubin, *Correspondance* de George
Sand, Classiques Garnier, 1976, t. III, p. 624.

sensibles, les poètes désenchantés. De quoi souffre-t-il
exactement ? Il s'élance vers l'avenir sans voir comment
le monde nouveau dont il rêve pourrait se concrétiser.
Comme l'eût dit Pierre Leroux, « cet élan du sentiment a
devancé [...] les possibilités du monde[1] ». Il ne faut donc
rien moins qu'une expérience onirique pour que Pierre
Huguenin trouve la voie de l'espérance : le rêve pour
Sand est souvent savoir, il s'impose comme un substitut
de la connaissance extatique des mystiques.

Voilà une entrée nouvelle pour lire *Le Compagnon du
Tour de France*. Ce roman social est marqué par la sur-
abondance du vocabulaire religieux. Ne prend-il pas le
relais de *Spiridion* (1839), œuvre étonnante qui voit surgir, dans les pages conclusives, des révolutionnaires ren-
versant la statue du Christ et qui figurent, cependant, les
annonciateurs du règne de l'évangile éternel ? Tout se
passe, en effet, comme si le socialisme utopique ne pouvait se dispenser de référence religieuse. Lorsqu'il
s'énonce dans toute son hétérodoxie, il ne prétend pourtant à rien d'autre qu'à revivifier une orthodoxie. Il nie un
corps de doctrines tout en ressuscitant ce qu'il nie sous la
forme d'une figure (celle du Christ) qui lui est indispen-
sable, car elle sert de matrice à sa symbolique. Il faut
aller plus loin. Les philosophes, selon Pierre Leroux, ne
sauraient être dissociés des fondateurs des grands mythes
religieux : « Il est souverainement absurde d'exclure de la
philosophie les fondateurs des religions [...], ils se sont
montrés sous des apparences différentes ; mais ils pour-
suivaient le même but, et il est impossible de distinguer
en eux des caractères essentiellement distincts, et de dire

---

1. Pierre Leroux, *Considérations sur « Werther » et en général
sur la poésie de notre époque* (1839), préface à la traduction de
Werther, texte cité par Paul Bénichou, *Le Temps des prophètes*,
Gallimard, « Bibliothèque des idées », 1977, p. 343.

d'une manière absolue : il y a deux espèces ; voici les saints, voici les philosophes[1].» Ce qui est de l'ordre du spéculatif rejoint ainsi des énoncés mythiques. La raison en est simple. Le socialisme utopique ne peut s'affirmer qu'en s'opposant au rationalisme libéral. Il lui faut contourner, par des références religieuses, ceux qui ont confisqué la raison au profit du laisser-faire économique, et affirmer la nécessaire solidarité sociale à partir du modèle évangélique, christique. Pierre Leroux, toutefois, met en cause les formes anciennes de l'*agapè*. La charité chrétienne serait au mieux compassion, pitié. Selon ce penseur, l'égalité n'y jouerait aucun rôle[2]. À la société d'Ancien Régime, société du don, succéderait une société révolutionnée caractérisée par l'intérêt et marquée par la concurrence des individus. Il resterait donc à fonder une société égalitaire. Si la fraternité, la solidarité, telles que Pierre Leroux et George Sand la conçoivent, restent cependant proches de l'*agapè* chrétienne, ces valeurs ne peuvent s'affirmer que dans une société d'où serait bannie l'opposition du riche et du pauvre. On pense en termes de morale évangélique, mais on veut aussi abolir les classes sociales ou, tout au moins, sur un terme plus court, créer des microsociétés où elles ne pèseraient plus de tout leur poids sur les relations intersubjectives.

On ne comprendrait rien à la scène admirable qui clôt le chapitre XVIII du *Compagnon du Tour de France*, si l'on ne prenait en compte ces données. Dans une sorte d'élan apparemment généreux, Yseult offre une gravure à Pierre Huguenin, mais elle néantise cette offrande l'instant d'après, lorsque, s'adressant à « la petite marquise des Frenays», et cela en présence du jeune menuisier,

1. Pierre Leroux, *Réfutation de l'éclectisme, op. cit.*, p. 55.
2. Voir Pierre Leroux, *De l'humanité, op. cit.*, p. 164.

elle déclare à cette dernière : « Eh bien ! ne suis-je pas seule ? » Le don et la parole destructrice forment couple, ils illustrent un *habitus* aristocratique dont Yseult reste encore prisonnière. Les paroles qu'elle prononce font apparaître les impasses de la charité telle qu'elle se concrétisait dans l'Ancien Régime ou bien encore, sous la Restauration, dans la classe qui perpétue les modes de vie aristocratiques. Créditons la romancière d'aller plus loin encore que les analyses de Leroux lorsqu'elle fait dire à son personnage, qui recouvre ainsi sa liberté : « Je ne suis pas forcé d'accepter un cadeau. » S'engage, en effet, dans le roman une dialectique de la reconnaissance qui hisse les personnages au plus haut de ce qu'ils peuvent être, et qui constitue comme une sorte de mise à l'épreuve, par la fiction, d'une spéculation théorique. Celle-ci s'approfondit dans la durée que lui offre le roman.

Pour comprendre ce qui est en jeu dans *Le Compagnon du Tour de France*, il convient aussi de s'interroger sur la manière dont le socialisme utopique pense la relation du ciel et de la terre, de l'homme à une transcendance, en se réappropriant la figure du Christ. Pierre Huguenin, ne l'oublions pas, est un « apôtre prolétaire » (chapitre XXIII), dont l'éloquence tient d'un « enthousiasme évangélique ». « Parl[ant] comme un apôtre et raisonn[ant] comme un philosophe » (chapitre XXIV), il réunit en lui les deux voies de la connaissance dont Pierre Leroux estimait, comme on l'a vu, qu'il fallait croiser les apports. Il y a plus ! Dans une sorte de vision, son ami le Corinthien se représente un Christ nimbé de lumière qui reste cependant parfaitement humain. Ce Christ sauveur, qui impose les mains, est un Christ fraternel qui se met à l'écoute des « prolétaires ». Pierre, vers qui il se tourne, est en quelque

sorte son double ou, tout au moins, son apôtre. Le surgis-
sement de ce Christ humanitaire n'a pas pour seul effet de
donner une dimension sotériologique au peuple qui doit
prêcher le nouvel évangile social dont Pierre est le mis-
sionnaire. Comme l'a constaté Michèle Hecquet, Jésus
est invoqué comme une figure («je me suis figuré le
Christ», déclare le Corinthien). Rien ne montre mieux la
distance qui est prise avec la religion officielle, mais aussi
la volonté de fonder l'espérance nouvelle en l'ancrant
dans le message évangélique. Par une sorte de paradoxe,
la pensée de l'avenir passe par des paraboles anciennes,
la projection vers le futur messianique ne fait pas table
rase de la tradition. Susciter la figure du Christ, dont
Amaury le Corinthien rappelle qu'il est le fils d'un charpentier, c'est en appeler au passé, pour le projeter, par-
delà le présent, vers le futur. Le providentialisme religieux
rabattu sur l'Histoire trouve sa garantie dans ce basculle-
ment temporel. L'Évangile lui est une promesse. La
réduction de la personne du Christ à un symbole («Qu'il
soit Dieu ou non, qu'il soit tout à fait mort ou qu'il soit
ressuscité, je ne veux pas examiner cela, je ne m'en
inquiète pas») a pour contre-effet une sorte de palingéné-
sie : Jésus n'est plus un Dieu, mais il peut se réincarner
en des personnes successives qui sont toutes des allégo-
ries de l'Espérance. L'Évangile, porteur de valeurs trans-
historiques en raison même de l'image, de la « figure »,
qui est donnée du Christ, est ainsi appelé à s'actualiser
dans l'histoire des sociétés.

Quelle serait alors la transposition de l'eschatologie
chrétienne dans le socialisme utopique? Le rêve de Pierre
Huguenin, dans le chapitre XXIII du *Compagnon du Tour
de France*, nous en instruit, tout comme les considérations de Leroux dans son essai *De l'humanité*. « Dieu
n'est pas hors du monde, car le monde n'est pas hors de

Dieu : *in deo vivimus et movemur, et sumus*[1], dit admirablement saint Paul. Et la terre n'est pas hors du ciel : car
le ciel, c'est-à-dire l'infini créé, espace ou temps, comprend la terre : *Haec est in quo vivemus, et movemur, et
sumus, nos et omnia mundana corpora*[2], dit admirablement Kepler. » Comprenons qu'il y a deux ciels : « Un
ciel absolu, permanent, embrassant le monde entier, et
chaque créature en particulier, et dans le sein duquel vit
le monde et chaque créature, et un ciel relatif, non permanent, mais progressif qui est la manifestation du premier dans le temps et dans l'espace. » Chaque individu,
parce qu'il est vivant, communique avec l'infini (« le ciel,
le véritable ciel, c'est la vie, c'est la projection infinie de
la vie »), tout comme il peut accéder à des valeurs divines
pour peu qu'il écoute ce que sa conscience lui dicte. Dans
sa dimension horizontale, le ciel, c'est donc la réalisation
de l'histoire, sa projection paradisiaque, c'est encore, dans
sa dimension verticale, un Dieu qui est souverain Bien et
dont les religions et la philosophie nous offrent l'image
imparfaite. Au terme de l'histoire de l'humanité les deux
ciels coïncideront. C'est ce qui se produit dans le rêve de
Pierre Huguenin. « Son âme pren[d] son vol à travers les
régions du monde idéal. » Mais il n'est pas seul à être
emporté dans ce schéma ascensionnel. La terre elle-même
s'exhausse dans un « abîme de verdure ». Elle rejoint
l'empyrée. Le terme coïncide avec l'origine, la projection
sociale utopique retrouve l'Éden premier : « La terre est
redevenue ciel, parce que nous avons arraché toutes les
épines des fossés et toutes les bornes des enclos : nous
sommes redevenus anges, parce que nous avons effacé

---

1. C'est en Dieu que nous vivons, que nous nous mouvons et
que nous sommes.   2. C'est en elle que nous vivons, que nous
nous mouvons et que nous sommes, nous-mêmes et tous les corps
du monde.

toutes les distinctions et abjuré tous les ressentiments. Aime, crois, travaille, et tu seras donc ange dans ce monde des anges. » Voilà l'aboutissement de cet évangile social que George Sand a créé, en étant grandement inspirée par le socialisme utopique de Pierre Leroux. Comme le constate René Bourgeois, on pouvait déjà écouter le chant de cet évangile dans *Les Sept Cordes de la lyre*[1], en 1839.

Nous accréditerons donc la profession de foi enthousiaste énoncée par la romancière dans une lettre à Mlle Leroyer de Chantepie du 28 août 1842 : « Je crois à la vie éternelle, à l'humanité éternelle, au progrès éternel. » La romancière ajoutait : « Comme j'ai embrassé à cet égard les croyances de M. Pierre Leroux, je vous renvoie à ses démonstrations philosophiques. J'ignore si elles vous satisferont, mais je ne puis vous en donner de meilleures : quant à moi, elles ont entièrement résolu mes doutes et fondé ma foi religieuse. »

Mais le rêve utopique ne nous détache pas pour autant du réel. Si George Sand se projette lyriquement avec ses personnages vers un monde futur, le roman trouve son point d'ancrage dans le présent ou dans un passé récent. L'idéalisme est au service d'une pensée critique, d'une vision lucide de l'Histoire, particulièrement informée et intelligente. L'intrigue narrée dans *Le Compagnon du Tour de France* se déroule en 1823. Elle a pour arrière-plan l'échec des complots fomentés l'année précédente par la Charbonnerie. Elle est concomitante de l'entrée de l'armée française en Espagne, venue, sous mandat de la Sainte-Alliance, restaurer l'absolutisme de Ferdinand VII qu'une révolte avait contraint, en 1820, à rétablir la Constitution libérale de 1812. La prise du fort Trocadéro,

---

1. Voir *Le Compagnon du Tour de France*, préface et notes de René Bourgeois, Presses Universitaires de Grenoble, 1988, p. 256, note 6.

la chute de Cadix, le 31 août 1823 — elle est mentionnée dans le roman —, consacrent la victoire des troupes françaises commandées par le duc d'Angoulême, le neveu de Louis XVIII. Le texte romanesque est donc tout bruissant d'allusions, qu'il s'agisse d'évoquer les exécutions du général Berton, du colonel Caron, des quatre sergents de La Rochelle, ou bien encore les réquisitoires impitoyables de MM. de Bellart et de Marchangy qui réclamèrent la mort pour ces figures héroïques de la Charbonnerie. Échec des libéraux en France, échec des libéraux en Espagne : l'onirisme utopique, car d'utopie il n'y a guère dans *Le Compagnon*, sinon précisément sous la forme d'un rêve, prend tout son sens, toute sa valeur dynamique, si l'on mesure que le roman s'inscrit dans une phase apparemment descendante de l'Histoire, au bas de l'une de ces courbes qui voient triompher toutes les réactions et qui conduiraient à douter que l'Histoire est gouvernée par la perfectibilité.

Ce n'est pas tout. Le narrateur à la première personne qui énonce l'intrigue romanesque la raconte avec un décalage de dix-sept ans. Contemporain de l'auteur, il a sur la Restauration le point de vue de tous ceux qui ont connu la révolution de juillet 1830, et qui en ont été « désenchantés ». Cette avance de la narration a des conséquences multiples. Elle autorise des anticipations qui nous laissent comprendre que le régime de Louis-Philippe n'hésitera pas, en 1834, à interdire « les associations partagées en sections de moins de vingt personnes ». Elle fixe comme horizon des mouvements carbonaristes la trahison des Trois Glorieuses, la confiscation par les orléanistes des soulèvements populaires. D'un côté, il y a donc Achille Lefort, cet inlassable propagandiste de la cause, ce conspirateur qui aime trop les déguisements pour être parfaitement sérieux, mais qui est suffisamment courageux pour risquer sa vie. De l'autre, il y a le comte de Villepreux que la fiction démasque progressivement. Ce grand seigneur libéral, en principe babouviste comme le fut à la même époque Voyer d'Argenson, qui est-il exactement, que pense-t-il réellement ? La fiction est une mise à l'épreuve du libéralisme de la Restauration par ce qu'il deviendra en 1830. Le comte de Villepreux a voté, le 4 mars 1823, avec les députés libéraux qui refusèrent de siéger à la Chambre, après que le député libéral Manuel eut été expulsé pour avoir critiqué l'expédition d'Espagne. Mais à la chute du Trocadéro, voilà que le comte rejoint sa vraie nature, qu'il a peur de se compromettre, qu'il dévoile le véritable courant auquel il appartient : il est juste-milieu, il est orléaniste. Rien d'étonnant à ce qu'il constitue, sur le plan de l'intrigue sentimentale, l'obstacle à l'amour d'Yseult et de Pierre Huguenin. Politiquement, pour George Sand, le libéralisme est une entrave à l'assomption du peuple. Sur le plan des affects, il n'abolit pas les préjugés de classe. Qu'on scrute par ailleurs la composition des Ventes carbonaristes, qu'y trouve-t-on — et la fiction dit vrai — à l'exception de quelques grands seigneurs libéraux, sinon des bourgeois pour qui le peuple est populace ? Divisés en républicains, bonapartistes, orléanistes ou orangistes, unis par le refus des Bourbons, les carbonaristes le sont encore par le fait qu'ils se méfient des « ouvriers », ou qu'ils les considèrent seulement comme une force qu'ils pourraient manipuler. Sincère mais inconséquent, Achille Lefort ne voit pas plus loin que l'action immédiate. Ce « brave enfant », « bonne et généreuse nature », figure « la révolution du libéralisme adolescent » — c'est ainsi que Pierre Leroux caractérisait la Charbonnerie —, toute grisée de ses conspirations, sans programme constitutionnel, sans programme social. Pierre Huguenin a beau jeu de répliquer à un médecin carbonariste : « Je ne demande pas qui on mettrait à la place du roi ; je demande ce qu'on mettrait à la place de la Charte. »

Le rêve utopique, dans *Le Compagnon du Tour de France*, est une manière de conjurer l'impatience du changement immédiat dont un Blanqui, carbonariste en ses débuts, restera toujours la dupe. Pierre Huguenin n'entrera pas, lui, dans une Vente. Le peuple a peu à gagner à une révolution que la bourgeoisie pourrait confisquer. L'Histoire a besoin du temps pour qu'en elle l'Esprit du monde ou bien encore la société égalitaire s'actualisent. Le roman ne s'achève ni sur l'union des amants ni sur l'émergence d'une société nouvelle. En réalité, il ne s'achève pas, on reste dans l'attente d'un monde fraternel que le mariage de Pierre et d'Yseult pourrait consacrer, mais il faudrait, pour cela, la défaite de la pensée libérale, la mort du comte qui s'en réclame, et, d'une certaine manière, comme un au-delà de la monarchie de Juillet. Ce roman écrit en 1840, bien que tourné vers un passé proche, est déjà un roman de 1848.

George Sand écrivit cet ouvrage au cours du deuxième semestre de l'année 1840. En septembre, il y eut des rassemblements d'ouvriers grévistes à Paris. L'atmosphère politique de l'époque ne favorisait donc pas plus l'optimisme humanitaire que l'année 1823. Comment comprendre que *Le Compagnon du Tour de France* soit cependant emporté par l'espérance ? La lecture du *Livre du compagnonnage* conforte les credo de la romancière. Mme de Staël, dans *De la littérature*, estimait que l'Histoire ne rétrograde jamais. Lorsque les forces régressives l'emportent dans un pays, une autre nation prend le relais : la loi du progrès continu implique une sorte de géographie évolutive des champs culturels. George Sand voit autrement la germination du futur. Ce sont les sociétés secrètes qui œuvrent pour l'avenir lorsque le présent semble tirer de toutes ses forces vers le passé. Le compagnonnage, avec ses rites, paraît tourné vers des traditions figées, mais Agricol Perdiguier, ce menuisier autodidacte, se soucie d'en renouveler l'esprit. La lecture du *Livre du compagnonnage* assume ainsi plusieurs fonctions. D'une part, elle fournit à la romancière des réserves mimétiques, des schémas narratifs, d'autre part, elle autorise la croyance en une société meilleure. Dans l'ouvrage du Compagnon menuisier, une éthique est mise en acte et ce livre, qui cherche à favoriser l'union des prolétaires, prouve dans son existence même que le peuple peut s'instruire, qu'il est déjà éclairé, qu'il est déjà artiste. C'est dans cet ouvrage que Sand s'informe sur les divers Devoirs, sur leurs organisations, sur les mythes qui les fondent. C'est aussi dans *Le Livre du compagnonnage* qu'elle trouve la description d'un certain nombre de rituels que le roman va mettre en scène : départ d'un Compagnon aimé, rite funéraire, rencontre de deux Compagnons appartenant à des Sociétés rivales. L'attention de l'écrivain se centre sur les violences compagnonniques décrites par Agricol Perdiguier, parce qu'elles sont porteuses de pathétique, parce qu'elles opposent les Gavots, tolérants, aux autres Devoirs qui ne le sont pas. Nous n'insisterons pas ici sur les nombreux emprunts du roman au *Livre du compagnonnage*, les notes en préciseront l'étendue et les points d'ancrage. Disons, pour faire bref, qu'ils sont si nombreux que, dans la première partie du roman, la réécriture, la transposition en fiction de l'ouvrage de Perdiguier n'évitent pas toujours le patchwork.

Mais cette insertion d'une matière exogène ne doit pas laisser oublier que ce roman ouvre aussi une réflexion sur les savoirs et sur la culture populaire. Agricol Perdiguier se réclame du « trait », du dessin géométrique, contre les artisans qui s'en rapportent toujours à l'empirisme. Il est une sorte de prosélyte de la culture technologique, ce dont se souvient George Sand lorsqu'elle fait de son héros «l'ami du trait». Le savoir-faire de Pierre Huguenin se greffe ainsi sur ce savoir libérateur qu'Agricol Perdiguier veut transmettre à ses camarades. Il revient au personnage de roman de montrer à son père que la science ne condamne pas l'empirisme : elle en explique les vertus, et, ce faisant, elle les dépasse, dans l'infaillibilité de ses lois. Ce débat ne peut être dissocié d'une autre problématique. Comment lire le légendaire compagnonnique ? Le peuple tend à le prendre au pied de la lettre, à ne pas en dégager la portée symbolique, estime George Sand, qui rejoint encore sur ce point les thèses défendues par Perdiguier. Or, c'est ce défaut herméneutique qui est à l'origine même des violences entre Compagnons. Il existe ainsi sur le plan des savoirs deux manières de faire progresser le peuple, l'une qui en appelle à la science, l'autre qui tend à donner sens au légendaire populaire, à le recréer sous une forme nouvelle, à le doter d'une dignité esthétique.

Toute la première partie du roman va dans ce sens. Raconter les violences compagnonniques, c'est aussi transformer les personnages du roman en personnages héroïques, c'est suggérer la vertu des Gavots, c'est lire à partir de références nobles l'attitude du Corinthien qui se met au service de la Savinienne (n'est-il pas semblable à Renaud, le héros du Tasse ?) Quant à la Savinienne, elle est comparée à la « femme forte de *La Bible* », entendons à cette femme vertueuse dont un poème, au terme du *Livre des Proverbes*, trace le portrait idéal. Si George Sand prend ses distances par rapport au légendaire premier, aux fables qui racontent la fondation des Devoirs, aux violences sacrificielles (le meurtre d'Hiram, celui de maître Jacques) sur lesquels ils prétendent se fonder, c'est pour mieux créer, sous la forme d'un roman, un nouveau légendaire qui, tout en héroïsant les Compagnons, en appelle à la tolérance et à l'unité. Ajoutons que le grandissement épique est contrebalancé par la transformation de Pierre Huguenin, projection idéale d'Agricol Perdiguier, en apôtre de la paix.

La question de la culture populaire, telle qu'elle est soulevée par Sand dans *Le Compagnon du Tour de France*, appelle donc des réponses contrastées. Il est des savoirs qui ne sont pas innés et qu'il faut acquérir. Le peuple doit s'éduquer. Pas de condamnation de la culture bourgeoise, par conséquent ! Le socialisme sandien n'est jamais, risquons cet anachronisme, un gauchisme culturel. Tout au contraire, Pierre Huguenin lit tous les ouvrages qu'il trouve dans le cabinet de lecture d'Yseult. Elle est la Béatrice de son nouveau savoir, un corps de lectures que Pierre s'approprie. Dans une perspective plus générale, il est du devoir des classes cultivées, selon George Sand, de transmettre au peuple une culture qui lui fait encore défaut. L'amour des deux jeunes gens, dans le roman, implique cet échange.

On voit se développer sous la monarchie de Juillet un engouement pour les poètes ouvriers. Nodier, défenseur des langues régionales, s'enthousiasme dans *Le Temps*, en 1834, pour Jasmin, coiffeur d'Agen. Alexandre Dumas préface, en 1837, chez Gosselin, les poésies du boulanger de Nîmes, Reboul. On sait quelles relations affectueuses uniront le poète maçon, Charles Poncy, à George Sand à partir de 1842. Les chansons des Compagnons, recueillies ou composées par Agricol Perdiguier, ressemblent à des *Volkslieder* (elles évoquent des rites immémoriaux, elles émanent d'une culture orale) sans pouvoir cependant être considérées comme telles, puisque leur création est parfois récente. Elles s'apparentent également aux poésies publiées par les écrivains ouvriers, sans pouvoir davantage leur être assimilées, puisqu'elles ne cherchent pas une légitimité littéraire. Elles ont comme qualité la simplicité, elles ont la beauté de la naïveté. La romancière n'hésite pas à les citer en puisant dans *Le Livre du compagnonnage*, ou bien encore à les imiter en créant à son tour des chansons qu'elle insère dans le roman, tout comme dans *Jeanne*, ultérieurement, elle inventera une chanson populaire. Cet intérêt pour les chants compagnonniques s'explique par des raisons complexes. Tous les écrivains romantiques, et Sand la première, postulent une antécédence de la voix sur l'écrit. La poésie dans les temps primitifs aurait d'abord été orale. Il appartiendrait au poète de restaurer dans ses œuvres cette oralité perdue. De ce point de vue, les chansons compagnonniques préfigurent un ressourcement possible du lyrisme. Leur « naïveté » peut fournir le nouveau modèle de la beauté simple. Il ne s'agit plus, comme le demandait Winckelmann, de se tourner vers l'Antiquité, mais vers la culture populaire qui émane d'une collectivité.

Si le peuple commence à faire entendre sa voix, elle doit cependant être traduite pour tous. Elle n'est pas, en effet, encore immédiatement communicable. Elle n'a pas atteint sa plénitude expressive. Les chansons naïves sont l'expression d'une génialité en attente. Traduire la parole populaire, en être le passeur, telle est donc la fonction que s'est assignée la romancière du *Compagnon du Tour de France*. On comprend que la narration du roman soit à la première personne. Cet artifice signale non seulement, comme nous l'avons vu, l'écart qui sépare le temps de l'écriture de celui de l'histoire qu'elle raconte, il illustre encore la prise en charge par un narrateur « bourgeois » d'une parole qu'il traduit et qu'il s'efforce de faire sienne pour mieux la communiquer à tous.

Parallèlement, l'émancipation populaire passe par un cheminement complexe, celui qui transforme l'artisan en artiste. Pierre Huguenin n'est pas seulement « l'ami du trait ». Contemplant une chapelle ancienne, il éprouve « vénération » et « respect ». Il sent en lui-même un « ravissement ». Bref, il connaît une extase esthétique. Cette sensibilité à la beauté se rencontre encore chez le Corinthien. En sculptant une figurine, il dépasse le stade de l'artisanat. Cette sculpture n'en demeure pas moins naïve, et c'est là peut-être sa vertu. Selon Yseult, « un artiste de profession n'aurait jamais compris le style comme cet ouvrier l'a fait. Il aurait voulu corriger, embellir. Ce qui est une qualité principale, l'absence de savoir, lui aurait paru un défaut. Il aurait tourmenté et maniéré ce bois sans en tirer cette forme simple, vraie et pleine de grâce dans sa gaucherie ». La simplicité prend donc une valeur polémique. L'enfance de l'art vaut mieux que l'art trop savant qui se mire dans ses recherches formelles. Plus exactement, la naïveté est invoquée contre le modèle culturel dominant. Pour autant, il reste au Corinthien à apprendre le grand Art, non la « manière » qui est défaut, mais « la grande manière ». Il lui faudra, pour cela, accomplir le traditionnel voyage en Italie. La figurine qu'il a sculptée a certes toutes les vertus de l'art du XVe siècle, mais il n'est pas certain qu'il faille, selon Sand, suivre les peintres nazaréens, qui, à l'instar d'Overbeck, cherchent, dans leurs toiles, à retrouver l'esprit des Primitifs italiens. La simplicité, le texte le suggère, doit cesser d'être gaucherie, il convient qu'elle soit élégance, que l'art masque l'art, que l'énergie première, qui fit la beauté d'une sculpture naïve, trouve son accomplissement formel.

Un danger guette le Corinthien, celui de succomber aux éloges qu'on lui adresse. Les amours du jeune homme et de « la petite marquise des Frenays » jettent une ombre sur la destinée future de l'artiste. Il ne s'agit pas de lui reprocher sa sensualité. Les amours voluptueuses d'Amaury et de Joséphine sont parées d'une aura romantique et romanesque que Sand est loin de condamner. Il n'y a rien de coupable dans leur jouissance, et peut-être même ne peut-on dissocier la puissance créatrice du jeune sculpteur de sa ferveur sensuelle. Quelle est alors l'erreur du Corinthien ? D'élire un objet qui le fait choir dans « le désert aride de la vie positive ». Amaury quitte l'Éden poétique de l'adolescence pour la prose de la vanité et de l'artifice mondains. À l'escalier construit par Pierre Huguenin, escalier qui assure le lien, la communication avec le cabinet de lecture d'Yseult, on pourrait opposer, en effet, les passages secrets conduisant le Corinthien vers sa maîtresse. Voilà un procédé littéraire bien éculé, dira-t-on, que cette découverte secrète d'un chemin dérobé, mais c'est un artifice qui se désigne comme tel, et qui revêt la portée d'un symbole. Les amours des personnages sont des amours fallacieuses : Joséphine n'aime pas le Corinthien, mais l'image qu'elle se fait de lui et d'elle-même à partir de la lecture des romans. Il n'est pas gratuit que, pour mieux solliciter les sens de son amant, elle se déguise en costume Régence, période entre toutes de l'art maniéré, si l'on en croit George Sand.

Comment rompre avec la culture dominante si l'on attend la reconnaissance d'une petite marquise superficielle et, plus généralement, si on voue son art à plaire à une élite sociale ? La question sera formulée dans toute son ampleur dans *Consuelo* et dans *Adriani*. Elle n'est pas encore posée directement dans *Le Compagnon du Tour de France*, mais le désir de gloire qui anime Amaury reste «un amour de soi», il n'est pas informé par «l'amour des semblables». Une incertitude demeure sur l'avenir du Corinthien. Ne figure-t-il pas un Lucien de Rubempré en puissance, dont l'ambition pourrait se résorber en stérilité, quelle que soit la richesse de l'organisation sensible du jeune homme?

Le Compagnon du Tour de France est donc un roman à entrées multiples. Il est roman du peuple, roman sur l'art, mise en fiction de l'Histoire. Il vit d'une tension entre l'évocation précise des rites des Compagnons, la satire des carbonaristes, la projection utopique ou idéalisante. Mais cet idéalisme prend lui-même une signification idéologique. Il n'est pas seulement le fruit d'une esthétique. La beauté idéale attribuée à Pierre Huguenin rompt avec les clichés qui assignent au peuple une nature vulgaire, l'enfermant ainsi dans une essence. Cette «dénaturalisation», pour parler comme Naomi Schor, fait de ce roman un livre politiquement incorrect[1]. D'une part, George Sand fait entrer dans le roman un nouveau personnel romanesque. Ce n'est plus, comme dans les romans sentimentaux traditionnels, le précepteur et la jeune fille noble, le jeune bourgeois et l'aristocrate, c'est l'ouvrier et la jeune «lady». D'autre part, *Le Compagnon du Tour de France* n'est pas tant le roman d'une virtuelle mésalliance que l'apprentissage réciproque de deux amants. En ce sens, il reprend et approfondit *Mauprat* ou bien encore *Simon*. Certes, le roman semble mal composé, il est constitué de deux parties disjointes, la première centrée sur les mœurs et les violences compagnonniques, la seconde sur l'intrigue sentimentale. Mais il était néces-

[1]. Voir sur ce point les analyses de Naomi Schor, in *George Sand and Idealism*, Columbia University Press, 1993, p. 91.

saire que Pierre soit grandi, héroïsé par ses gestes et par ses discours, qu'il figure aussi un ouvrier en proie à la mélancolie, pour que la rencontre amoureuse entre un menuisier et une aristocrate s'opère et qu'elle apparaisse comme une sorte de flambeau éclairant. Si l'initiation amoureuse est lente et parfois douloureuse, c'est qu'il n'est rien de plus difficile que d'aimer à égalité. La transparence des consciences n'est pas immédiate. Elle se conquiert.

Nous avons vu qu'Yseult offrait tout d'abord à Pierre une gravure. Cela suffit pour que s'engage, comme l'a montré Michèle Hecquet, la dialectique de la reconnaissance. Le jeune homme lui propose, en effet, de faire un « cadre en échange ». La jeune fille, dans un premier temps, s'offusque qu'à la libéralité aristocratique on oppose ce contre-don qu'elle finit d'ailleurs par accepter avant de prononcer les paroles terribles que l'on sait (chapitre XVIII). Il revient alors à Yseult de s'humilier, de confesser sa faute (chapitre XXII), tout en parlant encore le langage du don et de l'intérêt (« Je n'ai pas le droit de vous offrir mon intérêt, je sais bien que vous ne l'accepteriez pas »). La gravure qui n'avait pu donner matière à échange reparaît dans le chapitre XXIX et se double d'un autre objet que la jeune fille veut offrir à son ami. Il s'agit d'un poignard sur lequel se trouve gravé le nom de Villepreux : c'est celui d'une lignée aristocratique, c'est le surnom compagnonnique de Pierre. Celui-ci accepte la donation du premier objet, et récuse le second. On voit bien ce qui était en jeu dans l'offrande de ce « poignard ». Yseult transférait au jeune menuisier sa propre identité, elle lui signifiait qu'elle reconnaissait en lui une noblesse morale qui pouvait être le substitut des traditionnelles valeurs aristocratiques, elle le hissait jusqu'à sa propre classe, elle faisait de Pierre Huguenin un « Villepreux ». Mais c'est bien comme ouvrier que le jeune homme entend être reconnu, il ne saurait donc accepter cet emblème guerrier et viril. En revanche, il demande à la jeune fille un autre présent non moins symbolique : « une petite croix de papier découpé ». Cette substitution est particulièrement éloquente. Pierre ne cherche pas à s'apparenter à l'un des ancêtres d'Yseult, à ce Pierre de Villepreux mentionné par la jeune fille et à qui ce poignard aurait appartenu ; en revanche, il sollicite d'elle un objet qui lui appartienne en propre, qui émane d'elle véritablement : cette petite croix a été dessinée, découpée par Yseult, elle porte son chiffre. Par ailleurs, l'échange amoureux ne saurait avoir pour emblème un objet belliqueux, il est tout au contraire placé sous l'autorité de l'Évangile, sous le signe de la Passion. L'amour de l'autre n'est pas séparable d'un dépassement de soi dans une foi en l'humanité dont l'amour du Christ pour les hommes est le répondant. À la mystique amoureuse répond ainsi la mystique humanitaire. Selon les termes mêmes de la romancière, la passion « allum[e] » en Pierre et en Yseult « la flamme de l'enthousiasme révolutionnaire ».

C'est donc au terme de ces échanges que Pierre apparaît véritablement à Yseult comme un maître spirituel : elle le contemple, pleine de « componction » ; parallèlement, Yseult, ne l'oublions pas, figure, dans le rêve de Pierre Huguenin, la Béatrice d'une utopie. C'est elle qui guide sa pensée, qui parle en lui. En suscitant ainsi une suite de dons et de contre-dons, George Sand parvient à renouveler le langage des échanges amoureux, elle invente une dialectique de la reconnaissance. En créant une symbolique forte à partir de signes culturels qu'elle recharge de sens, elle noue à l'intrigue sentimentale une réflexion politique et sociale.

Plus généralement, la fiction devient inventive et pensive grâce à la transformation des objets et des lieux

romanesques en objets symboliques. L'escalier que construit Pierre Huguenin n'est pas seulement le signe de son
savoir-faire. S'il figure un chef-d'œuvre, il est aussi un
moyen d'accéder au cabinet de lecture qu'Yseult s'est
approprié comme le lieu même de son intimité. Il joue
enfin le rôle d'un marqueur temporel, puisque le roman
se déroule le temps de sa confection. Si l'on ôte, pour la
restaurer, la porte qui conduit à ce cabinet en lui substituant une tapisserie que Pierre s'empresse de déclouer,
comment ne pas voir dans ces gestes la transgression d'un
interdit social, mais aussi le viol symbolique d'une intimité ? Dans *La Daniella*, Sand sera encore plus explicite
sur ces démarcations fragiles, sur les hymens de tissus.
N'oublions pas que, dans *Le Compagnon du Tour de
France*, après avoir pénétré dans ce cabinet, Pierre
«s'éprend», selon les termes mêmes du narrateur, des
objets qui sont réunis dans cette pièce avant d'aimer celle
qui les a choisis. Or, s'il s'approprie les livres d'Yseult, il
redoute aussi d'en ternir «de ses doigts humides les
marges satinées». Quel langage équivoque, ou plus exactement «plurivoque», tout à la fois chaste et sensuel !
Faut-il rappeler, dans le prolongement de ces remarques,
que les nuits du héros de roman sont parfois hantées par
«le fantôme» de la jeune fille, et qu'il éprouve au matin
une grande honte ? Ces fantasmes laissent deviner que les
credo utopiques de Pierre sont le fruit d'une alchimie où
le désir de savoir, rencontrant le désir érotique, devient
spéculation dans un rêve qui est le sublimé de violentes
pulsions.

Une autre caractéristique du roman, c'est de jouer de
tonalités contrastées. L'abondance du discours italique
étonne. Il est souvent signe d'ironie, visant notamment
les Lerebours qui incarnent dans le roman la part du grotesque. Il donne aussi à la romancière l'occasion de pré-

senter comme des modes datées des manières de s'énoncer, des discours figés, des vocabulaires spécialisés qui
prévalaient vers 1823. Il y a déjà du Flaubert dans un
roman dont l'esthétique pourtant diffère grandement de
celle qui prévaut dans *Madame Bovary*. On peut également décrire *Le Compagnon du Tour de France* comme
une œuvre particulièrement éloquente, marquée par des
tirades lyriques, des dialogues d'idées. On pourrait également y découvrir un roman poétique non seulement en
raison des visions et des rêves qui semblent toujours
énoncés sur le mode de l'enthousiasme, mais encore en
raison des nombreux contextes d'apparition : « Il était là
depuis longtemps lorsqu'en relevant la tête pour regarder
le ciel avec angoisse, il vit devant lui une apparition qu'il
prit, dans son délire, pour le génie de la terre. C'était une
apparition quasi aérienne dont les pieds légers touchaient
à peine le gazon, et dont les bras étaient chargés d'une
gerbe des plus belles fleurs. » On comprend que Nerval
ait aimé l'œuvre de George Sand.

On n'en finirait donc pas d'épuiser l'étonnante richesse
d'une œuvre, qui est certes le premier des grands romans
socialistes sandiens — *Le Compagnon du Tour de France*
forme un ensemble cohérent avec *Horace*, *Le Péché de
Monsieur Antoine*, *Le Meunier d'Angibault* —, mais qu'il
conviendrait aussi de rattacher à *Valentine*, à *Simon*, à
Mauprat où s'entrecroisent déjà roman sentimental,
roman idéologique, roman poétique. C'est dire que *Le
Compagnon* n'est pas seulement un point de départ,
mais une œuvre-carrefour dont la profession de foi esthétique est indissociable du messianisme social qui la sous-
tend.

Ce livre fut mal accueilli en raison des positions idéo-
logiques de la romancière. Les républicains libéraux du
National, sous la plume de Léon Durocher (en réalité Louis

Reybaud), se montrèrent, le 4 janvier 1840, particulièrement cruels. N'étaient-ils pas indirectement visés par la
critique des carbonaristes ? Cruel encore l'article de Marie
d'Agoult dans *La Presse* (9 janvier 1841). Cette ex-amie
proche ne mettait pas seulement en cause l'aspect didac-
tique du roman, mais encore et surtout les « axiomes »
socialistes qui se rencontrent dans le livre. Plutôt que de
relever exhaustivement les jugements négatifs, quasi una-
nimes en 1840 et en 1841, rappelons, à la suite de Joseph
Barry, qu'un grand écrivain se retrouva dans *Le Compagnon du Tour de France*. Walt Whitman ne se contenta
pas de faire un compte rendu favorable de la traduction
anglaise, il posa en costume de menuisier pour la première édition des *Feuilles d'herbe*, comme s'il revêtait la
tenue de Pierre Huguenin[1]. Écrire, pour les grands
auteurs, est un devoir de succession. On est soi en prenant les habits de l'autre.

Jean-Louis CABANÈS

Note sur la présente édition

En 1843, George Sand publia ses *Œuvres complètes*
chez Perrotin, en seize volumes. *Le Compagnon du Tour
de France* formait le tome 12. Cette nouvelle édition,
« revue par l'auteur, et accompagnée de morceaux
inédits », se complétait de notes de bas de pages, écrites par
la romancière. Ce texte fut repris dans les *Œuvres illustrées
de George Sand*, 1851-1856, parues chez Hetzel. C'est celui
que nous avons adopté de préférence à l'édition originale.
Les astérisques indiquent les notes écrites par G. Sand.

---

1. Joseph Barry, *George Sand ou le Scandale de la liberté*, Éditions du Seuil, « Points », 1977, p. 360.

Le Compagnon du Tour de France

roman

Notice

En lisant l'ouvrage d'un homme alors assez obscur, et aujourd'hui fort en vue (*Le Livre du compagnonnage*, par Agricol Perdiguier, menuisier au faubourg Saint-Antoine, aujourd'hui représentant du peuple), je fus frappé, non seulement de la poésie des antiques initiations du *Devoir*, mais encore de l'importance morale du sujet, et j'écrivis le roman du *Compagnon du Tour de France* dans des idées sincèrement progressives. Il me fut bien impossible, en cherchant à représenter un type d'ouvrier aussi avancé que notre temps le comporte, de ne pas lui donner des idées sur la société présente et des aspirations vers la société future. Cependant on cria, dans certaines classes, à l'impossible, à l'exagération, on m'accusa de flatter le peuple et de vouloir l'embellir. Eh bien, pourquoi non ? Pourquoi, en supposant que mon type fût trop idéalisé, n'aurais-je eu le droit de faire pour les hommes du peuple ce qu'on m'avait permis de faire pour ceux des autres classes ? Pourquoi n'aurais-je pas tracé un portrait, le plus agréable et le plus sérieux possible, pour que tous les ouvriers intelligents et bons eussent le désir de lui ressembler ? Depuis quand le roman est-il forcément la peinture de ce qui est, la dure et froide réalité des hommes et des choses contemporaines ? Il en peut être

ainsi, je le sais, et Balzac, un maître devant le talent
duquel je me suis toujours incliné, a fait *La Comédie
humaine*. Mais, tout en étant lié d'amitié avec cet
homme illustre, je voyais les choses humaines sous un
tout autre aspect, et je me souviens de lui avoir dit, à
peu près à l'époque où j'écrivais *Le Compagnon du
Tour de France* : « Vous faites *La Comédie humaine*.
Ce titre est modeste ; vous pourriez aussi bien dire le
drame, la *tragédie humaine*. — Oui, me répondit-il, et
vous, vous faites l'*épopée humaine*. — Cette fois,
repris-je, le titre serait trop relevé. Mais je voulais faire
l'*églogue humaine*[1], le *poème*, le *roman humain*. En
somme, vous voulez et savez peindre l'homme tel
qu'il est sous vos yeux, soit ! Moi, je me sens porté à le
peindre tel que je souhaite qu'il soit, tel que je crois
qu'il doit être. » Et comme nous ne nous faisions pas
concurrence, nous eûmes bientôt reconnu notre droit
mutuel.

À cette époque-là, il y a une dizaine d'années, mon
type de Pierre Huguenin pouvait paraître embelli pour
les gens du monde qui n'avaient pas de rapports directs
avec ceux de l'atelier. Cependant Agricol Perdiguier
lui-même était au moins aussi intelligent, au moins

---

1. L'églogue, poème en principe pastoral, figurait « les mœurs
champêtres dans leur plus agréable simplicité » (Marmontel). Par
extension, ce mot pouvait aussi désigner des aventures amoureuses
idylliques, comme en chantent les églogues. Comme on le voit,
cette définition des romans sandiens peut certes s'appliquer à une
partie des romans champêtres mais assez peu au *Compagnon du
Tour de France*. Elle ne rendrait pas davantage compte du versant
noir de l'œuvre sandienne, car contrairement à la légende tous les
romans de cet écrivain ne s'achèvent pas bien, donnons-en pour
preuve *André* et l'admirable *Jeanne*.

aussi instruit que Pierre Huguenin. Un autre ouvrier, le premier venu, pouvait être jeune et beau, personne ne le niera. Une femme *bien née*, comme on dit, peut aimer la beauté dans un homme sans naissance, cela s'est vu ! Une femme de cœur et d'esprit peut n'apprécier que le cœur et l'esprit dans l'homme qu'elle aime[1]. Cela se verra, j'espère, si cela ne se voit déjà au temps où nous sommes. Enfin tout ce qui n'existait pas alors, à ce qu'on assurait, pouvait être et devait être bientôt. Et la preuve, c'est que quelques années plus tard, Eugène Sue prit pour héros d'un roman à immense succès, un ouvrier qu'il fit poète, philosophe, et socialiste, qui plus est[2]. Personne n'y trouva à redire. Est-ce parce qu'il fut présenté avec plus d'adresse, et habillé avec plus de vraisemblance ? C'est possible. J'ai toujours du plaisir, et jamais du chagrin à voir mes confrères réussir ce que j'ai pu manquer. Mais la question reste la même au fond. Un ouvrier est un homme tout pareil à un autre homme, un *monsieur* tout pareil à un autre *monsieur*, et je m'étonne beaucoup que cela étonne encore quelqu'un. Il n'est pas nécessaire d'avoir été reçu bachelier pour être aussi instruit que tous les bacheliers du monde. Ce n'est pas au collège qu'on apprend à être moral et religieux, puisqu'on n'y apprend

---

1. *La Nouvelle Héloïse* est fondée sur cette donnée. C'est aussi le point de départ de bien des romans de Sand, de *Valentine* au *Meunier d'Angibault*.   2. Dans *Le Juif errant*, le personnage d'Agricol Baudouin est inspiré d'Agricol Perdiguier. Eugène Sue ne manque pas de faire s'affronter des Compagnons appartenant à des Devoirs distincts, les *loups* se précipitant contre les *dévorants*. Une vision déformée s'impose alors, au nom du pittoresque, en faisant des *loups* assaillants une populace venue des dangereuses barrières.

que le grec et le latin. On y acquiert fort lentement une certaine instruction qu'un ouvrier, tout comme une femme, peut acquérir plus tard et plus vite avec de l'intelligence et de la volonté. Enfin cette prétendue infériorité de race ou de sexe est un préjugé qui n'a même plus l'excuse aujourd'hui d'être soutenu de bonne foi, et le combattre davantage serait même fort puéril à l'heure qu'il est.

J'ai publié, pour la première fois, le roman qu'on va lire sous le poids des anathèmes de deux castes, la noblesse et la bourgeoisie, sans compter le clergé, dont les journaux m'accusaient sans façon d'aller étudier les mœurs des ouvriers, tous les dimanches, à la barrière[1], *d'où je revenais ivre avec Pierre Leroux*[2]. Voilà comment un certain monde et une certaine religion accueillent les tentatives de moralisation, et comment un livre dont l'idée évangélique était le but bien déclaré, fut reçu par les conservateurs de la morale et les ministres de l'Évangile.

Nohant, 23 octobre 1851.

George SAND

1. Les barrières, notamment les barrières méridionales de Paris qui jalonnent le boulevard de l'Hôpital, semblent concentrer, dans *Les Misérables*, la criminalité de la ville, comme si la marge disait le tout. Sur ce Paris des barrières et sur le thème criminel, voir Louis Chevalier, *Classes laborieuses et classes dangereuses*, «Pluriel», 1978; Perrin, 2002. **2.** Pierre Leroux (1797-1871), fondateur du *Globe* avec Paul Théodore Dubois. Il orienta ce périodique vers le saint-simonisme, après 1830. L'influence de Pierre Leroux sur George Sand fut considérable. Voir sur ce point notre introduction et notre annotation qui mettent en relation étroite le roman de Sand et l'essai de Pierre Leroux publié quasiment à la même date, *De l'humanité*.

Avant-propos

Faire l'histoire des sociétés secrètes depuis l'Antiquité jusqu'à nos jours serait une tâche bien utile, bien intéressante, mais qui dépasse nos forces. On l'a tenté plusieurs fois ; mais, quel que soit le mérite des divers travaux entrepris sur cette matière, ils n'ont pas encore jeté une bien grande clarté sur ces associations mystérieuses, où se sont élaborées tant de vérités importantes, mêlées à tant d'erreurs étranges.

Les sociétés secrètes ont été jusqu'ici une nécessité des empires. L'inégalité régnant dans ces empires, l'égalité a dû nécessairement chercher l'ombre et le mystère pour travailler à son œuvre divine. Quand la sainte philosophie du Christianisme était proscrite du sol romain, il fallait bien qu'elle se cachât dans les catacombes.

On peut dire qu'il ne se commet pas dans les sociétés humaines, une seule injustice, une seule violation du principe de l'égalité, qu'à l'instant même il n'y ait un germe de société secrète implanté aussi dans le monde, pour réparer cette injustice et punir cette violation de l'égalité. Quand les patriciens de Rome immolèrent Tiberius Gracchus[1], il prit une poignée de poussière et

---

1. Tiberius Gracchus, né en 162 av. J.-C., tribun de la plèbe en

la jeta vers le ciel ; cette poussière jetée vers le ciel dut enfanter une société secrète, une société de vengeurs qui travailleraient dans l'ombre à l'œuvre que l'on proscrivait et que l'on martyrisait à la lumière du jour.

Comment tomba la république romaine, et comment tombent les empires, sinon parce qu'à la cité patente se substituent obscurément toutes sortes de cités secrètes, qui travaillent sourdement en elle et ruinent peu à peu ses fondements ? L'édifice social est encore debout et élève son dôme dans les airs, un observateur superficiel le croirait durable et solide ; mais, palais ou temple, cet édifice, miné et lézardé, s'écroulera au premier souffle.

Les historiens ont trop été jusqu'ici cet observateur superficiel dont l'œil s'arrête à la surface des choses. Que de peines ils se donnent souvent pour parer des cadavres ! Que ne s'occupent-ils plutôt à percer le mystère de ce qui s'agite et vit dans ces cadavres, à étudier soigneusement ce qui, principe de mort aujourd'hui pour la société générale, sera demain principe de vie pour cette même société ! Il y a des instants, dans l'histoire des empires, où la société générale n'existe plus que nominalement, et où il n'y a réellement de vivant que les sectes cachées en son sein.

– 133, fit voter des lois agraires limitant les concessions de l'*ager publicus* (territoires ou terrains tombés dans le domaine public à la suite des conquêtes romaines) qui avaient été octroyées aux grands propriétaires et qu'il voulait redistribuer. Il fut assassiné en – 133. Il n'est pas gratuit que, dans un roman d'inspiration socialiste, ou, comme le dirait Pierre Leroux, « communioniste », ce soit le nom de Tiberius Gracchus qui apparaisse le premier dans cet avant-propos. Quant aux sociétés secrètes, elles figurent la part cachée de l'histoire, elles ont une fonction réparatrice invisible. On n'est pas éloigné des thèses maçonniques.

Un grand nombre d'associations secrètes n'ont qu'un but éphémère, et s'anéantissent presque aussitôt qu'elles sont formées, quand ce but est atteint ou qu'il paraît définitivement manqué. D'autres ont une persistance qui les fait durer pendant des siècles. Cette persistance, de même que cette durée passagère, dépendent du but que les adeptes se proposent. Mais, quel que soit ce but et lors même que le principe de l'association serait le plus large possible, la société secrète, précisément parce qu'elle est secrète et proscrite, doit nécessairement altérer elle-même la vérité de son principe. Il arrive nécessairement qu'elle répond à l'intolérance par l'intolérance, à l'égoïsme de la grande société par un égoïsme en sens contraire, à l'aveugle fanatisme qui repousse ses idées par un fanatisme également aveugle. De là, dans certaines sociétés secrètes que l'histoire a consacrées sans qu'elles soient encore véritablement jugées, l'ordre du Temple[1] par exemple, un double caractère qui les a fait attribuer à l'esprit du mal ou au génie du bien, suivant l'aspect qu'il a plu aux écrivains de considérer.

Tel est le mal inhérent aux sociétés secrètes. Mais que les sociétés patentes et officielles cessent pourtant d'accuser amèrement leurs rivales de tous les malheurs qui leur arrivent : les sociétés secrètes sont le résultat nécessaire de l'imperfection de la société générale.

---

1. Hugues de Payns et Geoffroy de Saint-Omer fondèrent, à la fin de l'année 1119, l'ordre des Pauvres Chevaliers du Christ qui devint l'ordre du Temple. Celui-ci fut dissous en 1312 par le pape Clément V. Contrairement à ce que pense George Sand, les templiers, moines-soldats, ne formèrent pas une société secrète. Son organisation, autre légende à dissiper, n'a pas influencé celle de la franc-maçonnerie.

Depuis l'antique régime des castes[1] jusqu'à notre siècle où tout tend à l'abolition définitive de ce régime, les hommes ont constamment essayé de constituer la vraie cité. Mais la cité est toujours devenue caste, sous quelque forme qu'elle se manifestât dans le monde. Qui dit cité dit association, et qui dit association dit égalité ; car il n'y a pas d'autre principe qui puisse réunir deux hommes, que le principe de réciprocité ou d'égalité. Mais la cité, toujours créée en vue et au moyen du principe d'égalité, est toujours devenue oppressive et destructive de l'égalité. Ce fut une loi de nature, une condition d'existence pour toutes les associations du passé, que cet esprit de caste. Qu'importent les noms, qu'importe que la cité se soit appelée république, aristocratie, monarchie, Église, monachisme, bourgeoisie, corporation, suivant les lieux et les temps ! Tant que la société officielle ne sera pas construite en vue de l'égalité humaine, la société officielle sera caste ; et tant que la société officielle sera caste, la société officielle engendrera des sociétés secrètes. C'est à l'avenir de réaliser l'œuvre qui a germé si longtemps dans l'humanité et qui fermente si énergiquement aujourd'hui dans son sein ; car c'est à l'avenir de résumer dans une seule

---

1. Le mot « caste » fait partie du vocabulaire de Pierre Leroux. Voir *De l'humanité*, *op. cit.*, corpus des œuvres de philosophie en langue française, p. 17 : « Le genre humain, suivant l'idée de Lessing, passe par toutes les phases d'une éducation successive : il n'est donc arrivé à la phase de l'égalité qu'après avoir passé par trois sortes d'inégalité possibles, le régime des *castes de famille*, le régime des *castes de patrie* et le régime des *castes de propriété*. » Leroux estime, en outre, que la propriété, la famille, la cité ont rendu l'homme esclave, parce que ces trois « entités » se sont transformées en castes.

foi, dans une seule unité, diversifiée seulement dans sa forme multiple, toutes les notions éparses, toutes les manifestations incomplètes de l'éternelle vérité.

À côté du grand courant suivi par les principales idées religieuses et sociales, d'obscurs et minces ruisseaux se sont donc formés à l'infini sur chaque rive. De grandes vérités se sont agitées dans ce concours d'affluents tantôt repoussés, tantôt absorbés par la source-mère. L'idée devait prendre toutes les formes, toutes les directions avant de se réunir à l'Océan autour duquel viendront s'asseoir les familles de la cité future.

Telle me paraît être la légitimation, dans le plan providentiel[1], des sociétés secrètes, si violemment anathématisées par les historiographes brevetés des diverses tyrannies qui ont pesé jusqu'ici sur la terre. On peut de cette façon les justifier en principe sans attaquer pour cela la société générale. Les idées régnantes ayant toujours engendré de nombreuses sectes, et la doctrine officielle ayant toujours tenté d'étouffer les doctrines particulières, il est évident que toute dissidence d'opinions, soit dans la foi, soit dans la politique, a dû se manifester en société secrète, en attendant le grand jour, ou l'anéantissement de l'oubli. De là, je le répète, cette multitude de ténébreux conciles, de conspirations avortées, de sciences occultes, de schismes et de mystères, dont les monuments sont encore enfouis pour la plupart dans un monde souterrain, s'ils n'y sont ensevelis à jamais. Leur découverte serait pourtant bien précieuse, sinon à cause de ces choses en elles-mêmes,

---

1. On ne saurait mieux souligner que le socialisme sandien ou celui de Leroux est, en profondeur, d'essence religieuse et spirituelle. La perfectibilité fait surgir le providentiel dans le temporel.

du moins à cause du jour qu'en recevraient celles qui
ont surnagé. La filiation qui s'établirait entre toutes les
sociétés secrètes serait une clef nouvelle pour pénétrer
dans les arcanes de l'histoire, et les grands principes de
vérité y puiseraient une autorité immense. Mais il est
bien difficile, j'en conviens, de rassembler les fils de
ce vaste réseau. Nous avons de la peine même à établir
la véritable parenté des sociétés secrètes contemporaines, telles que l'Illuminisme, la Maçonnerie et le
Carbonarisme[1]. Il en est d'autres qui règnent aujour-
d'hui même dans toute leur vigueur sur une portion
considérable de la société, et dont la généalogie sera
plus incertaine encore. Je veux parler des associations
d'ouvriers connues sous le nom générique de *Compagnonnage*.

Tout le monde sait qu'une grande partie de la classe
ouvrière est constituée en diverses sociétés secrètes,
non avouées par les lois, mais tolérées par la police, et
qui prennent le titre de *Devoirs*[2]. Devoir, en ce sens,

---

1. On donnera ultérieurement des précisions sur le carbonarisme
(voir note 2, p. 232). L'illuminisme désigne un courant philosophique et religieux qui se développe à la fin de l'âge des Lumières.
Les principaux représentants en sont Swedenborg, Martines de
Pasqually, Claude de Saint-Martin. L'illuminisme met l'accent sur
l'intériorité de l'homme qui est « théophore », porteur de Dieu,
parce qu'il est Esprit. Il accorde une importance considérable aux
visions, à l'angélisation virtuelle de l'homme, sous l'effet d'une
initiation progressive. C'est en ce sens qu'il a pu y avoir interfé-
rence entre la maçonnerie, société secrète, et l'illuminisme, notamment pour Martines de Pasqually, Claude de Saint-Martin, Joseph
de Maistre, qui furent tous trois francs-maçons.   **2.** Les Devoirs
sont des groupements constitués par les Compagnons du Tour de
France. À la différence des corporations, ils regroupent plusieurs
métiers. Ils se constituent selon des valeurs telles que la fraternité,

est synonyme de Doctrine. La grande, sinon l'unique doctrine de ces associations, est celle du principe même d'association. Peut-être que dans l'origine ce principe, isolé aujourd'hui, était appuyé sur un corps d'axiomes religieux, de dogmes et de symboles inspirés par l'esprit des temps. Les différents rites de ces Devoirs remontent, en effet, selon les uns au Moyen Âge, selon d'autres à la plus haute Antiquité. Le symbole du Temple de Salomon les domine pour la plupart, ainsi qu'on le voit aussi dans la Maçonnerie[1]. Au reste, le besoin de se constituer en corps d'état et de maintenir les privilèges de l'industrie a pu, dans les temps les plus reculés, faire éclore ces associations fraternelles entre les ouvriers. Elles ont pu, par le même motif, se perpétuer à travers les âges, et se transmettre les unes aux autres un certain plan d'organisation. Mais la division des intérêts a amené des scissions, par conséquent des différences de forme. En outre, les institutions de ces sociétés ont subi l'influence des institutions contemporaines. Chez quelques-unes, néanmoins, certains textes de l'ancienne loi se sont conservés jusqu'à nous, et se retrouvent dans les nouveaux règlements. Ainsi le *Devoir de Salomon*[2] prescrit, de par Salomon,

----

le développement des connaissances, tout en se réclamant de pères fondateurs distincts, Salomon, maître Jacques, le père Soubise. Ils adoptent des codes qui leur sont propres.

1. Les francs-maçons, comme les Compagnons, se réfèrent au même légendaire : la construction du Temple de Jérusalem (Xe siècle av. J.-C.) par Hiram. **2.** « Les tailleurs de pierre, *Compagnons étrangers*, dits *les loups*, les menuisiers et les serruriers du *Devoir de liberté*, dits *les gavots*, reconnaissent Salomon : ils disent que ce roi, pour les récompenser de leurs travaux, leur donna un Devoir et les unit fraternellement dans l'enceinte du Temple, œuvre de leurs mains » (*Le Livre du compagnonnage*, édition de 1840, p. 159).

à ses adeptes d'aller à la messe le dimanche. Plusieurs antiques Devoirs se sont *perdus*, au dire des Compagnons ; celui des tailleurs, par exemple. D'autres se sont formés depuis la Révolution française. Différents corps d'état, qui jusque-là ne s'étaient point constitués en société, ont adopté les titres, les coutumes et les signes des Devoirs anciens. Ceux-ci les ont repoussés et ne les acceptent pas tous encore, s'attribuant un droit exclusif à porter les glorieux insignes et les titres sacrés de leurs prédécesseurs. Le Compagnonnage confère à l'initié une noblesse dont il est aussitôt fier et jaloux jusqu'à l'excès. De là des guerres acharnées entre les Devoirs, toute une épopée de combats et de conquêtes, une sorte d'Église militante, un fanatisme plein de drames héroïques et de barbare poésie, des chants de guerre et d'amour, des souvenirs de gloire et des amitiés chevaleresques. Chaque Devoir a son Iliade et son Martyrologe[1].

M. Lautier a publié à Avignon, en 1838, un poème épique très bien conduit sur les persécutions au sein desquelles le Devoir des cordonniers s'est maintenu triomphant[2]. Il y a de fort beaux vers dans ce poème ; ce qui n'empêche pas le barde prolétaire[3] de faire des

---

1. Il a son épopée, qui fixe son légendaire, et son livre des martyrs. Le Martyrologe est un livre liturgique contenant la liste officielle des saints que l'Église romaine célèbre chaque jour de l'année. **2.** Allusion au poème en sept chants (découpage traditionnel de l'épopée), publié en 1838 par Fidèle Laugier (et non Lautier) : *Le Compagnonnage et l'indépendance*. Voir la lettre de Sand à Agricol Perdiguier du 27 octobre 1840 : « Veuillez me donner le nom du Bottier qui a fait le poème que vous m'avez prêté. Je voudrais le citer dans ma préface, et il n'est désigné sur la couverture que par des initiales » (*Correspondance*, t. V, p. 167). **3.** Les bardes sont les anciens poètes celtes : l'on pense inévitablement à

bottes excellentes, et de chausser ses lecteurs à leur grande satisfaction.

Il y aurait toute une littérature nouvelle à créer avec les véritables mœurs populaires, si peu connues des autres classes. Cette littérature commence au sein même du peuple ; elle en sortira brillante avant qu'il soit peu de temps. C'est là que se retrempera la muse romantique, muse éminemment révolutionnaire, et qui, depuis son apparition dans les lettres, cherche sa voie et sa famille[1]. C'est dans la race forte qu'elle trouvera la jeunesse intellectuelle dont elle a besoin pour prendre sa volée.

L'auteur du conte qu'on va lire n'a pas la prétention d'avoir fait cette découverte. S'il est du nombre de ceux qui l'ont pressentie, il n'en est guère plus avancé pour cela, car il ne se sent ni assez jeune ni assez fort pour donner l'élan à la littérature populaire sérieuse, telle qu'il la conçoit. Il a essayé de colorer son tableau d'un reflet qui se laisse voir, mais qui ne se laisse

---

Ossian. Les prolétaires, à Rome, sont des citoyens de la sixième et dernière classe. Au XIXe siècle, le mot désigne une personne qui ne dispose pour vivre que des revenus de son travail. La conjonction oxymorique de ces deux termes ne va probablement pas sans ironie, car ce n'est pas vers des formes anciennes, devenues académiques, que la culture populaire doit trouver son épanouissement esthétique, mais en les tirant de son propre fonds. Voir plus loin l'éloge du *Livre du compagnonnage*, composé «naïvement et sans art».

1. Voir *Dialogues familiers sur la poésie des prolétaires*, article que George Sand a publié dans la *Revue indépendante* en deux livraisons, janvier et septembre 1842. L'un des personnages de ce dialogue déclare : «Je vous soutiendrai [...] que la régénération de l'intelligence est virtuellement dans le peuple et que les efforts encore très incomplets de cette intelligence pour se manifester sont le signal d'une vie nouvelle que l'on peut prophétiser à coup sûr [...].»

guère saisir par les mains débiles. En traçant cette esquisse, il s'est convaincu d'une vérité dont il avait depuis longtemps le sentiment : c'est que, dans les arts, le simple est ce qu'il y a de plus grand à tenter, de plus difficile à atteindre[1].

Quelque peu de mérite et d'importance qu'il attribue à ce roman, l'auteur croit devoir rappeler qu'il en a puisé l'idée dans un des livres les plus intéressants qu'il ait rencontrés depuis longtemps. C'est un petit in-18, intitulé *Le Livre du compagnonnage*, et publié récemment par *Avignonnais-la-Vertu*, compagnon menuisier. Cet ouvrage, que *Le National*[2] a extrait presque textuellement, sans le nommer, dans un feuilleton rempli de détails neufs et curieux, renferme tout ce que l'initié au Compagnonnage pouvait révéler sans trahir les secrets de la Doctrine. Il a été composé naïvement et sans art, sous l'empire des idées les plus saines et les plus droites. Le but de celui qui l'a écrit n'était pas d'amu-

---

1. La simplicité est un principe essentiel de l'esthétique sandienne. Cette notion renvoie en partie au sublime tel que le définit, depuis le pseudo-Longin, une tradition revivifiée, notamment, par Fénelon. Pour Sand, la simplicité est une fin, mais elle est aussi une manière de retrouver, dès lors que le roman épouse la voix du peuple, des qualités originelles, natives et naïves. 2. Ce journal, fondé par Armand Carrel, était, sous la monarchie de Juillet, l'organe des républicains modérés d'inspiration libérale. Il publia anonymement des extraits de l'ouvrage d'Agricol Perdiguier, *Le Livre du compagnonnage*. Voir la lettre de George Sand à Agricol Perdiguier, 6 septembre 1840 : «*Le National* a publié ce matin un feuilleton intitulé *Les Compagnons du Devoir* et signé d'un nom que je ne connais pas. L'auteur s'y met à l'aise, et copie textuellement les passages les plus curieux de votre livre sans se donner la peine de citer votre nom et sans daigner dire où il a pris ces renseignements. C'est faire de l'érudition bon marché» (*Correspondance*, t. V, p. 121).

ser les oisifs ; il en a un bien autrement sérieux. Depuis dix ans son âme s'est vouée à une seule idée, celle de réconcilier tous les Devoirs entre eux, de faire cesser les coutumes barbares, les jalousies, les vanités, les batailles. Peu sensible à la poésie des combats, doué d'un zèle apostolique, persévérant, actif, infatigable, dominé et comme assailli à toute heure par le sentiment de la fraternité humaine, il a essayé de faire comprendre à ses frères, les Compagnons du *Tour de France*, la beauté de l'idéal éclos dans son cœur. Après avoir écrit son livre, il est parti pour faire un pèlerinage de cinq cents lieues, durant lequel il a répandu son idée et son sentiment parmi tous les ouvriers qu'il a pu toucher et convaincre. Sa mission évangélique n'a pas été sans succès. Sur tous les points de la France il a éveillé des sympathies et noué des relations amicales avec les plus intelligents adeptes des diverses sociétés industrielles. Étranger à la politique, et poursuivant sans mystère la plus haute des entreprises, il a pris pour tâche de réaliser la devise de saint Jean : *Aimons-nous les uns les autres*.

C'est sous l'empire du même sentiment que *Le Compagnon du Tour de France* a été écrit, ou pour mieux dire essayé. Quelques journaux trop bienveillants pour l'auteur, et mal informés sans doute, ont annoncé, à la place de ce roman, un ouvrage complet, un travail étendu et important. L'auteur d'*André* et de *Mauprat*[1] se récuse. La tâche d'écrire l'histoire moderne du prolétaire est trop forte pour lui, et il renvoie l'honneur de l'entreprise aux hommes graves qui voulaient l'en investir.

---

1. *André* (1835), *Mauprat* (1837).

1

Le village de Villepreux était, au dire de M. Lerebours[1], le plus bel endroit du département de Loir-et-Cher, et l'homme le plus capable dudit village était, au sentiment secret de M. Lerebours, M. Lerebours lui-même, quand la noble famille de Villepreux, dont il était le représentant, n'occupait pas son majestueux et antique manoir de Villepreux. Dans l'absence des illustres personnages qui composaient cette famille, M. Lerebours était le seul dans tout le village qui sût écrire l'orthographe irréprochablement. Il avait un fils qui était aussi un homme capable. Il n'y avait qu'une voix là-dessus, ou plutôt il y en avait deux, celle du père et celle du fils, quoique les malins de l'endroit

---

1. Les Compagnons du Tour de France ont des surnoms qui souvent les symbolisent ou qui renvoient au lieu dont ils sont originaires. George Sand, dans un carnet qui contient des notes relatives à son roman, avait mentionné le nom de Villepreux comme étant celui d'un Compagnon. Ce sera le surnom de Pierre Huguenin. C'est aussi celui qui est donné au village dont il est issu. Ce nom, ou ce surnom, fait penser à Saint-Preux, le héros du roman de Rousseau, *La Nouvelle Héloïse*. Le patronyme « Lerebours » fait sens, lui aussi. Lerebours, c'est celui qui va au rebours de quelque chose, qui est rétrograde. Les Lerebours sont la part du grotesque dans le roman.

prétendissent qu'ils étaient trop honnêtes gens pour
avoir entre eux deux volé le Saint-Esprit.

Il est peu de commis voyageurs fréquentant les
routes de la Sologne pour aller offrir leur marchandise
de château en château, il est peu de marchands forains
promenant leur bétail et leurs denrées de foire en foire,
qui n'aient, à pied, à cheval ou en patache, rencontré, ne
fût-ce qu'une fois en leur vie, M. Lerebours, économe,
régisseur, intendant, homme de confiance des Villepreux. J'invoque[1] le souvenir de ceux qui ont eu le bonheur de le connaître. N'est-il pas vrai que c'était un
petit homme très sec, très jaune, très actif, au premier
abord sombre et taciturne, mais qui devenait peu à peu
communicatif jusqu'à l'excès ? C'est qu'avec les gens
étrangers au pays il était obsédé d'une seule pensée, qui
était celle-ci : Voilà pourtant des gens qui ne savent pas
qui je suis ! — Puis venait cette seconde réflexion, non
moins pénible que la première : Il y a donc des gens
capables d'ignorer qui je suis ! — Et quand ces gens-là
ne lui paraissaient pas tout à fait indignes de l'apprécier, il ajoutait pour se résumer : Il faut pourtant que ces
braves gens apprennent de moi qui je suis.

Alors il les tâtait sur le chapitre de l'agriculture, ne se
faisant pas faute, au besoin, de captiver leur attention
par quelque énorme paradoxe ; car il était membre cor-
respondant de la société d'agriculture de son chef-lieu[2],

---

1. Le narrateur à la première personne raconte après coup (le
temps de l'énonciation coïncide fictivement avec celui de la rédaction) des événements qui se sont déroulés dix-sept ans auparavant,
en 1823. 2. On songe à Homais dans *Madame Bovary*. On
constatera que le discours de Lerebours est souvent mis en italique.
Flaubert procédera ainsi pour mettre à distance les énoncés figés,
les paroles stéréotypées.

et il n'en était pas plus fier pour cela. S'il réussissait à se faire questionner, il ne manquait pas de dire : j'ai fait cet essai dans *nos terres*. Et si on l'interrogeait sur la qualité de ces terres, il répondait : Elles ont toutes les qualités. Il y a quatre lieues carrées d'étendue, nous avons donc du sec, du mouillé, de l'humide, du gras, du maigre, etc.

En Sologne on n'est pas bien riche avec quatre lieues de terrain, et la terre de Villepreux ne rapportait guère que trente mille livres de rente[1], mais la famille de Villepreux en possédait deux autres d'un moindre revenu, qui étaient affermées, et que M. Lerebours allait visiter une fois par an. Il avait donc une triple occupation, une triple importance, une triple capacité, et d'éternels sujets de discours et de démonstrations agricoles.

Quand il avait fait son premier effet, comme il ne demandait pas mieux que d'être modeste, et que l'aveu d'une haute position coûte toujours un peu, il hésitait quelques instants, puis il hasardait le nom de Villepreux ; et si l'auditeur était pénétré d'avance de l'importance de ce nom, M. Lerebours disait en baissant les yeux : C'est moi qui fais les affaires de *la famille*. — Si cet auditeur était assez ennemi de lui-même pour demander ce que c'était que la famille, oh ! alors, malheur à lui ! car M. Lerebours se chargeait de le lui apprendre ; et c'étaient d'interminables généalogies, des énumérations d'alliances et de mésalliances, une liste de cousins et d'arrière-cousins ; et puis la statistique des propriétés, et puis l'exposé des améliorations

---

1. Cette propriété n'est pas aussi petite que semble le dire le narrateur. Elle a une surface de 64 km^2. Le revenu n'est pas négligeable : 30 000 livres de rente équivalent à 140 000 euros, mais c'est peu, relativement aux fortunes industrielles.

par lui opérées, etc. Quand une diligence avait le bonheur de posséder M. Lerebours, il n'était ni cahots ni
chutes qui pussent troubler le sommeil délicieux où il
plongeait les voyageurs. Il les entretenait de la famille
de Villepreux depuis le premier relais jusqu'au dernier.
Il eût fait le tour du monde en parlant de *la famille*.

Quand M. Lerebours allait à Paris, il y passait son
temps fort désagréablement ; car, dans cette fourmi-
lière d'écervelés, personne ne paraissait se soucier de
la famille de Villepreux. Il ne concevait pas qu'on ne
le saluât point dans les rues, et qu'à la sortie des spec-
tacles la foule risquât d'étouffer, sans plus de façon,
un homme aussi nécessaire que lui à la prospérité des
Villepreux.

De données morales sur *la famille*, de distinctions
entre les membres, d'aperçus des divers caractères, il
ne fallait pas lui en demander. Soit discrétion, soit
inaptitude à ce genre d'observations, il ne pouvait rien
dire de ces illustres personnages, sinon que celui-ci
était plus ou moins économe, ou entendu aux affaires
que celui-là. Mais la qualité et l'importance de l'homme
ne se mesuraient, pour lui, qu'à la somme des écus dont
il devait hériter ; et quand on lui demandait si mademoiselle de Villepreux était aimable et jolie, il répondait par la supputation des valeurs qu'elle apporterait
en dot. Il ne comprenait pas qu'on fût curieux d'en
savoir davantage.

Un matin, M. Lerebours se leva encore plus tôt que
de coutume, ce qui n'était guère possible, à moins de
se lever, comme on dit, la veille ; et descendant la rue
principale et unique du village, dite *rue Royale*, il tourna
à droite, prit une ruelle assez propre, et s'arrêta devant
une maisonnette de modeste apparence.

Le soleil commençait à peine à dorer les toits, les coqs mal éveillés chantaient en fausset, et les enfants, en chemise sur le pas des portes, achevaient de s'habiller dans la rue. Déjà cependant le bruit plaintif du rabot et l'âpre gémissement de la scie résonnaient dans l'atelier du père Huguenin, les apprentis étaient tous à leur poste, et déjà le maître les gourmandait avec une rudesse paternelle.

— Déjà en course, monsieur le régisseur? dit le vieux menuisier en soulevant son bonnet de coton bleu.

M. Lerebours lui fit un signe mystérieux et imposant. Le menuisier s'étant approché :

— Passons dans votre jardin, lui dit l'économe, j'ai à vous parler d'affaires sérieuses. Ici, j'ai la tête brisée ; vos apprentis ont l'air de le faire exprès, ils tapent comme des sourds.

Ils traversèrent l'arrière-boutique, puis une petite cour, et pénétrèrent dans un carré d'arbres à fruit dont la greffe n'avait pas corrigé la saveur, et dont le ciseau n'avait pas altéré les formes vigoureuses ; le thym et la sauge, mêlés à quelques pieds d'œillet et de giroflée, parfumaient l'air matinal ; une haie bien touffue mettait les promeneurs à l'abri du voisinage curieux.

C'est là que M. Lerebours, redoublant de solennité, annonça à maître Huguenin le menuisier la prochaine arrivée de la famille.

Maître Huguenin n'en parut pas aussi étourdi qu'il aurait dû l'être pour complaire à l'intendant.

— Eh bien, dit-il, c'est votre affaire à vous, monsieur Lerebours ; cela ne me regarde pas, à moins qu'il n'y ait quelque parquet à relever ou quelque armoire à rafistoler.

— Il s'agit d'une chose autrement importante, mon

ami, reprit l'intendant. La famille a eu l'idée (je dirais, si je l'osais, la singulière idée) de faire réparer la chapelle, et je viens voir si vous pouvez ou si vous voulez y être employé.

— La chapelle? dit le père Huguenin tout étonné; ils veulent remettre la chapelle en état? Tiens, c'est drôle tout de même. Je croyais qu'ils n'étaient pas dévots; mais c'est obligé, à ce qu'il paraît, dans ce temps-ci. On dit que le roi Louis XVIII...

— Je ne viens pas vous parler politique, répondit Lerebours en fronçant le sourcil : je viens savoir seulement si vous n'êtes pas trop jacobin[1] pour travailler à la chapelle du château, et pour être bien récompensé par la famille.

— Oui-da, j'ai déjà travaillé pour le bon Dieu; mais expliquez-vous, dit le père Huguenin en se grattant la tête.

— Je m'expliquerai quand il sera temps, repartit l'économe; tout ce que je puis vous dire, c'est que je suis chargé d'aller chercher, soit à Tours, soit à Blois, d'habiles ouvriers. Mais si vous êtes capable de faire cette réparation, je vous donnerai la préférence.

Cette ouverture fit grand plaisir au père Huguenin; mais, en homme prudent, et sachant bien à quel économe il avait affaire, il se garda d'en laisser rien paraître.

— Je vous remercie de tout mon cœur d'avoir pensé à moi, monsieur Lerebours, répondit-il; mais j'ai bien de l'ouvrage dans ce moment-ci, voyez-vous! La besogne va bien, c'est moi qui fais tout dans le pays

---

1. Républicain intransigeant comme pouvaient l'être les révolutionnaires qui firent partie du club des Jacobins.

parce que je suis seul de ma partie. Si je m'embarquais dans l'ouvrage du château, je mécontenterais le bourg et la campagne, et on appellerait un second menuisier qui m'enlèverait toutes mes pratiques.

— Il est pourtant joli de mettre en poche en moins d'un an, en six mois peut-être, une belle somme ronde et payée comptant. Je veux bien croire que vous avez une clientèle nombreuse, maître Huguenin, mais tous vos clients ne payent pas.

— Pardon, dit le menuisier blessé dans son orgueil démocratique, ce sont tous d'honnêtes gens et qui ne commandent que ce qu'ils peuvent payer.

— Mais qui ne payent pas vite, reprit l'économe avec un sourire malicieux.

— Ceux qui tardent, répondit Huguenin, sont ceux à qui je veux bien faire crédit. On s'entend toujours avec ses pareils ; et moi aussi je fais bien quelquefois attendre l'ouvrage plus que je ne le voudrais.

— Je vois, dit l'économe d'un air calme, que mon offre ne vous séduit pas. Je suis fâché de vous avoir dérangé, père Huguenin ; — et soulevant sa casquette, il fit mine de s'en aller, mais lentement ; car il savait bien que l'artisan ne le laisserait pas partir ainsi.

En effet, l'entretien fut renoué au bout de l'allée.

— Si je savais de quoi il s'agit, dit Huguenin, affectant une incertitude qu'il n'éprouvait pas : mais peut-être que cela est au-dessus de mes forces... c'est de la vieille boiserie ; dans l'ancien temps on travaillait plus finement qu'aujourd'hui... et les salaires étaient sans doute en proportion de la peine. À présent il nous faut plus de temps et on nous récompense moins. Nous n'avons pas toujours les outils nécessaires... Et puis les seigneurs sont moins riches et partant moins magnifiques...

— Ce n'est toujours pas le cas de la famille de Villepreux, dit Lerebours en se redressant ; l'ouvrage sera payé selon son mérite. Je me fais fort de cela, et il me semble que je n'ai jamais manqué d'ouvriers quand j'ai voulu faire faire des travaux. Allons ! il faudra que j'aille à Valençay. Il y a là de bons menuisiers, à ce que j'ai ouï dire.

— Si l'ouvrage était seulement dans le genre de la chaire que j'ai confectionnée dans l'église de la paroisse... dit le menuisier rappelant avec adresse l'excellent travail dont il s'était acquitté l'année précédente.

— Ce sera peut-être plus difficile, reprit l'intendant, qui, la veille, avait examiné attentivement la chaire de la paroisse et qui savait fort bien qu'elle était sans défauts.

Et comme il s'en allait toujours, le père Huguenin se décida à lui dire :

— Eh bien, monsieur Lerebours, j'irai voir cette boiserie ; car, à vous dire vrai, il y a longtemps que je ne suis entré là, et je ne me rappelle pas ce que ce peut être.

— Venez-y, répondit l'économe qui devenait plus froid à mesure que l'ouvrier se laissait gagner ; la vue n'en coûte rien.

— Et cela n'engage à rien, reprit le menuisier. Eh bien, j'irai, monsieur Lerebours.

— Comme il vous plaira, mon maître, dit l'autre ; mais songez que je n'ai pas un jour à perdre. Pour obéir aux ordres de la famille, il faut que ce soir j'aie pris une décision, et si vous n'en avez pas fait autant, je partirai pour Valençay.

— Diable ! vous êtes bien pressé, dit Huguenin tout ému. Eh bien ! j'irai aujourd'hui.

— Vous feriez mieux de venir tout de suite, pendant que j'ai le temps de vous accompagner, reprit l'impassible économe.

— Allons donc, soit ! dit le menuisier. Mais il faut que j'emmène mon fils ; car il s'entend assez bien à faire un devis à vue d'œil ; et, comme nous travaillons ensemble…

— Mais votre fils est-il un bon ouvrier ? demanda M. Lerebours.

— Quand même il ne vaudrait pas son père, répondit le menuisier, ne travaille-t-il pas sous mes yeux et sous mes ordres ?

M. Lerebours savait fort bien que le fils Huguenin était un homme très précieux à employer. Il attendit que les deux artisans eussent passé leurs vestes et qu'ils se fussent munis de la règle, du pied-de-roi[1] et du crayon. Après quoi, ils se mirent tous trois en route, parlant peu et chacun se tenant sur la défensive.

---

1. Petite règle graduée en pouces et en lignes, du nom de l'ancienne mesure (0,324 m) — longueur du pied de Charlemagne.

2

Pierre Huguenin, le fils du maître menuisier, était le plus beau garçon qu'il y eût à vingt lieues à la ronde. Ses traits avaient la noblesse et la régularité de la statuaire ; il était grand et bien fait de sa personne ; ses pieds, ses mains et sa tête étaient fort petits, ce qui est remarquable chez un homme du peuple, et ce qui est très compatible avec une grande force musculaire dans les belles races ; enfin ses grands yeux bleus ombragés de cils noirs et le coloris délicat de ses joues donnaient une expression douce et pensive à cette tête qui n'eût pas été indigne du ciseau de Michel-Ange.

Ce qui paraîtra singulier, et ce qui est positif, c'est que Pierre Huguenin ne se doutait pas de sa beauté, et que ni les hommes, ni les femmes de son village ne s'en doutaient guère plus que lui. Ce n'est pas que dans aucune classe l'homme naisse dépourvu du sens du beau, mais ce sens a besoin d'être développé par l'étude de l'art et par l'habitude de comparer. La vie libre et cultivée des gens aisés les met sans cesse en présence des chefs-d'œuvre de l'art ou en rapport avec des types qu'autour d'eux ils voient apprécier par l'esprit de critique répandu dans la société. Leur jugement se forme ainsi ; et ne fût-ce qu'au frottement de l'art contemporain qui, pauvre ou florissant, conserve toujours un reflet de l'éternelle beauté, ils ouvrent les yeux sans effort à un monde idéal, au seuil duquel le génie comprimé du pauvre se heurte longtemps, et trop souvent se brise sans pouvoir pénétrer.

Ainsi le premier laboureur venu, avec un teint coloré, de larges épaules et l'œil vif, avait plus de succès dans les fêtes du village, et faisait rire et danser plus de filles que le noble et calme Huguenin. Mais les bourgeoises le suivaient de l'œil, en disant : « Mon Dieu ! quel est ce beau garçon ? » Et deux jeunes peintres, qui passaient par le village de Villepreux pour se rendre à Valençay, avaient été tellement frappés de la beauté du garçon menuisier qu'ils lui avaient demandé la permission de faire son portrait ; mais il s'y était refusé assez sèchement, prenant cette demande pour une mauvaise plaisanterie de leur part.

Le père Huguenin, qui, lui-même, était un superbe vieillard, et qui ne manquait pas de bon sens, ne s'était pas toujours douté de la haute intelligence et de la beauté idéale de son fils[1]. Il voyait en lui un garçon bien bâti, laborieux, rangé, un bon aide en un mot ;

---

1. Que Pierre Huguenin soit une incarnation du beau idéal, alors qu'il est menuisier, souligne l'aspect politiquement incorrect du roman : l'idéalisation contrevient à la relation traditionnellement établie entre personnages populaires et modalité comique, entre le peuple et le grotesque. Rappelons que le « beau idéal », selon une tradition, que Winckelmann au XVIIIᵉ siècle contribue à fixer dans ses *Gedanken*... (1755), trouve son incarnation dans la statuaire antique, dont cet « antiquaire » exalte la « grandeur calme » et la « noble simplicité ». Dans une autre optique, les tenants du beau idéal estiment qu'il n'a pas d'incarnation dans l'univers réel, il est associé à une aspiration de l'artiste, il naît de sa vision intérieure. La beauté idéale de Pierre Huguenin est en cela porteuse d'avenir. Elle n'est pas dissociable d'une utopie politique.

mais quoiqu'il eût été un réformateur dans son temps, il n'était nullement épris des jeunes idées libérales, et il trouvait que Pierre donnait beaucoup trop dans l'amour des nouveautés. Il avait entendu parler de Rome et de Sparte par les orateurs du village au temps de la république, et il avait adopté dans ce temps-là le surnom de *Cassius*[1], qu'il avait prudemment abdiqué depuis le retour des Bourbons. Il croyait donc à un antique âge d'or de la liberté et de l'égalité ; et, depuis la chute de la Convention, il pensait fermement que le monde tournait pour toujours le dos à la vérité. — La justice est morte en 93[2], disait-il, et tout ce que vous

---

1. La Révolution française a multiplié les références à l'Antiquité. Dans une note du chapitre xiv de l'*Essai sur les révolutions* (1797), note rédigée pour l'édition de 1826, Chateaubriand constatait : « Il est certain que les demi-lettrés, qui furent les premiers chefs des jacobins, affectèrent des imitations de Rome et de Sparte, témoin les noms d'hommes et les diverses nomenclatures de choses qu'ils empruntèrent des Grecs et des Romains. » La République se fondait par le recours au modèle antiquisant, comme le montre la peinture de David. En se donnant le surnom de Cassius, le père Huguenin se met sous le patronage de Cassius Longinus, qui fut, avec Brutus son ami, l'un des meurtriers de César. Choisir ce surnom, c'était légitimer le tyrannicide, et plus précisément, dans le contexte de l'époque, la mort du roi. Les sentiments républicains du père Huguenin ne furent donc pas modérés. 2. Cette date pose un problème, puisque la Convention a gouverné la France du 21 septembre 1792 jusqu'au 26 octobre 1795. Tout se passe comme si le père Huguenin faisait de l'année 1793, année où l'on exécuta le roi et la reine, où Robespierre entra au Comité de Salut public, le point culminant de la justice révolutionnaire. Cette nostalgie de la France révolutionnée, qui s'accompagne d'un refus de penser l'avenir, va à l'encontre de la perfectibilité telle que l'entendaient Leroux ou Sand. Ils estimaient, comme Mme de Staël, que l'Histoire est toujours en travail. Comme on l'a vu dans l'Avertissement, le rôle des sociétés secrètes serait de préparer un avenir

inventerez désormais pour la ressusciter ne fera que
l'enterrer plus avant.

Il avait donc le travers des vieillards de tous les
temps, il ne croyait pas à un meilleur avenir. Sa vieillesse était un continuel gémissement, et parfois une
acrimonie, dont sa bonté naturelle et la sérénité de sa
conscience le sauvaient à grand'peine.

Il avait élevé son fils dans les plus purs sentiments
démocratiques ; mais il lui avait donné cette foi comme
un mystère, pensant qu'elle n'avait plus rien à produire, et qu'il fallait la garder en soi comme on garde
le sentiment de sa propre dignité en subissant une
injuste dégradation. Ce rôle passif ne pouvait suffire
longtemps à l'intelligence active de Pierre. Bientôt il
voulut en savoir plus sur son temps et sur son pays,
que ce qu'il pouvait apprendre dans sa famille et dans
son village. Il fut saisi à dix-sept ans [1] de l'ardeur voyageuse qui, chaque année, enlève à leurs pénates de
nombreuses phalanges de jeunes ouvriers pour les jeter
dans la vie aventureuse, dans l'apprentissage ambulant
qu'on appelle *le Tour de France*. Au désir vague de
connaître et de comprendre le mouvement de la vie
sociale se mêlait l'ambition noble d'acquérir du talent
dans sa profession. Il voyait bien qu'il y avait des théories plus sûres et plus promptes que la routine patiente
suivie par son père et par les anciens du pays. Un compagnon tailleur de pierres, qui avait passé dans le village, lui avait fait entrevoir les avantages de la science
en exécutant devant lui, sur un mur, des dessins qui

---

meilleur lorsque apparemment, comme sous la Restauration, l'Histoire rétrograde.

1. Agricol Perdiguier quitta Avignon pour commencer son
Tour de France à l'âge de dix-sept ans.

simplifiaient extraordinairement la pratique lente et monotone de son travail. Dès ce moment il avait résolu d'étudier le *trait*, c'est-à-dire le dessin linéaire applicable à l'architecture, à la charpenterie et à la menuiserie. Il avait donc demandé à son père la permission et les moyens de faire son tour de France. Mais il avait rencontré un grand obstacle dans le mépris que le père Huguenin professait pour la théorie. Il lui avait fallu presque une année de persévérance pour vaincre l'obstination du vieux praticien. Le père Huguenin avait aussi la plus mauvaise opinion des initiations mystérieuses du compagnonnage. Il prétendait que toutes ces sociétés secrètes d'ouvriers réunis sous différents noms en *Devoirs* n'étaient que des associations de bandits ou de charlatans qui, sous prétexte d'en apprendre plus long que les autres, allaient consumer les plus belles années de la jeunesse à battre le pavé des villes, à remplir les cabarets de leurs cris fanatiques, et à couvrir de leur sang versé pour de sottes questions de préséance la poussière des chemins.

Il y avait un côté vrai dans ces accusations ; mais elles donnaient un tel démenti à l'estime dont jouit le compagnonnage dans les campagnes, que, selon toute apparence, le père Huguenin avait quelque grief personnel. Quelques anciens du village racontaient qu'on l'avait vu rentrer un soir chez lui, couvert de sang, la tête fendue et les vêtements en lambeaux. Il avait fait une maladie à la suite de cet événement ; mais il n'avait jamais voulu en expliquer le mystère à personne. Son orgueil se refusait à avouer qu'il eût cédé sous le nombre. Nous soupçonnons fort qu'il était tombé dans une embûche dressée par quelques Compagnons du Devoir à certains rivaux, et qu'il avait été victime d'une méprise. Le fait est que depuis ce temps il avait nourri un vif ressentiment et professé une aversion persévérante contre le compagnonnage.

Quoi qu'il en soit, la vocation du jeune Pierre était plus forte que la pensée de tous les périls et de toutes les souffrances prédites par son père. Sa résolution l'emporta, et maître Cassius Huguenin fut forcé de lui donner un beau matin la clef des champs. S'il n'eût écouté que son cœur, il l'eût muni d'une bonne somme pour lui rendre l'entreprise agréable et facile ; mais se flattant que la misère le ramènerait au bercail plus vite que toutes les exhortations, il ne lui donna que trente francs, et lui défendit de lui écrire pour en demander davantage. Il se promettait bien dans son âme de faire droit à sa première requête ; mais il croyait l'effrayer par cette apparence de rigueur. Le moyen ne réussit pas ; Pierre partit et ne revint qu'au bout de quatre ans. Durant ce long pèlerinage il n'avait pas demandé une seule obole à son père, et dans ses lettres il s'était borné à s'informer de sa santé et à lui souhaiter mille prospérités, sans jamais l'entretenir ni de ses travaux, ni d'aucune des vicissitudes de son existence nomade. Le père Huguenin en était à la fois inquiet et mortifié ; il avait bien envie de le lui exprimer avec cet élan de tendresse qui eût désarmé l'orgueil du jeune homme ; mais le dépit l'emportait toujours lorsqu'il tenait la plume, et il ne pouvait s'empêcher de lui écrire d'un ton de remontrance sévère qu'il se reprochait aussitôt que la lettre était partie. Pierre n'en témoignait ni dépit, ni découragement. Il répondait d'un ton respectueux et plein d'affection ; mais il était inébranlable ; et le curé, qui aidait le vieux menuisier à lire ses lettres, lui faisait remarquer, non sans plaisir, que l'écriture de son fils devenait de plus en plus belle et coulante, qu'il s'exprimait en termes choisis, et qu'il y avait dans son style une mesure, une noblesse et même une élégance qui le plaçaient déjà bien au-dessus de lui et de tous les vieux ouvriers du pays qu'il appelait ses compères.

Enfin, Pierre revint par une belle journée de printemps. C'était trois semaines avant la visite et la communication de M. Lerebours. Le père Huguenin, un peu vieilli, un peu cassé, bien las de travailler sans relâche, et surtout attristé d'être toujours en lutte dans son atelier avec des apprentis grossiers et indociles, mais trop fier pour se plaindre, et affectant un enjouement qui était souvent loin de son âme, vit entrer chez lui un beau jeune homme qu'il ne connaissait pas. Pierre avait grandi de toute la tête ; son port était noble et assuré ; son teint clair et pur, que le soleil n'avait pu ternir, était rehaussé par une légère barbe noire. Il était vêtu en ouvrier, mais avec une propreté scrupuleuse, et portait sur ses larges épaules un sac de peau de sanglier bien rebondi qui annonçait un bon trousseau de hardes. Il salua en souriant dès le seuil de la porte, et, prenant plaisir à l'incertitude et à l'étonnement de son père, il lui demanda la demeure de M. Huguenin, le maître menuisier. Le père Huguenin tressaillit au son de cette voix mâle qui lui rappelait confusément celle de son petit Pierre, mais qui avait changé comme le reste. Il resta quelque temps interdit, et comme Pierre semblait prêt à se retirer, voilà, pensa-t-il, un gars de bonne mine, et qui, certainement, ressemble à mon fils ingrat ; et un soupir s'échappa de sa poitrine ; mais aussitôt Pierre s'élança dans ses bras, et tous deux se tinrent longtemps embrassés, n'osant se dire une parole dans la crainte de laisser voir l'un à l'autre des yeux pleins de larmes.

Depuis trois semaines que l'enfant prodigue était rentré dans les habitudes paisibles du toit paternel, le vieux menuisier sentait une douce joie mêlée de quelques bouffées de chagrin et d'inquiétude. Il voyait bien que Pierre était sage dans sa conduite, sensé dans ses paroles, assidu au travail. Mais avait-il acquis cette supériorité de talent dont il avait nourri le désir ambitieux avant son départ? Le père Huguenin souhaitait ardemment qu'il en fût ainsi; et pourtant, par suite d'une contradiction qui est naturelle à l'homme et surtout à l'artiste, il craignait de trouver son fils plus savant que lui. D'abord il s'était attendu à le voir étaler sa science, trancher du maître avec ses élèves, bouleverser son atelier et l'engager d'un ton doctoral à troquer tous ses antiques et fidèles outils contre des outils de fabrique nouvelle et d'un usage inconnu à ses vieilles mains. Mais les choses se passèrent tout autrement; Pierre ne dit pas un mot relatif à ses études, et lorsque son père fit mine de l'interroger, il éluda toute question en disant qu'il avait fait de son mieux pour apprendre, et qu'il ferait de son mieux pour pratiquer; puis, il se mit à la besogne le jour même de son arrivée et prit les ordres de son père comme un simple compagnon. Il se garda bien de critiquer le travail des apprentis, et laissa la direction suprême de l'atelier à qui de droit. Le père Huguenin, qui s'était préparé à une lutte désespérée, se sentit fort à l'aise; et triomphant dans son esprit, il se contenta de murmurer entre ses dents à plusieurs reprises que le monde n'était pas si changé qu'on voulait bien le dire, que les anciennes coutumes seraient toujours les meilleures, et qu'il fallait bien le reconnaître, même après s'être flatté de tout réformer. Pierre feignit de ne pas entendre ; il poursuivit sa tâche, et le père fut forcé de déclarer qu'elle était faite avec une exactitude sans reproche et une rapidité extraordinaire.

— Ce que j'aime, lui disait-il de temps en temps, c'est que tu as appris à travailler vite et que l'ouvrage n'en est pas moins soigné.

— Si vous êtes content, tout va bien, répondait Pierre.

Quand cette inquiétude du vieux menuisier fut tout à fait dissipée, il se sentit tourmenté d'une autre façon. Il avait besoin de triompher ouvertement, et il était blessé que Pierre ne répondît pas à ses insinuations lorsqu'il lui donnait à entendre que son tour de France, sans lui être nuisible, n'avait pas eu tous les avantages qu'il s'était vanté d'en retirer ; qu'il n'avait rien découvert de merveilleux ; qu'en un mot, il eût pu apprendre à la maison tout ce qu'il avait été chercher bien loin. Une sorte de dépit s'empara de lui insensiblement et fit assez de progrès pour le rendre soucieux et méfiant.

— Il faut, disait-il tout bas à son compère le serrurier Lacrête, que mon garçon me cache quelque secret. Je parierais qu'il en sait plus qu'il n'en veut faire paraître. On dirait qu'en travaillant pour moi, il s'acquitte d'une dette, mais qu'il réserve ses talents pour le temps où il travaillera à son compte, afin de m'écraser tout d'un coup.

— Eh bien, répondait le compère Lacrête, tant mieux pour vous ; vous vous reposerez alors, car vous n'avez que ce fils, et vous n'aurez pas besoin de l'aider à s'établir ; il se fera tout seul une bonne position, et vous jouirez enfin de la vie en mangeant vos revenus. N'êtes-vous pas assez riche pour quitter la profession, et voulez-vous donc disputer la clientèle du village à votre enfant unique ?

— Dieu m'en garde ! reprenait le menuisier, je ne suis pas ambitieux et j'aime mon fils comme moi-même ; mais voyez-vous, il y a l'amour-propre ! Croyez-vous qu'on se résigne, à soixante ans, à voir sa réputation éclipsée par un jeune homme qui n'a pas même voulu prendre vos leçons, les jugeant indignes de son génie ? Croyez-vous que ce serait une belle conduite de la part d'un fils, de venir dire à tout le monde : voyez, je travaille mieux que mon père, donc mon père ne savait rien !

En raisonnant ainsi, le maître menuisier rongeait son frein. Il essayait de trouver quelque chose à reprendre dans le travail de son fils, et s'il surprenait la moindre trace d'enjolivement à ses pièces de menuiserie, il la critiquait amèrement. Pierre n'en montrait aucun dépit. D'un coup de rabot il enlevait lestement l'ornement qui semblait s'être échappé malgré lui de sa main : il était résolu à tout souffrir, à se laisser humilier mille fois plutôt que de faire mauvais ménage avec son père. Il le connaissait trop bien pour ne pas avoir prévu qu'il ne fallait pas essayer de le primer. Content d'avoir acquis les talents qu'il avait ambitionnés, il attendait que l'occasion de les faire apprécier vînt d'elle-même, et il savait bien qu'elle ne tarderait pas. En effet, elle se présenta le jour où l'économe conduisit les deux menuisiers au château pour examiner les travaux en question.

3

Ils furent introduits dans un antique *vaisseau* [1] qui avait servi successivement de chapelle, de bibliothèque, de salle de spectacle et d'écurie, suivant les vicissitudes de la noblesse ou les goûts des divers possesseurs du château. Cette salle était située dans un corps de bâtiment plus ancien que les autres constructions qui composaient le vaste et imposant manoir de Villepreux. Elle était d'un beau style gothique flamboyant, et les arceaux de la charpente annonçaient qu'elle avait été consacrée au culte religieux. Mais en changeant son usage à diverses époques, on avait changé ses ornements, et les dernières traces de réparation qui subsistaient, c'étaient les boiseries du XVe siècle, qu'au XVIIIe on avait couvertes de planches et de toiles peintes pour jouer des pastorales, l'opéra du *Huron* [2], et la *Mélanie* [3] de M. de La Harpe. Un reste de ce décor,

---

1. « Espace allongé que forme l'intérieur d'un grand bâtiment (et spécialement d'un bâtiment voûté) » (*Dictionnaire Le Robert*). Vaisseau est donc ici synonyme de nef. **2.** *Le Huron*, 1768, comédie en deux actes mêlée d'ariettes. Musique de Grétry sur un livret de Marmontel, d'après le conte de Voltaire, *L'Ingénu*. **3.** *Mélanie* (1770). Ce drame en trois actes dénonce les abus de l'Ancien Régime : une fille est contrainte au célibat pour laisser tout l'héritage à son frère. La Harpe, à cette date, n'était pas encore devenu

barbouillé de guirlandes fanées et d'Amours éraillés, avait été enlevé ; et une certaine pièce située dans une tourelle adjacente avait pu ouvrir une porte, longtemps murée, sur la grande salle déblayée de ses oripeaux. Or, la tourelle était un lieu favori pour une certaine personne de la famille. Dès qu'on eut découvert une nouvelle issue à cette pièce et un usage à cette porte, on voulut qu'elle pût communiquer avec la chapelle ; mais il n'y manquait qu'une chose, c'était un escalier. Dans le principe, la porte donnait sur une tribune dans laquelle le châtelain et sa famille venaient écouter les offices, et la tourelle servait d'oratoire. Sous la Régence, la tribune servit à appuyer la toile de fond du théâtre, et la tourelle fut tantôt le foyer des comédiens amateurs, tantôt le cabinet de toilette de quelque prima donna de haute volée. On avait pratiqué, pour la communication avec les coulisses, un de ces escaliers à roulettes, qu'on appelle échelles à marches en termes de menuiserie, et dont on se sert dans les bibliothèques ou dans les ateliers de peinture, pour atteindre aux rayons supérieurs ou aux parties élevées des grandes toiles. C'était un ouvrage grossier, provisoire, et pouvant se déplacer suivant l'exigence du décor. La famille de Villepreux, ayant su apprécier la beauté des boiseries méprisées et mutilées par la génération précédente, avait résolu d'utiliser cette vaste pièce abandonnée depuis la Révolution aux rats et aux chouettes.

On avait donc décrété ce qui suit :

L'ex-chapelle du Moyen Âge, ex-bibliothèque sous Louis XIV, ex-salle de spectacle sous la Régence, ex-

---

un « renégat des Lumières ». Disciple de Voltaire, il se tournait vers le drame bourgeois.

écurie durant l'émigration, servirait désormais d'atelier de peinture, ou pour mieux dire de musée. On y rassemblerait tous les vieux vases et meubles rares, tous les portraits de famille et anciens tableaux, tous les livres de prix, toutes les gravures, en un mot toutes les curiosités éparses dans le château. Il y avait place pour tout cela et pour toutes les tables, modèles et chevalets qu'on voudrait y ajouter.

La partie qui avait été tour à tour le chœur de la chapelle et l'emplacement du théâtre, reprendrait, comme monument, sa forme demi-circulaire et son apparence de chœur recouvert de boiseries sculptées. C'étaient ces belles sculptures en plein chêne noir qu'il s'agissait de restaurer. L'ancienne porte de la tourelle que les maçons venaient de démasquer donnerait comme autrefois sur une tribune, mais cette tribune servirait de palier, garnie d'une balustrade, à un escalier tournant dont plusieurs dessins avaient été essayés et parmi lesquels on devait choisir le plus convenable.

Cette chapelle, cet escalier et cette tourelle auront trop d'importance dans le cours de notre récit, pour que nous n'ayons pas cherché à en présenter l'image à l'esprit du lecteur. Nous devons ajouter que ce corps de bâtiment était situé entre une partie du parc où la végétation avait envahi les allées, et une petite cour ou préau qui avait été tour à tour cimetière, parterre et faisanderie, et qui n'était plus qu'une impasse obstruée de décombres.

C'était donc l'endroit le plus silencieux et le moins fréquenté du château, une retraite philosophique, ou un laboratoire artistique que l'on voulait déblayer et restaurer, mais conserver mystérieux et sombre, soit pour y travailler sans distraction, soit pour s'y retrancher contre les visiteurs importuns.

C'est vers ce lieu solitaire que M. Lerebours condui-sit les deux menuisiers, l'un calme, et l'autre s'efforçant de le paraître.

Mais d'abord, Pierre ne songea ni à son père ni à lui-même. L'amour de sa profession, qu'il comprenait en artiste, fut le seul sentiment qui s'empara de lui lorsqu'il pénétra dans cette antique salle, véritable monument de l'art de la menuiserie. Il s'arrêta au seuil, saisi d'un grand respect ; car il n'est point d'âme plus portée à la vénération[1] que celle d'un travailleur consciencieux. Puis il s'avança lentement sous la voûte et parcourut toute l'enceinte d'un pas inégal, tantôt se pressant pour examiner les détails, tantôt s'arrêtant pour admirer l'ensemble. Une joie sainte rayonnait sur son visage, sa bouche entrouverte ne laissait pas échapper un seul mot, et son père le regardait avec étonnement, comprenant à demi son transport, et se demandant quelle pensée l'agitait pour le faire ainsi paraître fier, assuré, et plus grand de toute la tête qu'à l'ordinaire. Quant à l'économe, il était incapable de rien concevoir à ce ravissement, et comme les deux menuisiers gardaient le silence, il se décida à entamer la conversation.

— Vous voyez, mes amis, leur dit-il de ce ton bénin qui était chez lui le signe précurseur d'un accès de

---

1. Les mots « respect » et « vénération » font partie du vocabulaire kantien. Le « ravissement » silencieux qui caractérisera plus loin cette contemplation esthétique renvoie de fait à l'expérience du sublime. Rappelons que, pour Kant, le sublime n'est pas dans les choses mais dans le sujet susceptible d'éprouver cette extase esthétique. Ici, les sentiments artistes ne sont pas séparables de sentiments moraux.

ladrerie, qu'il n'y a pas tant d'ouvrage qu'on pourrait le croire. Je vous ferai observer que les frises et les figurines étant un travail hors de votre compétence, nous ferons venir de Paris des artistes tourneurs et sculpteurs en bois pour raccommoder celles qui sont brisées et pour rétablir celles qui ont disparu. Ainsi vous n'avez à vous occuper que des grosses pièces ; vous aurez à mettre des morceaux dans les panneaux endommagés, à resserrer les parties disjointes, à confectionner çà et là quelques moulures, à rapporter des morceaux dans les corniches, etc. Je pense que vous pouvez faire proprement ces oves[1]?... Vous, maître Pierre, qui avez voyagé, vous ne serez pas embarrassé pour les torsades incrustées en balustres, n'est-ce pas ? Et l'économe accompagnait d'un sourire, moitié paternel, moitié dédaigneux, ces impertinentes dubitations.

Le père Huguenin, qui était assez bon ouvrier pour comprendre la difficulté du travail, à mesure qu'il l'examinait, fronça les sourcils à cette interpellation directe aux talents de son fils. Dans ce moment il était encore partagé entre la secrète jalousie de l'artiste et l'espoir orgueilleux du père. Son front s'éclaircit lorsque Pierre, qui n'avait pas semblé écouter M. Lerebours, répondit d'une voix assurée :

— Monsieur l'économe, j'ai appris dans mes voyages tout ce que j'ai pu apprendre ; mais il n'y a rien dans ces oves, dans ces torsades, et dans le rapport de toutes ces pièces, que mon père ne soit capable d'entreprendre et de mener à bien. Quant aux figures et aux ornements délicats, ajouta-t-il en baissant un peu

---

1. Ornement architectural en relief, en forme d'œuf, répété en suite linéaire.

la voix par un sentiment de secrète modestie, ce serait une tâche faite pour nous tenter l'un et l'autre ; car c'est un beau travail et il y aurait de la gloire à l'accomplir. Mais cela nous demanderait beaucoup de temps, nous n'aurions peut-être pas tous les outils nécessaires, et, à coup sûr, nous ne trouverions pas dans le pays de compagnons pour nous seconder. Ainsi nous nous tiendrons à notre partie. Maintenant vous plaît-il de nous montrer la place et le plan de l'escalier dont vous avez parlé ?

Au fond de la chapelle, la petite porte dont j'ai parlé, mystérieusement enfoncée dans l'épaisseur du mur, et recouverte d'une vieille tapisserie, n'avait plus pour palier extérieur que quelques planches vermoulues, dernier vestige de la tribune.

— C'est ici, dit M. Lerebours. Comme il n'y a pas de cage d'escalier dans la muraille, il faut faire un escalier extérieur, tout en bois, et tournant en spirale. Voyez, prenez vos mesures, si vous voulez. Voici une échelle qu'on peut approcher.

Pierre approcha l'échelle à marches et monta jusqu'à la tribune, qui n'était élevée que d'une vingtaine de pieds au-dessus du sol. Il souleva la portière et admira le travail exquis de la porte sculptée, ainsi que les ornements d'architecture à filets[1] délicatement enroulés qui encadraient les chambranles et le tympan[2].

— Cette porte est aussi à réparer, dit-il ; car les

---

1. Les filets sont, en architecture, de petites moulures.
2. Chambranle, « encadrement des portes ». Le tympan désigne ici, par analogie avec les tympans des églises romanes ou gothiques, un panneau de menuiserie arrondi, dessinant un arc au-dessus de la porte.

armoiries qui forment le centre des médaillons ont été brisées.

— Oui, dans la Révolution, répondit l'économe, en détournant les yeux d'un air hypocrite ; et ce fut une grande barbarie, car c'était l'œuvre d'un ouvrier bien habile, on n'en saurait douter.

Les joues du père Huguenin se colorèrent d'un rouge vif. Il connaissait bien le vandale qui avait donné jadis le meilleur coup de hache à cette dévastation.

— Les temps sont changés, dit-il avec un sourire où la malignité surmontait la confusion ; et les écussons aussi. Dans ce temps-là on brisait tout, et on ne se doutait guère qu'on se taillait de la besogne pour l'avenir.

— Ce n'est pas si mauvais pour vous, dit l'intendant avec un rire froid et saccadé dont il accompagnait toujours ce qu'il lui plaisait d'appeler ses traits de gaieté.

— Ni pour vous non plus, monsieur Lerebours, répondit le vieux menuisier. Si on n'avait pas enfoncé ces portes, vous n'en auriez pas aujourd'hui les clefs ; si on n'eût pas vendu ce château, la branche cadette des Villepreux n'aurait pas fait le bon marché de l'acheter en assignats à la branche aînée, et ne serait pas si riche à l'heure qu'il est.

— La famille de Villepreux a toujours été riche, dit M. Lerebours d'un ton altier ; et avant d'acheter cette terre, elle n'était pas, je pense, sur le pavé.

— Bah ! reprit le père Huguenin d'un ton goguenard ; à pied, à cheval ou en carrosse, nous y sommes tous sur ce pauvre pavé du bon Dieu !

Pendant cette digression, Pierre, examinant toujours la porte, essayait de l'ouvrir afin d'en voir les deux faces. M. Lerebours l'arrêta.

— On n'entre pas ici, dit-il d'un ton doctoral, la

porte est fermée en dedans ; c'est le cabinet d'étude de mademoiselle de Villepreux, et moi seul ai le droit d'y pénétrer en son absence.

— Il faudra toujours bien enlever la porte pour la réparer, dit le père Huguenin, à moins que vous ne vouliez y laisser des chatières.

— Ceci viendra en son temps, répondit M. Lerebours ; vous n'avez affaire maintenant qu'avec l'escalier. Voici la place, et si vous voulez descendre je vais vous montrer le plan.

Pierre descendit de l'échelle, et l'économe déroula d'abord devant lui plusieurs planches ; c'étaient diverses gravures à l'eau-forte d'après des tableaux de vieux intérieurs flamands.

— Mademoiselle, dit M. Lerebours, a désiré que l'on se conformât au style de ces escaliers, et que l'on choisît, parmi les échantillons que voici, celui qui s'adapterait le mieux aux exigences du local. J'ai fait en conséquence tracer un plan suivant les lois de la géométrie ; je présume qu'en vous le faisant expliquer vous pourrez vous y conformer.

— Ce plan est défectueux, dit Pierre aussitôt qu'il eut jeté les yeux sur la planche de trait[1] que l'intendant déroulait devant lui d'un air important.

— Songez à ce que vous dites, mon ami, répondit l'économe ; ce plan a été exécuté par mon fils... par mon propre fils.

— Monsieur votre fils s'est trompé, reprit Pierre froidement.

— Mon fils est employé aux Ponts et Chaussées,

---

1. Dessin linéaire, géométrie descriptive appliquée aux travaux de menuiserie.

apprenez cela, maître Pierre, s'écria l'intendant tout
rouge de dépit.

— Je ne dis pas le contraire, dit Pierre en souriant ;
mais si monsieur votre fils était ici, il reconnaîtrait son
erreur et ferait un autre plan.

— Sous votre direction, sans doute, monsieur l'entendu ?

— Sous celle du bon sens, monsieur l'économe ; et
il m'en donnerait une que je pourrais suivre.

Le père Huguenin riait de plaisir dans sa barbe
grise ; il était enchanté que son fils le vengeât des allusions de M. Lerebours.

— Voyons donc ce plan, dit-il d'un air capable ; et
tirant de la poche de son gilet, qui lui descendait sur le
genou, une paire de lunettes de corne, il s'en pinça le
nez et fit mine de commenter la planche, quoiqu'il n'y
comprît rien du tout. Le dessin linéaire était un gri-
moire qu'il avait toujours affecté de mépriser ; mais
une foi instinctive lui disait en cet instant que son fils
était dans le vrai. Il ne manquait pas d'affirmer que le
plan était faux, que cela sautait aux yeux, et il le soutint avec tant d'aplomb que Pierre l'eût cru converti à
l'étude du trait s'il ne se fût aperçu qu'il tenait la
planche à l'envers. Il se hâta de la lui ôter des mains,
de peur que l'économe, qui n'était du reste guère plus
versé que lui dans cette partie, ne le remarquât.

— Monsieur votre fils peut être très habile dans les
Ponts et Chaussées, poursuivait le père Huguenin en
ricanant ; mais il ne fait pas beaucoup d'escaliers sur les
grandes routes, que je sache. Chacun son métier, monsieur Lerebours, soit dit sans vous offenser.

— Ainsi, vous refusez de faire cet escalier ? dit
Lerebours en s'adressant à Pierre.

— Je me charge de le rectifier, répondit Pierre avec
douceur. Ce ne sera pas difficile, et le mouvement sera
le même. J'y ajouterai une rampe de chêne découpée à
jour dans le style de la boiserie, et des pendentifs[1]
assortis à ceux de la voûte de la charpente.

— Vous êtes donc sculpteur aussi ? dit M. Lerebours avec aigreur ; vous avez tous les talents !

— Oh ! non pas tous, répondit Pierre avec un soupir
plein de bonhomie, non pas même tous ceux que je
devrais avoir. Mais essayez-moi dans ma partie, et, si
vous êtes content, vous me pardonnerez de vous avoir
contredit ; c'était sans intention de vous blesser, je vous
jure. Si j'avais à m'occuper de la construction d'un
pont ou d'un projet de route, je me mettrais avec plaisir
sous les ordres de M. Isidore, parce que je sais que j'aurais beaucoup de choses utiles à apprendre de lui.

M. Lerebours, un peu radouci, consentit à écouter la
critique pleine de douceur que Pierre lui fît du plan
d'escalier. La démonstration fut faite avec clarté, et le
père Huguenin la comprit d'emblée, car il était arrivé,
par la pratique et la logique naturelle, à une connaissance assez élevée de son art ; mais M. Lerebours, qui
n'avait ni la théorie ni la pratique, suait à grosses
gouttes tout en feignant de comprendre ; et, pour clore
le différend, il fut décidé que Pierre ferait un autre plan
et qu'on le soumettrait à l'architecte que la famille
honorait de sa clientèle. M. Lerebours était bien aise de
faire cette épreuve avant d'employer le jeune menuisier,
et on arrêta que le devis du travail et les conditions du

---

1. « En menuiserie, toute partie triangulaire en saillie, qui
s'avance et sert de soutien à une partie rentrante » (*Grand Larousse
de la langue française*).

salaire seraient ajournés jusqu'au jugement de l'architecte.

Lorsque les Huguenin furent rentrés chez eux, le
père garda un profond silence. En attendant le soir,
on reprit les travaux, et Pierre, sans plus d'orgueil que
les autres jours, se mit à raboter les planches que lui
présentait son père ; mais il était facile de voir que
celui-ci ne lui taillait plus la besogne avec autant d'assurance, et qu'il lui parlait avec plus d'égards que de
coutume. Il alla même jusqu'à le consulter sur un procédé fort simple que Pierre employait en débitant certaines pièces.

— Votre manière est bonne aussi, lui répondit
Pierre.

— Mais enfin, dit le vieillard, la tienne vaut mieux
sans doute ?

— Elle m'est plus facile, répondit Pierre.

— Tu désapprouves donc la mienne ? dit encore le
père Huguenin.

— Nullement, répondit le jeune homme, puisque
avec un peu plus de temps et de peine vous arrivez au
même résultat.

Le vieux menuisier comprit cette critique délicate et
se mordit les lèvres, puis un sourire d'approbation
effaça cette grimace involontaire.

Après le souper, Pierre se mit à l'œuvre. Il tira de
son carton une grande feuille de papier, prit son crayon,
son compas et sa règle, tira des lignes et les coupa par
d'autres lignes, arrondit des courbes, des demi-courbes,
fit des projections, des développements, et à minuit
son plan fut terminé. Le père Huguenin, qui feignait de
sommeiller auprès de la cheminée, le suivait des yeux
par-dessus son épaule. Quand il vit qu'il refermait son

portefeuille et s'apprêtait à se coucher sans dire un mot : Pierre, dit-il enfin d'une voix oppressée, tu joues gros jeu ! Es-tu bien sûr d'en savoir plus long que le fils de M. Lerebours, qu'un jeune homme qui a été élevé dans les écoles, et qui est employé par le gouvernement ? Ce matin, pendant que tu expliquais les fautes de son plan, quoique tu te servisses de mots qui ne me sont pas très familiers, j'ai compris que tu pouvais avoir raison ; mais il est facile de blâmer, et malaisé de faire mieux. Comment peux-tu te flatter de ne pas te tromper toi-même dans toutes ces lignes que tu viens de croiser sur un chiffon de papier ? Il n'y a qu'en essayant les pièces les unes avec les autres, et en retouchant à mesure, qu'on peut être bien sûr de ce qu'on fait. Si tu commets une faute en travaillant, ce n'est qu'une journée et un peu de bois perdus ; tu corriges, personne ne s'en aperçoit, et tout est dit. Au lieu que si tu fais là un trait de plume à faux, voilà tous les beaux savants auxquels tu veux t'en rapporter qui vont crier que tu es un ignorant, un maladroit ; et tu seras perdu de réputation avant d'avoir rien fait. Voilà tantôt quarante-cinq ans que j'exerce mon métier avec bonheur et profit : une faute sur le papier eût pu me faire échouer au début de ma carrière. Aussi me suis-je bien gardé de me mettre en concurrence avec ceux qui prétendaient en savoir plus long que moi. J'ai fait mon petit chemin, avec mon petit proverbe : « À l'œuvre on connaît l'artisan. » Prends garde à toi, mon enfant ! méfie-toi de ton amour-propre.

— Mon amour-propre n'est pas ici en jeu, soyez-en sûr, mon bon père, répondit Pierre ; je ne veux humilier personne ni chercher à me faire valoir ; mais il y a au-dessus de nous tous quelque chose qui est infaillible, et qu'aucune vanité, aucune jalousie ne peut plier à son profit : c'est la vérité démontrée par le calcul et l'expérience[1]. Quiconque a entrevu clairement cette vérité une bonne fois ne peut jamais s'égarer dans de fausses applications. Je vous l'ai déjà dit, vos procédés sont bons, puisqu'ils vous font réussir à tout ce que vous entreprenez ; et j'ajouterai que, plus j'examine votre travail, plus j'admire ce qu'il vous a fallu de présence d'esprit, d'intelligence, de courage et de mémoire pour vous passer de géométrie. La théorie ne vous apprendrait rien, à vous qui avez un esprit supérieur ; mais vous comprendrez le bienfait de cette théorie lorsque je vous dirai qu'avec son secours le plus borné de vos apprentis pourrait arriver, dans peu de temps, non à la même habileté, mais à la même certitude que quarante-cinq années de travail assidu vous ont fait acquérir. La science exacte n'est autre chose que le résultat de l'expérience de tous les hommes raisonnée, constatée et démontrée dans des termes dont le technique vous

----

1. Agricol Perdiguier souligne la nécessité absolue de maîtriser le trait : «Oui, l'homme placé à la tête d'un atelier de menuiserie est certainement forcé de refuser plusieurs sortes d'ouvrages, s'il ne connaît le dessin linéaire appliqué à son état [...]. Acquérez la connaissance de la géométrie descriptive appliquée à la menuiserie, c'est-à-dire du trait de l'escalier, de l'arêtier, des voussures et d'un grand nombre de coupes de bois, alors vos idées seront claires, vous aurez la conception des ouvrages quels qu'ils soient, et vous pourrez les exécuter avec goût et facilité» (*Le Livre du compagnonnage*, 1840, p. 52-53). Pierre ménage son père, mais il tend à montrer la supériorité de la science sur l'empirisme, ou plus exactement que les résultats empiriques trouvent leur justification dans une science qui, dépassant les acquis de la tradition, énonce des lois généralisantes. La science ne ruine pas les acquis de l'empirisme, elle les fonde rationnellement.

effraie à tort ; car leur précision est plus facile à retenir que toutes les vagues définitions de l'usage vulgaire. Avec le secours du dessin, vous eussiez pu savoir à vingt ans ce que vous saviez peut-être à peine à quarante, et vous eussiez pu exercer votre grande intelligence sur de nouveaux sujets.

— Il y a du bon dans tout ce que tu dis là, répondit le père Huguenin ; mais si tu triomphes dans le défi que tu portes au fils de l'économe, crois-tu que son père ne nous en voudra pas mortellement, et ne confiera pas à quelque autre le travail qu'il nous a proposé ce matin ?

— Il n'aura garde de mécontenter ses maîtres. Rappelez-vous, mon père, que M. de Villepreux est un homme actif, vigilant, économe ; M. Lerebours sait bien qu'il faut que les choses soient bien faites et sans prodigalité ; c'est pourquoi il vous a choisi, quoiqu'il n'aime pas les anciens patriotes. Il vous conservera la pratique du château, n'en doutez pas, et d'autant plus que l'architecte lui dira que vous êtes plus capable que bien d'autres.

Dominé par la sagesse de son fils, le père Huguenin s'endormit tranquille, et, trois jours après, il fut mandé au château pour s'entendre avec l'architecte qui était venu en personne examiner les lieux et faire un devis des dépenses totales pour le compte du châtelain.

L'architecte était passablement enclin à donner gain de cause aux plus puissants, c'est-à-dire à M. Lerebours et à sa progéniture. Aussi, dès qu'il eut jeté les yeux sur les deux plans, il s'écria :

— Sans aucun doute le plan de monsieur votre fils est excellent, mon petit père Lerebours ; et le vôtre, mon pauvre ami Pierre, est boiteux de trois jambes.

En parlant ainsi, il jetait dédaigneusement sur la table le plan de l'employé aux Ponts et Chaussées, ne doutant pas que ce ne fût l'œuvre du menuisier.

— Permettez, monsieur, lui dit Pierre avec sa tranquillité accoutumée, le plan que vous rejetez n'est pas le mien. Veuillez regarder le plan que vous venez d'approuver ; mon nom est écrit en petit caractère sur la dernière marche de l'escalier.

— Ma foi, c'est vrai ! s'écria l'architecte avec un gros rire ; j'en suis fâché pour vous, mon pauvre père Lerebours, votre fils s'est blousé[1]. Allons, n'en soyez pas désolé, cela peut arriver à tout le monde. Quant à toi, mon garçon, ajouta-t-il en se tournant vers le fils Huguenin et en lui frappant sur l'épaule, tu entends ton affaire, et si tu es aussi bon sujet que tu es bon géomètre, tu pourras faire ton chemin. Voilà une planche dessinée avec beaucoup de goût et d'intelligence, continua-t-il en retournant au dessin de Pierre Huguenin, et cet escalier pourra être aussi commode qu'élégant. Employez-moi ce menuisier-là, père Lerebours, vous en pourrez faire venir de loin qui ne le vaudront pas.

— C'est aussi mon intention, répondit Lerebours avec le calme d'un profond politique. Je sais rendre justice au talent, et reconnaître le mérite où il se trouve. Mon fils est certainement un homme très fort en géométrie, mais il a une tête si jeune, si ardente…

— Allons, allons, il aura pensé à quelque jolie femme en dessinant son plan, dit l'architecte. Le gaillard est assez bel homme pour avoir souvent de telles distractions !…

---

1. Faire entrer une boule dans la blouse (le trou) du billard, faire perdre à son adversaire une boule ; par extension, tromper, se tromper.

Le père Lerebours se mit à rire comme une crécelle, tandis que l'architecte lui répondait comme une grosse cloche. Quand ils eurent épuisé toute leur gaieté légère, ils se mirent à faire le devis général des travaux, tandis que le maître menuisier et son fils faisaient celui qui concernait leurs attributions. Le prix fut débattu avec une horrible ténacité de la part de Lerebours et une grande fermeté de la part de Pierre Huguenin. Ses prétentions étaient si modérées que son père, sachant bien que Lerebours voudrait les réduire sans pudeur, l'accusait secrètement de ne pas savoir faire ses affaires. Mais Pierre fut inébranlable, et l'architecte, forcé de convenir que la demande était sensée, termina le différend en disant tout bas à l'oreille de l'économe :

— Concluez vite avant que le père ne défasse le marché.

Le contrat fut donc signé. L'architecte se chargea de toiser[1] à la fin des travaux. Après tout, au point où en sont les institutions qui sacrifient toujours l'ouvrier à celui qui l'emploie, l'affaire était bonne pour le maître menuisier.

Allons, disait-il à son fils en revenant au logis, tu t'entends à toutes choses ; voici la première fois de ma vie que je termine un marché sur mon premier mot.

---

1. Estimer, évaluer une grandeur, une quantité, un prix.

4

À huit jours de là, les Huguenin, ayant achevé de remplir tous les engagements contractés envers leur clientèle villageoise, prirent possession de la chapelle et commencèrent leurs travaux. Ordinairement, à Paris, les ouvriers emportent les pièces d'ouvrage à leur domicile, et ne reviennent au local dont ils ont l'entreprise que pour poser et rajuster les parties. Mais, dans les châteaux, il est assez d'usage que le vaisseau en réparation devienne l'atelier des travaux communs.

Pierre était toujours levé avant le jour. Aux premiers rayons du soleil il promenait déjà le compas sur les vieux ais[1] de chêne de la boiserie séculaire, et déjà la tâche était taillée aux apprentis lorsqu'ils arrivaient, les yeux encore gonflés par le sommeil. Il advint qu'un soir Pierre, absorbé par l'examen de la boiserie, et ayant tracé plusieurs figures à la craie sur un panneau noirci par le temps, oublia, dans ses calculs, l'heure avancée et la solitude qui s'était faite autour de lui. Son père s'était retiré depuis longtemps avec tous ses ouvriers, les portes du château étaient fermées, et les chiens de garde étaient lâchés dans les cours. Le vigilant économe, surpris de voir une lampe briller encore

---
1. Planches.

derrière le haut vitrage de l'atelier, vint, son trousseau de clefs dans une main et sa lanterne sourde dans l'autre, regarder à la porte avec précaution.

— C'est vous, maître Pierre ? s'écria-t-il lorsqu'il eut reconnu le jeune menuisier à travers les fentes ; n'avez-vous pas assez travaillé pour un jour ?

Pierre lui ayant répondu qu'il avait encore de l'ouvrage pour une heure, M. Lerebours lui remit la clef d'une des portes du parc, lui recommanda de bien éteindre sa lumière et de bien refermer les portes en s'en allant, puis lui souhaita bon courage et alla se livrer aux douceurs du repos.

Pierre travailla encore deux heures, et lorsqu'il eut résolu le problème qui l'embarrassait, il se décida à aller dormir ; mais il entendit sonner deux heures à l'horloge du château. Pierre craignit que sa sortie à une pareille heure ne fût remarquée dans le village et ne donnât lieu à des commentaires. Il fuyait la réputation de bizarrerie que son amour pour l'étude n'eût pas manqué de lui attirer. D'ailleurs ses apprentis devaient bientôt arriver, et, s'il allait se coucher, il ne pourrait se réveiller avec assez d'exactitude pour les recevoir et les mettre à l'ouvrage. Il se décida à s'étendre sur un monceau de ces menus copeaux et de ces rubans de bois que les menuisiers enlèvent de leurs planches en rabotant. Ce fut un lit assez doux pour ses membres robustes. Sa veste lui servit d'oreiller et sa blouse de couverture. Mais, à mesure que le jour approchait, l'air devenait plus frais, l'humidité du matin pénétrait par les fenêtres dont la plupart des châssis étaient enlevés, et ce malaise du froid était augmenté par un peu de courbature que Pierre avait prise à se tenir tout le jour sur les échelles. Il chercha autour de lui s'il ne trouve-

rait rien pour se réchauffer, et ses yeux se portèrent sur
la vieille tapisserie qui couvrait la petite porte dont il a
été parlé au précédent chapitre de cette histoire. La
porte avait été enlevée pour être raccommodée, et la
tapisserie seule restait. Pierre monta sur l'échelle, mais
seulement alors il se souvint que le soigneux économe
avait cloué cette tapisserie au mur de tous côtés pour
empêcher la poussière ou les regards profanes de pénétrer dans le cabinet d'étude de mademoiselle de Villepreux.

Il se souvint aussi en cet instant du ton d'importance
avec lequel l'intendant lui avait interdit d'entrouvrir
cette porte, le jour où il avait voulu l'examiner des
deux côtés. Un sentiment de curiosité s'empara de
lui ; non cette curiosité vulgaire et intéressée qui est
propre aux esprits étroits, mais ce besoin aventureux
qu'éprouve une imagination vive, vouée à l'ignorance
de la plupart des choses qu'elle pourrait comprendre.
Le cabinet d'étude de la demoiselle du château doit
être, pensa-t-il, rempli de ces objets d'art qu'on veut
installer dans l'atelier. Il doit y avoir là des livres, des
tableaux, et, à coup sûr, quelque ancien meuble fort
curieux et fort intéressant pour moi. Je n'ai que deux
ou trois clous à enlever ; je ne suis ni un espion ni un
voleur : pourquoi l'air que ma poitrine exhale, pourquoi mon regard, respectueux pour tout ce qui est
beau, profaneraient-ils ce sanctuaire ?

Ce fut bientôt fait. Un coup de main dégagea un côté
de la tapisserie, et Pierre entra dans le cabinet. C'était
une petite rotonde occupant tout le second étage d'une
des tourelles élancées du château. On avait décoré avec
recherche cette jolie pièce qu'éclairait une seule vaste
croisée dominant les jardins, les bois et les prairies à

perte de vue. Un beau tapis turc, des rideaux de damas, des plâtres, un chevalet, de vieilles gravures richement encadrées, un beau bahut de la Renaissance, un dressoir du même style, des livres, un crucifix, un vieux luth peint et doré, une tête de mort, des vases de la Chine, mille détails de ce goût moderne sans ordre, sans plastique et sans but, mais élégant, excentrique, érudit, qui semble vénérer le passé en se jouant du présent : voilà le pandémonium[1] artistique qui frappa les regards du jeune ouvrier. À cette époque le goût des curiosités n'était pas encore descendu dans la vie vulgaire. La boutique de *bric-à-brac* n'était pas aussi essentielle dans chaque rue de Paris, et même dans les quartiers de la banlieue, que la boutique du boulanger et l'enseigne du marchand de vin. Il était du meilleur ton de rechercher sur les quais ces vestiges ternis du luxe de nos pères. On ne trouvait pas aussi facilement qu'aujourd'hui des ouvriers habiles et savants pour les réparer. Tous les objets pillés dans les anciens châteaux ou proscrits par la mode grecque et romaine de l'Empire, et jetés au rebut dans tous les coins du monde, n'étaient pas sortis des greniers et des chaumières, comme la baguette magique de la mode nouvelle les en a tirés depuis quelques années. On ne les imitait pas avec tant d'art qu'il fût impossible de constater leur antiquité ; enfin on les croyait bien plus précieux parce qu'on les croyait plus rares. S'entourer de ces objets hétérogènes et vivre dans la poussière du passé était déjà une mode[2],

---

1. Grande salle imaginaire où se réunissent les Démons, ou bien encore Capitale des Enfers. Par extension, lieu où règnent l'agitation et le désordre.   2. Le musée, la collection sont l'objet d'un discours satirique ou tout au moins ambivalent qui, par un contre-effet, finit par atteindre Yseult. D'une part, l'aristocratie cesse d'être

mais une mode exquise et répandue seulement dans les
hautes classes ou chez les artistes en vogue. C'est de là
que partit la littérature des bahuts, des hanaps et des
crédences, la peinture des dressoirs et des trophées, la
mise en scène lyrique des cottes de mailles, des dagues
et des rondaches[1], et tant d'autres tendances de l'art,
puériles et bienfaisantes manies qui de tout temps ont
eu le privilège d'amuser et de ruiner les riches, les
oisifs et les *singeurs* tous tant que nous sommes[2].

Pierre s'éprit naïvement de toutes ces babioles,
s'imaginant que mademoiselle de Villepreux était la
seule demoiselle assez artiste pour s'asseoir sur une
chaise du temps de Charles IX, et assez courageuse
pour avoir un crâne humain parmi ses rubans et ses

---

créatrice : faute d'inventer des formes nouvelles ou de demander à
des artistes de les créer, on réunit des collections. Yseult a le souci
de l'authentique, elle veut renouer avec le passé, mais elle souscrit
aussi à une mode. Ses goûts esthétiques sont distingués (ils sont
ceux des artistes qui, pour dépasser le rococo ou le galant, ou pour
s'éloigner du néo-classicisme, se tournent vers le Moyen Âge), ils
dénotent aussi une appartenance sociale. Sur la collection au
XIXe siècle, voir *Romantisme*, no 112, 2001.

1. Un romantisme fétichisant le Moyen Âge, celui des romans
troubadours ou des romans frénétiques, toute une France « Walter
Scottée » sont ici satirisés. Sand regarde la France de la Restauration à partir d'un point de vue qui est communément adopté en
1840. Les mots « crédence » (meuble sur lequel on faisait l'épreuve
des mets avant de les servir pour s'assurer qu'ils ne contenaient pas
de poison), « hanap » (grand vase à boire formé d'une coupe, montée sur un pied et fermée d'un couvercle), « rondache » (grand bou-
clier rond) sont ici mentionnés ironiquement comme faisant par
trop « couleur locale ».   **2.** Dans la nouvelle « Élias Wildmansta-
dius » recueillie dans *Les Jeune-France*, Gautier ironise sur la
mode « gothique ». Le héros éponyme s'était « bâti autour de lui un
Moyen Âge de quelques toises carrées ».

dentelles. Il en conçut une haute admiration pour cette jeune personne qu'il se rappelait confusément avoir vue dans les jeux de son enfance, et il se sentit doublement heureux d'avoir à faire le noble travail de la chapelle sous les auspices d'une dame capable d'en apprécier le mérite. Puis il contempla avec délices la Vierge à la chaise gravée par Morghen[1], et se représenta la jeune châtelaine sous ces traits à la fois angéliques et puissants. Ému, transporté, il se serait oublié là tout le jour s'il n'eût été rappelé à son devoir par le bruit de ses ouvriers qui arrivaient en sifflant le long des allées du parc. Il se hâta de sortir de la tourelle et de rentrer dans l'atelier, après avoir soigneusement recloué la tapisserie.

Depuis, M. Lerebours demanda bien des fois que la porte du cabinet fût réparée et mise en place. Il s'impatientait ; il disait que la poussière entrait par là, que la famille allait arriver, que mademoiselle serait fort mécontente de ne pouvoir s'enfermer tout de suite dans sa tourelle, car elle aimait particulièrement cette pièce ; enfin que c'était la première chose à faire. Tantôt il prenait un ton patelin et caressant, tantôt il grondait et roulait ses petits yeux d'un air indigné. Pierre promettait toujours et ne tenait point parole. Il avait si bien caché la porte derrière des tas de planches et de soliveaux qu'il était impossible de la retrouver. Toutes choses allaient si vite et si bien d'ailleurs, que M. Lerebours n'osait pas se fâcher trop fort.

Le fait est que Pierre passa plus d'une fois les premières heures de la nuit dans la tourelle, debout en

---

1. Morghen (1761-1833) a gravé la *Vierge à la chaise* de Raphaël, toile célèbre conservée au Kunstmuseum de Vienne.

extase devant les meubles, les gravures et les modèles.
Ce qui le tentait plus que tout le reste, c'étaient les
beaux livres reliés et dorés qui brillaient sur les rayons
d'une petite bibliothèque d'ébène attachée à la muraille.
Pierre n'avait qu'à étendre la main pour satisfaire sa
curiosité, mais il craignait de commettre quelque chose
comme un abus de confiance en portant sur ces riches
reliures une main durcie et noircie par le travail. Un
dimanche que tout le monde était sorti du château,
même M. Lerebours, Pierre succomba à la tentation. Il
était d'une propreté recherchée le dimanche ; car il
avait le goût inné de l'élégance, et la moindre tache sur
ses habits, la moindre poussière à ses mains ou à ses
cheveux le tourmentait plus qu'il n'appartient peut-
être à un ouvrier parfaitement sage. Quand il se fut
assuré, en se regardant à la psyché du cabinet que sa
toilette, pour être moins riche que celle d'un bourgeois, n'était pas moins irréprochable, il se décida à
ouvrir un livre... Ce livre fut l'*Émile* de Jean-Jacques
Rousseau. Pierre le savait par cœur ; il se l'était procuré à Lyon, et il l'avait lu à la veillée avec plusieurs
Compagnons de ses amis durant son Tour de France.
Sur le même rayon, Pierre trouva *Les Martyrs* de Chateaubriand, les tragédies de Racine, *La Vie des Saints*,
les *Lettres* de Sévigné, *Le Contrat social, La République* de Platon, l'*Encyclopédie*, divers ouvrages historiques, et beaucoup d'autres assez étonnés de se
trouver ensemble[1]. Il dévora dans l'espace de trois

---

1. Contrairement à ce qu'affirme René Bourgeois, les lectures
prêtées à Pierre Huguenin ne recoupent guère celles de Perdiguier
telles qu'il les présente dans les *Mémoires d'un compagnon*. Aucune
mention de Rousseau, par exemple, chez Perdiguier. La bibliothèque du cabinet d'Yseult nous renseigne d'abord sur l'héroïne et

mois, c'est-à-dire durant la somme d'environ soixante heures, réparties entre une douzaine de dimanches, non la lettre, mais la substance de la plupart de ces ouvrages ; et il a dit souvent depuis que ces heures avaient été les plus belles de sa vie. Il s'y mêlait je ne sais quel attrait de mystère romanesque qui rendait plus suave la poésie de certains livres et plus solennelle la gravité de certains autres. Mais ce qui le captiva le plus, ce fut tout ce qui avait un rapport philosophique avec l'histoire des législations. Il y cherchait avec avidité le grand secret de l'organisation de la société en castes diverses, et il se confirmait dans les idées qu'il avait acquises précédemment en lisant des abrégés et en recevant, quoique d'un peu loin, le choc des impressions politiques. Quelle étendue de connaissances, quelle supériorité d'idées n'eût-il pas acquises à cette époque s'il eût eu du temps et des livres à discrétion ! Mais il ne fallait pas négliger le travail, et au bout de quelques séances nocturnes dans le cabinet de la tourelle, Pierre s'était aperçu qu'il avait la tête pesante et les bras engourdis le lendemain. Il jugea donc nécessaire de s'interdire ces douceurs intellectuelles durant la semaine, d'autant plus qu'il mettait un excessif amour-propre à ne laisser dans le cabinet aucune trace des pas poudreux de l'ouvrier. Je ne sais à quel chagrin il se fût livré s'il eût terni de ses doigts humides les marges satinées de ces beaux livres. Quelle était sa fantaisie secrète en nourrissant cette crainte frivole ? Il eût été bien embarrassé de vous le dire alors. Des pensées vagues, étranges, irrésistibles,

---

sur son éclectisme. Elle est plus proche de George Sand adolescente que de Perdiguier.

fermentaient dans son sein. Il sentait en lui une noblesse de nature plus pure et plus exquise que toutes les illustrations acquises et consacrées par les lois du monde. Il était forcé à toute heure d'étouffer les élans d'une organisation quasi princière dans l'enveloppe d'un manœuvre. Il s'y résignait avec une force et une égalité d'âme qui caractérisaient d'autant plus cette grandeur innée. Mais durant ces heures de mystérieuse étude, assis avec noblesse sur les coussins d'un sofa de velours, il contemplait un paysage admirable dont il sentait la poésie se révéler à lui à mesure que les descriptions des poètes lui traduisaient l'art divin dont la création est l'expression visible. Dans ces moments-là Pierre Huguenin se sentait le roi du monde ; mais lorsqu'il retrouvait sur son front pensif, sur ses mains sèches et meurtries, les éternels stigmates de sa chaîne d'esclave, des larmes brûlantes coulaient de ses yeux. Puis il tombait à genoux, étendait ses bras vers le ciel, et lui demandait patience pour lui-même, justice pour tous ses frères, abandonnés sur la terre à l'ignorance et à l'abrutissement de la misère.

Aux émotions violentes et profondes de l'histoire succédèrent un charme ineffable et des transports d'imagination, lorsque les premiers romans de Walter Scott lui tombèrent sous la main. Vous saurez bientôt comment ce plaisir si pur lui devint dangereux, et combien il subit l'influence de cette dernière lecture.

5

Un fâcheux incident interrompit les travaux de l'atelier au moment où ils allaient le mieux. Un des meilleurs apprentis du père Huguenin se démit l'épaule en tombant d'une échelle ; et, comme un malheur n'arrive jamais seul, le père Huguenin s'enfonça dans le pouce un éclat de bois qui le mit hors de travail. M. Lerebours lui prodigua de gracieuses condoléances pendant un jour ou deux ; mais quand il vit que l'apprenti était retourné chez ses parents pour se faire soigner, et quand le médecin du village eut visité la main du vieux menuisier, et décrété qu'il fallait quinze jours de repos à cette blessure, l'intraitable économe parla de faire commencer l'escalier par d'autres entrepreneurs. Ce fut une crainte mortelle pour le père Huguenin, qui mettait encore plus d'amour-propre que d'intérêt personnel à rester seul chargé de tout le travail. Il voulut se remettre à l'ouvrage ; mais le mal s'envenima, et de nouveau il fallut s'interrompre. Le médecin menaçait de couper le doigt, la main, le bras peut-être, si on persistait.

— Coupez-moi donc la tête tout de suite ! dit le père Huguenin, en jetant son ciseau avec désespoir sur le plancher ; et il alla s'enfermer chez lui de colère et de douleur.

— Mon père, lui dit Pierre à l'heure de la veillée, il

faut prendre un parti. Vous ne pouvez travailler d'ici à plusieurs semaines sans compromettre votre santé, votre vie peut-être. Guillaume était votre meilleur ouvrier ; il lui faut deux mois, au moins, pour se rétablir. Me voilà seul avec des jeunes gens zélés sans doute, mais inexpérimentés, et manquant des connaissances nécessaires pour un travail de cette importance. Moi-même je ne vous cache pas que, forcé depuis plusieurs jours à travailler pour trois, je sens mes forces décroître ; mon appétit s'en va, le sommeil m'abandonne. Je puis tomber malade ; j'irai tant que je pourrai, sans plaindre ma peine, vous le savez bien ; mais il arrive toujours un moment où la fatigue nous surmonte, et alors M. Lerebours, à supposer qu'il prenne patience jusque-là, sera bien fondé à nous remplacer.

— Que veux-tu ! le sort nous en veut ! répondit le père Huguenin avec un profond soupir, et quand le diable se met après les pauvres gens, il faut qu'ils succombent.

— Non, mon père, le sort n'en veut à personne ; et quant au diable, s'il est vrai qu'il soit méchant, il est certain qu'il est lâche. Vous ne succomberez pas si vous voulez m'écouter. Il nous faut deux bons ouvriers, et tout ira bien.

— Et où les prendras-tu ? Les maîtres menuisiers des environs voudront-ils nous céder les leurs ? Quand ils sont bons, on n'en a jamais de reste ; et s'ils sont mauvais, on en a toujours de trop. Proposerai-je à un de ces maîtres de se mettre de moitié avec moi ? Dans ce cas-là j'aime autant me retirer tout à fait. À quoi bon prendre la peine s'il faut partager l'honneur ?

— Aussi faut-il que l'honneur vous reste en entier, répondit le jeune menuisier, qui connaissait bien le faible de son père ; il ne faut vous associer avec personne. Seulement je vais vous chercher deux ouvriers, et des meilleurs, je vous en réponds ; laissez-moi faire.

— Mais, encore un coup, où les pêcheras-tu ? s'écria le père Huguenin.

— J'irai les embaucher à Blois, répondit Pierre.

Ici le vieillard fronça le sourcil d'une étrange manière, et son visage prit une expression de reproche si sévère, que Pierre en fut interdit.

— C'est bien ! reprit le père Huguenin après un silence énergique, voilà où tu voulais en venir. Il te faut des Compagnons du *tour de France*, des *enfants du Temple*, des sorciers, des libertins, de la canaille de grands chemins ? Dans quel *Devoir* les choisiras-tu ? car tu ne m'as pas fait l'honneur de me dire à quelle société diabolique tu es affilié, et je ne sais pas encore si je suis le père d'un *loup*, d'un *renard*, d'un *bouc* ou d'un *chien*[*][1] ?

— Votre fils est un homme, dit Pierre en reprenant courage, et soyez sûr, mon père, que personne ne lui adressera jamais un terme méprisant ; je savais bien que j'allais encourir votre colère en vous parlant d'embaucher des Compagnons ; mais je me flatte que vous

---

[*] « Appellations diverses que les sociétés de Compagnons de divers métiers se donnent les unes les autres. »

---

1. Agricol Perdiguier signale que les tailleurs de pierre sont surnommés « les loups » et les charpentiers, aspirant à entrer dans le Devoir du père Soubise, « les renards » (*Le Livre du compagnonnage*, p. 159-160). Ceux-ci, initiés, deviendront des « drilles ». Pas de « bouc » ni de « chien » dans les noms que se donnent les Compagnons. Il s'agit, pour le père Huguenin, d'ironiser sur des sobriquets dont l'origine doit être trouvée dans les codes du compagnonnage, notamment dans le « hurlement » (déformation des mots) qui permet de dialoguer sans être compris du profane.

y réfléchirez, et qu'un injuste préjugé ne vous empê-
chera pas de recourir au seul moyen qui vous reste de
garder l'entreprise du château.

— En vérité, voilà qui est étrange ! Et je vois bien
que toute cette feinte douceur cachait de mauvais desseins contre moi. Les *Dévorants* [1] vont donc entrer chez
moi, par la fenêtre ! car certainement je leur fermerai la
porte au nez ; Dieu sait s'ils ne m'égorgeront pas dans
mon lit, comme ils s'égorgent les uns les autres au coin
des bois et dans les cabarets.

En parlant ainsi, le père Huguenin élevait la voix, et,
sans songer à sa main malade, il frappait sur la table de
toutes ses forces.

— À qui donc en avez-vous ? dit en entrant le
maître serrurier son voisin, attiré par le bruit ; voulez-
vous renverser la maison, et n'avez-vous pas de honte
à votre âge de faire un pareil vacarme ? Voyons, jeune
homme, est-ce vous qui *obstinez* votre père ? Ce n'est
pas bien, cela ! La jeunesse est une gâchette qui doit
obéir au grand ressort de l'âge mûr.

Quand Pierre eut exposé le fait au père Lacrête,
celui-ci se prit à rire.

— Ah ! ah ! dit-il en se retournant vers son compère, je te reconnais bien là, vieux fou de voisin, avec
ta rancune contre les Compagnons ? Que diable t'ont-
ils fait, ces bons Compagnons ? Est-ce qu'ils t'ont battu
parce que tu ne voulais pas *toper* [2] ? Est-ce qu'ils ont

---

1. On désigne sous le nom de « Dévoirants » ou de « Dévorants »
les enfants du Devoir de maître Jacques. Mais ce n'est pas vers eux
que va se tourner Pierre Huguenin pour trouver des Compagnons
susceptibles de l'aider, mais vers les Compagnons du Devoir de
liberté.   2. « Le topage était une reconnaissance sur la route entre
deux compagnons qui venaient à se rencontrer. Amis, ils buvaient

mis ta boutique en interdit[1] parce que tu ne sais pas *hurler*? Tu as pourtant la voix assez forte et le poing assez lourd pour avoir les talents requis. Ma foi, je te trouve bien sot d'aller ainsi contre les usages; et quant à moi, je regrette bien de n'avoir pas une trentaine d'années de moins sur les épaules; j'irais me faire recevoir dans quelque société, car il paraît que les plus forts y font de bons repas aux dépens des plus poltrons, et qu'ensuite on évoque le diable dans un cimetière, ou la nuit entre quatre chemins. Le diable vient avec les légions de dix mille diablotins, et cela doit être curieux à voir. Quand je pense qu'il y a soixante ans passés que j'entends parler du diable et que je n'ai jamais pu réussir à le rencontrer! Voyons, Pierre, tu le connais, toi qui es reçu Compagnon; dis-moi un peu comment il est fait?

— Est-il possible, dit Pierre en riant, que vous croyiez à de telles folies, voisin!

— Je n'y crois pas tout à fait, répondit le serrurier avec une bonhomie maligne; mais enfin, j'y crois un peu. Je ne peux pas oublier la peur que j'avais quand j'étais tout jeune et que j'entendais sur la montagne de Valmont, où je travaillais alors comme forgeron avec mon père, les cris singuliers et les hurlements effroyables qu'on appelait la chasse de nuit ou le sab-

---

à la même gourde non sans avoir échangé pour se reconnaître questions et réponses rituelles. Ennemis, c'était à qui forcerait l'autre à céder le passage » (Jean Briquet, *Agricol Perdiguier. Compagnon du Tour de France et représentant du peuple [1805-1875]*, Éditions de la Butte-aux-Cailles, 1981, p. 43).

1. Lorsqu'un artisan cherche à diminuer le salaire de ses ouvriers, les Compagnons le mettent en interdit pour éviter que cette baisse se répande ou devienne effective.

bat. Je me cachais tout tremblant dans la paille de mon lit, et mon père me disait : Allons, allons, dormez, petit ! ce sont les loups qui hurlent dans la forêt. — Mais il y en avait d'autres qui disaient : Ce sont les Compagnons charpentiers qui reçoivent un nouveau frère dans leur corps, et ils lui font signer un pacte avec le diable ; celui qui restera éveillé jusqu'à une heure du matin verra Satan passer dans le ciel sous la forme d'une grande équerre de feu. — Vraiment, je le croyais si bien que, tout en me mourant de peur, je grillais d'envie de le voir ; mais je ne pouvais jamais m'empêcher de m'endormir avant l'heure, car la fatigue était plus forte que la curiosité. Mais, voyez un peu ! depuis qu'on m'a dit que les serruriers avaient un Devoir, je commence à penser que tout cela n'est pas si sorcier, et peut être bon à quelque chose.

— Et à quoi bon ? s'écria le père Huguenin de plus en plus courroucé. Vraiment, vous me faites sortir de moi ! Dirait-on pas qu'il va étudier la *franche maçonnerie* des Compagnons, à son âge ?

— Oui, à mon âge, je voudrais m'y instruire, répondit le père Lacrête, qui était taquin et têtu comme un vrai serrurier ; et si vous voulez savoir à quoi cela est bon, je vous dirai que cela sert à s'entendre, à se connaître, à se soutenir les uns les autres, à s'entraider, ce qui n'est pas si fou ni si mauvais.

— Et moi je vais vous dire à quoi cela leur sert, reprit le père Huguenin avec indignation : à s'entendre contre vous, à se faire connaître les uns aux autres les moyens de vous soutirer votre argent, à se soutenir pour faire tomber votre crédit, enfin à s'entraider pour vous ruiner.

— Ils sont donc bien fins, poursuivit le voisin ; car

je ne m'aperçois pas de tout cela, et pourtant je ne passe pas d'année sans en embaucher deux ou trois. Je n'ai jamais une commande un peu *conséquente* dans le château, sans aller chercher à la ville quelque bon garçon bien intelligent, bien adroit, bien gai surtout, car moi, j'aime la gaieté ! Ces gaillards-là ont toujours de belles chansons pour nous réjouir les oreilles et nous donner courage quand nous tapons en cadence sur nos enclumes. Ils sont braves comme des lions, travaillent mieux que nous, savent toutes sortes d'histoires, racontent leurs voyages, et vous parlent de tous les pays. Cela me rajeunit, cela me fait vivre. Eh ! eh ! père Huguenin, vos cheveux ont blanchi plus vite que les miens, parce que vous avez gardé votre morgue de vieux maître et que vous n'avez jamais voulu frayer avec la jeunesse.

— La jeunesse doit vivre avec la jeunesse, et quand les vieux veulent partager ses divertissements, elle les raille et les méprise. Vous avez fait de belles affaires, à fréquenter les Compagnons, n'est-il pas vrai ? Au lieu de former de ces bons apprentis qui travaillent pour vous tout en vous payant, vous trouvez votre profit (un singulier profit !) à payer et à nourrir de grands coquins qui vous font passer pour un ignorant et qui vous ruinent.

— S'ils me font passer pour un ignorant, c'est que je le suis apparemment ; et s'ils me ruinent, c'est que je veux bien me laisser faire. Et si cela m'amuse, moi, de manger au jour le jour ce que je gagne ? Je n'ai pas d'enfants. N'ai-je pas le droit de mener joyeuse vie avec ces enfants d'adoption que j'aime et qui m'aident à enterrer l'ennui de la solitude et le souci des années ?

— Vous me faites pitié, répondit le père Huguenin en haussant les épaules.

Quand les deux compères se furent bien querellés, ils s'aperçurent que Pierre, au lieu de prendre plaisir à se voir soutenu par le voisin, avait été se coucher tranquillement. Cette conduite prudente d'une part, de l'autre les contradictions hardies du voisin qui épuisèrent toute la colère du père Huguenin en une séance, enfin la nécessité de prendre un parti, firent réfléchir le vieux menuisier, et le lendemain il dit à son fils :

— Allons, va-t'en à la ville et amène-moi des ouvriers. Prends ceux que tu voudras, pourvu qu'ils ne soient pas Compagnons.

Cette autorisation contradictoire fut comprise de Pierre. Il savait que son père cédait souvent en fait, sans jamais céder en paroles. Il prit sa canne, partit pour Blois, décidé à embaucher les premiers bons Compagnons qu'il trouverait, et à les faire passer pour des apprentis non agrégés s'il retrouvait son père aussi mal disposé que de coutume contre les sociétés secrètes.

6

Tandis que Pierre Huguenin cheminait pédestrement par les coursières[1] fleuries, si bien connues des ouvriers nomades, qui coupent la France dans toutes ses directions à vol d'oiseau, une lourde berline de voyage roulait en soulevant des flots de poussière sur la grande route de Blois à Valençay. Ce n'était rien moins que la famille de Villepreux qui approchait de son château avec une imposante rapidité.

Il n'est pas besoin de dire que le bouillant économe, en proie depuis huit jours à de fortes émotions, était parti ce jour-là sur son bidet gris de fer pour aller audevant de la famille. Il était vivement contrarié de ce retour annoncé d'abord pour le courant de l'automne, et puis décrété plus récemment pour le commencement de l'été. Il ne comprenait pas que le comte son vieux maître pût lui jouer (c'était son expression) un tour semblable. Rien n'était suffisamment préparé pour le recevoir. Le temps avait manqué ; car il n'eût pas fallu moins de six mois à M. Lerebours pour faire les choses comme il l'entendait, et il n'en avait eu que trois. Aussi était-il en proie à une noire mélancolie, tout en marchant au petit trot à la rencontre de ses maîtres. Sa

---

1. Sentiers coupant au plus court.

main laissait flotter les rênes sur le cou de son bidet, qui baissait la tête d'un air non moins accablé que lui.
— Hélas ! se disait M. Lerebours, la chapelle n'est pas réparée. Il y a plus de la moitié de l'ouvrage à faire, la maison sera pleine de poussière, M. le comte aura sa toux le matin et son humeur s'en ressentira. Le bruit des ouvriers importunera mademoiselle. Pourra-t-elle seulement travailler dans son cabinet favori ? Et si, du moins, cette maudite porte était réparée ! Mais non, rien ! pas un ouvrier pour la replacer. Il faut que le père Lacrête soit ivre dès le matin, et que le fils Huguenin se soit mis en route pour aller Dieu sait où, un jour comme aujourd'hui ! Ah ! les insouciants manœuvres ! Peuvent-ils se douter seulement des chagrins et des anxiétés qui rongent jour et nuit la cervelle d'un intendant tel que moi ?

Il était en proie à ces réflexions déchirantes lorsque le galop d'un autre bidet, plus rapide et plus vigoureux que le sien, le tira de sa rêverie. Le bidet gris de fer dressa l'oreille et hennit d'aise en reconnaissant les émanations d'un certain bidet noir qui appartenait au fils de son maître. Le front de l'économe s'éclaircit un peu à l'approche de son cher Isidore, l'employé aux Ponts et Chaussées.

— Je commençais à craindre que tu n'eusses pas reçu ma lettre, dit le père.

— Je l'ai reçue ce matin même, répondit le fils ; votre messager m'a trouvé à deux lieues d'ici sur la route nouvelle, et fort occupé avec l'ingénieur, qui est un ignorant fieffé et qui ne peut faire un pas sans moi. Je lui ai demandé deux jours de congé qu'il a eu bien de la peine à m'accorder ; car en vérité je ne sais comment il va se tirer d'affaires sans mes conseils. J'ai insisté ;

je n'avais garde de manquer à mon devoir envers la famille, et surtout je suis impatient comme tous les diables de revoir Joséphine et Yseult ; elles doivent être bien changées ! Joséphine sera toujours jolie, j'imagine ! Quant à Yseult, elle va être bien contente de me revoir !

— Mon fils, dit l'intendant en faisant allonger le trot à sa monture, j'ai deux objections à vous faire : d'abord, quand vous parlez de ces deux dames, vous ne devez pas nommer la cousine la première ; et ensuite, quand vous parlez de la fille de M. le comte, vous ne devez pas dire Yseult tout court ; vous ne devez même pas dire mademoiselle Yseult ; vous devez dire tout au plus mademoiselle de Villepreux ; vous devez dire en général *mademoiselle*.

— Et pourquoi donc cela ? reprit l'employé aux Ponts et Chaussées. Est-ce que je ne l'ai pas toujours appelée ainsi sans que personne ait songé à le trouver mauvais ? Est-ce que, il y a quatre ans encore, nous n'avons pas joué à colin-maillard et à la cligne-musette[1] ensemble ? Je voudrais bien qu'elle fît la bégueule avec moi ! Vous allez voir qu'elle va m'appeler Isidore tout court : par conséquent...

— Par conséquent, mon fils, vous devez vous tenir à votre place, vous rappeler que mademoiselle n'est plus une enfant, et que, depuis quatre ans que vous ne l'avez vue, elle vous a sans doute parfaitement oublié. Vous devez surtout ne jamais oublier, vous, qui elle est, et qui vous êtes.

Ennuyé des représentations de son père, M. Isidore haussa les épaules, se mit à siffler, et pour couper court,

---

1. Ancien nom du jeu de cache-cache.

donna de l'éperon à son cheval qui prit le galop, couvrit de poussière les habits neufs de l'économe, et l'eut bientôt laissé loin derrière lui.

Nous n'avons rapporté cet entretien que pour montrer au lecteur perspicace la suffisance et la grossièreté qui étaient les faces les plus saillantes du caractère de M. Isidore Lerebours. Ignorant, envieux, borné, bruyant, emporté et intempérant, il couronnait toutes ces qualités heureuses par une vanité insupportable et une habitude de hâbleries sans pudeur. Son père souffrait de ses inconvenances sans savoir les réprimer, et, vain lui-même jusqu'à l'excès, n'en persistait pas moins à croire Isidore un homme plein de mérite et destiné à faire son chemin par la seule raison qu'il était son fils. Il attribuait son étourderie à la fougue d'un tempérament trop généreux, et il ne pouvait se lasser d'admirer en lui-même les gros muscles et la pesante carrure de cet Hercule aux cheveux crépus, aux joues cramoisies, à la voix tonnante, au rire éclatant et brutal.

Isidore arriva à la poste la plus voisine du château vingt minutes avant son père. C'était là que la famille devait relayer pour la dernière fois. Son premier soin fut de demander une chambre dans l'auberge et de défaire sa valise pour mettre ordre à sa toilette. Il endossa la veste de chasse la plus ridicule du monde, quoiqu'il l'eût fait copier sur celle d'un jeune élégant de bonne maison avec lequel il avait couru le renard dans les bois de Valençay. Mais ce vêtement court et dégagé devenait grotesque sur une taille carrée et déjà chargée d'embonpoint. Sa chemise de percale rose, sa chaîne d'or garnie de breloques, le nœud arrogant de sa cravate, ses gants de daim blanc crevassés par l'exubérance d'une peau rouge et gonflée, tout en lui était déplaisant, impertinent et vulgaire.

Il n'en était pas moins content de sa personne, et pour se mettre en verve, il commença par embrasser la servante de l'auberge; puis il battit son cheval à l'écurie, jura à casser toutes les vitres du village, et avala plusieurs bouteilles de bière entrecoupées de verres de rhum, tout en débitant ses gasconnades accoutumées aux oisifs de l'endroit qui l'écoutaient, les uns avec admiration, les autres avec mépris.

Enfin, vers le coucher du soleil, on entendit claquer les fouets des postillons sur la hauteur; M. Lerebours courut à l'écurie faire harnacher les chevaux qui devaient au plus vite conduire avant la nuit l'illustre famille à son gîte seigneurial. Lui-même fit brider son bidet, afin d'être prêt à escorter ses maîtres; et le front tout en sueur, le cœur palpitant d'émotion, il se trouva sur le seuil de l'hôtellerie au moment où la berline s'arrêta.

— Allons vite, les chevaux! cria d'une voix encore ferme le vieux comte en s'avançant à la portière. — Ah! vous voilà, monsieur Lerebours? J'ai bien l'honneur de vous saluer. Vous me faites honneur; pas trop bien, et vous-même? Voilà ma fille! Charmé de vous revoir! Ayez la bonté de nous faire vite amener les chevaux.

Tel fut l'accueil bref et poliment ennuyé du comte, où les réponses attendaient à peine les demandes. Les chevaux attelés, on allait repartir sans faire la moindre attention à M. Isidore, qui se tenait debout auprès de son père, lançant des regards effrontés dans la voiture, si le postillon ne se fût fait attendre, suivant l'usage; alors une petite tête brune et pâle, d'une expression assez fine, sortit à demi de la voiture, et reçut d'un air

froidement étonné le salut familier de l'employé aux
Ponts et Chaussées.

— Qu'est-ce que ce garçon-là ? dit le comte en toisant Isidore.

— C'est mon fils, répondit l'intendant d'un air
humble et triomphant en dessous.

— Ah ! ah ! c'est Isidore ! Je ne te reconnaissais
pas, mon garçon. Tu as bien grandi, bien grossi ! Je ne
t'en fais pas mon compliment. À ton âge il faut être
plus élancé que cela. As-tu fini par apprendre à lire ?

— Oh oui ! monsieur le comte, répondit Isidore,
attribuant l'appréciation rapide que le comte faisait de
son physique et de son moral à la bienveillance railleuse qu'il lui connaissait : je suis *employé*, j'ai fini
mes études depuis longtemps.

— En ce cas, dit le comte, tu es plus avancé que
Raoul, qui n'a pas terminé les siennes.

En parlant ainsi, le vieux comte désignait son petit-
fils, jeune homme d'une vingtaine d'années, assez
étiolé et d'une physionomie insignifiante, qui, pour
mieux voir le pays, était grimpé sur le siège à côté du
valet de chambre. Isidore jeta un regard vers son ancien
compagnon d'enfance, et ils échangèrent un salut en
soulevant leurs casquettes respectives. Isidore fut mortifié de voir que la sienne était de coutil[1], tandis que
celle du jeune vicomte était de velours, et il se promit
d'en faire une semblable dès le lendemain, se réservant
d'y ajouter un gland d'or[2].

---

1. Toile dont on se sert pour envelopper les matelas et dont on
fait des vêtements d'un prix modique.   **2.** La casquette de Charles
Bovary se termine « par un polygone cartonné, couvert d'une broderie en soutache compliquée, et d'où pend [...], au bout d'un long cor-
don trop mince, un petit croisillon de fils d'or, en manière de gland ».

— Eh bien! où est donc le postillon? demanda le comte avec impatience.

— Appelez donc le postillon, cria le valet de chambre.

— Il est incroyable que le postillon se fasse attendre! vociféra M. Lerebours en se démenant à froid pour faire preuve de zèle.

Pendant ce temps, Isidore passait à l'autre portière afin de regarder la jolie marquise Joséphine des Frenays, nièce du comte de Villepreux. Elle seule fut affable pour lui, et cet accueil lui donna plus de hardiesse encore.

— Mademoiselle Yseult ne se souvient pas de moi? dit-il en s'adressant à mademoiselle de Villepreux, après avoir échangé quelques mots avec Joséphine.

La pâle Yseult le regarda fixement d'un air indéfinissable, lui fit une légère inclination de tête, et reporta les yeux sur le livre de poste qu'elle consultait.

— Nous avons fait autrefois de belles parties de barres[1] dans le jardin, reprit Isidore avec la confiance de la sottise.

— Et vous n'en ferez plus, répondit le vieux comte d'un ton glacial, ma petite-fille ne joue plus aux barres.

— Allons! postillon, cent sous de guides[2], ventre à terre!

Pour un homme qui a tant d'esprit, se dit Isidore stupéfait en regardant courir la berline, voilà une parole

---

1. « Jeu de plein air où les joueurs, divisés en deux camps, que sépare une barre tracée sur le sol, se poursuivent à la course » (*Grand Larousse de la langue française*).   2. Payer les « guides » à un postillon, c'est acquitter le droit fixé pour le transport. Le comte paye ici « cent sous de guides » supplémentaires pour augmenter la vitesse.

bien oiseuse. Je sais bien que sa petite-fille ne doit plus jouer aux barres. Est-ce qu'il croit que j'y joue encore, moi ?

Remonter sur son bidet et suivre la voiture, fut pour Lerebours père l'affaire d'un instant. S'il était parfois troublé, irrésolu à la veille de l'événement, on le retrouvait toujours à la hauteur de sa position dans les grandes choses. Il prit donc résolument le galop, ce qui ne lui était pas arrivé depuis longtemps, non plus qu'à son bidet.

— Le *Solognot* de votre papa court bien ! dit le garçon d'écurie en amenant à Isidore, d'un air demi-niais, demi-narquois, son bidet noir.

— Mon *Beauceron* court mieux, répondit Isidore en lui jetant une pièce de monnaie d'une manière méprisable qu'il croyait méprisante, et il fit mine d'enfourcher le bidet ; mais le Beauceron, qui avait ses raisons pour n'être pas de bonne humeur, commença à reculer et à détacher des ruades de mauvais augure. Isidore l'ayant brutalisé sur nouveaux frais[1], il fallut bien se soumettre ; mais Beauceron, en sentant l'éperon lui déchirer le flanc, partit comme un trait, l'oreille couchée en arrière et le cœur plein de vengeance.

— Prenez garde de tomber, pas moins ! cria le garçon d'écurie, en faisant sauter dans le creux de sa main la mince monnaie qu'il venait de recevoir.

Isidore, emporté par Beauceron, passa auprès de la berline avec le fracas de la foudre. Les chevaux de

---

1. « Considérer comme nul ce qui a été fait précédemment » ; « reprendre sa tâche comme si elle n'avait pas déjà été commencée » : cette expression métaphorique se rencontre surtout dans la langue classique.

poste en furent effrayés et se jetèrent un peu de côté, ce qui tira le vieux comte de sa rêverie et mademoiselle Yseult de sa lecture.

— Ce butor va se casser la mâchoire, dit M. de Villepreux avec indifférence.

— Il nous fera verser, répondit Yseult avec le même sang-froid.

— Il n'a pas changé à son avantage, ce jeune homme, dit la marquise avec un ton de bonté compatissante qui fit sourire sa compagne.

Isidore, arrivé à une côte assez rude, ralentit son cheval afin d'attendre la voiture. Il n'était pas fâché de se montrer aux dames sur cette vigoureuse bête qui le secouait impétueusement et qu'il se flattait de faire caracoler à la portière du côté d'Yseult.

— Cette petite pimbêche a été fort sotte avec moi tout à l'heure, se disait-il ; elle croit pouvoir me traiter comme un enfant ; il est bon de lui montrer que je suis un homme, et tout à l'heure, en me voyant passer bride abattue, elle a dû faire quelques réflexions sur ma bonne mine.

La voiture gagnait aussi la côte, et montait au pas. Le comte, penché à la portière, adressait quelques questions à son intendant : c'était le moment pour Isidore de briller du côté des demoiselles, qui précisément le regardaient. Beauceron, toujours fort contrarié, secondait, sans le vouloir, les intentions de son maître en roulant de gros yeux et s'encapuchonnant[1] d'un air terrible. Mais un incident inattendu changea bien fatalement l'orgueil du cavalier en colère et en confusion.

---

1. Se dit d'un cheval qui, voulant échapper à l'action du mors, place sa bouche très près de son poitrail.

Le Beauceron, battu par lui dans l'écurie et ne sachant à qui s'en prendre, avait mordu la Grise, une pauvre vieille jument fort paisible qui se trouvait maintenant attelée en troisième à la berline. La Grise ne sentit pas plus tôt le Beauceron passer et repasser auprès d'elle, que son ressentiment s'éveilla. Elle lui lança un coup de pied auquel le bidet voulut riposter ; Isidore trancha le différend en appliquant à sa monture de vigoureux coups de cravache à tort et à travers ; le Beauceron hors de lui se cabra si furieusement que force fut au cavalier de se pendre aux crins ; le postillon, impatienté des distractions de la Grise, allongea un coup de fouet qui atteignit le Beauceron ; celui-ci perdit patience : et de sauts en écarts, de soubresauts en ruades réitérées, le vaillant Isidore fut désarçonné et disparut dans la poussière.

— Voilà ce que j'attendais ! dit le comte avec son calme imperturbable.

M. Lerebours courut ramasser son fils, la bonne Joséphine devint pâle, la voiture allait toujours.

— S'est-il tué ? demanda le comte à son petit-fils qui, du haut du siège, en se retournant, voyait la piteuse figure d'Isidore.

— Il ne s'en porte que mieux ! répondit le jeune homme en riant.

Le valet de chambre et le postillon en firent autant, surtout quand ils virent Beauceron, débarrassé de son fardeau et bondissant comme un cabri, passer auprès d'eux et gagner le large au grand galop.

— Arrêtez ! dit le comte ; cet imbécile est peut-être éclopé de l'aventure.

— Ce n'est rien, ce n'est rien ! s'empressa de crier

M. Lerebours en voyant la voiture arrêtée ; il ne faut pas que M. le comte se retarde.

— Mais si fait ! dit le comte, il doit être *moulu*, et d'ailleurs le voilà à pied ; car, au train dont va le cheval, il aura gagné l'écurie avant son maître. Allons, mon fils va rentrer dans la voiture, et le vôtre montera sur le siège.

Isidore tout rouge, tout sali, tout ému, mais s'efforçant de rire et de prendre l'air dégagé, s'excusa ; le comte insista avec ce mélange de brusquerie et de bonté qui était le fond de son caractère.

— Allons, allons, montez ! dit-il d'un ton absolu, vous nous faites perdre du temps.

Il fallut obéir. Raoul de Villepreux entra dans la berline, et Isidore monta sur le siège, d'où il eut le loisir de voir courir son cheval dans le lointain. Tout en répondant, comme il pouvait, aux condoléances malignes du valet de chambre, il jetait à la dérobée un regard inquiet dans la voiture. Il s'aperçut alors que mademoiselle de Villepreux se cachait le visage dans son mouchoir. Avait-elle été épouvantée de sa chute au point d'avoir des attaques de nerfs ? On l'eût dit à l'agitation de toute sa personne, jusqu'alors si roide et si calme. Le fait est qu'elle avait été prise d'un fou rire en le voyant reparaître, et, comme il arrive aux personnes habituellement sérieuses, sa gaieté était convulsive, inextinguible. Le jeune Raoul, qui, malgré sa nonchalance et le peu de ressort de son esprit, était persifleur de sang-froid comme toute sa famille, entretenait l'hilarité de sa sœur par une suite de remarques plaisantes sur la manière ridicule dont Isidore avait fait le plongeon. Le parler lent et monotone de Raoul rendait ces réflexions plus comiques encore. La sensible marquise n'y put tenir, malgré l'effroi qu'elle avait eu d'abord, et le rire s'empara d'elle comme de sa cousine. Le comte, voyant ces trois enfants en joie, renchérit sur les plaisanteries de son petit-fils avec un flegme diabolique. Isidore n'entendait rien, mais il voyait rire Yseult qui, renversée au fond de la voiture, n'avait plus la force de s'en cacher. Il en fut si amèrement blessé, que dès cet instant il jura de l'en punir, et une haine implacable contre cette jeune personne s'alluma dans son âme vindicative et basse.

7

Cependant Pierre Huguenin marchait toujours vers Blois par la traverse, tantôt sur la lisière des bois inclinés au flanc des collines, tantôt dans les sillons bordés de hauts épis. Quelquefois il s'asseyait au bord d'un ruisseau, pour laver et rafraîchir ses pieds brûlants, ou à l'ombre d'un grand chêne, au coin d'une prairie, pour prendre son repas modeste et solitaire. Il était excellent piéton et ne redoutait ni la chaleur ni la fatigue ; et pourtant il abrégeait avec peine ces haltes délicieuses au sein d'une solitude agreste et poétique. Un monde nouveau s'était révélé à lui depuis ses dernières lectures. Il comprenait la mélodie d'un oiseau, la grâce d'une branche, la richesse de la couleur et la beauté des lignes d'un paysage. Il pouvait se rendre compte de ce qu'il avait senti jusqu'alors confusément, et la nouvelle puissance dont il était investi lui créait des joies et des souffrances inconnues. — À quoi me sert, se disait-il souvent, de n'être plus le même dans mon esprit, si ma position ne doit pas changer ? Cette belle nature, où je ne possède rien, me sourit et m'enivre aussi bien que si j'étais un des princes qui l'oppriment. Je n'envie pas la gloire d'étendre et de marquer mes domaines sur sa face mutilée ; mais si je me contente d'une tranquille contemplation, si je demande seulement à repaître mes sens des parfums et des harmonies qui émanent d'elle, cela même ne m'est point permis. Travailleur infatigable, il faut que, de l'aube à la nuit, j'arrose de mes sueurs un sol qui verdira et fleurira pour d'autres yeux que les miens. Si je perds une heure par jour à sentir vivre mon cœur et ma pensée, le pain manquera à ma vieillesse, et le souci de l'avenir m'interdit la jouissance du présent. Si je m'arrête ici un instant de plus sous l'ombrage, je compromets mon honneur lié par un marché à la dépense incessante de mes forces, à l'entier sacrifice de ma vie intellectuelle. Allons, il faut repartir; ces réflexions même sont des fautes.

En rêvant ainsi, Pierre s'arrachait douloureusement à ces joies de la liberté; car pour l'artisan, la liberté, c'est le repos. Il n'en souhaite pas d'autre, et le plus laborieux est souvent celui qui éprouve ce besoin au plus haut degré. En raison de la distinction de sa nature, il doit maudire souvent la continuité d'une tâche forcée où son intelligence n'a même pas le temps de contempler et de mûrir l'œuvre de ses mains.

Il ne fallait pas plus de deux journées de marche au jeune menuisier pour se rendre à Blois. Il passa la nuit à Celles, dans une auberge de rouliers, et le lendemain, dès la pointe du jour, il se remit en route. La clarté du matin était encore incertaine et pâle, lorsqu'il vit venir à lui un homme de haute taille, ayant comme lui une blouse et un sac de voyage; mais à sa longue canne, il reconnut qu'il n'était pas de la même société que lui, qui n'en portait qu'une courte et légère. Il se confirma dans cette pensée, en voyant cet homme s'arrêter à une vingtaine de pas devant lui, et se mettre dans l'attitude menaçante du *topage*.

— *Tope, coterie ! quelle vocation* [1] ? s'écria l'étranger d'une voix de stentor. À cette interpellation, Pierre, à qui les lois de sa *Société* défendaient le *topage*, s'abstint de répondre, et continua de marcher droit à son adversaire ; car, sans nul doute, la rencontre allait être fâcheuse pour l'un des deux. Telles sont les terribles coutumes du compagnonnage [2].

L'étranger, voyant que Pierre n'acceptait pas son défi, en conclut également qu'il avait affaire à un ennemi ; mais comme il devait se mettre en règle, il n'en continua pas moins son interrogatoire suivant le programme. *Compagnon ?* cria-t-il en brandissant sa canne. Comme il ne reçut pas de réponse, il continua : *Quel côté ? quel Devoir ?* Et voyant que Pierre gardait toujours le silence, il se remit en marche, et, en moins d'une minute, ils se trouvèrent en présence [3].

À voir la force athlétique et l'air impérieux de l'étranger, Pierre comprit qu'il n'y aurait pas eu de

1. Voir *supra*, note 2, p. 98. Les tailleurs de pierre, enfants de Salomon, s'interpellent « coterie », les gavots « pays ».   2. Voir *Le Livre du compagnonnage* : « Tout le monde sait que les compagnons se topent. Ce cri *tope !* est souvent le prélude des assassinats. Pourquoi les compagnons qui se rencontrent sur une route se font-ils, s'ils ne sont pas du même côté ou du même parti, une guerre acharnée ? Cela est inexplicable ; il y a là de l'ignorance et de la folie, de la rage. J'ai toujours vu avec plaisir que la Société du Devoir de liberté recommande à ses sociétaires de n'attaquer, de n'insulter personne, sur la route non plus qu'ailleurs ; et que si de nombreux hommes sont assez peu éclairés pour être des provocateurs, la Société les punit aussitôt qu'elle en est instruite » (p. 44). 3. George Sand se souvient ici de *La Rencontre de deux frères*, saynète de 1838, qu'Agricol Perdiguier incorporera dans *Le Livre du compagnonnage* (p. 207-235). Elle est centrée sur la rencontre sanglante de deux frères appartenant à des Devoirs différents.

salut pour lui-même si la nature ne l'eût doué, aussi bien que son adversaire, d'une taille avantageuse et de membres vigoureux. — Vous n'êtes donc pas ouvrier ? lui dit l'étranger d'un ton méprisant dès qu'ils se virent face à face.

— Pardonnez-moi, répondit Pierre.

— En ce cas, vous n'êtes pas Compagnon ? reprit l'étranger d'un ton plus arrogant encore ; pourquoi vous permettez-vous de porter la canne ?

— Je suis Compagnon, répondit Pierre avec beaucoup de sang-froid, et vous prie de ne pas l'oublier maintenant que vous le savez.

— Qu'entendez-vous par là ? Avez-vous dessein de m'insulter ?

— Nullement, mais j'ai la ferme résolution de vous répondre si vous me provoquez.

— Si vous avez du cœur, pourquoi vous soustrayez-vous au topage ?

— J'ai apparemment des raisons pour cela.

— Mais savez-vous que ce n'est pas la manière de répondre ? Entre Compagnons on se doit la déclaration mutuelle de la profession et de la Société. Voyons, ne sauriez-vous me dire à qui j'ai affaire, et faut-il que je vous y contraigne ?

— Vous ne sauriez m'y contraindre, et il suffit que vous en montriez l'intention pour que je refuse de vous satisfaire.

L'étranger murmura entre ses dents : — Nous allons voir ! et il serra convulsivement sa canne entre ses mains. Mais au moment d'entamer le combat, il s'arrêta, et son front s'obscurcit comme traversé d'un souvenir sinistre.

— Écoutez, lui dit-il, il n'est pas besoin de tant dissimuler, je vois que vous êtes un *Gavot*[1].

— Si vous m'appelez Gavot, répondit Pierre, je suis
en droit de vous dire que je vous connais pour un *Dévorant*, et telles sont mes idées, que je ne reçois pas plus
votre épithète comme une injure que je ne prétends vous
injurier en vous donnant l'épithète qui vous convient.

— Vous voulez politiquer[2], repartit l'étranger, et je
vois à votre prudence que vous êtes un vrai fils de Salomon. Eh bien ! moi, je me fais gloire d'être du Saint
Devoir de Dieu, et par conséquent je suis votre supérieur et votre ancien ; vous me devez le respect, et vous
allez faire acte de soumission. À cette condition les
choses se passeront tranquillement entre nous.

— Je ne vous ferai aucune soumission, répondit
Pierre, fussiez-vous maître Jacques[3] en personne.

— Tu blasphèmes ! s'écria l'étranger ; en ce cas tu

---

1. Sur les Gavots, voir note 2, p. 45. Ils s'opposent aux « Devoi-
rants » en ce qu'au moment de la Réforme ils ont prôné la liberté
religieuse.   2. Agir de manière prudente, circonspecte, rusée. Un
comportement « politique » est un comportement « adroit, habile, ou
intéressé » (*Grand Larousse de la langue française*).   3. Fondateur du Devoir dont Perdiguier rapporte, à sa manière, la légende.
Tailleur de pierre, Jacques aurait participé à la construction du
Temple de Salomon. Il serait ensuite rentré en Gaule, son pays
d'origine, avec Soubise. Il se serait retiré à la Sainte-Baume avec
ses disciples. L'un d'entre eux, Jéron ou Judas, l'aurait livré à cinq
scélérats qui l'auraient assassiné. La légende de maître Jacques
décalque la Passion du Christ. Mais il faut rappeler que ce légendaire, en dehors de la tradition rapportée par Perdiguier, amalgame
d'autres éléments. Ainsi, l'Évangile selon saint Marc rapporte que
Jésus apprend de son frère Jacques le métier de charpentier. Un croi-
sement se fait souvent avec saint Jacques le Mineur ou avec Jacques
le Majeur. (On se reportera à la thèse de Martine Watrelot, *Le Rabot
et la plume*, université de Lille-III, 2000.)

n'appartiens à aucune société constituée. Tu n'as pas
de *Devoir*, ou bien tu es un révolté, un indépendant, un
Renard de liberté[1], ce qu'il y a de plus méprisable au
monde.

— Je ne suis rien de tout cela, répondit Pierre en
souriant.

— Gavot, Gavot, en ce cas ! s'écria l'étranger en
frappant du pied. Écoutez, qui que vous soyez, *Coterie,
Pays* ou *Monsieur*[2], vous n'avez pas envie de vous
battre, ni moi non plus ; et j'aime à croire que ce n'est
pas plus poltronnerie de votre part que de la mienne. Je
sais qu'il est parmi les Gavots des gens assez courageux, et que la prudence n'est pas chez tous, sans exception, un faux-semblant de sagesse pour cacher le
manque de cœur. Quant à moi, vous ne supposerez pas
que je sois un lâche quand je vous aurai dit mon nom, et
je vais vous le dire ; vous n'êtes peut-être pas sans avoir
entendu parler de moi *sur le tour de France*. Je suis Jean
Sauvage, dit *La terreur des gavots, de Carcassonne*.

— Vous êtes, dit Pierre Huguenin, tailleur de pierres,
Compagnon passant[3]. J'ai entendu parler de vous
comme d'un homme brave et laborieux ; mais on vous
reproche d'être querelleur et d'aimer le vin.

---

1. Dans ce dialogue, en appelant Pierre Huguenin «Renard de
liberté», son interlocuteur, d'une part, le transforme en aspirant
(il n'aurait pas encore été initié), d'autre part, il suggère qu'il
n'obéit pas à un Devoir, précisément parce que les Gavots prônent
la liberté religieuse.   **2.** Les compagnons ne s'appellent jamais
«Monsieur».   **3.** Maître Jacques et ses compagnons, qui tra-
vaillèrent, selon la légende, au Temple de Salomon, n'étaient
pas originaires de la Judée. Étrangers dans Jérusalem, ne prétendant pas s'y fixer, ils étaient donc «passants». C'est encore chez
Agricol Perdiguier que George Sand puise les éléments de ce dialogue.

— Et si vous connaissez si bien mes défauts, reprit Jean Sauvage, vous devez savoir aussi la malheureuse aventure qui m'est arrivée à Montpellier, avec un jeune homme qui s'était avisé de vouloir me dire mes vérités.

— Je sais que vous l'avez tellement maltraité qu'il en est resté estropié ; et que, si les Compagnons des deux partis n'eussent eu la générosité de garder le secret sur cette affaire, l'autorité vous en eût fait cruellement repentir, au défaut de votre conscience.

Le Dévorant, outré de la liberté avec laquelle Pierre lui parlait, devint pâle de rage et leva de nouveau sa canne. Pierre, saisissant la sienne, attendait avec une bravoure froide et réfléchie l'explosion de cette fureur. Mais tout à coup le tailleur de pierres laissa retomber sa canne, et son visage prit une expression noble et douloureuse.

— Sachez, monsieur, dit-il, que j'ai bien expié un moment de délire ; car si je suis bouillant et irritable, sachez que je ne suis pas une bête brute, un animal cruel, comme il plaît sans doute à vos Gavots de le faire croire. J'ai pleuré amèrement ma faute, et j'ai tout fait pour la réparer. Mais le jeune homme que j'ai estropié n'en est pas moins hors d'état de travailler pour le reste de ses jours, et je ne suis pas assez riche pour nourrir son père, sa mère et ses sœurs, dont il était l'unique soutien. Voilà donc toute une famille malheureuse à cause de moi, et les secours que je lui envoie, en travaillant de toutes mes forces, ne suffisent pas à lui procurer l'aisance qu'elle aurait dû avoir. Car, moi aussi, j'ai des parents, et la moitié de ce que je gagne leur appartient. Voilà pourquoi, travaillant pour deux familles, je n'amasse rien pour moi-même ; et l'on me fait passer pour ivrogne et dépensier sans se douter des efforts que j'ai faits pour me corriger, et du triomphe que j'ai remporté sur mes mauvais penchants. Maintenant que vous savez mon histoire, vous ne serez plus étonné de ce qui me reste à vous dire. J'ai fait serment de ne jamais chercher querelle à personne, et de tout faire pour éviter de nouveaux malheurs. Cependant je ne puis me résigner à passer pour lâche, et l'honneur de mon Devoir, la gloire des enfants de Maître Jacques, doit l'emporter sur mes scrupules. Vous venez de me parler avec une assurance que je ne veux pas châtier et que je ne puis cependant pas subir. Consentez, non pas à me dire qui vous êtes, puisque vous semblez avoir des raisons pour le cacher ; mais avouez au moins, par une simple déclaration, qu'*il n'y a qu'un Devoir*, et que ce Devoir est le plus ancien de tous[1].

— S'il n'y en a qu'un, répondit Pierre en souriant, il est évident qu'il n'en est pas de plus ancien ; et si vous exigez que je reconnaisse le vôtre pour le plus ancien de tous, c'est me forcer à reconnaître qu'il n'est pas le seul.

Le Dévorant fut singulièrement mortifié de cette raillerie, et toute sa colère se ralluma.

— Je reconnais bien là, dit-il en se mordant les lèvres, l'insupportable dissimulation de votre Société. Vous avez pourtant bien compris ma proposition, et vous voyez que je connais l'existence des faux Devoirs qui prennent insolemment le même titre que nous. Mais soyez sûr que nous n'y consentirons jamais, et que les Gavots cesseront de se dire Compa-

---

1. Voir Agricol Perdiguier, *op. cit.*, p. 161 : « Les tailleurs de pierre, compagnons étrangers, dits les loups, passent pour être ce qu'il y a de plus ancien dans le compagnonnage. »

gnons du Devoir, ou qu'ils auront à se repentir de
l'avoir fait[1].

— Ils ne se donnent pas ce nom, répondit Pierre ; ils
se nomment Compagnons du *Devoir de liberté*, afin
précisément qu'on ne les confonde pas avec vous
autres Dévorants, qui n'êtes partisans d'aucune liberté,
comme chacun sait.

— Et vous, vous êtes partisans de la liberté de voler
le nom et les titres des autres. C'est de quoi il faudra
pourtant vous abstenir. Nous vous ferons la guerre jusqu'à la mort, ou jusqu'à ce que vous vous soyez soumis
à vous intituler *Compagnons de liberté* tout simplement.

— Je vous avoue que si cela dépendait de moi,
répondit Pierre, on ne se disputerait pas pour si peu de
chose. Le mot de liberté est si beau qu'il me paraîtrait
bien suffisant pour illustrer ceux qui le portent sur leur
bannière. Mais je ne crois pas que les choses s'arran-
gent ainsi, tant que votre parti le réclamera avec
des injures et des menaces. Ainsi, quant à ce qui me
concerne, soyez sûr qu'aucun Compagnon d'aucun
Devoir que ce soit ne me contraindra jamais, par de
tels moyens, à proclamer l'ancienneté et la supériorité
de son parti sur un parti quelconque.

— Ah çà, vous n'êtes donc pas Compagnon ? Je vois
que, depuis une heure, vous me raillez, et que vous
n'avez de préférence pour aucune couleur. Cela me
prouve que vous êtes un Indépendant ou un Révolté ;
peut-être même avez-vous été chassé de quelque

---

1. « Ils [les Devoirants] ne voudraient pas que les menuisiers et
les serruriers de Salomon pussent se dire Compagnons du Devoir
de la liberté, mais Compagnons de liberté seulement ; il faudrait
pour les contenter rayer le mot *Devoir* » (*Le Livre du compagnonnage*, p. 170).

Société pour votre mauvaise conduite. Je saurai vous reconnaître, et s'il en est ainsi, vous démasquer en quelque lieu que je vous trouve.

— Toutes vos paroles sont hostiles, et pourtant je reste calme ; vos discours respirent la haine et ne provoquent pas la mienne ; vous me menacez et n'obtenez de moi qu'un sourire : quiconque, sans nous connaître, nous verrait ainsi, en présence l'un de l'autre, ne serait pas porté à vous considérer comme le plus noble et le plus sage des deux. Je ne comprends pas qu'au lieu de chercher votre gloire dans des paroles de malédiction et des actes de violence, vous ne la cherchiez pas dans des pratiques sages et des sentiments d'humanité.

— Vous êtes un beau parleur, à ce que je vois. Eh bien, soit ; je ne hais pas les gens instruits, et j'ai cherché moi-même à secouer le poids de mon ignorance ; j'ai orné ma mémoire des meilleures chansons de nos poètes, et, quoique je n'accepte pas l'esprit des vôtres, je rends justice aux talents de quelques-uns de vos chansonniers. Je sais que si nous avons *Va-sans-Crainte de Bordeaux, Vendôme-La Clef des cœurs*, et tant d'autres, vous avez *Marseillais-Bon accord, Bordelais-La Prudence, Bourguignon-La Fidélité, Nantais-Prêt à bien faire*, etc., qui ne sont pas sans talent[1]. Mais j'ai reconnu avec chagrin, je l'avoue, qu'il était impossible d'être à la fois *auteur* et bon ouvrier. Il faut apprendre, pour rimer, bien des choses qui demandent du temps et qui en font perdre par conséquent. C'est à cause de

---

1. Agricol Perdiguier mentionne tous ces noms dans *Le Livre du compagnonnage* (voir p. 60). Dans cet ouvrage, il recueille quelques-unes des chansons des Compagnons.

vos belles paroles que je crains que vous ne soyez un homme perdu de dettes ; ayant rompu son ban ou trahi son Devoir, un *brûleur* [1], en un mot.

— Cette crainte ne m'inquiète pas, répondit Pierre ; nous nous rencontrerons peut-être ailleurs et dans des relations plus cordiales que vos manières actuelles n'en marquent le désir. Vous plaît-il maintenant de me laisser partir ? Je ne puis m'arrêter plus longtemps.

— Vous êtes un homme fort prudent, repartit l'obstiné tailleur de pierres ; mais je le suis aussi, et ne me soucie pas de compromettre ma réputation en vous laissant continuer votre chemin de la sorte.

— Voulez-vous me dire en quoi une rencontre paisible avec un Compagnon qui voyage pourrait nuire à votre honneur ?

— Les Gavots sont si arrogants envers nous (surtout hors de notre présence) qu'ils ne manquent jamais de dire qu'ils ont fait baisser le ton à quelqu'un des nôtres en les rencontrant sur le *tour de France*. Quand ils n'ont pu faire preuve de courage en public, ils se vantent de prouesses qui n'ont pas eu de témoins.

— Les Dévorants ne se vantent-ils pas aussi quelquefois ? N'avez-vous dans votre Société ni imposteurs, ni faux braves ? Vous êtes bien heureux, en ce cas.

— Sans doute, il y a partout de mauvaises têtes et de mauvaises langues ; mais vous n'avez rien à craindre de mes propos, puisque vous me connaissez par mon nom, tandis que vous me refusez de me dire le vôtre.

---

1. « Ceux qui partent d'une ville à la dérobée, et sans payer leurs dettes, sont appelés des *brûleurs* ; leur nom, leur signalement sont répandus sur le Tour de France, et les *brûleurs* ne sont accueillis nulle part » (*Le Livre du compagnonnage*, p. 45).

Qui me répondra de votre sincérité ? Qui vous empê-
chera de dire à Blois, où vous allez sans doute : — J'ai
rencontré sur mon chemin *La terreur des gavots, de
Carcassonne*, et je l'ai humilié en paroles sans qu'il ait
osé me répondre ? ou bien : j'ai refusé le topage à un
Compagnon passant, et, comme il insistait, je lui ai fait
mordre la poussière ? Je me soucie peu de l'opinion de
vos associés ; mais je ne puis me passer de l'estime des
miens. Et que penseraient-ils de moi si de pareils faits
leur étaient rapportés ? Déjà n'a-t-on pas cherché à me
nuire ? N'a-t-on pas dit que, depuis l'affaire de Montpellier, des remords exagérés avaient abattu mon courage ? C'est pour cela que, malgré le chagrin que j'en
éprouve, je suis forcé, pour garder mon honneur, à ne
pas transiger avec vous autres. Voyons, finissons-en,
faites-vous connaître.

— Mon nom ne vous donnera aucune garantie,
répondit Pierre. Il n'est pas illustre comme le vôtre.
Mais si mon silence engendre vos soupçons, je consens
à parler, vous déclarant que je n'entends pas, en cela,
me rendre à un ordre de votre part, mais au conseil de
ma raison. Je me nomme Pierre Huguenin.

— Attendez donc ! N'est-ce pas vous que l'on a
surnommé *L'Ami-du-trait*, à cause de vos connaissances en géométrie ? N'avez-vous pas été premier
Compagnon à Nîmes ?

— Précisément. Nous serions-nous rencontrés
déjà ?

— Non ; mais vous quittiez cette ville comme j'arrivais, et j'ai entendu parler de vous. Vous êtes un
habile menuisier, à ce qu'on dit, et un bon sujet ; mais
vous êtes un Gavot, l'ami, un vrai Gavot !

— Et vous, répondit Pierre Huguenin, je vous connais maintenant ; vous êtes un homme de cœur. Vos remords pour l'affaire de Montpellier, et les secours que vous envoyez à la famille d'*Hippolyte le sincère*, me l'ont prouvé. Mais vous êtes rempli d'orgueil et de préjugés, et, si vous ne secouez pas ces liens misérables, vous vous préparerez bien d'autres regrets.

— Vous prononcez un nom qui réveille bien des souffrances, reprit Sauvage. Si on m'eût laissé faire, j'aurais abjuré mon nom, *La terreur des gavots*, pour un nom qui me passa par la tête dans ce temps-là. Je voulais m'appeler *Le cœur brisé*. Le Devoir ne le permit pas ; et il fit bien, car on se serait moqué de moi.

— C'est possible ; mais moi je vous estime pour en avoir eu la pensée.

— Si vous n'étiez pas de *Salomon*, vous ne seriez pas si touché de cela. Si j'avais tué un *renard du père Soubise*, vous y seriez fort indifférent, et pourtant je ne me le reprocherais pas moins.

— Je vous trouverais aussi coupable de l'avoir fait, et je vous estimerais également de le réparer comme vous faites.

— D'où vient cela ? Vous êtes donc mécontent de vos Gavots ?

— Nullement. Mais je suis, comme vous, le fils d'un père plus humain et plus illustre que Salomon ou Jacques.

— Que voulez-vous dire ? Y a-t-il une nouvelle Société qui se vante d'un fondateur plus fameux que les nôtres ?

— Oui. Il y a une plus grande société que celle des Gavots et des Dévorants : c'est la société humaine. Il y a un maître plus illustre que tous ceux du Temple et

tous les rois de Jérusalem et de Tyr : c'est Dieu. Il y a
un Devoir plus noble, plus vrai que tous ceux des initiations et des mystères : c'est le devoir de la fraternité
entre tous les hommes[1].

Jean le Dévorant resta interdit, et regarda Pierre le
Gavot d'un air moitié méfiant, moitié pénétré. Enfin il
s'approcha de lui, et fit le geste de lui tendre la main ;
mais il ne put s'y résoudre, et la retira aussitôt.

— Vous êtes un homme singulier, lui dit-il, et
les paroles que vous me dites m'enchaînent malgré
moi. Il me semble que vous avez beaucoup réfléchi
sur des choses dont je n'ai pas eu le temps de m'occuper, et qui cependant m'ont tourmenté comme des cris
de la conscience. Si vous n'étiez pas un Gavot, il me
semble que je voudrais vous connaître intimement et
vous faire parler de ce que vous savez ; mais mon honneur me défend de contracter amitié avec vous. Adieu !
puissiez-vous ouvrir les yeux sur les abominations de
votre Devoir de liberté, et venir à nous qui, seuls, pos-
sédons l'ancien, le véritable, *le très saint Devoir
de Dieu*. Si vous aviez pris la bonne voie, j'aurais été
heureux de vous y faire admettre et de vous servir de
répondant et de parrain. Votre nom eût été Pierre *le Philosophe*.

Ainsi se quittèrent les deux Compagnons, chacun

---

1. Perdiguier appelait lui aussi à la réconciliation de tous les
Compagnons : « Ô mes camarades, nous vivons dans un siècle
avancé, sachons le comprendre ; nous sommes pauvres, nous
sommes ouvriers, mais nous sommes hommes ! Pénétrons-nous de
cette grande idée, et relevons notre moral et notre condition […].
Renonçons donc, chers compagnons, à toutes nos rivalités mesquines qui nous abaissent, nous avilissent et nous font un mal réciproque » (*Le Livre du compagnonnage*, p. 213-214).

emportant la pensée, quoique chacun à un degré différent, que ces distinctions et ces inimitiés du compagnonnage étouffaient bien des lumières et brisaient bien des sympathies.

8

Vers le soir, Pierre Huguenin arriva sur les bords de la Loire. À la vue de ce beau fleuve qui promenait mollement son cours paisible au milieu des prairies, il se sentit tout à coup comme soulagé de la pesante chaleur du jour, et il marcha quelque temps sur le sable fin, par un sentier tracé dans les oseraies de la rive. Il apercevait déjà, dans le lointain, les noirs clochers de Blois, et les hautes murailles du sombre château où périrent les Guises, et d'où s'évada, plus tard, Marie de Médicis, prisonnière de son fils. Mais en vain il doubla le pas ; il vit bientôt qu'il lui serait impossible d'arriver avant l'orage. Le ciel était chargé de lourdes nuées, dont les eaux reflétaient la teinte plombée. Les osiers et les saules du rivage blanchissaient sous le vent, et de larges gouttes de pluie commençaient à tomber. Il se dirigea vers un massif d'arbres, afin d'y chercher un abri ; et bientôt, à travers les buissons, il distingua une maisonnette assez pauvre, mais bien tenue, qu'à son bouquet de houx il reconnut pour un de ces gîtes appelés *bouchons* dans le langage populaire.

Il y entra, et à peine eut-il passé le seuil, qu'il fut accueilli par une exclamation de joie. — *Villepreux**,

_____

* Les Compagnons gavots ajoutent à un surnom significatif

l'Ami-du-trait[1] ! s'écria l'hôte de cette demeure isolée : sois le bienvenu, mon enfant ! — Surpris de s'entendre appeler par son nom de Gavot, Pierre, dont les yeux n'étaient pas encore habitués à l'obscurité qui régnait dans la cabane, répondit : — J'entends une voix amie, et pourtant je ne sais où je suis. — Chez ton compagnon fidèle, chez ton frère de *liberté*, répondit l'hôte en s'approchant de lui les bras ouverts : chez *Vaudois-la-Sagesse* !

— Chez mon ancien, chez mon vénérable ! s'écria Pierre en s'avançant vers le vieux Compagnon, et ils s'embrassèrent étroitement ; mais aussitôt Pierre recula d'un pas en laissant échapper une exclamation douloureuse : *Vaudois-la-Sagesse* avait une jambe de bois.

— Eh mon Dieu oui ! reprit le brave homme, voilà ce qui m'est arrivé en tombant d'un toit sur le pavé. Il a fallu laisser là l'état de charpentier, et ma jambe à l'hôpital. Mais je n'ai pas été abandonné. Nos braves frères se sont cotisés, et du fruit de leur collecte j'ai pu acheter un petit fonds de marchand de vin, et louer cette baraque, où je fais mes affaires tant bien que mal. Les pêcheurs de la Loire et les fromagers de la campagne ne manquent guère de boire ici un petit coup en s'en revenant chez eux, quand ils ont fait leurs affaires

---

celui qu'ils tirent de leur pays, ou simplement le nom de leur village.

1. On relève dans *Le Livre du compagnonnage* le nom d'un compagnon que l'on peut rapprocher de celui que Sand donne à son personnage : «Lyonnais, l'ami du trait» (p. 151). On rencontre aussi un «Huguenin dit Vaudois, le décidé» (p. 31) et un «Angevin la Sagesse». L'onomastique, dans le roman, procède d'une combinatoire des surnoms mentionnés par Perdiguier.

au marché de Blois. Ceux-là m'appellent *la jambe de bois*; mais nos anciens amis, les bons Compagnons qui résident dans le pays, et qui viennent souvent, le dimanche, manger du poisson frais et boire le vin du coteau sous ma ramée de houblon, appellent mon bouchon le *Berceau de la sagesse*. Ce sont des jours de fête pour moi. Tout en leur versant, avec modération, mon nectar à deux sous la pinte, je leur prêche la sagesse, l'union, le travail, l'étude du dessin; et ils m'écoutent avec la même déférence qu'autrefois; nous chantons ensemble nos vieilles ballades, la gloire de Salomon, les bienfaits du beau Devoir de liberté et du beau tour de France, les malheurs de nos pères en captivité, les adieux au pays, les charmes de nos maîtresses... Ah! pour ces chansons-là, je ne les chante plus avec eux, Cupidon et la jambe de bois ne vont guère de compagnie; mais je souris encore à leurs amours, et je ne proscris de nos doux festins que les chants de guerre et les satires; car la sagesse n'est pas boiteuse, et la mienne marche toujours sur ses deux jambes. Tu vois que je ne suis pas si malheureux.

— Mon pauvre Vaudois! répondit Pierre, je vois avec plaisir que vous avez conservé votre courage et votre bonté. Mais je ne puis me faire à l'idée de cette jambe qui ne vous portera plus sur les échelles et sur les poutres de charpente. Vous, si bon ouvrier, si habile dans votre art, si utile aux jeunes gens de la profession!

— Je leur suis encore utile, répondit Vaudois-la-Sagesse; je leur donne des conseils et des leçons. Il est rare qu'ils entreprennent un ouvrage de quelque importance sans venir me consulter. Plusieurs m'ont offert de me payer un cours de dessin, mais je le leur fais gratis. Il ferait beau voir qu'après s'être cotisés pour me procurer mon établissement, ils ne me trouvassent pas reconnaissant et désintéressé envers eux ! C'est bien assez, c'est déjà trop, qu'ils payent ici leur écot. Aussi, comme je suis content, comme je suis fier, quand j'en vois qui passent devant ma porte, et qui refusent d'entrer, faute d'argent dans la poche ! Cela arrive bien quelquefois ; alors je les prends au collet, je les force de s'asseoir sous mon houblon, et, bon gré, mal gré, il faut qu'ils mangent et qu'ils boivent. Brave jeunesse ! Que d'avenir dans ces âmes-là !

— Un avenir de courage, de persévérance, de talent, de travail, de misère et de douleur ! dit Pierre en s'asseyant sur un banc et en jetant son paquet sur la table avec un profond soupir.

— Qu'est-ce que j'entends là ? s'écria la Jambe-de-bois ; oh ! oh ! je vois que mon fils l'*Ami-du-trait* manque à la sagesse ! Je n'aime pas à voir les jeunes gens mélancoliques. Vous avez besoin de passer une heure ou deux avec moi, pays Villepreux ; et, pour commencer, nous allons goûter ensemble.

— Je le veux bien ; la moindre chose me suffira, répondit Pierre en le voyant s'empresser de courir à son buffet.

— Vous ne commandez pas ici, mon jeune maître, reprit avec enjouement le charpentier. Vous ne ferez pas la carte de votre repas ; car vous n'êtes pas à l'auberge, mais bien chez votre ancien, qui vous invite et vous traite.

Alors la Jambe-de-bois, avec une merveilleuse agilité, se mit à courir dans tous les coins de sa maison et de son jardin. Il tira de sa poissonnerie deux belles tanches qu'il mit dans la poêle ; et la friture commença de frémir et de chanter sur le feu, tandis que la pluie

battait les vitres en cadence, et que la Loire, boulever-
sée par l'ouragan, mugissait au-dehors. Pierre voulait
empêcher son hôte de prendre tous ces soins; mais
quand il vit qu'il avait tant de plaisir à lui faire fête,
il l'aida dans ses fonctions de maître d'hôtel et de cui-
sinier.

Ils allaient se mettre à table, lorsqu'on frappa à la
porte.

— Allez ouvrir, s'il vous plaît, dit Vaudois à son
hôte, et faites les honneurs de la maison.

Mais il faillit laisser tomber le plat fumant qu'il
tenait dans ses mains, lorsqu'il vit l'*Ami-du-trait* et le
nouvel arrivant sauter au cou l'un de l'autre avec
transport. Ce voyageur, couvert de boue et trempé jusqu'aux os, n'était rien moins que l'excellent Compagnon menuisier Amaury, dit *Nantais-le-Corinthien*, un
des plus fermes soutiens du Devoir de liberté, l'ami le
plus cher de Pierre Huguenin, en outre un des plus jolis
garçons qu'il y eût *sur le tour de France*.

— C'est donc le jour des rencontres! s'écria Vaudois, à qui Pierre avait conté son aventure avec *la Terreur des gavots, de Carcassonne*. Voici un de nos
frères, sans doute; car vous vous donnez une accolade
de bien bon cœur.

Aussitôt que le bon Vaudois sut que son hôte était
l'ami de Pierre et l'enfant de son *Devoir*, il fit flamber
son feu, invita le Corinthien à s'approcher, et lui prêta
même une veste, de peur qu'il ne s'enrhumât, pendant
qu'il faisait sécher la sienne.

Tandis que le jeune homme se réchauffait, car toute
pluie d'orage est froide malgré l'été, le soleil reparais-
sait aux cieux assombris, la nuée s'envolait lentement
vers l'est, et l'arc-en-ciel, répété dans la Loire, élevait

un pont sublime de l'onde au firmament. Bientôt le temps fut si pur, l'air si doux et la terre si riante, après cette généreuse ondée, que les heureux compagnons mirent le couvert sous la ramée. Quelques gouttes de pluie tombèrent bien, du calice des fleurs humides, sur le pain des voyageurs ; mais il ne leur en parut pas moins bon. Les chèvrefeuilles du père Vaudois exhalaient un doux parfum, son merle apprivoisé chantait d'une voix mélodieuse sur le buisson voisin, le soleil s'abaissait vers l'horizon, la Loire était en feu, et les poissons y traçaient mille cercles étincelants. Cette belle soirée, la joie de retrouver deux amis si parfaits, l'animation qu'un vin peu délicat sans doute, mais naturel et pur de toute fraude, faisait circuler dans les veines, les sages propos de Vaudois, les aimables épanchements d'Amaury, tout contribuait à élever aux plus hautes régions les nobles pensées de Pierre Huguenin, ou de *Villepreux, l'Ami-du-trait*, comme l'appelaient ses compagnons.

Mais à mesure que la nuit se faisait autour de lui, il redevint triste. Sa voix ne se mêla plus à celles de ses deux amis pour fêter l'*heureuse rencontre*, les *douceurs de la vie errante*, la *gloire de la menuiserie*, et tous ces beaux textes qui inspirent aux Compagnons des chants si naïfs et souvent si poétiques[1]. Amaury,

---

1. George Sand exalte ici les chansons des compagnons tout comme elle fera ultérieurement, dans *Jeanne*, l'éloge des chansons populaires. Se rejoignent, pour elle, sous le signe du naïf, le folklore le plus profond et les chants qui rythment le travail des ouvriers ou qui illustrent leur condition. Le peuple est ainsi le lieu possible d'un double ressourcement : on retrouve les origines lointaines de la nation, son essence poétique dans les *Volkslieder* ; quant à la poésie naïve des compagnons, elle émane d'un peuple en attente de son épanouissement culturel, elle est l'enfance de l'humanité à venir.

qui l'avait vu souvent rêveur, ne s'en étonna guère ; mais Vaudois, qui était un homme du bon vieux temps, et qui ne comprenait rien à la mélancolie, lui fit reproche de la sienne.

— Jeune homme, lui dit-il, pourquoi ton front s'est-il obscurci en même temps que l'horizon ? Crois-tu que le soleil ne se lèvera pas demain ? L'amitié n'a-t-elle de pouvoir sur toi que pendant une heure ? As-tu trop d'esprit et de science pour te complaire à la gaieté de tes pareils ? Voyons ! pourquoi ces soupirs qui t'échappent, et ces regards qui se détournent de nous ? As-tu quelque chagrin ? Tu nous as dit qu'au retour de tes voyages tu avais retrouvé ton vieux père en bonne santé, que vous viviez en bonne intelligence, que l'ouvrage ne vous manquait pas : que peux-tu donc désirer ?

— Je l'ignore, répondit Pierre. Je n'ai point à me plaindre du sort, et pourtant je ne me sens pas heureux comme je l'étais avant de quitter mon village, et comme je l'ai été durant les premières années de mon tour de France. Depuis que j'ai regardé dans d'autres livres que ceux qui concernent exclusivement ma profession, je me suis senti agité, tantôt de joies exaltées, tantôt de souffrances amères. Je puis me rendre à moi-même ce témoignage, que je ne me suis point abandonné à ces vaines émotions ; mais je les ai ressenties profondément, et je ne m'en suis jamais bien relevé. Je pense à trop de choses pour m'absorber dans la jouissance d'une seule. Les honnêtes plaisirs du repos et l'enjouement d'une société aussi aimable que la vôtre ne sauraient captiver mon âme au-delà d'un certain temps ; c'est un tort, c'est une maladie, c'est peut-être un vice. Mais je sens toujours au-dedans de moi quelque chose qui me presse et me domine ; j'entends une voix qui me dit tout bas : marche, travaille ; ne t'arrête pas ici, ne te contente pas de cela ; tu as tout à apprendre, tout à faire, tout à conquérir, pour remplir ta vie comme tu le dois. Mais dès que je me remets à l'œuvre, un abattement affreux, une crainte mortelle s'emparent de moi. La voix me dit : Que fais-tu là ? À quoi sert ta peine ? Où tendent tes efforts ? Crois-tu être plus habile qu'un autre ? Espères-tu changer ta destinée en usant tes forces et tes jours à ce travail grossier ? Ton avenir est-il si magnifique qu'il faille lui sacrifier la jouissance du présent ? Et, dans cette alternative d'ardeur et de dégoût, ma vie s'écoule comme un rêve confus dont ma mémoire ne fixe aucune phase, mais dont la fatigue seule se fait sentir. Ô mes amis ! expliquez-moi ce mal qui me ronge. Si je suis coupable (et je le crois, car je ne suis pas sans remords), éclairez-moi, et remettez-moi dans le bon chemin.

Amaury-le-Corinthien avait écouté ce discours avec une tristesse sympathique, et Vaudois avec une stupeur profonde. Le jeune homme comprenait cette souffrance, sans la partager. Moins initié que l'Ami-du-trait aux angoisses de la réflexion, il l'était assez néanmoins pour connaître la cause de son mal ; mais l'invalide, philosophe par nature, tranquille par bon sens, et content par habitude, ne pouvait s'expliquer l'inquiétude qui s'attache à la nouvelle génération[1].

---

1. D'une certaine manière, l'écrivain a prêté à son personnage sa propre mélancolie dont le roman *Lélia* s'était fait l'écho. Celle-ci n'est pas seulement un mal-être existentiel, elle est la prise de conscience d'un malaise plus général, « c'est la souffrance de la race entière, c'est la vue, la connaissance, la méditation du destin de l'homme ici-bas » (*Histoire de ma vie*, V, 2). C'est aussi une donnée sociale, le sentiment que l'Histoire est dans l'impasse. Si Pierre

— Il faut que ta conscience ait quelque chose de trop lourd à porter, lui répondit-il, ou que ton amour pour l'étude t'ait conduit à l'ambition. J'ai connu quelques jeunes gens avides, qui à force de vouloir s'élever au-dessus de leur position, sont restés au-dessous de ce qu'ils eussent été avec plus de simplicité et de résignation. Je crois, mon pauvre Villepreux, que tu désires la richesse ou la réputation outre mesure. Tu veux que ton nom domine tous les noms *illustres* du tour de France ; ou bien tu rêves une fortune, une belle maison, des terres, une grosse maîtrise. Tout cela peut t'arriver, puisque tu as du talent, du zèle, un père bien établi, un petit héritage à recueillir, ainsi que tu l'avoues toi-même. Tant d'avantages devraient suffire à ton contentement. Mais ceci est une chose que j'ai remarquée souvent et que je ne puis comprendre : plus l'homme possède, plus il désire ; plus il réussit, plus il veut entreprendre ; et plus il a renversé d'obstacles, plus il s'en crée de nouveaux. C'est peut-être un bienfait de la Providence que d'ôter le désir à ceux qui n'ont point sujet d'espérer. Parlez-moi des gueux pour être *stoïciens*. J'ai ouï dire que le fondateur de cette morale fut un esclave[1]. J'ai oublié son nom ; mais ce fut bien un vrai pauvre diable, puisqu'il eut tant de raison et de patience. Allons ! c'est bien certain, la richesse

---

Huguenin souffre du mal de sa génération, il est appelé à le surmonter comme George Sand le fit elle-même, dans ses credo humanitaires.

1. Il est fait ici allusion à Épictète (50-125 ou 130) qui, à défaut d'être le fondateur du stoïcisme — il faudrait se référer à Zénon de Cition —, fut effectivement l'esclave d'un certain Épaphrodite. Épictète eut la jambe brisée par son maître. Une analogie implicite unit ainsi le philosophe stoïcien et le Vaudois.

est un grand mal, la science un grand poison, le génie une mauvaise fièvre. Et pourtant il faut de tout cela, et tous tant que nous sommes nous courons après.

Quand Vaudois-la-Sagesse eut prononcé cet arrêt, que Pierre écouta avec tristesse et recueillement, Amaury, consulté par les regards de son ami, prit la parole à son tour.

— Moi, sans vous offenser, dit-il, je pense que l'ambition n'est pas un mal, et que le succès n'est point un crime. Pourquoi étudions-nous ? C'est pour avancer dans la science ; et quand nous en tenons un peu, nous l'appliquons à l'édifice de notre fortune. Et pourquoi cherchons-nous à nous enrichir ? C'est pour arriver au repos. Ôtez-nous tous ces désirs, tous ces besoins : que sommes-nous ? des ignorants, des paresseux, quand nous ne sommes que cela ; car la grossièreté engendre le vice, et qui dit fainéant parmi nous, dit un ivrogne, un débauché, un brutal, un *sans cœur*. Voyons, père Vaudois ! vous voici arrivé au repos. Votre infirmité vous prive de votre travail : mais l'estime de vos frères vous a restitué ce qui vous était dû, ce que vous eussiez acquis par vous-même : c'est justice. Vous voilà dans une sorte de bien-être qui est légitime, et que vous pouvez regarder comme votre propre ouvrage, puisque l'homme qui travaille bien et qui se conduit bien a droit à une récompense. Dites-nous à quoi vous passez votre temps désormais, et ce qui occupe votre esprit aux heures où la clientèle ne vous tient pas en haleine. Vous lisez, car voilà des livres sur un rayon. Vous tracez des plans de charpente, car voici de jolis modèles et de bons lavis de trait. Vous vous livrez à la poésie, car vous avez recueilli avec soin tous les vieux chants de votre *Devoir* ; vous les savez par cœur, et voilà des cahiers écrits de votre main (et très bien écrits, vraiment !) où vous avez restitué aux vieux auteurs tout ce que la mauvaise mémoire ou l'ignorance des chanteurs vulgaires avait mutilé et corrompu. Vous ne vous êtes donc pas arrêté au milieu de votre vie pour obéir tristement à la fatalité qui vous faisait impotent, solitaire, inutile, désolé. Vous avez, au contraire, fait un nouveau bail avec l'avenir ; vous avez cultivé votre intelligence, soigné votre écriture, et perfectionné votre orthographe, orné votre mémoire, étudié la science, la morale, et même la politique ; car j'ai vu tout cela en vous. Enfin, vous avez obéi à une secrète ambition qui vous défendait de subir l'arrêt de l'adversité, et qui ne se fût pas contentée des plaisirs de la table et des profits du petit négoce. Vous êtes donc un ambitieux, un rêveur, un fou, vous aussi, avec toute votre sagesse ? Voyons, répondez à cela, mon philosophe !

— Villepreux, ton ami parle comme un livre, dit le Vaudois, un peu flatté intérieurement des éloges qu'il recevait sous forme de dilemme ; et je vois bien qu'il a raison ; car je m'ennuierais cruellement dans ma solitude si je n'avais pas le goût des livres, des chansons anciennes et nouvelles, des almanachs et des conversations instructives avec les voyageurs qui s'arrêtent sous mon berceau. Mais pourquoi trouvé-je tant d'amusement à tout cela ? Je veux bien être ambitieux, mais vous conviendrez que je ne suis pas triste. Les souffrances dont parle l'Ami-du-trait, je ne les ai jamais éprouvées ; je n'ai été malheureux qu'une fois dans ma vie : c'est lorsque j'ai vu ma pauvre jambe sortir de mon lit sans moi, et que je me suis dit que mes bras et ma tête ne me serviraient plus de rien. Mais les amis sont venus, m'ont prouvé que cela servirait encore, et j'en ai bien rappelé !

Cependant un regret, un désir m'agitent. Je voudrais revoir ma montagne, mon pays de Vaud, ma Suisse, quoique je n'y connaisse plus quasi personne. Mais enfin c'est un rêve, et, lié que je suis au rivage de la Loire par la reconnaissance et l'amitié, je soupire bien un peu. Je regarde les nuages du couchant qui s'amoncellent là-bas en grosses masses blanches, dorées, argentées, pourprées comme le Mont-Blanc. Voici, dans mon jardin, un ruisseau que j'ai creusé moi-même, et qui s'appelle le Rhône[1]. Cette butte, où j'ai planté des rosiers et des lilas, c'est le Jura. Tout cela m'amuse et me console. J'ai quelquefois une larme au bord des yeux ; et puis je fais quelques vers, et je les chante ; et je suis heureux, au bout du compte. Il y a donc deux sortes d'ambitions : une qui souffre toujours et ne se contente de rien ; une autre qui réjouit l'âme et s'arrange de peu. Ne saurais-tu prendre la mienne, *pays Villepreux* ?

— Vous avez dit tous deux des choses bien vraies, reprit Pierre Huguenin, et pourtant aucun de vous n'a mis le doigt sur la plaie. Je ne suis pas meilleur chirurgien que vous, et mon cœur saigne sans que je sache d'où s'échappent le sang, l'espoir et la vie. Pourtant je puis, devant Dieu et devant vous, faire un serment : c'est que je ne désire rien au-delà de ma condition, si ce n'est quelques heures de plus par semaine pour me livrer à la rêverie et à la lecture. Ni gloire ni richesse ne me tentent, je le jure encore et sur l'honneur ! Pen-

---

1. Souvenir du chant III de l'*Énéide* dont Baudelaire s'inspirera dans «Le Cygne». Ce ruisseau qui imite le Rhône n'est pas sans rappeler ce «cours d'eau qui imite le Simoïs» qu'Andromaque, dans sa servitude en Épire, où elle a reconstitué en miniature le paysage de Troie, contemple comme une reprise menteuse du fleuve troyen.

sez-vous que la légère privation dont je me plains suffise à me rendre malheureux ? Je ne crois pas. Le mal
a sa source plus haut. Peut-être ce mystère s'éclaircira-
t-il avec le temps. Jusque-là je souffrirai en silence, je
vous le promets, et je ne chercherai jamais à décourager les autres.

9

Quand la nuit fut tout à fait tombée, Pierre se disposa à partir pour Blois avec Amaury, qui s'y rendait
aussi. Il n'avait pas voulu troubler l'entretien philosophique du souper par la préoccupation de ses propres
affaires ; mais il lui tardait de se trouver seul avec son
ami. Le Vaudois les supplia tous deux de passer la
nuit sous son toit ; mais ils alléguèrent que tous leurs
moments étaient comptés. Le Corinthien promit que,
s'il s'arrêtait à Blois, comme il en avait le dessein, il
reviendrait souvent vider une bouteille de bière sous le
Berceau de la Sagesse ; et Pierre, qui songeait à
reprendre le plus tôt possible le chemin de son village,
s'engagea à s'arrêter quelques instants au retour pour
serrer, au passage, la main du vieux charpentier. L'orage
avait inondé, en plusieurs endroits, l'oseraie où ser-
pente le chemin. L'invalide leur en enseigna un plus
sûr, et les guida lui-même pendant un quart de lieue,
marchant devant eux avec une agilité et une adresse
remarquables. Quand il les eut mis sur la route, il leur
souhaita le bonsoir et la bonne chance.

— Allons, leur dit-il, je vous reverrai bientôt ; car,
certes, vous allez tous deux rester à Blois. J'irai vous y
voir, si vous ne venez pas chez moi. Je ne vais pas sou-

vent à la ville, mais il y a des occasions… et celle qui
se prépare…

— Quelle occasion ? demanda l'Ami-du-trait.

— C'est bon, c'est bon, repartit Vaudois. Vous avez
raison de ne pas parler de cela. Je ne suis pas de votre
métier, et je suis censé ne rien savoir. J'estime la discrétion, et ne veux point la confondre avec la méfiance
en ce qui me concerne ; quoique, après tout, quand on
est du même Devoir, on pourrait bien se confier certaines choses… N'importe ! l'affaire est encore secrète,
et vous ferez bien de n'en pas causer avant qu'elle
éclate. Au revoir donc, et le grand Salomon soit avec
vous ! La lune est levée ; prenez à droite, et puis à
gauche, et puis tout droit jusqu'à la chaussée.

Il leur serra la main, et reprit le chemin de sa baraque.
Mais les deux amis entendirent longtemps sa voix mâle
et accentuée chanter, en se perdant peu à peu, ces derniers couplets d'une longue et naïve chanson[1] dont il
était l'auteur :

> Jadis sur le beau tour de France
> Je promenais mes pas errants.
> Je n'allais point en diligence,
> J'avais deux jambes et vingt ans.
> J'avais alors bonne prestance,
> Travail, amour, et l'âge heureux :
> Je n'ai gardé que l'espérance,
> Bon pied, bon œil et cœur joyeux.

---

1. Cette chanson, écrite par George Sand, s'inspire, dans son
rythme et son vocabulaire, des *Chansons de compagnons et autres*
d'Agricol Perdiguier (1834). Voir, entre autres, « Le Départ » : « Oui,
du départ l'heure est sonnée, / Mes chers pays, éloignons-nous / De
cette ville fortunée, / Séjour des plaisirs les plus doux. / Fuyons
d'ici la jouissance / Pour trouver ailleurs la science. »

Amis, sur ce beau tour de France
J'ai bien lassé mes pieds poudreux ;
Dans les chantiers de la Provence
J'ai fatigué mes bras nerveux ;
Dans les *rêves de la science*
J'ai consumé mon âge heureux :
Dans les bras de la Providence
Je repose mon cœur pieux.

— Digne et brave homme ! dit Pierre en s'arrêtant pour l'entendre encore. Amaury, Amaury, n'est-ce pas une belle chose que la chanson d'un homme de bien ? Cette voix mâle et forte qui remplit la campagne, jetant ses rimes sans art à tous les échos, n'est-elle pas comme l'hymne de triomphe de la conscience ? Tenez, nous voici sur la chaussée : cette belle voiture qui roule légèrement emporte-t-elle des cœurs aussi purs ? Répand-elle des chants aussi suaves ? Non ! pas une voix humaine ne s'échappe de cette maison ambulante, où toutes les aises de la vie accompagnent le riche. Voici un marchand voyageant sur un bon et fort cheval ; il porte une lourde valise, et la crosse de ses pistolets brille au clair de lune. Voyez pourtant ! il nous craint, il nous soupçonne… Il retient la bride de son cheval, et prend l'autre revers du chemin pour éviter de passer près de nous. Son cheval est chargé d'or et son âme de soucis : sa marche est inquiète et silencieuse. Pauvre trafiquant, entends-tu cette cadence joyeuse, là-bas au fond du ravin de la Loire ? Supposes-tu que ce chant sonore soit celui d'un vieillard invalide sans famille, sans argent, sans armes, et sans autre appui qu'une jambe de bois et le cœur de quelques amis aussi pauvres que lui ?

— Ce que tu dis me frappe, reprit Amaury, et, je ne sais pourquoi, je me sens les yeux pleins de larmes en écoutant cette chanson. Explique-moi cela, Pierre, toi qui expliques tant de choses !

— Dieu est grand et l'homme aussi ! répondit Pierre avec un soupir.

— Qu'entendez-vous par là ? reprit son camarade.

— Il y aurait trop à dire, mon Corinthien, et le mieux sera de parler d'autre chose, dit l'Ami-du-trait en reprenant sa marche. Tu as à m'expliquer les dernières paroles que Vaudois nous disait en nous quittant. J'ignore de quelle grande affaire et de quel grand secret il voulait parler.

— Comment ! s'écria Amaury, ignores-tu ce qui se passe à Blois entre les Dévorants et nous ? Je pensais que tu avais reçu une lettre de convocation et que tu te rendais à l'appel de nos frères.

— Je vais à Blois pour une affaire toute personnelle, et dont la moitié est faite, ami, si je ne me flatte pas d'un vain espoir.

Ici Pierre expliqua au Corinthien le besoin qu'il avait de deux bons ouvriers pour l'aider dans son travail, et lui fit part du désir qu'il éprouvait de commencer par lui son embauchage. Il lui vanta la beauté du travail auquel il désirait l'associer, lui fit des offres avantageuses, et le pria ardemment de ne pas les rejeter.

— Sans doute, ce serait un grand contentement pour mon cœur de travailler avec toi, lui répondit Amaury, et tes offres sont au-dessus de mes prétentions ; mais tu vas juger toi-même si je puis user de ma liberté dans ce moment. Apprends donc que notre Devoir de liberté va jouer la ville de Blois contre *le Devoir dévorant*.

Comme tous nos lecteurs ne comprendront peut-être pas, aussi bien que Pierre Huguenin fut à portée de le faire, cette étrange révélation, nous leur expliquerons en peu de mots de quoi il s'agissait. Quand deux Sociétés rivales ont établi leur Devoir dans une ville, il est rare qu'elles y puissent rester en paix. La moindre infraction à la trêve tacitement consentie amène d'éclatantes ruptures. Au moindre sujet, et parfois sans sujet, on se dispute l'occupation exclusive de la ville, et la discussion se poursuit souvent des années entières au milieu d'épisodes sanglants. Enfin quand les disputes, les débats oratoires et les coups n'ont rien terminé entre partis égaux en obstination, en force et en prétentions, il y a un dernier moyen de trancher la question : c'est de jouer la ville, c'est-à-dire le droit d'occuper les lieux et d'exploiter les travaux, à l'exclusion de la partie perdante. Il y a aujourd'hui cent dix ans (ceci est un fait historique) que les tailleurs de pierre de Salomon, autrement dits *Compagnons étrangers* ou *Loups*, jouèrent la ville de Lyon pour cent ans contre les tailleurs de pierre de Maître Jacques, dit *Compagnons passants* ou *Loups-garous*[1]. Ces derniers la perdirent, et, durant cent ans, le pacte fut observé rigoureusement. Aucun Compagnon passant ne mit le pied sur le domaine des Compagnons étrangers. Mais, dans ces derniers temps, le terme du traité étant expiré, les bannis se crurent en droit de revenir exploiter un pays redevenu libre. Les enfants de Salomon n'en jugèrent pas ainsi ; ils trouvaient la position bonne, et prétendaient que cent ans de possession devaient leur constituer un droit impres-

---

1. Sur les *Compagnons étrangers* dits *loups*, voir note 2, p. 45. Sur les *Compagnons passants*, voir note 3, p. 120.

criptible. On parlementa, on ne s'entendit point ; on se
battit, l'autorité intervint pour séparer les combattants.
Plusieurs champions des deux partis avaient commis
de tels exploits qu'ils furent envoyés en prison, et même
aux galères. Mais la loi, ne protégeant pas et n'avouant
pas ce mode d'organisation du travail en Sociétés
maçonniques, ne put terminer le différend. La cause est
pendante devant les tribunaux secrets du compagnonnage, et il est à craindre que bien des héros du tour de
France n'y sacrifient encore leur sang ou leur liberté.
Espérons pourtant que les tentatives philosophiques de
quelques-uns de ces Compagnons, esprits éclairés et
généreux, qui ont entrepris récemment le grand œuvre
d'une fusion entre tous les Devoirs rivaux, vaincront
les préjugés qu'ils combattent et feront triompher le
principe de fraternité.

Il nous reste un mot à dire sur le genre d'épreuve à
laquelle on a soumis jusqu'à présent ces débats. On ne
s'en remet pas au sort, mais au concours. De part et
d'autre on exécute une pièce d'ouvrage équivalent à ce
que, dans les antiques jurandes[1], on appelait le *chef-
d'œuvre*. Tout le monde sait que, dans l'ancienne organisation par confréries ou corporations, nul ne pouvait
être admis à la maîtrise sans avoir présenté cette pièce
au jugement des syndics, jurés et gardes-métier chargés
de constater la capacité de l'aspirant. Hoffmann a consacré un de ses contes (celui qu'il eût pu, à bon droit,
appeler lui-même son chef-d'œuvre), *Maître Martin le
Tonnelier*[2], à poétiser cette belle phase de la jeunesse

---

1. « Assemblées de personnes élues pour diriger un groupement
corporatif dans l'ancienne France » (*Grand Larousse de la langue
française*). 2. Paru en Allemagne en 1815, intitulé plus précisé-

de l'apprenti, qui renferme la présentation à la maîtrise, l'exécution du chef-d'œuvre, la réception du nouveau maître, etc. Aujourd'hui que la maîtrise n'est plus un droit conquis et disputé, mais un fait libre et facultatif, on ne voit guère reparaître publiquement* le chef-d'œuvre que dans les défis du compagnonnage. Lorsqu'il s'agit de jouer une ville, le concours s'établit. Chaque parti choisit, parmi ses membres les plus habiles, un ou plusieurs champions qui travaillent avec ardeur à confondre l'orgueil des rivaux par la confection d'une pièce difficile proposée au concours. Le jury est composé d'arbitres choisis indifféremment dans les divers Devoirs, et quelquefois parmi des maîtres étrangers à toute Société, ou d'anciens Compagnons retirés de l'association et réputés intègres, et le plus souvent parmi des gens de l'art. Leur sentence est sans appel. Quelque mécontentement, quelques secrets murmures qu'elle excite, le parti vaincu dans son représentant est forcé de quitter la place pour un temps plus ou moins long, suivant les conventions réglées avant l'épreuve.

Telle était la crise décisive où se trouvaient les Devoirs de Blois à l'approche de Pierre et d'Amaury. Les Gavots n'occupant Blois que depuis quelques années soutenaient, pour s'y maintenir contre les autres sociétés plus anciennement établies, des luttes vio-

---

* « On l'exige dans certains corps d'état pour la réception du Compagnon. »

---

ment *Maître Martin* (ou *Le Tonnelier de Nuremberg*), le conte narre la rivalité de deux Compagnons, Frédéric et Rheinold, qui aiment tous deux Rosa, la fille de leur maître. Rheinold est en réalité un peintre devenu Compagnon pour approcher Rosa qui représente à ses yeux la beauté idéale telle qu'elle s'est incarnée dans une madone peinte par Dürer.

lentes[1]. Déjà la guerre avait éclaté sur plusieurs points.
Les charpentiers *Drilles* ou *du père Soubise* n'étaient
pas moins acharnés que les menuisiers Dévorants
contre les menuisiers Gavots. En face de tant d'ennemis menaçants, ces derniers avaient dû songer à se préserver, du moins, de la violence des menuisiers par la
trêve que nécessite un concours ; et, à l'égard des charpentiers, ils se flattaient de les tenir en respect par une
attitude hautaine et courageuse. Amaury, étant un des
meilleurs menuisiers parmi les Gavots, avait été
mandé par le conseil de son ordre, et se préparait, avec
une vive émotion de crainte et de joie, à entrer en lice
avec plusieurs artisans de mérite, ses émules, contre
l'élite des artistes Dévorants.

Ce ne fut pas sans un peu d'orgueil qu'il en fit la
confidence à son ami ; mais il ajouta aussitôt avec une
modestie affectueuse et sincère :

— Je m'étonne bien, cher Villepreux, d'avoir été
appelé, et de voir que tu ne l'es pas ; car, s'il y a un
ouvrier supérieur à tous les autres et en toutes choses,
ce n'est pas le Corinthien, mais bien l'Ami-du-trait.

— Je n'accepte cet éloge que comme une douce et
généreuse illusion de ton amitié pour moi, répondit
Pierre. Mais quand même je serais assez fou pour
croire au mérite que tu m'attribues, je serais mal fondé
à me plaindre de l'oubli où on me laisse. Cet oubli, je
l'ai cherché, je te l'avoue, et j'en sortirais à mon corps
défendant. Lorsque, après quatre ans de pèlerinage,
j'ai repris le chemin du pays, j'ai agi de manière à ce
que ma retraite ne fût point remarquée sur le tour de
France. Je n'ai point fait d'adieux solennels ; je suis

---

1. Les Gavots ne prirent Blois qu'en 1826.

parti un beau matin, après avoir rempli tous mes engagements et m'être acquitté de tous les services rendus
par des services équivalents. Je ne pense pas que personne ait eu rien à me reprocher ; et, si l'on m'accuse
d'un peu de bizarrerie, nul ne peut m'accuser d'ingratitude. J'avais besoin de sortir de cette vie agitée,
j'avais soif de l'air natal. Tout ce qui pouvait me retenir un jour de plus me semblait une contrainte ; et,
depuis deux mois que je travaille auprès de mon père,
je n'ai renoué aucune relation avec mes anciens amis.

— Pas même avec moi ! dit Amaury d'un ton de
reproche.

— Je comptais sur la Providence, qui nous rassemble aujourd'hui, et j'éprouve un si grand besoin de
vivre près de toi que je ne comprends pas de plus
douce joie que celle de t'emmener, si je puis. Mais
écrire à ceux qu'on aime quand on souffre n'est pas
toujours un soulagement. Bien au contraire, il est certaines situations morales où l'on n'ose pas s'exprimer,
de peur de se décourager soi-même ou de décourager
celui qui vous est cher. Aurais-je pu d'ailleurs te faire
comprendre une mélancolie que je ne comprends pas
moi-même ? Tu aurais eu sur mon compte les mêmes
soupçons que Vaudois exprimait tantôt. Une lettre ne
peut jamais remplacer l'épanchement d'une entrevue.

— Cela est vrai, dit Amaury ; mais si ta conduite est
naturelle en ceci, la tristesse qui l'a dictée est de plus en
plus étrange à mes yeux. Je t'ai toujours connu grave,
réfléchi, sobre et fuyant le tumulte ; mais je te voyais si
cordial, si bienveillant, si ardent à l'amitié, que je ne
conçois pas ta sauvagerie actuelle et l'espèce d'éloignement que tu témoignes pour ton Devoir. Aurais-tu subi
quelque injustice ? Tu sais qu'en pareil cas tu as droit à

une réparation. On assemble le conseil, on expose ses griefs, et le chef de la Société prononce équitablement.

— Je n'ai eu, au contraire, qu'à me louer de mes Compagnons, répondit Pierre. J'estime presque tous ceux que j'ai connus particulièrement, et j'en aime ardemment plusieurs. Je crois que mon Devoir est le mieux organisé et le plus honorable de tous, et c'est pour cela qu'après un certain examen des coutumes et des règlements, je l'ai embrassé de préférence aux autres, où il m'a semblé voir des usages moins libéraux, une civilisation moins avancée. Il est possible que je me sois trompé, mais j'ai agi dans la loyauté de mon cœur, en m'enrôlant sous la bannière blanche et bleue. Nos lois proscrivent le topage, les hurlements ; et si la coutume générale nous force encore à croiser souvent la canne, du moins l'esprit de notre institution semble interdire les provocations fanatiques que l'esprit des autres sociétés proclame et sanctifie. Mais si tu veux absolument que je te confie les causes du dégoût secret qui s'est emparé de moi, je vais t'ouvrir mon cœur tout entier. Je ne voudrais pas refroidir ton enthousiasme, ni ébranler en toi cette foi vive au Devoir, qui est le mobile et le ressort de la vie du Compagnon. Pourtant il faut bien que je t'avoue à quel point cette foi s'est évanouie en moi. Hélas, oui ! le feu sacré de l'esprit de corps m'abandonne de plus en plus. À mesure que je m'éclaire sur la véritable histoire des peuples, la fable du temple de Salomon me semble un mystère puéril, une allégorie grossière[1]. Le sentiment d'une destinée

---

1. Agricol Perdiguier, dans son *Livre du compagnonnage*, parle d'une « vieille fable où l'on voit des crimes et des châtiments » (p. 164). La réconciliation entre Compagnons présuppose une démythologisation.

commune à tous les travailleurs[1] se révèle en moi, et ce barbare usage de créer des distinctions, des castes, des camps ennemis entre nous tous, me paraît de plus en plus sauvage et funeste. Et quoi ! n'est-ce pas assez que nous ayons pour ennemis naturels tous ceux qui exploitent nos labeurs à leur profit ? Faut-il que nous nous dévorions les uns les autres ? Opprimés par la cupidité des riches, relégués par l'imbécile orgueil des nobles dans une condition prétendue abjecte, condamnés par la lâche complicité des prêtres à porter éternellement, sur nos bras meurtris, la croix du Sauveur dont ils revêtent les insignes sur l'or et la soie, ne sommes-nous pas assez outragés, assez malheureux ? Faut-il encore que, subissant l'inégalité qui nous rejette au dernier rang, nous cherchions à consacrer entre nous cette inégalité absurde et coupable ? Nous raillons les prétentions des grands ; nous rions de leurs armoiries et de leurs livrées ; nous avons leur généalogie en exécration et en mépris : que faisons-nous, cependant, autre chose que de les imiter ? Nous nous disputons la préséance dans des Sociétés rivales ; nous vantons sottement l'antiquité de nos origines ; et nous n'avons pas assez de chansons satiriques, pas assez d'injures, de menaces et d'outrages pour les sociétés nouvellement formées qui nous semblent entachées de roture et de bâtardise. Sur tous les points de la France, nous nous provoquons, nous nous égorgeons pour le droit de porter exclusivement l'équerre et le compas ; comme si tout homme qui travaille à la sueur de son front n'avait

---

1. Voir les discours d'Espagnol l'Union et de Paul le Nivernais dans *Le Livre du compagnonnage*, p. 220-233, discours dont George Sand s'inspire.

pas le droit de revêtir les insignes de sa profession ! La couleur d'un ruban placé un peu plus haut ou un peu plus bas, l'ornement d'un anneau d'oreille, voilà les graves questions qui fomentent la haine et font couler le sang des pauvres ouvriers. Quand j'y pense, j'en ris de pitié, ou plutôt j'en pleure de honte.

L'émotion empêcha le jeune réformateur de poursuivre son ardente déclamation. Son cœur était plein ; mais il n'avait pas assez de paroles pour répandre l'indignation généreuse qui le suffoquait. Il s'arrêta, la poitrine oppressée, le front brûlant. Amaury, Amaury ! s'écria-t-il d'une voix étouffée, en saisissant le bras de son compagnon, tu voulais savoir de quoi je souffre ; je te l'ai dit, et il me semble que tu dois me comprendre. Je ne suis ni un fou, ni un rêveur, ni un ambitieux, ni un traître ; mais j'aime les hommes de ma race, et je suis malheureux parce qu'ils se haïssent.

Critique impartial (lecteur bénévole, comme nous disions jadis), sois indulgent pour le traducteur impuissant qui te transmet la parole de l'ouvrier. Cet homme ne parle pas la même langue que toi, et le narrateur qui lui sert d'interprète est forcé d'altérer la beauté abrupte, le tour original et l'abondance poétique de son texte, pour te communiquer ses pensées. Peut-être accuseras-tu ce pâle intermédiaire de prêter à ses héros des sentiments et des idées qu'ils ne peuvent avoir. À ce reproche, il n'a qu'un mot à répondre : informe-toi. Quitte les sommets où la muse littéraire se tient depuis si longtemps isolée de la grande masse du genre humain. Descends dans ces régions où la poésie comique puise si largement pour le théâtre et la caricature ; daigne envisager la face sérieuse de ce peuple pensif et profondément inspiré que tu crois encore

inculte et grossier : tu y verras plus d'un Pierre Huguenin à l'heure qu'il est. Regarde, regarde, je t'en conjure,
et ne prononce pas sur lui l'arrêt injuste qui le condamne
à végéter dans l'ignorance et la férocité. Connais ses
défauts et ses vices, car il en a, et je ne te les farderai
point ; mais connais aussi ses grandeurs et ses vertus :
et tu te sentiras, à son contact, plus naïf et plus généreux que tu ne l'as été depuis longtemps.

Ce qu'il y a d'admirable dans le peuple, c'est la simplicité du cœur, cette sainte simplicité, perdue pour
nous, hélas ! depuis l'énorme abus que nous avons fait
de la forme de nos pensées. Chez le peuple, toute forme
est nouvelle, et la vérité sous celle du lieu commun
lui arrache encore les larmes d'enthousiasme et de
conviction. Ô noble enfance de l'âme ! source d'erreurs
funestes, d'illusions sublimes et de dévouements
héroïques, honte à qui t'exploite ! Amour et bénédiction à qui te ferait entrer dans l'âge viril en te conser-
vant la pureté sans l'ignorance.

À cause de cette candeur qui réside au fond des
âmes incultes, la parole de Pierre Huguenin rencontrait
peu d'obstacles dans les bons esprits de sa trempe, et
celui de son ami le Corinthien ne se révolta point dans
une âcre discussion. Il l'écouta longtemps en silence ;
puis il lui dit en lui serrant la main : — Pierre, Pierre,
tu en sais plus long que moi sur tout cela, et je ne trouve
rien à te répondre. Je me sens triste avec toi, et ne sais
aucun remède à notre mal.

10

Il y aurait de curieuses recherches à faire pour découvrir, dans le passé, les causes d'inimitié qui présidèrent
à ces dissensions dont se plaignait Pierre Huguenin
parmi les différentes associations d'ouvriers. Mais ici
règne une profonde obscurité. Les ouvriers, s'ils les
connaissent, les cachent bien ; et je crois fort qu'ils ne
les connaissent guère mieux que nous. Que signifie,
par exemple, entre les deux plus anciennes sociétés,
celle de Salomon et celle de Maître Jacques, autrement
dites des Gavots et des Dévorants, autrement dites
encore le *Devoir* et le *Devoir de liberté*, cette interminable et sanglante question du meurtre d'Hiram dans
les chantiers du temple de Jérusalem, question qu'au
reste la plupart des Compagnons prennent au sérieux et
dans le sens le plus matériel ? Chaque Société renvoie
à sa rivale cette terrible accusation ; c'est à qui s'en
lavera les mains ; on se les couvre de gants dans les
solennités de l'ordre, pour témoigner qu'on est pur de
ce crime : on se provoque, on s'assomme, on s'étrangle,
pour venger la mémoire d'Hiram, le conducteur des travaux du temple, égorgé et caché sous les décombres
par une moitié jalouse et cruelle de ses travailleurs. Il
y a là sans doute quelque grand fait historique, ou
quelque principe vital du passé et de l'avenir du peuple,

caché sous une fiction qui n'est pas sans poésie. Mais, comme chez les peuples enfants, le mythe est pris à la lettre par les ouvriers, véritable race de l'enfance, imbue de toutes les illusions crédules, de tous les instincts indomptés, de tous les élans tendres et candides de l'enfance. Oui, chère et merveilleuse lectrice, le peuple vous représente un géant au berceau, qui commence à sentir la vie déborder de son sein puissant, et qui se lève pour essayer des pas incertains au bord d'un abîme. Qui de lui ou de nous y tombera ? Madame, madame ! hâtez-vous d'être belle et de faire briller vos diamants. Peut-être sont-ils trempés dans le sang d'Hiram [1], et peut-être faudra-t-il un jour les cacher, ou les jeter loin de vous.

Quelques ouvriers lettrés et érudits (car il y en a, et ce n'est pas le fait le moins certain que je puisse vous attester[*]) ont cherché philosophiquement à lever le voile de ce mystère. Les uns attribuent la création de leur ordre aux ruines de l'ordre du Temple, et selon eux le fameux Maître Jacques, charpentier en chef de Salomon, ne serait autre que le grand maître Jacques de

---

[*] J'écrivais ceci en 1841. Deux ans ne se sont pas encore écoulés, et déjà ces faits que j'attestais sont devenus évidents et nombreux. Dans dix ans on s'étonnera que j'aie été obligée d'affirmer la droiture et la culture de l'esprit populaire à une classe de lecteurs qui m'accusait d'engouement et de paradoxe (*Note de la deuxième édition*).

---

1. La décoration du Temple aurait été confiée à Hiram (*Bible*, « Chroniques », 2, 12-14), fils d'une veuve de la tribu de Dan. Le légendaire maçonnique des Lumières fait périr Hiram de la main de trois compagnons désireux d'avoir accès au savoir de leur maître. « La vie de Maître Jacques, telle que la raconte Perdiguier, réitère celle d'Hiram » (Martine Watrelot, *Le Rabot et la plume*, *op. cit.*).

Molay, martyr immolé par un roi cupide et cruel du nom de Philippe. Selon d'autres, il faudrait remonter plus haut, et chercher la source de l'inextinguible aversion, dans le ressentiment des races dépossédées et persécutées du midi de la France, des Albigeois, ou habitants riverains des gaves* (de là Gavots) contre les bourreaux du nord et les inquisiteurs de Dominique[1]. Et nous, nous pouvons, si nous voulons, supposer que toutes ces grandes insurrections de pastoureaux, de Vaudois, de Protestants et de Calvinistes, tous plus ou moins zélateurs ou continuateurs de la doctrine de l'*Évangile éternel*, qui ont, à diverses époques, arrosé de leur sang les plaines et les chemins de la France, n'ont pas été étouffées sans que bien des souvenirs amers, bien des ressentiments funestes, restassent debout, et fussent légués en héritage de génération en génération jusqu'à nos jours. La cause est oubliée, perdue ou dénaturée dans la nuit de la tradition; mais la passion subsiste. N'allez pas en Corse chercher la poésie tragique de la vendetta[2], elle est à votre porte, elle

---

* « On sait que gave signifie torrent du côté des Pyrénées. »

1. L'étymologie de « gavot » reste obscure. Si, comme le constate Perdiguier, « en Provence, on appelle gavots les habitants de Barcelonnette et tous les habitants des montagnes », l'origine du nom, en ce cas, renverrait, selon le *Grand Larousse de la langue française*, à « *gava* », gorge, goitre. Précisons que le gavot est un dialecte provençal parlé de Forcalquier à Castellane. L'Inquisition fut organisée par saint Dominique à la suite du Concile de Vérone (1184) pour combattre les hérésies du Languedoc, et plus particulièrement celle des cathares. Sur maître Jacques, voir note 3, p. 119. Jacques de Molay, grand maître des Templiers, fut condamné au bûcher par Philippe le Bel en 1314. **2.** *Colomba* de Mérimée, qui raconte une vendetta, parut dans *La Revue des Deux Mondes* le 1er juillet 1840.

est dans votre maison. Le tailleur de pierres qui a élevé votre demeure est l'irréconciliable ennemi du charpentier qui l'a couverte; et pour un mot, pour un signe, pour un regard, leur sang a coulé sur cette pierre, écusson de leur noblesse, fondement mystique de leur droit.

Il y a deux Sociétés de fondation immémoriale; nous venons de les nommer*. De ces deux Sociétés, ou de l'une des deux est issue une troisième Société : celle de *l'Union* ou des *Indépendants*, dits *les Révoltés*. Elle fut créée en 1830[1] à Bordeaux, par des aspirants qui se révoltèrent contre leurs Compagnons. À Lyon, à Marseille, à Nantes, de nombreux insurgés du même ordre se joignirent à eux et constituèrent *l'Union*. Une quatrième Société est celle du *Père Soubise*, qui se dit aussi Dévorante. Ainsi quatre Sociétés principales ou Devoirs, qui se composent chacune de plusieurs corps de métiers, et auxquelles se rattachent de nombreuses adjonctions d'institution plus ou moins récente, les unes acceptées cordialement, les autres repoussées avec acharnement par les sociétés auxquelles elles veulent s'unir de gré ou de force[2].

Il faudrait tout un livre pour énumérer toutes les Sociétés, leurs prétentions, leurs titres, leurs statuts, leurs origines, leurs coutumes et leurs relations mutuelles. Telle Société est alliée à une autre : par exemple les enfants du Père Soubise s'honorent d'être, comme ceux de Maître Jacques, Compagnons du Devoir, et n'en

---

* «Voyez *Le Livre du Compagnonnage*, par Agricol Perdiguier, dit Avignonnais-la-Vertu.»

---

1. La Société de l'Indépendance fut créée en 1823. Agricol Perdiguier, dans la seconde édition du *Livre du compagnonnage*, corrigea la date. **2.** Voir Dossier, p. 587-588.

vivent pas en meilleure intelligence pour cela. Telle autre Société est ennemie née de telle autre. Dans le sein d'un même Devoir il y a des corps de métiers qui se tolèrent, d'autres qui se soutiennent, d'autres qui se haïssent mortellement. En général les Sociétés nouvellement formées sont repoussées par l'orgueil des anciennes, et ne conquièrent leur droit de cité dans le compagnonnage qu'au prix de leur sang. Chaque Devoir a son code. Dans les uns il y a deux grades ; dans d'autres il y en a trois et quatre. La condition de l'aspirant est heureuse ou misérable, suivant l'esprit despotique ou libéral de la société. Enfin tous ces camps divers et dissidents sont réunis dans une même appellation, les *Compagnons du tour de France*.

Chaque société a ses *villes de Devoir*, où les Compagnons peuvent stationner, s'instruire et travailler, en participant à l'aide, aux secours et à la protection d'un corps de Compagnons qu'on appelle par application générique *société*, et dont les membres se fixent ou se renouvellent suivant leurs intérêts ou leurs besoins. Quand ils sont trop nombreux pour subsister, quelques-uns parmi les premiers arrivés doivent faire place aux derniers arrivants.

Certaines villes peuvent être occupées par des Devoirs différents ; certaines autres sont la propriété exclusive d'un seul Devoir, soit par antique coutume, soit par transaction, comme il est arrivé pour le marché de cent ans de la ville de Lyon.

Certaines bases sont communes à tous les Devoirs et à tous les corps qui les composent : et à voir la chose en grand, ces bases principales sont nobles et généreuses. L'*embauchage*, c'est-à-dire l'admission de l'ouvrier au travail ; le *levage d'acquit*, c'est-à-dire la garantie de son honneur ; les rapports du Compagnon avec le maître ; la *conduite*, c'est-à-dire les adieux fraternels érigés en cérémonies ; les soins et secours accordés aux malades, les honneurs rendus aux morts, la célébration des fêtes patronales, et beaucoup d'autres coutumes, sont à peu près les mêmes dans tout le compagnonnage. Ce qui diffère, ce sont les formes extérieures, les formules, les titres, les insignes, les couleurs, les chansons, etc.

La majeure partie des ouvriers de la province est enrôlée dans le compagnonnage. Une faible partie en ignore l'importance, et ne songe point à en percer les mystères. Dans les campagnes arriérées du centre, où le métier est presque toujours héréditaire, le fils ou le neveu est naturellement l'apprenti du maître. Dans ces existences fixées d'avance et peu soucieuses de perfectionner l'art, le compagnonnage est inutile et le tour de France inusité.

Certains corps de métiers ont eu des Devoirs qui se sont *perdus* ; c'est-à-dire que leurs statuts, n'étant plus nécessaires à leur organisation et à leur sécurité, sont tombés en désuétude*. Des sentiments, des liens politiques, suffisent à ces compagnies plus éclairées peut-être, mais peut-être aussi moins unies. À Paris, le compagnonnage tend chaque jour de plus en plus à se perdre et à se disperser, dans le vaste champ des travaux et des intérêts divers. Aucune Société n'y pourrait monopoliser le travail. D'ailleurs, l'esprit sceptique d'une civilisation plus avancée a fait justice des

---

* Il est arrivé que les usages de certaines sociétés remontaient trop haut dans le Moyen Âge pour être observés désormais. Les nouveaux adeptes ont reculé devant la barbarie des pratiques que les vieux sectaires voulaient en vain conserver.

gothiques coutumes du compagnonnage, trop tôt peut-être ; car une association fraternelle étendue à tous les ouvriers n'était pas encore prête à remplacer les associations partielles. Cependant les haines de parti ne s'y effacent pas toujours. Les charpentiers *Compagnons de liberté* y habitent la rive gauche de la Seine ; leurs adversaires, les charpentiers *Compagnons passants*, occupent la rive droite. Ils sont tenus par une convention à travailler du côté du fleuve où leur domicile est fixé. Ils se battent néanmoins, et les autres compagnies ne se tolèrent pas toujours. Mais en général on peut dire que le compagnonnage, avec ses pouvoirs et ses passions, se trouve là comme perdu et absorbé au sein du grand mouvement qui entraîne tout vers une marche indépendante et soutenue.

Ce qui conserve dans les provinces l'importance du compagnonnage, c'est l'instruction, l'ardeur belliqueuse, l'esprit d'association et l'habitude d'organisation régulière infusée à une masse de jeunes gens qu'y jettent un caractère entreprenant, l'amour du progrès, le besoin d'échapper à l'isolement, à l'ignorance et à la misère. Ce sont les nobles enfants perdus de la grande famille des travailleurs, les artistes bohémiens de l'industrie, les Mamertins[1] audacieux de la Rome primitive. Les uns y sont poussés par le despotisme grossier de la famille qui les opprimait et les exploitait ; les autres, par l'absence de famille et de premier capital. Une position perdue, un amour contrarié, un sentiment d'orgueil légitime, et par-dessus tout le besoin de voir, de respirer et de vivre, y poussent chaque année l'élite d'une ardente jeunesse. Le tour de France, c'est la

_____

1. Mercenaires révoltés qui s'étaient emparés de Messine.

phase poétique, c'est le pèlerinage aventureux, la che-valerie errante de l'artisan. Celui qui ne possède ni maison ni patrimoine s'en va sur les chemins chercher une patrie, sous l'égide d'une famille adoptive qui ne l'abandonne ni durant la vie ni après la mort. Celui même qui aspire à une position honorable et sûre dans son pays veut, tout au moins, dépenser la vigueur de ses belles années, et connaître les enivrements de la vie active. Il faudra qu'il revienne au bercail, et qu'il accepte la condition laborieuse et sédentaire de ses proches. Peut-être, dans tout le cours de cette future existence, ne retrouvera-t-il plus une année, une sai-son, une semaine de liberté. Eh bien ! il faut qu'il en finisse avec cette vague inquiétude qui le sollicite ; il faut qu'il voyage. Il reprendra plus tard la lime ou le marteau de ses pères ; mais il aura des souvenirs et des impressions, il aura vu le monde, il pourra dire à ses amis et à ses enfants combien la patrie est belle et grande : il aura fait son tour de France.

Je crois que cette digression était nécessaire à l'intel-ligence de mon récit. Maintenant, beaux lecteurs, et vous, bons compagnons, permettez-moi de courir après mes héros, qui ne se sont pas arrêtés ainsi que moi sur la chaussée de la Loire.

11

Ils arrivèrent à Blois comme dix heures sonnaient à l'horloge de la cathédrale. Ils s'étaient assez reposés au Berceau de la Sagesse, pour ne ressentir aucune fatigue de cette dernière étape, faite en causant doucement à la clarté des étoiles. Ils dirigèrent leurs pas vers la Mère de leur Devoir.

Par *Mère*, on entend l'hôtellerie où une société de Compagnons loge, mange et tient ses assemblées. L'hôtesse de cette auberge s'appelle aussi la Mère ; l'hôte, fût-il célibataire, s'appelle la Mère. Il n'est pas rare qu'on joue sur ces mots et qu'on appelle un bon vieux hôtelier *le père la Mère*.

Il y avait environ un an qu'Amaury le Corinthien n'était venu à Blois. Pierre avait remarqué qu'à mesure qu'ils approchaient de la ville, son ami l'avait écouté moins attentivement. Mais lorsqu'ils eurent dépassé les premières maisons, il fut tout à fait frappé de son trouble.

— Qu'as-tu donc ? lui dit-il ; tu marches tantôt si vite que je puis à peine te suivre, tantôt si lentement que je suis forcé de t'attendre. Tu te heurtes à chaque pas, et tu sembles agité comme si tu craignais et désirais à la fois d'arriver au terme de ton voyage.

— Ne m'interroge pas, cher Villepreux, répondit le Corinthien. Je suis ému, je ne le nie pas ; mais il m'est impossible de t'en dire la cause. Je n'ai jamais eu de secrets pour toi, hormis un seul que je te confierai peut-être quelque jour ; mais il me semble que le temps n'est pas venu.

Pierre n'insista pas, et ils arrivèrent chez la Mère au bout de quelques instants. L'auberge était située sur la rive gauche de la Loire, dans le faubourg que le fleuve sépare de la ville. Elle était toujours propre et bien tenue comme de coutume, et les deux amis reconnurent la servante et le chien de la maison. Mais l'hôte ne vint pas comme de coutume au-devant d'eux pour les embrasser fraternellement. — Où donc est l'ami Savinien ? demanda le jeune Amaury d'une voix mal assurée. La servante lui fit un signe comme pour lui couper la parole, et lui montra une petite fille qui disait sa prière au coin du feu, et qui, sur le point de s'aller coucher, avait déjà sa petite coiffe de nuit. Amaury crut que la servante l'engageait à ne pas troubler la prière de l'enfant. Il se pencha sur la petite Manette, et effleura de ses lèvres, avec précaution, les grosses boucles de cheveux bruns qui s'échappaient de son béguin piqué[1]. Pierre commençait à deviner le secret du Corinthien en voyant la tendresse pleine d'amertume avec laquelle il regardait cette enfant.

— Monsieur Villepreux, dit la servante à voix basse en attirant Pierre Huguenin à quelque distance, il ne faut pas que vous parliez de notre défunt maître devant la petite : ça la fait toujours pleurer, pauvre chère âme ! Nous avons enterré monsieur Savinien il n'y a pas plus de quinze jours. Notre maîtresse en a bien du chagrin.

---

1. Petit bonnet d'enfant en coton dont le tissage ou la broderie reproduisent des dessins géométriques.

À peine avait-elle dit ces mots qu'une porte s'ouvrit, et la veuve de Savinien, celle qu'on appelait la Mère, parut en deuil et en cornette[1] de veuve. C'était une femme d'environ vingt-huit ans, belle comme une Vierge de Raphaël, avec la même régularité de traits et la même expression de douceur calme et noble. Les traces d'une douleur récente et profonde étaient pourtant sur son visage, et ne le rendaient que plus touchant ; car il y avait aussi dans son regard le sentiment d'une force évangélique.

Elle portait son second enfant dans ses bras, à demi déshabillé et déjà endormi, un gros garçon blond comme l'ambre, frais comme le matin. D'abord elle ne vit que Pierre Huguenin, sur lequel se projetait la lumière de la lampe.

— Mon fils Villepreux, s'écria-t-elle avec un sourire affectueux et mélancolique, soyez le bienvenu, et, comme toujours, le bien-aimé. Hélas ! vous n'avez plus qu'une Mère ! votre père Savinien est dans le ciel avec le bon Dieu.

À cette voix le Corinthien s'était vivement retourné ; à ces paroles un cri partit du fond de sa poitrine.

— Savinien mort ! s'écria-t-il ; Savinienne veuve par conséquent !…

Et il se laissa tomber sur une chaise…

À cette voix, à ces paroles, le calme résigné de la Savinienne* se changea en une émotion si forte,

---

* Dans les provinces du centre, l'usage du peuple, qui n'emploie guère, comme on sait, le mot de *madame*, est de former le nom de la femme de celui du mari : *Raymonet, la Raymonette ; Sylvain, la Sylvaine*, etc.

---

1. Coiffure entourant la tête et nouée par-devant.

que, pour ne pas laisser tomber son enfant, elle le mit dans les bras de Pierre Huguenin. Elle fit un pas vers le Corinthien puis elle resta confuse, éperdue ; et le Corinthien, qui se levait pour s'élancer vers elle, retomba sur sa chaise et cacha son visage dans les cheveux de la petite Manette qui, agenouillée entre ses jambes, venait d'éclater en sanglots au seul nom de son père.

La Mère reprit alors sa présence d'esprit ; et, venant à lui, elle lui dit avec dignité : — Voyez la douleur de cette enfant. Elle a perdu un bon père ; et vous, Corinthien, vous avez perdu un bon ami.

— Nous le pleurerons ensemble, dit Amaury sans oser la regarder ni prendre la main qu'elle lui tendait.

— Non pas ensemble, répondit la Savinienne en baissant la voix ; mais je vous estime trop pour penser que vous ne le regretterez pas.

En ce moment la porte de l'arrière-salle s'ouvrit, et Pierre vit une trentaine de Compagnons attablés. Ils avaient pris leur repas si paisiblement qu'on n'eût guère pu soupçonner le voisinage d'une réunion de jeunes gens. Depuis la mort de Savinien, par respect pour sa mémoire autant que pour le deuil de sa famille, on mangeait presque en silence, on buvait sobrement, et personne n'élevait la voix. Cependant, dès qu'ils aperçurent Pierre Huguenin ils ne purent retenir des exclamations de surprise et de joie. Quelques-uns vinrent l'embrasser, plusieurs se levèrent, et tous le saluèrent de leurs bonnets ou de leurs chapeaux ; car, à ceux qui ne le connaissaient pas, on venait de le signaler rapidement comme un des meilleurs Compagnons du tour de France, qui avait été *premier Compagnon* à Nîmes et *dignitaire* [1] à Nantes.

Après l'effusion du premier accueil, qui ne fut pas moins cordial pour Amaury de la part de ceux qui le connaissaient, on les engagea à se mettre à table, et la Mère, surmontant son émotion avec la force que donne l'habitude du travail, se mit à les servir.

Huguenin remarqua que sa servante lui disait :

— Ne vous dérangez pas, notre maîtresse ; couchez tranquillement votre petit ; je servirai ces jeunes gens.

Et il remarqua aussi que la Savinienne lui répondit :

— Non, je les servirai, moi ; couche les enfants.

Puis elle donna un baiser à chacun d'eux, et porta le souper au Corinthien avec un empressement qui trahissait une secrète sollicitude. Elle servit aussi Huguenin avec le soin, la bonne grâce et la propreté qui faisaient d'elle la perle des Mères, au dire de tous les Compagnons. Mais une invincible préférence la faisait passer et repasser sans cesse derrière la chaise du Corinthien. Elle ne le regardait pas, elle ne l'effleurait pas en se penchant sur lui pour le servir ; mais elle prévenait tous ses besoins, et se tourmentait intérieurement de voir qu'il faisait d'inutiles efforts pour manger.

— Chers Compagnons fidèles ! dit *Lyonnais la Belle-conduite* en remplissant son verre, je bois à la santé de Villepreux l'Ami-du-trait et de Nantais le Corinthien, sans séparer leurs noms ; car leurs cœurs

---

1. Le premier compagnon est le chef élu d'une chambre ou d'une cayenne (lieu de réunion et d'accueil des compagnons dans les villes). Agricol Perdiguier fut « premier compagnon » à Lyon. Le Dignitaire est le titre donné, dans le Devoir de liberté, à un compagnon initié, responsable et chef hiérarchique des Compagnons résidant dans la ville où est située une « cayenne ».

sont unis pour la vie. Ils sont frères en Salomon, et leur amitié rappelle celle de notre poète *Nantais Prêt-à-bien-faire* pour son cher *Percheron*.

Et il entonna d'une voix mâle ces deux vers du poète menuisier :

> Les hommes qui n'ont pas d'amis
> Sont bien malheureux sur la terre[1].

— Bien dit, mais mal chanté, dit *Bordelais le Cœur-aimable*.

— Comment, mal chanté ! se récria Lyonnais la Belle-conduite. Voulez-vous que je vous chante :

> Gloire à *Percheron-le-chapiteau*,
> Rendons hommage à sa science[2]… ?

— Mal ! mal ! toujours plus mal ! reprit le Cœur-aimable. On chante toujours mal quand on chante mal à propos.

Et un regard vers la Mère rappela le chanteur à l'ordre.

— Laissez-le chanter, dit la Savinienne avec douceur. Ne le contrariez pas pour si peu de chose. Quand on chante l'amitié, d'ailleurs…

— Quand on a commencé on ne peut plus s'arrêter, observa le Cœur-aimable, et quand on a pris une résolution de ne pas chanter sans nécessité…

— Il faut la tenir, interrompit la Belle-conduite. C'est juste ; je vous remercie, frère, j'ai eu tort. Mais on peut boire un coup en l'honneur des amis, même deux…

---

1. George Sand cite la chanson de réception, par Nantais Prêt-à-bien-faire, dont elle a pris connaissance dans *Le Livre du compagnonnage*, p. 66-67.   2. Citation de «L'honneur ou la victoire», chanson de Nantais Prêt-à-bien-faire (Perdiguier, *op. cit.*, p. 63).

— Pas plus de trois après la soif, dit *Marseillais l'Enfant-du-génie* ; c'est le règlement. Il ne faut pas de bruit ici. Que diraient les Dévorants s'ils entendaient du vacarme chez une Mère en deuil ? D'ailleurs, qui de nous voudrait faire de la peine à la nôtre, à Savinienne la belle, la bonne, l'honnête, la ménagère, la tranquille ?

— C'est à elle que je bois mon second coup, s'écria *Lyonnais la Belle-conduite*. Est-ce que vous ne trinquez pas, *le pays* ? ajouta-t-il en voyant qu'Amaury avançait son verre en tremblant. Est-ce qu'il a la fièvre, le *pays** ?

— Silence, là-dessus, dit *Morvandais Sans-crainte* à l'oreille de son voisin la Belle-conduite. Ce *pays*-là en a voulu conter, *dans les temps*, à la Mère ; mais elle était trop honnête femme pour l'écouter.

— Je le crois bien ! reprit la Belle-conduite. C'est pourtant un joli Compagnon, blanc comme une femme, de beaux cheveux dorés, et le menton comme une pêche ; avec cela fort et solide. On dit qu'il a du talent ?

— Sinon plus, du moins autant que l'Ami-du-trait, et pas plus de rivalité entre eux pour le talent que pour l'amour.

— Parlez plus bas, dit l'Enfant-du-génie, qui, placé à côté d'eux, les avait entendus ; voici le Dignitaire, et si on parlait légèrement de la Mère devant lui, ça pourrait mener plus loin qu'on ne veut.

— Personne n'en parle légèrement, mon cher pays, répondit Sans-crainte.

Le Dignitaire entra. En reconnaissant *Romanet le*

---

* Les tailleurs de pierres de deux partis s'interpellent du nom de *Coterie* ; tous les Compagnons des autres états se disent *Pays*. Ils ne se tutoient jamais quand ils sont rassemblés.

Bon-soutien, Pierre Huguenin se leva, et ils se retirèrent dans une autre pièce pour échanger les saluts d'usage ; car ils étaient Dignitaires tous les deux, et pouvaient marcher de pair. Cependant la dignité de l'Ami-du-trait n'était plus qu'honorifique. C'est un règne qui ne dure que six mois, et que deux Compagnons ne pourraient d'ailleurs exercer à la fois dans une ville. L'autorité de fait de Romanet le Bon-soutien pouvait donc s'étendre, dans sa résidence, sur Pierre Huguenin comme sur un simple Compagnon.

Lorsqu'ils rentrèrent dans la salle et que le Dignitaire de Blois aperçut Amaury le Corinthien, il devint pâle, et ils s'embrassèrent avec émotion.

— Soyez le bien arrivé, dit le Dignitaire au jeune homme. Je vous ai fait appeler pour le concours, et je vois avec satisfaction que vous avez accepté. Je vous en remercie au nom de la Société. Mes pays, ce jeune homme est un des plus agréables talents que je connaisse : vous en jugerez. Pays Corinthien, ajouta-t-il en s'adressant à Amaury plus particulièrement, et en s'efforçant de ne pas paraître mettre trop d'importance à sa demande, saviez-vous que nous avions perdu notre excellent père Savinien ?

— Je ne le savais pas, et j'en suis triste, répondit Amaury d'un ton de franchise qui rassura le Dignitaire.

— Et vous, le pays, reprit le Bon-soutien en s'adressant à Pierre Huguenin, quand on s'appelle l'Ami-du-trait, on est un savant modeste. Si nous avions su où vous prendre, nous vous aurions invité au concours ; mais puisque vous témoignez par votre présence que vous n'avez point abandonné le saint Devoir de liberté, nous vous prions et vous engageons à vous mettre aussi sur les rangs. Nous n'avons pas beaucoup d'artistes de votre force.

— Je vous remercie cordialement, répondit Huguenin ; mais je ne viens pas pour le concours. J'ai des engagements qui ne me permettent pas de séjourner ici. J'ai besoin d'aides, et je viens, au nom de mon père qui est Maître, pour embaucher ici deux Compagnons.

— Peut-être pourriez-vous les embaucher et les envoyer à votre père à votre place. Quand il s'agit de l'honneur du Devoir de liberté, il est peu d'engagements qu'on ne puisse et qu'on ne veuille rompre.

— Les miens sont de telle nature, répondit Pierre, que je ne saurais m'y soustraire. Il y va de l'honneur de mon père et du mien.

— En ce cas, vous êtes libre, dit le Dignitaire.

Il y eut un moment de silence. La table était composée de Compagnons des trois ordres : Compagnons *reçus*, Compagnons *finis*, Compagnons *initiés*. Il y avait aussi bon nombre de simples *affiliés* [1] ; car chez les Gavots règne un grand principe d'égalité. Tous les ordres mangent, discutent et votent confondus. Or, parmi tous ces jeunes gens, il n'y en avait pas un seul qui ne souhaitât vivement de concourir. Comme on devait choisir entre les habiles, beaucoup n'espéraient pas être appelés ; et aucun d'eux ne pouvait comprendre qu'il y eût une raison assez impérieuse pour refuser un tel honneur. Ils s'entreregardèrent, surpris et même un peu choqués de la réponse de Pierre Huguenin. Mais le

---

1. Renseignements puisés dans *Le Livre du compagnonnage*, p. 163. René Bourgeois, dans les notes de son édition, rappelle que Perdiguier fut affilié en 1823, à dix-sept ans, qu'il fut reçu en 1824, « fini » en 1827, et « initié » en 1828. On franchissait donc très vite les stades de la carrière compagnonnique.

Dignitaire, qui voulait éviter toute discussion oiseuse, invita l'assemblée, par ses manières, à ne pas exprimer son mécontentement.

— Vous savez, dit-il, que l'assemblée générale a lieu demain dimanche. *Le rouleur** vous a convoqués. Je vous engage à vous y trouver tous, mes chers pays. Et vous aussi, pays Villepreux l'Ami-du-trait. Vous pourrez nous aider de vos conseils : ce sera une manière de servir encore la Société. Quant aux ouvriers que vous demandez, on verra à vous les procurer.

— Je vous ferai observer, lui répondit Huguenin en baissant la voix, qu'il me faut des ouvriers du premier mérite ; car le travail que j'ai à leur confier est très délicat, et requiert des connaissances assez étendues.

— Oh ! oh ! dit le rouleur en riant avec un peu de dédain, vous n'en trouverez qu'après le concours ; car tout homme qui se sent du talent et du cœur veut concourir ; et vous n'aurez même pas le premier choix, nous l'enlèverons pour notre glorieux combat.

Le repas terminé, les Compagnons, avant de se séparer, se formèrent en groupes pour s'entretenir entre eux des choses qui les intéressaient personnellement.

Bordelais le Cœur-aimable s'approcha de Pierre Huguenin et d'Amaury : — Il est étrange, dit-il au premier, que vous ne vouliez pas concourir. Si vous êtes le plus habile d'entre nous, comme plusieurs le prétendent, vous êtes blâmable de déserter le drapeau la veille d'une bataille.

---

* Les fonctions du *rouleur* (ou rôleur) consistent à présenter les ouvriers aux maîtres qui veulent les embaucher, et à consacrer leur engagement au moyen de certaines formalités. C'est lui qui accompagne les *partants* jusqu'à la sortie des villes, qui lève les acquits, etc.

— Si je croyais cette bataille utile aux intérêts et à l'honneur de la Société, répondit Huguenin, je sacrifierais peut-être mes intérêts et jusqu'à mon propre honneur.

— Vous en doutez! s'écria le Cœur-aimable. Vous croyez que les Dévorants sont plus habiles que nous? Raison de plus pour mettre votre nom et votre talent dans la balance.

— Les Dévorants ont d'habiles ouvriers, mais nous en avons qui les valent; ainsi, je ne préjuge rien sur l'issue du concours. Mais, eussions-nous la victoire assurée, je me prononcerais encore contre le concours.

— Votre opinion est bizarre, reprit le Cœur-aimable, et je ne vous conseillerais pas de la dire aussi librement à des pays moins tolérants que moi; vous en seriez blâmé, et l'on vous supposerait peut-être des motifs indignes de vous.

— Je ne vous comprends pas, répondit Pierre Huguenin...

— Mais... reprit le Cœur-aimable, tout homme qui ne désire pas la gloire de sa patrie est un mauvais citoyen, et tout Compagnon...

— Je vous entends maintenant, interrompit l'Ami-du-trait; mais si je prouvais que, d'une manière ou de l'autre, ce concours sera préjudiciable à la Société, j'aurais fait acte de bon Compagnon.

Pierre Huguenin ayant répondu jusque-là à ces observations sans aucun mystère, ses paroles avaient été entendues de quelques compagnons qui s'étaient rassemblés autour de lui. Le Dignitaire, voyant cette réunion grossir et les esprits s'émouvoir, rompit le groupe en disant à Pierre : — Mon cher pays, ce n'est pas l'heure et le lieu d'ouvrir un avis différent de celui de la société. Si vous avez quelques bonnes vues sur nos affaires, vous avez le droit et la liberté de les exposer demain devant l'assemblée ; et je vous convoque, certain d'avance que si votre avis est bon, on s'y rendra, et que s'il est mauvais, on vous pardonnera votre erreur.

On se sépara sur cette sage décision. Une partie des Compagnons présents logeait chez la Mère. Une petite chambre avait été préparée pour Huguenin et Amaury, qui y furent conduits par la servante. La Mère s'était retirée avant la fin du souper.

Quand les deux amis furent couchés dans le même lit suivant l'antique usage des gens du peuple, Huguenin, cédant à la fatigue, allait s'endormir ; mais l'agitation de son ami ne le lui permit pas. — Frère, dit le jeune homme, je t'ai dit qu'un jour viendrait peut-être où je pourrais te confier mon secret. Eh bien, ce jour est venu plus tôt que je ne le prévoyais. Je suis amoureux de la Savinienne.

— Je m'en suis aperçu ce soir, répondit Pierre.

— Je n'ai pu, reprit le Corinthien, maîtriser mon émotion en apprenant qu'elle était libre, et un instant de folle joie a dû me trahir. Mais bientôt la voix de ma conscience m'a reproché ce sentiment coupable, car j'étais l'ami de Savinien. Ce digne homme avait pour moi une affection particulière. Tu sais qu'il m'appelait son Benjamin, son saint Jean-Baptiste, son Raphaël : il n'était pas ignorant, et il avait des expressions et des idées poétiques. Excellent Savinien ! j'eusse donné ma vie pour lui, et je la donnerais encore pour le rappeler sur la terre, car la Savinienne l'aimait, et il la rendait heureuse. C'était un homme plus précieux et plus utile que moi en ce monde.

— J'ai compris tout ce qui se passait dans ton cœur, dit l'Ami-du-trait.

— Est-il possible ?

— On lit aisément dans le cœur de ceux qu'on aime. Eh bien, maintenant qu'espères-tu ? La Savinienne connaît ton amour, et je crois qu'elle y répond. Mais es-tu le mari qu'elle choisirait ? Ne te trouvera-t-elle pas bien jeune et bien pauvre pour être le soutien de sa maison, le père de ses enfants ?

— Voilà ce que je me dis et ce qui m'accable. Pourtant, je suis laborieux ; je n'ai pas perdu mon temps sur le tour de France, je connais mon état. Tu sais que je n'ai pas de mauvais penchants, et je l'aime tant, qu'il ne me semble pas qu'elle puisse être malheureuse avec moi. Me crois-tu indigne d'elle ?

— Bien au contraire, et, si elle me consultait, je dissiperais les craintes qu'elle peut avoir.

— Oh ! faites-le, mon ami, s'écria le Corinthien, parlez-lui de moi. Tâchez de savoir ce qu'elle pense de moi.

— Il vaudrait mieux savoir d'avance jusqu'où va votre liaison, répondit Pierre en souriant. Le rôle que tu me confies serait moins embarrassant pour elle et pour moi.

— Je te dirai tout, répondit Amaury avec abandon. J'ai passé ici près d'une année. J'avais à peine dix-sept ans (j'en ai dix-neuf maintenant). J'étais alors simple affilié, et je passai au grade de Compagnon-reçu après un court séjour, ce qui donna de moi une bonne opinion à Savinien et à sa femme. Je travaillais à la préfecture que l'on réparait. Tu sais tout cela, puisque c'est toi qui m'avais fait affilier à mon arrivée, et que tu ne nous quittas que six mois après. J'ai toutes ces dates présentes ; car c'est le jour de ton départ pour Chartres que je m'aperçus de l'amour que j'avais pour la Savinienne. Je me souviens de la belle conduite que nous te fîmes sur la chaussée. Nous avions nos cannes et nos rubans, et nous te suivions sur deux lignes, nous arrêtant à chaque pas pour boire à ta santé. Le rouleur portait ta canne et ton paquet sur son épaule. C'est moi qui entonnais les chants de départ, auxquels répondaient en chœur tous nos pays. La solennité de cette cérémonie si honorable pour ceux à qui on la décerne, et dont j'étais fier de te voir le héros, me donna de l'enthousiasme et du courage. Je t'embrassai sans faiblesse, et je revins en ville avec *la Conduite*[1], chantant toujours et ne songeant pas à l'isolement où j'allais me trouver, loin de l'ami qui m'avait instruit et protégé. J'étais, je crois, un peu exalté par nos fréquentes libations, auxquelles je n'étais pas accoutumé et auxquelles je crains fort de ne m'habituer jamais. Quand les fumées du vin se furent dissipées, et que je me retrouvai sans toi chez la Mère, sous le manteau de la cheminée, tandis que

---

1. Voir *Le Livre du compagnonnage*, p. 188-189 : « Quand un compagnon aimé part d'une ville, on lui fait la *conduite en règle*, c'est-à-dire que tous les membres de la Société l'accompagnent avec un certain ordre. Le partant et le rouleur, portant sur son épaule la canne et le paquet de celui qui s'en va, marchent en tête. Tous les autres compagnons, armés de cannes, parés de couleurs, chargés de verres et de bouteilles pleines de vin, suivent sur les rangs et forment une longue colonne. Un des compagnons entonne une chanson de départ : tous les autres, d'une voix forte, répètent le refrain. La conduite s'en va ainsi en chantant au loin de la ville. Là, on s'arrête, on fait une cérémonie qui n'est pas la même selon toutes les Sociétés. On *hurle* ou on ne *hurle* pas, mais dans tous les cas on boit, puis l'on s'embrasse et l'on se quitte ; le partant s'éloigne, la conduite revient en ville. »

nos frères continuaient la fête autour de la table, je tombai dans une profonde tristesse. Je résistai long-temps à mon chagrin ; mais je n'en fus pas le maître, et je fondis en larmes. La Mère était alors auprès de moi, occupée à préparer le souper des Compagnons. Elle fut attendrie de me voir pleurer ; et pressant ma tête dans ses mains de la même manière qu'elle caresse ses enfants : Pauvre petit Nantais, me dit-elle, c'est toi qui as le meilleur cœur. Quand les autres perdent un ami, ils ne savent que chanter et boire jusqu'à ce qu'ils n'aient plus de voix et ne puissent plus tenir sur leurs jambes. Toi, tu as le cœur d'une femme, et celle que tu auras un jour sera bien aimée. En attendant, prends courage, mon pauvre enfant. Tu ne restes pas aban-donné. Tous les pays t'aiment parce que tu es un bon sujet et un bon ouvrier. Ton père Savinien dit qu'il voudrait avoir un fils tout pareil à toi. Et quant à moi, je suis ta mère, entends-tu ? non pas seulement comme je suis celle de tous les Compagnons mais comme celle qui t'a mis au monde. Tu me confieras tous tes embarras, tu me diras tes peines, et je tâcherai de t'ai-der et de te consoler.

En parlant ainsi, cette bonne femme m'embrassa sur la tête, et je sentis une larme de ses beaux yeux noirs tomber sur mon front. Je vivrais autant que le juif errant que je n'oublierais pas cela. Je sentis mon cœur se fondre de tendresse pour elle, et, je te l'avoue, pendant le reste de ce jour-là, je ne pensai presque plus à toi. J'avais toujours les yeux sur la Savinienne. Je suivais chacun de ses pas. Elle me permettait de l'aider aux soins de la maison, et le brave Savinien disait en me regardant faire : — Comme ce garçon est complaisant ! Quel bon enfant ! Quel cœur il a ! — Savinien ne se

doutait pas que dès ce jour-là j'étais son rival, l'amoureux de sa femme.

Il ne s'en douta jamais ; et plus j'étais amoureux,
plus il avait de confiance. Lui qui avait la cinquantaine,
il ne pouvait sans doute pas s'imaginer qu'un enfant
comme moi eût d'autres yeux pour la Savinienne que
ceux d'un fils. Mais il oubliait que la Savinienne eût
pu être sa fille, et qu'elle n'eût pas pu être ma mère.
Cette Mère chérie vit bien l'état de mon cœur. Jamais
je n'osai le lui dire ; je sentais bien que cela eût été
coupable, puisque Savinien était si bon pour moi. Et
puis je savais combien elle est honnête. Il n'y aurait
pas eu un seul compagnon, même parmi les plus har-
dis, qui se fût hasardé, fût-ce dans le vin, à lui manquer
de respect. Mais je n'avais pas besoin de parler ; mes
yeux lui disaient malgré moi mon attachement. À peine
avais-je fini ma journée que je courais chez la Mère, et
j'arrivais toujours le premier. J'avais un amour et des
soins pour ses enfants comme ceux d'une femme qui
les aurait nourris. Dans ce temps-là elle sevrait son
garçon. Elle fut malade, et ses cris l'empêchaient de
reposer. Elle ne voulait pas le confier à sa servante,
parce que Fanchon avait le sommeil dur, et l'eût mal
soigné, malgré sa bonne volonté. Elle permit que je
prisse l'enfant dans mon lit pendant les nuits. Je ne
pouvais fermer l'œil ; mais j'étais heureux de le bercer
et de le promener dans mes bras autour de la chambre,
en lui chantant la chanson de la poule qui pond un œuf
d'argent pour les jolis marmots[1]. Cela dura deux mois.

---

1. Voir *Histoire de ma vie*, II, 2 : « Les premiers vers que j'ai
entendus sont ceux-ci que tout le monde connaît sans doute, et que
ma mère chantait de la voix la plus fraîche et la plus douce qui se

La Mère était guérie, et le petit s'était habitué à dormir tranquillement avec moi. Quand elle voulut le reprendre, il ne voulut plus me quitter, et il a reposé dans mes bras tout le temps que j'ai passé ici. Je crois qu'il n'y a pas de lien plus tendre que celui d'une femme avec la personne qui aime son enfant et qui en est aimée. Nous étions comme frère et sœur, la Savinienne et moi. Quand elle me parlait, quand elle me regardait, il y avait dans sa voix et dans ses yeux la douceur du paradis, et je n'étais soucieux de rien, quoiqu'il y eût auprès de nous quelqu'un qui eût pu donner bien de l'inquiétude à Savinien et à moi. C'était Romanet le Bon-soutien, aujourd'hui Dignitaire. Quel bon cœur ! Quel brave Compagnon encore que celui-là ! Il aimait la Savinienne comme je l'aime, et je crois bien qu'il l'aimera toute sa vie. Dans ce temps-là, les affaires de Savinien étaient assez embarrassées. Il avait du crédit, mais pas d'argent ; et il était obligé de payer chaque année une partie de ce qu'il avait emprunté sur parole pour acheter son fonds. Et comme il ne gagnait pas beaucoup (il était trop honnête homme pour cela), il voyait avec effroi arriver le moment où il serait obligé de céder son auberge à un autre. Si j'avais eu quelque chose, combien j'aurais été heureux de l'aider ! Mais je ne possédais alors que le vêtement que j'avais sur le dos ; et mes journées suffisaient à peine à m'acquitter envers Savinien, qui m'avait nourri et logé gratis dans les commencements. Romanet le Bon-soutien était dans une meilleure position. Il était riche. Il avait un héritage de plusieurs milliers d'écus. Il le vendit, et le

---

puisse entendre : "Allons dans la grange / Voir la poule blanche / Qui pond un bel œuf d'argent / Pour ce cher petit enfant". »

mit dans les mains de Savinien, sans vouloir accepter
de billets, ni recevoir d'intérêt, en lui disant qu'il le lui
rendrait dans dix ans s'il ne pouvait faire mieux. Il a
agi ainsi par amitié pour Savinien, je le veux bien ;
mais, sans rien ôter à son bon cœur, on peut bien deviner que la Savinienne entrait pour beaucoup dans le
plaisir qu'il avait à faire cette bonne action. Le brave
jeune homme n'en était que plus timide avec elle, et,
comme moi, il se fût fait un crime de manquer au
devoir de l'amitié envers son mari. Nous l'aimions donc
tous les deux, et elle nous traitait tous les deux comme
ses meilleurs amis. Mais Romanet, retenu par la
modestie à cause de son bienfait, et demeurant en ville,
la voyait moins souvent que moi. Enfin, quelle qu'en
fût la cause, la Mère avait pour moi une préférence bien
marquée. Elle vénérait le Bon-soutien comme un ange,
mais elle me choyait comme son enfant ; et il n'y avait
pas quatre personnes plus unies et plus heureuses sur la
terre que Savinien, sa femme, le Bon-soutien et moi.

Mais le temps vint enfin où il fallut m'éloigner. Les
travaux de la préfecture étaient terminés, et l'ouvrage
allait manquer pour le nombre des Compagnons réunis
à Blois. De jeunes Compagnons arrivèrent ; ce fut aux
plus anciennement arrivés de leur grade à leur céder la
place. J'étais de ce nombre. On décréta qu'on nous
ferait la conduite et que l'on nous dirigerait sur Poitiers.

C'est alors que je m'aperçus de la force de mon sentiment. J'étais comme fou, et la douleur que j'éprouvais
en apprit plus à la Savinienne que je n'aurais voulu lui
en dire. C'est elle qui me donna la force d'obéir au
Devoir en me parlant de son bonheur et du mien ; et,
dans cette exhortation, il y eut des paroles échangées
que nous ne pûmes pas reprendre après les avoir dites.

Enfin, je partis le cœur brisé, et je n'ai jamais pu aimer ou même regarder une autre femme que la Savinienne. Je suis encore aujourd'hui aussi pur que le jour où tu quittais Blois, et où la Savinienne m'embrassait au front sous le manteau de la cheminée.

Pierre, attendri par le récit de cette passion naïve et vertueuse, promit à son ami de le servir dans ses amours, et s'engagea à ne pas quitter Blois sans avoir pénétré les desseins de la Savinienne et soulevé le voile qui cachait l'avenir du Corinthien.

12

Ce fut le lendemain, un dimanche bien entendu, que tous les Compagnons et affiliés du Devoir de liberté de Blois employèrent leur journée à délibérer sur l'affaire du concours. La chambre consacrée aux séances étant livrée aux maçons pour cause d'urgente réparation, l'assemblée eut lieu ce jour-là dans la grange de la Savinienne. Tous les membres s'assirent sans façon sur des bottes de paille. Le Dignitaire avait une chaise, et devant lui une table pour écrire, autour de laquelle étaient assis le secrétaire et les *anciens*. Pierre eût désiré terminer ses affaires et partir dès le matin. Mais, outre que l'avertissement du rouleur n'était que trop vrai et qu'il ne pouvait trouver un seul bon ouvrier qui ne fût intéressé au concours, il regardait comme un devoir de répondre à l'appel qui le convoquait. Quand on eut proposé la pièce du concours, et lorsqu'on allait procéder à l'élection des concurrents, il demanda la parole, afin de pouvoir se retirer ensuite. Elle lui fut accordée ; et, malgré l'agitation soulevée par l'affaire principale, on se disposa à l'écouter avec attention. Chacun était curieux de voir ce qu'un Compagnon généralement estimé pouvait alléguer contre une chose aussi glorieuse et aussi sainte que la lutte contre les Dévorants. Pierre prit la parole. Il démontra d'abord que la victoire était toujours chanceuse ; que le jury le plus intègre et le mieux composé pouvait se tromper ; qu'en matière d'art il n'y avait pas d'arrêts incontestables ; que le public lui-même était souvent abusé par une tendance au mauvais goût, et que jamais le triomphe d'un artiste n'était accepté par ses rivaux ; qu'ainsi l'honneur que la Société voulait attacher au concours, et la gloire qu'elle se flattait d'en retirer n'étaient qu'illusion et déception.

Il parla aussi des dépenses qu'on allait faire pour ce concours. On allait priver de travail un certain nombre de concurrents. Il faudrait les soutenir pendant ce temps, et les indemniser ensuite sur le fonds commun. Il faudrait aussi nourrir et payer, pendant les cinq ou six mois que durerait la confection du chef-d'œuvre, les gardiens préposés à la claustration des concurrents. C'étaient là des dépenses qui endetteraient certainement la Société pour plusieurs années. Pierre prouva ses assertions par des chiffres. Mais il fut interrompu par des murmures. Il y avait là des amours-propres irritables qui n'entendaient pas raillerie sur le fait de leur capacité scientifique et artistique. Comme il arrive dans toute assemblée, quels qu'en soient les éléments et le but, ces têtes chaudes et vaniteuses menaient tout, et venaient à bout de persuader à tous que la seule affaire était de les admirer et de leur ménager des triomphes. Quand Pierre Huguenin leur disait :

— De quoi servira à la Société qu'une demi-douzaine de ses membres ait passé une demi-année sur un colifichet ruineux, sur un monument destiné à perpétuer le souvenir de notre folie et de notre vanité ?

Ils lui répondaient :

— Et si la Société veut se charger de cette dépense,

que vous importe ? Si vous ne voulez pas y participer, remerciez la Société* ; vous êtes libre, vous avez fini votre tour de France.

Et Pierre avait bien de la peine à leur faire comprendre que, s'il eût été riche, il eût mieux aimé se charger de toute la dépense que de laisser la Société se ruiner, s'endetter pour vingt ans peut-être.

— La Société s'imposera toutes les privations, s'il le faut, répondaient-ils. L'honneur est plus précieux pour elle que la richesse. Laissez-nous abaisser l'orgueil des Dévorants, leur prouver que nous seuls connaissons la partie, les forcer de nous céder la place, et vous verrez ensuite que personne ne se plaindra.

— Ce n'est pas vous qui vous plaindrez, dit, à ce propos, Pierre Huguenin à un des plus exaltés aspirants au concours ; vous qui allez recueillir tout l'honneur du combat si vous gagnez, et qui, même en cas de défaite, serez indemnisé et récompensé de vos peines par la société. Mais tous ces jeunes affiliés qui, par la suite, viendront admirer dans vos salles d'études le chef-d'œuvre de votre concours, seront-ils dédommagés, par la vue de ce trophée, des leçons qui leur manqueront et des avances qui ne pourront leur être faites ? Quant à moi, j'approuve le principe de l'émulation, mais à condition que la gloire des uns n'appauvrira pas les autres, et que les écoliers ne payeront pas pour rester écoliers, en proclamant la science des maîtres de l'art.

Ces bonnes raisons commençaient à avoir prise sur les gens désintéressés. Pierre Huguenin essaya de les

---

* Remercier la société, c'est s'en retirer en ce sens qu'on ne participe plus à ses dépenses, à ses entreprises, ni à ses profits. On reste lié de cœur, mais on n'est plus obligé envers elle que par la conscience.

dissuader de leur ambitieux dessein par des raisons non plus positives, mais plus larges. Il s'abandonna aux sentiments et aux idées qui depuis longtemps fermentaient dans son cœur, en leur démontrant le tort moral que de semblables luttes causaient de part et d'autre aux sociétés.

— N'est-ce pas, leur dit-il, une grande injustice que nous commettons, lorsque nous disons à des hommes laborieux et nécessiteux comme nous : cette ville ne saurait nous contenir tous, et nous faire vivre au gré de notre orgueil ou de notre ambition ; tirons-la au sort, ou bien essayons nos forces ; que les plus habiles l'emportent, et que les vaincus s'en aillent pieds nus sur la route pénible de la vie, chercher un coin stérile où notre orgueil dédaigne de les poursuivre ? Direz-vous que la terre est assez grande, et qu'il y a partout du travail ! Oui, il y a partout de l'espace et des ressources pour les hommes qui s'entraident. Il n'y en a pas, non, l'univers n'est pas assez grand pour des hommes qui veulent s'isoler ou se disperser en petits groupes haineux et jaloux. Ne voyez-vous donc pas le monde des riches ? Ne vous êtes-vous jamais demandé de quel droit ils naissent heureux, et pour quel crime vous vivez et mourez dans la misère ? Pourquoi ils jouissent dans le repos, tandis que vous travaillez dans la peine ? Qu'est-ce donc que cela signifie ? Les prêtres vous diront que Dieu le veut ainsi ; mais êtes-vous bien sûrs que Dieu le veuille ainsi en effet ? Non, n'est-ce pas ? Vous êtes sûrs du contraire ; autrement vous seriez des impies, des idolâtres, et vous croiriez en un Dieu plus méchant que le diable, ennemi de la justice et du genre humain. Eh bien ! voulez-vous que je vous dise comment s'est établie la richesse et comment s'est perpé-

tuée la pauvreté ? Par le savoir-faire des uns, et par la
simplicité des autres. C'est pour cela que les simples
ont accepté leur défaite et leur exclusion du partage de
tous les biens et de tous les honneurs ; car les habiles
leur ont prouvé que cela devait être ainsi. Et voilà qu'il
y a eu tant et tant de simples, que vos pères et vous
avez été condamnés à travailler pour les riches sans
vous plaindre et sans vous lasser[1]. Vous trouvez cela
fort injuste. Du matin au soir je l'entends dire, et je le
dis moi-même. Ce que vous trouvez injuste contre
vous, trouveriez-vous donc juste de le faire souffrir
aux autres ?

Quelquefois, malgré l'arrêt du sort, il vous est permis de sortir de votre misère : mais à quelles conditions ? Il faut que vous soyez très laborieux, très
persévérants, et peut-être très égoïstes, il faut que vous
vous éleviez par le gain, l'avarice et l'âpreté au travail
au-dessus de tous vos pareils ; car quels sont ceux
d'entre nous qui réussissent à amasser quelque bien et
à s'établir quelque part ? Ceux-là seulement qui ont un
héritage, ou bien ceux qui ont un génie supérieur. Je sais
le respect qu'on doit à l'intelligence ; mais trouvez-
vous bien juste, bien généreux qu'un homme croupisse
dans la misère et périsse sur la paille, parce que Dieu
ne lui a pas donné autant d'esprit ou de santé qu'à

---

1. On songe ici au mauvais contrat qui est, selon Rousseau, à
l'origine de la société civile. Voir le premier paragraphe de la
deuxième partie du *Discours sur l'origine de l'inégalité* : « Le
premier qui, ayant enclos un terrain, s'avisa de dire *ceci est à moi*,
et trouva des gens assez simples pour le croire, fut le vrai fondateur de la société civile. » Voir aussi, dans cette deuxième partie, le
discours du riche persuadant les pauvres de se laisser asservir.

vous[1] ? Quel est l'esprit de notre Société, quelle est sa cause, quel est son but ? La nécessité d'employer l'intelligence et le courage des uns à stimuler et à corriger l'ineptie ou la mollesse des autres ; et pour cela il faut les soutenir et les aider de notre gain, c'est-à-dire de notre travail, jusqu'à ce qu'ils aient profité de nos leçons et reconnu la nécessité de travailler eux-mêmes sans se ménager.

La pensée qui a institué le Devoir de liberté, et, permettez-moi de vous le dire, la pensée qui a institué les différents Devoirs de compagnonnage, est donc grande, morale, vraie, et selon les desseins de *Salomon**. Eh bien ! ce que vous faites lorsque vous travaillez à expulser une Société est tout à fait opposé à cette pensée auguste, à ces suprêmes desseins. Si les travailleurs du Temple ont cru devoir se diviser en diverses tribus sous la conduite de plusieurs chefs, c'est que leur mission était de parcourir le monde par différents chemins, afin de porter sur plusieurs points à la fois la lumière et le bienfait de l'industrie. Soyez sûrs que les enfants de Jacques et ceux de Soubise sont aussi bien que nous les enfants du grand Salomon...

Un murmure désapprobateur faillit interrompre l'Ami-du-trait. Il se hâta de reprendre avec adresse

---

* *Salomon* était alors pour les Compagnons et sera encore longtemps pour un grand nombre un être de raison, une sorte de fétiche auquel on attribue toutes les perfections, toutes les puissances. Son nom équivaut presque à celui de l'Éternel, et Pierre Huguenin devait l'employer pour donner plus d'autorité à son invocation religieuse.

---

1. Cette question sera posée à nouveau dans le chapitre XIII du *Péché de Monsieur Antoine*, où elle sera dirigée à la fois contre les libéraux, qui ne pensent qu'en termes de travail et de richesse, et contre l'industrialisme des saint-simoniens.

(car un peu d'allégorie était bien nécessaire avec des esprits moins éclairés que le sien).

— Ce sont des enfants égarés, il est vrai, des enfants rebelles, si vous voulez. Dans leur long et pénible pèlerinage, ils ont oublié les sages lois et jusqu'au nom auguste de leur père. Jacques fut peut-être un imposteur qui corrompit leur jugement, et se fit prophète pour s'approprier le culte du vrai maître ; et c'est pourquoi ils ont tant d'animosité contre nous ; c'est pourquoi ils nous provoquent et nous maltraitent avec fanatisme, cherchant à s'isoler de nous et à nous disputer le travail, héritage sacré de tous les Compagnons. Imiterez-vous donc leur exemple, et, parce qu'ils sont aveugles et inhumains, agirez-vous comme eux ? Relèverez-vous le gant du combat ? Ô mes pays ! ô mes frères ! rappelez-vous une grande leçon que Salomon nous a donnée. Deux mères se disputaient un enfant ; il ordonna qu'on le coupât en deux, et que chacune en emportât la moitié. La mère supposée accepta le partage, la vraie mère s'écria qu'on le donnât tout entier à sa rivale. Cet apologue est l'emblème de notre destinée. Ceux de nous qui demandent le partage de la terre et du travail sont sans entrailles, et ne songent pas que ce lambeau partagé par le glaive de la haine ne sera plus entre leurs mains qu'un cadavre.

Pierre leur parla encore longtemps. Je ne sais s'il portait dans son sein la révélation d'un temps et d'une société où le principe de liberté individuelle pourrait se concilier avec le droit de tous. Je sais que son cerveau intelligent eût pu s'élever à cette conception, telle qu'elle est entrée aujourd'hui dans les cœurs et dans les esprits d'élite. Mais il est à remarquer qu'à cette

époque le principe du Saint-Simonisme[1] (la première
des doctrines modernes qui se soit popularisée sous le
règne des Bourbons) ne s'était pas encore développé.
Les germes d'une philosophie sociale et religieuse
couvaient dans de secrets conciles ou s'élucubraient
dans les méditations des économistes. Probablement
Pierre Huguenin n'en avait jamais entendu parler ;
mais un esprit droit et assez cultivé, une âme ardente,
une imagination poétique, faisaient de lui un être mystérieux et singulier, assez semblable aux pâtres inspirés qui naissaient dans l'ancienne tradition avec le don
de prophétie. On pouvait dire avec la Savinienne, qu'il
était rempli de l'esprit du Seigneur ; car, dans la candeur de son enthousiasme, il touchait aux plus hautes
questions humaines, sans savoir lui-même quelles
étaient ces cimes voilées où son rêve l'avait porté.
C'est pourquoi ses discours, dont nous ne pouvons
vous donner ici que la substance sèche et grossière,
avaient un caractère de prédication dont l'effet était
grand sur des esprits simples et sur des imaginations
encore vierges. Il leur conseilla de tenter, au lieu d'une
épreuve douteuse, une paix honorable. Les Dévorants,
las de querelles, commençaient à s'adoucir. Il serait
peut-être plus facile qu'on ne pensait de les amener à
reconnaître le droit des Enfants de Salomon. Pourquoi,
si ces derniers étaient capables d'écouter la raison, de

---

1. Le comte de Saint-Simon (1760-1825) estimait que le développement de l'industrie, la gestion du pouvoir par ceux qui pro-
duisent permettraient un développement des richesses en favorisant
l'avènement d'une nouvelle société dans laquelle s'harmonise-
raient les intérêts des ouvriers et des industriels. Ses doctrines furent
répandues par ses disciples, après la révolution de 1830, entre autres
par le canal du journal *Le Globe* que dirigeait Pierre Leroux.

comprendre la justice, les Dévorants ne le seraient-ils pas aussi ? N'étaient-ils donc pas des hommes, et, au risque de n'être pas écouté, ne devait-on pas essayer de les ramener à des sentiments humains plutôt que d'envenimer leur haine par un défi d'amour-propre ? Enfin, ne serait-on pas encore à temps de reprendre la décision du concours, s'il venait à être bien démontré que c'était le seul moyen d'éviter de nouveaux combats ? Mais que ne fallait-il pas entreprendre avant d'abandonner les chances de paix et d'alliance ! L'avait-on fait ? Tout au contraire, on n'avait songé qu'à répondre injure pour injure, bravade pour bravade. On s'était, de gaieté de cœur, précipité dans mille dangers qu'il eût été facile d'éviter dans le principe, avec plus de calme et de dignité. N'avait-on pas provoqué aussi les charpentiers Drilles, en chantant le matin même, devant leurs ateliers, des chants de guerre et d'anathème ? Pierre avait été témoin de ce fait. Il le censura avec force, avec douleur. — Vous avez l'orgueil d'être les seigneurs, les patriciens du tour de France, leur dit-il ; ayez donc au moins les manières nobles qui conviennent quand on s'estime supérieur au reste des hommes.

Lorsqu'il cessa de parler, il se fit un long silence. Les choses qu'il avait dites étaient si nouvelles et si étranges, que les auditeurs avaient cru faire un rêve dans une autre vie, et qu'il leur fallut quelque temps pour se reconnaître dans les ombres de la terre.

Mais peu à peu les passions contenues reprirent l'essor. Leur règne n'était pas encore près de finir ; et le peuple des travailleurs n'avait gardé du grand principe d'égalité fraternelle proclamé par la Révolution française, qu'une devise au lieu d'une foi, quelques mots glorieux, profonds, mais déjà aussi mystérieux pour lui

que les rites du compagnonnage. Les murmures succédèrent bientôt à la muette adhésion de quelques-uns, à
la stupeur profonde du grand nombre ; et ceux dont le
cœur avait tressailli involontairement rougirent tout
aussitôt d'avoir senti cette émotion ou de l'avoir lais-
sée paraître. Enfin un des plus exaltés prit la parole.
— Voilà un beau discours, dit-il, et un sermon mieux
fait qu'un curé en chaire n'eût pu le débiter. Si tout le
mérite d'un Compagnon est de connaître les livres et
de parler comme eux, honneur à vous, pays Villepreux
l'Ami-du-trait ! Vous en savez plus long que nous tous ;
et si vous aviez affaire à des femmes, vous les feriez
peut-être pleurer. Mais nous sommes des hommes, des
enfants de Salomon ; et si la gloire d'un Compagnon
du Devoir de liberté est de soutenir sa Société, de se
dévouer corps et âme pour elle, de repousser l'injure,
de lui faire un rempart de sa poitrine, honte à vous,
pays Villepreux ! Car vous avez mal parlé, et vous
mériteriez d'être réprimandé. Comment donc ! Nous
avons écouté jusqu'au bout les conseils d'une lâche
prudence, et nous ne nous sommes pas indignés ? On
nous a dit qu'il fallait abjurer notre honneur, oublier le
meurtre de nos frères, tendre la joue aux soufflets,
rayer notre nom apparemment du tour de France, et
nous avons écouté tout cela patiemment ! Vous voyez
bien, pays Villepreux, que nous sommes doux et modérés autant qu'on peut l'être. Vous voyez bien que nous
avons le respect du Devoir et la fraternité du compagnonnage bien avant dans le cœur, puisque nous ne
vous avons pas réduit au silence comme un insensé, ou
jeté hors d'ici comme un faux frère. Vous avez une si
belle réputation, et vous avez été revêtu de dignités si
éminentes dans la société, que nous persistons à croire

vos intentions bonnes et votre cœur droit. Mais votre esprit s'est égaré dans les livres, et ceci doit servir d'enseignement à tous ceux qui ont entendu. Qui en sait trop, n'en sait pas assez ; et quiconque apprend beaucoup de choses inutiles, risque d'oublier les plus nécessaires, les plus sacrées.

D'autres orateurs plus véhéments encore renchérirent sur l'indignation de celui-là, et bientôt une discussion violente s'engagea contre Pierre Huguenin. Il répondit avec calme ; il supporta avec la résignation d'un martyr et la fermeté d'un stoïque les accusations, les reproches et les menaces. Il disait d'excellentes choses, variant ses arguments et appropriant les formes de son langage à la portée d'esprit de ses divers interlocuteurs. Mais il voyait avec douleur que le petit nombre de ses adhérents diminuait de plus en plus, et il s'attendait à des outrages publics ; car la séance était livrée à la confusion, et la vérité n'avait plus de pouvoir sur ces âmes endurcies ou exaltées. Enfin le Dignitaire, après bien des efforts inutiles, obtint le silence, et prit la défense des intentions de Pierre Huguenin.

— Je le connais trop, dit-il, pour douter de lui ; et si un soupçon contre son honneur pouvait entrer dans ma pensée, je crois qu'un instant après je lui en demanderais pardon à genoux. Il n'y aura donc ici de réprimandes que contre ceux qui se permettraient de l'insulter. Sur tous les points mes sentiments sont d'accord avec les siens. Cependant je crois que ses idées ne sont pas applicables pour le moment ; c'est pourquoi je propose de passer outre : mais je demande, une fois pour toutes, qu'on respecte la liberté des opinions, et qu'on les combatte sans aigreur et sans brutalité. Consolez-vous, pays Villepreux, de la contradiction un peu violente que vous avez rencontrée ici. Si vous vous êtes trompé en quelque chose, vous n'en avez pas moins dit certaines vérités qui resteront gravées dans plus d'un cœur ami, et dans le mien particulièrement. Soyez sûr qu'il en restera aussi quelques-unes, même dans l'esprit des plus exaltés. Peut-être les idées de paix et d'union générale que vous avez osé proclamer seront-elles mieux écoutées dans des jours plus heureux. Je trouve, moi, que vous avez bien parlé, et que votre cœur n'a pas été corrompu par la science des livres. Vous êtes libre de vous retirer, si la discussion de nos intérêts, comme nous les entendons pour le moment, blesse votre croyance ; mais nous vous prions de ne pas quitter la ville avant que la crise où nous sommes ait changé de face. S'il fallait en venir à de nouveaux combats, et si la société vous ordonnait de marcher, nous savons que vous vous conduiriez comme un brave soldat de l'armée de Salomon.

Pierre s'inclina en signe de respect et de soumission. Il se retira, et le Corinthien le suivit. — Frère, lui dit ce noble jeune homme, ne sois pas humilié, ne sois pas triste, je t'en supplie ; ce que le Dignitaire vient de dire est bien vrai, tes paroles ont retenti dans des cœurs amis du tien.

— Je ne suis point humilié, répondit l'Ami-du-trait, et ta sympathie suffirait à elle seule pour me dédommager de l'emportement des autres. Mais je suis inquiet, je te l'avoue, et pour une chose toute personnelle. Le Dignitaire vient de m'ordonner en quelque sorte de rester ici. Je comprends la délicatesse de cette intention ; il voit que plusieurs m'accuseront de manquer de cœur à l'heure du combat, et il me fournit l'occasion de me réhabiliter à leurs yeux ; mais je ne suis pas jaloux de cet honneur farouche, et je l'accepterai avec douleur. Une raison non moins grave me fait regretter d'avoir renoué mes relations avec la société. J'ai donné ma parole d'honneur à mon père d'être de retour sous trois jours, et mon père a donné la sienne de reprendre ses travaux demain. Il ne peut le faire sans moi. Il est malade, et plus sérieusement peut-être depuis que je suis absent. Il est d'un caractère bouillant, d'une loyauté scrupuleuse. À l'heure qu'il est, il m'attend sur la route, et je crois le voir tourmenté par l'inquiétude, par l'impatience, par la fièvre. Pauvre père ! Il avait tant de foi à la promesse que je lui ai faite ! Il me faudra donc y manquer !

— Pierre, répondit le Corinthien, je sens que tu es entre deux devoirs : le saint *Devoir de liberté* et le devoir filial qui n'est pas moins sacré. Il faut que tu partages ton fardeau. J'en veux prendre la moitié. Tu resteras ici pour obéir aux lois de la Société, et moi j'irai chez ton père. J'inventerai quelque prétexte pour t'excuser, et je me mettrai à l'ouvrage à ta place. Une heure d'attention va me suffire pour recevoir tes instructions. Je sais comme tu démontres, et tu sais comme je t'écoute. Viens dans le jardin, et avant la nuit je me mettrai en route. Je coucherai chez la Jambe-de-bois, et, avant le jour, je prendrai la diligence qui passe par là. Demain soir je serai chez ton père, après-demain matin dans la chapelle de ton vieux château. De cette manière tout s'arrangera, et tu auras l'esprit tranquille.

— Cher Amaury, répondit Pierre Huguenin, je n'attendais pas moins de ton amitié et d'un cœur comme le tien ; mais je ne puis accepter ton dévouement. Il est probable que le concours aura lieu, et je ne dois ni ne veux que tu perdes l'occasion de te faire connaître et d'acquérir de la gloire. Ce n'est pas parce que tu es

mon élève, mais je suis certain que tu es le plus fort de
tous ceux qui se présenteront au concours. Si tu ne
remportes le prix du compas d'or, du moins tu feras de
telles preuves de talent qu'il en sera parlé sur le tour de
France. De pareilles occasions ne se présentent que
rarement, et souvent elles décident de tout l'avenir
d'un ouvrier. À Dieu ne plaise que je te fasse perdre
celle qui peut s'offrir demain !

— Et moi, je veux la perdre, répondit le Corinthien,
et je la perdrais dans tous les cas. Tu me crois bien
borné si tu crois que, depuis ce matin, mes idées et mes
sentiments n'ont pas marché. J'ai ouvert les yeux,
frère ; et je ne suis déjà plus l'homme aveugle et grossier qui t'écoutait hier soir avec stupeur sur la chaussée
de Blois. Les paroles que tu viens de dire devant l'assemblée sont tombées dans mon cœur, comme le bon
grain dans le sillon fertile. Il m'a semblé qu'un nuage
s'enlevait de terre entre nous deux, et je t'avais aimé
jusqu'ici à travers un voile. Oui, mon ami, tu ne
m'avais pas semblé autre chose qu'un compagnon instruit, honnête et bon. À présent je vois bien que tu es
plus que cela, plus qu'un ouvrier, plus qu'un homme
peut-être. Que vais-je te dire ? Je me suis figuré le
Christ, ce fils d'un charpentier, pauvre, obscur, errant
sur la terre, et parlant à de misérables ouvriers comme
nous, sans argent, presque sans pain, sans éducation
(c'est ainsi qu'on nous les dépeint). Je me suis rappelé
ce qu'on raconte de sa beauté, de sa jeunesse, de sa douceur, des préceptes de sagesse et de charité qu'il expli-
quait, comme tu l'as fait aujourd'hui, en paraboles. Je
ne veux pas blesser ta modestie, Pierre, en te comparant
à celui qu'on appelle Dieu ; mais je me disais : si le
Christ revenait parmi nous et qu'il passât devant cette

maison, que ferait-il ? Il verrait la Savinienne au seuil,
avec son air affable et ses deux beaux enfants, et il les
bénirait. Et alors la Savinienne le prierait d'entrer ; elle
laverait ses pieds poudreux et brûlants, et elle abriterait
ses petits dans les plis de la robe du Sauveur tandis
qu'elle irait lui chercher l'eau la plus pure pour étancher
sa soif. Et pendant ce temps, le fils du charpentier inter-
rogerait les enfants, et il saurait d'eux qu'il y a là, dans
la grange, des hommes qui parlent et qui concertent
quelque chose. Alors l'homme divin voudrait connaître
le cœur de ses frères, de ses fils, les pauvres travailleurs. Il entrerait dans la grange, et ne dédaignerait pas
de s'asseoir, comme nous, sur une botte de paille, lui
qui naquit sur la paille d'une étable ; puis il écouterait.
Et tout en faisant ce rêve, je me représentais la belle
figure de Jésus, attentive et souriante, et ses beaux
yeux attachés sur toi avec une expression de douceur et
d'attendrissement. Et quand tu eus fini de parler (car
ceci, Pierre, n'était pas une simple supposition que je
faisais dans mon esprit, c'était comme une vision que
j'avais devant les yeux), quand tu eus fini de parler, je
le vis s'approcher, se pencher sur toi, et te dire en t'imposant les mains ce qu'il disait aux pauvres hommes
du peuple dont il faisait ses disciples : « Viens avec
moi, quitte tes filets et suis-moi ; je veux te faire
pêcheur d'hommes. » Et il me sembla qu'une grande
lumière jaillissait du front du Christ[1], et t'enveloppait

---

1. Ce Christ des pauvres, ce « Christ romantique », pour reprendre
le titre d'un ouvrage de Frank Paul Bowman (Droz, 1973), incarne
la fraternité conçue ici comme une valeur de la « classe » ouvrière.
Il trouve son semblable dans un apôtre menuisier. La vision du
Corinthien tient d'un acte de foi qui transfère une réalité imma-
nente, la camaraderie qui l'unit à Pierre, sur un tout autre plan.

dans son rayon. Alors je me dis en moi-même : Pierre est un apôtre ; comment ne le savais-je pas ? Il prophétise ; comment ne l'avais-je pas compris ? Et moi aussi, je me levai, transporté d'un zèle qui me brûlait. J'allais m'écrier : Oh ! Christ, emmenez-moi avec mon frère ; je ne suis pas digne de délier les cordons de vos souliers, mais je vous écouterai et je ramasserai les miettes qui tomberont de votre table… Alors les compagnons se sont agités. Ils t'ont contredit, ils t'ont blâmé. Ma vision s'est effacée, mais il m'en est resté comme un tremblement dans tout le corps ; j'ai eu beaucoup de peine à me contenir ; j'étais prêt à pleurer, comme dans le temps où la Savinienne, cette pieuse femme qui aime tant Dieu, sans aimer les prêtres, me lisait, de sa voix douce, l'Écriture Sainte dans une vieille Bible qui est dans sa famille depuis deux ou trois cents ans. Aussi je ne serai jamais impie, et, dût-on se moquer de moi, je ne me moquerai jamais de Jésus, le fils du charpentier. Qu'il soit Dieu ou non, qu'il soit tout à fait mort ou qu'il soit ressuscité, je ne peux pas examiner cela, et je ne m'en inquiète pas. Il y en a même qui disent qu'il n'a jamais existé. Moi, je dis qu'il est impossible qu'il n'ait pas existé ; et j'en suis plus sûr depuis que j'ai compris ce que tu penses et ce que tu veux faire comprendre aux autres. Pourquoi serais-tu le premier ouvrier qui aurait eu de telles idées ? Je ne conçois pas comment je ne les ai pas eues plus tôt ; et

---

L'analogie (Pierre-Christ, Pierre-Apôtre) lie le passé au présent et au futur, elle est le garant d'une promesse ; dans la circularité du même, elle ouvre la brèche d'une transcendance. Ce qui n'est pas «de ce monde» dans la personne lumineuse du Christ est projeté dans un monde à venir dont Pierre pourrait être le prophète.

je me dis que tu ne les aurais pas si des hommes ou des dieux comme Jésus ne les avaient pas répandues dans le monde. C'est pourquoi je ne veux plus écouter que toi ; je ne veux plus agir, ni penser, ni travailler, ni aimer même, sans que tu m'aies dit : cela est bon, cela est juste. Et je ne te quitterai plus jamais…, excepté que je vais te quitter ce soir, mais pour aller t'attendre chez ton père. Tu vois que je ne comprends plus ce que c'est que des concours, de la gloire, des chefs-d'œuvre… nous avons bien autre chose à faire, c'est de travailler sans nuire aux autres, sans les humilier, sans leur disputer ce qui leur appartient aussi bien qu'à nous.

La Savinienne, inquiète de voir Pierre et Amaury quitter l'assemblée et s'enfoncer dans le jardin pour causer avec chaleur, les y avait suivis. Peu à peu elle s'était approchée ; et, appuyée sur le dossier de leur banc, elle les écoutait. Pierre la voyait bien, mais il était heureux qu'elle entendît les discours exaltés du Corinthien et il se gardait de trahir sa présence. Quand le Corinthien se tut, la Savinienne lui dit avec un soupir : — Je voudrais que Savinien fût encore là pour vous entendre ; mais j'espère que dans le ciel il vous voit et vous bénit. Corinthien, vous avez un cœur et un esprit comme je n'en ai jamais connu…, si ce n'est mon pauvre Savinien ; mais il lui restait encore bien des choses à apprendre, et, comme l'on dit, la vérité sort de la bouche des enfants.

Pierre sourit de joie en voyant que la Savinienne comprenait le Corinthien. Il vit la rougeur et le transport de son ami, quand la Mère lui tendit la main en lui disant :

— C'est à la vie et à la mort entre nous pour l'estime, mon fils Amaury.

— Et pour l'amitié ? s'écria le jeune homme enhardi et troublé à la fois.

— Amitié veut dire une chose entre les hommes, et une autre entre hommes et femmes, répondit-elle naïvement. Vous avez la mienne comme si nous étions deux hommes ou deux femmes.

Amaury ne répondit rien. La robe noire de la veuve lui imposait silence. Elle s'éloigna, et Pierre reprit, en regardant son ami qui la suivait des yeux : — Et maintenant, frère, veux-tu encore partir ? N'es-tu pas retenu ici par quelque chose de plus cher et de plus sérieux que la gloire ?

— Je serais à la veille d'être son mari, répondit le Corinthien, que pour sauver ton honneur je partirais encore. Mais nous n'en sommes pas là. Je ne peux rester ici. Je ne sais où je prendrais la force de ne jamais dire ce que je pense ; et ce que je pense, une femme en deuil ne doit pas l'entendre. Je manquerais à moi-même, à la mémoire de Savinien ; je perdrais l'estime de la Savinienne, et tout cela malgré moi. Fais-moi partir, Pierre, tu me rendras service, peut-être plus qu'à toi-même.

Pierre sentit que son ami avait raison. — Eh bien ! quant à moi, j'accepte, dit-il ; mais je doute fort que la Société y consente. Dans l'excès de ta modestie, tu oublies que si le concours a lieu, on aura besoin de toi plus que de tout autre, et qu'on ne te laissera pas partir ainsi. Quelle que soit l'issue de nos différends avec le *Devoir*, ta présence ici est regardée comme nécessaire, puisqu'on t'a convoqué.

— Pierre, Pierre ! s'écria le Corinthien avec tristesse, as-tu donc oublié déjà ce que tu me disais hier soir sur la chaussée ? N'es-tu pas dégoûté de ce pacte qui nous subordonne aux caprices et aux préjugés d'hommes ignorants et emportés ? Nous leur devons assistance quand ils sont dans le malheur ou le danger ; car ils sont nos frères. Mais quand ils sont enivrés d'orgueil ou de vengeance, leur devons-nous une aveugle soumission ? Non ! Quant à moi, ce rêve s'efface, et tout à l'heure, en les voyant se tourner contre toi, je les trouvais si coupables que les liens de l'affection jurée se brisaient malgré moi dans mon cœur. Viens, rentrons dans l'assemblée. Je vais leur demander de me laisser partir, leur dire de ne pas compter sur moi pour le concours ; et, s'ils me refusent, je remercie la société, je reprends ma liberté...

— Tu n'en as pas le droit devant Dieu. Égarés ou coupables, ils sont nos frères. Leur situation est pénible et périlleuse. Nous ne sommes pas en nombre ici, et nos ennemis sont les plus forts, les plus exaltés. S'ils persistent à vouloir nous expulser de Blois par la violence, il vaudra certainement mieux en venir à l'épreuve du concours qu'à celle des coups. Prenons donc patience. Je saurai me résigner encore. S'il faut que d'une manière ou de l'autre mon honneur soit compromis, je sacrifierai mes intérêts à ceux d'autrui ; et si mon père me condamne, ma conscience m'absoudra.

13

La séance terminée, les Gavots se mirent à table. Le concours était voté, et le Corinthien était du nombre des concurrents élus. Cette nouvelle lui causa une émotion où la joie eut plus de part que le regret, il faut bien l'avouer. Quoique sincère dans son dévouement pour Pierre Huguenin, et dans ses vertueuses résolutions à l'égard de la Savinienne, son jeune cœur tressaillait, malgré lui, à l'idée de passer plusieurs mois auprès de celle qu'il aimait, et d'être absous, par la volonté du destin, de ce qui eût été un tort en d'autres circonstances. Il faut bien dire aussi que le Corinthien n'était pas sans avoir ressenti plus d'une fois déjà les chatouillements de l'ambition. Il avait trop de talent pour n'être pas un peu sensible à la gloire ; et si, dans un mouvement d'enthousiasme généreux, il revenait aux idées évangéliques dont l'avait nourri la pieuse Savinienne, bientôt après les séductions de l'art et de la renommée reprenaient leur empire naturel sur cette âme d'artiste et d'enfant, candide, ardente, et mobile comme les nuages légers d'un beau ciel au matin.

Il s'efforça de recevoir la nouvelle de son élection avec une résignation dédaigneuse. Mais, en dépit de lui-même, la gaieté communicative de ses compagnons ranimait peu à peu les roses de son teint, et l'aspect de

la Savinienne remplissait son cœur d'un espoir plein
d'agitations et de combats. Sa voix ne se mêla pas aux
propos enjoués de la table ; mais il y avait dans sa gravité une expression de joie sérieuse et profonde, qui
n'échappa point à Pierre. De temps en temps le regard
de l'aimable Corinthien semblait demander grâce à son
austère ami ; puis ses yeux se reportaient invincible-
ment vers la Savinienne, et un nuage de volupté passionnée les troublait aussitôt. — Prends garde à toi,
mon enfant ! lui dit Pierre, tandis que le bruit des
convives couvrait leurs voix. N'oublie pas que tout à
l'heure tu voulais partir pour fuir le danger. Maintenant qu'il faut l'affronter, ne sois pas téméraire.

— Ne vois-tu pas que ma main tremble en soute-
nant mon verre ? répondit le Corinthien. Va, je suis
plus à plaindre qu'à blâmer, je sens le sort plus puissant que moi, et je prie Dieu qu'il me donne un peu de
ta force pour me soutenir.

En ce moment plusieurs jeunes gens de la Société
rentrèrent d'une course qu'ils avaient été faire en ville,
à la sortie de la séance. Ils racontèrent qu'ils avaient vu
un grand repas de charpentiers Drilles dans un cabaret.
En passant devant la porte, ils avaient jeté un regard
dans leur salle et avaient remarqué des militaires attablés avec eux. Les chants de guerre des Dévorants
étaient venus frapper leurs oreilles :

> Gavot abominable,
> Mille fois détestable,
> Pour toi plus de pitié ! etc.[1]

---

1. George Sand reprend, en la modifiant, l'une des strophes de
la « Chanson satirique des Dévorants » qu'elle a pu lire dans *Le Livre*

Alors un de ces jeunes Gavots, transporté d'indignation, s'avança jusque sur le seuil du cabaret, et écrivit sur la porte avec son crayon blanc : « Lâches ! lâches ! »

Cette action d'une bravoure insensée eut le destin étrange de n'être remarquée d'aucune des personnes qui étaient dans la salle. Les convives étaient apparemment trop absorbés par le plaisir de la table, et ceux qui les servaient trop affairés pour faire attention à ce qui se passait sous leurs yeux. Les autres Gavots n'attendirent pas que la téméraire inscription attirât les regards ; ils ne se donnèrent même pas le temps de l'effacer. Voyant que *Marseillais-le-Résolu* (c'était le nom de leur jeune confrère) allait se précipiter dans l'antre aux lions comme un martyr des premiers siècles, ils l'arrachèrent à une mort certaine en se jetant sur lui et en l'entraînant presque de force. Ils racontèrent ce qu'il avait fait, en donnant des éloges à son courage, mais en blâmant son imprudence. Le Dignitaire se joignit à eux pour lui reprocher de n'avoir pas réprimé un mouvement de colère qui pourrait attirer sur la Société de nouveaux désastres. — Fasse le ciel, dit-il, qu'il ne faille pas du sang pour effacer ce que vous venez d'écrire !

Vers la fin du souper, on parla de la pièce du concours. C'était un modèle de chaire à prêcher, qui devait réunir toutes les qualités de la science et toutes les beautés de l'art. Pierre, se soumettant à la décision adoptée, donna son avis sans morgue et sans affectation. Toute dissension était oubliée entre lui et ses

---

du compagnonnage, p. 193-195 : « Gavot abominable, / Mille fois détestable, / Pour toi quelle pitié / De te voir enchaîné ! »

compagnons. Les ambitieux qu'il avait froissés, n'ayant plus rien à craindre de son opposition, ne rougissaient pas de l'écouter ; car il raisonnait sur son art avec une incontestable supériorité. Déjà les Gavots se livraient à des rêves flatteurs ; on se croyait assuré de la victoire, et la belle chaire s'élevait comme un monument gigantesque dans les imaginations excitées par les fumées de la gloire, lorsque des coups violents ébranlèrent la porte de l'auberge.

— Qui donc peut s'annoncer aussi brutalement ? dit le Dignitaire en se levant. Ce ne peut être un de nos frères.

— Ouvrons toujours, répondirent les Compagnons, nous verrons bien si l'on entrera chez nous sans saluer.

— N'ouvrez pas, s'écria la servante, qui avait regardé par la fenêtre de l'étage supérieur ; ce ne sont pas des amis. Ils sont armés. Ils viennent avec de mauvaises intentions.

— Ce sont les charpentiers du père Soubise, dit un Compagnon qui avait été regarder par la serrure ; ouvrons ! c'est une députation qui vient parlementer.

— Non, non ! dit la petite Manette, tout effrayée ; il y a de grands vilains hommes avec des moustaches ; ce sont des voleurs. Et elle courut se réfugier dans les bras de sa mère, qui pâlit et se pressa instinctivement derrière la chaise du Corinthien.

— Eh bien ! ouvrons toujours, s'écrièrent les Compagnons ; si ce sont des ennemis, ils trouveront à qui parler.

— Un instant ! dit le Dignitaire ; courons prendre nos cannes pour les recevoir ; on ne sait ce qui peut arriver.

Les coups cessèrent d'ébranler la porte ; mais des

voix menaçantes s'élevèrent dehors. Elles chantaient un verset de la sauvage chanson du seizième siècle :

> Tous ces Gavots infâmes
> Iront dans les enfers
> Brûler dedans les flammes
> Comme des Lucifers[1].

Les Compagnons s'étaient levés en tumulte. Quelques-uns voulaient défendre la porte, qu'on cherchait de nouveau à enfoncer, tandis que d'autres rassembleraient les armes. Mais avant qu'on eût eu le temps de se reconnaître, une fenêtre fut brisée, la porte vola en éclats, et les charpentiers se précipitèrent dans la salle avec des cris affreux. Il y eut alors une scène de fureur et de confusion impossible à retracer. Chacun s'armait de ce qui lui tombait sous la main. Aux terribles cannes ferrées des Dévorants et aux sabres des soldats de la garnison, dont plusieurs s'étaient laissé attirer dans les rangs des Drilles à la suite d'une orgie, les Gavots opposèrent des tronçons de bouteilles dont ils frappaient les assaillants au visage, des tables sous lesquelles ils les renversaient, des broches dont ils se servaient comme de lances, et dont l'un des plus vigoureux colla son adversaire à la muraille. Leur défense était légitime ; elle fut opiniâtre et meurtrière. Pierre Huguenin s'était d'abord jeté entre les combattants, espérant faire entendre sa voix et empêcher le carnage. Mais il fut repoussé violemment, et dut bientôt songer à défendre sa vie et celle de ses frères. La Savinienne

---

1. Suite de la chanson précédemment citée. George Sand modifie le premier vers : « Et ces Gavots infâmes… »

s'élança sur l'escalier de sa chambre, et le gravit avec la force et la rapidité d'une panthère, emportant ses deux enfants dans ses bras. Elle les poussa dans le grenier, leur montrant avec énergie un dégagement par lequel ils pouvaient fuir vers la grange et se mettre en sûreté. Puis elle revint, et, pleine d'indignation, de courage et de désespoir, elle redescendit l'escalier et se jeta dans la mêlée, croyant que la vue d'une femme désarmerait la fureur des assaillants. Mais ils ne voyaient plus rien et frappaient au hasard. Elle reçut un coup qui, sans doute, ne lui était pas destiné, et tomba ensanglantée dans les bras du Corinthien. Jusque-là ce jeune homme, consterné, s'était battu mollement. C'était la première fois qu'il prenait part à ces horribles drames, et il en ressentait un tel dégoût qu'il semblait chercher à se faire tuer plus qu'à se défendre[1]. Quand il vit la Savinienne blessée, il devint furieux ; et, comme le jeune Renaud[2] du Tasse, il fit voir que, s'il avait la beauté d'une femme, il avait la force et l'intrépidité d'un héros. L'insensé qui avait répandu quelques gouttes du précieux sang de la Mère le paya de tout le sien. Il tomba la figure fendue et la tête fracassée, pour ne jamais se relever.

---

1. Cet épisode est inspiré par *Le Livre du compagnonnage* : « En 1827, à Blois, les Drilles allèrent assiéger les Gavots chez leur mère : deux charpentiers furent tués, un menuisier eut plusieurs côtes enfoncées, un second reçut plusieurs coups de compas dans le ventre, un troisième plusieurs coups de sabre sur la tête, car les soldats ivres s'étaient joints aux assaillants. »   2. La référence à la *Jérusalem délivrée* (1575) du Tasse grandit les personnages. Elle contribue à instaurer une sorte de grand écart. D'une part, le récit transcrit un épisode réel des violences compagnonniques, d'autre part, il utilise des codes autres que ceux du réalisme pour les rapporter, et notamment ceux de l'épopée.

Ce terrible acte expiatoire tourna contre le Corinthien tous les efforts des Dévorants. Jusque-là il semblait qu'on plaignît ou qu'on méprisât sa jeunesse et
qu'on eût voulu l'épargner ; mais quand on le vit se
dresser, les yeux ardents et les bras ensanglantés, entre
la Mère évanouie et le cadavre étendu à ses pieds, il y
eut un hourra général, et vingt bras furent levés pour
l'anéantir. Pierre n'eut que le temps de se mettre
devant lui et de lui faire un rempart de son corps. Il
reçut plusieurs blessures, et tous deux allaient certainement périr accablés sous le nombre, lorsque la garde,
attirée par le bruit, pénétra dans la maison, et à grand-
peine sépara les combattants. Pierre, malgré le sang
qu'il perdait, conserva toute sa force et toute sa présence
d'esprit. Il emporta la Savinienne dans sa chambre ; et,
l'ayant déposée sur son lit, il força le Corinthien, qui
l'avait suivi, à se réfugier dans la grange pour se soustraire aux arrestations auxquelles on était en train de
procéder. Il le cacha dans la paille, ramena les enfants
transis d'effroi auprès de leur mère, et redescendit
dans la salle avec assez de prestesse pour faire évader
encore quelques Compagnons de son devoir. Les plus
acharnés au combat avaient été saisis ; on les emmenait
en prison. D'autres s'étaient dispersés à temps, laissant
leurs ennemis aux prises avec la garde. Pierre avait
d'abord l'intention de se livrer de lui-même à la force
publique, afin de rendre hautement témoignage de son
innocence et de celle de ses amis. Mais quand il vit la
maison pleine de soldats, de morts et de blessés, il songea à l'abandon où se trouverait la Savinienne dans
cette crise déplorable, et il se tint à l'écart jusqu'à ce
que la garde se fût retirée emportant les morts et emme-
nant les prisonniers des deux partis, les uns à l'hôpital,

les autres à la prison. Il ordonna alors à la servante de laver au plus vite le sang dont la maison était inondée, et il courut chercher un médecin pour la Savinienne ; mais ses courses furent inutiles. Il y avait eu assez de blessés à secourir et à transporter pour occuper tous les gens de l'art qu'on avait pu trouver. Il revint fort alarmé ; mais il retrouva la Savinienne debout comme la femme forte de la Bible[1]. Elle avait lavé et pansé elle-même sa blessure, qui n'était pas grave heureusement, et qui ne laissa qu'une légère cicatrice à son front large et pur. Elle avait rassuré et couché ses enfants, et elle aidait sa servante à rétablir dans la maison l'ordre, cette fin sérieuse et sacrée vers laquelle tendent sans relâche et sans distraction tous les soins et toutes les forces de la femme du peuple. Son cœur était cependant tourmenté par de cruelles tortures ; elle ignorait ce que le Corinthien était devenu et lesquels de ses amis avaient péri. Elle songeait aux châtiments sans pitié que la loi allait faire peser peut-être sur les innocents comme sur les coupables ; et, en proie à ces angoisses, pâle comme la mort, le cœur serré, la main tremblante, elle travaillait, au milieu de la nuit, à rassembler les débris épars de ses pénates violés, de ses foyers dévastés, sans verser une larme, sans proférer une plainte.

Quand elle vit rentrer Pierre Huguenin, elle n'eut pas le courage de l'interroger ; mais elle lui sourit avec une sublime expression de joie qui semblait accepter les plus grands malheurs, en échange du salut d'un ami tel que lui. Il la prit par la main, et courut avec elle à la

---

1. Allusion au titre traditionnel du poème qui achève le Livre des Proverbes. Il célèbre la femme parfaite, la femme « forte », expression qu'il faut comprendre dans son sens moral de femme vaillante et vertueuse.

grange où il avait caché et renfermé le Corinthien. Durant cette retraite forcée, le désolé jeune homme, en proie à mille anxiétés, avait d'abord tenté de rentrer à tout risque dans la maison, pour savoir le sort de ses compagnons et surtout celui de la Mère. Mais l'émotion et la fatigue lui avaient ôté la force d'enfoncer les portes que Pierre, redoutant son imprudence, avait barricadées sur lui. Il était si accablé qu'il faillit s'évanouir en revoyant sa maîtresse et son ami hors de danger. On visita et on pansa ses blessures, qui étaient assez graves. On lui fit, avec des matelas et des couvertures, un lit improvisé dans une chambre qu'on lui improvisa de même, en superposant des bottes de paille dans la charpente de la grange. Il était urgent de le tenir caché ; car il était un des plus compromis dans l'affaire, et Pierre ni la Savinienne n'étaient d'avis de s'en remettre à l'intégrité de la justice pour distinguer les provoqués des agresseurs.

Quand Pierre eut songé à tout et épuisé le reste de ses forces, il en resta encore à la Savinienne pour le soigner. Lui aussi était blessé et affaibli, et surtout brisé dans le fond de son âme. Que ne devait pas souffrir, en effet, cette organisation toujours portée vers l'idéal, et rejetée sans cesse dans la plus brutale réalité ! Quand il fut seul, il se sentit désespéré, et, se souvenant des coups qu'il avait été forcé de porter, voyant se dresser devant lui tous les spectres de l'insomnie et de la fièvre, il désira mourir, et tordit ses mains dans l'excès d'une horrible douleur. Le sommeil vint enfin à son secours, et il resta plongé dans un accablement presque léthargique depuis le jour naissant jusqu'à la nuit.

La Savinienne se reposa à peine deux ou trois heures. Elle partagea sa sollicitude, tout le reste du jour, entre sa fille, que la peur avait rendue malade aussi, le Corinthien et l'Ami-du-trait.

Le Dignitaire et ceux des Compagnons qui avaient su s'échapper à temps de la scène du combat vinrent la voir et la rassurer. Plusieurs des blessés étaient hors de danger ; on lui cacha, tant qu'on put, l'agonie et la mort de quelques autres. Mais on craignait l'effet des poursuites judiciaires. On avait déjà fait sauver un Compagnon qui, comme Amaury, avait donné la mort à un de ses ennemis, et on conseilla à Pierre de fuir aussi avec le Corinthien. Dès que ce dernier put marcher, c'est-à-dire la nuit suivante, Pierre le conduisit à la cabane du Vaudois, en attendant qu'il pût prendre la diligence et se rendre à Villepreux. Le bon charpentier le cacha dans sa soupente, et lui prodigua tous les soins de l'amitié. Il était devenu médecin lui-même, à ce qu'il prétendait, à force d'avoir eu affaire à des médecins. Il se mit en devoir de le médicamenter ; et Pierre, tranquillisé sur son compte, retourna à Blois, décidé à ne point abandonner ses frères captifs tant que ses démarches et son témoignage pourraient servir à leur justification et à leur délivrance.

Il revenait, aux premières lueurs du matin, le long des rives verdoyantes de la Loire, en proie à une grande tristesse, à un dégoût profond. Cette fatale nécessité de soutenir une guerre de parti acharnée contre des hommes du peuple, contre ces enfants du travail et de la pauvreté qu'il considérait pieusement comme ses frères, et qu'il eût voulu, au prix de sa vie, réconcilier et réunir en une seule famille, était pour lui un remords devant Dieu, un supplice, une honte vis-à-vis de lui-même. Et pourtant, que faire ? Avait-il à se reprocher d'avoir négligé quelque chose pour maintenir la paix ?

Ne s'était-il pas livré au blâme de ses propres compagnons, en voulant leur prouver que les Dévorants étaient des hommes semblables à eux ! Et voilà que ces Dévorants avaient eu un nouvel accès de fureur, et que les Gavots, persécutés pour leur foi, étaient rejetés pour longtemps sans doute dans un fanatisme devenu nécessaire à la conservation de leur indépendance, dans une haine presque légitime après de tels outrages !

Pierre n'était pas assez avancé (quoiqu'il le fût peut-être plus que les esprits les plus forts de cette époque) pour faire une distinction nette entre le principe et le fait. C'est une notion encore bien nouvelle pour nous, et dont l'habitude s'insinue difficilement dans nos esprits inquiets et troublés, que cette acceptation courageuse des faits, et cette foi persévérante aux principes, qui nous aide à vivre dans la pensée d'un avenir meilleur. On nous a si longtemps élevés dans la coutume de juger ce qui se doit par ce qui se fait, et ce qui se peut par ce qui est, qu'à tout instant nous tombons dans le découragement en voyant le présent donner tant de démentis à nos espérances. C'est que nous ne comprenons pas encore suffisamment les lois de la vie dans l'humanité. Nous devrions étudier la société comme nous observons l'homme, dans son développement physiologique et moral[1]. Ainsi les cris, les pleurs, l'absence de raison, les instincts sans mesure, la haine du frein et de la règle, tout ce qui caractérise l'enfance et l'adolescence de l'homme, ne sont-ce pas là autant de crises pénibles, mais inévitables, mais nécessaires à la

---

1. Le comte de Saint-Simon se réclamait d'une «physiologie sociale». Mais cette conception organiciste de l'histoire ne lui est pas propre. On la retrouve chez Herder ou chez Michelet.

floraison et à la maturité de ce germe qui grandit dans la souffrance comme tout ce qui s'enfante au sein de l'univers ? Pourquoi n'appliquerions-nous pas cette idée à l'humanité ? Pourquoi le présent nous ferait-il renoncer à notre idéal ? Pourquoi, puisque nous assistons à la manifestation de l'idée dans le monde, n'accepterions-nous pas ses défaillances, comme les savants observent sans effroi celles de la lumière dans les astres impérissables ? Mais enfants nous-mêmes, et ignorants que nous sommes, nous croyons souvent que l'enfant va périr parce qu'il se fait homme, que les soleils vont s'éteindre parce que leurs foyers se couvrent de nuages !

Si Pierre Huguenin avait pu se rendre bien compte du passé et de l'avenir du peuple, il ne se fût pas tant effrayé du présent où il le voyait engagé. Il se serait dit que le principe de fraternité et d'égalité, toujours en travail dans l'âme des opprimés, subissait en ce moment-là une crise nécessaire ; et que le compagnonnage, qui est une des formes essayées par l'instinct fraternel, devait alors sa conservation à ces luttes, à ces combats, à ce sang versé, à cet orgueil en délire. Dans un temps où l'esprit des classes éclairées n'avait pas encore songé à la plus importante des vérités, à la plus nécessaire des initiations, c'était la Providence qui conservait dans le peuple cet esprit d'association mystique et d'enthousiasme républicain, à travers les vanités de famille, les jalousies de métier, les préjugés de secte, et le brutal héroïsme de l'esprit de corps.

Le prolétaire philosophe se débattait en vain dans ce problème obscur de la notion du bien et du mal ; distinction fictive dans l'ordre abstrait, en présence de l'idée éternelle ; vraie seulement dans l'ordre des choses créées dans la manifestation temporaire. Il se laissait donc abattre sous les revers passagers ; et, dans son besoin de vérité et de justice, il se laissait aller à l'impiété de rougir de ses frères. Il était tout près de les haïr, de les abandonner, de porter ailleurs sa foi, son amour et son zèle. Mais à qui les consacrer désormais ? Infortuné, se disait-il à lui-même, qui voudrait de toi, flétri comme te voilà par la misère, enchaîné par l'esclavage du travail ? Ces classes éclairées, polies, vers lesquelles te portent souvent une secrète séduction et des rêves dangereux, pourrais-tu comprendre seulement leur langage, et pourraient-elles se faire à la rudesse du tien ? Sans doute, parmi cette jeunesse qui s'instruit aux écoles, parmi ces industriels puissants et fiers qui luttent contre la noblesse et le clergé, parmi ces braves militaires qui, dit-on, conspirent de toutes parts contre la tyrannie, il y a des volontés généreuses, des principes purs, des sentiments démocratiques ; et tandis que nous autres, malheureux aveugles, nous épuisons notre énergie dans des luttes criminelles contre notre propre race, ces agitateurs éclairés travaillent pour nous, conspirent pour nous, montent pour nous à l'échafaud ! Oui, c'est pour nous, c'est pour le peuple, c'est pour la liberté que meurent les Borie[1], les Berton[2], et tant d'autres dont le sang a naguère coulé sans

---

1. Plus exactement Jean-Leclerc Boriès (1795-1822). Sergent-major, avec trois sergents, Goubin, Pommier, Raoulx, il fonda une *Vente* de carbonari (voir note 2, p. 232) dans le 45e régiment de ligne. Sur dénonciation, ils furent tous quatre arrêtés, condamnés à mort et décapités en septembre 1822. Refusant de dénoncer quiconque, sauvant ainsi bien des personnalités, ils devinrent ces figures de légende : « les quatre sergents de La Rochelle ». 2. Jean-Baptiste Berton (1769-1822) servit sous Moreau et Bernadotte, il

que le peuple l'ait compris, sans que le peuple s'en soit
ému ! Oh ! oui, ce sont là des héros, des martyrs ; et
nous, peuple ingrat et stupide, nous n'avons pas arraché ces victimes à la main du bourreau, nous n'avons
pas brisé les portes de leurs prisons, nous n'avons pas
renversé leurs échafauds ! Mais où donc étions-nous,
et que faisons-nous aujourd'hui que nous ne songeons
point à les venger ?

— Je vous demande pardon d'avoir troublé votre
rêverie, dit en ce moment une voix inconnue à l'oreille
de Pierre Huguenin. Mais il y a longtemps que je vous
cherche, et il faut que je rompe la glace d'un seul coup,
car le temps est précieux ; j'espère qu'il nous en faudra
peu pour nous entendre.

Pierre, surpris de cet étrange préambule, regarda de
la tête aux pieds la personne qui lui parlait ainsi.
C'était un tout jeune homme, fort bien mis et d'une
figure assez agréable. Il y avait dans sa manière d'être
un mélange de bonhomie et de rudesse qui plaisait au
premier abord. Il avait ou il affectait quelque chose de
l'allure militaire sous son habit bourgeois ; sa parole
était rapide, brève, décidée, et son demi-grasseyement
annonçait un Parisien.

— Monsieur, répondit Pierre après l'avoir bien examiné, je crois que vous me prenez pour un autre ; car je
n'ai pas du tout l'honneur de vous connaître.

— Eh bien ! moi, je vous connais, répliqua l'étranger, et je vous connais si bien que je lis à cette heure
dans votre pensée, comme je vois le fond de cette eau

---

fut nommé général en 1813. Écarté de l'armée par la Restauration,
devenu carbonaro, il tenta de soulever l'Ouest en 1822 et participa
au complot de Saumur.

limpide qui coule à nos pieds. Vous êtes soucieux, préoccupé au point que je vous suis pas à pas depuis un quart d'heure sans que vous m'ayez remarqué. Vous êtes en proie à un chagrin profond ; car votre visage en porte l'empreinte malgré vous. Voulez-vous que je vous dise à quoi vous songez ?

— Vous me feriez plaisir, dit en souriant Pierre, qui commençait à prendre ce jeune homme pour un fou.

— Pierre Huguenin, reprit l'étranger avec une assurance qui fit tressaillir notre héros, vous pensiez à l'inutilité de vos efforts, à l'endurcissement des cœurs sur lesquels vous voulez agir, à la force des obstacles qui paralysent votre énergie, votre zèle et vos grandes intentions.

Pierre fut si frappé de voir devant lui un homme qui semblait sortir de la terre et refléter comme un miroir ses plus secrètes pensées, qu'il faillit croire à une apparition surnaturelle, et qu'il n'eut pas la force de répondre un seul mot, tant il se sentit troublé, presque effrayé de ce qu'il entendait.

— Mon pauvre Pierre, répondit l'étranger, vous avez raison d'être accablé et dégoûté du métier que vous faites de parler à des sourds, et d'agiter le flambeau de la vérité devant des aveugles. Vous ne tirerez jamais rien de ces âmes ineptes ; vous ne réformerez pas ces mœurs féroces. Vous êtes un homme supérieur, et pourtant vous ne ferez pas un tel miracle. Il n'y a rien à espérer de vos Compagnons.

— Qu'en savez-vous, vous qui me parlez avec tant d'assurance de ce que vous présumez et ne savez pas ? Connaissez-vous les ouvriers pour vous prononcer ainsi contre eux ? Êtes-vous des nôtres ? Portez-vous la même livrée que nous ?

— J'en porte une plus belle, repartit l'étranger ; c'est celle de serviteur de l'humanité.

— Vous devez être un serviteur très occupé, dit Pierre en secouant la tête avec un peu de dédain ; car sa nouvelle connaissance commençait à lui inspirer plus de méfiance que de sympathie.

L'étranger, poursuivant son cours de divination, lui dit avec un sourire bienveillant : — Cher maître Huguenin, dans ce moment-ci vous vous demandez si je ne suis point un homme de la police, un agent provocateur.

Interdit de ce nouveau prodige, Pierre se mordit les lèvres. — Si j'ai cette pensée, répondit-il, n'êtes-vous pas tout préparé à en subir les conséquences, vous qui m'abordez d'une façon si étrange, vous que je ne connais pas ?...

— Pourquoi, reprit l'étranger, voulez-vous qu'une action aussi simple que celle de vous aborder sur un chemin cache des motifs mystérieux ? Êtes-vous donc de ces hommes qui tremblent au seul mot de conspiration, et qui prennent leur ombre pour un gendarme ?

— Je n'ai sujet de rien craindre, et je n'ai pas le caractère craintif, répondit Pierre.

— Mettez-vous donc à l'aise avec moi, reprit l'étranger, car vous voyez en moi un homme qui voyage pour étudier et connaître les hommes. Pénétré d'un ardent amour de l'humanité, j'étends à toutes les classes de la société l'ardeur de mes investigations ; et, dans toutes, je recherche les âmes nobles, les esprits éclairés. Quand je les rencontre sur mon chemin, j'éprouve donc le besoin de fraterniser avec elles.

— Ainsi, dit Pierre en souriant, vous exercez la profession de philanthrope ! Mais si vous procédez seulement comme vous venez de le dire, ce n'est pas une profession aussi utile que je la concevais ; car si vous ne recherchez que l'élite des hommes, ces gens-là n'ayant pas besoin d'être réformés, il en résulte qu'en les fréquentant sur votre passage vous voyagez absolument pour votre plaisir. À votre place, je croirais mieux employer mon temps en recherchant les hommes égarés, les esprits incultes, afin de les redresser ou de les instruire.

— Je vois que vous méritez votre réputation, reprit l'étranger en riant à son tour ; vous êtes un homme de raisonnement et de logique, et avec vous il faut prendre garde à tout ce qu'on dit.

— Oh ! ne croyez pas, dit Pierre avec douceur, que j'aie la prétention de discuter avec vous ; non, non, monsieur : quand j'interroge, c'est pour m'instruire.

— Eh bien, mon ami, sachez que je répands ma sollicitude sur tous les hommes. À ceux-ci le respect, à ceux-là la compassion ; à tous le dévouement et la fraternité. Mais ne vous semble-t-il pas que, dans le temps où nous vivons, ayant à lutter contre la tyrannie et la corruption qu'elle entraîne, contre l'esprit prêtre et le fanatisme qu'il excite, le plus pressé est de rassembler les capacités[1] et de s'entendre avec elles pour préparer l'œuvre du libéralisme ?

— Je ne présume pas, dit Pierre en souriant, que

---

1. La notion de capacité est essentielle au saint-simonisme et à la pensée libérale. Guizot distinguait les capables du reste de la population. Ils seraient susceptibles « d'agir selon la raison ». C'est à « la société des intelligents » et des capables qu'il entendra réserver le droit de vote sous la monarchie de Juillet. Au cours de ce dialogue, ce qui est proposé à Pierre Huguenin, c'est une trahison de classe.

vous veniez à moi pour cela. J'ai tout à apprendre, rien à enseigner.

— Je vais vous prouver que vous pouvez être très favorable à mes vues régénératrices. Vous connaissez l'élément populaire au sein duquel vous vivez, tout en vous en détachant par votre supériorité intellectuelle. Vous pouvez me donner de bonnes idées sur les moyens de répandre la lumière et de propager les saines doctrines politiques sur ce terrain-là.

— Ce sont là des questions que je voudrais vous adresser. Est-il possible que vous attendiez après moi pour entamer une mission si vaste et si difficile ? Oh ! vous voulez me railler ! Vous savez bien qu'un pauvre ouvrier ne peut vous ouvrir aucun chemin vers ce but immense, et que tout au plus il y marcherait en tremblant à la suite des gens éclairés qui voudraient le guider.

— Je commence à voir que, malgré votre excessive modestie, nous nous entendons assez bien. Je parlerai donc plus clairement. Si vous voulez vous associer au grand œuvre de la délivrance physique et morale des peuples, des hommes sympathiques vous tendront les bras ; et, au lieu de vous laisser dans le rang obscur où vous semblez vous retrancher, on facilitera le noble essor, on trouvera le haut emploi de vos énergiques facultés. Durant le peu de jours que je viens de passer à Blois, j'ai assez bien employé mon temps. Je connais déjà tout ce qu'on peut attendre de vous. J'ai noué autour de vous des relations que vous connaîtrez bientôt ; je vous ai déjà vu, déjà observé. Je sais que vous joignez à un courage intrépide un esprit de conciliation qui malheureusement doit échouer dans les luttes obscures où vous êtes engagé, mais qui rendra

d'immenses services à la patrie, quand vous serez
entré dans une voie plus large, plus féconde et plus
digne de vous. Je ne veux pas vous en dire davantage
maintenant. Vous ne pourriez pas m'accorder l'entière
confiance à laquelle je prétends et que je saurai conquérir bientôt. D'ailleurs nous voici dans la ville, et il est
très important pour moi de n'être pas vu avec vous. Je
ne vous recommande qu'une chose : c'est de vous informer de moi auprès des personnes dont voici le nom, et
de vouloir bien vous trouver au rendez-vous indiqué
sur cette carte. Elle vous servira de laissez-passer. Vous
y viendrez avec certaines précautions que l'on vous
indiquera, et vous serez libre de nous amener ceux de
vos amis dont vous pouvez répondre comme de vous-
même. Adieu, et au revoir.

L'étranger serra vivement la main de l'ouvrier, et
s'éloigna d'un pas rapide.

14

Pierre n'eut pas le loisir de réfléchir longtemps à cette bizarre rencontre. Il avait beaucoup à faire ; car, malgré son découragement intérieur, il ne laissait pas de servir ses malheureux Compagnons de tout son pouvoir. Il sentait si bien la sainteté de ce devoir-là qu'il ne voulut plus prendre en considération les inquiétudes et les impatiences de son père, et qu'il surmonta ses chagrins personnels avec héroïsme. Il courut toute la journée, avec le Dignitaire et les principaux membres de la société, de la prison à l'hôpital, de la demeure des autorités à celle des avocats. Il réussit à faire relâcher quelques-uns de ses Compagnons qui avaient été arrêtés sans motifs suffisants. Son activité, son air de franchise et son éloquence naturelle firent une telle impression sur les magistrats qu'ils n'osèrent entraver son zèle. Le lendemain il eut de plus tristes devoirs à remplir : ce fut de rendre les derniers honneurs à un de ses Compagnons, mort dans la bataille. Cette cérémonie, à laquelle assistèrent tous les Gavots de Blois et que présida le Dignitaire, s'accomplit selon les rites du Devoir de liberté. Lorsque le cercueil fut descendu dans la fosse, Pierre s'agenouilla, et prononça une courte et belle prière à l'*Être Suprême*, conforme au texte des livres sacrés ; puis il se releva, et, avançant un pied au bord de la fosse ouverte, il tendit la main à un des Compagnons, qui prit la même attitude, saisit sa main et pencha son visage vers le sien pour échanger les mystérieuses paroles qui ne se prononcent pas tout haut ; après quoi ils s'embrassèrent, et tous les autres Compagnons accomplirent lentement la même formule, s'éloignant deux à deux de la tombe après y avoir jeté chacun trois pelletées de terre[1].

Comme les Gavots quittaient le cimetière, un autre convoi arrivait, et les phalanges ennemies se rencontrèrent dans un morne silence sur la terre du repos, dans l'asile de l'éternelle paix. C'étaient les charpentiers Dévorants qui venaient aussi ensevelir leurs morts. Il y avait sans doute d'amères pensées et un repentir vainement combattu dans leurs âmes ; car leurs regards évitèrent ceux des Gavots, et les gendarmes qui les surveillaient à distance n'eurent pas besoin de maintenir l'ordre entre les deux camps. La circonstance était trop lugubre pour qu'on songeât de part et d'autre à exercer des représailles. Les Gavots entendirent, en se retirant, les hurlements étranges des charpentiers Dévorants, sorte de lamentation sauvage dont ils accompagnent leurs solennités, et dont les intonations réglées sur un rythme ont un sens caché.

Le soir de ce triste jour, Pierre alla visiter le Corinthien, et sa joie fut vive en le voyant à moitié rétabli. Grâce aux bons traitements et aux doctes ordonnances de la Jambe-de-bois, Amaury pouvait espérer de partir bientôt, et Pierre lui fit la démonstration des travaux à entreprendre au château de Villepreux. Puis il le quitta,

---

1. Reprise très fidèle du *Livre du compagnonnage* qui décrit dans les mêmes termes le rite funéraire de « la guilbrette ».

en lui promettant de parler sérieusement de lui à la
Savinienne aussitôt qu'il trouverait l'occasion favorable.

Il la trouva le soir même. Resté seul avec elle et ses
enfants endormis qu'il l'aidait à soigner, il entra en
matière naturellement ; car elle ne manquait pas de
l'interroger chaque soir avec sollicitude sur la situation
du Corinthien. Il lui parla de son ami avec la délicatesse
qu'il savait mettre dans toutes choses. La Savinienne,
l'ayant écouté attentivement, lui répondit :

— Je puis vous parler avec sincérité et me confier à
vous comme à un homme au-dessus des autres, mon
cher fils Villepreux. Il est bien vrai que j'ai eu pour le
Corinthien une amitié plus forte que je ne le devais et
que je ne le voulais. Je n'ai rien à lui reprocher, et je
n'ai rien de volontaire à me reprocher non plus dans
ma conscience. Mais, depuis la mort de Savinien, je
suis plus effrayée de cette amitié que je ne l'étais durant
sa vie. Il me semble que c'est une grande faute de penser à un autre qu'à lui quand la terre qui le couvre est
encore fraîche. Les larmes de mes enfants m'accusent,
et je ne cesse de demander pardon à Dieu de ma folie.
Mais, puisque nous sommes ici pour nous expliquer, et
que votre prochain départ me force à parler de ces
choses-là plus tôt que je n'aurais voulu, je vais tout
vous dire. Il m'est venu quelquefois, pendant la vie de
Savinien, des idées bien coupables. Certainement j'aurais donné ma vie, à moi, pour qu'il ne quittât pas ce
monde ; mais enfin, comme il était plus âgé que moi et
que depuis deux ans les médecins me disaient qu'il
avait une maladie sérieuse, il me venait malgré moi à
l'esprit que, si je perdais mon cher mari, mon devoir
serait de me remarier, et alors je me disais, tout en

tremblant : je sais bien qui je choisirais. Des idées
semblables venaient à Savinien lorsqu'il se sentait plus
malade que de coutume ; et quand il fut tout à fait
retenu au lit, elles lui vinrent si souvent qu'il finit par
m'en parler.

— Femme, me dit-il quelques jours avant sa mort,
je ne suis pas bien, et je crains un peu que tu ne
deviennes veuve plus tôt que je ne comptais. Cela me
tourmente pour toi et pour nos pauvres enfants ; tu es
encore trop jeune pour rester exposée à toutes les amitiés que les Compagnons vont prendre pour toi. Comme
je te sais honnête femme, tu souffriras de n'avoir pas
un porte-respect, et tu quitteras peut-être ton auberge.
Ce sera la ruine de nos enfants ; car tu n'es pas bien
forte, et ce qu'une femme peut gagner est si peu de
chose[1] que tu n'auras pas de quoi faire donner de
l'éducation à ces petits. Tu sais cependant que toute
mon idée était de leur faire bien apprendre à lire, à
écrire et à compter ; sans cela on n'est bon à rien, et je
vous vois d'ici, tous les trois, tomber dans la misère. Si
j'avais pu m'acquitter avec Romanet le Bon-soutien, je
serais un peu plus tranquille ; mais je n'ai pas pu lui
rendre seulement le tiers de ce qu'il m'a prêté, et cela
me fâche grandement de mourir banqueroutier, surtout
envers un ami. Il n'y a qu'un moyen de réparer tout
cela ; c'est que tu deviennes la femme du Bon-soutien
si je m'en vas. Il a pour toi un honnête attachement ; il
te considère comme la meilleure des femmes, et il a
raison ; il aime nos enfants comme s'ils étaient ses

---

1. Les salaires féminins étaient de deux à trois fois moins élevés
que ceux des hommes, comme le remarque, dans une note, René
Bourgeois.

neveux : il les aimera comme s'ils étaient ses enfants quand il sera ton mari. C'est l'homme à qui je me fie le plus sur la terre. Notre fonds est sa propriété, puisque c'est lui qui l'a payé en grande partie ; il rentrera ainsi dans son argent et fera marcher notre commerce. Il donnera de l'éducation aux enfants ; car il est instruit lui-même, et sait ce que cela vaut. Enfin il te rendra heureuse et t'aimera comme je t'aime. C'est pourquoi je veux que vous me promettiez tous deux de vous marier ensemble si je suis forcé de vous quitter.

Je fis, comme vous pouvez croire, tout mon possible pour lui ôter cette idée ; mais plus il se sentait périr, plus il songeait à fixer mon sort. Enfin le jour où il reçut les derniers sacrements, il fit venir le Bon-soutien ; et, sur son lit de mort, il mit nos mains ensemble. Romanet promit tout, en pleurant ; moi, je pleurais trop pour promettre. Mon Savinien rendit l'âme, me laissant désolée de le perdre et bien triste d'être engagée à un homme que je respecte et que j'aime, mais que je ne voudrais pas prendre pour mari. Cependant je sens que je le dois, que je ne peux rester veuve, que le sort de mes enfants et la dernière volonté de mon mari me commandent de prendre cet homme sage et généreux, qui a mis tout son avoir dans nos mains, et à qui je ne pourrais rendre son bien sans ruiner ma famille. Voilà ma position, maître Pierre ; voilà ce qu'il faut dire au Corinthien, afin qu'il ne pense plus à moi, comme moi je vais prier le bon Dieu de ne plus me laisser penser à lui.

— Tout ce que vous m'avez dit est d'une femme vertueuse et d'une bonne mère, répondit Pierre. Je vous approuve de combattre dans ce moment le souvenir du Corinthien, et je vais lui conseiller de ne pas se livrer à de trop vives espérances. Cependant, ma bonne Mère, permettez-moi, et promettez à mon ami, de ne pas croire absolument que tout soit perdu. J'ai assez connu notre Savinien pour être bien sûr que s'il eût pu lire au fond de votre cœur c'est au Corinthien qu'il vous eût fiancée. Il se serait fié à l'avenir de ce jeune homme, si courageux, si bon, si habile dans son art, et aussi dévoué à sa mémoire, à sa veuve et à ses enfants que le Bon-soutien lui-même. Je connais aussi le Bon-soutien ; je sais qu'il a des sentiments trop élevés pour accepter le sacrifice de votre vie et de vos sentiments. Il entendra raison là-dessus. Il souffrira sans doute ; mais c'est un homme, et un homme d'un grand cœur. Il restera votre ami et celui d'Amaury. Quant à la dette, je vous prie de n'y pas penser davantage, ma Mère. Il faudra que vous rendiez à Romanet tout ce qu'il a prêté. Si, à l'époque où votre deuil doit finir, le Corinthien, malgré son talent et son courage, n'avait pu compléter cette somme, ce serait à moi de la trouver ; et ce sera votre fils qui me remboursera quand il sera en âge d'homme et au courant de ses affaires. Ne me répondez pas là-dessus. Nous avons bien des soins dans la tête, et il ne faut pas perdre de temps en paroles inutiles. Je ne dirai au Corinthien que ce qu'il doit savoir, et je me fie à l'honneur du Dignitaire pour ne pas vous adresser, pendant tout le temps que durera votre deuil, un seul mot qui vous force à un engagement ou à une rupture. Pleurez votre bon Savinien sans remords et sans amertume, ma brave Savinienne. Ne le pleurez pas jusqu'à vous rendre malade : vous vous devez à vos enfants, et l'avenir vous récompensera du courage que vous allez avoir.

Ayant ainsi parlé, Pierre embrassa la Savinienne

comme un frère embrasse sa sœur ; puis il s'approcha du berceau des enfants pour leur donner aussi un baiser :

— Donnez-leur votre bénédiction, maître Pierre, dit la Savinienne en se mettant à genoux auprès du berceau dont elle soulevait la courtine ; la bénédiction d'un ange comme vous leur portera bonheur.

15

Le récit de ce qui s'était passé entre la Savinienne et Pierre donna du courage au Corinthien, et hâta sa guérison. Il fixa au jour suivant son départ pour Villepreux, résolu de mériter son bonheur par une année au moins de courage et de résignation. Pierre, sans cesser de s'occuper activement de ses chers prisonniers, dut songer à se procurer un second Compagnon pour escorter le Corinthien dans sa route et l'aider à son ouvrage. Il n'était pas absolument nécessaire que ce second associé aux travaux du château de Villepreux fût un artiste distingué ; le talent d'Amaury pouvait compter pour deux. Il ne fallait qu'un ouvrier adroit et diligent pour scier, tailler et débillarder. Le Dignitaire lui présenta un brave enfant du Berry, qui n'était pas beau, quoiqu'on l'appelât, par antithèse sans doute, *la Clef-des-Cœurs*. C'était un bon garçon et un rude abatteur d'ouvrage, au dire de tous les Compagnons. Cet utile Berrichon, trouvé, embauché et mis au courant du travail qu'on lui confiait, fit son paquet, ce qui ne fut pas long, car il n'avait pas beaucoup de hardes ; et le rouleur ayant levé son acquit, c'est-à-dire ayant constaté, chez le maître qu'il quittait et chez la Mère, qu'il ne devait rien et qu'il ne lui était rien dû, il se tint prêt à partir. Pierre fit encore, dans cette journée, pour ses

Compagnons plusieurs démarches qui ne furent pas sans succès ; et, l'horizon commençant à s'éclaircir de ce côté-là, il se mit en route pour le Berceau de la Sagesse, accompagné de son Berrichon, et le cœur un peu moins accablé qu'il ne l'avait eu les jours précédents. Chemin faisant, il prévint la Clef-des-Cœurs de l'aversion que son père avait pour le compagnonnage, et tâcha de lui faire comprendre la conduite qu'il devait tenir avec maître Huguenin. La Clef-des-Cœurs était, certes, un ouvrier très adroit, mais un diplomate très gauche. À cette ingénuité parfaite il unissait la singulière prétention d'être fort rusé, et de savoir conduire finement une affaire délicate. Pierre, qui ne le connaissait pas, se méfia un peu de ses promesses. Mais le Berrichon y revint avec tant d'assurance, que Pierre se disait en lui-même tout en le regardant : On a vu quelquefois beaucoup de sens et de finesse se loger, comme par mégarde, dans ces grosses têtes, dont les yeux ternes et béants ne ressemblent pas mal aux fenêtres peintes que l'on simule sur les murs des maisons mal percées.

La nuit était close lorsqu'ils arrivèrent à la porte du Vaudois. Elle était fermée avec soin, et il fallut se nommer pour entrer. — Que signifie ce redoublement de précaution ? dit Pierre à voix basse en embrassant son hôte. La police serait-elle sur les traces du Corinthien ? — Non, grâce à Dieu, répondit la Sagesse ; mais il a quitté sa soupente pour se rendre à l'invitation de notre voyageur, et il fallait bien se tenir sur ses gardes ; car c'est ici la maison du bon Dieu : tout le monde peut y entrer. — Quel voyageur ? demanda Pierre étonné. — Celui que vous savez bien, répondit

le Vaudois, puisque vous venez au rendez-vous ; il est
là qui vous attend avec des gens de votre connaissance.

Pierre ne comprenait rien à ces paroles. Il entra dans
la salle, et vit avec quelque surprise l'étranger mystérieux qui l'avait abordé trois jours auparavant au bord
de la Loire, attablé avec le Dignitaire, un des quatre
anciens maîtres serruriers du Devoir de liberté, et un
jeune avocat de Blois que Pierre Huguenin avait fréquenté à son premier séjour en cette ville. Ce dernier
vint à lui, et, lui prenant la main d'un air affectueux, le
fit approcher de la table : — J'ai bien des reproches à
vous faire, maître Huguenin, lui dit-il, pour n'être pas
venu me voir depuis huit jours que vous êtes dans ce
pays-ci, et pour ne m'avoir pas confié la défense de
vos Compagnons inculpés dans cette dernière affaire.
Vous avez oublié apparemment que nous étions amis,
il y a deux ans.

Cet accueil empressé et ce mot d'*amis* étonna un
peu l'oreille de Pierre Huguenin. Il se souvenait bien
d'avoir travaillé pour le jeune avocat, et de l'avoir
trouvé affable et bienveillant ; mais il ne se souvenait
pas d'avoir été traité par lui sur ce pied d'égalité. Il ne
répondit donc pas à ses avances avec tout l'abandon
qu'elles semblaient provoquer. Malgré lui, il tournait
ses regards avec froideur vers l'étranger, qui s'était levé
à son approche, en lui tendant une main qu'il avait
hésité à serrer. — J'espère que vous ne vous méfiez
plus de moi, lui dit ce dernier en souriant. Vous avez dû
prendre sur mon compte des informations satisfai-
santes, et vous me trouvez dans une société qui doit
vous rassurer complètement. Asseyez-vous donc avec
nous, et partagez ces rafraîchissements. J'espère, en ma

qualité de commis voyageur, en procurer à notre cher hôte qui lui feront faire plus de profits que par le passé.

Le Vaudois répondit à cette promesse par un sourire malin en clignant de l'œil ; et le Berrichon, qui avait l'habitude sympathique de sourire toutes les fois qu'il voyait sourire, se mit à copier, du mieux qu'il put, le sourire et le clignotement du Vaudois. Il fit cette grimace bénévole au moment où l'étranger interrogeait du regard cette figure inconnue, et peu belle, il faut l'avouer, quoique douce et pleine de candeur. Le prétendu commis voyageur crut donc, à cet air d'intelligence, que le Berrichon était préposé aux ouvertures qu'on voudrait lui faire, et lui tendit la main avec la même popularité qu'il avait témoignée à Pierre Huguenin. Le Berrichon serra de toute sa force, et sans la moindre méfiance, cette main protectrice, en s'écriant d'un ton pénétré : À la bonne heure, voilà des bourgeois qui ne sont pas fiers !

— Je vous remercie, mon brave, dit l'étranger, d'avoir bien voulu venir souper avec nous. Cette franche cordialité vous fait honneur.

— L'honneur est de mon côté, répondit le Berrichon radieux.

Et il s'assit sans façon à côté de l'étranger, qui se mit en devoir de le servir.

Pierre voyait bien qu'il y avait là une méprise, et il ne se fit point un cas de conscience d'en profiter pour s'instruire sans se compromettre. Il avait encore la pensée que cet étranger pouvait bien être un espion, une sorte d'agent provocateur comme on croyait en voir partout, et comme il y en avait effectivement beaucoup à cette époque-là. C'était l'été de 1823. De nombreuses conspirations avortées et cruellement punies n'avaient

pas encore découragé les sociétés secrètes. On travaillait peut-être en France avec moins de hardiesse
que les années précédentes au renversement des Bourbons, mais on y travaillait avec un reste d'espoir à la
frontière d'Espagne. Ferdinand VII était prisonnier
dans les mains du parti libéral, et l'on se flattait encore
d'une révolte dans l'armée française commandée par
le duc d'Angoulême[1]. Cependant les secrets du Carbonarisme[2] étaient un peu éventés, et partout les agents
du pouvoir étaient sur sa piste. Pierre était donc assez
fondé à se méfier du recruteur qui s'efforçait de conquérir ses sympathies. Il voyait avec effroi le Corinthien,
le Dignitaire et le maître serrurier se mettre en rapport
avec lui. Il était résolu à préserver ces derniers du piège
qui pouvait leur être tendu, et il dissimula d'abord ses

---

1. Ferdinand VII (1784-1833) fut interné au château de Valençay de 1808 à 1814. Quand il rentra en Espagne, il abolit la Constitution libérale de 1812. La révolte du général Riego le contraignit,
en 1820, à la rétablir. Les absolutistes espagnols firent appel à la
Sainte-Alliance. La France fut chargée, au congrès de Vérone, de
redonner à Ferdinand VII tous ses pouvoirs. Le duc d'Angoulême,
neveu de Louis XVIII, commandait alors l'armée française qui sera
victorieuse à Cadix, le 31 août 1823. Les événements de Blois ont
donc pour contrepoint cette expédition militaire.   2. La Charbonnerie est une organisation secrète inspirée de la *carbonaria* ita-
lienne. Strictement hiérarchisée, elle a pour base une « Vente
particulière » de dix membres. Viennent, au-dessus, une Vente can-
tonale formée de dix Ventes particulières, puis des Ventes dépar-
tementales, fédérales et sectionnaires. Elle comptait environ
60 000 adhérents vers 1823. Son programme était d'abord de renverser les Bourbons. Mais cette « grande conspiration du libéralisme
adolescent » (Pierre Leroux) n'avait pas de programme constitutionnel précis. On rencontrait en son sein, comme l'indiquera à
juste titre George Sand dans la suite du roman, des républicains,
des orléanistes, des bonapartistes.

craintes afin d'observer mieux l'inconnu auprès duquel le hasard venait de le ramener.

D'abord celui-ci ne se livra guère, attendant que Pierre Huguenin se livrât le premier.

— Voyons, dit-il, vous venez ici pour faire *des affaires*, n'est-il pas vrai ?

— Certainement, répondit Pierre, qui voulait le laisser s'engager.

— Et votre compagnon aussi ? dit le prétendu commis voyageur en regardant le Berrichon qui souriait toujours.

— Oui, répondit Pierre ; c'est un homme très propre à toutes sortes d'affaires.

Le Dignitaire et le maître serrurier se retournèrent et regardèrent la Clef-des-Cœurs avec surprise. Pierre eut quelque peine à garder son sérieux.

— À merveille ! s'écria le voyageur. Eh bien ! mes enfants, nous pourrons nous entendre, et sans beaucoup de façons. Sans doute vous vous êtes vus ? ajouta-t-il en regardant alternativement le Dignitaire et Pierre Huguenin.

— Certainement, répondit Pierre, nous nous voyons du matin au soir.

— Je comprends, reprit le voyageur ; j'aurai donc peu de préambule à vous faire.

— Permettez, dit le Dignitaire ; je n'ai point parlé de vous avec mon pays Villepreux.

— En ce cas, c'est notre ami l'avocat, reprit le voyageur.

— Ce n'est pas moi non plus, répondit l'avocat ; mais qu'importe, puisque l'ami Pierre est ici ?

— Au fait, dit le voyageur, cela prouve qu'il est sûr de nous ; et, quant à nous, nous sommes sûrs de lui.

Pierre tira l'avocat un peu à l'écart :

— Vous connaissez ce monsieur ? lui demanda-t-il à voix basse.

— Comme moi-même, répondit l'avocat.

Pierre adressa la même question au Dignitaire, qui lui fit à peu près la même réponse.

Enfin il interrogea aussi le maître serrurier, qui lui répondit :

— Pas plus que vous ; mais on m'a répondu de lui, et je suis tenté de me mettre dans la politique. Pourtant je veux d'abord savoir à quoi m'en tenir.

Pierre examina le Vaudois, et se convainquit bientôt qu'un lien, sinon mystérieux, du moins sympathique, existait entre lui et le commis voyageur. Il commença donc à changer d'opinion sur le compte de ce dernier, et à l'écouter avec autant d'intérêt qu'il avait fait d'abord avec répugnance.

Il se disposait à l'avertir de la nullité du rôle du Berrichon, lorsqu'on frappa à la porte, et deux personnes en costume de chasse, ayant le fusil sur l'épaule, et la carnassière au côté, entrèrent avec leurs chiens et leur provision de gibier, qu'ils déposèrent sur la table en échangeant d'affectueuses poignées de main avec l'avocat et le commis voyageur.

— Allons, s'écria l'un des chasseurs dont la figure n'était pas inconnue à Pierre Huguenin, nous n'avons pas fait buisson-creux[1] aujourd'hui… et je vois qu'on peut vous faire le même compliment, ajouta-t-il en baissant la voix et en s'adressant au commis voyageur, tout

---

1. « Ne pas trouver dans l'enceinte la bête détournée. » Ce terme de vénerie est ici employé au sens figuré : « ne pas aboutir dans sa recherche » (*Grand Larousse de la langue française*).

en regardant Pierre, le Corinthien, le maître serrurier et le Berrichon, qui s'étaient groupés à un bout de la table par discrétion.

— Père Vaudois, mettez-nous ce maître lièvre à la broche, dit un autre chasseur que Pierre reconnut pour un des jeunes médecins qui avaient soigné à l'hospice les Compagnons blessés chez la Mère ; nos chiens l'ont forcé ; il sera tendre comme une alouette. Nous mourons de faim et de fatigue, et nous sommes bien heureux de n'être pas forcés d'aller jusqu'à Blois pour souper.

— C'est une excellente rencontre, s'écria le commis voyageur ; et vous allez nous aider à goûter les bons petits vins dont j'ai apporté ici les échantillons. C'est vous, messieurs, qui donnerez conseil au père Vaudois pour remonter sa cantine ; et comme vous avez quelquefois affaire avec elle dans vos parties de chasse, vous serez sûrs de ne pas la trouver à sec.

Les deux chasseurs se récrièrent sur l'heureux hasard qui les réunissait à leurs amis. Mais Pierre, qui les observait attentivement, ne fut point dupe de cette prétendue rencontre fortuite. Il surprit des regards échangés qui lui prouvèrent bien qu'il était, ainsi que le maître serrurier, l'objet d'un sérieux examen de la part de ces messieurs. Le plus âgé des deux était un capitaine licencié de l'ancienne armée, établi dans les environs. Pierre avait eu occasion de le voir autrefois à Blois, et même de lui donner quelques leçons de géométrie. À cette époque, le capitaine, effrayé des privations que lui imposait sa demi-solde, avait eu l'envie d'exercer une profession industrielle et de monter un atelier de menuiserie dans son village natal. Mais Pierre avait trouvé cette cervelle de militaire plus dure que le bronze d'un canon, et l'éducation n'avait pas été au-delà des premières notions de la science.

Ce brave capitaine fit à son ancien précepteur un accueil plein de cordialité. Né dans le peuple, il n'avait point de peine à s'y remettre. Le médecin tâcha de se montrer aussi fraternel avec l'ouvrier ; mais il n'y réussit pas : il était aisé de voir que son rôle était forcé. L'avocat y mettait plus d'aisance et de savoir-faire ; mais Pierre se souvenait fort bien que cet agréable jeune homme n'avait pas, deux ans auparavant, l'habitude de lui serrer la main lorsqu'il allait lui présenter son compte de journées.

On se mit à table tous ensemble. Le Berrichon était allé aider complaisamment le Vaudois à faire tourner la broche. Pierre l'oublia d'autant plus vite qu'il prenait plus d'intérêt à la conversation ; elle fut bientôt dirigée vers la politique. — Quelles nouvelles, monsieur Lefort ? demanda le capitaine au commis voyageur. — Des nouvelles d'Espagne, répondit celui-ci, et de bonnes ! Tout va bien pour le bon parti ; les Cortès réunies à Séville ont décidé le départ de Ferdinand pour Cadix. Le vieux sournois a fait mine de résister ; on a prononcé sa déchéance à l'unanimité, et une régence provisoire a été nommée : elle se compose de Valdès, Ciscar et Vigodet[1].

---

1. Valdès y Florès Gayetano (1767-1835) s'illustra dans la guerre d'Espagne contre Napoléon. Détenu au château d'Alicante par Ferdinand VII de 1814 à 1820, élu aux Cortes en 1823, on le nomma chef de la délégation chargée de demander à Ferdinand VII de quitter Séville en raison de l'approche des Français et de se rendre à Cadix avec les Cortes qui s'y étaient réfugiées. Sur le refus du roi, on forma un Conseil de Régence à qui fut attribué le pouvoir exécutif et dont la présidence fut alors confiée à Valdès. Gabriel Ciscar

Cette nouvelle parut exciter des transports de joie chez les amis du voyageur ; mais les ouvriers y prirent peu de part. On eut soin de leur expliquer l'importance des succès du libéralisme en Espagne, et l'influence que la victoire de ce parti exercerait en France. À ce sujet, la politique du moment fut débattue sous toutes ses faces. Achille Lefort (c'était le nom du commis voyageur) démontra l'impossibilité de subir le gouvernement des Bourbons en Europe, et vanta le bienfait de l'esprit de propagande qui travaillait sur plusieurs foyers simultanément à la destruction des pouvoirs tyranniques. On s'anima, et lorsque l'on apporta le civet fumant, le commis voyageur exhiba de nombreux échantillons de vins, que Pierre trouva bien recherchés pour être avec vraisemblance destinés à la cave du Vaudois. Il se méfia de ces stimulants au patriotisme, et vit avec plaisir que le maître serrurier se tenait aussi sur ses gardes. Quoiqu'ils ne suspectassent plus la bonne foi du voyageur, ils ne se souciaient ni l'un ni l'autre de s'enrôler sous une bannière qui ne représenterait pas leurs véritables sentiments.

Le Berrichon, ayant accompli ses fonctions de marmiton, se disposa à remplir celles de convive, et vint se placer à la droite de M. Achille Lefort, qui, ainsi que l'avocat, se mit en frais pour lui plaire. Ils y réussirent aisément, car nulle âme au monde n'était plus bienveillante à table que celle du Berrichon. Pierre cherchait un prétexte pour l'éloigner, mais ce n'était pas facile ; car la bonne chère, jointe aux rasades qu'on lui versait abondamment de droite et de gauche, le mettait

---

(1769-1829) participa à ce même Conseil de Régence, tout comme Don Gaspard Vigodet.

en joie, et ne le disposait guère à goûter l'avis de s'aller coucher. Il n'était guère aisé non plus de faire comprendre aux assistants que ce convive réjoui n'était pas un néophyte ardent ; car il était là sous la caution de Pierre, et celui-ci se rappelait que le commis voyageur lui avait dit en le quittant : Amenez qui vous voudrez, pourvu que vous en puissiez répondre comme de vous-même. De plus, le Berrichon abondait vaillamment dans le sens de ses généreux amphitryons. On voulait sonder ses opinions, et lui, désireux de plaire et très rusé à sa manière, se gardait bien de laisser voir qu'il ne comprenait goutte aux questions qui lui étaient adressées. Il répondait à tout avec cette ambiguïté qui distingue l'artisan Berrichon ; et dès qu'il avait saisi un mot, il le répétait avec enthousiasme en buvant à la santé de toute la terre. Le vieux militaire parlait de Napoléon : — Ah ! oui, le petit caporal ! s'écria le Berrichon à tue-tête ; vive l'Empereur ! moi je suis pour l'Empereur ! — Il est mort, lui dit Pierre brusquement. — Ah oui ! c'est vrai ! Eh bien, vive son enfant ! Vive Napoléon II[1] ! Un instant après, l'avocat parlait de La Fayette : — Vive La Fayette ! s'écria le Berrichon, si toutefois il n'est pas mort aussi, celui-là. Enfin, le mot de république s'échappa des lèvres du commis voyageur : le Berrichon cria : Vive la république ! accompagnant chaque exclamation d'une nouvelle rasade.

Le commis voyageur, qui l'avait fort goûté d'abord, commençait à le trouver un peu simple, et ses regards interrogèrent Pierre Huguenin. Celui-ci ne répondit

---

1. François Charles Joseph Bonaparte (1811-1832), fils de Napoléon Ier et de Marie-Louise. Proclamé roi de Rome à sa naissance, il fut emmené par sa mère en Autriche où on lui donna le titre de duc de Reichstadt. Il restait, pour les bonapartistes, Napoléon II.

qu'en remplissant coup sur coup le verre du Berrichon, et en l'excitant à boire, si bien qu'au bout de cinq minutes la Clef-des-Cœurs menaçait de s'endormir en travers de la table. Pierre le prit dans ses bras vigoureux, et, quoique ce ne fût pas un mince fardeau, il l'emporta dans la soupente et le déposa sur le lit du Corinthien. Puis il revint se mettre à table, et, délivré de toutes ses inquiétudes, il prit part à la conversation. Jusque-là, c'était une causerie générale, une sorte de dissertation où plusieurs opinions étaient débattues sous forme dubitative. On était animé pourtant, mais sans aigreur, et les convives paraissaient être d'accord sur un point principal qu'ils n'articulaient pas, mais qui semblait établir entre eux un lien sympathique. Ce ton vif et enjoué séduisait Pierre ; sa curiosité était excitée de plus en plus, et bientôt il cessa de voir qu'il était lui-même l'objet de la curiosité d'autrui. On n'y mettait pourtant pas infiniment d'adresse ; et le commis voyageur, celui qui paraissait être le président improvisé de cette réunion, avait si peu de réserve, que Pierre était surpris de voir un homme si jeune et si étourdi chargé d'une mission aussi dangereuse. Mais ce jeune homme s'exprimait avec une facilité qui lui plaisait et qui exerçait une sorte de fascination sur le Dignitaire et sur le Vaudois. Pierre se sentit entraîné à sortir de sa réserve habituelle et à faire des questions à son tour. — Vous prétendiez tout à l'heure, Monsieur, dit-il à l'étranger, qu'un parti puissant existe en France pour proclamer la république ?…

— J'en suis certain, répondit l'étranger en souriant ; j'ai assez parcouru la France pour avoir été, grâce à mon négoce, en relation avec les Français de toutes les classes. Je puis vous assurer que partout j'ai trouvé des sentiments républicains ; et si, par je ne sais quelle catastrophe imprévue, les Bourbons venaient à être renversés, je crois que le parti ultra-libéral l'emporterait sur tous les autres.

Le vieux militaire secoua la tête ; le médecin sourit. Chacun d'eux avait une pensée différente. — Mon opinion semble erronée à ces messieurs, reprit le voyageur avec politesse : eh bien ! qu'en pensez-vous, monsieur Huguenin ? Croyez-vous que dans le peuple il y ait un autre sentiment que le sentiment républicain ?

— Je me demande comment il peut y en avoir un autre, répondit Pierre. N'est-ce pas votre opinion, à vous autres qui représentez ici le peuple avec moi ? ajouta-t-il en interpellant le Dignitaire et les autres ouvriers.

Le Dignitaire mit la main sur son cœur, et son silence fut une réponse éloquente. Le Vaudois ôta son bonnet de coton, et, l'élevant au-dessus de sa tête. — Je ne voudrais le teindre dans le sang d'aucun Français, s'écria-t-il ; mais, pour le voir arborer sur la France, j'offrirais ma tête avec.

Le maître serrurier rêva quelques instants, puis il dit d'un air réservé : — La République ne nous a pas fait tout le bien qu'elle nous promettait : je ne puis prévoir celui qu'elle pourrait nous faire à présent ; mais pour du sang, ajouta-t-il avec une rage concentrée, j'en voudrais répandre. Je voudrais voir couler celui de nos ennemis jusqu'à la dernière goutte. — Bravo ! s'écria le commis voyageur, oh oui ! haine à l'étranger, guerre aux ennemis de la France ! Et vous, et vous, maître Huguenin, quel souhait formez-vous ?

— Je voudrais que tous les hommes vécussent ensemble comme des frères, répondit Pierre ; voilà tout ce que je voudrais. Avec cela, bien des maux seraient supportables ; sans cela, la liberté ne nous ferait aucun bien.

— Je vous le disais, reprit le commis voyageur en s'adressant à ses amis, c'est un philanthrope, un philosophe du siècle dernier...

— Non, monsieur, non, je ne crois pas, répondit Pierre vivement. Le plus libéral de tous ces philosophes était Jean-Jacques Rousseau, et il a dit qu'il n'y a pas de république possible sans esclaves.

— A-t-il pu dire une pareille chose ? s'écria l'avocat. Non, il ne l'a pas dite ; c'est impossible !

— Relisez le *Contrat social*, répondit Pierre, vous vous en convaincrez[1].

— Ainsi vous n'êtes pas républicain à la manière de Jean-Jacques ?

— Ni vous non plus, monsieur, je présume.

— Par conséquent, vous ne l'êtes pas à la manière de Robespierre ?

— Non, monsieur.

— Eh bien ! vous l'êtes à la manière de La Fayette ! Bravo !

— Je ne sais pas quelle est la manière de La Fayette.

— Son système est celui des gens sages, des ennemis de l'anarchie, des vrais libéraux pour tout dire. Une révolution sans proscriptions, sans échafauds.

— Une révolution dont nous sommes loin par conséquent ! répondit Pierre. Et cependant l'on conspire !...

----

1. Rousseau dit exactement le contraire : « Ces mots *esclave* et *droit* sont contradictoires ; ils s'excluent mutuellement » (*Du contrat social*, IV, 1). George Sand reprend ici les thèses soutenues par Pierre Leroux : « Le citoyen de Rousseau n'est libre que de sa voix, il n'est libre que de son vote. La loi rendue, il est esclave » (*De l'humanité, op. cit.*, p. 113).

Ce mot fut suivi d'un silence général.

— Qui est-ce qui conspire ? demanda le commis voyageur avec une assurance enjouée. Personne ici, que je sache.

— Pardonnez-moi, monsieur, répondit Pierre ; moi, je conspire.

— Vous ! comment ? dans quel but ? avec qui ? contre qui ?

— Tout seul, dans le secret de mes pensées, en rêvant presque toujours, en pleurant quelquefois. Je conspire contre tout le mal qui existe, et dans le but, sinon dans l'espoir de tout changer. Voulez-vous être de mon parti ?

— J'en suis ! s'écria le commis voyageur avec un enthousiasme un peu affecté. Vous me paraissez notre maître à tous, et j'aime cette âme de tribun et de réformateur, ce courage de Brutus, ce sombre fanatisme, cette fermeté profonde digne de Saint-Just et de Danton. Je bois à la mémoire de ces héros méconnus, illustres martyrs de la liberté !

Le toast du commis voyageur n'eut qu'un seul écho. Le vieux maître serrurier tendit son verre, et l'approcha de celui de l'orateur. Mais il le retira aussitôt en disant : je ne trinque pas avec mon verre plein contre un verre vide. Je me suis toujours méfié de cela.

— Vous ne trinquez pas à la mémoire de ceux-là ? dit le Vaudois irrésolu à Pierre Huguenin. — Non, répondit Pierre. Ce sont des hommes et des choses que je ne comprends pas bien encore, et que je me sens trop petit pour juger.

Les convives regardaient Pierre Huguenin avec quelque surprise ; le médecin voulut le forcer à s'expliquer davantage.

— Vous me paraissez, tout en vous retranchant dans d'honorables scrupules, avoir des idées bien arrêtées, lui dit-il. Pourquoi nous en faire un mystère ? Ne sommes-nous pas sûrs les uns des autres ici ? Et, d'ailleurs, faisons-nous autre chose que de causer pour causer ? Il y a deux principes politiques soulevés et débattus en France à l'heure qu'il est : le gouvernement absolu et le gouvernement constitutionnel. Voilà ce qui intéresse aujourd'hui les vrais Français, sans qu'il soit nécessaire de se reporter vers un passé pénible à rappeler pour les uns, dangereux à invoquer pour les autres. Les choses ont changé de nom : pourquoi ne pas se conformer aux formes du langage que la France a voulu adopter ? Ce que nos pères appelaient République indivisible, nous l'appelons Charte constitutionnelle[1]. Acceptons cette dénomination, et rangeons-nous sous cette bannière, puisque c'est la seule déployée.

— Cette manière de voir simplifie beaucoup la question, répondit Pierre en souriant.

— Et maintenant qu'elle est ainsi posée, reprit le médecin, voulez-vous nous dire si vous êtes pour ou contre la Charte ?

— Je suis, dit Pierre, pour ce principe inscrit en tête de la Charte constitutionnelle : tous les Français sont égaux devant la loi. Mais comme je ne vois pas que ce principe soit mis en pratique dans les institutions consacrées par la Charte, je ne puis me passionner pour

---

1. Louis XVIII «octroya», le 4 juin 1814, une Charte qui fixa le cadre constitutionnel de la Restauration. La discussion engagée avec le médecin orléaniste fait sens, si l'on se souvient que Louis-Philippe, «roi des Français», se contentera de réviser la Charte sans abolir le régime censitaire (il fallait payer au moins deux cents francs d'impôt direct pour être électeur).

un gouvernement constitutionnel, quel qu'il soit, tant que je verrai le texte de la loi divine écrit sur vos monuments et rayé de vos consciences. La république, dont vous invoquez le souvenir, ne l'entendait pas ainsi, je pense ; elle cherchait à pratiquer la justice, et tous les moyens lui semblaient bons. Dieu m'est témoin que je ne suis pas un homme de sang, et pourtant j'avoue que je comprends bien mieux cette rigueur sauvage qui disait aux puissances renversées : « Faites la paix avec nous, ou recevez la mort », qu'un système vague qui nous promettrait l'égalité sans nous la donner.

— Je vous le disais ! s'écria le commis voyageur avec son ton de bienveillance hypocritement superbe ; il est montagnard, pur jacobin de la vieille roche. Eh bien ! c'est beau, cela ! c'est franc, c'est hardi. Que voulez-vous de plus ? Il faut prendre les gens comme ils sont.

— Sans doute, répondit le médecin ; mais ne pourrait-on, pour plus de franchise et de clarté, tâcher de s'entendre avec maître Pierre ? Un homme comme lui mérite bien qu'on prenne la peine de lui montrer les choses sous leur vrai jour.

— Je ne demande que cela, dit Pierre. Voyons, les portes sont-elles bien fermées ? Y a-t-il quelqu'un parmi vous devant qui je ne doive pas m'expliquer ? Quant à moi, je n'éprouve ni crainte ni embarras à vous dire ce que je pense. Vous conspirez ou vous ne conspirez pas, messieurs, peu m'importe ; mais vous exprimez des vœux, des sentiments, et je ne vois pas pourquoi je ne me donnerais pas le même plaisir. Je ne suis pas venu ici pour être interrogé, je pense ; car vous n'avez rien à apprendre de moi, et vous savez probablement tout ce que j'ignore. Laissez-moi donc parler. Il est bien évident que personne ici ne croit à l'amour des Bourbons pour les institutions libérales. Il est bien certain que nous n'avons ni confiance ni sympathie pour ce gouvernement-là, et que nous en choisirions, si nous pouvions, un autre dès demain. Quel serait-il ? Ici, nous autres gens simples, nous resterons court en attendant votre réponse. Nous trouvons plusieurs noms sur vos programmes ; car nous lisons quelquefois les journaux, et nous voyons bien que les libéraux ne sont pas tout à fait d'accord entre eux. Je crois, par exemple, que, sans sortir d'ici, on trouverait des avis bien différents. Monsieur l'avocat serait pour La Fayette, si je ne me trompe, et monsieur le médecin pour un autre qu'il ne nomme pas. Monsieur le capitaine serait pour le roi de Rome, et le père Vaudois ne voudrait pas entendre parler de cela peut-être ; ni moi non plus : qui sait ? Enfin vous avez tous quelqu'un en vue, et je ne gagnerais rien à savoir ce que veut chacun de vous ; aussi n'est-ce pas là ce que je demande...

— Que demandez-vous donc ? dit le médecin un peu sèchement.

— Je ne demande pas qui on mettrait à la place du roi ; je demande ce qu'on mettrait à la place de la Charte.

— Ah ! ah ! la Charte ne vous satisfait pas ! dit l'avocat en riant.

— Il serait possible, répondit Pierre avec un peu de malice. Et si une partie de la nation était dans le même cas que moi, que lui répondriez-vous pour la satisfaire ?

— Parbleu ! cela n'est pas bien embarrassant ! dit le commis voyageur gaiement. On dirait à ceux qui trouvent la Charte mal faite : Faites-la meilleure.

— Et si nous disions que nous la trouvons tout à fait mauvaise, et que nous en voulons une toute neuve ? dit le maître serrurier qui avait écouté toute cette discussion avec l'austérité rancunière d'un vieux jacobin.

— Dans ce cas-là, on vous dirait, répondit Achille Lefort : Faites-en vite une autre, et en avant la *Marseillaise* !

— Est-ce votre avis à tous ? s'écria le vieillard d'une voix de tonnerre en se levant et en promenant un regard sombre sur les auditeurs stupéfaits : en ce cas je suis des vôtres, et j'ouvre ma veine pour signer le pacte avec mon sang ; autrement, je brise le verre où j'ai bu à vos santés.

Et en parlant ainsi, il étendait son bras droit retroussé jusqu'au coude et tatoué de figures cabalistiques, tandis que de la main gauche il frappait avec son verre sur la table ébranlée. Sa figure triste et sévère, son épais sourcil blanc frémissant sur un œil enflammé, tout son aspect à la fois brutal et imposant fit une impression désagréable sur l'avocat et le médecin. D'abord la sortie de ce vieux *sans-culotte* les avait fait sourire dédaigneusement ; mais ce sourire expira sur leurs lèvres lorsqu'ils virent combien son action était sérieuse et son apostrophe passionnée. Le Vaudois, électrisé par son exemple, s'était levé aussi ; et le Corinthien, qui avait écouté toutes ces choses sans dire un mot, absorbé dans une attention mélancolique et profonde, étendit sa main sur celle du maître serrurier, et l'y tint fixe et contractée, avec la pâleur sur les lèvres et le cœur serré d'indignation[1]. Trop modeste ou trop fier pour parler, il avait senti une mortelle antipathie se développer et croître en lui de minute en minute contre ces conspirateurs aux mains blanches ; et chacune de leurs paroles flatteuses, chacun de leurs sourires

_____
1. Cette gestuelle fait des personnages des héros tels que les évoque le peintre David : on songe au *Serment des Horaces*.

moqueurs, avait fait dans son âme orgueilleuse une plaie brûlante.

Pierre regarda les trois prolétaires debout en face de ces révolutionnaires au petit pied, et formant un peu le groupe du serment des trois Suisses au Ruthly[1]. Il sourit de voir leur puissante attitude et leur expression profonde déconcerter tout à coup ces hommes si malicieusement polis. Il sentit en même temps un vif élan de tendresse pour ceux-là qui étaient ses frères ; et, quoiqu'il n'eût ni les passions politiques des deux vieillards ni l'ambition secrète du jeune homme, il jura dans son cœur foi et alliance à eux et à toute leur race ; car de ce côté était le droit divin.

Cependant le commis voyageur fut bientôt revenu de sa surprise. En homme habitué à braver toutes sortes de résistances et à supporter toutes sortes d'oppositions, il se mit à railler doucement le vieux patriote.

— Eh bien ! à qui donc en a ce vieux brave ? s'écriat-il gaiement. Ne dirait-on pas qu'il nous prend pour des racoleurs politiques, et qu'il assiste à notre souper comme à un complot ? Si on vous entendait du dehors, mon maître, on vous passerait la corde au cou. Vraiment, ce n'est pas bien de ne pas savoir causer tranquillement des affaires publiques. Chacun n'est-il pas libre au cabaret de chanter sa chanson et de fêter son saint ? Si le vôtre est saint Couthon[2] ou saint Robespierre, qui vous empêche de le célébrer ? Je ne vois pas pourquoi vous vous fâchez contre nous, à moins que vous ne nous preniez pour des gendarmes. Dieu merci,

---

1. Allusion au tableau de Steuben (1824) rappelant le serment qui fut à l'origine de la Confédération helvétique.   **2.** Georges Couthon (1755-1794) fit voter la loi du 22 prairial (10 juin 1794) instituant la « Grande Terreur ».

nous sommes dans une maison sûre, et nous nous connaissons tous ; autrement vous nous feriez peur, comme Croquemitaine aux petits enfants. Allons, mon maître, videz votre verre au lieu de le fêler. Je vous ferai raison en l'honneur de qui vous voudrez ; car, moi, je respecte toutes les opinions, et je salue toutes les gloires de la France. La France, mes amis ! quand on aime la France, on ne comprend pas que ses vrais enfants puissent se quereller entre eux pour des noms propres. Mais c'est assez de politique pour ce soir, puisque cela trouble le bon accord de notre réunion. Père Vaudois, parlons de nos affaires. Je vous enverrai donc deux barriques de ce vin blanc ?... Tout à l'heure, capitaine, nous causerons de votre quartaut de bourgogne[1], et quant à vous autres, messieurs, si vous voulez bien rédiger vos notes de commande, je les inscrirai sur mon livre dans l'instant.

Le médecin et l'avocat se mirent à parler sérieusement de leur cave, et tout autre sujet de conversation fut écarté, comme si le but principal du souper eût été une séance de dégustation. Puis ils parlèrent de chasse, de port d'armes, de chiens et de perdreaux, et bientôt toute trace d'une tentative ou d'un projet sérieux fut effacée de la réunion.

Le Dignitaire prit Pierre à part.

— La société dans laquelle vous êtes venu ici, lui dit-il en faisant allusion au Berrichon, me prouve que vous ne vous attendiez pas à y trouver certaines personnes. On paraissait cependant compter sur vous. D'où vient cette méprise ?

---

1. Ancienne mesure de capacité qui valait la quatrième partie du muid (environ 70 litres). Tonneau de cette capacité.

— Je me le suis demandé comme vous d'abord, répondit Pierre, et puis je me suis souvenu qu'on m'avait donné un rendez-vous qui m'était sorti de la mémoire. Je ne suis venu ici que pour faire partir le Corinthien avec le Berrichon, comme cela est convenu entre nous.

— Ne vous avait-on pas remis une note ? dit le Dignitaire.

— En effet, dit Pierre ; mais tant d'autres soins m'ont absorbé que je n'ai même pas songé à l'ouvrir. Je dois l'avoir encore sur moi.

Il chercha dans ses poches, et y trouva effectivement la note mystérieuse de l'étranger. Il la déplia, l'approcha de la clarté qu'envoyait le foyer, et y lut les noms du Dignitaire et de l'avocat, ainsi que ceux de plusieurs autres personnes recommandables et bien connues de lui dans la ville de Blois.

— Ce sont là, lui dit Romanet, les gens qui devaient vous répondre de la loyauté de ce négociant ; mais puisque vous ne les avez pas consultés et que nous voici, nous serons, si vous voulez, ses répondants auprès de vous, de même que nous avons été les vôtres auprès de lui. Quant au rendez-vous, consultez encore votre note, il doit être désigné pour ce soir et pour le lieu où nous sommes.

— Il l'est effectivement, répondit Pierre après avoir de nouveau regardé le papier. Mais pourquoi ce singulier prétexte : *Pour la qualité des vins, consulter messieurs tels et tels*, etc. ? *Pour les goûter, aller à l'auberge de*, etc. ? Il est vrai que ma négligence à lire cette note prouve que ces sortes de choses sont bien faciles à perdre.

— Et comme le moindre prétexte peut donner prise

à la persécution, vous feriez bien de la brûler, dit le Dignitaire.

Pierre remit la note au Dignitaire, qui s'empressa de la jeter au feu. — Est-ce que, par hasard, vous seriez plus avancé que moi avec ces gens-là? dit Pierre en désignant à la dérobée les personnes restées à table.

L'espèce d'embarras avec lequel le Bon-soutien répondit qu'il n'avait jamais eu que des affaires de commerce avec ce voyageur, joint au silence qu'il avait gardé pendant toute la discussion du souper, prouvèrent à Pierre qu'il était engagé plus qu'il ne pouvait l'avouer. Le prétexte dont il se servait pour motiver sa liaison avec cet agent de sociétés secrètes était trop invraisemblable pour laisser le moindre doute à cet égard. Pierre comprit qu'il ne devait pas interroger un homme lié par des serments; et, feignant de se payer de ses défaites, il le quitta pour aider le Corinthien à réveiller le Berrichon, car on entendait déjà rouler au loin la patache qui devait les transporter à Villepreux. Avec beaucoup de peine, ils réussirent à mettre le Compagnon sur pied; et, après des adieux fraternels, l'Ami-du-trait et le Corinthien se séparèrent, l'un prenant avec le Berrichon la route de Villepreux, l'autre reprenant celle de Blois avec le Dignitaire et le vieux maître serrurier.

— Je crois, dit ce dernier en sortant du cabaret, qu'on a été plus loin qu'on ne voulait avec nous, ou qu'on nous a crus plus simples que nous ne sommes. N'importe, certaines choses, à moitié devinées, sont aussi sacrées que si elles étaient confiées tout à fait; n'est-ce pas votre avis, pays Villepreux?

— C'est une loi pour ma conscience, répondit Pierre Huguenin. Le Dignitaire garda un profond silence. Il était lié depuis longtemps, et peut-être faisait-il en cet instant des réflexions qui ne lui étaient pas encore venues. Ses deux compagnons eurent la délicatesse de lui parler d'autre chose.

Tandis qu'ils cheminaient vers la ville, le Vaudois, absorbé dans ses pensées, rangeait ses plats et ses bouteilles d'un air mélancolique. M. Achille Lefort, prétendu commis voyageur, en réalité membre du comité de recrutement de la Charbonnerie, le capitaine napoléoniste, l'avocat lafayettiste et le médecin orléaniste, groupés sous le manteau de la cheminée, s'entretenaient à demi-voix.

LE MÉDECIN. — Eh bien ! mon pauvre Achille, voilà encore une de tes bêtises. Ah ! tu veux faire du sans-culottisme ! Vois comme cela te réussit !

ACHILLE LEFORT. — C'est ta faute, à toi. Si j'avais été seul, j'aurais tourné ces gens-là comme j'aurais voulu. J'ai cru leur donner de la confiance en leur montrant des personnes recommandables ; j'aurais dû me rappeler que ces personnes-là ne sont bonnes à rien. Est-ce que vous savez parler au peuple, vous autres ?

L'AVOCAT, *au médecin*. — Il est joli, son peuple ! On dirait que nous ne le connaissons pas, le peuple, nous qui sommes en relations continuelles avec lui !

ACHILLE LEFORT. — Vous ne le voyez que malade de corps ou d'esprit. Un avocat, un médecin ! Mais vous n'avez affaire qu'à des plaies dans l'ordre moral et physique ! Vous ne connaissez pas le peuple en bonne santé. Est-ce que ce menuisier n'est pas un homme intelligent et instruit ?

LE MÉDECIN. — Beaucoup trop ergoteur et beaucoup trop lettré pour un ouvrier. Avec ces cervelles bourrées de lectures mal ordonnées et de théories mal digérées on ne fera jamais rien qui vaille. S'il fallait gouverner une nation composée de pareils hommes, Napoléon lui-même reviendrait en vain sur la terre.

LE CAPITAINE. — De son temps il n'y en avait pas. Il les menait à la guerre, et là on n'avait pas le temps d'ergoter.

L'AVOCAT. — De son temps il y en avait ; car il y en a toujours eu. Ils ergotaient dans la guerre comme dans la paix. Seulement, le grand homme, qui n'était pas partisan de discussions philosophiques, les priait de vouloir bien se taire. Il les appelait des *idéologues* [1].

LE CAPITAINE. — Et il vous eût appelés ainsi vous-mêmes. Vraiment, vous me paraissez bien singuliers avec vos théories, vos constitutions et vos distinctions de gouvernements constitutionnel et absolu ! Qu'est-ce que tout cela nous fait ? Il faut chasser l'ennemi, faire la guerre aux étrangers et à leurs Bourbons, aux royalistes et à leur prêtraille. On verra ensuite. Qu'avez-vous besoin de discuter avec ces braves ouvriers ? Il fallait leur parler de prendre chacun un fusil de munition de vingt-cinq cartouches. Voilà le seul langage que le peuple français comprenne.

ACHILLE LEFORT. — Vous voyez bien que non, et qu'il veut savoir aujourd'hui où il va. Moi, je connais la matière, et j'en ai enrôlé plus d'un qui ne se doute guère plus que moi du principe pour lequel nous aurons tra-

---

1. Groupe de philosophes parmi lesquels Cabanis, Destutt de Tracy, Volney, Ginguené, Gérando. Héritiers du sensualisme de Condillac, ils s'intéressèrent à la formation des idées générales, aux rapports du physique et du moral, tout en accordant une importance considérable à l'analyse du langage, de la logique. Napoléon, voulant réduire leur influence, supprima, en 1807, leur organe littéraire, *La Décade*, pour le fondre avec le *Mercure de France*.

vaillé dans vingt ans. Mais qu'importe ? Agiter, soulever, associer, armer, avec cela on va à tout.

LE MÉDECIN. — Même à la république. Belle conclusion, et digne de l'exorde !

ACHILLE. — Eh bien ! pourquoi pas la république ?

L'AVOCAT. — Eh ! certes, la république ! Est-ce qu'on peut demander mieux, quand elle est représentée par les hommes les plus purs, les plus intègres et les plus modérés ?

LE MÉDECIN. — Ces hommes-là sont des niais, s'ils croient pouvoir museler le peuple quand ils l'auront lâché.

ACHILLE. — Bah ! le peuple est doux comme un enfant après la victoire. Vous ne le connaissez pas, vous dis-je ; moi, je me fais fort d'en mener dix mille comme ceux que vous venez de voir.

LE MÉDECIN. — Oui, comme le vieux serrurier jacobin, par exemple ! Joli échantillon ! J'avoue que je ne me sens pas de goût pour les buveurs de sang. Avec cette populace déchaînée, nous serons débordés ; nous irons droit à l'anarchie, à la barbarie, à la terreur, à toutes les horreurs de 93.

ACHILLE. — Eh bien ! allons-y, s'il le faut ; cela vaut mieux que l'obscurantisme des jésuites et le calme plat de la tyrannie. Marchons, agissons, n'importe comment, pourvu que nous nous sentions vivre, et que nous ayons quelque chose de grand à faire. N'était-ce pas un beau temps que celui de Robespierre ? Un jour de gloire, une mort illustre, un nom immortel, c'est de quoi donner la fièvre, rien que d'y songer.

L'AVOCAT. — Il parle de tout cela en amateur ! Si vous êtes amoureux du martyre, pourquoi ne vous êtes-vous pas fait fusiller avec Caron ?

ACHILLE. — Bah ! Caron, Berton[1] ! des imbéciles, des fous ! des gens mécontents de leur position, qui se seraient tenus tranquilles si la cour eût satisfait leur ambition personnelle !

LE CAPITAINE. — Dites des héros que vous avez calomniés et lâchement abandonnés ! Mille bombes ! Si on avait voulu me croire dans ce temps-là, ils n'auraient pas péri sur l'échafaud. Voilà pourquoi votre Carbonarisme me fait mal au cœur. Je rougis d'en être à présent. *(Il prend son fusil et se dispose à sortir.)*

ACHILLE. — C'est toujours comme cela. Quand on a essuyé un revers, on s'en prend les uns aux autres, jusqu'à ce qu'une victoire revienne vous mettre d'accord. Connu ! connu !…

LE MÉDECIN, *prenant son fusil pour s'en aller.* — À vous dire vrai, je ne crois plus à vos victoires. Si les libéraux succombent en Espagne, bonsoir la compagnie. Il faudra bien chercher quelque chose de mieux que votre Charbonnerie, où personne ne se tient, où personne ne se connaît, et où personne ne s'entend.

L'AVOCAT. — Bonsoir, Achille. C'est égal, nous sommes dans le bon chemin, nous deux. Nous avons pour nous tous les hommes de talent, Manuel, Foy, Kératry, d'Argenson, Sébastiani, Benjamin Constant, et le vieux patriarche au cheval blanc[2]. Hein ? le père La Fayette ? Voilà un homme !

---

1. Le colonel Caron, membre de la Charbonnerie, l'un des chefs de la révolte alsacienne (novembre 1821, à Colmar), fut exécuté le 15 juin 1822, après la découverte d'une tentative de complot à Marseille. Sur Berton, voir note 2, p. 214-215.   2. Tous ces noms sont ceux de députés libéraux, la plupart carbonaristes. Jacques Antoine Manuel (1775-1827), élu député en 1818, dénonça l'expédition en Espagne. Il fut exclu militairement de la Chambre, le

ACHILLE. — Bonsoir, vous autres. Je ne m'inquiète guère de toutes vos boutades. *(À l'avocat)* Bonsoir, mon petit Mirabeau en herbe ! Nous verrons encore du pays avant de mourir, sois tranquille !

L'AVOCAT, *à Achille.* — Bonsoir, mon Barnave.

LE MÉDECIN, *à Achille.* — Bonsoir, mon Père-Duchesne[1] !

ACHILLE. — Comme vous voudrez ! L'un ou l'autre, selon l'occasion, pourvu que je serve la France.

LE CAPITAINE, *entre ses dents.* — Une bonne mitraillade sur tous ces bavards-là !...

---

4 mars 1823. C'était un des maîtres de la Charbonnerie. Maximilien Foy (1775-1825) devint général en 1811. Député de l'Aisne depuis 1819, il fut l'un des principaux orateurs de l'opposition libérale. Marc Voyer d'Argenson (1771-1842), député en 1815, dénonça la Terreur blanche. Devenu l'un des chefs de la Charbonnerie, il recueillit chez lui le vieux Buonarroti, le disciple de Babeuf. Sand s'inspira de cet aristocrate égalitaire pour tracer, dans *Le Péché de Monsieur Antoine*, le portrait du marquis de Boisguilbault. Auguste Hilarion, comte de Kératry (1769-1859), élu député en 1818, fut soupçonné, en 1820, d'avoir participé à la conspiration carbonariste de Saumur. Orléaniste, il se prononça contre l'intervention en Espagne. Horace Sébastiani de la Porta (1772-1851), nommé général en 1805, fut, sous la Restauration, député d'opposition, avant de connaître une carrière ministérielle sous Louis-Philippe. La Fayette fut à la tête de la Vente suprême ; Benjamin Constant, l'un des chefs de l'opposition parlementaire, publia en 1818-1820 son *Cours de politique constitutionnelle*, véritable charte du libéralisme.

1. Antoine Barnave (1761-1793) était favorable à une monarchie « libre et limitée » ; Jacques René Hébert (1757-1794), fondateur du journal *Le Père Duchesne*, représente par contraste la partie extrémiste de la Révolution, celle des « enragés ».

16

L'instruction dirigée contre les fauteurs de la terrible querelle survenue entre les Gavots et les Dévorants eut pour résultat de disculper entièrement les premiers, et de les mettre hors d'accusation. Pierre et Romanet, appelés comme témoins principaux, se distinguèrent par leur courage, leur franchise et leur fermeté. La belle figure, l'air distingué et le langage simple et choisi de Pierre Huguenin attirèrent sur lui l'attention des libéraux de la ville, qui assistaient avec leurs journalistes à la séance du tribunal. Mais il ne fut point l'objet de nouvelles avances, car il partit aussitôt qu'il ne se vit plus nécessaire.

Que faisait et à quoi songeait le père Huguenin pendant l'absence de son fils ? Le bonhomme se dépitait et s'emportait ; mais, plus que tout, il s'inquiétait. Il est si exact et si preste à tout ce qu'il entreprend ! se disait-il. Il faut qu'il lui soit arrivé malheur ! Et alors il se désespérait ; car il ne s'était jamais aperçu de l'amour et de l'estime qu'il portait à son fils autant qu'il le faisait depuis cette dernière séparation.

Comme Pierre l'avait craint, sa fièvre en augmenta ; il n'avait pas pu quitter son lit le jour où, par bonheur, Amaury et le Berrichon arrivèrent. Chemin faisant, le Corinthien avait renouvelé à son compagnon la recommandation que Pierre lui avait déjà faite de ménager les préventions du père Huguenin à l'endroit du compagnonnage ; et, comme il lui répugnait un peu de débuter avec son nouveau maître par un mensonge, il chargea le Berrichon de porter la parole le premier. En sautant à bas de la diligence, ils demandèrent la maison du menuisier et ils y entrèrent, l'un avec l'aisance d'un niais, l'autre avec la réserve d'un homme d'esprit.

— Holà ! hé ! hohé ! cria le Berrichon en frappant son bâton sur la porte ouverte ; ho, la maison, salut, bonjour la maison ! N'est-ce pas ici qu'il y a le père Huguenin, maître menuisier ?

En ce moment le père Huguenin reposait dans son lit. Il était de si mauvaise humeur qu'il ne pouvait souffrir personne dans sa chambre. En voyant sa solitude si brusquement troublée, il bondit sur son chevet, et, tirant le rideau de serge jaune, il vit la figure étrangement joviale de Berrichon la Clef-des-Cœurs. — Passez votre chemin l'ami, répondit-il brusquement, l'auberge est plus loin.

— Et si nous voulons prendre votre maison pour notre auberge ? reprit la Clef-des-Cœurs, qui, comptant sur le plaisir que son arrivée causerait au vieux menuisier, trouvait agréable de plaisanter en attendant qu'il se fît connaître.

— En ce cas, répondit le père Huguenin en commençant à passer sa veste, je vais vous montrer que si l'on entre sans façon chez un malade, on en peut sortir avec moins de cérémonie encore.

— Pardon pour mon camarade, maître, dit Amaury en se montrant et en saluant le père de son ami avec respect ; nous venons vers vous de la part de Pierre, votre fils, pour vous offrir nos services.

— Mon fils ! s'écria le maître, et où donc est-il, mon fils ?

— À Blois, retenu pour deux ou trois jours au plus par une affaire qu'il vous dira lui-même ; il nous a embauchés, et voici deux mots de lui pour nous annoncer.

Le père Huguenin, ayant lu le billet de son fils, commença à se sentir plus calme et moins malade.

— À la bonne heure, dit-il en regardant Amaury, vous avez tout à fait bonne façon, mon fils, et votre figure me revient ; mais vous avez là un camarade qui a de singulières manières. Voyons, l'ami, ajouta-t-il en toisant le Berrichon d'un œil sévère, êtes-vous plus gentil au travail que vous ne l'êtes à la maison ? Votre casquette vous sied mal, mon garçon.

— Ma casquette ? dit le Berrichon tout étonné en se décoiffant et en examinant son couvre-chef avec simplicité. Dame ! elle n'est pas belle, notre maître ; mais on porte ce qu'on a.

— Mais on se découvre devant un maître en cheveux blancs, dit le Corinthien, qui avait compris la pensée du père Huguenin.

— Ah dame ! on n'est pas élevé dans les collèges, répondit le Berrichon en mettant sa casquette sous son bras ; mais on travaille de bon cœur, c'est tout ce qu'on sait faire.

— Allons, nous verrons cela, mes enfants, dit le père Huguenin en se radoucissant. Vous venez à point, car l'ouvrage presse, et je suis là sur mon lit comme un vieux cheval sur la litière. Vous allez boire un verre de mon vin, et je vous conduirai au château ; car, mort ou vif, il faut que je rassure et contente la pratique.

Le brave homme, ayant appelé sa servante, essaya de se lever, tandis que ses compagnons faisaient honneur au rafraîchissement. Mais il était si souffrant qu'Amaury s'en aperçut, et le supplia, avec sa douceur accoutumée, de ne pas se déranger. Il l'assura que, grâce à Pierre, il était au courant de l'ouvrage comme s'il l'eût commencé lui-même ; et, pour le lui prouver, il lui découvrit la forme et la dimension des voussures, des panneaux, des corniches, des limons[1], des courbes à double courbure, des calottes d'assemblage, etc., etc., à une ligne près, avec tant de mémoire et de facilité que le vieux menuisier le regarda encore fixement ; puis, songeant à l'avantage d'une science qui rend si claires et qui grave si bien dans l'esprit les opérations les plus compliquées, il se gratta l'oreille, remit son bonnet de coton, et remonta dans son lit en disant : À la garde de Dieu !

— Fiez-vous à nous, répondit Amaury. L'envie que nous avons de vous contenter nous tiendra lieu pour aujourd'hui de vos conseils ; et peut-être que demain vous aurez la force de venir à notre aide. En attendant, faites un bon somme, et ne vous tourmentez pas.

— Non, non, ne vous tourmentez pas, notre maître, s'écria la Clef-des-Cœurs en avalant un dernier verre de vin à la hâte. Vous verrez que vous avez eu tort de faire mauvaise mine à deux jolis compagnons comme nous.

— Compagnons ! murmura le père Huguenin, dont le front se rembrunit aussitôt.

— Ah ! je dis cela pour vous faire enrager, riposta le Berrichon en riant, parce que je sais que vous ne les aimez pas, les Compagnons.

— Ah ! ah ! vous êtes dans le compagnonnage ?

---

1. « Noyau en bois ou en pierre d'un escalier, qui lui sert de point d'appui du côté du vide, et dans lequel sont engagés les abouts des marches » (Réau).

grommela le père Huguenin, partagé entre sa vieille rancune et je ne sais quelle sympathie subite.

— Oui, oui, continua le Berrichon qui avait au moins l'esprit de savoir plaisanter sur sa laideur ; nous sommes dans le Devoir des beaux garçons, et c'est moi qui suis le porte-enseigne de ce régiment-là.

— Nous ne connaissons qu'un devoir ici, dit le Corinthien en jouant sur le mot, celui de vous bien servir.

— Que Dieu vous entende ! répliqua le père Huguenin ; et il s'enfonça avec accablement dans ses couvertures.

Cependant il dormit paisiblement, et le lendemain, se sentant mieux, il alla visiter ses compagnons. Il les trouva travaillant de grand cœur, faisant bien marcher les apprentis, et taillant d'aussi bonne besogne que Pierre Huguenin lui-même. Rassuré sur son entreprise, réconcilié avec M. Lerebours, qui jusqu'alors l'avait boudé, plein d'espérance, il s'en retourna au lit ; et bientôt il fut tout à fait sur pied pour recevoir son fils, qui arriva trois jours après dans la soirée.

Un calme céleste se peignait sur le front de Pierre Huguenin. Sa conscience lui rendait bon témoignage, et sa gravité ordinaire était tempérée par une satisfaction intérieure qui se communiqua comme magnétiquement à son père. Interrogé par lui sur la cause de son retard, il lui répondit.

— Permettez-moi, mon bon père, de ne pas entrer dans une justification qui prendrait du temps. Quand vous l'exigerez, je vous raconterai ce que j'ai fait à Blois ; mais veuillez m'envoyer tout de suite auprès de mes compagnons, et vous contenter de la parole que je vous donne. Oui, je puis jurer sur l'honneur que je n'ai fait autre chose qu'accomplir un devoir, et que vous m'auriez béni et approuvé si vous aviez eu l'œil sur moi.

— Allons, tu me réponds comme tu veux, dit le vieux menuisier ; et il y a des instants où tu me persuades que tu es le père, et moi le fils. C'est singulier pourtant, mais c'est ainsi.

Il se trouva si bien ce jour-là, qu'il put souper avec son fils, les deux Compagnons et les apprentis. Il se prenait de prédilection pour Amaury, dont la douceur et les soins respectueux le charmaient ; et, quoiqu'il répugnât à le questionner sur certaines choses, il se disait à part lui : Si c'est là un de ces enragés Compagnons, du moins il faut avouer que sa figure et ses paroles sont bien trompeuses. Il commençait aussi à revenir sur le compte du Berrichon, et à reconnaître d'excellentes qualités sous cette rude enveloppe. Ses naïvetés le faisaient rire, et il n'était pas fâché d'avoir quelqu'un à reprendre et à railler ; car il avait, comme on a pu le voir, le caractère taquin des gens actifs ; et la dignité habituelle de son fils et du Corinthien le gênait bien un peu.

Ce soir-là, quand le Berrichon eut apaisé sa première faim, qui était toujours impétueuse, il entama la conversation, la bouche pleine et le coude sur la table.

— Camarade, dit-il au Corinthien, pourquoi donc ne voulez-vous pas que je raconte à maître Pierre ce qui s'est passé à son sujet tantôt avec ce grand *sotiot* de Polydore, Théodore (je ne sais pas comment vous l'appelez), enfin le garçon à l'intendant du château ?

Amaury, mécontent de cette indiscrétion, haussa les épaules et ne répondit rien. Mais le père Huguenin

n'était pas disposé à laisser tomber le babil du Berrichon.

— Mon cher Amaury, dit-il, je ne vous conseille
pas d'avoir des secrets de moitié avec ce garçon-là. Il
est fin et léger comme une grosse poutre de charpente
qui vous tomberait sur les doigts du pied.

— Allons, dit Pierre Huguenin, puisqu'il a commencé, il faut le laisser achever. Je vois bien qu'il
s'agit de M. Isidore Lerebours. Comment pouvez-vous
croire, Amaury, que je me soucie de ce qu'il a pu dire
contre moi ? Il faudrait être bien faible d'esprit pour
craindre son jugement.

— Ah ! bien ; en ce cas, je vas vous le dire ; vrai, je
vas vous le dire, maître Pierre ! s'écria le Berrichon en
clignotant du côté d'Amaury, comme pour le supplier
de ne pas lui fermer la bouche.

Le Corinthien lui fit signe qu'il pouvait parler, et il
commença son récit en ces termes :

— D'abord, c'était une belle dame, une superbe
femme, ma foi, toute petite et rouge de figure, qui a
passé et repassé, et encore passé, et encore repassé,
comme pour regarder notre ouvrage ; mais, aussi vrai
que je mords dans mon pain, c'était pour regarder le
pays Corinthien...

— Que veut-il dire, avec son pays et son Corinthien ?
demanda le père Huguenin devant qui on était convenu
de ne jamais se donner les noms du compagnonnage.

Pierre marcha un peu fort sur le pied du Berrichon,
qui fit une affreuse grimace, et reprit bien vite :

— Quand je dis le pays, c'est comme si je disais
l'ami, le camarade... Nous sommes pays, lui et moi : il
est de Nantes en Bretagne, et moi, je suis de Nohant-
Vic en Berry.

— Très bien ! dit le père Huguenin en se tenant les côtes de rire.

— Et quand je dis le Corinthien, poursuivit le Berrichon, à qui l'on marchait toujours sur le pied, c'est un nom comme ça que je m'amuse à lui donner…

— Enfin cette dame regardait Amaury ? reprit le père Huguenin.

— Quelle dame ? demanda Pierre, qui, sans savoir comment, se prit à écouter avec attention.

— Une grande belle femme toute petite, comme il vous l'a dit, répondit Amaury en riant ; mais je ne la connais pas.

— Si elle est rouge de figure, objecta le père Huguenin, ce n'est pas la demoiselle de Villepreux ; car celle-là est pâle comme une morte. Ce sera peut-être sa fille de chambre ?

— Ah ! peut-être bien, répondit le Berrichon, car on l'appelait madame.

— Elle n'était donc pas seule à vous regarder ? demanda Pierre.

— Toute seule, répondit la Clef-des-Cœurs ; mais M. Colidor, qui était avec elle…

— Isidore ! interrompit le père Huguenin d'une grosse voix pour le déconcerter.

— Oui, Théodore, continua le Berrichon, qui avait sa malice tout comme un autre. Eh bien ! ce M. Molitor lui a dit comme ça : Y a-t-il quelque chose pour votre service, madame la marquise ?

— Ah ! ce sera la nièce, la petite dame des Frenays, observa le père Huguenin. Celle-là n'est pas fière et regarde tout le monde… Regardait-elle Amaury ? vrai ?

— Comme je vous regarde ! s'écria le Berrichon.

— Oh non ! autrement ! répondit le vieux menuisier, riant des vilains gros yeux que faisait le Berrichon. Et enfin vous a-t-elle parlé ?

— Nenni ! Elle a dit seulement comme ça : Je cherche le petit chien ; ne l'auriez-vous pas vu par ici, messieurs les menuisiers ? et elle regardait le pays… le camarade Amaury ; dame ! elle le regardait comme si elle eût voulu le manger des yeux.

— Allons donc, imbécile ! c'est toi qu'elle regardait ! dit Amaury. Tu peux bien en convenir : ce n'est pas ta faute si tu es beau garçon.

— Oh ! pour ce qui est de cela, vous voulez rire, répondit le Berrichon. Jamais aucune espèce de femme ne m'a regardé, ni riche ni pauvre, ni jeune ni vieille, excepté la Mère… je veux dire la Savinienne, avant qu'elle fût dans les pleurs pour son défunt.

— Elle te regardait, toi ? s'écria Amaury en rougissant.

— Oui, en pitié, répondit le Berrichon, qui ne manquait pas de bon sens en ce qui lui était personnel ; et elle me disait souvent : Mon pauvre Berrichon, tu as un si drôle de nez et une si drôle de bouche ! Est-ce ton père ou ta mère qui avait ce nez-là et cette bouche-là ?

— Enfin, l'histoire de la dame ? reprit le père Huguenin.

— L'histoire est finie, répliqua le Berrichon. Elle est sortie comme elle est entrée, et M. Hippolyte…

— M. Isidore, interrompit l'obstiné père Huguenin.

— Comme il vous plaira, reprit le Berrichon. Son nom n'est pas plus beau que son nez. *De sorte que*, il s'est établi à côté de nous, les bras croisés comme l'empereur Napoléon tenant sa lorgnette ; et voilà qu'il s'est mis à dire que nous faisions de la pauvre ouvrage, de la pauvreté d'ouvrage, quoi ! Et voilà que tout

d'un coup le pays… le camarade Amaury ne lui a rien
répondu, et que, tout de suite, moi, j'ai continué à scier
mes planches sans rien dire. C'est ce qui l'a fâché, le
monsieur! Il aurait souhaité sans doute qu'on lui
demandât pourquoi l'ouvrage ne lui plaisait pas. Et
alors il a pris une pièce, en disant que c'était du mauvais matériau, que le bois était déjà fendu, et que, si on
laissait tomber ça, ça se casserait comme un verre. Et
voilà que le Corinthien (pardon, notre maître, c'est une
accoutumance que j'ai de l'appeler comme ça), le
Corinthien, que je dis, lui a répondu : Essayez-y donc,
notre bourgeois, si le cœur vous en dit. Et voilà qu'il a
jeté la pièce par terre de toute sa force, et voilà qu'elle
ne s'est point cassée, sans quoi je lui cassais la tête
avec mon marteau.

— Est-ce là tout? demanda Pierre Huguenin.

— Vous n'en trouvez pas assez, maître Pierre?
excusez! dit le Berrichon.

— Moi, j'en trouve trop, dit le père Huguenin, qui
était devenu pensif. Vois-tu, Pierre, je te l'avais pré-
dit : le fils Lerebours te veut du mal, et il t'en fera.

— Nous verrons bien, répondit Pierre.

En effet, Isidore Lerebours, ayant appris de quelle
manière Pierre Huguenin avait critiqué et refait son plan
d'escalier, nourrissait contre lui une profonde rancune.
La veille il avait dîné au château, à la table du comte
de Villepreux; car c'était le dimanche, et ce jour-là le
comte invitait, avec le curé, le maire et le percepteur,
M. Lerebours et son fils. Le système du comte était
qu'il y a toujours dans un village quatre à cinq individus sur lesquels il faut se conserver la haute main, et
qu'on enchaîne plus avec la politesse d'un dîner qu'avec
le droit et les bonnes raisons. M. Isidore était fort vain

de ce privilège. Il portait au château l'éclat de ses plus ridicules toilettes, y cassait chaque fois plus ou moins d'assiettes et de carafes, y savourait les meilleurs vins d'un air de connaisseur, y recevait toujours du maître quelque bonne leçon dont il ne savait pas profiter, et s'y permettait de regarder avec impudence la jolie petite marquise des Frenays.

Ce premier dimanche se présenta fort à point pour assouvir la vengeance d'Isidore. Naturellement, pendant que le comte faisait, après dîner, son cent de piquet avec le curé, on parla des travaux de la chapelle, et le vieux comte demanda à son intendant si on les avait enfin repris. — Oui, monsieur le comte, répondit M. Lerebours. Quatre ouvriers sont à la besogne, et travaillent même aujourd'hui.

— Malgré le dimanche ? observa le curé.

— Vous leur donnerez l'absolution, curé, dit le comte.

— Je crains, dit alors Isidore qui attendait avec impatience le moment de placer son mot, que monsieur le comte ne soit guère content de l'ouvrage qu'ils font. Ils emploient du bois qui n'est pas assez sec, et n'entendent rien à leur besogne. Le vieux Huguenin n'est pas maladroit, mais il est blessé ; et son fils est un ignorant fieffé, un avocat de village, un âne, en un mot.

— Laisse donc les ânes tranquilles, dit le comte en mêlant tranquillement ses cartes, nous n'y pensions pas.

— Que monsieur le comte me permette de lui dire que ce lourdaud n'est pas propre aux travaux qu'on lui a confiés. Il serait bon tout au plus à fendre des bûches.

— En ce cas-là tu ne serais pas en sûreté, répondit le comte, qui, dans son genre, était aussi railleur que le

père Huguenin. Mais qui donc a choisi cet ouvrier ?
N'est-ce pas monsieur ton père ?

M. Lerebours était à l'autre bout de l'appartement,
se perdant en exclamations louangeuses sur la tapisserie que brodait madame des Frenays, et n'entendant
pas les insinuations de son fils contre Pierre Huguenin.

— Mon père s'est trompé sur cet homme-là, répondit
Isidore à demi-voix. On le lui avait vanté. Il a cru faire
une bonne affaire en le payant moins cher qu'un homme
de talent qu'on eût fait venir d'ailleurs. Mais c'est une
erreur ; car tout ce qui a été fait et tout ce qu'on va laisser faire, il faudra le recommencer. Je veux perdre mon
nom si la chose n'arrive pas comme je le dis.

— Perdre ton nom ! reprit le comte, jouant toujours
aux cartes et le raillant ouvertement sans qu'il voulût
s'en apercevoir ; ce serait grand dommage. Si j'avais le
bonheur de m'appeler Isidore Lerebours, je ne me risquerais pas ainsi.

La marquise des Frenays, que M. Lerebours ennuyait
beaucoup avec ses compliments, prit la parole d'une
voix douce et flûtée.

— Vous êtes bien sévère, monsieur Isidore ! dit-elle
avec son parler enfantin et coquet. Moi, j'ai traversé
par hasard la bibliothèque, et j'ai trouvé la nouvelle
boiserie aussi jolie et aussi bien faite que l'ancienne.
Comme elle est belle, cette boiserie ! Vous avez eu
bien raison de la faire réparer, mon oncle ; ce sera d'un
goût parfait et tout à fait de mode.

— De mode ? s'écria judicieusement Isidore ; il y a
plus de trois cents ans qu'elle est faite.

— Tu as trouvé cela tout seul ? dit le comte.

— Mais il me semble… reprit Isidore.

— C'est la mode à présent ! interrompit avec humeur

le curé, à qui le babil d'Isidore donnait des distractions. Toutes les vieilles modes reviennent... Mais laissez-nous donc jouer, monsieur Isidore.

M. Lerebours lança un regard terrible à son fils, qui, satisfait d'avoir pu porter le premier coup à Pierre Huguenin, s'approcha des dames. Mademoiselle Yseult avait pour lui une si invincible répugnance qu'elle se leva et changea de place. Madame des Frenays, moins délicate de nerfs, ne se refusa point à lier conversation avec l'employé aux Ponts et Chaussées. Elle le questionna sur la bibliothèque et sur ce Pierre Huguenin dont il disait tant de mal ; enfin elle lui demanda lequel, parmi les ouvriers qu'elle avait vus le matin en traversant l'atelier, était Pierre Huguenin. — Il y en a un qui m'a paru avoir une figure distinguée, dit-elle avec une grande ingénuité.

— Pierre Huguenin n'était pas là, répondit Isidore, et celui que vous voulez dire est un Compagnon. Je ne sais comment il s'appelle, mais il a un drôle de surnom.

— Ah ! vraiment ? Dites-le-moi donc, cela m'amusera.

— Son camarade l'appelle le Corinthien.

— Oh ! que c'est joli, le Corinthien ! Mais pourquoi ? qu'est-ce que cela veut dire ?

— Ces gens-là ont toutes sortes de sobriquets. L'autre s'appelle la Clef-des-Cœurs.

— Oh ! la bonne plaisanterie ! Mais c'est qu'il est affreux ! Je n'ai jamais rien vu de si laid !

Un autre qu'Isidore eût pu remarquer que, pour une marquise, madame des Frenays avait peut-être trop regardé les ouvriers de la bibliothèque, et qu'elle ne justifiait guère en ce moment la sentence de La Bruyère : « Il n'y a qu'une religieuse pour qui un jardinier soit un homme[1]. » Mais Isidore, qui savait la marquise un peu coquette, et qui se croyait fort agréable, se borna à penser qu'elle lui disait des riens, et qu'elle feignait d'y prendre intérêt, afin de le retenir auprès d'elle et de jouir de sa conversation.

La marquise des Frenays, *née* Joséphine Clicot, et fille d'un gros fabricant de draps de la province, avait été mariée fort jeune au marquis des Frenays, neveu de M. de Villepreux. Ce marquis était un fort bon gentilhomme de Touraine, en tant que noble, mais un fort triste personnage en tant que particulier. Il avait servi sous l'Empire ; mais, comme il avait peu de talent et point de conduite, il n'était jamais sorti des grades secondaires, où il avait mangé assez grossièrement son patrimoine. Aux Cent-Jours, il n'avait su prendre son parti ni habilement ni courageusement ; c'est-à-dire qu'il avait trahi trop tard la fortune de l'Empereur, et qu'il n'avait su se donner ni le profit de la défection ni le mérite de la fidélité. Il était alors retombé sur les bras du comte de Villepreux, qui, trouvant sa société un peu fâcheuse et ses dettes un peu fréquentes, avait imaginé de s'en débarrasser au profit de la famille Clicot, en lui faisant épouser la riche héritière Joséphine. Les Clicot savaient fort bien d'avance que le marquis n'était ni beau, ni jeune, ni aimable ; que ses mœurs étaient aussi dérangées que sa fortune ; en un mot, que sa femme n'aurait aucune chance de bonheur et de véritable considération. Mais l'alliance avec *la famille*, comme

---

1. Paraphrase lointaine. La Bruyère déclare : « Pour les femmes du monde, un jardinier est un jardinier, et un maçon est un maçon ; pour quelques autres plus retirées, un maçon est un homme, un jardinier est un homme. Tout est tentation à qui la craint » (*Les Caractères*, « Des femmes », 34).

le disait fort bien M. Lerebours, leur avait tourné la tête, et la petite Clicot s'était consolée de tout avec le titre de marquise.

Peu d'années suffirent à la désenchanter ; le marquis eut bientôt mangé d'une façon triviale la dot de sa femme. Les Clicot, voulant conserver à cette dernière des ressources pour l'avenir, offrirent une séparation amiable, réglèrent une pension de six mille francs au mari, à condition qu'il la mangerait à Paris ou à l'étranger, et reprirent leur fille. La mère Clicot étant morte pendant cet arrangement, le père Clicot s'était remis dans les affaires, afin de réparer la brèche faite à sa fortune ; et Joséphine avait été vivre avec lui et deux vieilles tantes dans une grosse maison de campagne très bourgeoise, attenante à la fabrique, sur les bords du Loiret, à quelques lieues de Villepreux.

Au milieu du bruit et du mouvement sans charme et sans élégance de la vie industrielle, entourée de gens très prosaïques et condamnée à une vie austère (car ses parents exerçaient sur elle la même surveillance que si elle eût été encore une petite fille), la pauvre Joséphine s'ennuya mortellement. Elle avait vu rapidement un coin de grand monde, et y avait pris le besoin immodéré de la vie élégante et de l'agitation frivole. Pendant un ou deux ans, elle avait eu à Paris un équipage, un bel appartement, une loge à l'Opéra, un entourage de freluquets, de marchandes de modes, de couturières et de parfumeurs. Reléguée tout à coup dans une usine fumeuse et puante, entourée d'ouvriers ou de chefs d'ateliers qui avaient les intentions meilleures que les manières, n'entendant parler que de laines, de métiers, de salaires, de teintures, de prix courants et de fournitures, elle n'avait eu d'autres ressources contre le désespoir que de lire des romans le soir et de dormir une partie de la journée, tandis que ses belles robes, ses plumes et ses dentelles, dernières traces d'un luxe effacé, jaunissaient dans les cartons, attendant vainement l'occasion de revoir la lumière. Joséphine avait reçu une pitoyable éducation. Sa mère était bornée et vaine de son argent ; son père n'avait d'autre souci et d'autre occupation que d'amasser de l'argent : leur fille n'avait d'autre désir et d'autre faculté que de dépenser de l'argent. Elle n'était plus propre à rien dès qu'elle n'avait plus de parures à commander ou de partie de plaisir à projeter. Elle était âgée au plus de vingt ans, et parfaitement jolie, mais de cette beauté qui parle aux yeux plus qu'à l'esprit. Ne sachant donc plus que faire de sa beauté, de sa jeunesse et de ses atours, son imagination, vive et riante comme sa figure et son naturel, avait pris l'essor dans le monde des romans[1]. Elle se créait dans la solitude des aventures et des conquêtes merveilleuses ; mais, forcée de retomber dans la réalité, elle n'en était que plus à plaindre. La mélancolie qui s'était emparée d'elle avait suggéré à ses tantes la précaution dangereuse de la séquestrer d'autant plus ; et la pauvre tête de Joséphine, enfermée dans la chaudière industrielle, menaçait de faire explosion, lorsqu'un événement inattendu vint changer son sort.

Le père Clicot tomba dangereusement malade, et, touché des tendres soins que lui prodiguait sa fille, en même temps que blessé des vues sordides que laissaient percer ses vieilles sœurs, il conspira contre ces dernières en les quittant. Il assura leur existence ; mais

---

1. George Sand procède ainsi à l'analyse anticipée du bovarysme.

il abolit leur autorité en appelant à son lit de mort le comte de Villepreux, et en plaçant Joséphine et ses biens sous sa protection. Le comte sentit fort bien qu'ayant fait le malheur de la pauvre jeune bourgeoise en l'unissant à son mauvais sujet de neveu, il avait beaucoup à réparer envers elle. Il comprit ses devoirs, et, l'ayant aidée à fermer les yeux à son père, il se déclara son subrogé-tuteur[1] en attendant sa majorité qui était proche. Il fit exécuter le testament, assembla le conseil de famille, expulsa, selon la volonté du défunt, les vieilles tantes de la fabrique, confia la conduite de l'exploitation industrielle à un chef entendu et probe ; puis il emmena la marquise dans sa propre famille, et l'y traita avec une affection paternelle, dont le premier acte fut de signifier au marquis des Frenays qu'il ferait respecter la séparation convenue, et qu'il protégerait au besoin sa femme contre lui.

Cette louable conduite déchaîna contre M. de Villepreux la branche de la famille à laquelle tenait le marquis des Frenays. Cette branche était ultra-royaliste, ruinée, jalouse, et accusait le vieux comte d'être spoliateur, avare et jacobin.

Joséphine, soustraite à tous ses persécuteurs et à tous ses tyrans, commença enfin à respirer. D'abord l'intimité douce et cordiale de son oncle, l'amitié délicate d'Yseult, la tranquillité bienveillante de leurs manières et de leurs habitudes, lui semblèrent le paradis après l'enfer. Mais à cette tête excitée il eût fallu un peu plus de mouvement, soit de dissipations, soit

---

1. « Personne nommée par le conseil de famille d'un individu en tutelle, et chargée de surveiller la gestion du tuteur et de défendre les intérêts du pupille » (*Grand Larousse de la langue française*).

d'aventures, que n'en offrait la vie paisible et rangée du vieux comte. Yseult était aussi une compagne un peu sérieuse pour la romanesque Joséphine. Habituée déjà à s'isoler en esprit de ceux qui l'entouraient et à se faire un monde de chimères dans le secret de ses pensées, elle feignit donc d'être à l'unisson de la famille, et reprit le train ordinaire de ses rêveries sentimentales sans en faire part à personne.

17

Le courage était revenu au cœur de Pierre Huguenin. La chapelle lui paraissait encore plus belle que
lorsqu'il y était entré pour la première fois. La guérison de son père, la douce société et la précieuse assistance de son cher Corinthien, ajoutaient à son bonheur.
Il prit son ciseau, et entonna d'une voix fraîche et
sonore le chant sur la menuiserie :

> Notre art a puisé sa richesse
> Dans les temples de l'Éternel.
> Il a pris son droit de noblesse
> En posant son sceau sur l'autel*[1].

Puis, avant de donner le premier coup de ciseau, il
embrassa son père, serra la main du Corinthien, et se
mit à l'ouvrage avec ardeur. Le Berrichon hocha la tête.

— Et pour moi, rien de rien ? dit-il d'un gros air
triste et bon.

----

* « L'équerre, insigne du travail, qui figure aussi le triangle
symbolique de la Trinité divine. »

----

1. Sand a réécrit un poème cité dans *Le Livre du compagnonnage* : « Cet art étale sa richesse / Dans les temples de l'Éternel. / Il
les décore avec noblesse, / Il l'embellit jusqu'à l'autel. »

— Pour toi aussi le cœur et la main, dit Pierre en pressant sa main calleuse.

Le Berrichon, rendu à la joie, fit sur le bois qu'il allait entamer une croix avec le ciseau, suivant l'antique coutume chrétienne de son pays, et se mit à chanter à son tour une chanson de l'*Angevin-la-Sagesse*, un des braves poètes du Tour de France.

Le père Huguenin, avec son bras en écharpe, les suivait des yeux en souriant. En ce moment, le comte de Villepreux entrait, suivi de sa petite-fille, de la marquise et de M. Lerebours. Le comte, travaillé par la goutte, marchait appuyé d'un côté sur une canne à béquille, de l'autre sur le bras d'Yseult, qui l'accompagnait fidèlement dans toutes ses promenades de propriétaire. M. Lerebours s'était risqué jusqu'à offrir son bras à Joséphine, qui l'avait accepté avec une résignation gracieuse. Le comte s'arrêta à l'entrée de la bibliothèque pour écouter avec curiosité la chanson du Berrichon :

> Chassons loin de nous le chagrin
>   Qui tant d'hommes dévore ;
> Pour nous le passé n'est plus rien,
>   L'avenir rien encore.

— La rime n'est pas riche, dit le comte à sa fille, mais l'idée va loin.

Et ils s'approchèrent sans être vus. Le bruit de la scie et du rabot couvrait celui de leurs pas et de leurs voix.

— Lequel de tous ceux-là est Pierre Huguenin ? demanda la marquise à l'économe.

— C'est le plus grand et le plus fort de tous, répondit M. Lerebours.

Les yeux de la marquise se portèrent alternativement du Corinthien à l'Ami-du-trait, ne sachant lequel
était le plus beau de celui qui ressemblait au chasseur
antique avec son air mâle et sa force élégante, ou de
l'autre qui rappelait le jeune Raphaël avec sa grâce
pensive, sa pâleur et ses longs cheveux.

Le vieux comte, qui avait le goût et le sens du beau,
fut frappé aussi du noble trio de têtes grecques que
complétait le père Huguenin avec son large front, sa
chevelure argentée, les lignes accentuées de son profil
et son œil plein de feu.

— On dit que le peuple n'est pas beau en France,
dit-il à sa petite-fille en étendant sa béquille comme
s'il lui eût fait remarquer un tableau. Voilà pourtant
des échantillons de belle race.

— C'est vrai, répondit Yseult en regardant le vieillard et les deux jeunes gens avec le même calme que
s'ils eussent été là en peinture.

Le père Huguenin, qui ne travaillait pas, était venu
au-devant des nobles visiteurs avec une politesse
franche. L'aspect du comte était vraiment vénérable, et
quiconque le voyait était forcé d'abjurer en sa présence
toute prévention démocratique. Le comte le salua en
ôtant son chapeau tout à fait et le baissant très bas,
comme il eût salué un duc et pair. Il n'avait pas suivi
les manières de ces roués[1] insolents de la Régence qui,
en se familiarisant avec le peuple, l'avaient familiarisé
avec eux ; il avait reçu et gardé les saines traditions des

---

1. Selon le duc de Saint-Simon, le mot « roué » aurait été appliqué par le régent, Philippe d'Orléans, à ses compagnons de plaisir.
Ils se réunissaient chez lui au Palais-Royal ou au Luxembourg chez
sa fille, la duchesse de Berry.

grands seigneurs de Louis XIV, qui, par une admirable politesse, consacraient *in petto* l'infériorité du peuple. Le vieux comte portait un sentiment nouveau dans cette civilité dès longtemps acquise ; il avait des souvenirs de la Révolution qui lui faisaient accepter, moitié ironiquement, moitié franchement, le principe de l'égalité ; il disait lui-même que, toutes les fois qu'il abordait un homme du peuple, il murmurait à part lui cette formule : Peuple souverain, tu veux qu'on te salue !

Il s'informa d'abord de la blessure du vieux menuisier, et lui dit obligeamment qu'il était fort peiné qu'il eût éprouvé cet accident en travaillant pour lui.

— C'est qu'en effet j'allais un peu vite, répondit le père Huguenin. On ne devrait pas être étourdi à mon âge ; mais M. Lerebours me pressait tellement, que, pour contenter monsieur le comte, je donnais de furieux coups dans le bois ; et je me suis aperçu que mon ciseau avait une bonne trempe quand il a entamé ma vieille peau presque aussi dure que le vieux chêne.

— Vous me faites donc bien méchant, monsieur Lerebours ? dit le comte en se tournant vers son intendant. Je n'ai pourtant jamais estropié personne, que je sache.

Pierre Huguenin, immobile, la tête découverte et la poitrine oppressée, regardait mademoiselle de Villepreux avec une émotion indéfinissable. Il s'était souvenu, seulement en l'entendant nommer, de ses veillées dans le cabinet d'étude, et de l'espèce de culte qu'il avait rendu à la divinité inconnue de ce sanctuaire. Il était troublé en sa présence, comme si un lien mystérieux eût été prêt à se nouer ou à se rompre à cette première entrevue. Il s'étonna d'abord de ne pas la trouver aussi belle qu'il se l'était créée. Elle était, en effet, plus distinguée que jolie. Ses traits étaient fins, son front pur et bien dessiné, sa tête élégante et d'un bel ovale ; mais rien n'était grand ni frappant dans sa personne. Elle manquait absolument d'éclat. Cependant, en la regardant bien, on voyait qu'elle dédaignait d'en montrer ; car son œil petit et noir eût pu s'animer, sa bouche sourire, et toute sa frêle personne dévoiler la grâce cachée qui était en elle. Mais il y avait comme un parti pris de mépriser le travail de la séduction. Elle était toujours vêtue en conséquence ; ses robes étaient sombres et sans aucun ornement, et ses cheveux partagés en bandeaux lisses sur son front. Avec cette rigidité d'aspect et d'intention, elle avait un charme bien pénétrant pour qui savait la comprendre ; mais cela était impossible à la première vue, et en tout temps assez difficile.

Pierre Huguenin l'examinait ; mais tout à coup il rencontra son regard. Ce regard était presque hardi, à force d'être indifférent et calme. Pierre rougit, détourna les yeux, et sentit un poids de glace tomber sur son imagination : non qu'il trouvât l'héroïne de la tourelle désagréable ou antipathique, mais cette gravité étrange dans une si jeune fille détruisait toutes ses notions et dérangeait tous ses rêves. Il ne savait pas s'il devait la considérer comme un enfant malade, ou comme une organisation à jamais frappée d'apathie et de langueur. Et puis il se dit qu'il ne la connaîtrait jamais davantage, qu'il ne la reverrait peut-être pas, qu'il n'aurait aucune occasion d'échanger un second regard avec elle ; et il se sentit triste, comme s'il eût perdu la protection de quelque puissance idéale sur laquelle il aurait compté sans la connaître.

Cependant le comte s'était approché des travaux. Il en examina attentivement toutes les parties :

— Cela est parfaitement exécuté, dit-il, et je ne puis que vous donner des éloges ; mais, êtes-vous bien sûrs, messieurs, de la qualité de votre bois ?

— Certainement il ne vaut pas, répondit Pierre, celui de l'ancienne boiserie. Dans deux cents ans il sera bon, et l'ancien ne le sera peut-être plus. Mais ce dont je puis répondre, c'est que le mien ne jouera pas de manière à compromettre l'ensemble. Si une planche se contracte, si un panneau vient à éclater, ce qui n'est pas probable, je le réparerai à mes frais et avant qu'on en ait eu la vue choquée.

— Mais si vous vous étiez trompé sur toute la qualité de la matière ? dit le comte ; si l'ouvrage entier était à recommencer ?

— Je le recommencerais à mon compte, et je m'engagerais à fournir de meilleur bois, répondit Pierre.

— En ce cas, dit le comte en se retournant vers sa fille comme pour la prendre à témoin, je crois qu'il faut avoir confiance et laisser faire la conscience et le talent des gens. À coup sûr, vous travaillez fort bien, messieurs, et je n'aurais pas cru qu'on pût reproduire aussi fidèlement les anciens modèles.

— Il y a un mince mérite à cela, répondit Pierre ; ce n'est qu'un travail d'artisan appliqué et docile. Mais celui qui a dessiné le modèle était un artiste. Celui-là avait le goût, l'invention, le sentiment, aujourd'hui perdu, de la proportion élégante et simple [1].

Les yeux du comte s'animèrent, et il frappa légèrement le pavé de sa béquille, ce qui était chez lui l'in-

---

1. L'Avant-propos faisait déjà l'éloge de la simplicité.

dice d'une surprise et d'une satisfaction intérieure. Le père Huguenin le savait bien, et il le remarqua.

— Mais c'est être artiste que de comprendre et d'exprimer comme vous faites ? dit le comte.

— Nous prenons tous ce titre, répondit Pierre, mais nous ne le méritons pas. Cependant, ajouta-t-il en désignant Amaury, voici un artiste. Il pratique la menuiserie telle qu'on la fait aujourd'hui, parce qu'il faut gagner sa vie ; mais il pourrait inventer d'aussi belles choses que ce qui est ici. S'il y avait dans le château une pièce à décorer, on pourrait consulter les dessins qu'il a faits à ses moments perdus pour son amusement, et l'on y verrait des modèles que les connaisseurs ne critiqueraient pas.

— En vérité ? dit le comte en regardant Amaury, qui, ne s'attendant guère à cette révélation, rougissait jusqu'au blanc des yeux. Est-il votre frère ?

— Non, monsieur le comte ; mais c'est tout comme, répondit Pierre.

— Eh bien ! nous mettrons ses talents à profit, et les vôtres aussi, monsieur. Charmé de vous connaître ! Je suis bien votre serviteur.

Et le comte l'ayant salué avec politesse, et même avec une certaine déférence, s'éloigna, s'émerveillant tout bas, avec sa petite-fille, du bon sens et de la modestie des réponses de Pierre Huguenin.

La première figure qu'ils rencontrèrent en sortant de la bibliothèque fut celle d'Isidore qui, ayant épié le moment, attendait là l'effet que sa délation avait dû produire. Il ne savait pas que le vieux comte, ayant l'instinct et le goût de ce que les phrénologues[1] appellent

---

1. L'anatomiste Franz Josef Gall (1758-1828) est l'inventeur de la phrénologie qui prétend déduire de la conformation des crânes la prédominance de telle ou telle faculté, la propension à telle ou telle

aujourd'hui *constructivité*, s'entendait beaucoup mieux que lui à juger les travaux de l'atelier, et qu'il n'était pas facile de l'induire en erreur. Il avait compté sur la brusque vivacité qu'il lui connaissait, et sur l'orgueil un peu irascible du père Huguenin. Il espérait que l'un émettrait quelque doute, et que l'autre répondrait sans respect et sans mesure. Le comte, qui s'était fait raconter le matin par son architecte l'aventure du plan de l'escalier, comprenait fort bien maintenant la conduite d'Isidore et la méprisait parfaitement.

— Je suis fort content de ce que je viens de voir, lui dit-il en élevant la voix et en le regardant droit au visage d'un air sévère ; ce sont de bons ouvriers, et je remercie beaucoup votre père de les avoir employés. Qui est-ce donc qui disait, hier soir, qu'ils travaillaient mal ? Est-ce mon architecte ? N'est-ce pas vous, Isidore ?

— Je ne pense pas que l'architecte ait pu dire cela, répondit M. Lerebours ; car il est fort content du travail des Huguenin.

— Ce sera donc lui ! dit le comte en montrant Isidore avec malice.

— Mon fils n'a pas vu ce qu'ils font ; d'ailleurs il ne s'y connaît pas. Les sciences qu'il a étudiées sont d'un ordre plus relevé, et le proverbe qui dit : Qui peut le plus peut le moins, n'est pas toujours vrai. Mais qui

---

passion. Elle ébauche ainsi une localisation des facultés cérébrales. George Sand mentionne la phrénologie dans la VIIe *Lettre du voyageur* : «Sur Lavater et sur une maison déserte». Elle s'y montre favorable à la physiognomonie lavatérienne, dont le spiritualisme implicite la séduit, et assez réticente sur la phrénologie, d'inspiration matérialiste, quoi qu'en dise Gall. La mise en italique du mot «constructivité» prend une valeur ironique.

donc a pu chercher à indisposer monsieur le comte
contre *mes* ouvriers ? Ce sera le curé ; il m'en veut
parce que je le gagne au billard.

— Ce sera le curé, répondit le comte, c'est un sournois. La première fois que nous le verrons, nous lui
dirons de se mêler de ses affaires.

Isidore ne comprit pas la leçon. Il crut que le comte
manquait de mémoire, et se promit d'en profiter pour
revenir à la charge. Il était de cette race de gens que
rien ne peut convaincre d'erreur à leurs propres yeux ;
par conséquent, il était persuadé que son plan d'escalier
était bon, et que celui de Pierre était erroné. Il s'étonnait naïvement de la partialité que l'architecte avait
mise dans son jugement, et il attendait son adversaire à
l'œuvre pour l'humilier. C'est en vain que le prudent
auteur de ses jours lui avait conseillé de ne pas se vanter d'une défaite qu'on oublierait ou qu'on passerait
sous silence ; Isidore feignait d'adhérer à son conseil,
mais il n'en caressait pas moins le projet de se venger.

Le soir, au milieu du souper des Huguenin, un domestique du château vint prier Pierre de se rendre auprès de
M. le comte. Ce message fut transmis avec une politesse qui frappa le père Lacrête, présent au souper.

— Jamais je n'ai vu leurs laquais si honnêtes, dit-il
tout bas à son compère.

— Je t'assure que mon fils a quelque chose de singulier, répondit de même le père Huguenin. Il impose
à tout le monde.

Pierre était monté à sa chambre. Il en redescendit
habillé et peigné comme un dimanche. Son père eut
envie de l'en plaisanter ; il n'osa pas.

— Excusez ! dit le Berrichon dès que Pierre fut
sorti pour se rendre au château. Il s'est fait brave, notre

jeune maître ! S'il y va de ce train-là, gare à vous, pays
Corinthien ! la petite baronne ne vous regardera plus.

— Assez de plaisanteries là-dessus, dit le père
Huguenin d'un ton sévère. Les propos portent toujours
malheur, et ceux-là pourraient faire du tort à mon fils.
Si vous n'y tenez pas, mon Amaury, vous ne laisserez
pas continuer.

— Les paroles oiseuses me déplaisent autant qu'à
vous, mon maître, répondit le Corinthien. Ainsi, Berrichon, nous ne parlerons plus de cela, n'est-ce pas, ami ?

— Assez causé, dit la Clef-des-Cœurs. Mon affaire,
à moi, c'est de faire rire. Quand on ne rit plus...

— Nous savons que tu as de l'esprit, mon garçon,
dit le père Huguenin. Tu nous feras rire d'autre chose.

— C'est égal, dit le Berrichon, ces gens du château
me reviennent, à moi. Ça n'est pas fier, et c'est gentil
comme tout, ces dames nobles !

Quand Pierre vit ouvrir devant lui la porte du cabinet
de M. de Villepreux, il sentit un malaise affreux s'emparer de lui. Il n'avait jamais parlé à des gens aussi
haut placés dans la vie sociale. Les bourgeois auxquels
il avait eu affaire ne l'avaient jamais intimidé ; il s'était
toujours senti égal à eux, même dans les manières.
Mais il se disait qu'il y avait sans doute dans le vieux
seigneur une autre supériorité que celle du sang. Il
savait que le comte serait parfaitement poli, mais selon
un code d'étiquette auquel il lui faudrait se soumettre,
quand même il ne le trouverait pas conforme à ses
idées. Ce code est si étrange, qu'un homme du peuple
qui prendrait les manières d'un homme du monde serait
réputé impertinent. Il ne faut pas, par exemple, qu'un
ouvrier salue trop bas ; ce serait demander un salut
semblable, et il n'y a pas droit. Pierre avait lu assez de

romans et de comédies pour savoir quelles étaient les formes de politesse de ce monde qu'il n'avait pas vu. Mais quelles seraient ces formes avec lui, et comment devait-il y répondre ? En égal ? c'était passer pour un sot. En inférieur ? c'était s'humilier. Ce souci un peu puéril ne lui serait peut-être pas venu, s'il n'eût distingué, à la lueur de la lampe qui éclairait faiblement le cabinet, mademoiselle de Villepreux écrivant sous la dictée de son grand-père. Et toutes ces réflexions, lui arrivant à la fois, lui serrèrent le cœur, sans qu'il sût comment, et sans que je puisse bien vous dire pourquoi.

Lorsqu'il entra, Yseult se leva. Fut-ce pour le saluer et pour lui faire place ? Pierre se découvrit sans oser la voir.

— Veuillez vous asseoir, monsieur, dit le comte en lui montrant un siège.

Pierre se troubla, et prit un siège qui était embarrassé de livres et de papiers. Yseult vint à son secours en lui en plaçant un autre auprès de la table, et elle s'éloigna un peu. Il ne sut pas où elle s'asseyait, tant il craignait de rencontrer son regard.

— Je vous demande pardon si je vous ai fait venir, dit le comte ; mais je suis trop vieux et trop goutteux pour me déplacer. J'ai vu ce matin que la réparation des boiseries allait fort vite, et je voudrais savoir de vous si vous croyez pouvoir vous charger d'y mettre les ornements de sculpture.

— Ce n'est pas ma partie, répondit Pierre ; mais avec l'aide de mon compagnon, à qui j'ai vu exécuter des ornements très délicats et très difficiles, je crois pouvoir copier fidèlement ceux dont il est question.

— Ainsi vous voudrez bien vous en charger? dit le comte. Mon intention était d'abord de faire venir des sculpteurs en bois; mais d'après ce que vous m'avez dit ce matin, et sur ce que j'ai vu de votre travail, l'idée m'est venue de vous confier aussi la sculpture. C'est pourquoi j'ai voulu vous voir seul, afin de ne pas blesser votre compagnon au cas où, dans votre conscience, vous jugeriez cet ouvrage au-dessus de ses forces.

— Je crois que vous serez content de lui, monsieur le comte. Mais je dois vous dire d'avance que ce travail prendra beaucoup de temps; car aucun de nos apprentis ne pourrait nous y aider.

— Eh bien, vous prendrez le temps nécessaire. Pouvez-vous me promettre de ne pas vous laisser interrompre par des travaux étrangers à ceux de ma maison?

— Je le puis, monsieur le comte. Mais un scrupule me retient. Oserai-je vous demander si vous aviez jeté les yeux sur quelque sculpteur pour lui confier cet ouvrage?

— Sur aucun. Je comptais demander à mon architecte de Paris de m'envoyer ceux qu'il y jugerait propres. Mais puis-je vous demander, à mon tour, pourquoi vous me faites cette question?

— Parce qu'il est contraire à l'esprit de notre corps, et, je pense, à la délicatesse en général, de nous charger d'une besogne qui n'est pas dans nos attributions ordinaires, lorsque nous nous trouvons en concurrence avec ceux qu'elle concerne exclusivement. Ce serait empiéter sur les droits d'autrui, et priver des ouvriers d'un profit qui leur revient naturellement plus qu'à nous.

— Ce scrupule est honnête, et ne m'étonne pas de votre part, répondit le comte. Mais vous pouvez être tranquille ; je ne m'étais adressé à personne, et d'ailleurs ma volonté à cet égard doit s'exercer librement. Le déplacement d'ouvriers étrangers à la province augmenterait de beaucoup ma dépense. Prenez cette raison pour vous, s'il vous en faut une. Pour moi, j'en ai une autre ; c'est le plaisir de vous confier un travail qui doit vous plaire, et dont vous sentez si bien la beauté.

— Je ne commencerai cependant pas, répondit Pierre, sans vous avoir soumis un échantillon de notre savoir-faire, afin que vous puissiez changer d'avis si nous ne réussissons pas bien.

— Pourriez-vous me l'apporter dans quelques jours ?

— Je pense que oui, monsieur le comte.

— Et moi, dit mademoiselle de Villepreux, puis-je vous faire une prière, monsieur Pierre ?

Pierre tressaillit sur sa chaise en entendant cette voix s'adresser à lui. Il avait cru que si jamais pareille chose pouvait arriver, ce serait sous l'influence de circonstances bizarres et romanesques. Ce qui est tout naturel ne contente guère une imagination échauffée. Il s'inclina sans pouvoir dire un mot.

— Ce serait, reprit Yseult, de replacer la porte de mon cabinet, que M. Lerebours vous a redemandée déjà bien des fois, et qui est égarée, à ce qu'il prétend. Vous me feriez un grand plaisir de la faire chercher, et de la remettre en place, dans quelque état qu'elle se trouve.

— À propos, c'est vrai ! dit le comte. Elle aime son cabinet, et ne peut plus s'y tenir.

— Cela sera fait demain, répondit Pierre.

Et il se retira tout accablé, tout effrayé de la tristesse qui revenait s'emparer de lui.

— Je suis un fou, se dit-il en reprenant le chemin de sa maison. Cette porte sera replacée demain : il le faut ; il faudra qu'elle soit fermée pour toujours entre *elle* et moi.

18

Lorsque Pierre, qui, chez lui comme en voyage, partageait son lit avec Amaury, à la manière des anciens
frères d'armes, raconta à son ami la proposition que le
comte lui avait faite, un vif sentiment d'espérance et
de joie s'empara du jeune artiste. Il avait toujours senti
l'adresse délicate de ses mains et le goût exquis de ses
pensées le porter vers la sculpture ; mais ayant commencé l'état de menuisier et s'étant affilié à un compagnonnage de cette profession, il avait craint de se
retarder dans sa carrière en embrassant une voie nouvelle. Les encouragements lui avaient manqué. Pierre
était le seul qui lui eût conseillé d'aller prendre à Paris
les notions de son art de prédilection. Mais à cette
époque-là, le Corinthien était retenu à Blois par son
amour pour la Savinienne. Il avait donc renoncé à son
rêve, et avait rabattu ses prétentions sur les ornements
que comporte la menuiserie en bâtiments. De l'aveu de
tous les compagnons, il excellait à la partie difficile des
calottes ornées dans les niches, et personne ne décou-
pait comme lui les feuilles légères d'un chapiteau grec.
C'est à cause de cette spécialité qu'on lui avait donné
l'élégant surnom qu'il portait.

— Ah ! mon ami, s'écria-t-il, que la destinée est
bonne d'envoyer cette diversion à ma tristesse ! Je n'ai

pas eu la force de te dire mon admiration pour cette belle boiserie et l'effet qu'elle a produit sur moi la première fois que je l'ai regardée. D'abord, j'ai bien admiré cette belle distribution et cette sagesse de plans dont tu m'avais parlé à Blois. J'ai bien remarqué le caractère de largeur qui se faisait sentir jusque dans les détails de la plus petite dimension. Oui, j'ai compris ce que tu m'expliquais jadis, que la grandeur n'est pas dans l'étendue, mais dans la proportion, et que l'on peut faire mesquinement un colosse d'architecture, tandis qu'on peut donner l'apparence de la hauteur et de la force à un modèle de quelques pouces. Mais je t'avoue qu'en regardant ces arabesques semées avec tant de richesse et de sobriété à la fois (car ceci est encore la même question : peu de moyens, beaucoup d'effet), quand j'ai vu ces médaillons incrustés dans les panneaux et laissant sortir, comme d'une fenêtre, ces jolies petites têtes de saints avec leurs expressions et leurs coiffures diverses : les unes graves comme de vieux philosophes, les autres riantes et moqueuses comme de malins moines ; ici un fier soldat avec son casque enfoncé sur les yeux, là une jolie sainte couronnée de fleurs et de perles ; là-bas un beau séraphin aux cheveux bouclés et flottants, ailleurs encore une vieille sibylle demi-voilée avançant son cou maigre et anguleux : et autour de tout cela des oiseaux jouant parmi les guirlandes de fleurs, des monstres infernaux poursuivant des âmes éperdues à travers un réseau de feuilles de lierre ; et ces grosses têtes de lions qui semblent gronder à tous les angles, et tous ces bas-reliefs, toutes ces figurines, tous ces festons ; et tout ce mouvement d'êtres divers qui semblent vivre, courir, fuir, danser, chanter ou méditer sur le bois inanimé... oh ! à la vue de toutes ces merveilles d'un temps où l'art ennoblissait le métier, je me suis senti transporté dans un autre monde, et de grosses larmes étaient prêtes à s'échapper de mes yeux. Heureux, trois fois heureux, pensai-je, l'ouvrier qui a pu à sa fantaisie animer ces lambris de sa propre vie, et faire sortir des flancs bruts du chêne le peuple chéri de ses rêves ! Et comme les ombres du soir commençaient à descendre, il me sembla que je voyais s'agiter autour de moi des légions de petits fantômes qui s'en allaient rampant sur les panneaux, s'accrochant aux corniches, et se débattant avec les antiques créations de l'artiste. Les archanges embouchaient la trompette ; les péchés capitaux, monstres fantastiques, fourrageaient dans l'acanthe épineuse ; et les belles vierges chrétiennes se jouaient parmi les lis tranquilles, tandis que les moines prévaricateurs, satyres avinés, tiraient la barbe des graves théologiens. J'étais ivre moi-même, j'étais fou. Plus j'essayais de reprendre mes sens, plus ma vision grandissait et s'animait autour de mes tempes ardentes. Il me semblait que tous ces gnomes, tous ces follets, sortaient de ma tête, et de mes mains, et de mes poches. J'allais courir après eux, essayant de les rattraper, de les remettre en ordre, de les incruster dans le bois, respectueux et muets dans les places vides et dans les niches abandonnées que le temps leur avait creusées à côté de leurs ancêtres, quand la voix du Berrichon m'arracha à cette hallucination. Il m'entraîna en me mettant sur l'épaule ma scie et mon rabot, grossiers instruments d'un travail plus grossier encore. Je me suis résigné, j'ai travaillé selon mon devoir, mais non selon ma vocation. Et tu le vois aujourd'hui, Pierre, ce rêve était comme un avertissement prophétique de mon heureuse destinée. Voilà qu'enfin je vais pouvoir dire à mon tour : Et moi aussi je suis artiste[1] ! Je vais faire de la sculpture, je vais créer des êtres, je vais donner la vie ! et mon imagination, qui faisait mon supplice, va faire ma joie et ma puissance !

Le délire du Corinthien causa quelque surprise à son ami. Pierre ne connaissait pas encore toute l'exaltation de cette jeune tête, qui avait dévoré bien des livres et caressé bien des songes dorés dans ses voyages. Il l'embrassa avec une admiration mêlée d'attendrissement, et l'engagea à se calmer pour prendre un peu de repos. Mais le Corinthien ne put dormir, et il était levé avant le jour. Il ne songea point à déjeuner ; et, quand son ami arriva à l'atelier, il le trouva occupé à sculpter une figure.

— J'ai commencé par le plus difficile, lui dit-il, parce que je ne suis point inquiet pour le reste. Mais cette tête réussira-t-elle ? Je sais bien qu'elle ne ressemblera pas exactement au modèle. Mais pourvu qu'elle ait de la vérité, de l'expression et de la grâce, elle sera digne de subsister. Ce que j'admire dans cette boiserie, c'est qu'il n'y a pas deux ornements ni deux figures semblables. C'est la variété et le caprice infinis dans l'harmonie et la régularité. Oh ! mon ami, puissé-je trouver la beauté, moi aussi ! puissé-je mettre au jour ce que j'ai dans l'âme, et produire ce que je sens !

— Mais où as-tu appris l'art du dessin ? lui demanda Pierre étonné de voir venir une tête humaine sous le ciseau du Corinthien.

---

1. Reprise d'un mot attribué au Corrège. Il aurait trouvé sa vocation en admirant un tableau de Raphaël qui lui aurait arraché cette expression : «*Anch'io son' pittore* (Moi aussi je suis peintre).»

— Nulle part et partout, répondit le jeune homme. J'ai toujours été poussé par un instinct irrésistible vers les statues et les bas-reliefs. Je n'ai jamais passé devant un monument sans m'arrêter pour en considérer longtemps tous les ornements et toutes les sculptures. Mais c'est dans les musées des grandes villes que j'ai caché de longues contemplations et savouré des jouissances que je n'aurais osé dire à personne. Nous allons tous voir ces collections, comme on va chercher le spectacle d'objets nouveaux, étranges. Nous y prenons toujours quelques notions d'histoire, de mythologie et d'allégorie ; mais la plupart d'entre nous y vont satisfaire une curiosité sans but, et moi je puis dire que j'y allais assouvir une passion. J'ai même fait quelques dessins d'après les modèles. À Arles, j'ai essayé de copier la Vénus antique[1], et j'ai pris le contour de quelques vases et de quelques sarcophages que je rêvais d'exécuter en bois et de placer comme ornement dans quelque partie de décor. Mais savais-je ce que je faisais ? Et sais-je à présent ce que j'ai fait ? De grossières caricatures peut-être. J'ai calculé géométriquement les proportions ; mais la grâce, la finesse, le mouvement, la beauté en un mot !... Qui me dira que ma main obéit à ma pensée ? Qui me prouvera que mes yeux ne m'ont pas trompé, quand ils ont cru retrouver sur le papier ce qu'ils avaient découvert et observé dans la pierre et dans le marbre ?... Je m'agite dans le chaos, dans le néant peut-être ! J'ai vu des enfants dessiner sur les murs des faces grotesques, impossibles, qu'ils croyaient

---

1. Trouvée en 1621 dans les ruines du théâtre antique, offerte à Louis XIV, restaurée par Girardon, elle était conservée au Louvre. Il n'était donc pas possible de la voir à Arles.

conformes aux lois de la nature ; ils se trompaient, et ils étaient contents de leur ouvrage. Mais j'ai vu d'autres enfants tracer naturellement, et comme obéissant à une faculté mystérieuse, des figures animées, des attitudes vraies, des corps bien posés, bien proportionnés. Ils ne savaient pas s'ils avaient mieux fait que les autres ! Et moi, dans quelle classe dois-je me ranger ? Je l'ignore. Ne saurais-tu me le dire, oh ! mon pauvre Pierre ?

En parlant ainsi, le Corinthien travaillait avec ardeur ; ses yeux étaient brillants et humides, son front était baigné de sueur. Il y avait au fond de son âme une angoisse délicieuse et terrible. Pierre la partageait. Quand la figure fut achevée, Amaury, voyant arriver le père Huguenin et les apprentis, essuya son front, et cacha dans un coin son œuvre et les outils dont il s'était servi pour la faire. Il craignait le jugement de l'ignorance, et d'être découragé par quelque raillerie. Il ne voulait même pas examiner à la dérobée ce qu'il avait fait, crainte d'apercevoir son impuissance et de perdre trop vite l'espoir plein de délices. Quand les ouvriers sortirent à midi pour goûter, il ne les suivit pas, et pria Pierre Huguenin de lui aller chercher un morceau de pain. Mais quand celui-ci le lui rapporta, il ne songea point à y toucher.

— Pierre ! s'écria-t-il, je crois que j'ai réussi ; mais je tremble de te montrer ce que j'ai fait. Si tu le condamnes, ne me le dis pas encore, je t'en prie. Laisse-moi me flatter jusqu'à ce soir encore.

L'heure du souper étant venue, il enveloppa la figurine dans son mouchoir, et la donnant à Pierre :
— Prends-la, dit-il, et attends que tu sois seul pour la regarder. Si tu la trouves mauvaise, brise-la et ne m'en parle plus.

— Je m'en garderai bien, dit Pierre, je ne puis juger le mérite d'une pareille chose ; mais je sais quelqu'un qui doit s'y connaître, et je te dirai dans une heure si tu dois poursuivre ou cesser. Va m'attendre à la maison, et soupe, car tu n'as rien pris de la journée.

Pierre ne songea pas à prendre ses beaux habits. Il ne se souvint même pas de l'embarras qu'il avait éprouvé la veille, en paraissant devant le comte et devant sa fille ; il ne pensa qu'à l'anxiété de son ami, et il demanda à parler à M. de Villepreux. On l'introduisit, comme la veille, dans le cabinet. Yseult n'y était pas. Pierre entra sans crainte.

— Voilà, dit-il, ce que mon ami a essayé. Cela me semble bien ; mais je ne m'y connais pas assez pour en décider.

— Comment ! une figure ? s'écria le comte. Mais je n'avais pas demandé cela ; ou, pour mieux dire, je n'avais pas compté là-dessus, ajouta-t-il en regardant la figure avec étonnement.

— Cela ne fait-il pas partie des ornements que monsieur le comte voulait nous confier ?

— Ma foi ! je n'ai pas même songé à vous dire que j'enverrais à Paris quelques-uns des modèles pour les faire copier par des gens de l'art. Je n'aurais jamais cru que votre ami osât entreprendre une chose de cette importance. Son audace m'étonne un peu, je l'avoue… mais ce qui m'étonne beaucoup c'est le succès ; car cela me paraît remarquable. Pourtant, comme je ne suis guère meilleur juge que vous, je vais montrer cela à ma fille, qui dessine fort bien et qui a beaucoup de goût.

Le comte sonna.

— Ma fille est-elle au salon ? demanda-t-il à son valet de chambre.

— Mademoiselle est dans son cabinet de la tourelle, répondit le valet.

— Priez-la de venir me trouver, reprit le comte.

Dans la tourelle ! pensa Pierre Huguenin. Elle était là tout à l'heure pendant que j'étais dans l'atelier, et je ne le soupçonnais pas ! Et pourtant la porte n'est pas encore replacée… !

Son cœur battit avec force lorsque Yseult entra.

— Regarde cela, mon enfant, dit le comte en lui montrant la tête sculptée ; qu'en penses-tu ?

— C'est une fort jolie chose, répondit mademoiselle de Villepreux ; c'est une des figures de la vieille boiserie qu'ils ont grattée ?

— Ce n'est pas une des anciennes, répondit Pierre avec une joyeuse assurance ; c'est l'ouvrage de mon compagnon.

— Ou le vôtre, dit-elle en le regardant.

— Je n'ai pas tant d'adresse, répondit-il ; je ne me risquerais pas à le tenter. Je pourrais faire des feuillages et des bordures, quelques animaux tout au plus ; mais les personnages ne peuvent sortir que du ciseau de mon ami. Veuillez dire votre avis, monsieur.

Dans son trouble, Pierre ne sut pas dire mademoiselle en s'adressant à Yseult, et sa confusion augmenta quand il la vit sourire de sa méprise ; mais reprenant aussitôt son sérieux :

— Savez-vous, mon père, dit-elle, que ceci est bien curieux et bien remarquable ? Il y a là-dedans une naïveté de sentiment qui vaut mieux que l'art ; et un artiste de profession n'aurait jamais compris le style comme cet ouvrier l'a fait. Il aurait voulu corriger, embellir. Ce qui est une qualité principale, l'absence de savoir, lui aurait paru un défaut. Il aurait tourmenté et maniéré

ce bois sans en tirer cette forme simple, vraie et pleine
de grâce dans sa gaucherie. Il semble que cela soit sorti,
comme le modèle, de la main d'un ouvrier du quin-
zième siècle : même caractère, même ingénuité, même
ignorance des règles, même franchise d'intention. Je
vous assure que c'est beau dans son genre, et qu'il ne
faut pas chercher ailleurs le sculpteur qui réparera toute
la boiserie. Et il faudra le bien récompenser, cela en
vaut la peine ; car c'est un travail qui prouve beaucoup
d'intelligence. Le hasard vous a toujours bien servi,
mon père ; en voici une nouvelle preuve.

Pierre écoutait les paroles d'Yseult résonner à ses
oreilles comme de la musique. Les éloges qu'elle donnait à son ami et les expressions dont elle se servait lui
semblaient sortir d'un rêve. Il ne songeait plus à voir
en elle que la femme de goût et d'intelligence, dont la
retraite studieuse l'avait rempli d'enthousiasme avant
qu'il vît sa personne. Pendant qu'elle parlait à son père,
il avait osé la regarder ; et il la trouvait, dans ce moment,
aussi belle qu'il l'avait imaginée. C'est qu'elle parlait
avec animation des choses qui remplissaient le cœur et
la pensée de l'Ami-du-trait et de l'ami du Corinthien.
Il la sentait son égale, tant qu'il la voyait sous cette
face d'artiste.

Nous pouvons donc être quelque chose à ses yeux,
pensait-il ; et si elle a la misérable pensée de mépriser
nos manières et nos habits grossiers, du moins elle est
forcée de comprendre qu'il faut un certain génie pour
ennoblir le travail des mains.

Plus fier et plus heureux des éloges qu'on donnait
au Corinthien que s'il les eût mérités lui-même, il sentit sa timidité se dissiper tout à coup.

— Je voudrais que le Corinthien fût ici, dit-il, et

qu'il entendît comme on parle de son ouvrage. Je voudrais pouvoir retenir les mots qui viennent d'être prononcés, pour les lui transmettre ; mais je crains de ne les avoir pas assez compris pour les lui répéter.

— Ma foi ! c'est tout au plus si je les entends moi-même, dit le vieux comte en riant. La langue s'enrichit tous les jours de subtilités charmantes. Voulez-vous m'expliquer, à moi, tout ce que vous venez de dire, ma fille ?

— Mon père, répondit Yseult, n'est-ce pas qu'il y a des choses qui sont d'autant *mieux* qu'elles ne sont pas tout à fait *bien* ? Est-ce que le sourire naïf d'un enfant n'est pas mille fois plus charmant que l'affabilité étudiée d'un prince ? Dans tous les arts, ce qu'il y a de plus difficile à conserver c'est la grâce naturelle[1], et c'est là ce que nous chérissons dans les ouvrages du temps passé. Certainement ils ne sont pas tous bons, et dans la sculpture en bois de notre chapelle il y a une complète ignorance des principes et des règles. Pourtant il est impossible de les regarder sans plaisir et sans intérêt. C'est que les ouvriers de cette époque, et particulièrement l'artisan inconnu qui a fait ce travail, avaient le sentiment du beau et du vrai. Il y a bien là des têtes trop grosses, des bras et des jambes dans un mouvement forcé et d'une proportion défectueuse ; mais ces têtes ont toutes une expression bien sentie, ces bras ont de la grâce, ces jambes marchent. Tout cela est plein de force et d'action. Les ornements sont simples et larges. En un mot, on voit là le produit des facultés

---

1. C'est aussi un des termes clés de l'esthétique stendhalienne. Le naturel, le simple, le gracieux, voilà des expressions qui ressortissent à la poétique classique et que George Sand importe dans le romantisme, en les articulant à une primitivité.

naturelles les plus heureuses, et cette sainte confiance qui fait le charme de l'enfance et la puissance de l'artiste.

Le vieux comte regarda sa fille, et malgré lui il regarda Pierre, poussé par l'invincible besoin de faire partager à quelqu'un le plaisir qu'il éprouvait à l'entendre bien parler. Un sourire de bonheur et de sympathie embellissait le visage déjà si beau du jeune artisan. Mademoiselle de Villepreux s'en aperçut-elle ? Le comte vit que ce qu'elle venait de dire avait été parfaitement compris, et il n'en put douter lorsque Pierre s'écria :

— Je pourrai redire tout cela mot à mot au Corinthien.

— Le Corinthien justifie son surnom, dit le comte. Je m'intéresse à ce garçon-là. Où a-t-il été élevé ?

— Comme nous tous, sur les chemins, répondit Pierre. Nous travaillons et nous étudions en nous arrêtant de ville en ville. Nous avons nos ateliers et nos écoles, où nous sommes élèves les uns des autres. Mais quant aux dispositions particulières dont cet ouvrage est la preuve, personne ne les a cultivées dans le Corinthien. Cela lui est venu un beau matin, et il s'est formé tout seul.

— Est-ce qu'il ne serait pas fils de quelque artiste tombé dans la misère ? dit le comte.

— Son père était Compagnon menuisier comme lui, répondit Pierre.

— Et il est pauvre, ce bon Corinthien ?

— Non pas précisément ; il est jeune, fort, laborieux et plein d'espérance.

— Mais il n'a rien.

— Rien que ses bras et ses outils.

— Et son génie, dit Yseult en regardant la tête sculptée ; car il en a, je vous en réponds.

— Eh bien ! il faudrait cultiver cela, reprit le comte, l'envoyer à Paris, dans un atelier de dessin, et puis le placer chez quelque bon sculpteur. Qui sait ? il pourrait peut-être faire de la statuaire un jour, et devenir un grand artiste. Nous penserons à cela, n'est-ce pas, ma fille ?

— De tout mon cœur, répondit Yseult.

— Engagez-le à continuer, dit le comte à Pierre Huguenin. J'irai le voir travailler ; cela m'amusera, et l'encouragera peut-être.

Pierre rapporta mot pour mot à son ami tout cet entretien, et Amaury rêva statuaire toute la nuit. Quant à Pierre, il rêva de mademoiselle de Villepreux. Il la vit sous toutes les formes, tantôt froide et méprisante, tantôt bienveillante et familière ; et je ne sais comment l'image de la porte de la tourelle se trouvait toujours mêlée à cette vision. Une fois il lui sembla que la jeune châtelaine, debout au seuil de son cabinet, l'appelait, et qu'il montait jusqu'à cette porte sans escalier, par la seule puissance de sa volonté. Elle lui montrait un grand livre sur lequel étaient tracés des figures et des caractères mystérieux. Mais au moment où il essayait de les déchiffrer, encouragé par le sourire inspiré de la jeune sibylle, la porte se refermait sur lui avec violence, et sur le panneau de cette porte il voyait la figure d'Yseult ; mais ce n'était qu'une figure de bois sculpté, et il se disait : N'ai-je pas été bien fou de prendre cette sculpture pour un être vivant ?

Lorsqu'il s'éveilla de ce sommeil pénible, mécontent du trouble involontaire qui avait envahi ses pensées naguère si sereines, il résolut d'en finir avec son rêve en replaçant la porte. Son premier soin fut de la tirer du coin où il l'avait cachée. Les ferrures étaient encore bonnes, et, comme on lui avait prescrit de la remettre en quelque état qu'elle se trouvât, il approcha l'escalier roulant de la muraille et commença son travail.

Tandis qu'il frappait avec force, la face tournée vers l'atelier, mademoiselle de Villepreux entra dans son cabinet pour y chercher une note que lui demandait son grand-père ; et, lorsque Pierre se retourna, il la vit debout près d'une table, et feuilletant ses papiers sans faire attention à lui. Il était impossible pourtant qu'elle n'eût pas remarqué sa présence, car il faisait grand bruit avec son marteau.

Il y eut un instant de répit dans le tapage qu'il faisait. Il s'agissait de mesurer un morceau qui manquait en haut, dans la plinthe. En ce moment Pierre faisait face au cabinet. Il était sur le palier, et se sentait moins timide. Il eut la curiosité de regarder mademoiselle de Villepreux, comptant bien qu'elle ne s'en apercevrait pas. Elle lui tournait le dos ; mais il voyait sa taille frêle et gracieuse, et ses magnifiques cheveux noirs dont elle était si peu vaine qu'elle les portait en torsade serrée, quoiqu'à cette époque les femmes eussent adopté la mode des *coques* crêpées, orgueilleuses et menaçantes. Il y a dans l'absence de coquetterie quelque chose de touchant, que Pierre avait trop de délicatesse d'esprit pour ne pas remarquer ; et il le remarqua assez longtemps pour que mademoiselle de Villepreux fût tirée de sa préoccupation par ce silence, ainsi qu'il arrive lorsqu'on s'endort dans le bruit et qu'on s'éveille si le bruit cesse.

— Vous regardez cette crédence ? lui dit-elle avec le plus parfait naturel et sans que l'idée lui vînt de se croire l'objet d'une telle attention.

Pierre se troubla, rougit, balbutia, et voulant répondre oui, répondit non.

— Eh bien ! regardez-la de plus près, dit Yseult, qui n'avait pas écouté sa réponse, et qui s'était remise à ranger ses papiers.

Pierre fit quelques pas dans le cabinet avec un courage désespéré.

Je ne reverrai plus ce lieu où j'ai passé des heures si précieuses, pensait-il ; il faut que je lui fasse mes adieux en le regardant pour la dernière fois.

Yseult, qui s'était assise devant sa table, lui dit sans relever la tête :

— N'est-ce pas qu'elle est belle ?

— Cette Vierge de Raphaël ? dit Pierre tout hors de lui et sans songer à ce qu'il disait : oh oui ! elle est bien belle !

Yseult, surprise de ce que la gravure occupait le menuisier plus que la crédence, leva les yeux sur lui, et vit son émotion, mais sans la comprendre. Elle l'attribua à cette timidité qu'elle avait déjà remarquée en lui ; et, par une habitude de bonté affable que son grand-père lui avait inculquée, elle désira de le rassurer. — Vous aimez les gravures ? lui dit-elle.

— J'aime beaucoup celle-ci, dit Pierre. Si mon compagnon la voyait, il serait bien heureux.

— Voulez-vous que je vous la prête pour la lui montrer ? dit Yseult. Emportez-la.

— Je n'oserais pas me permettre… balbutia Pierre tout interdit de cette bonté familière à laquelle il ne s'attendait pas.

— Si ! si ! décrochez-la, dit Yseult en se levant. Elle décrocha elle-même la gravure pour la lui remettre. Vous sauriez bien copier ce cadre ? ajouta-t-elle en lui faisant remarquer le cadre de bois sculpté de la madone.

— C'est de l'ébénisterie, répondit-il, et pourtant je crois que je pourrais en faire un semblable.

— En ce cas, je vous en demanderai plusieurs. J'ai ici quelques vieilles gravures très belles. En parlant, elle ouvrit le carton où elles étaient et mit Pierre à même de les regarder.

— Voici celle que j'aime le mieux, dit-il en s'arrêtant sur un Marc-Antoine [1].

— Vous avez bien raison, c'est la meilleure, répondit Yseult, qui prenait un plaisir candide à remarquer le bon sens et le jugement élevé de l'artisan.

— Mon Dieu ! que cela est beau ! reprit-il ; je ne m'y connais pas, mais je sens que cela est grand ! On est heureux de pouvoir regarder souvent de belles choses.

— Elles sont rares partout, dit Yseult avec le désir de détourner l'amertume secrète que lui révélait cette exclamation.

Pierre regardait toujours la gravure. Il l'avait admirée, sans doute, mais il pensait à autre chose. Chaque seconde qui s'écoulait dans cette apparence d'intimité avec l'être qui commençait à bouleverser son esprit passait sur lui comme un siècle de bonheur qu'il savourait en tremblant. Le temps n'avait plus de valeur réelle en cet instant ; ou, pour mieux dire, cet instant se

1. Marcantonio Raimondi (vers 1480-1534) ou Marc-Antoine, graveur de compositions mythologiques et de sujets religieux.

détachait pour lui de la vie réelle, comme il nous semble que cela arrive dans les songes.

— Puisqu'elle vous plaît tant, dit Yseult attendrie dans son âme d'artiste, prenez-la, je vous la donne.

Pierre aurait mieux aimé qu'elle lui dît : — Je vous en prie. Il la força de le dire en refusant avec une certaine fierté.

— Vous me ferez beaucoup de plaisir en l'acceptant, reprit Yseult ; j'en retrouverai une autre pour moi. Ne craignez pas de m'en priver.

— Eh bien ! dit Pierre, je vous ferai un cadre en échange.

— En échange ! dit mademoiselle de Villepreux, qui trouva le mot un peu familier.

— Pourquoi non ? dit Pierre qui, dans les choses délicates, retrouvait spontanément le tact et l'aplomb d'une nature élevée. Je ne suis pas forcé d'accepter un cadeau.

— Vous avez raison, répondit Yseult avec un mouvement de noble franchise. J'accepte le cadre, et avec bien du plaisir. Et elle ajouta en voyant le doux orgueil qui brillait sur le front de l'artisan : — Si mon grand-père était là, il serait enchanté de voir cette gravure entre vos mains.

Peut-être que cet innocent et dangereux entretien se fût prolongé ; mais la petite marquise des Frenays vint l'interrompre. Elle débuta par un cri de surprise fort bizarre.

— Qu'avez-vous donc, ma chère ? lui dit Yseult avec un sang-froid qui la déconcerta tout à coup.

— Je m'attendais à vous trouver seule, répondit la marquise.

— *Eh bien ! ne suis-je pas seule*[1] *?* dit Yseult en baissant la voix pour que l'ouvrier n'entendît pas ce mot terrible ; mais il l'entendit : le cœur saisit parfois mieux que l'oreille. L'affreuse réponse tomba comme la mort dans cette âme embrasée d'amour et de bonheur. Il jeta la gravure au fond du carton, et le carton sur une chaise, avec un mouvement d'horreur qui ne put échapper à mademoiselle de Villepreux ; et, reprenant son marteau, il acheva de replacer la porte avec une rapidité extrême. Puis, s'éloignant sans saluer, sans tourner les yeux vers les deux dames, il quitta l'atelier plein de haine pour son idole, et plein de mépris pour lui-même aussi, qui s'était laissé bercer par de folles imaginations.

---

1. Tout l'art de Sand est de ne pas avoir fait d'Yseult une jeune femme parfaite. Elle est l'héritière d'une société aristocratique qui reste essentiellement fondée sur le don et sur l'aumône. On donne au pauvre ou à celui qui vous est socialement inférieur sans qu'on attende de lui, en retour, un contre-don par quoi il manifesterait sa liberté. En ce sens, il n'y a pas d'opposition entre l'offrande de la gravure et les paroles terribles prononcées ici par Yseult.

19

Quand les jeunes dames se trouvèrent tête à tête, il y eut entre elles une conversation assez singulière.

— Vous avez dit une parole bien dure pour ce pauvre jeune homme, dit la marquise en voyant Pierre Huguenin s'éloigner.

— Il ne l'a pas entendue, répondit Yseult, et d'ailleurs il n'aurait pas pu la comprendre.

Yseult sentait qu'elle se mentait à elle-même. Elle avait fort bien remarqué l'indignation de l'artisan, et comme, malgré les préjugés que l'usage du monde avait pu lui donner, elle était foncièrement bonne et juste, elle éprouvait un repentir profond et une sorte d'angoisse. Mais elle avait trop de fierté pour en convenir.

— Vous direz ce que vous voudrez, reprit Joséphine, ce garçon a été blessé au cœur, cela était facile à voir.

— Il aurait tort de croire que j'ai songé à l'humilier, répondit Yseult, qui cherchait à s'excuser à ses propres yeux. Vous m'eussiez trouvée tête à tête, n'importe avec quel homme autre que mon père ou mon frère, j'aurais pu vous faire la même réponse.

— Oui-da ! repartit la marquise. Vous ne l'auriez pas faite, cousine ! C'eût été mettre au défi tout autre qu'un pauvre diable d'artisan ; et comme vous savez que, du côté d'un homme *comme cela*, vous n'avez rien à craindre, vous avez été brave et cruelle à bon marché.

— Eh bien ! si j'ai eu tort, c'est votre faute, Joséphine, dit mademoiselle de Villepreux avec un peu d'humeur. Vous avez provoqué cette sotte réponse par une exclamation déplacée.

— Eh ! mon Dieu ! qu'ai-je donc fait de si révoltant ? Le fait est que j'ai été surprise de vous trouver en conversation animée avec un garçon menuisier. Qui ne l'eût été à ma place ? J'ai fait un cri malgré moi ; et quand j'ai vu ce garçon rougir jusqu'au blanc des yeux, j'ai été bien fâchée d'être entrée aussi brusquement. Mais comment pouvais-je prévoir…

— Ma chère, dit Yseult en l'interrompant avec un dépit qu'elle ne se souvenait pas d'avoir jamais éprouvé, permettez-moi de vous dire que vos explications, vos réflexions et vos expressions sont de plus en plus ridicules, et que tout cela est du plus mauvais ton. Faites-moi l'amitié de parler d'autre chose. Si je prenais mon grand-père pour juge de la question, il comprendrait peut-être mieux que moi ce que vous avez dans l'esprit, mais je ne sais pas s'il voudrait me le dire.

— Vous me donnez là une leçon bien blessante, répondit Joséphine, et c'est la première fois que vous me parlez ainsi, ma chère Yseult. J'ai dit apparemment quelque chose de bien inconvenant, puisque j'ai pu vous blesser si fort. C'est la faute de mon peu d'éducation ; mais vous, qui avez tant d'esprit, ma cousine, je m'étonne que vous ne soyez pas plus indulgente à mon égard. Si je vous ai offensée, pardonnez-le-moi…

— C'est moi qui vous supplie de me pardonner, dit

Yseult d'une voix oppressée en embrassant Joséphine avec force, c'est moi qui ai tort de toutes les manières. Une faute en entraîne toujours une autre. J'ai dit tout à l'heure une mauvaise parole, et, parce que j'en souffre, voilà que je vous fais souffrir. Je vous assure que je souffre plus que vous dans ce moment.

— N'en parlons plus, dit la marquise en embrassant les mains de sa cousine ; un mot de vous, Yseult, me fera toujours tout oublier.

Yseult s'efforça de sourire, mais il lui resta un poids sur le cœur. Elle se disait que si l'artisan avait entendu le mot cruel qu'elle se reprochait, elle ne pourrait jamais l'effacer de son souvenir ; et, soit la fierté mécontente, soit l'amour de la justice, elle sentait une blessure au fond de sa conscience ; elle n'était pas habituée à être mal avec elle-même.

La marquise cherchait à la distraire.

— Voulez-vous, lui dit-elle, que je vous montre le dessin que j'ai fait hier ? vous me le corrigerez.

— Volontiers, répondit Yseult. Et lorsque le dessin fut devant ses yeux : — Vous avez eu, lui dit-elle, une bonne idée de faire la chapelle avant qu'elle ait perdu son caractère de ruine et son air d'abandon. Je vous avoue que je regretterai ce désordre où j'avais l'habitude de la voir, cette couleur sombre que lui donnaient la poussière et la vétusté. Je regrette déjà ces voix lamentables qu'y promenait le vent en pénétrant par les crevasses des murs et les fenêtres sans vitres, les cris des hiboux, et ces petits pas mystérieux des souris qui semblent une danse de lutins au clair de la lune. Cet atelier me sera bien commode ; mais, comme tout ce qui tend au bien-être et à l'utile, il aura perdu sa poésie romantique quand les ouvriers y auront passé.

Yseult examina le dessin de sa cousine, le trouva assez joli, corrigea quelques fautes de perspective, l'engagea à le colorier au lavis, et l'aida à dresser son chevalet sur le palier de la tribune. Elle espérait peut-être qu'en venant de temps en temps se placer auprès d'elle elle trouverait l'occasion d'être affable avec Pierre Huguenin, et de lui faire oublier ce qu'elle appelait intérieurement son impertinence. Il est certain qu'elle le désirait, et que dès ce jour elle ne le vit plus passer sans éprouver un peu de honte. Il y avait dans cette souffrance une excessive candeur et une sorte de scrupule religieux où le plus austère casuiste n'aurait rien trouvé à reprendre, mais dont certaines femmes du monde se seraient moquées, scandalisées peut-être.

Quoi qu'il en soit, elle ne trouva point l'occasion qu'elle cherchait. Pierre, dès qu'il l'apercevait, sortait de l'atelier, ou se tenait si loin et se plongeait tellement dans son travail, qu'il était impossible d'échanger avec lui un mot, un salut, pas même un regard. Yseult comprit ce ressentiment, et n'osa plus revenir sur le palier tant que dura le dessin de Joséphine. Ainsi, chose étrange ! il y avait un secret des plus délicats entre mademoiselle de Villepreux, la fille du seigneur, et Pierre Huguenin, le Compagnon menuisier ; un secret qui se cachait dans les fibres du cœur plus qu'il ne se formulait dans les pensées, et que chacun d'eux savait bien devoir occuper l'autre, quoique ni l'un ni l'autre n'eût consenti à se rendre compte de cette douloureuse sympathie.

Il se passait bien autre chose, vraiment, dans l'esprit de la marquise ; et je ne sais comment m'y prendre, ô respectable lectrice ! pour vous le faire pressentir. Elle dessinait, et son dessin ne finissait pas. Yseult, qui était

fort adonnée à la lecture, à la rédaction analytique
d'ouvrages assez sérieux pour son sexe et pour son
âge, se tenait une partie de la journée dans son cabinet,
dont la porte restait ouverte entre elle et sa cousine,
mais dont la tapisserie la dérobait aux regards des
ouvriers. Elle n'allait plus sur le palier, et regardait le
dessin de Joséphine seulement lorsque celle-ci le lui
apportait. Or Joséphine le lui montrait de moins en
moins, et finit par ne plus le lui montrer du tout. Yseult
s'en étonna, et lui dit un soir :

— Eh bien, cousine qu'as-tu donc fait de ton dessin ? Ce doit être un chef-d'œuvre, car il y a huit jours
que tu y travailles.

— Il est horrible, répondit la marquise vivement :
affreux, manqué, barbouillé ! Ne me demande pas à le
voir, j'en suis honteuse ; je veux le déchirer et le
recommencer.

— J'admire ton courage, reprit Yseult ; mais, si ce
n'était pas te demander un trop grand sacrifice, je te
supplierais, moi, d'en rester là. Le bruit des ouvriers et
la poussière qu'ils font m'incommodent beaucoup. J'ai
l'habitude de travailler ici, et je serais, je crois, incapable de travailler ailleurs. Il faudra que j'y renonce si
tu continues à me laisser la porte ouverte.

— Eh bien ! si je dessinais avec la porte fermée ?...
dit la marquise timidement.

— Je ne sais trop comment motiver ce que je vais te
dire, répondit Yseult après un instant de silence ; mais
il me semble que cela ne serait pas convenable pour
toi : que t'en semble ?

— Convenable ! le mot m'étonne de ta part.

— Oh ! je sais bien que je t'ai dit qu'on était seule,
quoique tête à tête avec un ouvrier ; mais c'était une

idée fausse autant qu'une parole insolente, et tu sais que je me la reproche. Non, tu ne serais pas seule au milieu de six ouvriers.

— Au milieu? Mais Dieu me préserve d'aller me mettre au beau milieu de l'atelier! Ce ne serait pas du tout le point de vue pour dessiner.

— Je sais bien que la tribune est à vingt pieds du sol, et que tu es censée être dans une autre pièce que celle où ils travaillent; mais enfin... que sais-je?... Je te le demande à toi-même, Joséphine. Tu dois savoir mieux que moi ce qui est convenable et ce qui ne l'est pas.

— Je ferai ce que tu voudras, répondit la marquise avec une petite moue qui ne l'enlaidissait point.

— Cela semble te contrarier, ma pauvre enfant? reprit Yseult.

— Je l'avoue, ce dessin m'amusait. Il y avait là quelque chose de joli à faire, et j'aurais fini par réussir.

— Je ne t'ai jamais vue si passionnée pour le dessin, Joséphine.

— Et toi, je ne t'ai jamais vue si *anglaise*, Yseult[1].

— Eh bien, si tu y tiens tant, continue. Je supporterai encore le bruit du marteau qui me fend le cerveau, et cette malheureuse scie qui me fait mal aux dents, et cette maudite poussière qui gâte tous mes livres et tous mes meubles.

— Non, non, je ne veux pas de cela. Mais quelle différence trouves-tu donc à ce que nous soyons séparées par une porte ou par une tapisserie?

---

1. Les Anglais et les Anglaises sont censés avoir le souci extrême de la respectabilité, du *cant*. Cette vision de la sociabilité anglaise a été particulièrement mise en relief dans le roman de Mme de Staël, *Corinne*.

— Moi ? je ne sais pas ; il me semble que, moyen-
nant la tapisserie, tu n'as pas l'air d'être seule, et
qu'avec la porte ce sera bien différent.

— Est-ce que tu crois que ces gens-là font attention
à moi, à la distance où ils sont de la tribune ? Je dis
plus : crois-tu que je sois *quelqu'un pour eux* ?

— Joséphine, dit Yseult en riant et en rougissant à
la fois, vous êtes une hypocrite. Pourquoi avez-vous
fait un cri lorsque vous avez trouvé Pierre Huguenin ici,
causant avec moi, il y a huit jours ?

— Je ne sais pas non plus, moi ! vraiment je n'en
sais rien, Yseult ; c'était une sottise de ma part.

— Et c'en était peut-être une de la mienne de trouver ce tête-à-tête insignifiant ; j'y ai songé depuis. Un
homme est toujours un homme, quoi qu'on en dise. Je
ne causerais pas tête à tête dans mon cabinet avec Isidore Lerebours, par exemple…

Parce qu'il est sot, suffisant, malappris !

— Un artisan, comme Pierre Huguenin, par exemple,
qui n'est ni malappris, ni suffisant, ni sot, est donc
beaucoup plus un homme que M. Isidore ?

— Oh ! cela est certain !

— Et pourtant tu n'irais pas dessiner dans un atelier
où il y aurait plusieurs Isidores rassemblés !

— Oh ! non, certes ! Pourtant je m'y croirais bien
seule ; et si j'étais condamnée à vivre dans une île
déserte avec le plus parfait d'entre eux…

— Tu ferais le portrait des bêtes les plus laides plutôt que le sien, je le conçois… Mais qu'est-ce donc que
ce personnage que je vois là ?

Tout en parlant avec sa cousine, Yseult avait ouvert
le carton de dessins, et elle avait trouvé celui de l'atelier. Elle y avait jeté les yeux sans que Joséphine pré-

occupée songeât à l'en empêcher, et elle venait d'y
remarquer une jolie petite figure posée gracieusement
sur un fût de colonne gothique.

Joséphine fit un petit cri, s'élança sur le dessin, et
voulut l'arracher des mains de sa cousine, qui le lui
dérobait en courant autour de la chambre. Ce jeu dura
quelques instants ; puis, Joséphine, qui était très nerveuse, devint toute rouge de dépit, et arracha le dessin,
dont une moitié resta dans les mains d'Yseult : c'était
précisément la moitié où figurait le personnage.

— C'est égal, dit Yseult en riant, il est fort gentil,
vraiment ! Pourquoi te fâches-tu ainsi ? Eh bien ! te
voilà avec les yeux pleins de larmes ? Que tu es enfant !
Tu voulais déchirer ton dessin ? C'est fait. T'en repens-
tu ? Je me charge de le recoller ; il n'y paraîtra plus. Au
fait, ce serait dommage, il est très joli.

— Ce n'est pas bien, Yseult, ce que tu fais là. Je ne
voulais pas que tu le visses.

— Tu as de l'amour-propre avec moi à présent ?
N'es-tu pas mon élève ? Depuis quand les élèves
cachent-ils leur travail au maître ? Mais dis-moi donc,
Joséphine, quel est ce personnage ?

— Mais, tu le vois, une figure de fantaisie, un page
du Moyen Âge.

— Bah ! c'est un anachronisme. Si la chapelle était
debout, le page serait bien placé ; mais quand elle est en
ruines, il est hors de date. Il est peu probable que ce
pauvre jeune homme se soit conservé là dans toute sa
fraîcheur et avec les mêmes habits depuis trois cents ans.

— Tu vois bien que tu te moques de moi, c'est ce
que je voulais m'épargner.

— Si tu te fâches, je n'oserais plus te rien dire…
Pourtant…

— Eh bien ! dis, puisque tu es en train. Ne te gêne pas.

— Joséphine, ce page-là ressemble au Corinthien à faire trembler.

— Le Corinthien avec un pourpoint tailladé et une toque de page ? Tu es folle !

— Le pourpoint est proche parent d'une veste ; et quant à cette toque, elle est cousine germaine de celle du Corinthien, qui n'est pas laide du tout, et qui lui sied fort bien. Il porte les cheveux longs et coupés absolument comme ceux-là ; enfin il a une charmante figure comme ce page-là. Allons ! c'est son ancêtre, n'en parlons plus.

— Yseult, dit la marquise en pleurant, je ne vous croyais pas méchante.

Le ton dont ces paroles furent prononcées, et les larmes qui s'échappèrent des yeux de Joséphine, firent tressaillir Yseult de surprise. Elle laissa tomber le dessin, croyant rêver, et s'efforça de consoler sa cousine, mais sans savoir comment elle avait pu l'offenser ; car elle n'avait eu d'autre intention que celle de faire une plaisanterie très innocente, et qui n'était pas tout à fait nouvelle entre elles deux. Elle n'osa point arrêter sa pensée sur la découverte que ces larmes lui faisaient pressentir, et en repoussa bien vite l'idée comme absurde et outrageante pour sa cousine. Celle-ci, voyant la candeur d'Yseult, essuya ses larmes ; et leur querelle finit comme toutes finissaient, par des caresses et des éclats de rire.

Eh bien ! vous l'avez deviné, ô lectrice pénétrante ? la pauvre Joséphine, ayant lu beaucoup de romans (que ceci vous soit un avertissement salutaire), éprouvait le besoin irrésistible de mettre dans sa vie un roman dont elle serait l'héroïne ; et le héros était trouvé. Il était là, jeune, beau comme un demi-dieu, intelligent et pur

plus qu'aucun de ceux qui ont droit de cité dans les
romans les plus convenables. Seulement il était Compagnon menuisier, ce qui est contraire à tous les usages
reçus, je l'avoue ; mais il était couronné, outre ses
beaux cheveux, d'une auréole d'artiste. Ce génie éclos
par miracle était choyé et vanté chaque soir au salon
par le vieux comte, qui se faisait un amusement et une
petite vanité de l'avoir découvert, et cette position
intéressante le mettait fort à la mode au château. Ce
serait aujourd'hui un rôle usé : on a déjà vu tant de
jeunes prodiges qu'on en est las ; et puis il est bien certain qu'on en est venu à reconnaître que le peuple est
le grand foyer d'intelligence et d'inspiration. Mais, à
ces beaux jours de la Restauration dont je vous parle,
c'était une nouveauté de l'apercevoir, une hardiesse de
ne pas le nier, et une générosité seigneuriale d'en favoriser l'essor. Souvenez-vous que dans ce temps, déjà si
éloigné de l'année 1840 par ses mœurs et ses opinions,
les gens *comme il faut* ne voulaient point que le peuple
apprît à lire, et pour cause. Le vieux comte de Villepreux était d'un libéralisme effréné aux yeux des gen-
tillâtres ses voisins, et ce libéralisme était d'une
originalité et d'un goût exquis aux yeux de la jeunesse
cultivée du pays. Il était tout simple que la romanesque
Joséphine donnât un peu dans cet engouement de la
mode, sans en comprendre la portée. Elle voyait dans
son héros un Giotto ou un Benvenuto en herbe [1], et par-

---

　　1. Selon la légende, Giotto (1266-1337), fils de paysan et sans
doute lui-même berger, aurait été aperçu par le peintre Cimabue dessinant des brebis sur une pierre. Celui-ci aurait alors emmené Giotto
avec lui pour en faire son élève. L'orfèvre et sculpteur italien, Benvenuto Cellini (1500-1571), appartenait à une famille d'artistes, son
grand-père était architecte, et son père musicien.

dessus tout cela il ne s'appelait ni *la Rose*, ni *la Tulipe*,
ni *la Réjouissance*, ni *le Flambeau-d'amour* : le moindre
de ces surnoms eût mal sonné aux oreilles, et l'eût
dépoétisé, comme on dit maintenant ; mais il avait un
surnom qui plaisait et qu'on aimait à lui confirmer : il
s'appelait le Corinthien.

Pourquoi le Corinthien fut-il remarqué, et pourquoi
Pierre Huguenin ne le fut-il pas ? Ce dernier n'avait
guère moins de succès au salon ; c'est-à-dire que
lorsque, dans les causeries du soir, on mentionnait le
Corinthien, on mettait toujours Pierre de moitié dans
les éloges qu'on lui donnait. Le comte admirait sa
belle prestance, son air distingué, ses manières dont la
dignité naturelle était bien digne de remarque, son langage probe, intelligent, sensé et surtout son ardente et
poétique amitié pour le jeune sculpteur. Mais c'est que
le sculpteur était doué du feu sacré, et qu'il avait dû
refléter sur son ami le menuisier. Lorsqu'on disait ces
choses, le front de la marquise s'animait ; elle se trompait de cartes en jouant au *reversi*[1] avec son oncle, ou
faisait rouler ses pelotes de soie en brodant au métier ;
et puis elle hasardait un timide regard vers sa cousine.
Il lui semblait qu'elle devait surprendre, tôt ou tard, un
roman analogue entre elle et Pierre Huguenin, et cette
fantaisie de son imagination lui donnait du courage.
Pourtant la paisible Yseult lui parlait de Pierre avec tant
de calme et de franchise, qu'il n'y avait guère d'illusion à se faire de ce côté-là.

Mais si Joséphine comprenait qu'on pût et qu'on dût
faire attention à Pierre, elle n'en avait pas moins

---

[1]. Jeu de cartes d'origine espagnole où celui qui fait le moins de
levées gagne la partie.

accordé la préférence au jeune Amaury. On pouvait se familiariser plus aisément avec celui-ci, que l'on considérait un peu comme un enfant. On le nommait *le petit sculpteur* ; on s'entretenait de l'avenir qu'on lui rêvait ; tous les jours on allait le voir travailler ; le comte le tutoyait, l'appelait *son enfant*, et lui prenait la tête pour le présenter aux personnes qui venaient lui rendre visite et qu'il conduisait à l'atelier. On remarquait la largeur et l'élévation de son front ; un docteur du pays, partisan de Lavater[1] et de Gall, voulait mouler son crâne. Enfin il avait un succès plus brillant que maître Pierre, avec qui l'on ne pouvait pas jouer de même. Il est triste de le dire, mais il n'en est pas moins vrai que la plupart des femmes du monde attendent, pour donner la préférence à un homme, le jugement qu'en porteront les salons ; et le plus goûté est, selon elles, le plus accompli. Joséphine avait été trop sensible aux séductions de la vanité pour ne pas subir un peu ce travers. Elle s'était donc monté la tête pour le bel enfant, et ne pouvait plus s'en cacher. Les choses en étaient venues à ce point qu'on l'en plaisantait tout haut dans la famille, et qu'elle se livrait à la plaisanterie de très bonne grâce. Elle la provoquait même au besoin ; ce qui était une assez bonne manœuvre pour

---

1. Le pasteur zurichois Johann Kaspar Lavater (1741-1801) est le créateur de la physiognomonie, art de connaître les hommes d'après les traits de leur visage. Sur Gall, voir note 1, p. 280. Dans ses *Lettres d'un voyageur*, George Sand se montrait très enthousiaste de Lavater, mais ici le texte semble se moquer des pratiques d'un médecin de campagne qui est presque un médecin flaubertien ou un Bouvard et Pécuchet en puissance. Tout se passe comme si le narrateur écrivait à distance par rapport aux modes des années de la Restauration et des années 1830.

empêcher que la remarque ne tournât au sérieux. Voilà pourquoi sa cousine se permettait quelquefois d'en rire avec elle, ne pensant nullement qu'elle pût l'affliger par ce qui lui semblait un jeu ; et voilà pourquoi aussi elle fut si étonnée lorsqu'elle la vit pleurer à cette occasion. Mais ces larmes ne lui apprirent rien encore ; car Joséphine les expliqua par un amour-propre d'artiste, par une migraine, par tout ce qu'il lui plut d'inventer.

Toutes les cajoleries du château n'avaient pas jusqu'alors troublé la cervelle du bon Corinthien. L'engouement du vieux comte partait certainement d'un grand fonds de bienveillance et de générosité ; mais il était fort imprudent, car il pouvait égarer le jugement d'un jeune homme arraché à son obscurité paisible pour être lancé d'un bond dans la carrière du succès et de l'ambition. Heureusement Pierre Huguenin veillait sur lui comme la Providence, et le maintenait dans son bon sens par une sage critique. De son côté, le père Huguenin, tout en admirant franchement l'adresse et le goût du jeune sculpteur, lui donnait l'avis paternel de se tenir en garde contre la louange. Il n'avait pas encore à se plaindre de la nouvelle direction que le travail de ce Compagnon allait prendre : car celui-ci, fidèle à sa parole, ne faisait de sculpture que le dimanche, ou le soir pendant une heure ou deux de la veillée, par manière d'essai, et toutes ses journées de la semaine étaient consacrées à terminer la boiserie pour laquelle il avait engagé ses services. Il ne devait sculpter définitivement qu'après avoir satisfait entièrement son maître. Mais si le vieux menuisier ne blâmait pas cette tentative hardie (voyant même avec plaisir son fils s'y associer ; car sur ce terrain cessait toute jalousie de métier, toute concurrence de talent), il n'approuvait pas tout à fait les fréquentes et amicales relations qui s'étaient établies entre le salon et l'atelier. — Certainement, disait-il, je n'ai pas à me plaindre du vieux comte. C'est un homme juste, et son économie ordinaire se change en magnificence quand il rencontre le mérite. Il a des façons fort honnêtes. Sa fille est aussi avenante et bonne, sous son air tranquille et indifférent. Le jeune homme (il parlait de Raoul, le frère d'Yseult) est un peu borné, paresseux, et, comme dit notre Berrichon, *sert-de-rien*; mais, en somme, ce n'est pas un méchant enfant; et quand ses chiens mangent nos poules, il bat ses chiens sans les ménager. Enfin on voit, aux manières de l'intendant avec nous, que son maître lui a commandé d'être poli et humain pour le *pauvre monde*. Mais, malgré tout cela, je ne peux pas, moi, me mettre à aimer ces gens-là comme j'aimerais d'autres gens, des gens de notre espèce. Je vois le père Lacrête qui n'en est pas content, parce que ses manières un peu sans façon, et son envie bien naturelle de gagner le plus possible, ne sont pas bien venues au château. M. le comte a beau faire, il ne me fera pas croire qu'il aime le peuple, quoiqu'il passe pour un fameux libéral et que les imbéciles le traitent de jacobin. Il tirera bien son chapeau à celui de nous qui aura le plus d'esprit; mais on n'a qu'à s'oublier un peu avec lui, on verra comme il remontera *sur ses grands chevaux* pour passer sur le ventre des manants. Il sortira bien un louis d'or de sa poche pour qu'un pauvre diable boive à sa santé; mais essayons de boire à la république, on verra comme il nous payera les violons! Je vois bien la demoiselle du château faire l'aumône, aller et venir chez les malades comme une sœur de charité, causer avec un gueux comme avec un riche, et porter des robes moins belles que celles de sa fille de chambre ; on ne peut pas dire qu'elle veuille écraser le village, ni qu'elle ait jamais refusé de rendre un service ; mais allez lui proposer d'épouser le fils d'un gros fermier : eût-il de l'éducation et des écus autant qu'elle, elle vous dira qu'elle ne saurait déroger. Je ne la blâme pas ; les bourgeois ne valent pas mieux que les nobles. Mais enfin, rappelez-vous, mes enfants, que les grands seront toujours les grands, et les petits toujours les petits. On a l'air de chercher à vous le faire oublier ; mais laissez-vous-y prendre, et vous verrez comme on vous rafraîchira la mémoire ! Oh ! oh ! je n'ai pas vécu jusqu'à présent sans savoir ce que pèse un vilain dans la main de son seigneur.

Il y avait une chose qui déplaisait surtout au père Huguenin : c'était l'assiduité de la marquise à se poser sur la tribune pour dessiner pendant que les ouvriers travaillaient devant elle. Il semblait craindre que son fils n'y fît trop d'attention. Que vient faire là cette belle dame ? disait-il bien bas quand elle était partie. Est-ce la place d'une marquise de se tenir là-haut comme une poule sur un bâton, tandis que des gars comme vous lui regardent le bout du pied ? Je veux bien qu'elle ait le pied petit ; la grosse Marton l'aurait petit aussi, si, au lieu de porter des sabots, elle s'était serrée toute sa vie dans des escarpins. Et moi, je ne vois pas ce que cela a de si beau. En marche-t-on mieux, en saute-t-on plus haut ? Et d'ailleurs, à qui veut-elle plaire, qui veut-elle épouser ? N'est-elle pas mariée ? Et, ne le fût-elle pas, voudrait-elle d'un artisan ? Enfin que fait-elle là-haut sur son perchoir ? Est-ce pour nous surveiller, est-ce pour faire notre portrait ? ne voila-t-il pas des mes-

sieurs bien costumés, en blouse ou en manches de chemise, pour lui servir de modèles ? On dit qu'il y a à
Paris des gens qu'on paye pour avoir une grande barbe
et pour *se faire mettre en tableau*. Mais c'est un métier
de fainéant, et ça n'est pas le nôtre.

— Ma foi, disait le Berrichon, je ne gagnerais pas
beaucoup à ce métier-là, car je ne suis pas beau ; et, à
moins qu'il n'y eût un singe à fourrer dans une peinture,
je n'aurais pas beaucoup de pratiques. Mais savez-
vous, notre maître, qu'elle est bien heureuse, la petite
baronne, ou la petite comtesse, comme on l'appelle, de
se trouver avec des garçons honnêtes comme nous, qui
ne disons jamais de vilaines paroles et qui ne chantons
que des chansons *morales* ? Car, enfin, il y a bien des
ouvriers qui ne souffriraient pas de se voir lorgnés
comme ça, et qui la feraient partir en disant des gros
mots exprès devant elle.

— C'est ce que nous ne ferons jamais, j'espère, dit
Amaury ; nous devons du respect à une femme, qu'elle
soit mendiante ou marquise ; et, d'ailleurs, nous nous
respectons trop nous-mêmes pour tenir des propos
grossiers. On est là pour travailler, on travaille. Cette
dame travaille aussi. Je ne sais si c'est à quelque chose
de beau ou d'utile. Il faut le croire : sans cela quel plaisir trouverait-elle à quitter sa société pour la nôtre ?

La marquise ne faisait pas d'autre impression sur
Amaury. Il avait bien remarqué qu'elle était jolie, à
force de l'entendre dire ; mais il ne voulait pas croire
qu'elle fût là pour lui, comme le Berrichon et les
apprentis le pensaient. D'ailleurs il n'avait dans l'esprit
que la sculpture, et dans le cœur que la Savinienne.

20

Le vieux comte n'était pas très connu dans son village de Villepreux. Il n'avait pris possession de ce
domaine qu'après la Révolution, et il n'y était jamais
venu que de loin en loin, et pour y faire des stations de
trois mois tout au plus. C'était la moins splendide
de ses habitations et la plus retirée de ses terres vers
l'intérieur paisible de la France. À cette époque-là, la
Sologne n'était pas semée, comme aujourd'hui, de
belles forêts naissantes, ni coupée de routes praticables.
Ce pays, où il reste encore tant à faire, était un désert
où la misérable population des campagnes subsistait à
peine, mais où les capitalistes pouvaient tenter d'heureuses améliorations. Sous le prétexte de s'adonner à
l'agriculture, le vieux seigneur y avait fait depuis deux
ans des pauses plus longues, et, cette fois, il venait de
s'y installer avec tous les préparatifs que le projet d'un
long séjour entraîne. Les travaux qu'il y faisait faire et
la quantité de malles, de livres et de domestiques qu'on
y voyait arriver chaque jour, annonçaient une prise de
possession en règle. Cela donnait lieu, comme on peut
le croire, à beaucoup de commentaires ; car, en province,
rien ne peut se passer naturellement, il faut à tout une
explication mystérieuse. Les uns disaient que le vieux
seigneur venait là pour composer des mémoires, ce qui

paraissait ressortir des longues dictées qu'il faisait à sa fille et de la vie de cabinet qu'il menait avec elle. Les autres penchaient à croire que cette même fille, qui paraissait lui être si chère, avait dû se mettre en tête, à Paris, quelque amour malheureux dont on venait la soigner et la guérir dans la solitude et le recueillement. La pâleur habituelle de cette jeune personne, son air grave, ses habitudes de retraite, ses longues veilles étaient des choses assez étranges aux yeux des habitants de la contrée pour qu'il fallût les expliquer par un roman.

Ces derniers propos revenaient quelquefois à l'oreille de Pierre Huguenin, et ne lui paraissaient pas dénués de fondement. Mademoiselle de Villepreux était si différente, en effet, des jeunes personnes de son âge, la fraîcheur et la vivacité de sa cousine faisaient un tel contraste à côté d'elle, et puis on exagérait tellement l'excentricité de ses habitudes, qu'il ne savait à quelle idée s'arrêter. Mais que lui importait ? C'est la question qu'il se faisait à lui-même ; et cependant, lorsqu'il entendait parler de cette passion supposée, il sentait son cœur se serrer d'une manière étrange, et il faisait d'inutiles efforts pour écarter une préoccupation qui lui semblait maladive et funeste.

En peu de temps, le comte de Villepreux se popularisa dans le village d'une manière merveilleuse. Il faisait beaucoup travailler, et payait avec une libéralité qu'on ne lui avait pas connue. Il dominait le curé, et, à force de cadeaux pour sa cave et pour son église, le forçait d'être tolérant et de laisser danser le dimanche[1].

---

1. Voir le pamphlet de Paul Louis Courier, *Pétition pour des villageois qu'on empêche de danser* (1822), qui valut un procès à l'écrivain. Le clergé de la Restauration entendait régenter les mœurs et le jeune vicaire qui, succédant à un vieux curé tolérant, défend

Il tenait tête au préfet pour la conscription, influençant les médecins préposés pour la visite au conseil de révision. Enfin il ouvrait son parc le dimanche à tous les habitants du village, et payait même le ménétrier pour les faire danser dans le rond-point de la garenne, à l'ombre d'un beau vieux chêne appelé le Rosny[1], comme tous les arbres séculaires honorés de cette illustre origine.

Les ouvriers du père Huguenin s'habillaient de leur mieux ce jour-là et faisaient danser, de préférence aux paysannes, les pimpantes soubrettes du château. Le Berrichon y déployait toutes ses grâces, et ses entrechats ne manquaient pas de succès. Le Corinthien se livrait aussi à cet amusement, mais sans s'occuper d'une danseuse plus que d'une autre, et seulement peut-être pour satisfaire un peu d'enfantine coquetterie ; car il était si gracieux avec sa blouse de toile grise brodée de vert, et la toque béarnaise qu'il avait rapportée de ses voyages lui allait si bien, que tous les regards s'attachaient sur lui et que les jeunes filles enviaient l'honneur de danser avec lui.

Le vieux comte venait avec sa famille, à l'heure où le soleil baisse et où l'air fraîchit, regarder ces danses villageoises, et familiariser *les bonnes gens* avec sa présence seigneuriale. On était flatté du plaisir qu'il y prenait et des choses agréables qu'il savait dire à cha-

---

aux jeunes filles de danser sous les chênes n'illustre pas, dans la conclusion inédite de ce libelle, la seule imagination du pamphlétaire : ce personnage est un fait d'époque.

1. «Nom donné aux arbres qui furent plantés dans chaque commune, sous le règne d'Henry IV, par ordre de Sully, marquis de Rosny» (*Grand Dictionnaire universel du XIXᵉ siècle* de Pierre Larousse).

cun. Il y avait un banc de gazon sous le chêne, où personne ne se fût permis de s'asseoir à côté de lui et de sa fille, mais auprès duquel il savait attirer les anciens du pays pour causer avec eux ; voire le père Huguenin, qui affectait vainement son grand air républicain, et qui se laissait prendre tout comme un autre, quoiqu'il n'en convînt jamais.

Dans le commencement, le jeune Raoul de Villepreux dansait avec les plus jolies filles, et ne manquait guère de les embrasser, ce qui faisait rouler de gros yeux à leurs prétendus ; mais il n'en était que cela : si bien qu'un jour le père Lacrête, qui était non loin du banc de gazon, serra le poing d'un air demi-goguenard, demi-farouche, et jura, par tous les dieux dont il put invoquer le nom, que, de son temps, il n'aurait pas laissé embrasser son amoureuse, fût-ce par le dauphin de France. Le père Lacrête avait eu un mémoire réglé par l'architecte du château, et faisait de l'opposition ouvertement contre la famille.

Le comte, qui ne voulait pas compromettre sa popularité, ne releva pas le propos du vieux serrurier ; mais il ne le laissa pas tomber non plus, et le jeune seigneur ne reparut plus aux danses sous le chêne.

M. Isidore dansait, et Dieu sait avec quelle prétention ridicule et quels airs de triomphe impertinents ! Les filles du village en étaient éblouies ; mais les femmes de chambre, qui se connaissaient en belles manières, et la fille de l'adjoint, qui était une princesse, le trouvaient trop familier. Madame des Frenays avait dansé avec son cousin Raoul dans les premiers jours, et n'avait pas dédaigné de mettre sa petite main dans celle du paysan qui lui faisait vis-à-vis à la chaîne anglaise. Mais cette main était couverte d'un gant, ce qui parut fort injurieux à la plupart des danseurs, et ce qui les empêcha de l'inviter, quoiqu'elle mourût d'envie de l'être, car elle dansait à ravir ; ses petits pieds effleuraient à peine le gazon, et il n'est point de manants pour une jolie femme qui se voit admirée.

Quand Raoul s'éclipsa du bal champêtre par ordre supérieur, la marquise, n'y tenant plus, accepta l'invitation d'Isidore. Mais, après Isidore, personne ne se présenta, et elle s'en plaignit tout naïvement à son oncle lorsqu'il lui demanda pourquoi elle ne dansait plus.

— Voilà ce que c'est que d'être une belle dame, dit le comte. Mais voyons donc si je ne te trouverai pas un danseur. Viens ici, mon enfant, dit-il au Corinthien qui était à deux pas de lui : je vois bien que tu grilles d'inviter ma nièce, mais que tu n'oses pas. Moi, je te déclare qu'elle sera charmée de danser. Allons, offre-lui la main, et en place pour la contredanse ! c'est moi qui vais crier les figures.

Le Corinthien était trop gâté au château pour être étonné ou confus d'un tel honneur. — C'est la première fois que je fais danser une marquise, se disait-il en lui-même ; c'est égal, je la ferai danser tout aussi bien qu'un autre, et je ne vois pas pourquoi j'en serais si ébloui. C'était une réponse intérieure qu'il faisait aux regards écarquillés du Berrichon placé vis-à-vis de lui, et tout stupéfait de l'aventure.

Tout en sautant légèrement sur le pré avec sa danseuse, le Corinthien, qui, malgré son courage intérieur, n'avait pas encore osé la regarder en face, s'aperçut que cette reine du bal était si troublée qu'elle s'embrouillait dans les figures. Il n'y comprit rien d'abord, et, voulant l'aider à reprendre sa place sans être atteinte par les ronds de jambe impétueux du Berrichon, il osa, mais sans aucun autre sentiment que celui d'une déférence naturelle, placer sa main sous le coude de la marquise pour l'empêcher de tomber. Ce coude nu entre une manche courte et une mitaine de soie noire était si rond, si mignon et si doux, que le Corinthien ne le sentit pas d'abord, et que, voyant le Berrichon lancé dans une pirouette irréfrénable et la marquise chanceler, il lui serra le coude pour la remettre en équilibre. Mais cette pression fut électrique. Joséphine devint rouge comme une fraise, et le Corinthien eut un accès de timidité subite et de malaise insurmontable. Il eut hâte de la reconduire à sa place, aussitôt que la contredanse finit, et de s'éloigner avec une sorte d'effroi. Mais le violon n'eut pas plutôt donné le signal de la contredanse suivante qu'il se retrouva, comme par magie, auprès de madame des Frenays, et que la main de celle-ci était dans la sienne. De quelle formule s'était-il servi pour l'inviter de nouveau, et comment l'avait-il osé ? Il ne le sut jamais. Un nuage flottait autour de lui, et il agissait comme dans un rêve.

Depuis ce jour, le Corinthien fit danser la marquise tous les dimanches, et plutôt trois fois qu'une. Son exemple encouragea les autres, et Joséphine ne manqua plus une contredanse. Quand le Corinthien ne l'invitait pas, il était toujours son vis-à-vis, et leurs mains se touchaient, leurs haleines se confondaient, et leurs regards se cherchaient pour se fuir et pour se chercher encore. Tous ces petits prodiges s'opèrent si spontanément quand on aime la danse, qu'on n'a pas le temps de se raviser, et que la galerie n'a pas le temps de s'en apercevoir.

Yseult ne dansait jamais, quoique son grand-père l'y engageât souvent, et que la marquise, un peu honteuse du plaisir qu'elle-même y prenait, eût voulu l'entraîner dans le tourbillon champêtre. Était-ce dédain, était-ce nonchalance de la part de la jeune châtelaine ? Pierre Huguenin, toujours placé à une assez grande distance d'elle, et masqué soit par des groupes, soit par les buissons derrière lesquels il errait lentement, avait souvent les yeux attachés sur elle, et se demandait quelles pensées remplissaient ce front impénétrable, où tant d'énergie se cachait derrière tant de langueur. Mademoiselle de Villepreux avait toujours l'air d'une personne fatiguée qui se donne le plaisir de ne pas faire usage de ses facultés en attendant qu'elle les applique à de nouveaux actes de force. Pierre Huguenin l'étudiait comme un livre écrit dans une langue inconnue, où l'on espère trouver un mot qui vous fera deviner le sens. Mais ce livre était scellé, et pas une syllabe n'en révélait le mystère.

Elle n'avait pourtant pas l'air de s'ennuyer. De temps en temps elle adressait la parole aux villageoises, et c'était avec une familiarité polie dont la nuance était bien difficile à saisir. Elle semblait fuir l'affectation de bonté que révélait chaque geste de son grand-père, et en même temps elle était sérieusement et tranquillement bienveillante. Elle n'intimidait jamais les personnes avec qui elle s'entretenait ; et il était impossible de trouver la moindre différence dans sa contenance et dans ses traits, soit qu'elle parlât à son grand-père ou à sa cousine, soit qu'elle parlât au père Huguenin ou aux enfants du village. Quoique le pauvre Pierre eût sur le cœur une insulte qui lui semblait ineffaçable, il se disait parfois qu'elle avait le sentiment ou l'instinct de

l'égalité au degré le plus net et le plus complet. Mais
c'était là un aperçu trop élevé pour les gens du village.
Ils ne haïssaient point *la Demoiselle*, comme ils l'appelaient ; mais ils n'avaient pas pour elle cet engouement que le vieux comte savait leur inspirer. « Elle ne
le montre pas, disaient-ils ; mais on dirait bien qu'en
dessous elle est fière. »

Un jour, Amaury trouva un volume que la marquise,
qui ne venait plus dessiner dans l'atelier, avait laissé
traîner dans le parc. Il le porta à son ami Pierre, sachant
combien il aimait les livres.

En effet, la vue d'un livre faisait toujours tressaillir Pierre de désir et de joie. Depuis bien des jours,
il était sevré de lecture, et il s'imagina que ce délasse-
ment favori chasserait les tristes pensées dont il était
obsédé.

C'était un roman de Walter Scott[1], je ne sais plus
lequel ; mais un de ceux où le héros, simple montagnard ou pauvre aventurier, s'enamoure de quelque
dame, reine ou princesse, est aimé d'elle à la dérobée,
et, après une suite d'aventures charmantes ou terribles,
finit par devenir son amant et son époux. Cette intrigue
à la fois simple et piquante est, comme on sait, le thème
favori du roi des romanciers. S'il est le poète des lords
et des monarques, il est aussi le poète du paysan, du
soldat, du proscrit et de l'artisan. Il est vrai que, fidèle

---

1. L'influence de Walter Scott sur Balzac comme sur Hugo fut
considérable. George Sand, dans une lettre au docteur Véron
(6 septembre 1844), le définissait comme « notre maître à tous ».
La présentation qu'elle fait ici de son univers met en évidence la
contradiction que des critiques marxistes, comme Lukács, ne manqueront pas de relever entre l'idéologie conservatrice du romancier
et le fait qu'il a héroïsé le peuple.

à ses prédilections aristocratiques, et trop Anglais pour être hardi jusqu'au dénouement, il ne manque jamais de découvrir à ses nobles vagabonds une illustre famille, un riche héritage, ou de leur faire monter de grade en grade l'échelle des honneurs et de la fortune, pour les mettre aux pieds de leurs belles, sans exposer celles-ci à se mésallier par un pur mariage d'amour[1]. Mais il est certain aussi qu'il faut lui savoir gré de nous avoir peint le peuple sous des couleurs poétiques, et d'en avoir tiré de grandes et sévères figures dont le dévouement, la bravoure, l'intelligence et la beauté rivalisent avec l'éclat du héros principal, souvent jusqu'à le surpasser et à l'effacer. Sans nul doute, il a compris et aimé le peuple, non par principes, mais par instinct, et l'artiste n'a pas été aveuglé par les préjugés du gentleman.

Ces romans-là, malgré leur exquise et adorable chasteté, sont tout aussi dangereux pour les jeunes têtes, tout aussi subversifs du vieux ordre social, que romans le doivent être pour être romanesques et pour être lus avidement par toutes les classes de la société. C'est donc à sir Walter Scott qu'il faut attribuer le désordre qui s'était organisé, si l'on peut parler ainsi, dans la cervelle de Joséphine. Elle se rêvait la dame du XVe ou du XVIe siècle que devait poursuivre un jeune artisan,

---

1. La mise en cause des artifices romanesques destinés à susciter des fins heureuses dans les romans de la mésalliance ne manque pas de sel chez une romancière qui utilise souvent ces procédés (voir notamment *Le Meunier d'Angibault*). Mais, précisément, dans *Le Compagnon du Tour de France*, elle se refuse à les employer, comme s'il s'agissait par là de compenser l'idéalisation des personnages en présentant les barrières de classe comme des obstacles insurmontables dans les temps présents.

enfant perdu de quelque grande maison, lancé prochainement dans la carrière de talent et de la gloire, en attendant qu'il recouvrât ses titres ou qu'il en acquît par son mérite et sa réputation. La plupart des grands maîtres de l'art ne sont-ils pas sortis de la plèbe ; et quelle marquise même ayant généalogie, n'eût pas été flattée d'être l'idole et l'idéal de ces illustres prolétaires, Jean Goujon, Puget, Canova[1] et cent autres que compte l'histoire de l'art dans toutes ses branches ?

Ce volume fut dévoré par les deux amis en une soirée, et leur donna une telle envie de connaître le reste du roman, que, n'osant demander au château qu'on le leur prêtât, ils le louèrent chez le libraire de la ville voisine. Cette lecture fit sur eux une impression également profonde, quoique diverse : Pierre y voyait l'idéalisation fantastique de la femme ; le Corinthien y voyait la réalisation possible de sa propre destinée, non comme l'héritier méconnu de quelque grande fortune, mais comme le conquérant prédestiné à la gloire dans l'art. Il avouait naïvement à Pierre son ambition et ses espérances.

— Tu es heureux, lui répondait son ami, d'avoir ces douces chimères dans l'esprit. Et après tout, pourquoi ne se réaliseraient-elles pas ? Les arts sont aujourd'hui la seule carrière où les titres et les privilèges ne soient pas absolument nécessaires. Travaille donc, mon frère, et ne te rebute pas. Dieu t'a beaucoup donné : le génie et l'amour ! Il semble qu'il t'ait marqué au front pour

---

1. Jean Goujon (1510-1566), Pierre Puget (1620-1694), Antonio Canova (1757-1822). Deux de ces sculpteurs sont d'origine modeste. Puget était le fils d'un maître maçon, Canova d'un tailleur de pierre. Nous ne savons pas quelle était l'origine sociale exacte de Jean Goujon dont les premières années sont obscures.

une existence brillante ; car, à l'âge où nous végétons encore pour la plupart dans une grossière ignorance, interrogeant avec une tristesse apathique le problème de notre avenir, te voilà déjà sûr de ta vocation ; te voilà distingué par des gens capables de t'apprécier et de t'aider. Mais ceci n'est rien encore : te voilà aimé de la plus belle et de la plus noble femme qu'il y ait peut-être au monde.

Lorsque Pierre parlait de la Savinienne, Amaury tombait dans une mélancolie que son ami s'efforçait en vain de combattre. — Comment peux-tu t'affecter si profondément d'une absence dont tu sais le terme, lui disait-il, et dans laquelle tu es soutenu par la certitude d'être aimé fidèlement et courageusement ! Je me surprends, moi, à envier ton malheur.

Amaury avait coutume de répondre à ces reproches que l'avenir était couvert d'un voile impénétrable, et que l'espoir dont il s'était bercé était peut-être trop beau pour se réaliser. — Crois-tu donc, disait-il, que Romanet renoncera aisément au trésor que je lui dispute ? Pendant un an qu'il va passer auprès de la Mère, la voyant tous les jours et lui donnant à toute heure des preuves de dévouement et de passion, crois-tu qu'elle ne fera pas de plus sages réflexions que celles dont tu as été le confident dans une heure de trouble et d'enthousiasme ? Lorsqu'elle t'a parlé, nous avions tous la fièvre. C'était à la suite d'émotions violentes : après une scène où, pour la venger, j'avais commis un meurtre : un meurtre dont le souvenir fatal me poursuit sans cesse et jette un reflet lugubre sur mes pensées d'amour ! Aujourd'hui elle se repent déjà peut-être de ce qu'elle t'a dit ; et avant la fin de son deuil, peut-être qu'elle regrettera l'espèce d'engagement que cette confidence

lui a fait contracter indirectement avec moi, comme
elle regrettait alors l'engagement que son mari lui avait
fait contracter avec le Bon-soutien.

Ces doutes, qui n'étaient pas d'accord avec le caractère hardi et croyant du Corinthien, étonnaient Pierre,
d'autant plus qu'ils semblaient augmenter chaque jour,
à tel point qu'il attribua cet abattement au meurtre involontaire commis par son ami. Il essaya de bannir les
angoisses de ce souvenir amer, et de justifier le Corinthien à ses propres yeux.

— Non, je n'ai pas de remords, lui répondit le jeune
homme. Chaque matin et chaque soir j'élève mon âme
à Dieu, et je sais qu'elle est en paix avec lui ; car je
déteste la violence ; je ne suis ni haineux, ni emporté,
ni vindicatif, et les querelles du compagnonnage me
font horreur et pitié à l'heure qu'il est. J'ai vu tomber
celle que j'aimais, frappée d'un coup que j'ai cru mortel ; j'ai donné la mort à son assassin, dans un mouvement de défense plus légitime que celui du soldat à la
guerre. Mais ce sang répandu entre la Savinienne et
moi laissera des traces douloureuses : c'est un présage
affreux, et auquel je ne puis songer sans frémir.

— C'est l'absence qui te rend cette idée plus affreuse
encore. Si la Savinienne était ici, tu oublierais, dans le
bonheur de la regarder et de l'entendre, les images
sinistres qui flottent dans ton souvenir.

— Cela est certain ; mais je serais peut-être alors
plus coupable que je ne le suis. Pierre, tu me disais, il
n'y a pas longtemps, que tu étais dégoûté du compagnonnage, et que tu éprouvais le besoin d'en finir avec
tout ce qui avait rapport avec ces luttes criminelles et
insensées. J'ai bien plus de motifs aujourd'hui que tu
n'en avais alors pour éprouver le même dégoût. Je ne

puis supporter l'idée de m'y replonger, et surtout d'y
laisser vivre la compagne que j'ai rêvée. Il faudrait que
la Savinienne pût quitter ce triste métier ; je voudrais
l'arracher de ce coupe-gorge, dont je ne pourrai jamais
repasser le seuil sans une sueur froide et sans un fris-
son mortel.

— J'espère, répondit Pierre, que le temps adoucira
cette impression, dont je comprends trop bien l'amertume, mais dont tu es dominé peut-être plus qu'il ne
faudrait. Rappelle-toi tes jours de bonheur passés dans
cette maison si religieusement hospitalière, que la Savinienne sanctifie de sa présence. Plus ferme et plus forte
que toi dans l'orage, elle a gardé sa foi et sa clémence
toujours au service des victimes que de nouvelles
fureurs pourraient venir briser encore sur la pierre de
son foyer. Son rôle est bien grand, je t'assure ; et plus
je la vois entourée de dangers, plus je la trouve digne
de respect et d'amour, cette femme pure au milieu de
l'orgie, et calme au sein des fureurs qui grondent
autour d'elle. Il me semble qu'elle remplit là un devoir
plus auguste que celui d'une reine au milieu de sa cour,
et qu'en cherchant une vie plus paisible et plus élégante
elle renoncerait à une mission que le ciel lui a confiée.

— Ô Pierre ! dit le Corinthien ému, ton esprit enno-
blit les choses les plus viles et divinise encore les plus
élevées. Oui, la Savinienne est une sainte ; mais je ne
puis l'aimer sans désirer de l'arracher à l'enfer.

— Tu le feras un jour, répondit Pierre. Quand tu
auras conquis, à la sueur de ton front, une existence
plus douce, il te sera permis d'y associer ta compagne.
Alors elle aura bien assez travaillé, bien assez souffert
pour ses nombreux enfants du Tour de France ; et ce

changement de position sera la récompense, non l'abjuration de ses devoirs.

— Et dans combien d'années cela arrivera-t-il ? s'écria le Corinthien avec une expression de déchirement dont Pierre fut vivement frappé.

— Ô mon cher enfant ! lui dit-il, je ne t'ai jamais vu si pressé de vivre. Comment ! le courage te manque-t-il à l'heure de ta vie où tu as le plus de force et de puissance ?

Le Corinthien cacha son visage dans ses deux mains. Assis sur un arbre renversé dans le parc du château, les deux amis s'entretenaient ainsi depuis une heure. C'était un dimanche, et les ménétriers qui se rendaient au rond-point pour le bal champêtre passaient le long du mur extérieur en jouant de leurs instruments, au milieu des rires et des chants de la jeunesse du village qui les escortait.

Le Corinthien se leva brusquement.

— Pierre, dit-il, c'est assez de tristesse pour aujourd'hui. Allons danser sous le Rosny ; veux-tu ?

— Je ne danse jamais, répondit Pierre, et je m'en félicite ; car il me semble que c'est une triste ressource contre le chagrin.

— À quoi vois-tu cela ?

— À l'air dont tu m'y invites.

— C'est un singulier plaisir, en effet, dit le Corinthien en se rasseyant ; c'est comme celui du vin, qui vous porte à la tête, et qui vous distrait de vos peines pour vous les ramener plus lourdes le lendemain.

— Allons, dit Pierre en se levant à son tour, tous les moyens sont bons, pourvu qu'on vive. Il est bon d'oublier, car il est bon de se souvenir ensuite. L'un est doux, l'autre salutaire. Viens, que je te conduise à la danse.

— Tu devrais plutôt m'empêcher d'y aller, Pierre, répondit le Corinthien sans se lever. Tu ne sais pas ce que tu me conseilles ; tu ne sais pas où tu me conduis.

— Tu m'as donc caché quelque chose ? dit Pierre se rasseyant auprès de son ami.

— Et toi, tu n'as donc rien deviné ? répondit Amaury. Tu n'as donc pas vu qu'il y a là-bas, sous le chêne, une femme que je n'aime pas certainement, car je ne la connais pas, mais dont mes yeux ne peuvent pas se détacher, parce qu'elle est belle, et que la beauté a une puissance irrésistible ? Est-ce que l'art n'est pas le culte du beau ? Comment pourrais-je jamais rencontrer le regard de deux beaux yeux verts et détourner les miens ? Cela n'est pas possible, Pierre ! Et pourtant je ne l'aime pas ; je ne peux pas l'aimer, n'est-ce pas ? Tout cela est donc bien ridicule.

— Mais que veux-tu dire ? Je ne te comprends pas. Quelle est donc cette femme ? Comment une autre que la Savinienne peut-elle te sembler belle ? Si j'aimais, et si j'étais aimé, il me semble qu'il n'y aurait pour moi qu'une femme sur la terre. Je ne saurais pas seulement s'il en existe d'autres.

— Pierre, tu ne comprends rien à tout cela. Tu n'as jamais été amoureux. Tu crois peut-être à une puissance surhumaine qui n'est pas dans l'amour. Écoute ; je veux t'ouvrir mon cœur ; je veux te dire ce qui se passe en moi, et si tu y vois plus clair que moi-même, je suivrai tes conseils. Je te l'ai dit, il y a là-bas une femme que je regarde avec trouble, et à laquelle je pense avec plus de trouble encore quand je ne la vois pas. Souviens-toi de ce que tu me disais dans l'atelier, il y a cinq ou six jours, à propos d'une petite figure que j'ai découpée dans un de mes médaillons ?

— C'était la tête, la coiffure, sinon les traits d'une dame...

— Il est bien inutile de la nommer. Elles ne sont que deux : l'une est l'image de l'indifférence, l'autre est l'image de la vie. Tu as prétendu que j'avais voulu faire le portrait de cette dernière, je m'en suis défendu. Je ne le voulais pas en effet ; mais, malgré moi, quelque chose de sa forme gracieuse était venu sous mon ciseau. Tu insistas ; tu pris Guillaume à témoin. Nous parlions un peu haut peut-être, et je ne sais si du cabinet de la tourelle on n'entend pas ce qui se dit dans l'atelier. Nous sommes sortis, et puis, à la nuit, je suis rentré pour reprendre le livre que nous avions laissé là. Tu m'attendais à la maison pour l'achever. Tu m'as attendu assez longtemps. Je t'ai dit que j'avais marché un peu dans le parc pour dissiper un mal de tête. Je ne t'ai pas menti ; j'avais la tête en feu, et j'ai marché beaucoup en sortant de l'atelier.

— Que s'est-il donc passé là ? Je ne saurais l'imaginer. Une dame ! une marquise !... Toi un ouvrier ! un Compagnon !... Corinthien, n'as-tu pas rêvé, mon enfant ?

— Je n'ai pas rêvé, et il ne s'est rien passé de bien romanesque. Cependant écoute. J'entre dans l'atelier sans lumière ; je n'en avais pas besoin pour trouver mon livre, je savais juste la place où je l'avais laissé. Je vois le fond de l'atelier éclairé, et une dame qui examinait ma sculpture, précisément la petite tête qui lui ressemble. En me voyant, elle jette un cri, et laisse tomber son bougeoir. Nous voilà dans l'obscurité tous les deux ; je ne l'avais pas bien reconnue. Je ne sais pourquoi, je m'approche à tâtons en demandant qui est là. J'étendais les mains, et tout à coup je me trouve plus près d'elle que je ne croyais. Elle ne répond pas, quoique je la tienne dans mes bras. Ma tête s'égare, les ténèbres m'enhardissent, je feins de me tromper ; j'approche mes lèvres tremblantes en nommant mademoiselle Julie ; j'effleure des cheveux dont le parfum m'enivre... On me repousse, mais faiblement en disant : — Ce n'est pas Julie, c'est moi, monsieur Amaury : ne vous y trompez pas. Elle ne cherchait pas sérieusement à se dégager, et moi je ne pouvais me résoudre à la laisser fuir. — Qui donc, *vous* ? disais-je, je ne connais pas votre voix. Alors elle s'échappe, car je n'osais plus la retenir, et elle se met à courir dans l'obscurité. Je ne la suivais pas ; elle se heurte contre un établi, et tombe en faisant un cri. Je m'élance, je la relève, je la croyais blessée.

— Non, ce n'est rien, me dit-elle. Mais vous m'avez fait une peur affreuse, et j'ai failli me tuer.

— Comment pouviez-vous avoir peur de moi, madame ?

— Mais comment ne me reconnaissez-vous pas, monsieur ?

— Si madame la marquise s'était nommée, je ne me serais pas permis d'approcher.

— Vous comptiez trouver Julie à ma place ? Elle devait venir ici ?

— Nullement, madame ; mais je croyais que votre femme de chambre me faisait quelque espièglerie, et... j'étais si loin de croire...

— Je cherchais un livre que je croyais avoir laissé dans la tribune, et que j'ai aperçu là près de votre sculpture.

— Ce livre est à madame la marquise ? Si je l'avais su...

— Oh ! vous avez très bien fait de le lire si cela
vous a tenté. Voulez-vous que je vous le laisse encore ?

— C'est Pierre qui le lit.

— Et vous, vous ne lisez pas ?

— Je lis beaucoup, au contraire.

Alors elle me demande quels sont les livres que j'ai
lus, et la voilà qui cause avec moi comme si nous étions
à la contredanse. Il venait un peu de clarté par la fenêtre
ouverte, je la voyais près de moi comme une ombre
blanche, et le vent jouait dans ses cheveux, qui m'ont
paru dénoués. J'étais redevenu si timide que je lui
répondais à peine. Je m'étais senti plus hardi quand
elle me fuyait ; mais quand elle s'est mise à m'interroger, j'ai senti mon néant, j'ai rougi de mon ignorance,
j'ai craint de m'exprimer d'une manière triviale ; j'ai
été si lâche que j'en avais honte. Il me semblait qu'elle
devait me mépriser. Cependant elle ne s'en allait pas ;
sa voix était toute changée, et, en me faisant des questions comme à un enfant qu'on protège, elle paraissait
si émue, que je lui ai dit pour changer la conversation :

— Je suis sûr que vous vous êtes fait du mal en tombant. Je sais bien que je devais dire : — Madame la
marquise s'est fait du mal. Je n'ai pas voulu le dire ;
non, pour rien au monde je ne l'aurais dit. — Je ne me
suis pas fait de mal, a-t-elle répondu, mais j'ai eu une
telle peur que le cœur me bat encore. J'ai cru que
c'était un des ouvriers qui courait après moi.

Cette parole m'a bien surpris, Pierre. Que voulait-
elle dire ? Est-ce que je ne suis pas un ouvrier, moi ?
A-t-elle cru me flatter en me disant qu'elle me mettait
à part, ou bien est-ce une idée de mépris qui s'est
échappée malgré elle ? D'ailleurs elle m'avait fort bien
reconnu, puisqu'elle m'avait nommé tout d'abord. Elle

s'est levée pour partir, et sa robe s'est accrochée à une scie qui se trouvait là. Il m'a fallu l'aider à se dégager, et cette robe de soie qui était si douce m'a fait tressaillir jusqu'au bout des doigts. J'étais comme un enfant qui tient un papillon et qui craint de lui gâter les ailes. Elle a cherché ensuite à se diriger vers l'échelle à marches pour regagner la tribune, et je n'osais ni la suivre, ni m'éloigner. Quand elle a été sur les premières marches, elle a fait encore un petit cri, et j'ai entendu craquer les planches. J'ai cru qu'elle tombait encore, et en deux sauts j'ai été auprès d'elle. Elle riait, tout en disant qu'elle s'était fait mal au pied ; et elle disait aussi qu'elle n'osait pas remonter, de peur de rouler en bas. Je lui ai proposé d'aller chercher de la lumière.

— Oh ! non, non ! s'est-elle écriée. Il ne faut pas qu'on me sache ici ! Et elle s'est risquée à grimper. J'aurais été bien grossier, n'est-ce pas, si je ne l'avais pas aidée ? Elle était vraiment en danger en montant dans l'obscurité cette échelle qui ne serait pas commode pour une femme même en plein jour. J'ai donc monté avec elle, et elle s'est appuyée sur moi. Et voilà qu'au dernier échelon elle a encore failli tomber, et que j'ai été forcé de la retenir encore dans mes bras. Le danger passé, elle m'a remercié d'un ton si doux et avec une voix si flatteuse, que je me suis attendri ; et quand elle a refermé sur elle la porte de la tourelle, j'ai eu comme un accès de folie. J'ai appuyé mes deux bras sur cette porte, comme si j'allais l'enfoncer... Mais je me suis enfui aussitôt à travers le parc, et je crois bien que je n'ai pas retrouvé encore toute ma raison depuis ce jour-là. Pourtant il y a des moments où cela me paraît autrement. Il me semble qu'il faudrait être bien coquette pour vouloir tourner la tête à un homme qu'on n'oserait pas aimer. Cela serait bien lâche ; et si la marquise a eu cette pensée, ce n'est pas le fait d'une femme qui se respecte... Réponds-moi donc, Pierre ; qu'en penses-tu ?

— C'est une question bien délicate, répondit Pierre, que ce récit avait fort troublé. Une femme, ainsi placée, qui aimerait sérieusement un homme du peuple ne serait-elle pas bien grande et courageuse ? De combien de persécutions ne serait-elle pas l'objet ! Et, dans cette affection, ne serait-elle pas forcée de faire en quelque sorte les avances ? Car quel serait l'homme du peuple qui oserait l'aimer le premier, et qui, comme toi, ne se méfierait pas un peu ? Ainsi tu vois que je ne puis blâmer cette dame si elle a de l'amour pour toi. Mais je ne sais pourquoi je n'ai pas grande confiance à la vérité de cet amour. Cette marquise, étant la fille d'un bourgeois, et pouvant choisir parmi ses pareils, s'est laissé marier à un bien mauvais sujet, parce qu'il avait un titre. Elle s'est avilie par ce mariage, croyant s'éloigner de plus en plus du peuple dont elle est sortie.

— Ne pourrait-on pas répondre à cela, dit Amaury, qu'elle était alors un enfant, qu'elle ne savait pas ce qu'elle faisait, que ses parents l'ont mal conseillée ? Et, à présent, n'est-il pas possible qu'elle ait fait des réflexions sérieuses, qu'elle se soit repentie de son erreur, et qu'ayant reçu du sort une cruelle leçon, elle soit revenue à des sentiments plus nobles ?

— Oui, cela est possible, répondit Pierre ; tout ce qui peut excuser et justifier une femme aussi malheureuse, j'aime à l'entendre, et je m'efforce d'y croire. Mais que nous importe de savoir si elle est sincère ou coquette ? Pourrais-tu t'arrêter un instant à la pensée de répondre à de telles avances ? Ô mon ami, si un amour disproportionné, irréalisable, venait à s'emparer de toi, sois-en certain, ton avenir serait compromis et ton âme en quelque sorte flétrie. Garde-toi donc des rêves dangereux et des écarts de l'imagination. Tu ne sais pas ce qu'on souffre quand une seule fois on a laissé passer devant le pur miroir de la raison certains fantômes trompeurs qui ne peuvent se fixer dans notre vie de misère et de privation.

— Tu parles de ces chimères comme si ton esprit ferme et sage pouvait les connaître, répondit Amaury, frappé du ton d'amertume qui accompagnait les paroles de son ami. As-tu donc déjà vu quelque exemple de ces amours disproportionnées que tu réprouves?

— Oui, j'en ai vu un, répondit Pierre avec émotion, et quelque jour peut-être je te le raconterai ; mais cela me coûterait trop en ce moment : c'est une blessure toute fraîche qui a été faite au cœur d'un honnête homme. Il ne la méritait pas, sans doute ; mais elle lui sera salutaire, et il en remercie Dieu.

Amaury comprit à demi que Pierre parlait de lui-même, et n'osa l'interroger davantage. Mais après quelques instants de silence, il ne put s'empêcher de lui demander si la marquise était pour quelque chose dans l'exemple qu'il citait.

— Non, mon ami, répondit Pierre, je crois la marquise meilleure que la personne à laquelle tu me fais songer. Mais, quelle qu'elle soit, Amaury, ne pense pas que cette marquise, sans mari, sans lien conjugal, sans prudence et sans force sur elle-même, soit un être aussi beau, aussi pur et aussi précieux devant Dieu que la noble Savinienne avec sa résignation, sa fermeté, son courage, sa réputation sans tache et son amour maternel. Une robe de satin, des petits pieds, des mains douces, des cheveux arrangés comme ceux d'une statue grecque, voilà, je l'avoue, de grands attraits, pour nous autres surtout, qui ne voyons ces beautés si bien ornées qu'à une certaine élévation au-dessus de nous, comme nous voyons les Vierges richement parées dans les églises. De belles paroles, un air de bonté souveraine, un esprit plus fin, plus orné que le nôtre, voilà aussi de quoi nous éblouir et nous faire douter si ces femmes sont de la même espèce que nos mères et nos sœurs ; car celles-ci sont placées sous notre protection, tandis que nous sommes comme des enfants devant les autres. Mais, sois-en certain, Amaury, nos femmes ont plus de cœur et de vrai mérite que ces grandes dames, qui nous méprisent en nous flattant, et nous foulent aux pieds en nous tendant la main. Elles vivent dans l'or et la soie. Il faut qu'un homme se présente à elles attifé et parfumé comme elles ; autrement ce n'est pas un homme. Nous, avec nos gros habits, nos mains rudes et nos cheveux en désordre, nous sommes des machines, des animaux, des bêtes de somme ; et celle qui pourrait l'oublier un instant rougirait de nous et d'elle-même l'instant d'après.

Pierre parlait avec amertume, et peu à peu il avait élevé la voix. Il s'interrompit tout à coup, car il lui semblait que le feuillage avait remué derrière lui. Le Corinthien fut frappé aussi de ce frôlement mystérieux. Il tremblait que la marquise ou quelqu'une des soubrettes du château n'eût entendu ses confidences. Une autre pensée était venue à Pierre ; mais il la repoussa et ne l'exprima point. Il retint son ami, qui voulait s'élancer dans le fourré à la poursuite de la biche curieuse, et se moqua de sa folie. Mais leurs soupçons s'aggravèrent lorsque, ayant fait quelques pas, ils virent une figure

svelte et légère glisser comme un fantôme sous le berceau d'une petite allée et se perdre dans le crépuscule.

Ils se rendirent sous le chêne afin de voir quelles
personnes du château les y avaient devancés. La marquise venait d'arriver avec sa femme de chambre Julie,
jeune dindonnière décrassée, comme l'appelait ironiquement le père Lacrête, assez coquette et passablement jolie. Le comte de Villepreux n'y était pas. Sa
fille n'y était pas non plus. Cependant ce pouvait bien
être elle qui avait traversé les buissons au moment où
Pierre prononçait sur elle, sans la nommer, une sorte
d'imprécation. Il savait qu'elle s'occupait de botanique, et quelquefois il l'avait vue entrer dans les taillis
pour y recueillir des mousses et des jungermanns[1].
Mais ce pouvait être aussi la marquise qui s'était glissée
là pour les écouter. Ils en ressentaient quelque perplexité secrète, lorsque le Corinthien, soit pour chercher
l'occasion d'éclaircir ce mystère, soit entraîné par un
penchant irrésistible, quitta brusquement le bras de son
ami, et alla inviter Joséphine. Pierre ne put se défendre
d'un sentiment pénible en voyant la puissance de cet
attrait réciproque. Il se mit à l'écart pour les observer,
et reconnut bientôt qu'un grand danger menaçait la raison et le repos du Corinthien. La marquise ne lui parut
guère moins à plaindre. Elle semblait à la fois enivrée
et consternée. Lorsque le jeune sculpteur était à ses
côtés, elle ne voyait plus que lui ; mais, dès qu'il s'éloi-
gnait, elle hasardait autour d'elle des regards effrayés
et pleins de confusion. Il faut qu'elle l'aime beaucoup,

---

1. On connaît la passion de George Sand pour la botanique, qui
se manifeste ici dans ce lexique spécialisé. Les jungermanns sont
des «plantes cryptogames de la famille des hépatiques» (*Grand
Dictionnaire universel du XIXᵉ siècle* de Pierre Larousse).

se disait Pierre, pour venir ici, à peu près seule, danser avec ces braves paysans, qui certes ne sont à ses yeux que des rustres. Pierre se trompait sur ce dernier point. Ces rustres avaient des yeux ; ils admiraient la brillante fraîcheur de Joséphine Clicot et la grâce légère de ses mouvements. Ils se le disaient les uns aux autres. Le Corinthien entendait ces éloges naïfs et Joséphine voyait bien qu'il ne les entendait pas sans émotion. Elle désirait donc de plaire à tous les danseurs, afin de plaire davantage à celui qu'elle préférait.

21

Pierre fit de vains efforts pour arracher le Corinthien de la danse.

— Laisse-moi épuiser cette folie, lui répondait le jeune homme. Je t'assure que je suis encore maître de moi-même. D'ailleurs c'est la dernière fois que je braverai ce danger. Mais regarde ; la voilà seule au milieu de tous ces villageois, dont quelques-uns sont avinés. Cette petite Julie n'est pas un porte-respect pour elle ; et si c'était pour moi, comme tu le penses, qu'elle est venue se risquer dans cette foule un peu brutale, ne serait-ce pas mon devoir de veiller sur elle et de la protéger ? Va, Pierre, une femme est toujours une femme, et l'appui d'un homme, quel qu'il soit, lui est toujours nécessaire.

L'Ami-du-trait fut forcé d'abandonner le Corinthien à lui-même. Il se sentait devenir de plus en plus triste en assistant au spectacle de ce bonheur plein de périls et d'ivresse qui réveillait douloureusement en lui sa souffrance cachée. Il se demandait alors s'il avait bien le droit de blâmer une faiblesse à laquelle, dans le secret de ses pensées, il s'était vu près de succomber, et dont il n'eût pu sans mentir se dire radicalement guéri. Il s'enfonça dans le parc, dévoré d'une étrange inquiétude.

Il marchait depuis quelque temps au hasard, lorsqu'il

se trouva, au détour d'une allée, non loin de deux personnes qui marchaient devant lui. Il reconnut la robe
sombre et la voix assez particulière de mademoiselle
de Villepreux. C'était un timbre élégant et pur, mais
ordinairement dénué d'inflexions et peu vibrant. Cet
organe était en harmonie avec toute l'apparence de sa
personne. Mais quel était donc l'homme qui lui donnait le bras ? Il portait un de ces manteaux qu'on appelait alors *quiroga* [1], et un chapeau dit *à la Morillo* [2]. Sa
démarche assurée montrait, aussi bien que son costume, que ce n'était pas le comte de Villepreux. Ce
n'était pas non plus le jeune Raoul : Pierre venait de le
voir passer, en veste et en casquette, avec son fusil
pour tuer des lapins à l'affût. Ce pouvait être un parent
nouvellement arrivé au château. Pierre continua de
marcher derrière eux à distance. L'obscurité des allées
l'empêchait de les bien voir ; mais, lorsqu'ils traversaient une clairière, on pouvait distinguer les gestes
animés de l'homme au quiroga. Il parlait avec feu, et
quelques notes d'une voix retentissante, qui ne sem-

---

1. D'après le nom du général Quiroga qui lutta contre l'expédition française de 1823 à la tête de la division de *La Corogne*. René
Bourgeois qui, dans les notes de son édition, a précisé cette allusion ajoute : « Porter un tel chapeau était donc une marque de libéralisme. »　　2. D'après le nom de Pablo Morillo (1777-1837),
général qui écrasa, de manière sanguinaire, le soulèvement des
colonies espagnoles en Amérique, notamment au Venezuela et en
Colombie, avant d'être défait par Bolivar. À son retour en Espagne,
il se rangea du côté des libéraux, contre Ferdinand VII, mais il
trahit leur confiance pendant la guerre de 1823. La haine du parti
clérical l'obligea cependant à s'exiler en France. Le déguisement
d'Achille Lefort ne traduit pas une grande perspicacité, puisque
Morillo est une personnalité dont le libéralisme est provisoire et à
tout le moins équivoque.

blait pas inconnue à Pierre Huguenin, arrivaient de temps en temps jusqu'à lui.

Intrigué, tourmenté, Pierre ne put résister au désir de doubler le pas pour les entendre de plus près. Mais, comme il traversait un endroit sombre, il s'aperçut, à la voix, que les promeneurs revenaient sur leurs pas et se rapprochaient de lui de plus en plus. Il ne crut pas devoir les éviter, et bientôt, en recueillant ses souvenirs, il reconnut la voix, l'allure et le ton bref et saccadé de M. Achille Lefort, l'enrôleur patriotique.

Comme Achille passait tout auprès de Pierre, il prononça ces paroles avec un accent fort animé :

— Non, certes, je ne renoncerai pas à l'espérance, et je suis certain que M. le comte…

Il s'interrompit en apercevant Pierre Huguenin qui marchait dans la contre-allée.

Mademoiselle de Villepreux pencha le corps en avant, en baissant un peu la tête, dans l'attitude qu'on prend quand on cherche à reconnaître quelqu'un dans l'obscurité :

— Tenez, dit-elle en s'arrêtant, voici précisément la personne que vous désiriez de rencontrer. Je vous laisse ensemble.

Elle dégagea son bras, rendit à Pierre son salut silencieux, et voulut s'éloigner.

— Malgré tout le plaisir que j'éprouve à rencontrer maître Pierre, dit le commis voyageur en se disposant à la suivre, je ne puis me résoudre à vous laisser retourner seule au château.

— Vous oubliez que je suis une campagnarde, répondit-elle, et je suis habituée à me passer de chevalier. Je vais rejoindre mon père, qui doit avoir fini sa sieste. Au revoir.

Puis elle passa comme à dessein du côté opposé à Pierre, et fit quelques pas en courant, mais bientôt, réprimant cet accès d'une vivacité qui ne lui était pas naturelle, elle s'éloigna d'un pas léger, mais égal et mesuré.

Pierre, tout bouleversé de cette double rencontre, suivait de l'ouïe le petit bruit du sable qu'elle faisait crier sous son pied, et n'entendait pas le préambule par lequel Achille Lefort venait d'entrer en matière. Quand il sortit de cette préoccupation, il reconnut que le bon jeune homme lui disait les choses les plus obligeantes du monde, et il se reprocha d'y répondre avec tant de froideur. Mais, malgré lui, en le voyant tomber encore une fois du ciel, et se présenter à ses regards au milieu d'un tête-à-tête animé avec Yseult, il se sentait pour lui moins de sympathie que jamais.

— Eh bien ! mon brave, lui disait Achille, est-ce que vous avez déjà oublié notre joyeuse rencontre au Berceau de la Sagesse ? C'est un bien digne homme que le père Vaudois ! Plein d'intelligence, de patriotisme et de courage ! Donnez-moi donc des nouvelles du vieux jacobin de serrurier qui a tant scandalisé votre ancien élève le capitaine ! Et de votre Dignitaire, pour lequel j'ai autant d'estime et de respect que si j'étais son fils ! Parlez-moi de tous nos amis ! Je ne vous demande rien sur le Corinthien : on vient de m'en parler au château avec tant d'éloges, que je ne serais pas étonné de le voir faire incessamment une brillante fortune. Toute la famille de Villepreux en a la tête tournée. On m'a déjà montré ses sculptures, et j'en suis plus charmé que surpris. J'avais bien pressenti, en le voyant, le grand artiste, l'homme de génie.

— Vous avez, répondit Pierre, un excès de bien-

veillance qu'on prendrait pour de l'ironie, si on ne se
disait pas qu'on n'en vaut pas la peine. Faites un peu
trêve à tous ces compliments, et dites-moi tout de suite
si je puis vous être bon, dans ce pays-ci, à quelque
chose qui vous concerne personnellement. Je ne pense
pas que vous ayez interrompu la promenade que vous
faisiez tout à l'heure pour parler avec moi de choses
oiseuses ; et quant à la politique, vous savez que je n'y
comprends rien.

— Vous maniez la plaisanterie à merveille, maître
Pierre, et si j'étais un enfant je me laisserais déconcerter. Mais je suis habitué à lire dans les consciences ; je
suis une espèce de confesseur, et je puis dire que j'en
ai confessé de plus méfiants que vous. Vous prétendez
ne rien comprendre à la politique ? Certes, si vous jugez
celle qui se fait aujourd'hui par les étranges divagations
que nous avons entendues dernièrement à notre souper
chez le Vaudois, vous devez avoir pitié de nous tous.
Mais j'espère pourtant que vous ne me confondez pas
tout à fait avec les autres.

— Les autres sont vos amis, vos associés, je dirais
vos complices, si j'étais royaliste. Comment pouvez-
vous en faire aussi bon marché avec moi que vous ne
connaissez pas ?

— Je vous connais beaucoup au contraire. Je n'ai
pas cherché à me lier avec vous sans avoir étudié votre
caractère, vos sentiments, et sans m'être fait raconter
avec le plus grand détail la conduite que vous avez tenue
à Blois avec vos frères les Gavots. Je sais que, dans vos
assemblées, vous avez été grand orateur, grand philosophe, grand politique même ; et je pourrais vous redire,
en partie, les discours que vous leur avez tenus pour les
détourner du concours. Eh bien ! maître Pierre, il vous

est arrivé là ce qui pourrait bien m'arriver à moi-même,
si j'étais, comme vous le supposez, associé à quelque
Devoir politique. Vous vous êtes trouvé seul de votre
avis, seul avec votre bon sens et vos bonnes intentions,
au milieu de gens estimables d'ailleurs et dignes de
toute votre amitié, mais pleins d'erreurs, de préjugés et
de passions contraires. Voilà ma réponse à ce que vous
me disiez tout à l'heure à propos de mes prétendus
complices.

— Écoutez, monsieur, dit Pierre après avoir gardé
le silence un instant, ce que vous dites là peut être vrai.
Mais si vous voulez que je cause avec vous, vous me
parlerez sans réserve. Vous ne me supposez pas assez
simple pour avoir regardé vos avances comme une
affaire de pure sympathie dè vous à moi. Les éloges ne
m'ont jamais tourné la tête. Je ne vous demande pas le
nom de vos associés ; je pense que, comme nous dans
nos Sociétés, vous devez être lié aux vôtres par de certaines promesses. Je veux croire que les personnes
avec lesquelles vous m'avez mis en rapport sont étrangères à tout complot. Mais je veux que vous me disiez
à quoi vous travaillez, vous, personnellement… Car, ou
vous me prenez pour un niais qui se laissera conduire
les yeux bandés (et, en ce cas, je dois vous dire que
vous vous trompez), ou vous me savez incapable de
faire le métier infâme de délateur, et dans ce cas vous
ne devez pas me parler par énigmes. Je n'aurais pas le
temps d'en chercher le mot.

— Soit, mon brave ! je parlerai aussi clairement que
vous voudrez. Je ne vous demande pas si vous êtes à
l'abri d'un moment d'oubli et de légèreté qui pourrait
compromettre ma liberté et ma vie ; j'en suis persuadé
d'avance, vous sachant l'homme le plus sérieux et le

plus délicat peut-être qui existe. D'ailleurs, là où je ne risque que ma tête, je ne suis pas habitué à négliger mon devoir par prudence. Que voulez-vous savoir ?

— Votre opinion véritable, monsieur, vos principes, votre foi politique. Je ne vous demande pas compte des actes par lesquels vous servez votre cause, je sais que vous ne pouvez pas les révéler ; mais je veux savoir votre but : sans cela, vous ne me remuerez pas plus qu'une montagne.

— La foi transporte les montagnes, mon digne camarade. Je suis donc sûr de vous remuer, car ma foi est la vôtre : je suis républicain.

— Qu'entendez-vous par là ?

— Étrange question ! ce que vous entendez vous-même.

— Mais qu'est-ce que j'entends, moi ? Le savez-vous ?

— Je le présume, et d'ailleurs vous allez me le dire.

— Non pas ; j'attendrai que vous me disiez votre plan de république, car il est certain pour moi que vous en avez un. Sans cela vous ne vous seriez pas mis à l'œuvre ; tandis que moi, qui ne suis occupé du matin au soir qu'à scier des planches et à les raboter, il est possible que je n'aie jamais songé à refaire la société.

— Vous m'interrogez d'une manière un peu insidieuse, mon bon ami, faites-y attention. Si nous sommes d'accord au fond, nous pouvons nous entendre en nous révélant l'un à l'autre. Si nous ne le sommes pas, vous conservez le droit de me contrecarrer dans mes projets, tandis que je n'ai aucune prise sur les vôtres.

— Il est vrai, puisque, moi, je n'ai pas de projets.
Que faire donc ? Si je vous dis mes idées et que vous
vouliez vous servir de moi, vous serez libre de me
répondre que ce sont justement les vôtres.

— Je vous dirai ce que vous me disiez d'abord : ou
vous avez confiance en moi, ou...

— Mais pourquoi donc aurais-je confiance en vous ?
Vous ai-je cherché ? Est-ce que je songeais à vous
quand vous m'avez accosté sur le bord de la Loire ?
Est-ce que je cherchais la république tout à l'heure,
quand vous m'avez arrêté dans cette allée ? Est-ce que
j'insiste, dans ce moment-ci, pour être initié à vos
secrets ? Voulez-vous de moi, ou n'en voulez-vous
pas ? Parlez ou taisez-vous.

— Vous avez une logique impitoyable, et je vois
que j'ai affaire à forte partie. Eh bien ! je parlerai ;
car, sans cela, le débat deviendrait comique, et, pour
le terminer selon nos prétentions mutuelles, il faudrait nous mettre à parler tous les deux à la fois, ce qui
ne serait pas le moyen de s'entendre. Je commence :
Nous avons prononcé le mot de république ; et d'abord
nous voici arrêtés. Qu'est-ce que la république ? Est-ce
celle de Platon ? Est-ce celle de Jésus-Christ ? Est-
ce celle de l'ancienne Rome ou de l'ancienne Sparte ?
Est-ce celle des Treize-Cantons[1] ? Est-ce celle des
États-Unis ? Enfin, est-ce celle de la Révolution française, dans laquelle on peut compter quinze à vingt
formules de république tour à tour essayées, dépassées
et culbutées[2] ?...

---

1. De la Confédération helvétique.   2. Tout ce dialogue sur
les diverses républiques doit être mis en relation avec l'œuvre de
Leroux, *De l'humanité*, éd. cit., p. 110-113.

Ici Achille Lefort s'arrêta pour respirer. Le bon jeune homme était un peu embarrassé de la définition qu'il fallait donner, et il espérait étourdir son adversaire à force d'érudition. Mais Pierre le suivait fort bien, et rien de ce qu'il entendait ne lui était étranger.

— Ce n'est, à coup sûr, aucune de ces formes que vous avez adoptée, répliqua-t-il. Vous avez trop de jugement pour ne pas savoir que la république de Platon, tout aussi bien que celles de Rome et de Sparte, est impossible sans les ilotes ; que celle des Treize-Cantons est impossible sans les montagnes ; celle des États-Unis sans l'esclavage des Noirs, et que toutes celles de notre Révolution sont impossibles sans les geôliers et les bourreaux. Reste donc celle de Jésus-Christ, sur laquelle je ne serais pas fâché d'avoir votre opinion.

— Ce serait peut-être la plus populaire si on comprenait bien l'Évangile, répondit Lefort ; mais celle-là aussi est impossible sans les prêtres. Ainsi toutes ont pour nous un empêchement majeur, et il faut en trouver une nouvelle.

— Nous y voilà, dit Pierre en s'asseyant sur le revers d'un fossé et en se croisant les bras. Et il se disait en lui-même : c'est ici que je vais savoir si cet homme est un sage ou un sot.

Achille Lefort n'était ni l'un ni l'autre. Il était l'homme de son temps, un des mille jeunes gens braves, entreprenants, dévoués, mais ignorants et téméraires, que la France voyait pulluler alors dans ses flancs en travail. Dominée par une seule grande idée patriotique, celle de chasser les Bourbons et de ramener les institutions à un libéralisme plus sincère, cette courageuse jeunesse allait à l'aventure, ne se souciant pas de formuler des théories immédiatement applicables, ne voyant partout que le fait, qu'elle décorait dans ce temps-là du nom de principe (ne sachant vraiment pas ce que c'est qu'un principe), et obéissant néanmoins à la foi du progrès qui entraînait tous ses membres pêle-mêle, chacun avec son petit bagage de philosophie scolaire et de passion politique : Voltaire, Adam Smith, Bentham ; la Constituante, la Convention, la Charte ; Brissot, La Fayette, le duc d'Orléans, et *tutti quanti*[1]. Ces jeunes gens avaient été amenés, pour faire nombre, à l'idée d'initier à leurs sociétés secrètes les mécontents du parti impérial, phalange héroïque de cœur et bornée d'esprit, qui fit un peu le rôle de Bertrand dans la fable des marrons[2], et qui s'en venge aujourd'hui en dirigeant les canons et les fusils de l'Ordre répressif contre la république émeutière. Il y avait donc en ce temps-là un échange inévitable de petites ruses, de promesses fallacieuses et de transactions tant soit peu jésuitiques entre les conspirateurs des diverses opinions et des diverses nuances. Le tout se faisait à bonne intention, et s'il est permis de plaisanter aujourd'hui sur ces épisodes, il ne faut pas

---

1. Voltaire qui, dans les *Lettres philosophiques*, vante la libre circulation des marchandises, Jeremy Bentham (1748-1832), fondateur de l'utilitarisme moral, Adam Smith (1723-1790), économiste et philosophe, figurent ici les théoriciens du libéralisme. Jacques Pierre Brissot (1754-1793), l'un des chefs des Girondins, La Fayette, alors proche du duc d'Orléans, le futur Louis-Philippe, s'imposent comme des modèles politiques pour les partisans en France d'un libéralisme modéré.   **2.** Allusion erronée à la fable de *La Fontaine* (IX, 16), «Le singe et le chat». C'est Raton, le chat, qui tire les marrons du feu pour Bertrand, le singe, qui évite ainsi de se brûler.

oublier d'en tenir compte à la finesse railleuse et à la témérité enjouée de l'esprit français*.

Achille Lefort, mis au pied du mur par l'esprit ferme, par la conscience vierge et par l'ardente soif de vérité qui poussaient l'homme du peuple à savoir le mot de l'avenir, se tira d'affaire le plus adroitement qu'il put, et malgré le bon sens implacable de Pierre Huguenin, qui ne manquait pas non plus de finesse, il réussit à se dégager de sa férule sans trop de dommage ni de honte. Tout en feignant de s'interroger lui-même consciencieusement (et, l'occasion étant bonne, Achille Lefort joua ce jeu au sérieux), il amena insensiblement Pierre à lui dire ses répugnances, ses sympathies, ses vœux, et à mettre au jour tout un monde de questions que l'ouvrier s'était faites à lui-même, et qui étaient restées sans réponse, mais qui n'en étaient pas moins de grandes questions, seules dignes d'un grand cœur qui désire et d'un grand esprit qui cherche. Ces éclairs qui jaillissaient de son âme jetèrent leur lumière sur celle du jeune Carbonaro. Ce brave enfant, plein de défauts, de suffisance, de mauvais goût et de présomption, n'en était pas moins une des consciences les plus pures qu'il fût possible de rencontrer. Son cerveau, plein d'enthousiasme et avide d'émotions, s'embrasa au contact de cet homme obscur qui lui soulevait plus de problèmes fondamentaux en une heure qu'il n'en avait rencontré sur son chemin depuis qu'il était au monde. Il comprit qu'il y avait

---

* Toute période historique a deux faces : l'une assez pauvre, assez ridicule, ou assez malheureuse, qui est tournée vers le calendrier du temps ; l'autre grande, efficace et sérieuse, qui regarde celui de l'éternité. Nous ne saurions mieux développer cette pensée appliquée aux événements dont il est ici question, qu'en citant un

là quelque chose de grand ; et son charlatanisme d'amitié pour l'adepte qu'il voulait conquérir se changea en
une affection véritable, en une confiance sans bornes.

De son côté, Pierre vit bien que, si ce n'était pas là

passage de M. Jean Reynaud sur le Carbonarisme[1]. Si quelqu'un
nous accusait de ne pas traiter avec assez de respect des tentatives
qui eurent leurs périodes tragiques et leurs martyrs couronnés, nous
invoquerions ce beau texte comme l'expression de nos sympathies
et de notre jugement définitif : « Hélas ! ces complots nous ont coûté
du sang, et du plus pur ! Il a fallu que des cœurs généreux fussent
condamnés prématurément à l'exil du tombeau, et que de nobles
têtes, livrées en holocauste, s'inclinassent douloureusement sous la
main pesante du bourreau... Leur sacrifice n'a pas été inutile pour
le monde ; et la postérité, dans sa commémoration des morts,
conservera leurs noms. Non, votre sang, ô infortunés patriotes, n'a
point été versé en vain ; car il a inspiré à tous les amis des hommes
le désir de mourir avec la même grandeur et pour la même cause
que vous ; il a élevé témoignage contre les monarchies, au jour où
les monarchies étaient puissantes, et où ceux qui étaient censés
représenter la France s'inclinaient devant elles ; il a marqué dans nos
annales d'un signe ineffaçable la révolution reparaissant au sein du
peuple au même instant que le sceptre aux mains des monarques ; il
est allé, comme un tribut de notre âge, se mêler à ces rivières sacrées
faites du sang de nos pères, et qui, sous la Première République, ont
mouillé notre frontière nationale d'une ceinture infranchissable ; et
s'il y a eu dans le Carbonarisme quelque gloire, ô Borie, Raoulx,
Goubin, Pommier, Vallée, Caron, Berton, Caffé, Saugé, Jaglin[2],
cette gloire se concentre tout entière sur vous, qui seuls avez paru
à la lumière du ciel, et pour tomber sous le couperet des rois. »

1. Jean Ernest Reynaud (1806-1863) fut exclu de l'École poly-
technique en 1822 pour avoir participé à une Vente carbonariste. Ce
saint-simonien, devenu proche de Pierre Leroux, fut avec lui le fondateur de l'*Encyclopédie nouvelle*. **2.** Sur les « quatre sergents de
La Rochelle », voir note 1, p. 214. Sur le général Berton, voir note 2,
p. 214. Caffé, Saugel et Jaglin secondèrent le général Berton dans sa
marche sur Saumur. Sur le colonel Caron, impliqué dans le complot
de Marseille, voir note 1, p. 254. Vallée était l'adjoint de Caron.

le philosophe qui pouvait résoudre ses questions, c'était du moins une bonne et généreuse nature. Il vit aussi ses travers, et osa les lui dire. Achille n'osa s'en fâcher. Il plia sous la supériorité de l'artisan, sans toutefois y consentir intérieurement ; son amour-propre le lui défendait : et tout en lui déclarant qu'il le regardait comme son maître, tout en le reconnaissant pour tel dans sa conscience sur certains points, il cherchait encore les moyens de l'éblouir par ses démonstrations de force morale et son étalage de vertu civique.

Leur entretien se prolongea si tard, que les violons étaient partis, que le village était couché, que les lumières du château avaient successivement disparu, et que deux heures du matin sonnaient à la grande horloge lorsqu'ils songèrent à se séparer. Ils se promirent de se revoir le lendemain. Achille prit le chemin du château, et Pierre le conduisit jusqu'à la porte d'une tour dans laquelle son appartement était préparé. C'est alors seulement qu'il osa lui demander sous quel titre et sur quel pied il était dans la famille de Villepreux.

— Il y a longtemps que je connais les Villepreux, répondit Achille avec ce ton de familiarité qui lui était propre, je suis lié avec le vieux bonhomme.

— Et votre connaissance s'est faite comme entre un homme qui achète des vins et un homme qui en vend ? Vous vendez donc réellement des vins ?

— Sans doute ! quels seraient donc mon passeport pour entrer partout, et ma garantie pour voyager sans mettre la police à mes trousses ? Je vends des vins, et de toutes qualités. Avec le Xérès et le Malvoisie[1], je

---

1. Le malvoisie est un vin de Grèce doux et liquoreux. Le xérès est un vin blanc ou rouge de la région de Jerez, en Andalousie.

pénètre dans les châteaux ; avec l'eau-de-vie et le rhum, dans les cafés, et jusque dans les cabarets de village. Comment ai-je fait la connaissance du Vaudois ?

— Je ne vous demande pas cela. Y a-t-il longtemps que vous venez dans ce château ?

— Cinq ou six ans ; c'est moi qui ai monté la cave.

— Et à Paris, vous avez conservé des relations avec la famille de Villepreux ?

— Certainement. Est-ce que cela ne vous paraît pas naturel ?

— Oh ! mon Dieu, si, répondit Pierre avec un peu d'ironie ; il n'est pas nécessaire d'inventer autre chose.

— Comment, inventer ? Que voulez-vous dire ? Supposeriez-vous que je fusse en rapport politique avec le vieux seigneur ? Ce serait une chose bien invraisemblable, et d'ailleurs vous ne voudriez pas m'interroger sur un point où il ne s'agirait pas de moi seul.

— Je n'y songeais seulement pas. Vous voyant très à l'aise avec la demoiselle du château...

— Eh bien, eh bien, achevez ! Que supposiez-vous ? Elle a de l'esprit, la petite Yseult, n'est-ce pas ? Elle m'a dit qu'elle avait causé avec vous, et je ne sais pas tout le bien qu'elle ne m'a pas dit de vous en trois mots brefs et nets, selon sa coutume. Drôle de fille ! La trouvez-vous jolie ?

Cette manière de définir et d'analyser la personne à laquelle Pierre n'osait songer sans trembler lui fit une telle révolution qu'il fut quelques instants sans pouvoir répondre. Enfin, comme Achille insistait singulière-ment, il répondit qu'il ne l'avait pas regardée.

— Eh bien, regardez-la, reprit Achille, et je vous

dirai ensuite quelque chose. — Eh bien, dites-le-moi tout de suite, afin que je me souvienne de la regarder, répondit Pierre dont la curiosité était vivement et péniblement excitée, mais qui n'en voulait rien laisser paraître.

Achille lui prit le bras, et s'éloignant du château, il l'emmena à quelque distance d'un air de mystère enjoué qui fit souffrir mille tortures à Pierre Huguenin. Quand ils se furent convenablement éloignés : — Vous n'avez rien entendu dire à propos d'elle ? dit Achille à voix basse.

— Rien du tout, répondit Pierre ; et comme il craignait que l'autre ne voulût pas continuer son bavardage, il ajouta aussitôt pour le remettre en train : Ah ! si fait ; j'ai ouï dire qu'elle avait une grande passion dans le cœur pour un jeune homme qu'on ne veut pas lui donner en mariage. — Ah bah ! vraiment ? s'écria Achille. Je n'avais jamais entendu parler de cela ; il serait possible... pourquoi non ? Mais je n'en savais rien. — Que vouliez-vous donc m'apprendre ? — Une chose très particulière ; savez-vous de qui on prétend qu'elle est fille ? — Je ne sais. — De l'empereur Napoléon, ni plus ni moins. — Comment cela se pourrait-il ? — Très naturellement. Son père, le fils du vieux comte, avait épousé une jeune dame attachée aux atours de l'impératrice Joséphine : si bien que le premier enfant de ce mariage, s'il faut en croire la chronique, serait né un peu plus tôt que de raison, et aurait dans les lignes de son profil une ressemblance adoucie avec l'aigle corse. Que vous en semble ?

— Rien ; je n'ai jamais remarqué cela. Cependant la hauteur de son caractère me fait croire qu'elle peut bien avoir du sang de quelque despote dans les veines.

— Est-elle dédaigneuse, ou moqueuse ?

— Je vous le demande : vous la connaissez beaucoup, et moi pas le moins du monde. Dans ma position
vis-à-vis d'elle, je ne puis…

— Mais passe-t-elle ici pour dédaigneuse ?

— Assez.

— Et vous, que vous semble-t-elle ?

— Étrange.

— Oui, étrange, n'est-ce pas ? D'un sérieux fan-
tasque, d'un bon sens énigmatique ; froide, orgueilleuse ; une vraie nature de princesse ?

— Vous l'avez beaucoup étudiée !…

— Moi ! je ne me suis pas donné cette peine. Voyez-
vous, mon cher, je n'ai pas le temps de me morfondre
auprès d'une femme. La vie que je mène me force à ne
jamais accorder grande attention à celles qui ne font
pas quelque chose pour m'attirer. La fille de Napoléon
ne vaut pas pour moi une pipe de tabac, si, au lieu de
me plaire, elle cherche à m'éblouir. Il y a ici une petite
personne qui me tournerait la tête si je me laissais
aller. C'est la délicieuse marquise. Mais, du diable ! je
serais forcé de la planter là au bout de huit jours. Il
vaut mieux la laisser tranquille, n'est-ce pas ? Vous,
qui êtes vertueux…

— Vous, vous êtes fat, dit Pierre d'un ton ferme,
dont la franchise fit éclater de rire le commis voyageur.

Ce genre de conversation frivole n'était pas du goût
de l'artisan grave et passionné. Il souhaita définitivement le bonsoir à son nouvel ami, et reprit à travers le
parc le chemin du village.

Mais il lui fut impossible d'effectuer sa sortie. Le
parc était clos de tous les côtés. Il n'était pas absolument difficile de passer par-dessus le mur ; mais Pierre

se sentait pris d'une telle nonchalance d'esprit, qu'il lui était à peu près indifférent de passer la nuit dans le parc ou dans son lit. Il avait là, en cas d'orage (le temps menaçait), la ressource d'aller se mettre à l'abri dans l'atelier, dont il avait toujours une clef sur lui. Se sentant porté, par cette langueur inaccoutumée, à la rêverie plus qu'au sommeil, il s'enfonça dans le plus épais du bois, et continua d'errer lentement, tantôt s'asseyant sur la mousse pour céder à la lassitude de ses jambes, tantôt reprenant sa marche pour obéir à l'inquiétude de son esprit.

22

D'abord sa rêverie fut vague et mélancolique. La dernière impression sous laquelle il était resté en quittant Achille Lefort, c'était cette découverte ou cette fable de la bâtardise illustre de mademoiselle de Villepreux. Pierre ne pouvait se défendre de repasser dans sa tête tous les romans qu'il avait lus, et il n'en trouvait aucun aussi étrange que celui qu'il avait fait dans le secret de son cœur, lui épris et presque jaloux de la fille de César. Singulière destinée pour elle, se disait-il, si elle est et si elle se sent quelque peu taillée dans le flanc du colosse, de se trouver placée entre un artisan qui ose l'admirer et un commis voyageur qui se permet de la dédaigner ! Combien son orgueil serait en souffrance, si ce qui se passe autour d'elle pouvait lui être révélé !

Et pourtant les paroles qu'il avait entendues sortir de la bouche d'Achille, au moment où son entretien avec mademoiselle de Villepreux avait été rompu, revenaient lui donner de l'inquiétude. Peut-être est-il plus fin qu'il ne semble ? se disait-il ; peut-être est-ce lui qu'elle aime en secret et contre le vœu de ses parents ? Peut-être feint-il de ne pas se soucier d'elle, pour cacher son bonheur ? Et tout aussitôt Pierre trouvait mille bonnes raisons pour se persuader qu'il en était ainsi. Mais de quel droit cherchait-il à pénétrer un secret qui pouvait être sérieux et digne de respect ? « Si elle aimait, se disait-il, un homme sans naissance et sans fortune comme il déclare l'être, ne serait-ce pas une chose bien délicate et bien romanesque que ce semblant de fierté, cette réserve avec tout le monde, cet air d'indifférence pour tout ce qui n'est pas lui ? Enfin ce qui paraît étrange en elle ne deviendrait-il pas poétique et touchant ? Ne lui pardonnerais-je pas le mal qu'elle m'a fait, sans le vouloir, sans le savoir peut-être ? » Et, tout en s'efforçant de s'intéresser au bonheur présumé d'Achille Lefort, Pierre se sentait malade et désespéré. Ce fut durant cette nuit d'insomnie et de tourment qu'il s'avoua à la fin qu'il aimait passionnément, et qu'il eut pleinement conscience de sa folie.

Cependant l'effroi qu'il ressentit de cette découverte se dissipa bientôt. Comme il arrive dans les grandes crises où la vue lucide du danger ranime les forces et réveille la prudence, il sentit peu à peu revenir en lui la volonté et la puissance de lutter contre la chimère de son imagination. Il résolut d'écarter ce vain fantôme et de tourner sa pensée vers les sujets plus sérieux dont l'avait entretenu Achille pendant toute la soirée.

Il réussit à s'absorber dans ces réflexions nouvelles ; mais il ne fit en cela que changer de souffrance. Il y avait un tel vague dans la cervelle du Carbonaro, qu'il n'avait laissé dans celle de son néophyte qu'incohérence et confusion. La contention d'esprit avec laquelle Pierre essayait de débrouiller quelque chose dans le chaos de théories qu'Achille avait mêlées devant lui comme un jeu de cartes, lui donna une sorte de fièvre. Ses idées s'obscurcirent ; le malaise que semble éprouver la nature à l'approche du jour passa en lui ; et il se jeta tout de son long sur la mousse, oppressé, accablé, et recevant, comme un choc dans tout son être, les douleurs exquises et profondes de René et de Childe-Harold[1], auxquelles la loi des âges venait l'initier, lui simple manœuvre, sans plus de réserve que si la société l'eût formé pour les souffrances de l'esprit, au lieu de le destiner exclusivement à celles du corps.

Lorsque le jour parut et qu'une faible blancheur se répandit sur les objets, il se sentit, sinon soulagé, du moins plus doucement ému. L'orage était passé ; l'atmosphère sèche et lourde s'humectait de la fraîcheur du matin, et les brises de l'aube semblaient balayer les soucis de la nuit. Les natures formées dans le robuste milieu populaire vivent beaucoup par les sens, et cette puissance est un perfectionnement de l'être quand elle

---

1. L'extrême intelligence de Sand lui fait postuler — ce seront les positions d'un critique comme Pierre Barbéris — que la mélancolie dans *René* (1802) et dans *Childe Harold* de Byron (1813-1817) est d'essence aristocratique. Le fait que Pierre Huguenin vienne à ressentir des émotions comparables le conduit ainsi au-delà de son milieu social d'origine. Mais cette mélancolie n'est qu'une étape dans une sorte de progrès spirituel. Elle sera dépassée dans le sentiment que l'homme ne saurait se poser comme sujet pur, mais qu'il existe nécessairement, au sein d'une humanité perfectible dans laquelle, tout en existant comme individu, il se perfectionne. Toute la dialectique de Leroux, que Sand ne manque pas de suivre, est de concilier l'individuel et le social. La mélancolie est le point extrême où l'individu se saisit lui-même dans une pensée de l'échec avant de prendre conscience de sa propre « humanité », c'est-à-dire du lien social qui fait que « je » est nécessairement aussi un « nous ». La mélancolie est en outre un « élan du sentiment » qui devance « les possibilités du monde » (Leroux, *Considérations sur « Werther » et en général sur la poésie de notre époque* [1839]). C'est ce qui se produit pour Pierre Huguenin qui n'arrive pas, pour l'instant, à théoriser une pensée de l'avenir.

est jointe à celle de l'intelligence[1]. L'absence de clarté depuis une assez longue suite d'heures avait beaucoup contribué à la tristesse de Pierre. Lorsque la lumière se répandit sur la nature, il se sentit renaître, et admira, dans une sorte de transport d'artiste, ce beau parc, ces arbres immenses de feuillage et de fraîcheur, cette herbe unie et verte au milieu de l'été comme aux premiers jours du printemps, ces sentiers sans cailloux et sans épines, toute cette nature soignée, luxueuse et parée des jardins modernes.

Mais son admiration le ramena peu à peu au problème qui l'avait obsédé toute la nuit.

Il avait lu, dans les philosophes et dans les poètes du siècle dernier, que *la cabane du laboureur*, la prairie *émaillée de fleurs*, et le champ semé de glaneuses, étaient plus beaux que les parterres, les allées droites, les buissons taillés, les gazons peignés et les bassins ornés de statues qui entourent *le palais des grands* ; et il s'était laissé aller à le croire, car cette idée lui plaisait alors. Mais, forcé de parcourir la France, à pied et en toute saison, il avait reconnu que cette *nature* tant vantée au XVIIIᵉ siècle n'était réellement nulle part, sur un sol divisé à l'infini et indignement torturé par les besoins individuels. Si, du haut d'une colline, il avait contemplé avec ravissement une certaine étendue de pays, c'est que, dans l'éloignement, cette division s'efface et se confond à la vue ; les masses reprennent leur apparence de grandeur et d'harmonie ; les belles formes primitives du terrain, la riche couleur de la végétation

---

1. Pour Pierre Leroux, «l'homme […] est de sa nature et par essence, sensation, sentiment, connaissance indivisiblement unis » (*De l'humanité*, *op. cit.*, p. 109). Le héros parfait doit faire la synthèse de ces trois données, ce qui est le cas de Pierre Huguenin.

que l'homme ne peut détruire, dominent et dissimulent
à distance la mutilation misérable qu'elles ont subie.
Mais en approchant de ces détails, en pénétrant dans
ces perspectives, notre voyageur avait toujours éprouvé
un désenchantement complet. Ce qui, de loin, avait
l'aspect d'une forêt vierge, n'était plus de près qu'une
suite d'arbres alignés maladroitement sur les marges
disgracieuses des enclos. Ces arbres eux-mêmes étaient
privés de leurs plus belles branches, et n'avaient plus de
forme. Les pittoresques chaumières étaient sales, entourées d'eau croupie, privées d'abris naturels contre le
vent et le soleil. Nulle chose n'était à sa place. La maison du riche détruisait la simplicité de la campagne ; la
cabane du pauvre ôtait au château tout caractère d'isolement et de grandeur. La plus belle prairie, faute d'un
filet d'eau qu'on n'avait pas le droit ou le moyen d'emprunter au ruisseau voisin, manquait souvent d'herbe
et de fraîcheur. Point d'harmonie, point de goût, et surtout point de fertilité réelle. Partout la terre, livrée à
l'ignorance et à la cupidité, s'épuisant sans donner
l'abondance, ou bien abandonnée à l'impuissance du
pauvre, se flétrissant dans une aridité séculaire. Et pour
le voyageur, pas un sentier qu'il ne fallût chercher et
conquérir en quelque sorte par la mémoire ou par l'agilité du corps ; car tout est clos, tout est défendu, tout se
hérisse d'épines et s'entoure de fossés et de palissades.
Le moindre coin de terre est une forteresse, et la loi
constitue un délit à chaque pas hasardé par un homme
sur la propriété jalouse et farouche d'un autre homme.
Voilà donc la nature, comme nous l'avons faite, pensait Pierre Huguenin lorsqu'il parcourait ces déserts
créés par l'humanité. Dieu peut-il reconnaître là son
ouvrage ? Est-ce là le beau paradis terrestre qu'il nous

avait confié pour l'embellir et l'étendre, d'horizon en horizon, sur toute la face du globe ?

Parfois il avait traversé des montagnes, côtoyé des torrents, erré dans des bois épais. Là seulement où la nature se conserve rebelle à l'envahissement de l'homme en résistant à la culture, elle a gardé sa force et sa beauté. D'où vient donc, se disait-il, que la main de l'homme est maudite, et que, là seulement où elle ne règne pas, la terre retrouve son luxe et revêt sa grandeur ? Le travail est-il donc contraire aux lois divines, ou bien la loi est-elle de travailler dans la tristesse, de ne savoir créer que la laideur et la pauvreté, de dessécher au lieu de produire, de détruire au lieu d'édifier[1] ? Est-ce donc bien vraiment ici la vallée des larmes dont parlent les chrétiens, et n'y sommes-nous jetés que pour expier des crimes antérieurs à cette vie funeste ?

Pierre Huguenin s'était souvent perdu dans ces amères pensées, et il n'avait pu y trouver une solution. Car si la grande propriété est meilleure conservatrice de la nature, si elle opère avec plus de largeur et de science l'œuvre du travail humain, elle n'en est pas moins une monstrueuse atteinte au droit impérissable de l'humanité. Elle dispose, au profit de quelques-uns, du domaine de tous ; elle dévore insolemment la vie du faible et du déshérité qui crie vainement vengeance vers le ciel.

---

1. Ce sont des interrogations qui reparaîtront dans *Le Péché de Monsieur Antoine*, où l'industriel Cardonnet risque, par un barrage, d'engloutir une vallée. Il semble, par ailleurs, que George Sand retrouve ici quelques-uns des postulats du fouriérisme qui, dans sa déconstruction des valeurs chrétiennes, du dolorisme qui les caractériserait, cherche à concilier le travail et la joie tout en dénonçant l'asservissement des prolétaires à des tâches pénibles et dégradantes.

Et cependant, se disait-il, plus on partage, plus la terre périt; plus on assure l'existence de chacun de ses membres, plus le corps de l'humanité languit et souffre. On a rasé des châteaux, on a semé le blé dans les parcs seigneuriaux; chacun a tiré à soi un lambeau de la dépouille, et s'est cru sauvé. Mais de dessous chaque pierre est sorti un essaim de pauvres affamés, et la terre se trouve maintenant trop petite. Les riches se ruinent et disparaissent en vain. Plus on brise le pain, plus de mains s'étendent pour le recevoir, et le miracle de Jésus ne s'opère plus, personne n'est rassasié; la terre se dessèche, et l'homme avec la terre. L'industrie déploie en vain des forces miraculeuses; elle suscite des besoins qu'elle ne peut satisfaire, elle prodigue des jouissances auxquelles la famille humaine ne participe qu'en s'imposant, sur d'autres points, des privations jusqu'alors inconnues. On crée partout le travail, et partout la misère augmente. Il semble qu'on soit en droit de regretter la féodalité, qui nourrissait l'esclave sans l'épuiser, et qui, le sauvant des tourments d'une vaine espérance, le mettait du moins à l'abri du désespoir et du suicide.

Ces réflexions contradictoires, ces incertitudes douloureuses lui revinrent à mesure qu'il voyait les beautés du parc seigneurial de Villepreux se révéler à la clarté du matin. Malgré lui il comparait le soin et l'intelligence qui avaient réglé l'ordonnance de cette nature à l'effet de l'éducation sur le caractère et l'esprit de l'homme. En retranchant les branches inutiles de ces arbres, on leur avait donné la grâce, la santé et la taille majestueuse que le climat leur apporte sous des latitudes plus efficaces que la nôtre. En coupant souvent et en arrosant sans cesse ces gazons, on leur avait donné l'admirable fraîcheur qu'ils reçoivent de la chute des eaux abondantes au versant des montagnes. On avait acclimaté là des fleurs et des fruits de diverses régions en leur ménageant à point l'air, l'ombre et la lumière. C'était une nature factice, mais étudiée avec art pour ressembler à la nature libre sans perdre les conditions de bien-être, de protection, d'ordre et de charme qu'elle doit avoir pour servir de milieu et d'abri à l'humanité civilisée. On y retrouvait toute la beauté de l'œuvre de Dieu, et on y sentait la main de l'homme, dominatrice avec amour, conservatrice avec discernement. Pierre convint avec lui-même que, dans nos climats, rien ne ressemble plus à la véritable création divine, à la Nature, en un mot, telle que l'ont définie les philosophes qui ont pris pour drapeau ce mot de Nature, qu'un jardin entendu de cette manière ; tandis que rien ne s'en éloigne autant que la culture nécessitée par la division territoriale et le morcellement de la petite propriété. Dans des clairières assez vastes et sans cesse remuées, on avait semé des grains dont la vigueur et l'abondance étaient décuplées par la richesse de la culture. Le gibier, protégé par la sage prévoyance du maître, était assez abondant pour alimenter sa table sans compromettre les produits du sol. C'était donc bien là l'idéalisation et non pas la mutilation de la nature. C'était la production bien comprise, bien répartie et suffisamment aidée. C'était l'*utile dulci*[1] de la vie patricienne, qui devrait être la vie normale de tous les hommes policés.

---

1. Allusion au vers 343 de l'*Art poétique* d'Horace : « *Omne tulit punctum qui miscuit utile dulci* » (il obtint tous les suffrages, celui qui mêla l'utile à l'agréable).

Il fallait donc bien le reconnaître, c'était là la demeure et la propriété d'une famille qui y vivait simplement, noblement et d'une manière tout à fait conforme aux lois providentielles. Et cependant aucun pauvre ne pouvait, ne devait voir cela sans haine et sans envie ; et si la loi de la force n'eût protégé le riche, il n'est aucun pauvre qui n'eût trouvé et qui n'eût senti que la violation de cet asile et le pillage de cette propriété étaient des actes légitimes. Comment donc accorder ces deux principes : le droit de l'homme heureux à la conservation de son bonheur, le droit de l'homme misérable à la fin de sa misère ?

Tous deux semblent également les enfants de Dieu, ses représentants sur la terre, les mandataires qu'il a investis de la propriété et de la culture universelles. Ce riche vieillard qui repose sa tête blanche et qui élève ses enfants à l'ombre des arbres qu'il a plantés, ne serait-ce point un crime que de l'arracher de son domaine pour le jeter nu et mendiant sur la voie publique ? Et pourtant, ce mendiant, vieux aussi, père de famille aussi, qui tend la main à la porte du seigneur, n'est-ce pas un crime aussi de le laisser périr de froid, de faim et de douleur, sur la voie publique ?

Dira-t-on que ce riche a joui bien assez longtemps de la fortune, et que c'est au tour du pauvre de le remplacer au banquet de la vie ? Cette jouissance tardive effacera-t-elle chez le pauvre la trace des longues privations qu'il a subies ? Pourra-t-elle acquitter envers lui la dette du passé, compenser les maux qu'il a soufferts, et réparer les désordres que le malheur a portés dans son intelligence ?

Dira-t-on que ce pauvre a bien assez supporté la souffrance, et que c'est au tour du riche à lui céder la

place au banquet de la vie ? De ce que le riche a joui
des dons de Dieu jusqu'à ce jour, s'ensuit-il qu'il doive
en être violemment arraché pour retomber dans la
misère ? Ce besoin de jouissance, que l'Éternel a mis
dans le cœur de l'homme comme un droit et sans doute
comme un devoir, constitue-t-il un crime dont il faille
le punir et que d'autres hommes aient le droit de lui
faire expier ?

D'ailleurs, si le pauvre a droit au bonheur, ce riche
que vous aurez fait pauvre aura le droit aussitôt de
réclamer sa part de bonheur, et le droit du nouveau
riche sera fondé, comme celui de son prédécesseur, sur
le vouloir et sur la force. Il faudra donc étouffer la
plainte et la révolte de ce pauvre nouveau par la guerre,
et la seule fin possible de cette guerre sera l'extermi-
nation du riche dépossédé. Acceptez cette sauvage
solution : la terre n'est encore balayée que d'une petite
minorité, elle demeure encore surchargée d'une multitude de besoins individuels qu'elle ne peut satisfaire
aux mêmes conditions qui lui ont été imposées jusqu'à
ce jour. Ceux que le pillage aura enrichis, et ce sera
encore une minorité, entendront gémir ou blasphémer
à leurs portes ceux qui n'auront rien recueilli dans la
conquête, et ceux-là seront encore les plus nombreux.
Vous les maintiendrez par la force pendant quelque
temps ; mais ils multiplieront comme les grains de blé,
ils grossiront comme les flots de la mer, et chaque
génération changera donc de maîtres sans voir fermer
l'abîme béant, incommensurable, d'où sortira sans
cesse la voix de l'humanité souffrante, un long cri de
désespoir, de malédiction, d'injure et de menace ! Faut-
il donc s'abandonner sur cette pente fatale, où les châtiments succéderont aux châtiments, les désastres aux

désastres, les victimes aux victimes ? Ou bien faut-il
laisser les choses comme elles sont, perpétuer l'iniquité
du droit exclusif, du partage inégal, placer une caste
privilégiée sur des trônes inamovibles, et condamner
les nations à la misère, ou à l'échafaud et au bagne ?

Retournons donc au partage qu'avaient rêvé nos
pères. La terre a été divisée par eux ; divisons-la plus
encore ; nos enfants la diviseront jusqu'à l'infini, car
ils multiplieront encore, et chaque génération exigera
un nouveau partage qui réduira toujours plus l'étroit
domaine des ancêtres et l'héritage des descendants.
Avec le temps, chaque homme arrivera donc à posséder
un grain de sable, à moins que la famine et toutes les
causes de destruction qu'engendre la barbarie ne viennent décimer à propos, dans chaque siècle, la population. Et, comme la barbarie est le résultat inévitable
du partage et de l'individualisme absolu[1], l'avenir de
l'humanité repose sur la peste, la guerre, les cata-
clysmes, tous les fléaux qui tendront à ramener l'enfance du monde, la rareté de l'espèce humaine, l'empire
farouche de la nature, la dissémination et l'abrutissement de la vie sauvage. Plus d'un cerveau du XIXe siècle,
non réputé féroce ou aliéné, est arrivé à cette conclusion absurde et antihumaine, faute d'en trouver une
meilleure, soit en partant du point de vue socialiste,
soit en partant du point de vue individualiste.

Au milieu de toutes ces hypothèses, le brave Pierre,
ne pouvant en contempler aucune sans effroi et sans
horreur, fut pris d'un accès de désespoir. Il oublia

---

1. Sur ce point, Sand rejoint Balzac (voir *Les Paysans*), même
si les opinions politiques des deux écrivains sont radicalement
opposées, tout au moins en apparence.

l'heure qui marchait et le soleil qui, en montant sur l'horizon, lui mesurait sa tâche de travail. Il tomba le visage contre terre, et se tordit les mains en versant des torrents de larmes.

Il était là depuis longtemps lorsqu'en relevant la tête pour regarder le ciel avec angoisse il vit devant lui une apparition qu'il prit, dans son délire, pour le génie de la terre. C'était une figure aérienne, dont les pieds légers touchaient à peine le gazon, et dont les bras étaient chargés d'une gerbe des plus belles fleurs. Il se releva brusquement, et Yseult, car c'était elle qui faisait paisiblement sa poétique récolte du matin, laissa tomber sa corbeille, et se trouva devant lui, pâle, stupéfaite et tout entourée de fleurs qui jonchaient le gazon à ses pieds. En reprenant sa raison et en reconnaissant celle qui lui avait fait tant de mal, Pierre voulut fuir; mais Yseult posa sur sa main une main froide comme le matin, et lui dit d'une voix émue :

— Vous êtes bien malade, ou vous avez un grand chagrin, monsieur. Dites-moi le malheur qui vous est arrivé, ou venez le confier à mon père; il tâchera de le réparer. Il vous donnera de bons conseils, et son amitié pourra peut-être vous faire du bien.

— Votre amitié, madame ! s'écria Pierre encore égaré et d'un ton amer; est-ce qu'il y a de l'amitié possible entre vous et moi ?

— Je ne vous parle pas de moi, monsieur, répondit mademoiselle de Villepreux avec tristesse; je n'ai pas le droit de vous offrir mon intérêt. Je sais bien que vous ne l'accepteriez pas.

— Mais à qui donc ai-je dit que j'étais malheureux ? s'écria Pierre avec une sorte d'égarement que dissipaient peu à peu la confusion et la fierté. Est-ce que je suis malheureux, moi ?

— Votre figure est encore couverte de larmes, et c'est le bruit de vos sanglots qui m'a attirée auprès de vous.

— Vous êtes bonne, mademoiselle, très bonne, en vérité ! Mais il y a un monde entre nous. Monsieur votre père, que je respecte de toute mon âme, ne me comprendrait pas davantage. Si j'avais fait des dettes, il pourrait les payer ; si je manquais de pain ou d'ouvrage, il saurait me procurer l'un et l'autre ; si j'étais malade ou blessé, je sais que vos nobles mains ne dédaigneraient pas de me porter secours. Mais si j'avais perdu mon père, le vôtre ne pourrait pas m'en tenir lieu...

— Ô mon Dieu ! s'écria Yseult avec une effusion dont Pierre ne l'aurait jamais crue capable, le père Huguenin est-il mort ? Ô pauvre, pauvre fils, que je vous plains !

— Non, ma chère demoiselle, répondit Pierre avec simplicité et douceur ; mon père se porte bien, grâce au bon Dieu. Je voulais dire seulement que si j'avais perdu un ami, un frère, ce n'est pas votre digne père qui pourrait le remplacer.

— Eh bien, vous vous trompez, maître Pierre. Mon père pourrait devenir votre meilleur ami. Vous ne nous connaissez pas ; vous ne savez pas que mon père est sans préjugés, et que, là où il rencontre le mérite, l'élévation des sentiments et des idées, il reconnaît son égal. Je voudrais que vous l'entendissiez parler de vous et de votre ami le sculpteur : vous n'auriez plus cette méfiance et cette aversion pour notre classe que je devine maintenant en vous, et qui m'afflige plus que vous ne pouvez le croire.

Pierre aurait eu bien des choses à répondre dans une autre circonstance ; mais cette rencontre émouvante et ces marques d'intérêt dans un moment où son cœur se brisait de douleur étaient une diversion qu'il n'avait pas la force de repousser, un baume dont il sentait malgré lui la douceur pénétrer dans son âme. Affaibli par ses larmes, et presque effrayé de la bonté d'Yseult, il s'appuya contre un arbre, chancelant et accablé. Elle se tenait toujours debout devant lui, prête à s'éloigner sitôt qu'elle le verrait calme, mais ne pouvant se résoudre à le quitter sur une parole amère. Et, comme elle le vit les yeux baissés, la poitrine oppressée encore, dans l'attitude d'un homme brisé de fatigue qui n'a pas le courage de reprendre son fardeau et de marcher, elle ajouta à ce qu'elle avait dit :

— Je vois bien que vous êtes très malheureux, et on dirait presque humilié de ma sympathie. C'est peut-être ma faute, et je crains d'avoir mérité ce qui m'arrive.

Pierre, étonné de ces paroles, leva les yeux, et la vit pâlir et rougir tour à tour, en proie à une lutte intérieure très vive où son orgueil faisait résistance. Néanmoins il y avait tant de noblesse et de courage dans l'expression de son repentir, que Pierre sentit s'évanouir tout son ressentiment ; mais il voulut être sincère.

— Je vous comprends, mademoiselle, dit-il avec cette assurance que lui rendait toujours le sentiment de sa dignité. Il est bien vrai que vous avez inutilement blessé une âme déjà souffrante. Je n'avais pas besoin d'être rappelé au respect que je vous dois, et votre réponse à madame des Frenays ne m'a pas persuadé que je ne fusse pas une créature humaine. Non, non ! l'artisan et le bois façonné qui sort de ses mains ne sont pas absolument la même chose. Vous n'étiez pas *seule* l'autre jour, car vous étiez avec un être qui comprenait votre bonté affable et qui se prosternait devant elle. Mais je vous jure que ce souvenir pénible n'entrait pour rien dans l'accès de chagrin et de folie que vous venez de surprendre.

— Et maintenant, dit Yseult, voulez-vous me pardonner une faute que rien ne peut justifier ?

Pierre, vaincu par tant d'humilité, la regarda encore. Elle était devant lui les mains jointes, la tête inclinée, et deux grosses larmes roulaient sur ses joues. Il se leva, saisi d'un généreux transport. — Oh ! que Dieu vous aime et bénisse, comme je vous estime et vous absous ! s'écria-t-il en élevant les mains au-dessus de la tête penchée de la jeune fille… Mais c'est trop, trop de choses à la fois ! ajouta-t-il en tombant sur ses genoux et en fermant les yeux.

En effet trop d'émotions l'avait brisé. Yseult ne pouvait pressentir le fanatisme de vertu et l'exaltation d'amour qui fermentaient ensemble dans cette âme enthousiaste. Elle fit un cri en le voyant devenir pâle comme les lis de sa corbeille, et tomber à ses pieds, suffoqué, ivre de joie et de terreur, évanoui d'abord, et puis bientôt en proie à une crise nerveuse qui lui arracha des cris étouffés et de nouveaux torrents de larmes.

Quand il revint à lui-même, il vit à quelques pas de lui mademoiselle de Villepreux plus pâle encore que lui, effrayée et consternée à la fois, prête à courir pour appeler du secours, mais enchaînée à sa place, sans doute par l'espoir d'être plus directement utile à cette âme en peine par des consolations morales que par des soins matériels. Honteux de la faiblesse qu'il venait de montrer, Pierre la supplia, dès qu'il put parler, de ne pas s'occuper de lui davantage ; mais elle resta et ne

répondit pas. Sa figure avait une expression de tristesse profonde, son regard était presque sombre.

— Vous êtes bien malheureux ! répéta-t-elle à plusieurs reprises, et je ne puis vous faire aucun bien ?

— Non, non ! vous ne le pouvez pas, répondit
Pierre.

Alors Yseult fit un pas vers lui ; et, après quelques
instants d'hésitation, tandis qu'il essuyait ses joues
inondées de sueur et de larmes :

— Maître Huguenin, lui dit-elle, en votre âme et
conscience, pensez-vous ne devoir pas me dire la
cause de vos larmes ? Si vous répondez que vous ne le
devez pas, je ne vous interrogerai plus.

— Je vous jure sur l'honneur que je pleure à présent sans cause réelle, à ce qu'il me semble. Je ne sais
vraiment pas pourquoi je me sens terrassé ainsi, et il
me serait impossible de vous l'expliquer.

— Mais tout à l'heure, reprit Yseult avec effort,
quand je vous ai surpris dans le même état où vous venez
de retomber, qu'aviez-vous ? Est-ce donc un secret que
vous ne puissiez confier ?

— Je le pourrais, et vous verriez que ce ne sont pas
des pensées indignes de vous occuper aussi.

— Mais ne voudriez-vous pas confier ses pensées à
mon père ?

— Je pourrais les dire tout haut et devant le monde
entier ; mais je ne sais pas s'il y aurait dans le monde
entier un seul homme qui pût répondre.

— Moi, je crois que cet homme existe, et c'est celui
dont je vous parle. C'est le plus juste, le plus éclairé et
le meilleur que je connaisse ; vous devez trouver naturel
que je vous le recommande. Écoutez : dans deux heures
il viendra s'asseoir sous ce tilleul que vous voyez là-

bas, à l'entrée du parterre. C'est là qu'il vient, tous les
jours de beau temps, déjeuner, lire ses journaux, et
causer avec moi. Voulez-vous venir causer aussi ? Si je
vous gêne, je vous laisserai seul avec lui.

— Merci ! merci ! répondit Pierre. Vous voulez me
faire du bien ; vous êtes charitable, je le sais. Je sais
aussi que votre père est savant, qu'il est sage et généreux ; mais je suis peut-être trop fou et trop malade pour
qu'il me délivre l'esprit d'un souci cruel. D'ailleurs j'ai
un meilleur conseil : je l'interroge souvent, et j'espère
qu'il finira par me répondre. Ce conseil, c'est Dieu !

— Qu'il vous soit donc en aide ! répondit Yseult ; je
le prierai pour vous.

Et elle s'éloigna, après l'avoir salué timidement ;
mais en se retirant, elle s'arrêta et se retourna plusieurs
fois pour s'assurer qu'il ne retombait pas dans le délire.
Pierre, voyant cette sollicitude délicate et franche, se
leva pour la rassurer, et reprit le chemin de l'atelier.
Mais, dès qu'il eut vu Yseult rentrer dans le château
par une autre porte, il revint sur ses pas, et ramassa
quelques-unes des fleurs qu'elle avait laissées sur le
gazon. Il les cacha dans son sein comme des reliques,
et alla se mettre à l'ouvrage. Mais il n'avait pas de
force. Outre qu'il était à jeun, n'ayant ni l'envie ni le
courage d'aller déjeuner, il était brisé dans tous ses os ;
et, si l'ivresse d'un irrésistible amour ne fût venue le
soutenir, il eût déserté l'atelier.

— Qu'as-tu ? lui dit le père Huguenin, qui remarqua l'altération de ses traits et la mollesse de son travail. Tu es malade ; il faut aller te reposer.

— Mon père, répondit le pauvre Pierre, je n'ai pas
plus de courage aujourd'hui qu'une femme, et je travaille comme un esclave. Laissez-moi dormir un peu

sur les copeaux, et je serai peut-être guéri quand vous me réveillerez.

Amaury, le Berrichon et les apprentis lui firent un lit de leurs vestes et de leurs blouses, en lui promettant de regagner le temps à sa place, et il s'endormit au bruit de la scie et du marteau qui lui était trop familier pour interrompre son sommeil.

23

Il est des circonstances fort simples qui se trouvent liées, dans le souvenir de chacun de nous, à des crises de la vie intellectuelle, à des transformations de l'être moral ; et, quelque assujettie que soit notre existence à la réalité la plus froide, il n'est aucun de nous qui n'ait eu son heure d'extase et de révélation, où son âme s'est retrempée, où son avenir s'est dévoilé comme par miracle. Ce monde intérieur que nous portons en nous est plein de mystères et d'oracles profonds. Nous y lisons plus ou moins vaguement ; mais il est toujours une époque, une heure, un instant peut-être, où soit dans la foi en Dieu, soit dans la méditation des choses sociales, soit dans l'amour, une clarté divine traverse comme l'éclair les ténèbres de l'entendement. Chez les natures élevées et contemplatives, cette crise est solennelle, et revient, à toutes les grandes phases de la destinée, poser une limite décisive entre les détresses de la veille et les conquêtes du lendemain. Le métaphysicien et le géomètre, perdus dans la recherche des abstractions, ont eu leurs révélations soudaines et merveilleuses, aussi bien que le fanatique religieux, aussi bien que l'amant et le poète. Comment l'homme de charité et de dévouement, dont le cœur et le cerveau travaillent à découvrir la vérité, ne serait-il pas aidé dans sa tâche

par cet *esprit du Seigneur* qui, bien réellement, plane
sur toutes les âmes, traversant de son feu divin la voûte
des cachots et des cellules, le toit des ateliers et des
mansardes, aussi bien que le dôme des palais et des
temples ?

Pierre Huguenin s'est souvenu toute sa vie avec une
émotion profonde de cette heure de sommeil sur les
copeaux de l'atelier. Il ne se passa pourtant rien que de
très ordinaire autour de lui. Le rabot et les ciseaux se
promenèrent victorieusement comme de coutume sur
le bois rebelle et plaintif. Les ouvriers mirent en sueur
leurs bras nerveux, et la consolante chanson circula,
réglant par le rythme l'action du travail, évoquant la
poésie au milieu de la fatigue et de la contention d'esprit. Mais, pendant que ces choses suivaient leur cours
naturel, les cieux s'entrouvraient sur la tête de l'apôtre
prolétaire, et son âme prenait son vol à travers les
régions du monde idéal. Il fit un rêve étrange. Il lui
sembla qu'il était couché, non sur des copeaux, mais
sur des fleurs. Et ces fleurs croissaient, s'entrouvraient,
devenaient de plus en plus suaves et magnifiques, et
montaient en s'épanouissant vers le ciel. Bientôt ce
furent des arbres gigantesques qui embaumaient les airs
et, s'échelonnant en abîme de verdure, atteignaient les
splendeurs de l'empyrée. L'esprit du dormeur, porté par
les fleurs, montait comme elles vers le ciel, et s'élevait,
heureux et puissant, avec cette végétation sans repos
et sans limite. Enfin, il parvint à une hauteur d'où il
découvrit toute la face d'une nouvelle terre ; et cette
terre était, comme le chemin qui l'y avait conduit, un
océan de verdure, de fruits et de fleurs. Tout ce que
Pierre, voyageur sur la terre des hommes, avait rencontré de plus poétique dans les montagnes sublimes

et dans les riantes vallées, était rassemblé là, mais avec plus de variété, plus de richesse et de grandeur. Des eaux abondantes et pures comme le cristal s'épanchaient de toutes les cimes, couraient et s'entrecroisaient en riant sur toutes les pentes et dans toutes les profondeurs. Des constructions d'une architecture élégante, des monuments admirables, décorés des chefs-d'œuvre de tous les arts, s'élevaient de tous les points de ce jardin universel, et des êtres qui semblaient plus beaux et plus purs que la race humaine, tous occupés et tous joyeux, l'animaient de leurs travaux et de leurs concerts. Pierre parcourut tout ce monde inconnu avec autant de rapidité qu'un oiseau peut le faire ; et partout où son esprit se posait, il voyait la fécondité, le bonheur et la paix fleurir sous des formes nouvelles. Alors un être qui voltigeait près de lui depuis longtemps sans qu'il le reconnût lui dit : Vous voici enfin dans le ciel que vous avez tant désiré de posséder, et vous êtes parmi les anges ; car les temps sont accomplis. Une éternité succède à une éternité ; et quand vous reviendrez à la fin de celle-ci, vous verrez encore d'autres merveilles, un autre ciel et d'autres anges. Alors Pierre, ouvrant les yeux, reconnut le lieu où il était et l'être qui lui parlait. C'était le parc de Villepreux, et c'était Yseult ; mais ce parc touchait aux confins du ciel et de la terre, et Yseult était un ange rayonnant de sagesse et de beauté. Et en regardant bien les anges qui passaient, il reconnut son père et le père d'Yseult, qui marchaient enlacés au bras l'un de l'autre ; il reconnut Amaury et Romanet, qui s'entretenaient amicalement ; il reconnut la Savinienne et la marquise, qui cueillaient dans la même corbeille des fleurs et des épis ; il reconnut enfin tous ceux qu'il aimait et tous ceux qu'il connaissait,

mais transformés et idéalisés. Et il se demandait quel
miracle s'était opéré en eux, pour qu'ils fussent ainsi
tous revêtus de beauté, de force et d'amour. Alors
Yseult lui dit : — Ne vois-tu pas que nous sommes
tous frères, tous riches et tous égaux ? La terre est
redevenue ciel, parce que nous avons arraché toutes les
épines des fossés et toutes les bornes des enclos ; nous
sommes redevenus anges, parce que nous avons effacé
toutes les distinctions et abjuré tous les ressentiments.
Aime, crois, travaille, et tu seras ange dans ce monde
des anges[1].

— Qu'a-t-il donc à dormir ainsi les yeux ouverts ?
Il a l'air de rêvasser dans la fièvre. Réveille-toi tout à
fait, mon Pierre, cela te vaudra mieux que de trembler
et de soupirer comme tu fais. Ainsi parlait le père
Huguenin, et il secouait son fils pour l'éveiller. Pierre
obéit machinalement et se souleva ; mais les cieux
n'étaient pas encore refermés pour lui. Il ne dormait
plus ; mais il voyait encore passer autour de lui des
formes idéales, et les accords des lyres sacrées réson-

---

1. Le rêve joue un rôle central dans l'œuvre de Sand, voir
Consuelo. L'écrivain expose sous une forme poétique une sorte
d'évangile social qu'elle a déjà formulé dans *Les Sept Cordes de la
lyre* (1839). L'angélisation ici évoquée, et qui pourrait faire penser
au roman de Balzac, *Séraphîta*, n'est pas de même nature : elle ne
doit rien à l'illuminisme de Swedenborg. Il faut se souvenir que,
pour Leroux comme pour Jean Reynaud, « le ciel, le véritable ciel,
c'est la vie, c'est la projection infinie de la vie » (*De l'humanité*,
op. cit., p. 178). L'angélisation est subordonnée à l'actualisation
virtuelle du ciel dans le temps. « Il y a donc deux ciels. Un ciel
absolu, permanent, embrassant le monde entier, et chaque créature
en particulier, et dans le sein duquel vit le monde et chaque créature, et un ciel relatif, non permanent, mais progressif qui est la
manifestation du premier dans le temps et dans l'espace » (p. 180).

naient à ses oreilles. Il était debout et sa vision était à peine dissipée. Il était surtout frappé du parfum des fleurs qui le suivait jusque dans la réalité. — Est-ce que vous ne sentez pas l'odeur des roses et des lis ? dit-il à son père qui le regardait d'un air inquiet.

— Je le crois bien, dit le père Huguenin, tu as des fleurs plein ta chemise ; on dirait que tu as voulu faire de ta poitrine un reposoir de la Fête-Dieu.

Pierre vit en effet les fleurs d'Yseult s'échapper de son sein et tomber à ses pieds.

— Ah ! dit-il en les ramassant, voilà ce qui m'a procuré ce beau rêve ! Et, sans se plaindre d'avoir été interrompu, il se remit à l'ouvrage plein de force et d'ardeur.

Mais il fut bientôt mandé auprès du comte de Villepreux sous un prétexte relatif à son travail, et il s'y rendit sans soupçonner le vif désir qu'éprouvait le vieux patricien de s'entretenir à l'aise, et sans se compromettre, avec l'homme du peuple. Pour expliquer cette fantaisie du comte, il est bon de faire connaître au lecteur les antécédents de cet étrange vieillard.

Fils d'un des nobles attachés à la fortune et au complot de Philippe-Égalité[1], il avait suivi indirectement toutes les phases de ce complot durant la Révo-

---

1. Philippe-Égalité, Louis Joseph, duc d'Orléans, dit (1747-1793). Élu député de Paris à la Convention, il reçut en septembre 1792 le nom d'« Égalité », symbole de sa rupture avec l'Ancien Régime. Bien qu'il eût voté la mort du roi, son cousin, il fut arrêté par les Montagnards en avril 1793 pour servir d'otage à la République après le passage de son fils (le futur Louis-Philippe) à l'ennemi. En novembre, le tribunal révolutionnaire l'accusa d'avoir aspiré à la royauté et le condamna à mort. Il fut guillotiné le 16 brumaire an II (6 novembre 1793).

lution. Il s'était caché pour ne pas partager le sort de
son père lorsque celui-ci expia sur l'échafaud sa complicité avec le prince. Il tira ensuite peu à peu son
épingle du jeu avec un rare bonheur, et se remit insensiblement sur ses pieds avec le 9 thermidor. Sous
l'Empire il avait été préfet, mais non pas des meilleurs ;
c'est-à-dire que, sans faire d'objections aux décrets
violents du gouvernement, il avait été entraîné par son
caractère facile et débonnaire à plus de douceur et
d'humanité que ses fonctions n'en comportaient. Destitué dans le midi, il avait dû à la protection de M. de
Talleyrand, qui aimait son esprit, et qui avait fait valoir
la mort d'Eugène de Villepreux (fils de notre vieux
comte et père d'Yseult, tué au service durant la guerre
d'Espagne[1]), la compensation d'une préfecture plus
importante. Sa fortune avait grossi dans ces emplois et
dans d'heureuses spéculations dont il avait le goût et
l'intelligence. Destitué au retour des Bourbons, mal vu
par un parti qui lui reprochait sa conduite durant la
Révolution et son rôle sous l'Empire, il se donna une
attitude d'opposition libérale. Il avait manqué la pairie,
il la méprisa ou parut la mépriser, et se fit nommer
député.

Les nobles de sa famille et de son voisinage l'accusaient de petitesse d'esprit, de perfidie et d'ambition,

---

1. La guerre d'Espagne commença dès 1808. Elle se continua
jusqu'en 1814, sans discontinuer. Talleyrand (1754-1838) fut dis-
gracié le 29 janvier 1809. Il ne put donc faire jouer son influence
au-delà de cette date. Mais la référence à la protection de Talleyrand
a une fonction dévalorisante. Elle situe le comte de Villepreux, non
dans le camp des hommes de conviction, mais dans celui des oppor-
tunistes : Talleyrand se rallia tour à tour à Napoléon, à Louis XVIII,
à Louis-Philippe.

tandis que les libéraux lui attribuaient une grande force
d'âme, une énergie toute républicaine, et des vues profondes en politique. Il faut bien vite dire que le bon
vieux seigneur, homme d'esprit et charmant orateur de
salon, ne méritait

     Ni cet excès d'honneur, ni cette indignité[1].

Il faisait une opposition de bon goût et sans éclat. Il
avait tant de sel et d'enjouement, que c'était plaisir de
l'entendre se moquer du pouvoir, de la famille royale,
des favorites ou des prélats en faveur. Quand il se lan-
çait ainsi dans le satire, Voltaire tout entier ressuscitait
dans ses traits et dans sa personne, et il n'était pas un
électeur libéral qui n'eût pu refuser son vote à un candidat qui l'avait fait si bien dîner et si bien rire.

L'acte qui releva le plus son caractère politique fut
celui qui venait de le ramener à son manoir de Villepreux à l'époque où nous le retrouvons s'occupant de
littérature et de menuiserie. Il était le soixante-troisième
député qui, le 4 mars de la même année, s'était levé de
son banc, en costume, pour quitter la chambre au
moment où Manuel avait été *empoigné*, selon l'expression et d'après l'ordre de M. le vicomte de Foucault[2].

----

1. Citation d'un vers de Racine. Dans *Britannicus*, Junie, après
avoir été enlevée par Néron, refuse de prendre la place d'Octavie,
l'épouse de celui-ci : « J'ose dire pourtant que je n'ai mérité / Ni cet
excès d'honneur, ni cette indignité » (II, 3, v. 609-610).   **2.** Sur
Jacques Antoine Manuel, voir note 2, p. 254. À l'occasion de la
guerre d'Espagne, cet avocat libéral avait osé déclarer, le 26 février
1822, en rappelant le précédent de Louis XVI : « Les dangers de la
famille royale » sont devenus « plus graves lorsque la France révolutionnaire sentit qu'elle avait besoin de se défendre par une énergie

Il avait signé la protestation déposée le 5 mars sur le bureau de la Chambre. C'est dire assez quelle était la marche politique qu'il suivait ostensiblement ; mais ce n'est pas dire quelles étaient au fond ses doctrines, ni même quel était le parti occulte dont il plaidait la cause sous la forme vague et très élastique du constitutionnalisme. Parmi les hommes parlementaires qui prirent part à l'acte honorable que nous rappelions tout à l'heure, on compte les noms les plus éminents et les plus loués de la France au temps des Bourbons ; que ne pouvonsnous les louer également au temps où nous sommes ! Mais il y avait, dans le mouvement spontané qui les fit protester contre la marche illégale et violente du gouvernement de cette époque, cette diversité de causes que toute opposition politique rassemble sous sa bannière. Le côté gauche de la Chambre avait son langage avoué et officiel ; mais, au fond, ce langage cachait bien quelques mystères, et l'extrême gauche avait, diton, certains rapports avec la société du Carbonarisme, dont le procureur général Bellart[1] disait : « D'accord sur ce premier point, *détruire ce qui est*, les ennemis du trône sont divisés entre eux sur tous les autres points,

---

toute nouvelle ». On requit alors pour expulser le député insolent et sacrilège le peloton de la garde nationale qui refusa d'exécuter l'ordre d'expulsion. Il fallut faire appel à la gendarmerie. Le colonel de Foucault lança cet ordre à ses hommes : « Empoignez-moi M. Manuel. » En signe de solidarité, les députés libéraux refusèrent de siéger jusqu'au terme de la session.

1. François Nicolas de Bellart (1761-1826) s'était illustré au procès du maréchal Ney comme « l'instrument le plus actif de cet assassinat juridique ». Au procès de *La Rochelle*, « il oublia trop les égards et la modération que le ministère public doit toujours aux grandes infortunes » (nous citons le *Grand Dictionnaire universel du XIXᵉ siècle* de Pierre Larousse).

et sur *ce qui sera*. Napoléon II[1], un prince étranger, la république, et *mille autres idées* tout aussi absurdes et tout aussi contradictoires, en divisant nos régulateurs sur les destinées qu'ils nous réservent, suffisent pour apprendre, non pas seulement aux hommes fidèles, mais aux hommes de bon sens, le rare bonheur qui sortirait pour la France de ce premier déchirement, fatal prélude de bien d'autres déchirements*!» Le lecteur découvrira peut-être plus tard si c'était à Napoléon II, au prince étranger[2] dont parle M. Bellart, à la république, ou à *certain personnage*[3] caché si singulièrement par M. Bellart sous cette périphrase de *mille autres idées absurdes*, que se rattachait, dans le mystère de sa pensée et dans le secret de ses actes, le comte de Villepreux ; nous ne nous occupons ici que de son caractère et de ses idées.

Homme d'esprit avant tout, plutôt fin et perspicace en matière de faits politiques que profond en fait de théorie sociale, et se piquant néanmoins de tout connaître et de tout comprendre, le comte de Villepreux était peut-être l'expression la plus *avancée* de la noblesse de son temps. Il aimait La Fayette ; il estimait d'Argenson[4]. Il avait rendu en dessous main des services à plus d'un

---

* Réquisitoire dans l'affaire de La Rochelle.

---

1. Allusion au duc de Reichstadt, «l'Aiglon» (1811-1832), le fils de Napoléon et de Marie-Louise.   **2.** Le prince Guillaume d'Orange (1772-1843) gouvernait, au moment où se déroule le roman, l'État-tampon créé en 1815 par le traité de Vienne, et qui recoupait la Belgique et les Pays-Bas. C'est son fils, le duc d'Orange, lui aussi prénommé Guillaume, que certains carbonaristes envisageaient de mettre à la tête de la France.   **3.** L'expression cryptique *certain personnage* désigne en fait Louis-Philippe d'Orléans.   **4.** Sur Voyer d'Argenson, voir note 2, p. 251.

noble proscrit ; il s'était même enthousiasmé du système de Babœuf[1], sans lui accorder foi ni confiance. Il
était en même temps grand admirateur de M. de Chateaubriand et de Béranger[2]. Son intelligence saisissait
avec ardeur tout ce qui était beau et grand, sans que son
âme, frivole comme celle d'un prince, se prît sérieusement à aucune conclusion. Il croyait à tous les systèmes,
se les assimilant avec une facilité merveilleuse un quart
d'heure durant, et passant de l'un à l'autre sans hypocrisie et sans inconséquence ; car cette nature d'amateur
était sa vraie, sa dominante nature. Il avait toutes les
qualités et tous les défauts d'un artiste et d'un grand
seigneur : avare et prodigue suivant la fantaisie du
moment, absolu et débonnaire, enthousiaste et sceptique
selon l'occurrence, il s'emportait souvent et ne tenait
jamais rigueur. Personne n'entendait mieux la vie sous
le rapport du bien-être, de l'indépendance, et de ce bon
sens pratique qui protège l'individu sans trop blesser la
société. Au fond de tout cela il y avait une véritable

---

1. François Noël, dit Gracchus Babeuf (1760-1797). Ce fondateur du journal *Le Tribun du peuple* était favorable à l'égalitarisme
absolu. En 1796, il tenta avec ses amis de renverser le Directoire
(« Conspiration des Égaux »). Dans la mesure où Voyer d'Argenson accueillit l'ami de Babeuf, Buonarroti, on est tenté de voir dans
cet aristocrate l'une des clés du personnage du comte de Villepreux.
2. Pierre-Jean de Béranger, poète et chansonnier (1780-1857),
connut une immense renommée. « La chanson libérale et patriotique [...] fut et restera sa grande innovation » (Sainte-Beuve).
Anticlérical, se réclamant souvent d'une veine gauloise, il favorisa
l'épanouissement de la légende napoléonienne. Ses deux empri-
sonnements (1815 et 1828) contribuèrent à forger sa popularité.
Chateaubriand et Béranger pourraient sembler former un couple
saugrenu si l'on ne se souvenait que l'enchanteur avait lui aussi fait
l'éloge du chansonnier. Rappelons que Leroux avait dédié *De l'humanité* à l'auteur de *La Mansarde* et du *Dieu des bonnes gens*.

bonté, une gracieuse obligeance, une générosité bien entendue ; mais il y avait aussi, à travers ces vertus domestiques, une légèreté sans pareille, un égoïsme railleur et une profonde insouciance ressortant de ce même engouement facile pour tous les principes généraux et pour toutes les idées sociales sans application et sans conséquences.

Il avait traversé les événements, les bras croisés, l'épigramme à la bouche, et quelquefois les larmes aux yeux. Toute grande action avait ses sympathies : mais aucune doctrine ne le captivait au-delà du temps qu'il lui avait fallu pour l'écouter et la connaître. Il lisait dans les hommes et dans les choses de son temps comme dans des livres d'agrément ; et quand sa curiosité était rassasiée, il s'endormait en souriant sur la dernière page, consentant à ce que chacun eût sa façon de penser, pourvu que l'ordre social n'en fût point trop ébranlé et que les théories n'eussent pas la prétention de passer dans la pratique.

Avec ces habitudes et ces dispositions, quoiqu'il eût beaucoup de tendresse de cœur et de vertus de famille dans un certain sens, il avait laissé croître ses enfants un peu au hasard, et ses petits-enfants tout à fait à l'aventure. S'occupant beaucoup d'eux et leur prodiguant tous les moyens de s'instruire, il n'avait mis ni suite, ni ensemble, ni discernement dans les notions contradictoires dont il avait encombré leurs jeunes esprits ; et comme on lui avait quelquefois remontré les dangers d'une telle éducation, il s'était persuadé qu'il agissait ainsi en vertu d'un système. Ce système, un peu renouvelé de l'*Émile*[1],

---

1. Traité en cinq livres, publié en 1762. Cet ouvrage s'énonce d'abord sous une forme négative, puisqu'il s'agit d'écarter la société,

était de n'en point avoir; c'était l'excuse qu'il se présentait à lui-même pour se dissimuler son incapacité de mieux faire. Au fait, il lui eût été difficile de mettre dans l'esprit de ses élèves l'unité et la certitude qui n'étaient pas dans le sien. S'il le sentait parfois, il s'en consolait avec l'idée que du moins il n'apportait pas d'obstacles aux enseignements de l'avenir.

Cette méthode avait produit des effets contraires dans deux natures aussi opposées que celles d'Yseult et de son frère Raoul. L'une, réfléchie, sensée, profondément juste et sensible, avide d'instruction solide et de culture poétique, avait beaucoup acquis, et attendait effectivement ses conclusions du temps et des circonstances. Elle avait contracté peu de préjugés dans le commerce du monde, et le moindre souffle de vérité pouvait les lui enlever. Avec elle, l'éducation à la Jean-Jacques avait fait merveille; et peut-être aucune éducation, eût-elle été mauvaise, n'eût pu corrompre cette nature droite et grandement sage.

L'autre ayant montré un esprit très récalcitrant à l'étude, on s'était contenté de lui donner des maîtres pour obéir à l'usage; mais on n'avait jamais poussé les choses au point de le faire pleurer. Le grand-père avait cette égoïste douceur d'âme qui ne saurait lutter contre les rébellions et les larmes de l'enfance. Le jeune Raoul n'avait donc appris que l'art de se divertir. Il savait monter à cheval; il excellait au tir, à la nage, à la valse,

---

la famille, et même l'éducation livresque. Ce n'est qu'à l'âge pubertaire que cette négativité s'inverse; la lecture intervient qui conduit à une prise de conscience de l'histoire tandis que l'apprentissage d'un métier manuel médiatise la relation de l'homme à la nature. Le comte de Villepreux, en libéral, n'a retenu de l'*Émile* qu'un « laisser-faire ».

au billard. Quoiqu'il fût d'une complexion fort délicate
en apparence, il était infatigable dans tous les exercices
du corps, et en tirait la plus grande vanité qu'il eût,
après celle de son nom qu'il avait acquise dans la fré-
quentation des jeunes élégants du grand monde. Sur ce
chef-là, le vieux comte était bien un peu effrayé des
résultats de son plan d'éducation libre. Le jeune homme
ne montrait aucun goût pour les idées libérales. Tout
au contraire, il avait embrassé le genre *ultra*[1], qu'il
voyait affecter à ses compagnons de plaisir. On lui faisait bon accueil dans le grand monde, et on l'y félici-
tait de *bien penser*. Il s'ennuyait mortellement dans la
société de son aïeul, qu'il accusait tout bas de voir
mauvaise compagnie. Toute son ambition était d'entrer comme officier dans la garde royale. Mais là il
avait rencontré de l'opposition de la part du grand-père,
et leurs explications avaient été assez vives. Quand
son intérêt personnel était compromis ouvertement, le
comte ne manquait pas de volonté colérique. Il craignait qu'en vouant son fils au service des princes
régnants, sa popularité ne le quittât. De son côté, le
jeune homme trouvait fort mauvais que, pour plaire à
la *canaille*, son grand-père se permît de manifester une
opinion qui pouvait lui fermer tout accès aux faveurs
de la cour. Il attendait donc avec impatience que sa
majorité lui permît de se dessiner un rôle tout opposé ;
et le comte se creusait la tête pour le retenir, sans voir
comment cela deviendrait possible. Au fond, ils s'ai-

---

1. Nom donné sous la Restauration aux partisans intransigeants
de l'Ancien Régime, adversaires de la Charte et qui, absolutistes,
hostiles à tout régime représentatif, se voulaient «plus royalistes
que le roi».

maient l'un l'autre ; car le vieillard avait le cœur tendre et miséricordieux, et Raoul n'était pas sans bonnes qualités. Il était victime de l'absence de doctrine qui rompait dans sa famille le lien moral et politique ; mais il eût été susceptible de recevoir une meilleure direction, et il y avait en lui certaines délicatesses secrètes de la conscience qui le retenaient encore.

Yseult avait pour le comte une tendresse plus profonde et mieux sentie. Son âme ne pouvait loger que de grandes affections, et, comme elle n'avait pas assez d'expérience pour apprécier la frivolité de son aïeul, elle croyait aveuglément en lui. Elle prenait au sérieux toutes ses paroles, toutes ses opinions, et se tenait, pour se diriger à travers des contradictions qu'elle ne comprenait pas bien, entre un libéralisme ardent et un respect instinctif pour les lois du monde. Quelquefois cependant elle présentait, à ce dernier égard, des objections que le comte écoutait avec complaisance, et qu'il était bien empêché de repousser. Alors il se tirait d'affaire en disant qu'Yseult avait toute la rigidité de conséquences que comporte un esprit neuf, et qu'il ne voulait pas émousser avant le temps ces facultés généreuses. Il fallait bien se payer de cette réponse ; et la bonne Yseult, abandonnée à elle-même, se livrait à bien des rêves, sans savoir s'il lui serait jamais permis de les réaliser.

24

Lorsque Pierre Huguenin aborda ses deux nobles
hôtes, le comte était assis sur un fauteuil rustique à
l'ombre de son tilleul favori. Il lisait ses gazettes en
faisant un déjeuner pythagorique[1], et sa petite-fille lui
coupait avec un couteau d'or une brochure politique
qu'il venait de recevoir ; un chien favori dormait à leurs
pieds. Un vieux valet de chambre allait et venait autour
d'eux, veillant à ce qu'ils n'eussent pas le temps d'exprimer un désir. Yseult avait les yeux constamment
fixés sur l'allée par laquelle Pierre arriva. Il la trouva
timide, presque tremblante. Lui, exalté et ranimé par je
ne sais quelle force inconnue, se sentait plein de courage et de sérénité.

— Approchez, approchez, mon cher maître Pierre,
s'écria le comte en posant son journal sur la table et en
ôtant ses lunettes. J'ai grand plaisir à vous voir, et
je vous remercie de vous être rendu à mon invitation.
Veuillez vous asseoir ici. Et il lui désigna une chaise à
sa gauche, Yseult étant à sa droite.

— Je venais pour prendre vos ordres, répondit
Pierre hésitant à s'asseoir.

---

1. Végétarien. Le pythagorisme exigeait l'abstinence de la chair
des animaux.

— Il ne s'agit pas d'ordres ici, reprit le comte ; on ne donne pas d'ordres à un homme tel que vous. Dieu merci, nous avons abjuré ces vieilles formules de maître à compagnon. D'ailleurs, n'êtes-vous pas maître vous-même dans votre art ?

— Mon art n'est qu'un obscur métier, répondit Pierre, qui se sentait peu disposé à l'expansion.

— Vous êtes propre à tout, reprit le comte ; et si vous sentez quelque autre ambition...

— Aucune, monsieur le comte, interrompit Pierre avec une fermeté tranquille.

— Il faut pourtant venir au fait, mon brave jeune homme, et vous asseoir à côté de moi pour causer sans méfiance et sans hauteur avec un vieillard qui vous en prie amicalement.

Pierre, vaincu par ces paroles affectueuses et peut-être aussi par l'attitude triste et inquiète de mademoiselle de Villepreux, se laissa tomber sur le siège vis-à-vis d'elle. Il pensait qu'elle allait se lever et s'éloigner, comme elle faisait ordinairement quand il conférait avec son grand-père ; mais cette fois-ci elle resta, et n'éloigna même pas sa chaise de cette table étroite, qui ne mettait entre son visage et celui du Compagnon menuisier qu'une courte distance, et entre leurs genoux peut-être qu'un intervalle plus court encore. Pierre se garda bien d'approcher tout à fait son siège de la table. Il se sentait calme et maître de lui-même ; mais il lui semblait que, s'il eût effleuré seulement la robe d'Yseult, la terre se fût dérobée sous lui, et qu'il serait retombé dans l'empire des songes.

— Pierre, reprit le comte avec un ton d'autorité paternelle, il faut m'ouvrir votre cœur. Ma fille vous a rencontré ce matin dans le parc, accablé, désespéré, hors de vous-même. Elle vous a abordé, elle vous a interrogé ; elle a bien agi. Elle vous a fait, en mon nom, des offres de service, des promesses d'amitié ; elle a parlé selon son cœur. Vous avez rejeté ces offres avec une fierté qui vous rend encore plus estimable à mes yeux, et qui me fait un devoir de vous servir malgré vous. Prenez donc garde d'être injuste, Pierre ! Je sais d'avance tout ce que votre vieux républicain de père a pu vous dire pour vous mettre en garde contre moi. J'estime infiniment votre père, et ne veux pas blesser ses préjugés ; mais il y a cette différence entre lui et moi, qu'il est l'homme du passé, et que moi son aîné, je suis pourtant l'homme du présent. Je me flatte de mieux comprendre l'égalité que lui ; et si vous refusez de me confier le secret de votre peine, je croirai comprendre la fraternité humaine mieux que vous aussi.

Il eût été bien difficile au jeune ouvrier de refuser sa confiance et son admiration à un pareil langage. Il se sentit tout pénétré de reconnaissance et de sympathie. Pendant que le comte lui parlait, Yseult avait avancé une tasse de vieux-sèvres jusque sous la main de l'ouvrier, et le comte lui avait versé du café avec tant de naturel et de bonhomie, que Pierre comprit que le meilleur goût possible, en cette circonstance, était d'accepter comme on lui offrait, sans hésiter et sans faire de phrases. Mais il se troubla lorsque Yseult se leva à demi pour lui présenter du sucre. Il n'eut que la force de la regarder, et l'expression de sensibilité affectueuse qu'il rencontra sur sa physionomie lui fit un bien mêlé d'un certain mal. Il rougit comme un enfant, et se mit à déjeuner sans trop savoir ce qu'il faisait. Il acceptait et avalait tout ce qu'elle lui offrait, n'osant rien lui refuser, et ne craignant rien tant que d'échanger quelque parole avec elle dans ce moment-là. Cependant, à mesure qu'il mangeait (et il en avait grand besoin, car il était à jeun), il sentait revenir sa présence d'esprit. Le moka, qui était fort savoureux, et dont il n'avait point l'habitude, communiqua spontanément à son cerveau une chaleur souveraine. Il sentit sa langue se délier, son sang circuler librement, ses idées s'éclaircir, et la crainte du ridicule céder à des considérations plus sérieuses.

— Vous voulez que je parle ? dit-il au comte, après avoir répondu négativement à toutes les suppositions que celui-ci faisait sur la cause de son chagrin. Eh bien ! je parlerai. Ce sera sans doute un discours bien inutile, et je crois que ce beau chien que voici, et dont l'embonpoint et la propreté feraient envie à bien des hommes, serait le premier à le mépriser s'il pouvait l'entendre[1].

— Mais nous ne sommes pas des chiens, répliqua en riant le vieux comte : j'espère que nous comprendrons ; et nous nous garderons bien d'être méprisants, dans la crainte d'être méprisés à notre tour. Allons, jeune orgueilleux, dites votre pensée.

Alors Pierre se mit à raconter naïvement toutes les idées qui lui étaient venues dans le parc depuis l'aube jusqu'au soleil levant. Il le fit sans emphase, mais sans embarras et sans fausse honte. Il ne craignit pas de dire au comte tout ce qu'il trouvait d'illégitime dans le fait de sa richesse ; car, en même temps, il lui dit tout ce qu'il trouvait de sacré dans ses droits au bonheur. Il lui

---

1. Dans «Le chien et la fleur sacrée» (*Contes d'une grand-mère*), George Sand laisse la parole à monsieur Lechien qui raconte son existence antérieure de «joli petit bouledogue».

posa tout le problème social qui s'agitait en lui avec une clarté et même une éloquence qui révélèrent au comte un homme peu ordinaire, et qui le forcèrent à regarder de temps en temps sa fille avec une expression d'étonnement et d'admiration qu'elle partageait bien visiblement. J'ignore si Pierre s'aperçut de ce dernier point : je pense qu'il ne voulut pas regarder Yseult, dans la crainte qu'un air de doute et de pitié ne lui ôtât la force de tout dire. Je pense aussi que, s'il l'eût regardée et qu'il l'eût vue sourire d'adhésion avec des yeux humides de sympathie, il eût perdu la tête, ou tout au moins le fil de son discours.

Quand il eut dit tout l'effroi et toute la douleur que ses réflexions lui avaient causés et l'abîme de doute et de désespoir où elles l'avaient conduit, il confessa qu'il avait senti en lui, à ce moment de détresse, l'horreur de la vie et le besoin de fuir vers un monde meilleur. Il avoua qu'il avait eu des pensées de suicide, et que le sentiment du devoir filial avait pu seul le rattacher à une existence qui ne lui apparaissait plus que comme une épreuve accablante dans un lieu de tortures et d'iniquités.

Lorsqu'il prononça ses derniers mots d'une voix émue et le visage couvert de pâleur, Yseult se leva brusquement et fit quelques tours d'allée, feignant de chercher quelque chose. Mais, lorsqu'elle revint à sa place, ses traits étaient fatigués et son regard brillant : peut-être avait-elle pleuré.

Rien n'égalait la surprise du comte de Villepreux. Il regardait avec des yeux perçants la figure inspirée du jeune prolétaire, et se demandait où cet homme, habitué à manier un rabot, avait pu découvrir et développer le germe d'idées si vastes et de préoccupations si élevées.

— Savez-vous, maître Pierre, lui dit-il lorsqu'il l'eut écouté jusqu'au bout avec la plus grande attention, que vous feriez un grand orateur, et peut-être un grand écrivain ? Vous parlez comme un apôtre et vous raisonnez comme un philosophe !

Quoique cette remarque lui parût frivole à propos d'une discussion si sérieuse, Pierre fut flatté malgré lui d'être loué ainsi devant Yseult.

— Je ne sais ni parler ni écrire, répondit-il en rougissant ; et n'ayant que des problèmes à poser je serais un méchant prédicateur, à moins que vous ne voulussiez, monsieur le comte, me dicter mes conclusions et me poser mes articles de foi.

— Palsambleu ! s'écria le comte en frappant sur la table avec sa tabatière et en regardant sa fille, comme il parle de cela ! Il remue le ciel et la terre de fond en comble, il fouille plus avant dans les mystères de la vie humaine que tous les sages de l'Antiquité, et il veut que je sache les secrets du Père éternel ! Mais me prenez-vous donc pour le diable ou pour le pape ? Et croyez-vous qu'il ne faille pas la sagesse de deux mille ans à venir, ajoutée à toute la sagesse du passé, pour répondre à votre proposition ? Les plus grands esprits du siècle présent n'auront autre chose à vous dire que ceci : De quoi diable vous inquiétez-vous là ? Tâchez d'être riche et de vous habituer à voir autour de vous des pauvres ; — ou bien : Mon cher ami, vous êtes fou, il faut vous soigner. Oui, sur ma parole, mon pauvre maître Pierre ; de cent mille systèmes, tous plus beaux et plus impossibles les uns que les autres, que l'on pourra vous présenter, il n'y en a pas un seul qui vaille celui que j'ai mis à mon usage particulier.

— Et quel est-il donc, monsieur ? repartit Pierre avec vivacité ; car c'est là ce que je vous demande.

— Admirer ce que vous dites, et supporter ce qui se fait ici-bas.

— Est-ce là tout ? s'écria Pierre en se levant d'un air exalté. En vérité ce n'était pas la peine de m'interroger, si vous n'aviez rien de mieux à me répondre. Ah ! je vous le disais, mademoiselle, ajouta-t-il en regardant Yseult sans aucun ressentiment de trouble amoureux, absorbé qu'il était dans de plus hautes pensées ; je vous le disais bien que votre père ne pouvait rien pour moi !

— Est-ce que la résignation n'est pas le résultat de l'expérience et le dernier terme de la sagesse ? répondit Yseult avec effort.

— La résignation pour soi-même est une vertu qu'il faut avoir et qui n'est pas bien difficile quand on se respecte un peu, répondit Pierre. Quant à moi, je déclare que ma pauvreté et mon obscurité ne me pèsent pas encore, et que je serais bien plus malheureux, bien plus troublé dans mon sentiment de la justice si j'étais né riche comme vous, mademoiselle. Mais se résigner au malheur d'autrui, mais supporter le joug qui pèse sur des têtes innocentes, mais regarder tranquillement le train du monde sans essayer de découvrir une autre vérité, un autre ordre, une autre morale ! oh ! c'est impossible… impossible ! Il y a là de quoi ne jamais dormir, ne jamais se distraire, ne jamais connaître un instant de bonheur ; il y a de quoi perdre le courage, la raison ou la vie !

— Eh bien, mon père ?… s'écria Yseult en levant vers le comte des yeux humides, ardents d'espoir et d'impatience.

Elle attendit en vain une réponse qui sanctionnât,

par la maturité du jugement, l'enthousiasme évangélique du jeune ouvrier. Le comte sourit, leva les yeux
au ciel, et attira sa fille contre son cœur, tandis qu'il
tendait son autre main à Pierre.

— Jeunes âmes généreuses, leur dit-il après un instant de silence, vous ferez encore bien des rêves de ce
genre avant de reconnaître que ce sont d'immenses
paradoxes et de sublimes problèmes sans solution possible en ce bas monde. Je ne vous souhaite pas de sitôt
le découragement et le dégoût qui sont le partage de la
sagesse en cheveux blancs. Faites des vœux, faites des
systèmes ; faites-en tant que vous voudrez, et renoncez
à y croire le plus tard que vous pourrez. Maître Pierre,
ajouta-t-il en se levant et en soulevant son bonnet de
velours noir devant le jeune homme stupéfait, ma
vieille tête s'incline devant vous. Je vous estime, vous
admire et je vous aime. Venez souvent causer avec
moi. Votre vertu me rajeunira un peu, et peut-être après
bien des rêveries, la montagne qui pèse sur notre idéal
sera-t-elle allégée de tout le poids d'un grain de sable.

En parlant ainsi, il passa son bras sous celui de sa
fille, et s'éloigna, emportant ses brochures, ses lunettes
et ses gazettes avec la tranquillité d'un homme habitué
à jouer avec les plus grandes idées et les sentiments les
plus sacrés.

Pierre resta accablé d'abord ; puis une ironie, mêlée
d'indignation et de pitié, s'empara de lui. Il se trouva
bien ridicule d'avoir laissé profaner le secret de ses plus
hautes pensées par le souffle glacé de ce vieillard blanchi dans les défections. Il eut peine à ne pas l'accabler
intérieurement du plus profond mépris.

Eh quoi ! se disait-il, connaître ces choses, n'avoir
ni le moyen ni le désir d'en repousser la vérité, et les

garder en soi comme un trésor inutile dont on ne comprend ni la valeur ni l'usage ! Être grand seigneur, riche et puissant, avoir vieilli au milieu des luttes sociales, avoir traversé la république et les cours, et pourtant n'avoir pas une croyance arrêtée, pas un sentiment victorieux, pas une volonté efficace, pas même une espérance généreuse ! Et toucher au terme de la vie sans savoir exprimer autre chose qu'un stérile regret, une sympathie dérisoire, un découragement hypocrite !... Si c'est là un des plus spirituels et des plus instruits de sa caste, que sont donc les autres, et que peut-on espérer de cadavres parés des plus beaux insignes de la vie : le pouvoir et la renommée ?

Dans sa sainte colère, Pierre s'emporta secrètement jusqu'à l'injustice. Il ne pouvait pas se rendre bien compte de l'effet d'une première éducation et des préjugés sucés avec le lait. Rien n'est plus difficile que de se placer à un point de vue tout à fait différent de celui d'où l'on regarde. Si Pierre eût connu la société, non telle qu'elle doit être, mais telle qu'elle est, il eût, malgré l'impétuosité de son vertueux élan, conservé quelque respect et beaucoup d'affection pour ce vieillard, supérieur à la plupart de ses pareils, et remarquable entre tous les hommes par la bonté de ses instincts et la naïveté de ses premières impressions. Mais il avait été amené vers lui par les promesses d'Yseult, et un instant, à se voir écouté avec tant d'intérêt, il avait compté sur une solution conforme à ses vœux. Sa douleur était grande de se voir loué et plaint à la fois comme un apôtre et comme un fou.

Une seule chose lui donna la force de retourner au travail, c'est-à-dire de reprendre patiemment le joug de la vie : ce fut le souvenir de l'expression qu'avait

Yseult en le quittant. Il lui sembla que la surprise, le désappointement, la consternation qu'il avait éprouvés en cet instant remplissaient l'âme de la noble fille comme la sienne. Il avait éprouvé, en rencontrant son dernier regard, quelque chose de solennel comme un engagement éternel, ou comme un éternel adieu. Son âme, en se reportant à cette mystérieuse commotion, se sentait abreuvée de joie et de douleur en même temps. Il reconnaissait, à cette heure, qu'il aimait passionnément, et il ignorait si les tressaillements de son âme étaient de désespoir ou de bonheur.

25

Au moment où Pierre reprenait le chemin de son atelier, le vieux valet de chambre du comte le rappela pour le prier de réparer la table sur laquelle son maître venait de déjeuner. C'était un joli petit meuble en marqueterie, avec une tablette pour manger, une coulisse pour écrire, et un tiroir au-dessous. Pierre revint se mettre philosophiquement à l'ouvrage, et, le valet de chambre l'aidant, ils renversèrent la table pour examiner la cassure. Ils vidèrent le tiroir ; le valet recueillit dans une corbeille un paquet de journaux et de vieux papiers, et Pierre prit la table sur son épaule pour l'emporter à l'atelier.

Quand il eut fini de la raccommoder, il secoua le tiroir pour le nettoyer avant de le remettre et alors il aperçut une carte engagée dans la fente et sortant à demi. Il l'en tira tout à fait, et, au moment de la jeter comme une chose inutile, il fut frappé de sa forme bizarre. Ce n'était qu'une moitié de carte, mais elle était taillée en biseau à plusieurs reprises, d'une manière qui paraissait systématique. Pierre, qui savait le comte fort versé dans la géométrie, chercha s'il n'y avait pas là quelque problème de cette science ; mais il ne put y rien trouver de semblable et mit la carte dans sa poche, pensant que peut-être Yseult dans un moment de rêverie l'avait découpée au hasard. — Qui peut savoir, se demandait-il, quelles pensées l'ont agitée secrètement lorsqu'elle s'est abandonnée à cette préoccupation ? Et comme, après tout, rien ne se fait au hasard, la forme de cette découpure renferme peut-être d'une manière symbolique tous les secrets de son âme.

Achille Lefort lui avait annoncé la veille qu'il passerait quelques jours à Villepreux, ayant d'anciens comptes à régler avec l'économe, relativement à la cave du château. Pierre et lui s'étaient donné rendez-vous dans le parc pour le soir. Il faisait encore jour lorsque Pierre se rendit à l'endroit convenu, et, en l'attendant, se mit à considérer sa carte avec attention. C'est alors que des idées confuses lui revinrent à la mémoire. Il avait suivi avec intérêt, dans les journaux de l'année précédente, la procédure des sergents de La Rochelle. Il avait lu les réquisitoires fanatiques ou emphatiquement éloquents du procureur général Bellart et de l'avocat général Marchangy[1]. La révélation de nombreux détails relatifs aux secrets de la Charbonnerie l'avait frappé. Voyant venir à lui Achille Lefort, il eut l'inspiration soudaine de lui présenter cette carte, en lui disant avec assurance : — Connaissez-vous cela ?

— Quoi ! que vois-je ! s'écria le commis voyageur ; nous étions *cousins*, et vous me l'aviez caché ? Eh bien ! vous vous êtes admirablement moqué de moi ! Mais qui eût pu deviner cela ? Vous me tâtiez donc ? Vous

---

1. Sur Bellart, voir note 1, p. 387. Louis Antoine François de Marchangy (1782-1826) se fit connaître par la publication de *La Gaule poétique ou l'Histoire de France considérée dans ses rapports avec la poésie et les beaux-arts*, 1813-1817. Procureur sous l'Empire et la Restauration, il se signala par sa sévérité lors du procès des quatre sergents de La Rochelle.

étiez donc chargé de me surveiller, de me sonder ?
Avait-on des doutes sur mon compte ? Vraiment, je
crois faire un rêve ! Parlez donc, répondez-moi !

— Si nous ne sommes pas cousins, nous sommes
en chemin de le devenir, répondit Pierre, qui, en voyant
la stupéfaction naïve d'Achille, avait bien de la peine à
s'empêcher de rire. C'est le comte de Villepreux qui
m'a confié ce signe, afin que je puisse m'entendre plus
vite avec vous.

— Mais si vous n'êtes pas initié, reprit Achille de
plus en plus étonné, ceci est contraire à toutes les
règles.

— Apparemment, poursuivit Pierre, qu'il a le droit
d'agir ainsi.

— Mais point du tout ! s'écria l'autre. Il a beau être
affilié à la Vente Suprême [1], il ne lui est pas permis de
confier ainsi nos signes et nos secrets. Je vois bien que
le vieux poltron jette le manche après la cognée, ou
que la peur lui trouble la cervelle au point de ne plus
savoir ce qu'il fait ! Je devais m'attendre à quelque
chose comme cela, après tout ce qu'il m'a dit hier. La
nouvelle du Trocadéro [2] l'a démonté tout à fait ; il croit
que tout est perdu. Il avait déjà assez de souci au commencement de la guerre. Il n'est venu se réfugier dans
son vieux donjon que pour se tenir à l'écart des événements, et maintenant il voudrait se cacher avec ses
chats-huants dans les fentes de ses murs armoriés !
Voilà les hommes ! Quand ils ont un moment de courage, ils ont un redoublement de lâcheté tout aussitôt.

---

1. Sur l'organisation de la Charbonnerie en « Ventes », voir
note 2, p. 232.   **2.** La prise, le 31 août 1823, du Trocadéro, l'un
des forts qui commandaient Cadix, consacra la victoire de l'armée
française venue au secours du roi d'Espagne Ferdinand VII.

Ma foi, je ne comprends pas la folie d'un comité directeur qui espère tirer quelque chose de ces vieux nobles ! Comme s'ils pouvaient oublier la Terreur, et comme s'ils pouvaient faire autre chose que de gâter nos plans et déjouer nos manœuvres ! Pardon, maître Pierre, je ne dis pas cela par méfiance de vous. Je vous sais aussi loyal, aussi discret que le meilleur d'entre nous. Mais enfin il n'est permis à aucun de nous de se jouer de ses promesses et de nos secrets.

— Rassurez-vous et apaisez-vous, monsieur Lefort, répondit Pierre. Personne ne m'a donné cette carte. Je l'ai trouvée au fond d'un tiroir ; et si quelqu'un m'a révélé les secrets de l'association, c'est vous, qui venez de m'en dire beaucoup plus long que je n'en demandais.

— Ah çà, vous vous jouez donc de moi ? dit Achille avec des yeux brillants de dépit et un ton qui semblait vouloir le prendre un peu plus haut que de coutume.

— Tout doux, mon maître, répondit Pierre. Reprenez cette carte : elle ne peut me servir à rien, et vos secrets ne me paraissent pas très compromis par la découverte de cette babiole. Amusez-vous de ces choses ; je n'ai pas le droit de m'en moquer, moi qui suis lié par des puérilités du même genre à une société plus secrète, plus vaste, plus solide et plus croyante que la vôtre.

— Vous semblez me donner des leçons, maître Pierre, reprit Achille tout à fait fâché. Quelque estime que j'aie pour vous, je ne vous reconnais pas ce droit. Si vous étiez ignorant et grossier comme la plupart de vos pareils, je pourrais me placer, par le silence de la pitié, au-dessus de vos mauvaises plaisanteries. Mais du moment que je vous regarde comme mon égal par l'éducation et le raisonnement, je vous déclare que je ne serai pas plus patient avec vous que je ne le serais avec un de mes camarades.

— Monsieur Lefort, répondit Pierre avec le plus grand calme, je vous remercie des expressions flatteuses dont vous accompagnez vos menaces ; mais j'y vois percer l'orgueil de l'homme qui met son gant avant de donner un soufflet. Allons, je serai plus fier que vous, je vous tendrai la main en vous déclarant que je regrette de vous avoir blessé.

— Pierre, dit Achille en pressant affectueusement la main de l'ouvrier, je sens que je vous aime ; mais faites, je vous en prie, que cette amitié ne soit jamais brisée par l'orgueil de l'un de nous.

— Je vous adresse la même prière, dit Pierre en souriant.

— Mon rôle est plus difficile que le vôtre, reprit Achille. Vous êtes le peuple, c'est-à-dire l'aristocratie, le souverain, que nous autres conspirateurs du tiers-état nous venons implorer pour la cause de la justice et de la vérité. Vous nous traitez en subalternes ; vous nous questionnez avec hauteur, avec méfiance ; vous nous demandez si nous sommes des fous ou des intrigants ; vous nous faites subir mille affronts, convenez de cela ! Et quand nous ne poussons pas l'esprit de propagande jusqu'à l'humilité chrétienne, quand notre sang tressaille dans nos veines, et que nous prétendons être traités par vous comme vos égaux, vous nous dites que nous n'étions pas sincères, que nous portons au-dedans de nous la haine et l'orgueil ; en un mot, que nous sommes des imposteurs et des lâches qui descendons à vous implorer pour vous exploiter. Le gouvernement a adopté ce système de calomnies pour nous déconsidérer auprès de vous, pour détacher le peuple de ses vrais, de ses seuls amis ; et vous vous jetez ainsi dans le piège absolutiste. Ce n'est ni généreux ni sage.

— Vous dites là d'excellentes vérités au point de vue où vous êtes, reprit Pierre. Mais il y a beaucoup à répondre pour nous justifier. Même en ce qui vous concerne, vous autres hommes sincères, je pourrais vous objecter que vous n'avez pas reçu du ciel la mission de nous agiter et de nous soulever, vous qui n'avez jamais réfléchi sérieusement à notre condition, et qui, tout en la plaignant, ne savez nullement le moyen de la changer. Je pourrais vous dire encore que vous contractez, dans le métier que vous faites (car c'est un métier, passez-moi l'expression), des habitudes tout aussi jésuitiques, dans leur genre, que celles que vous attribuez à un gouvernement corrupteur. Vous nous faites légèrement des promesses que vous savez bien ne pouvoir pas tenir ; puis vous nous observez, vous pénétrez en nous, vous nous instruisez de nos faiblesses, de nos erreurs, de nos vices ; et quand vous avez supporté quelque temps ce rude contact avec le peuple, comme l'esprit de charité et d'enseignement n'est pas réellement en vous, comme vous êtes tourmentés d'idées purement politiques et nullement morales, vous vous dégoûtez et vous retirez de nous en disant : « J'ai vu le peuple, il est féroce, il est abruti, il en a pour des siècles avant d'être propre à se gouverner lui-même. Prenons garde au peuple, mes amis, n'allons pas trop vite. Le peuple est derrière nous, prêt à nous déborder. Malheur à nous si nous lâchons la bête enragée… »

— Nous ne disons pas cela ! s'écria Achille.

— Vous le dites ; vous ne pouvez pas vous empêcher de l'écrire et de le publier ; vos journaux sont pleins de protestations de vos avocats et de vos orateurs

qui nous renient et nous méprisent. Croyez-vous donc
que nous ne les lisons pas, vos journaux ? « Le peuple,
dites-vous, ce n'est pas cette vile populace[1] qui hurle
dans les attroupements, qui demande le sang et le
pillage, qui mendie, un bâton à la main, prête à arracher la vie à quiconque ne livre pas sa bourse. Le
peuple, c'est la partie saine de la population, qui gagne
honnêtement sa vie, qui respecte les droits acquis,
cherchant à mériter les mêmes droits, non par la violence et l'anarchie, mais par la persévérance au travail,
l'aptitude à s'instruire et le respect aux lois du pays. »
Voilà comment vous définissez le peuple, et comme
vous endossez sa livrée des dimanches pour vous présenter devant les tribunaux, devant les Chambres, et
devant tous ceux qui ont le moyen de s'abonner à vos
feuilles. Mais l'habit grossier que porte le travailleur
dans la semaine, mais ses plaies horribles, ses maladies
honteuses et sa vermine ; mais ses indignations profondes quand la misère le réduit aux abois ; mais ses
trop justes menaces quand il se voit oublié et foulé ;
mais ses délires affreux lorsque le regret de la veille et
l'effroi du lendemain le forcent à *boire*, comme a dit
un de vos poètes, *l'oubli des douleurs**; mais tout ce
qu'il y a de rage, de désordre et d'oubli de soi-même
dans le fait de la misère, vous vous en lavez les mains ;
vous ne connaissez pas cela ; vous rougiriez de le justifier ; vous dites : « Ceux-là sont nos ennemis aussi ;

* « M. de Senancour, *Oberman* ».

1. Hugo, dans son discours de réception à l'Académie française,
le 3 juin 1841, opposera le peuple et la populace (« avoir les popu-
laces en dédain et le peuple en amour »). Sand refuse cette coupure,
en la présentant comme significative du discours de la bourgeoisie.

ils sont l'épouvante et l'opprobre de la société. » Et pourtant, ceux-là aussi, c'est le peuple ! Effacez ses souillures, remédiez à ses maux, et vous verrez bien que ce vil troupeau est sorti des entrailles de Dieu tout aussi bien que vous. C'est en vain que vous voulez faire des distinctions et des catégories ; il n'y a pas deux peuples, il n'y en a qu'un. Celui qui travaille dans vos maisons, souriant, tranquille et bien vêtu, est le même qui rugit à vos portes, irrité, sombre et couvert de haillons. La seule différence, c'est que vous avez donné de l'ouvrage et du pain aux uns, et que vous n'avez rien trouvé à faire pour les autres. Pourquoi, par exemple, vous, monsieur Lefort, me mettez-vous sans cesse, dans vos éloges, en dehors de la famille ? Vous croyez m'honorer ? Nullement, je ne veux point de cela. Le dernier des mendiants est mon pareil, à moi. Je ne rougis point de lui, comme beaucoup d'entre nous à qui vous avez soufflé, avec vos habitudes de bien-être, votre ingratitude et votre vanité. Non, non ! ce misérable n'est pas d'une caste inférieure à la mienne ; il est mon frère, et son abjection me fait rougir de l'aisance où je vis. Sachez bien cela, monsieur Lefort : tant qu'il y aura des êtres humains couverts de la lèpre de la misère, je dirai que vous n'avez rien fait de bon avec vos conspirations, vos chartes bourgeoises et vos changements de cocarde[1].

— Mon cher Huguenin, dit Achille avec émotion, vous avez de grands sentiments ; mais vous êtes trop pressé de nous accuser. Croyez-vous qu'il soit si facile

---

1. Le passage s'éclaire à partir du désenchantement provoqué par la monarchie de Juillet. Louis-Philippe, en 1830, se contentera de réviser la Charte de 1814. Au drapeau blanc et à la cocarde blanche de la Restauration furent substitués le drapeau et la cocarde tricolores.

d'être médecin de l'humanité morale, et de trouver sans hésiter et sans faillir le remède à tant de maux ?

— Est-ce donc chercher le remède que de détourner les yeux avec horreur et de se boucher le nez, en disant qu'il n'y a que corruption et infection dans l'infirmerie ? Que penseriez-vous d'un carabin qui ne pourrait voir sans s'évanouir de dégoût un membre gangrené ? Serait-ce là du dévouement ? Serait-ce seulement l'amour de la science ? Serait-ce l'indice d'une vocation réelle ? Eh bien ! osez donc descendre dans les léproseries de l'humanité morale, comme vous dites ; osez donc sonder de vos mains l'abîme de nos maux, et ne perdez pas le temps à dire que cela est horrible à voir ; songez à y porter remède : car je n'ai jamais vu un médecin, si paresseux et si borné qu'il pût être d'ailleurs, abandonner un malade sous le prétexte qu'il était trop dégoûtant pour être guéri.

Maintenant, si je passe des républicains sincères, mais légers, à ceux qui ne sont ni l'un ni l'autre, où trouverai-je des paroles pour les flétrir ! J'en ai connu quelques-uns, voyez-vous, quoique je n'aie guère fréquenté d'autre société que celle de l'atelier. Ce médecin avec qui vous m'avez fait souper chez le Vaudois, n'est-ce pas là un homme qui, en cas de révolution, a un personnage puissant, un prince du sang royal peut-être, dans sa poche, pour remplacer au plus vite celui qu'on aura culbuté ? Et sans aller bien loin, votre député conspirateur, votre affilié à la Vente Suprême, votre vieux comte de Villepreux, avec qui vous faites, j'en suis sûr, plus de politique que de commerce, ne venez-vous pas de m'en faire un portrait fidèle ?

— J'ai peut-être été trop loin ; je l'accusais, dans mon emportement, d'une faute qu'il n'a pas commise...

— N'essayez pas de le réhabiliter dans mon estime. J'ai causé avec lui pendant une heure aujourd'hui. J'ai vu le fond de sa conscience. Il y a pied partout, je vous assure, pour quiconque aime à suivre sans fatigue et sans danger le courant de la fortune.

Ici Pierre raconta son entrevue avec le comte, sans dire toutefois quelle circonstance romanesque avait provoqué ce rapprochement. Son récit fit beaucoup réfléchir le bon Achille. Il se demandait ce qu'il eût pu répondre à la question que l'artisan avait adressée au vieux riche, et cependant il ne pouvait rien objecter contre le droit qu'avait l'artisan de poser ainsi le problème de la propriété.

— Il est certain, dit-il, que c'est une question bien grave, et qui demandera aux hommes du temps et du génie.

— Et du cœur, reprit Pierre ; car avec l'intelligence seule vous ne trouverez jamais rien.

— Et sans elle, pourtant, à quoi sert le dévouement ? Ne faut-il pas que les hommes supérieurs à la masse par la science et la méditation viennent au secours du peuple pour l'éclairer sur ses véritables intérêts ?

— Ne vous servez pas de ce mot-là, monsieur Achille. Nos véritables intérêts, grand Dieu ! nous savons bien ce que cela veut dire dans les idées de vos futurs législateurs !

— Mais enfin, Pierre, vous ne vous méfiez pas de moi ?

— Non, certes, mais je ne crois pas en vous, car vous n'en savez pas plus long que moi qui ne sais rien.

— Ayons donc recours et confiance aux hommes supérieurs.

— Où sont-ils? Qu'ont-ils fait? Qu'ont-ils enseigné? Quoi! vous les avez entendus, vous agissez sous
leurs ordres, vous travaillez à leur profit, et vous ne
savez rien, et vous n'avez rien à me dire de leur part?
Ils ont un secret, et ils ne le confient pas à leurs
adeptes? Et ils ne le laissent pas seulement entrevoir
au peuple? Ce sont donc les brahmes de l'Inde[1]?

— Vous avez une logique cruelle et décourageante,
maître Pierre. Que faut-il donc faire, si personne ne
sait ce qu'il fait et ce qu'il dit? Faut-il se croiser les bras
et attendre que le peuple se délivre lui-même? Croyez-
vous qu'il y parvienne sans conseils, sans guides, sans
règle?

— Il y parviendra pourtant, et il aura tout cela. Sa
règle, il la fera lui-même; ses guides, il les tirera de
son propre sein; ses conseils, il les puisera dans l'esprit de Dieu qui descendra sur lui. Il faut bien un peu
compter sur la Providence[2].

— Ainsi vous repousseriez toute espèce de lumière
venant des chefs du libéralisme? Parce qu'un homme
aura la célébrité, des talents et de l'influence sur les
classes moyennes, le peuple se méfiera de lui?

— Le jour où un tel homme viendra nous dire : On

---

1. Membres de la caste sacerdotale, la première des castes dans
l'Inde. L'opposition «brahme»/«paria» était devenue un cliché.
Voir, dans un autre contexte, Gautier : «Vous avez pour le bourgeois le même mépris que […] le militaire pour le pékin et le
brahme pour le paria.»   **2.** «Dieu n'est pas hors du monde»,
déclare Pierre Leroux (*De l'humanité, op. cit.*, p. 177). Le sens de
l'Histoire peut ainsi se traduire en termes religieux, revêtir un
aspect providentiel. Il faut aussi songer à Lamennais dont l'influence sur Sand fut déterminante. «Dieu ne vous a pas fait pour
être le troupeau de quelques hommes», déclarait-il aux prolétaires,
en 1834, dans *Paroles d'un croyant*, XXI.

vante mon mérite, on admire mon savoir, on plie sous
ma puissance ; mais écoutez bien, mes enfants : ma
science, ma force ou mon génie ne me constituent
aucun droit qui vous soit nuisible. Je reconnais donc
que le plus simple d'entre vous a droit, tout aussi bien
que moi et les miens, au bien-être, à la liberté, à l'instruction ; que le plus faible parmi vous a droit de réprimer ma force si j'en abuse, et le plus obscur de
repousser mon avis s'il est immoral ; enfin que je dois
faire preuve de vertu et de charité pour être, à mes
propres yeux comme aux vôtres, grand savant, grand
souverain, ou grand poète ; ... oh ! que ceux qu'on
appelle *grands hommes* viennent nous dire cela ! Nous
nous jetterons dans leur sein, comme dans le sein de
Dieu ; car Dieu ne crée pas par la science et par la force
seulement, il crée aussi par l'amour. Mais tant que,
méprisant la grossièreté de notre entendement, ils nous
parqueront comme des bêtes dans un clos où il n'y a
pas même de l'herbe à brouter, où nous ne pouvons
tenir tous sans nous écraser et nous étouffer les uns les
autres, et dont pourtant nous ne pouvons pas sortir ;
parce qu'on a mis partout des soldats pour garantir
de nos mains les beaux fruits de la terre, nous leur
dirons : Taisez-vous, et laissez-nous sortir de là comme
nous pourrons. Vos conseils sont des trahisons, et vos
triomphes sont des outrages. Ne marchez pas sur nos
chaînes d'un air superbe ; ne vous promenez pas dans
nos rangs consternés avec des paroles de fausse pitié à
la bouche. Nous ne voulons rien faire pour vous, pas
même vous saluer ; car vous qui nous saluez bien bas
quand vous avez peur ou besoin de nous, vous savez
bien que vous n'avez pas dans le cœur la moindre envie
de remettre dans nos mains vos trésors, votre puissance

et votre gloire. Voilà ce que nous dirons à vos hommes
d'intelligence !

— Mais tout ce que vous mettez dans la bouche de
l'homme qui demande au peuple sa force et son illustration, je le sens dans mon cœur. Si j'ai de tels sentiments, moi serviteur obscur de la cause, pourquoi ne
voulez-vous pas que de nobles intelligences les aient
au plus haut degré ?

— Parce que, jusqu'à présent, cela ne s'est pas
montré ; parce que j'ai lu tout ce que j'ai pu lire, et que
je n'ai pas seulement aperçu ce que je cherchais ; parce
que j'ai trouvé orgueilleuses, cruelles et antihumaines
toutes les solutions données par vos grands esprits passés et présents.

— C'est qu'aussi vous êtes trop dans l'idéal ; vous
en demandez plus aux hommes qu'ils ne peuvent faire.
Vous voudriez des chefs et des conseils qui résumassent
en eux l'audace de Napoléon et l'humilité de Jésus-
Christ. C'est un peu trop exiger de la nature humaine
en un jour ; et d'ailleurs, si un tel homme venait, il ne
serait pas compris. Vous raisonnez, vous, et le peuple
ne raisonne pas.

— Le peuple raisonne mieux que vous ne pensez ;
et la preuve, c'est que vous ne pouvez pas réussir à
l'agiter. Il sent que son heure n'est pas venue. Il aime
mieux supporter ses maux quelques jours de plus, que
de soulever son flanc meurtri pour se meurtrir de l'autre
côté en changeant de posture. Il attend que la voûte
s'élève et qu'il puisse se tenir debout. Et savez-vous de
quoi est faite cette voûte ? De bourgeois d'abord, et de
nobles par dessus. Bourgeois, secouez vos nobles s'ils
pèsent trop sur vous, c'est votre affaire. Nous vous
aiderons, s'il nous est prouvé quelque jour que cela

nous soulage. Mais si vous pesez autant qu'eux, gare à vous ! nous vous secouerons à notre tour.

— Mais que ferez-vous donc jusque-là ?

— Ce que vous nous conseillez. Nous travaillerons de toutes nos forces pour ne pas mourir de faim, et nous trouverons encore moyen de nous secourir les uns les autres. Nous conserverons entre ouvriers notre compagnonnage, malgré ses abus et ses excès, parce que son principe est plus beau que celui de votre Charbonnerie. Il tend à rétablir l'égalité parmi nous, tandis que le vôtre tend à maintenir l'inégalité sur la terre.

26

Ce jour-là la marquise n'avait pas dîné au château.
Elle avait été rendre visite à une de ses parentes établie
dans une petite ville des environs. Elle était partie le
matin dans une légère calèche découverte traînée par
un seul cheval, et accompagnée d'un seul domestique
qui menait la voiture. Elle avait pris, à dessein, ou plutôt d'après le conseil d'Yseult, le plus modeste équipage du château, afin de ne pas écraser l'amour-propre
de sa parente qui n'était pas riche. Cette précaution
n'avait pas empêché tous les petits bourgeois de la
ville de se mettre aux portes et aux fenêtres pour la
voir passer, tout en se disant les uns aux autres avec
aigreur : Voyez donc cette marquise avec *son* carrosse
et *son* cocher ! C'est pourtant la fille au père Clicot le
teinturier !

Joséphine fut retenue à dîner par sa cousine, et ne
put reprendre le chemin de Villepreux que vers la chute
du jour. Elle remarqua avec une certaine inquiétude, en
montant en voiture, que Wolf, le cocher, avait la voix
haute et le teint fort animé. Cette inquiétude augmenta
lorsqu'elle le vit descendre rapidement la rue mal pavée
de la ville, frisant les bornes avec cette audace et ce
rare bonheur qui accompagnent souvent les gens ivres.
Le fait est que Wolf avait *rencontré des amis* : expres-

sion consacrée chez les ivrognes pour expliquer et justifier leurs fréquentes mésaventures. Ces braves gens-là ont tant d'amis qu'ils n'en savent pas le compte, et qu'on ne saurait aller nulle part avec eux qu'ils n'en rencontrent quelques-uns.

Au bout de deux cents pas, Wolf, et par la suite la calèche et la marquise, avaient déjà échappé par miracle à tant de désastres, qu'il était à craindre que la Providence ne vînt à se lasser. En vain Joséphine lui commandait et lui conjurait d'aller plus doucement; il n'en tenait compte, et semblait donner des ailes au tranquille cheval qu'il conduisait. Heureusement peut-être le ciel lui inspira l'idée de remettre une mèche à son fouet, et de s'arrêter, à cet effet, devant la porte d'une petite maison située à la sortie du faubourg et décorée de cette inscription : *Le père Labrique, maréchal-ferrant, loge à pied et à cheval, vend son foin, avoine, etc.*

La nuit tombait toujours, et la peur de Joséphine allait en augmentant. Dès qu'elle vit l'Automédon[1] à bas de son siège, occupé à discourir avec les gens de la maison qui lui apportaient en même temps une mèche de fouet et un petit verre d'eau-de-vie, elle résolut de descendre de la voiture et de retourner à la ville demander à sa cousine un homme pour la conduire, ou l'hospitalité jusqu'au lendemain. Il n'y avait pas à espérer que Wolf, qui avait, comme de juste, la prétention d'être absolument à jeun, consentît à écouter ses plaintes. Elle appela donc quelqu'un pour lui ouvrir la portière. Monsieur, cria-t-elle à tout hasard à un homme qu'elle vit arrêté au milieu du chemin, ayez l'obli-

---

1. Automédon, «cocher habile», nom du fils de Diorès, conducteur du char d'Achille.

geance de m'aider à sortir de ma voiture. Avant qu'elle eût achevé sa phrase, la portière était ouverte, et un cavalier respectueux et empressé lui offrait la main. C'était le Corinthien.

— Vous ici ? s'écria la marquise avec plus de joie que de prudence.

— Je vous attendais au passage, répondit Amaury en baissant la voix.

La marquise, troublée, s'arrêta, un pied hors de la voiture, une main dans celle d'Amaury.

— Je ne sais ce que vous voulez dire, reprit-elle d'une voix tremblante. Comment et pourquoi m'attendiez-vous ?

— J'étais venu ici dans la journée pour faire quelques emplettes qui concernent mon état. Je me suis trouvé à dîner dans ce cabaret en même temps que M. Wolf, votre cocher. Je l'ai vu si bien boire que je me suis inquiété de la manière dont il conduirait votre voiture, et j'attendais ici pour voir s'il irait droit, et si vous ne seriez pas en danger de verser.

— Il est dans un état d'ivresse intolérable, répondit la marquise, et si vous aviez la bonté de me reconduire à la ville…

— Et pourquoi pas au château ? répondit le Corinthien. Je n'ai jamais conduit une calèche ; mais j'ai su conduire une carriole dans l'occasion, et il ne me semble pas que cela soit bien différent.

— Vous n'auriez pas de répugnance à monter sur le siège ?

— J'en aurais eu beaucoup dans une autre occasion, répondit le Corinthien en souriant ; mais je ne m'en sens aucune dans ce moment-ci.

Joséphine comprit, et se sentit partagée entre l'épou-

vante de ce qui se passait en elle et l'irrésistible désir
d'accepter l'offre d'Amaury; et ce n'était pas la peur
seule qui l'y poussait.

— Mais comment faire? dit-elle. Il n'y a qu'une
place possible sur le siège et jamais Wolf ne voudra
monter derrière la voiture. Il est plein d'amour-propre,
et ne se croit pas gris le moins du monde; il va faire un
esclandre. Cet homme me fait une peur affreuse. J'aimerais mieux m'en retourner à pied au château que de
me laisser conduire par lui.

— J'aimerais mieux traîner la voiture que de vous
laisser faire cinq lieues à pied, répondit le Corinthien.

— Eh bien! nous le laisserons ici, dit Joséphine,
dont les joues étaient brûlantes. Sauvons-nous!

— Sauvons-nous! dit le Corinthien. Le voilà qui
entre dans le cabaret; nous serons loin avant qu'il ait
songé à en sortir.

Il referma précipitamment la portière, s'élança sur le
siège, s'empara du fouet et des rênes, et partit comme
un trait, sans donner à la marquise le temps de la
réflexion.

Où avait-il pris tant d'audace? Eh! que sais-je!
Lecteur, il vous est plus aisé de le comprendre qu'à moi
de vous l'expliquer. Il y a des natures timides comme
Pierre Huguenin, réservées comme Yseult. Il y a aussi
des natures spontanées comme la marquise, impétueuses
comme le Corinthien. Ensuite il y a la jeunesse, la
beauté qui cherche et attire la beauté, le désir qui nivelle
les rangs et se rit de l'usage; il y a aussi l'occasion qui
enhardit, et la nuit qui protège.

Le Corinthien descendit la côte certainement avec
plus de témérité que Wolf ne l'eût descendue; et pour-

tant Joséphine n'avait pas peur ; et pourtant ce pauvre Wolf n'était pas le plus ivre des trois.

Quand on fut au bas de la côte, il fallut la remonter, et là il était impossible au cheval d'aller au trot. D'ailleurs n'avait-on pas assez d'avance pour laisser respirer cette pauvre bête ? Mais la marquise n'était pas encore tranquille. Cet homme ivre pouvait courir après la voiture, réclamer son fouet et son siège dont il était aussi jaloux qu'un roi peut l'être de son trône et de son sceptre, enfin le disputer de vive force à l'usurpateur. La marquise frémissait à l'idée d'une pareille scène, et, dans son inquiétude, il était assez naturel qu'elle s'agitât dans la voiture, qu'elle changeât de place, qu'elle s'assît même sur la banquette de devant pour regarder si quelqu'un n'accourait pas par-derrière. Il était naturel aussi que le Corinthien se retournât de temps en temps, et appuyât son coude sur le dossier de devant de la calèche, pour rassurer la marquise et pour répondre à ses fréquentes interrogations. Enfin cette rencontre inattendue, cette brusque détermination et cette fuite précipitée étaient bien assez étranges pour qu'on se récriât un peu, et pour qu'on échangeât quelques éclaircissements.

Joséphine, qui n'avait jamais pu se défaire de cette naïveté bourgeoise qu'on appelle inconvenance dans le grand monde, laissa échapper une réflexion qui faisait faire, d'un saut, bien du chemin à la conversation.

— Mais, mon Dieu ! s'écria-t-elle, que va-t-on dire de moi dans la ville quand ce domestique aura crié dans tout le cabaret et dans tout le faubourg que je me suis enfuie sans lui ? Et que va-t-on penser au château quand on va me voir arriver seule avec vous ?

Pierre Huguenin, en pareille circonstance, eût

répondu, avec un peu d'amertume, qu'on ne songerait pas seulement à s'en étonner. Moins fier et en même temps moins modeste, Amaury ne pensa qu'à éloigner les inquiétudes de la marquise.

— Je vous conduirai jusqu'à la porte du château, répondit-il, et là je me sauverai sans qu'on me voie. Vous monterez sur le siège, vous prendrez les rênes, et vous direz aux domestiques qui viendront ouvrir que Wolf s'est oublié au cabaret, que vous aviez de bonnes raisons pour ne pas vous fier à lui, et que vous avez conduit la voiture vous-même.

— Personne ne le croira. On me sait si peureuse !

— La peur peut donner du courage. Entre deux dangers on choisit le moindre. Voyez, madame, je vous dis des proverbes comme Sancho, pour vous faire rire ; mais vous ne riez pas, vous avez toujours peur.

— Vous ne comprenez pas cela, vous, monsieur Amaury ! Les femmes sont si malheureuses, si esclaves, si aisément sacrifiées dans le monde où je vis[1] !

— Malheureuses, esclaves, vous ? Je croyais que vous étiez toutes des reines ?

— Et qui vous le faisait croire ?

— Vous êtes toutes si belles, si bien parées ! Vous avez l'air toujours si animé, si heureux !

— Vraiment, vous me trouvez cet air-là ?

— Je vous ai toujours vu le sourire sur les lèvres, et votre teint est toujours si pur, vos manières si gracieuses… Je vous dis cela, madame la marquise, sans

---

1. Il s'agit d'un topos donné ici comme tel et que Flaubert fera reparaître dans les discours intérieurs d'Emma Bovary : « Un homme au moins est libre : il peut parcourir les passions et les pays, traverser les obstacles, mordre au bonheur les plus lointains. Mais une femme est empêchée continuellement » (*Madame Bovary*, II, 3).

savoir si je m'exprime convenablement, et m'attendant toujours à vous faire rire, comme Sancho parlant à la duchesse[1].

— Ne parlez pas ainsi, Amaury ; c'est vous qui avez l'air de vous moquer de moi. Vous n'êtes pas Sancho, et je ne suis ni une duchesse ni une vraie marquise ; je suis la fille d'un ouvrier, et je n'ai pas la prétention d'être autre chose.

— Et cependant… Mais vous me défendez d'être Sancho, je ne dois pas dire tout ce qui me passe par la tête.

— Oh ! je sais bien ce que vous vouliez dire ; j'ai épousé un noble, n'est-ce pas ? On me l'a assez reproché, et dans ma classe et dans la sienne. Et je l'ai assez cruellement expié pour que Dieu me le pardonne !

Amaury, qui s'était fait violence pour causer gaiement, se sentit trop ému pour continuer sur ce ton, mais pas assez hardi pour parler sérieusement. Ils tombèrent tous deux dans un profond silence, et ils ne se comprirent que mieux. Qu'avaient-ils à s'apprendre l'un à l'autre ? Ils ne s'étaient encore rien dit, et ils savaient pourtant bien qu'ils s'aimaient. Amaury sentait qu'il n'y avait plus entre eux qu'un mot à échanger ; mais là le courage manquait de part et d'autre.

— Mon Dieu ! monsieur Amaury, dit la marquise

---

1. Allusion au chapitre XXXIII du roman de Cervantès, *Don Quichotte* : « De la conversation savoureuse que la duchesse et ses suivantes eurent avec Sancho, digne d'être lue et relue ». Cette conversation porte sur la paysanne que le chevalier errant a prise pour Dulcinée, elle s'achève par des considérations sur le grison de Sancho qui pourrait entrer dans un gouvernement sans qu'on y trouvât à redire, puisque d'autres baudets y figurent déjà. Remarque qui réjouit fort la duchesse !

qui s'était remise au fond de la voiture, il me semble que nous avons passé le chemin de traverse. Nous devions prendre à gauche. Connaissez-vous le chemin ? Et elle se remit sur le devant de la voiture.

— Je l'ai fait ce matin pour la première fois, répondit le Corinthien ; mais il me semble que le cheval nous conduira de lui-même, à moins qu'il ne soit dans le même cas que moi.

— Précisément c'est un cheval qui arrive de Paris ; il ne saurait nous tirer d'affaire.

— Je crois qu'il faut aller encore tout droit.

— Non, non, il faut quitter la grande route et entrer dans la lande. Nous avons perdu le chemin ; mais nous le retrouverons par là.

Rien n'était plus difficile que de se diriger dans cette lande sur des voies de charrettes tracées dans tous les sens, toutes semblables et n'offrant pour indication au voyageur que quelques accidents dont les gens du pays avaient seuls l'habitude. Quoique Joséphine eût parcouru souvent ces vagues sentiers, elle ne pouvait être assez sûre de son fait pour ne pas prendre certain buisson ou certain poteau pour celui qu'elle croyait reconnaître. En outre, la nuit était tout à fait close ; des nuages légers voilaient la faible clarté des étoiles, et insensiblement la brume blanche qui dormait sur les flaques d'eau se répandit sur tous les objets, et ne permit bientôt plus d'en discerner aucun.

Cette marche incertaine dans le brouillard n'était pas sans dangers. La Sologne, cette vaste lande qui s'étend au travers des plus fertiles et des plus riantes contrées de la France centrale, est un désert capricieusement traversé de zones desséchées où fleurissent de magnifiques bruyères, et de zones humides où languissent, parmi les joncs, des eaux sans mouvement et sans couleur. Une végétation grisâtre couvre ces lacs vaseux, plus dangereux que des torrents et des précipices. Nos voyageurs avaient erré longtemps dans ce labyrinthe sans trouver une issue[1]. Le cheval, trompé par des apparences de chemin tracé, s'engageait dans des impasses, au bout desquelles, arrêté par les fondrières, il lui fallait revenir sur ses pas. De temps en temps une roue s'enfonçait dans un sable délayé qu'il était impossible de prévoir et d'éviter ; la voiture penchait alors d'une manière menaçante, et la marquise effrayée pressait de toute sa force le bras du Corinthien en jetant des cris bientôt suivis de rires qui servaient à cacher la honte. Amaury eût cherché ces accidents s'il eût pu les apercevoir ; mais ils devinrent si fréquents et le danger si réel, qu'il fallut renoncer à aller plus loin. La marquise l'exigeait, car elle commençait à s'épouvanter tout de bon, et son conducteur n'osait plus répondre de ne pas verser dans quelque marécage. Le cheval, harassé de marcher depuis deux heures, tantôt dans les genêts épineux, tantôt dans la glaise jusqu'aux genoux, s'arrêta de lui-même et se mit à brouter.

La marquise disait en riant qu'elle avait faim, ne sachant, je crois, trop que dire.

---

1. George Sand greffe sur le roman un souvenir d'enfance. La petite Aurore, avec sa mère et la servante Rose, se retrouvèrent perdues dans la Brande, entre Châteauroux et Nohant. Voir *Histoire de ma vie*, III, 3 : « Je crois bien que notre automédon n'avait jamais traversé la Brande, car lorsqu'il se trouva à la nuit close dans ce labyrinthe de chemins tourmentés, de flaques d'eau et de fougères immenses, le désespoir le prit, et, abandonnant son cheval à son propre instinct, il nous promena au hasard pendant cinq heures dans le désert. »

— J'ai dans mon sac un pain de seigle, dit Amaury ; que ne puis-je le métamorphoser en pur froment pour vous l'offrir !

— Du pain de seigle ! s'écria Joséphine, oh ! quel bonheur ! c'est tout ce que j'aime, et j'en suis privée depuis si longtemps ! Donnez-m'en, cela me rappellera le beau temps de ma vie où je n'étais pas marquise.

Amaury ouvrit son sac et en tira le pain de seigle. Joséphine le cassa, et lui en donnant la moitié : — J'espère que vous allez manger avec moi, lui dit-elle.

— Je ne m'attendais pas à souper jamais avec vous, madame la marquise, répondit Amaury en recevant avec joie ce pain qu'elle venait de toucher.

— Ne m'appelez donc plus marquise, dit-elle avec une charmante mélancolie. Nous voici dans le désert : ne saurais-je oublier mon esclavage seulement pendant une heure ? Ah ! si vous saviez tout ce que cette bruyère me rappelle ! Mon enfance, mes premiers jeux, ma chère liberté perdue, sacrifiée à seize ans, et pour toujours ! J'étais une vraie paysanne dans ce temps-là : je courais pieds nus après les papillons, après les oiseaux. J'étais plus simple que les petites gardeuses de troupeaux dont je faisais ma société ; car elles savaient filer et tricoter, et moi je ne savais rien ; et quand je me mêlais de surveiller les brebis, je m'oubliais si bien que toujours j'en perdais quelqu'une. Croiriez-vous qu'à douze ans je ne savais pas lire ?

— Je crois bien que je ne le savais pas à quinze, répondit Amaury.

— Mais combien de choses vous avez apprises en peu de temps, vous ! Mon oncle dit que vous êtes plus instruit que son fils. À coup sûr vous l'êtes plus que moi. Je vois bien, d'après les bouts de conversation

que nous avons eus ensemble à la danse, que vous avez
énormément lu.

— Trop peu pour être instruit, assez pour être malheureux.

— Malheureux, vous aussi ? Et pourquoi donc ?

— N'étiez-vous pas plus heureuse lorsque vous
étiez une petite bergère en sabots ?

— Mais vous n'avez pas perdu votre liberté, vous ?

— Peut-être que si, mon Dieu ! mais quand je la
retrouverais, à quoi me servirait-elle ?

— Comment ! le monde est à vous, l'avenir vous rit,
mon cher Corinthien ; vous avez du génie, vous serez
artiste ; vous serez riche peut-être, et à coup sûr célèbre.

— Quand tous ces rêves se réaliseraient, en serais-
je plus heureux ?

— Ah ! je le vois, vous avez des *idées sociales*,
comme votre ami Pierre. Mon oncle nous disait hier
soir que Pierre avait l'esprit tout rempli de rêves philosophiques. Je ne sais ce que c'est, moi ; vous voyez,
Amaury, que je n'ai pas tant d'instruction que vous.

— Des idées sociales, moi ! des rêves philosophiques ! Non vraiment ! je ne songe plus à tout cela.
Mon cœur me tourmente plus que ma tête.

Il y eut un moment de silence. Ce repas fraternel
avait rapproché bien des distances entre eux. En rom-
pant le pain noir de l'ouvrier, la marquise avait commu-
nié avec lui, et jamais philtre formé avec les plus
savantes préparations n'avait produit un effet plus
magique sur deux amants timides. — Je suis sûr que
vous avez froid, dit Amaury, en sentant frissonner la
marquise dont l'épaule effleurait la sienne. — J'ai seulement un peu froid aux pieds, répondit-elle. — Je le
crois bien, vous avez des souliers de satin. — Comment

savez-vous cela ? — Est-ce que vous n'avez pas mis votre pied hors de la voiture pour descendre quand je vous ai ouvert la portière ? — Que faites-vous donc ? — J'ôte ma veste pour envelopper vos pieds. Je n'ai pas autre chose. — Mais vous allez vous enrhumer. Je ne souffrirai jamais cela. Avec ce brouillard ! Non, non, je ne veux pas !

— Ne me refusez pas cette grâce-là, c'est la seule probablement que je vous demanderai dans toute ma vie, madame la marquise.

— Ah ! si vous m'appelez encore ainsi, je n'écoute rien.

— Et comment puis-je vous appeler ?

Joséphine ne répondit pas. Le Corinthien avait ôté sa veste, et, pour lui envelopper les pieds, il était descendu du siège, et il était venu à la portière. — Si vous vous mettiez au fond, lui dit-il, vous seriez au moins abritée par la capote de la calèche ; vous n'auriez pas ce brouillard sur la tête.

— Et vous, dit Joséphine, vous allez rester comme cela, les épaules exposées au froid, et les pieds dans l'herbe mouillée ?

— Je vais remonter sur le siège.

— Je ne pourrai plus causer avec vous, vous serez trop loin.

— Eh bien, je m'assoirai sur ce marchepied.

— Non, asseyez-vous dans la voiture.

— Et si le cheval nous emmène dans les viviers ?

— Accrochez les rênes sur le siège, vous les aurez bientôt dans la main en cas de besoin.

— Au fait, il est occupé ! dit Amaury en voyant que l'excellente bête broutait sans songer à mal.

— Il broute la fougère comme je mange le pain de

seigle, dit Joséphine en riant; certainement, à lui aussi, cette lande rappelle la jeunesse et la liberté.

Amaury s'assit dans la calèche vis-à-vis la marquise. C'était le dernier acte de respect qui lui restait à faire. Mais la nuit était si fraîche, et il s'était dépouillé pour lui couvrir les pieds! Elle le fit asseoir auprès d'elle, pour qu'il eût au moins un peu d'abri contre le brouillard. Quelque chose lui disait bien au fond du cœur que c'était frapper le dernier coup sur un homme déjà vaincu. Il s'était défendu courageusement pendant deux heures, et certes elle n'avait pas l'idée de le provoquer. Elle comptait que la timidité d'un homme de vingt ans la préserverait jusqu'au bout, et qu'un amour pur et fraternel suffirait à leur mutuelle joie. Mais il y avait de l'effroi dans son âme à cause du monde où elle vivait, et dans l'âme du Corinthien il y avait du remords à cause de la Savinienne. Or l'amour pur a besoin du calme parfait de la conscience, et ni l'un ni l'autre n'était calme. Un frémissement étrange s'était emparé d'elle comme de lui. Ils essayèrent encore de l'attribuer au froid. Ils tâchaient de rire et de causer; ils ne trouvaient plus rien à se dire, et le Corinthien était d'une tristesse qui tournait à l'amertume. Ce silence devenait plus gênant et plus effrayant à mesure qu'il se prolongeait, et Joséphine sentait bien qu'il fallait fuir ou succomber.

— Croyez-vous, lui dit-elle avec effroi, que nous ne pourrions pas reprendre notre route?

— Et où est-elle, notre route? dit le Corinthien avec une rage secrète.

La marquise vit qu'il souffrait: elle fut vaincue.

— Au fait, dit-elle, nous ne ferions que nous égarer

encore davantage. Il vaut mieux patienter ici jusqu'au jour. Les nuits sont si courtes dans cette saison !

Elle fit sonner sa montre. Il était minuit. Et elle ajouta pour lui arracher une réponse :

— Il fera jour dans deux heures, n'est-ce pas ?

— Le jour viendra bientôt, soyez tranquille, répondit Amaury d'une voix désespérée.

Ce son de voix fit tressaillir Joséphine. Un nouveau silence succéda à ce muet emportement d'Amaury. Le cheval hennissait en signe d'ennui et de détresse. Les grenouilles coassaient dans le marécage.

Tout à coup Amaury vit que Joséphine pleurait. Il se jeta à ses pieds ; et deux autres heures s'écoulèrent dans une ivresse si complète, qu'ils oublièrent tout, et le monde, et les anciennes amours, et l'avenir, et la peur, et le jour qui se levait, et le cheval qui s'était remis en route.

Un cri de terreur échappa à la marquise, lorsqu'elle vit, à la clarté de l'aube, la tête d'un homme s'avancer vers la portière. Cette frayeur était bien naturelle, mais elle arracha le Corinthien comme d'un rêve. Et lorsqu'il y pensa depuis, il s'imagina que la marquise aurait eu moitié moins d'effroi et de honte si elle eût été surprise dans les bras d'un gentilhomme.

Quant à lui, il eut aussi un sentiment de confusion devant le témoin de son bonheur. C'était Pierre Huguenin.

— Rassurez-vous, madame la marquise, dit celui-ci en voyant la pâleur effrayante et l'air égaré de Joséphine. Je suis seul, et vous n'avez rien à craindre. Mais il faut vite retourner au château. On vous a attendue fort avant dans la nuit. Votre cousine a été si inquiète de vous, qu'elle a envoyé à la ville. On vous cherche peut-être aussi d'un autre côté.

— Écoute, Pierre, dit le Corinthien. Voici ce que tu diras. J'ai passé la nuit à la ville, tu ne m'as pas vu ; tu as trouvé madame la marquise, seule, égarée, emportée par son cheval, vers minuit…

— Ce serait impossible, on vient de me voir au château il n'y a qu'une demi-heure.

— Mais où sommes-nous donc ?

— À un quart de lieue tout au plus du château. Que dirai-je ?

— Que Wolf s'est enivré hier soir, c'est la vérité ; qu'il a failli verser dix fois en dix minutes ; qu'il est descendu dans un cabaret à la sortie de la ville…

— C'est bien, dit Pierre ; alors le cheval s'est emporté et a couru la lande toute la nuit. Maintenant sauve-toi, Amaury ; cache-toi dans les genêts, et ne rentre que vers midi. Tu as couché à la ville.

Il prit le cheval par la bride, et l'aida à sortir des marécages, marchant devant lui, et s'assurant avec le pied de la solidité du terrain qu'il lui faisait traverser. Lorsqu'ils arrivèrent au château, la première personne qu'ils virent accourir fut Yseult, qui ne s'était pas couchée, et qui, de sa fenêtre, explorait tous les chemins depuis le jour.

Le Corinthien se hâta de descendre et de s'enfoncer dans les buissons. La marquise n'eut pas la force de dire une parole. À demi évanouie au fond de la voiture, elle était dans un état nerveux qui rendit très vraisemblable l'histoire que Pierre se chargea de raconter.

Pierre lui raconta qu'il avait trouvé la marquise seule dans la voiture, entraînée par le cheval, qui, après avoir couru toute la nuit, revenait au hasard ; que dans le premier moment elle avait eu la force de lui dire comment cet accident était arrivé ; et il fit à cet égard le conte arrangé avec le Corinthien. Puis il aida mademoiselle de Villepreux à transporter sa cousine dans son appartement, tandis que les domestiques examinaient les harnais du cheval, que Pierre avait eu soin de déranger et de rompre en plusieurs endroits pour faire croire à une révolte sérieuse de sa part. Ce pauvre animal fut le seul calomnié de l'aventure. Personne ne soupçonna la vérité. Wolf, qui n'avait rien vu, et qui ne se rappelait pas seulement comment les choses s'étaient passées, ne put se disculper. On l'eût chassé si la marquise, après avoir eu une attaque de nerfs, n'eût demandé vivement sa grâce. Pierre fut remercié dans les plus beaux termes par le comte de Villepreux. Mais rien ne valait pour lui un mot d'Yseult ; et comme il l'attendait toujours, il allait retourner tristement à l'atelier, lorsqu'elle s'approcha de lui, lui tendit la main, et la lui serra, devant tout le monde, avec une franchise d'amitié dont ses traits confirmaient la rayonnante effusion. C'était un autre bonheur que celui du Corinthien ; mais il n'était peut-être pas moindre.

27

Les bulletins de la guerre d'Espagne arrivaient chaque jour plus pompeux pour l'armée française officielle, et plus alarmants pour l'armée secrètement organisée du Carbonarisme.

La capitulation de Malaga avait suivi de près la victoire du Trocadéro. Riego[1] tenait encore, en attendant que le même roi qui lui avait présenté en tremblant son cigare allumé l'envoyât sur un âne au supplice. Ballesteros[2] traitait avec le duc d'Angoulême. Le libéralisme allait être écrasé en Espagne ; il était fort découragé en France.

Le comte de Villepreux, que l'opposition avait

---

1. Rafael del Riego y Nuñez (1785-1823). Combattant les armées impériales, il fut fait prisonnier en 1808, et se convertit aux idées libérales pendant sa captivité en France. À son retour en Espagne, il s'opposa aux Bourbons, fut destitué en 1821. Élu député en 1822, le roi lui donna des marques apparentes de bienveillance. Lors de l'intervention française, abandonné par ses troupes, il fut trahi par des paysans et pendu. On le mena au supplice sur une claie à laquelle on avait attelé un âne.   2. Le général Ballesteros (1770-1832) avait fait accepter, en 1820, la Constitution libérale par le roi. S'il lutta contre l'intervention française, il capitula si rapidement le 26 juillet 1823 qu'on l'accusa d'avoir « cédé à des considérations peu compatibles avec l'honneur » (*Grand Dictionnaire universel du XIXe siècle* par Pierre Larousse).

diverti pendant quelques années, commençait à trouver le jeu trop sérieux, et se repentait secrètement de n'avoir pas borné son rôle politique à la lutte parlementaire. Loin de recevoir la visite d'Achille Lefort avec la bienveillance accoutumée, il le brusquait souvent, et tâchait par ses railleries de le dégoûter de la propagande. Ce n'était pas chose aisée. Malgré les démonstrations sans réplique de Pierre Huguenin, qu'il oubliait tout aussitôt après les avoir écoutées, Achille n'avait qu'une idée en tête : c'était de former une *Vente* à Villepreux. Il avait cinq ou six affiliés, il lui en fallait encore neuf ou dix pour arriver au chiffre voulu ; et il ne désespérait pas, malgré l'effet sinistre des nouvelles télégraphiques, de les trouver bientôt. Il était de ces natures aveuglément dévouées et bravement présomptueuses qui, à force de croire à elles-mêmes, arrivent à ne douter de rien. Plus il voyait la peur éclaircir les rangs autour de lui, plus il se flattait de les remplir de nouveaux champions, mieux trempés pour la résistance. Il s'évertuait donc à recruter à droite et à gauche avec plus de zèle que de sagesse, ne s'apercevant pas trop, le bon jeune homme, qu'il faisait moins de bien à sa cause, par des déclamations échauffées et son empressement brouillon, qu'il n'en eût fait avec de la prudence et un peu d'adresse.

Achille, comptant qu'un affilié à la Vente Suprême n'oserait pas l'entraver, avait donc établi son quartier général au château de Villepreux, usant et abusant du prétexte de vendre des vins et de régler des comptes, souffrant avec héroïsme les contradictions mordantes de son hôte qui commençait à le traiter un peu lestement, et devant lequel il n'élevait pas la voix aussi haut qu'il le faisait dans le parc, lorsqu'il déblatérait devant Pierre Huguenin contre les *ganaches*[1] *de la Chambre*.

Malgré l'humeur qu'il lui causait, le comte ménageait pourtant ce *faquin*[2], qui dans la province avait chaudement servi sa popularité ; et quand il craignait de l'avoir blessé, il le ramenait par d'adroites flatteries données sous le masque d'une brusquerie paternelle. Le vieux libéralisme adulait la jeunesse de ce temps-là, en attendant que, monté à son tour sur les bancs de la pairie, il l'envoyât dans les prisons expier le crime d'association secrète, chose sainte et sacrée sous la Restauration, illégale et abominable sous Louis-Philippe[3].

Le soir, lorsque les hôtes ordinaires et extraordinaires du château s'étaient retirés, Achille, au retour de ses excursions politiques, venait rendre compte de toute la besogne qu'il avait faite. Il faisait au comte l'honneur de le regarder comme un supérieur, et le comte était obligé d'accepter ce rôle. Yseult n'était point exclue de ces conversations. Outre que son grand-père avait en elle une entière confiance, l'éclat des divers procès faits au Carbonarisme l'avait initiée à tous les mystères de la conspiration permanente. Encore enfant, elle avait été lancée dans ces rêves de lutte politique ; et, comme tous les jeunes cerveaux, le sien s'y était exalté jusqu'à la bravoure virile, sans perdre cette nuance d'idéal romanesque qui caractérise une grande nature féminine. Je ne saurais vous dire si

---

1. Personne bornée et incapable.   **2.** Homme de rien, sot et prétentieux.   **3.** Cette brève anticipation fait allusion à la loi du 24 février 1834 prohibant les associations partagées en sections de moins de vingt personnes.

elle était vraiment, comme on le prétendait, la fille de Napoléon ; mais il est certain qu'il y avait quelque chose d'héroïque dans la tournure de son esprit, et une extrême originalité dans l'indépendance de son caractère.

Avec ces dispositions, elle devait pencher vers l'avis d'Achille Lefort et s'enhardir dans ses espérances à mesure que le danger croissait. Entre le vieux comte et le jeune carbonaro, elle était comme le pur miroir de la vérité, où chacun d'eux pouvait regarder les taches ou les erreurs de sa conscience repoussées par le cristal impénétrable. Elle écoutait toujours son aïeul avec respect ; mais, quand elle le voyait faiblir, elle en cherchait la cause ailleurs que dans un manque de courage, et sa candeur intimidait le vieillard. Quand Achille se laissait emporter par son outrecuidance, elle s'imaginait qu'il avait eu quelque succès extraordinaire dans ses entreprises ; et lui, tout honteux de la foi qu'elle avait en lui, rougissait de sentir que cette foi était mal fondée. Le comte eût préféré qu'elle ne fût pas présente à leurs entretiens ; mais Achille, sachant bien l'ascendant qu'elle exerçait sur lui, avait soin de les trouver réunis pour s'expliquer, et alors M. de Villepreux n'osait montrer tout son dépit et toute sa répugnance.

Il arriva plusieurs fois qu'on parla de Pierre Huguenin. Achille disait que ce serait une des plus belles conquêtes qu'il pût faire pour sa Vente ; qu'on aurait de la peine à vaincre ses objections, mais qu'une fois engagé on trouverait en lui un héros. Yseult disait qu'elle avait de lui la plus haute opinion, et qu'elle le verrait avec joie entrer en rapports fréquents avec son grand-père, et puiser dans de telles relations l'instruction politique dont une aussi belle intelligence avait soif. Yseult s'imaginait encore que son aïeul portait en lui quelque grande révélation de l'idée sociale qui tourmentait l'artisan philosophe.

— Votre Pierre Huguenin est un fou, leur dit un soir le comte poussé à bout ; une tête dérangée, et à mettre dans le même bonnet que le cerveau brûlé de M. Lefort. Il est bon sans doute que les gens du peuple lisent Jean-Jacques Rousseau et Montesquieu. Je n'en ris pas, entends-tu, ma fille ? Je suis sûr que cela produira quelque chose de bon. Mais donnons-leur le temps de la digestion, que diable ! Ils ont à peine avalé la manne qu'on leur dit de trouver la terre promise ! Il a fallu au peuple de Moïse quarante ans pour cela, quarante ans qui veulent peut-être dire dans le langage biblique quarante siècles, sachez-le bien. Laissez-les donc tranquilles ; ils ne demandent que cela. Est-ce qu'ils sont assez avancés pour faire de la politique ? C'est à nous de chercher ce qui leur convient et de leur faire le meilleur sort possible sans les consulter ; car ils ne peuvent encore prononcer sur leur propre cause. Ils y seraient juge et partie !

— Ne sommes-nous pas dans le même cas ? dit Yseult.

— Mais notre éducation est faite ; nous avons des idées de justice appuyées sur une certaine science qu'ils n'ont pas encore et qu'ils n'auront pas de sitôt. Donnons-leur le temps de monter jusqu'à nous, et ne faisons pas la folie de descendre à eux. Il ne faut point que nous salissions nos mains pour leur complaire ; il faut qu'ils lavent les leurs pour nous ressembler.

— Mais il faut une crise politique immense, afin qu'ils aient le temps et l'instinct de se civiliser, s'écria Lefort.

— Aussi, mon cher monsieur, nous opérerons la crise en temps et lieu, mais sans qu'ils nous aident trop sciemment ; car dans ce cas, ils nous feraient la loi le lendemain, et ce serait la barbarie.

— Mais, mon père, dit Yseult, il me semble qu'on pourrait les instruire et les aider à se civiliser, en attendant.

— Très certainement, s'écria le comte. Il faut, en tout ce qui ne tient pas ouvertement à la politique, leur tendre la main, les encourager, leur procurer du travail et de l'instruction, relever en eux le sentiment de la dignité humaine. Est-ce que je fais autre chose avec eux ? Est-ce que je ne les traite pas comme mes égaux ? Est-ce que je ne les oblige pas à me parler debout ? Est-ce que je ne cherche pas à développer tous les germes d'intelligence que j'aperçois chez eux ?

— Certainement, monsieur le comte, dit Achille, votre conduite particulière est généreuse et franchement libérale ; mais pourquoi ne voulez-vous pas qu'une certaine initiation au mouvement politique soit un moyen d'éducation pour des prolétaires intelligents et courageux ? Croyez-vous donc que Pierre Huguenin ne comprenne pas aussi bien que moi ce que nous faisons ?

— Ce n'est peut-être pas beaucoup dire, répondit le comte en riant, et encore n'en est-il pas là ; la preuve, c'est qu'il vous repousse, et se fait prier.

Quelques jours après cet entretien, Yseult, se promenant dans le parc avec Achille, et parlant précisément de Pierre Huguenin, vit celui-ci se diriger du côté de l'atelier.

— J'ai envie de m'adresser à lui, dit-elle, et de voir si je réussirai mieux que vous. Je serais fière de faire cette conversion, et de pouvoir l'annoncer ce soir à mon grand-père.

— Je crains bien que M. le comte ne se soucie plus d'aucune conversion politique, répondit Achille qui était lui-même un peu découragé ce jour-là.

— Vous vous trompez, monsieur, répondit Yseult qui ne cessait de voir dans son aïeul un patriarche de la révolution ; je connais mieux que vous ses dispositions. Il a de grands accès de tristesse ; mais une bonne parole, un sentiment généreux, le moindre acte de courage et de patriotisme, tenez ! l'adhésion de Pierre Huguenin à vos projets suffirait pour lui rendre ce noble enthousiasme que nous lui connaissons. Voulez-vous appeler Pierre pour que je lui parle ? Me le conseillez-vous ?

— Pourquoi pas ? répondit Achille dont l'amour-propre était un peu intéressé à vaincre les refus superbes de l'artisan. L'éloquence d'une femme peut faire des miracles !

Il courut le chercher. Mais au lieu de l'amener jusqu'auprès de mademoiselle de Villepreux, et de rester en tiers dans la conversation, comme elle y comptait, il s'éloigna, craignant que sa présence ne rendît à Pierre la force de l'argumentation, et comptant sur le trouble et l'embarras que devait lui inspirer un tête-à-tête avec la jeune châtelaine.

En se voyant décidément seule avec Pierre, Yseult fut elle-même saisie d'une timidité qu'elle ne connaissait pas, et demeura quelques instants sans pouvoir entrer en matière. Pierre était si troublé de son côté, qu'il ne s'en aperçut pas, et qu'il attribua au bourdonnement qui se faisait dans ses oreilles le sens interrompu et insaisissable des premières paroles d'Yseult.

Enfin ils réussirent tous deux à se calmer et à s'entendre. Yseult lui parla avec cette exaltation de patriotisme qui avait, à cette époque-là, sa phraséologie courante, plus étincelante de mots que riche de faits et d'idées. Néanmoins, la distinction que le goût et la grâce de l'esprit savaient donner aux expressions, la diction élégante et mélodieuse, la voix de femme émue et pénétrée, le sentiment pur et profond que la jeune fille portait dans cet acte de prosélytisme, mirent tant de charme dans sa déclamation, que Pierre, vaincu et transporté, sentit son visage inondé de larmes. Il faut faire aussi la part de l'ingénuité de l'auditeur, et de l'amour qui avait glissé là sa flèche tremblante et délicate. Il n'eut pas de résistance contre un tel assaut, pas de méfiance devant une telle conviction, pas de fierté plébéienne pour repousser une séduction si touchante. Sa raison reçut là une atteinte violente. Avec son peu d'expérience, et à l'âge où le sentiment gouverne l'être tout entier, il était impossible qu'il ne se rendît pas à merci. Yseult, donnant aveuglément dans les théories à double sens de son grand-père, et ne voyant que le bon côté des intentions et des promesses, travaillait à détruire les préventions de Pierre en lui persuadant ce qu'elle croyait elle-même : que le vieillard cachait prudemment l'ardeur de son républicanisme, en attendant le jour où il pourrait en faire l'application.

Je me suis trompé, se disait Pierre en l'écoutant ; j'ai été injuste envers le père et l'instituteur d'une telle fille. L'âme d'un lâche et d'un traître n'aurait pu former cette héroïne, brave comme Jeanne d'Arc, éloquente comme madame de Staël. Oui, j'ai tenté de fermer les yeux à la lumière, et mes répugnances n'étaient que l'aveuglement de l'orgueil. Le peuple a des amis dans

les hautes classes ; il les méconnaît et les repousse.
Nous sommes sourds et grossiers, moi tout le premier,
qui ai méconnu cette voix du ciel, et résisté à cette
puissance surhumaine.

Ces réflexions arrivaient sur les lèvres de Pierre
Huguenin sans qu'il eût conscience de ce qu'il disait,
tant son âme était exaltée et inondée de joie et d'amour.

— Vous vous êtes donc méfié de nous ? lui disait la
jeune patricienne ; vous avez méconnu mon père,
l'homme le plus sincère et le plus grand ! Mais vous
méfierez-vous de moi qui vous parle, maître Pierre ?
Croyez-vous qu'à mon âge on sache tromper ? Ne sen-
tez-vous pas qu'il y a au fond de mon cœur une soif
inextinguible de justice et d'égalité ? Ne savez-vous
pas que toutes les lectures qui ont formé votre esprit
ont formé le mien aussi ? Quelle brute perverse serais-
je donc si j'avais pu lire Jean-Jacques et Franklin sans
être pénétrée de la vérité ! Croyez-vous que je ne me
sois pas fait raconter par mon père ces grandes
époques de la Révolution, où les hommes du Destin
ont poursuivi et défendu le principe de la souveraineté
populaire au prix de leur vie, de leur réputation et de
leur propre cœur, arrachant de leurs entrailles, par un
effort sublime, tout sentiment humain pour sauver
l'humanité ? Oui, mon grand-père comprend tout cela,
et admire tous ces hommes, depuis Mirabeau jusqu'à
Robespierre, depuis Barnave jusqu'à Danton. Et d'ailleurs, croyez-vous que je n'aie tiré du Christianisme
aucun enseignement ? Nous autres femmes, nous nais-
sons et nous grandissons dans le catholicisme, quelle
que soit la philosophie de nos pères. Eh bien ! l'Évangile a pour nous de grandes leçons d'égalité fraternelle,
que les hommes ne connaissent peut-être pas ; et moi

j'adore dans le Christ sa naissance obscure, ses apôtres humbles et petits, sa pauvreté et son détachement de tout orgueil humain, tout le poème populaire et divin de sa vie couronnée par le martyre. Si je m'éloigne de l'Église, c'est que les prêtres, en se faisant les ministres du pouvoir temporel et les serviteurs du despotisme, ont trahi la pensée de leur maître et altéré l'esprit de sa doctrine. Mais moi, je me sens prête à la pratiquer à la lettre. Aucune souffrance, aucune misère, aucun travail ne me rebutera, s'il faut que je partage les douleurs du peuple. Aucun cachot, aucun supplice ne m'effraierait, s'il fallait proclamer ma foi. Tenez, Pierre, je vous jure que je n'ai jamais songé sérieusement à ma richesse et à ma liberté sans avoir des remords, à cause des pauvres qu'on oublie et des prisonniers qu'on torture. J'ai eu quelquefois des erreurs de jugement, j'ai cédé à des habitudes de luxe, j'ai prononcé des formules consacrées dans le monde par la coutume et le préjugé. Mais s'il fallait faire quelque chose de grand, s'il fallait donner ma vie en expiation de ces heures d'apathie et d'ignorance, croyez-moi, je remercierais Dieu de m'affranchir de tous ces liens misérables où mon âme languit et rougit d'elle-même. Je ne vous dis pas toutes ces choses pour me vanter auprès de vous, mais pour que vous sachiez comment mon grand-père m'a élevée, et quels sentiments il a mis dans mon cœur. Les croyez-vous sincères ?

Pierre était enivré, hors de lui ; la fièvre qui brûlait dans les veines d'Yseult avait passé dans les siennes. Tous deux croyaient être transportés seulement par la foi, et n'avoir en ce moment d'autre lien que celui de la vertu. C'était pourtant l'amour qui avait pris cette

forme, et qui se chargeait d'allumer en eux la flamme
de l'enthousiasme révolutionnaire.

— Faites de moi ce que vous voudrez, dit Pierre.
Demandez-moi ma vie. C'est trop peu dire, disposez
de ma conscience, je croirai en vous comme en Dieu ;
je me laisserai conduire avec un bandeau sur les yeux ;
que vous daigniez seulement me dire quelques mots
pour ranimer ma foi et mon espérance…

— Foi, espérance, charité, répondit Yseult, voilà la
devise de l'association à laquelle on vous convie. En
est-il une plus belle ?

Pierre promit tout ; et lorsqu'Achille vint les
rejoindre, Yseult le lui présenta comme un frère acquis
à la sainte cause. L'étonnement et la joie du commis
voyageur furent au comble lorsque Pierre confirma
sa soumission par une promesse formelle. — Je commence à croire que *mademoiselle de Buonaparte* est
une maîtresse femme, s'écria Lefort en se frottant les
mains lorsque Yseult se fut retirée. Vive Dieu ! j'en
suis bien revenu sur son compte, maître Pierre ! Elle a
été admirable dans tous les assauts que nous avons
livrés au grand-papa ; c'est une vraie Montagnarde. Elle
vaut mieux dans son petit doigt que toute la famille. Le
diable m'emporte si, à votre place, je n'en serais pas
amoureux.

Le prosaïsme d'Achille, sur ce chapitre, faisait grand
mal à Pierre Huguenin. — Ne vous moquez pas de moi,
je vous prie, répondit-il, et ne parlez pas légèrement
d'une personne qui est au-dessus de nous deux par son
esprit et son caractère.

— Oui-dà ! je ne croyais pas si bien dire, reprit
Achille, frappé de l'émotion du jeune artisan. Mais
pourquoi pensez-vous que je me moque de vous, ami

Pierre ? Notre siècle n'est-il pas enfin entré dans la voie
de la raison et de la philosophie ? Pensez-vous qu'une
personne aussi franchement républicaine que mademoiselle de Villepreux ne doive pas considérer absolument comme son égal un homme tel que vous ? Je vous
réponds, moi, qu'elle vous apprécie parfaitement, et
qu'il n'y a pas chez elle l'ombre d'un préjugé, à présent surtout que vous voici des nôtres, et que la Charbonnerie vous mettra en rapport, à tous les moments de
la vie, et sur tous les points de la politique…

— Vous n'êtes qu'un exploiteur ! s'écria Pierre,
irrité profondément de la légèreté avec laquelle Achille
jouait avec le secret de son âme ; oui, vous exploitez
toutes choses, même les plus sacrées. Pour me gagner à
votre cause, vous ne rougirez pas de susciter en moi les
pensées les plus folles et les plus absurdes ; mais pensez-vous que je sois assez sot pour m'y laisser prendre ?

Achille ne se laissa pas rebuter par la fierté de son
ami, et, sans s'inquiéter de sa résistance, il le força
d'entendre tout le bien qu'Yseult disait de lui.

Achille ne mentait pas ; seulement il racontait brutalement, et interprétait les choses avec une audace
incroyable. Pierre souffrait en l'écoutant, mais il l'écoutait ; et une irrésistible joie, une espérance insensée,
venaient malgré lui porter le dernier coup à sa raison.
Il passa la nuit et les jours suivants dans une sorte de
délire ; et Achille, qui avait pris à tâche de l'endoctriner
tous les jours, s'aperçut qu'il ne l'écoutait pas, qu'il ne
songeait plus ni à la philosophie ni à la politique, mais
que, dominé par la passion, il était sous sa main
comme un enfant.

28

Achille, ne sachant comment compléter sa Vente, avait bien jeté les yeux sur le Corinthien ; mais celui-ci n'éprouvait pour lui que de l'aversion, et Pierre conseilla au propagandiste de songer à tout autre adepte.

Le Corinthien, ne comprenant pas qu'un lien politique pût rapprocher le comte de Villepreux d'Achille Lefort, et n'imaginant pas que ce dernier fît de la Charbonnerie au château, s'était mis en tête qu'il y était retenu par les beaux yeux de la marquise. Il est certain qu'au travers de ses préoccupations révolutionnaires, Achille n'était pas absorbé au point qu'un rayon de cette beauté ne fût venu frapper et agiter un peu sa cervelle. Il faisait pour elle des toilettes presque aussi ridicules que celles d'Isidore, dans un autre genre. Il tirait parti de son épaisse chevelure et de ses favoris noirs *à la Bergami*[1], pour se faire une tête *à caractère* ; et comme il était assez bien fait de sa personne, et pouvait passer en province pour un beau garçon, comme il avait de la facilité à s'exprimer et une sorte d'éloquence

---

1. Caroline de Brunswick, que le futur roi d'Angleterre George IV avait épousée en 1795, fut particulièrement maltraitée par son mari. Retirée sur le continent en 1814, elle s'éprit d'un courrier, Bergami, dont elle fit le comte de Francini.

de table d'hôte qui pouvait bien faire de l'effet sur une personne aussi peu éclairée que Joséphine, nous ne saurions affirmer que sa peine eût été absolument perdue, s'il fût arrivé au château huit jours plus tôt. Mais Joséphine était dans une disposition d'esprit à n'oser lever les yeux sur personne. Consternée de sa chute, effrayée de tout, elle se tenait presque toujours dans sa chambre depuis l'aventure des brouillards ; et Amaury, en proie à mille inquiétudes, passant de la reconnaissance au dépit et de l'espoir à la jalousie, ignorait s'il lui serait jamais permis de la revoir. Il ne l'apercevait plus que de loin, à travers les arbres. Après le dîner, la famille prenait le café sur une terrasse couverte d'orangers qu'Amaury pouvait voir de l'atelier. À cette heure, il avait toujours quelque travail à faire aux fenêtres, et monté sur une échelle, il plongeait sur la terrasse, suivait tous les mouvements de la languissante marquise, et remarquait fort bien les attentions empressées dont elle était l'objet de la part d'Achille Lefort. Il aurait eu bien besoin d'ouvrir son cœur à son ami Pierre, et de lui demander conseil ; d'autant plus qu'il n'avait rien à lui révéler, puisque le hasard l'avait initié au secret de son amour : mais Pierre semblait éviter ses confidences. En proie lui-même à un rêve dont il craignait d'être forcé de s'éveiller, il s'enfonçait dans la solitude aussitôt que sa journée de travail était finie. Il errait dans le parc aux mêmes endroits où il avait rencontré Yseult, n'osant espérer l'y rencontrer encore, et l'y rencontrant presque toujours, soit avec Achille Lefort, et venant à lui sans détour, soit seule, ayant l'air de ne pas le chercher, et pourtant ne l'évitant pas. Leurs conversations roulaient toujours sur les idées générales. Aucune familiarité extérieure ne s'était établie entre eux ; mais l'in-

timité du cœur grandissait et prenait de la force. Il y
avait une estime et une admiration mutuelles qui trouvaient chaque jour de nouveaux aliments et de nouvelles causes.

Dans cet endroit du parc la végétation était fort
épaisse, et il n'y avait guère de danger d'être troublé
par les malignes interprétations des curieux. C'était un
quartier fermé d'une petite barrière, et consacré à la
culture des belles fleurs qu'Yseult chérissait. Hôtes,
parents et domestiques avaient l'habitude de respecter
ce parc réservé, et de n'y entrer jamais, que la barrière
fût ouverte ou fermée. Il y avait une volière et un jet
d'eau au milieu d'un boulingrin[1] parsemé de plates-
bandes en corbeilles. Autour de cette pièce de gazon
une double rangée d'arbres et d'arbustes formait une
allée circulaire. Un treillage en bois fermait le tout.
Pierre rencontrait ordinairement mademoiselle de Villepreux à peu de distance de cet enclos. Lorsqu'elle
était avec Achille, elle les y introduisait tous deux.
Lorsqu'elle était seule, elle faisait quelques tours de
promenade devant la porte d'entrée avec Pierre ; et
quand elle jugeait que l'entrevue avait été assez longue,
elle entrait dans son parterre, après lui avoir souhaité le
bonsoir avec une grâce simple et chaste que Pierre
comprenait et respectait jusqu'à l'adoration. Il s'éloi-
gnait alors rapidement, et allait attendre sa sortie au
bout de l'allée, caché dans un massif. Il était heureux
de la voir passer ; et quand la nuit était trop sombre
pour qu'il distinguât sa forme légère, il était heureux
encore d'entendre le frôlement de sa robe dans les
herbes. Pour rien au monde Pierre n'eût voulu, dans ce

---

1. Pelouse bordée d'arbustes.

moment, s'approcher d'elle. Il sentait le prix de la confiance qu'elle lui accordait en l'abordant toujours avec bienveillance, et il comprenait ce qui est convenable et ce qui ne l'est pas, beaucoup mieux que certaines gens à qui l'usage du monde ne donne jamais ni tact ni mesure. Ainsi, il faisait, au sujet de ces promenades et de ces rencontres, des observations aussi délicates qu'eût pu les faire l'homme de mœurs les plus exquises. Il remarqua, entre autres choses, que de même que mademoiselle de Villepreux n'entrait jamais seule avec lui dans le parc réservé, elle n'y entrait jamais seule non plus avec Achille. Les jours où il arrivait le dernier à ces tacites rendez-vous (ce qui était bien rare), il la trouvait avec le jeune carbonaro, descendant et remontant l'allée extérieure ; et lorsqu'ils avaient fait quelques tours à eux trois, elle disait gaiement :
— Allons voir les oiseaux ! On entrait dans le parterre ; et si Pierre montrait quelque hésitation, elle insistait pour qu'il y entrât.

Un soir, Pierre, qui conservait malgré lui un peu de soupçon jaloux, se blottit dans sa retraite accoutumée ; c'était un gros érable touffu, qui sortait d'un massif et se penchait sur l'allée. En montant dans cet arbre on était parfaitement caché, et on pouvait tout voir et tout entendre. Il vit arriver Yseult avec Achille ; il les vit passer et repasser au-dessous de lui ; il les entendit parler, comme les autres jours, conspiration, révolution et constitution. Il y eut un moment où Achille s'arrêta sous l'érable en disant : — Il paraît que nous ne verrons pas notre ami Pierre ce soir.

— C'est singulier, répondit Yseult, car nous le voyons presque tous les soirs. Il est avide de vos enseignements.

— Ou plutôt des vôtres, mademoiselle.

— Moi ! que puis-je enseigner ? Il me semble bien plutôt que j'apprends beaucoup en parlant avec cet homme du peuple, qui me paraît vraiment sage et porté aux grandes choses. Ne vous semble-t-il pas ainsi, monsieur Lefort ?

Achille avait deviné le secret d'Yseult. Il favorisait cette inclination mystérieuse en feignant de ne s'apercevoir de rien. Il n'était pas seulement porté à ce rôle en vue de son Carbonarisme, mais aussi par affection véritable pour Pierre ; et puis par l'attrait qu'une aventure de ce genre a toujours pour les jeunes esprits ; et puis peut-être enfin pour le plaisir de se venger ainsi, d'une certaine façon, des secrets mépris du vieux comte. Il était là comme une sorte d'entremetteur sentimental dans le roman le plus chaste et le plus sérieux, en même temps que le moins sensé et le moins réalisable. À voir ce roman du large point de vue de la justice naturelle et de la raison philosophique, il n'y avait rien de plus moral et de plus élevé ; à le voir de la lucarne étroite de l'usage et des convenances sociales, c'était quelque chose d'absurde et de révoltant. Achille voyait les deux faces, admirant l'une et se divertissant de l'autre, avec cette rancune profonde que la race bourgeoise nourrit contre la race patricienne.

Il ne manquait donc aucune occasion de mettre en rapport la châtelaine et l'artisan. C'était lui qui, à l'heure de la sieste quotidienne du grand-père, entraînait la jeune fille, d'arguments en arguments politiques, jusqu'à l'allée du parc réservé. Ce fut donc grâce à lui que Pierre entendit avec quelle sympathie Yseult s'exprimait sur son compte. Il s'étonna de l'ardeur que Lefort mit à renchérir sur ses éloges, et il remarqua qu'il ne fut point question d'aller voir les oiseaux. Quand la nuit fut tout à fait venue, et qu'on eut perdu l'espérance de le voir, on retourna au château ; et Pierre, délivré de sa jalousie, ivre de joie, alla souper chez son père avec le Berrichon, à qui il trouva de l'esprit, et le père Lacrête, qui lui sembla avoir du génie, tant il était porté à la bienveillance ce soir-là. — À la bonne heure, lui dit le père Huguenin, te voilà joyeux et bon enfant ! Sais-tu, Pierre, que tu as souvent de trop grands airs avec ta famille ? Tu fréquentes trop les nobles, mon enfant ; ça gâte le cœur et l'esprit.

Il n'y avait alors d'étranger au château que Lefort. M. Lerebours était occupé au pressoir à voir fermenter la vendange nouvelle. Raoul passait sa vie dans les châteaux voisins, où il s'amusait davantage, et où il n'était pas obligé de se tenir à quatre pour s'empêcher de *souffleter ce philosophe crotté*, ce *philanthrope de carrefour*, ce *législateur d'estaminet*, en un mot ce *cuistre de M. Lefort*.

Il y a dans la vie de château des heures d'impunité qui passent toute vraisemblance. Les deux jeunes dames traversaient une de ces phases où tout semble favoriser l'oubli du monde et l'essor de l'imagination. Un soir Joséphine pleurait, le coude appuyé sur le bord de sa fenêtre. Elle désirait revoir le Corinthien, mais elle ne l'osait pas ; elle n'était pas sûre que tout le monde n'eût pas deviné son secret, et se demandait lequel il fallait choisir, ou du mépris de tout le monde, ou de celui de l'homme qu'elle abandonnait après s'être abandonnée à lui. Tout à coup elle entendit un bruit sourd derrière une petite porte pratiquée dans la boiserie de son alcôve, et qui avait peut-être protégé les amours de quelque châtelaine du temps de la Ligue avec quelque

heureux page en l'absence de l'époux guerroyant. Cette
porte ouvrait un passage qui, dans l'épaisseur des murs,
faisait plusieurs détours dans le château et finissait à
une impasse. On avait muré cette issue mystérieuse,
désormais regardée comme inutile. Mais une trappe
située dans les boiseries de la chapelle avait conduit
l'ardent Corinthien, de découverte en découverte et de
décombres en décombres, jusqu'à cette impasse. À
force de calculer et de s'orienter, il avait deviné qu'une
certaine porte secrète, située dans l'appartement de la
marquise, et dont mademoiselle Julie, sa femme de
chambre, parlait quelquefois à l'office comme d'un
repaire à revenants, devait aboutir précisément à l'endroit où il s'était arrêté. Il avait pris une lampe, une
pince et un marteau, et s'était plongé dans le labyrinthe. Depuis trois jours il travaillait à percer le mur.
Le bruit de son marteau était amorti par l'épaisseur de
la maçonnerie. C'était une entreprise pénible et palpi-
tante, comme celle d'un prisonnier qui travaille à son
évasion. Quand le mur fut percé, le bruit se fit entendre,
et la marquise, qui n'était guère moins superstitieuse
que sa femme de chambre, fut prise d'une telle frayeur
qu'elle s'enfuit jusqu'au bas de l'escalier pour appeler
au secours ; mais je ne sais quel instinct de prudence
l'empêcha de céder à cette peur et de la raconter au
salon, où l'on se réunissait de dix heures à minuit,
après la sieste du comte.

Pendant ce temps, Amaury avait ouvert la brèche et
s'était glissé jusqu'à la porte secrète. Il l'avait trouvée
fermée en dedans ; mais l'ayant secouée et s'étant
assuré que ce bruit n'attirait personne, il l'avait ouverte
avec un crochet. Maintenant, certain de sa victoire, il
avait refermé la porte à double tour et emporté la clef.

De retour à l'atelier, il s'empressa de réparer le panneau dont il avait seul découvert l'usage mystérieux. Il le replaça lui-même, afin que personne n'y mît la main et ne fût associé à son secret ; mais il l'arrangea de manière à pouvoir l'enlever sans peine et sans bruit chaque fois qu'il le voudrait ; et cette entreprise terminée, triomphant dans sa pensée des terreurs de la marquise, et défiant Achille Lefort de le supplanter ou tout au moins de le tromper, il alla rejoindre Pierre au moment où celui-ci recevait de son père, pour la centième fois, le conseil de se méfier des bontés de la noblesse.

Dès lors, le Corinthien goûta un bonheur terrible, et qui décida du reste de sa vie. Protégé par l'impunité que lui assurait la conquête du passage secret, il connut l'amour dans toute sa puissance sauvage et dans tous ses raffinements voluptueux. C'était la première fois que Joséphine était aimée, et ce fut la seule fois qu'elle aima. Certes, leur passion n'eut point l'idéal et la chasteté vraiment angélique de celle qu'éprouvaient Yseult et Pierre Huguenin. Tandis que ceux-ci dominaient l'attrait et jusqu'à l'idée de la volupté par l'enthousiasme de l'esprit et l'austérité de la foi, le Corinthien et la marquise, subjugués par l'énergie du désir et par la fougue des sens, s'enivraient de leur mutuelle jeunesse et de leur égale beauté. Mais du moins c'était un amour sincère, et pur d'une certaine façon ; car ils croyaient l'un à l'autre, et ils croyaient en eux-mêmes. Ils se juraient une fidélité dont le sentiment était en eux, et il y avait des moments d'exaltation où la marquise se rêvait un sublime courage pour proclamer Amaury son amant et son époux à la face du monde le jour où le marquis des Frenays, succombant aux infirmités prématurées qui le menaçaient, la laisserait libre de former un nouveau lien. Amaury ne regardait point l'avenir sous cette face ; il lui importait peu que le marquis des Frenays prît son parti de vivre ou de mourir, et que Joséphine pût se réconcilier avec la société et avec l'Église. Il ne se souvenait pas qu'elle fût riche ; il avait un profond mépris pour une richesse qu'il n'aurait pas acquise par son talent. Il ne voyait en elle que la femme jeune, belle et passionnée ; il l'adorait ainsi, et la suppliait de l'aimer toujours, lui jurant de se rendre bientôt digne du bonheur qu'elle lui avait donné et de la confiance qu'elle avait eue en son étoile. L'idée de la gloire se trouvait liée dans son âme à celle de son amour. Il y avait en lui un orgueil plein d'audace et de reconnaissance.

À coup sûr, ce sentiment n'avait en soi rien de coupable ni d'insensé. Mais il eut bientôt le sort de toutes les ivresses où l'homme se plonge sans un idéal de vertu ou de religion. Nous avons bien le droit d'être heureux, d'aspirer aux œuvres du génie et au suffrage des hommes. Il nous est permis d'être fiers de l'objet de notre amour, et de compter sur les victoires de notre volonté intelligente. Mais ce n'est pas là toute la vie de l'homme ; et si l'amour de soi n'est pas étroitement lié à l'amour des semblables, cette ambition, qui eût pu triompher de tout à l'état de dévouement, souffre, s'aigrit, et menace de succomber à chaque pas lorsqu'elle reste à l'état d'égoïsme. L'amour, qui étend cet égoïsme à deux êtres fondus en un seul, ne suffit point pour le légitimer. Il est beau et divin comme moyen, comme secours et comme égide ; il est petit et malheureux comme but et comme unique fin.

Le Corinthien n'était point égoïste, dans l'acception

mesquine et laide qu'on donne à ce vice. Comme ami, il était tendre et dévoué ; comme compagnon, il s'était toujours montré serviable et généreux ; comme amant, il n'était ni ingrat ni superbe ; il restait respectueux et repentant dans son cœur à l'égard de la Savinienne. Mais son âme était plus impétueuse que forte, son souffle plus avide que puissant. Il portait dans son sein toutes les généreuses curiosités, tous les insatiables désirs de la jeunesse. Ce fut donc un malheur pour lui de rencontrer l'amour de Joséphine au milieu du développement de son être, et à cette heure de la vie où nous recevons des circonstances une impulsion décisive sans la force nécessaire pour l'apprécier, la diriger ou la combattre. Peut-être le vertueux et solide Pierre Huguenin n'eût-il pas été mieux trempé pour une pareille épreuve. Peut-être n'eût-il pas aimé d'une manière plus exquise, si, au lieu de rencontrer une âme apostolique[1] comme celle d'Yseult, il eût été livré aux mêmes séductions que son ami. Quoi qu'il en soit, le Corinthien se corrompit rapidement dans son bonheur, et la pauvre Joséphine, tout en y portant l'abandon et l'ingénuité de sa douce nature, fut pour lui la pomme fatale qui, du jardin céleste de l'adolescence, devait l'envoyer en exil sur le désert aride de la vie positive.

Achille avait quitté momentanément le château. Il avait trouvé une Vente plus facile à organiser du côté du Poitou, et il s'était rendu à l'appel de quelque confrère aussi acharné que lui au maintien de la Charbonnerie prête à périr. Il devait revenir néanmoins compléter et consacrer celle de Villepreux, à laquelle il ne renonçait pas le moins du monde, et qu'il voulait

---

1. Qui est digne de celle d'un apôtre.

baptiser, pour plaire à mademoiselle de Villepreux, *la
Jean-Jacques Rousseau*.

Son départ remplit de douleur et d'effroi le cœur de
Pierre Huguenin. Il s'imagina qu'il n'aurait plus d'occasion et de motif pour revoir Yseult dans le parc.
Mais tout à coup la Providence, ou plutôt la pudique
complicité de l'amour, suggéra d'heureux prétextes à
de nouvelles entrevues.

Un orage avait renversé la volière du parc réservé.
Yseult parut tenir extraordinairement à ses oiseaux, et
demanda à Pierre Huguenin de leur construire une
nouvelle demeure. Il fit sur-le-champ le dessin d'un
joli petit temple en bois et en fil d'archal[1], qui devait
enfermer le bassin et le jet d'eau, avec ses grandes
marges de gazon, de roseaux et de mousses pour les
oiseaux aquatiques. Des arbustes d'une assez belle taille
devaient tenir tout entiers dans cette cage spacieuse ;
des plantes grimpantes devaient l'envelopper d'un
réseau extérieur de verdure ; enfin un grand parasol de
zinc devait préserver de la pluie et du soleil trop ardent
les oiseaux délicats des régions étrangères.

L'impatience qu'Yseult témoignait de voir élever ce
monument ornithologique engagea le père Huguenin à
consentir à ce que son fils et le Berrichon s'y consa-
crassent pendant quelques jours. Une quinzaine devait
suffire à ce travail. Mais il dura bien davantage.

D'abord le Berrichon n'y entendait rien du tout. Il
eut beau affirmer que Pierre était plus difficile que de
coutume, et déclarer qu'il y avait de l'injustice à lui
faire recommencer minutieusement des pièces qu'il
avait établies avec tout le soin possible, Pierre, lui

---

1. Fil de laiton passé à la filière.

prouvant avec douceur, mais avec persévérance, que
cet ouvrage était trop délicat pour lui, l'employa seulement à lui préparer les pièces dans l'atelier, et à courir
de tous les côtés pour lui faire cent commissions par
jour. Il l'envoya trois fois à la ville voisine pour
lui chercher du fil de fer. Le premier était trop fin, le
second trop gros, le troisième n'était ni assez fin ni
assez gros. Du moins, c'était ainsi que le Berrichon,
dans son naïf mécontentement, racontait la chose au
Corinthien, au grand divertissement de celui-ci. C'est
que, lorsque la Clef-des-Cœurs assistait Pierre tout le
jour, mademoiselle de Villepreux ne venait examiner
l'ouvrage qu'une ou deux fois ; et quand Pierre était
seul, elle y venait trois ou quatre fois, et restait plus
longtemps. Elle n'était pas seule dans les commencements. La marquise ou son père l'accompagnait, et
presque toujours le jardinier était dans le parterre. Mais
peu à peu elle s'habitua à venir seule, et à rester, même
après le coucher du soleil et le départ du jardinier.
Pierre voyait bien qu'elle commençait à s'affranchir,
sans y prendre garde, de ce joug des convenances
auquel jusque-là elle s'était aveuglément soumise. Il lui
en avait su gré alors ; car il avait compris qu'elle ne le
traitait pas comme une chose, mais comme un homme,
et que cette chaste réserve témoignait, non de la
méfiance, mais une sorte de respect pour sa position :
c'était comme une longue et délicate réparation qu'elle
lui avait donnée du mot mémorable de la tourelle.
Mais lorsqu'elle oublia ce parti pris, et ne craignit plus
de rester seule avec lui dans le parc réservé, il lui en sut
encore plus de gré ; car c'était la marque d'une sainte
confiance et d'une tranquillité d'âme presque fraternelle. Pierre, loin de souffrir de ces relations calmes et

pures, les bénissait et les chérissait, n'en rêvant pas d'autres, et n'aspirant pas au bonheur dangereux qui enfiévrait le Corinthien. Il aimait trop pour désirer. Yseult lui apparaissait comme un être céleste qu'il aurait craint de profaner en effleurant seulement les plis de sa robe. Il tremblait bien de tout son corps en la voyant venir du fond de l'allée, et sa main pouvait à peine alors soutenir le poids du maillet ou du ciseau. Lorsqu'il l'entendait nommer, une rougeur brûlante montait à son visage ; et si parfois les songes de la nuit lui apportaient son fantôme[1] à travers un délire involontaire, une sorte de honte douloureuse penchait son front le lendemain, et tenait ses yeux baissés devant elle. Mais lorsqu'elle lui adressait la parole, elle remuait toute son âme, et la faisait remonter à ces hautes régions de l'enthousiasme, où il n'y a plus ni trouble ni terreurs, parce qu'il y a le sentiment d'un hymen intellectuel légitime autant qu'indissoluble.

Personne ne songeait à incriminer ces relations, ou plutôt personne ne les avait remarquées. On savait que le comte avait élevé sa fille dans des idées et des habitudes d'une certaine égalité avec tout le monde. D'ailleurs les allures d'indépendance qu'il lui avait données, cette éducation philosophique que les uns appelaient *à l'anglaise* et les autres *à l'Émile*, et qui avait fait d'elle une personne si naturelle et si calme, écartaient toute supposition fâcheuse. Les serviteurs, aussi bien que les voisins, avaient un respect ou une indifférence d'instinct pour cette humeur grave et solitaire qu'ils ne comprenaient pas, et qu'ils attribuaient à une langueur

---

1. Image d'une personne absente que l'on croit voir par hallucination, en l'occurrence, un fantasme érotique.

organique. Sa pâleur faisait dire d'elle, depuis qu'elle était au monde : « Cet enfant ne vivra pas. » Et pourtant elle n'avait jamais été malade ; mais comme elle n'avait point eu la gaieté impétueuse de l'enfance, on ne supposait pas que ses passions dussent jamais prendre l'essor, et qu'ayant oublié d'être petite fille elle pût s'aviser d'être femme. Telle était l'opinion de ceux qui l'avaient vue naître et se développer. Quant à ceux qui, ne la connaissant point, ne voyaient en elle que la prétendue fille de l'Empereur, ils auraient volontiers bâti sur son compte de plus beaux romans, selon eux, qu'une intrigue avec un garçon menuisier.

Il arriva qu'à la fête du village Pierre entendit quelques paroles indiscrètement curieuses à ce sujet, et ne put se défendre de les relever. Le lendemain, tandis qu'il travaillait à la volière, Yseult vint, comme de coutume, jouer avec son chevreuil apprivoisé qui vivait dans le parc réservé, et donner la becquée à ses jeunes oiseaux qu'elle élevait dans des cages provisoires. Puis elle prit son livre, et fit quelques tours le long de ses plates-bandes ; et enfin elle revint auprès de Pierre, à qui elle avait souhaité seulement le bonjour, et se décida à entamer la conversation. Pierre voyait bien qu'il y avait quelque chose d'insolite dans sa manière d'être : car elle avait l'habitude de l'aborder plus ouvertement, de lui demander des nouvelles de son père et de lui raconter les nouvelles des journaux, tandis qu'il l'aidait à détacher le chevreuil ou à refermer les cages.

— Maître Pierre, lui dit-elle en souriant avec finesse, j'ai aujourd'hui une fantaisie : c'est de savoir ce qu'on dit de moi dans le pays. — Comment pourrais-je vous l'apprendre, mademoiselle ? répondit Pierre, surpris et intimidé de cette demande. — Oh ! vous le pouvez très bien, reprit-elle avec enjouement, car vous le savez ; et il paraît même que vous avez le bonté d'être mon champion quelquefois. Julie a raconté à ma cousine que vous aviez réduit au silence, hier, sous la ramée, deux jeunes gens qui parlaient de moi assez singulièrement. Mais son récit était si bien tourné que madame des Frenays n'y a presque rien compris. Ne pourriez-vous pas me dire tout simplement ce que l'on disait de moi, et à quel propos vous vous êtes déclaré mon défenseur ? — Je dois peut-être vous demander pardon de l'avoir fait, répondit Pierre avec embarras ; car il est des personnes tellement au-dessus des atteintes de la sottise, que c'est presque les outrager que de les défendre. — C'est égal, reprit mademoiselle de Ville-preux, je sais que vous avez plaidé ma cause avec zèle, et j'en suis reconnaissante ; mais je veux savoir de quoi j'étais accusée. Vraiment, ne refusez pas de contenter ma curiosité.

Pierre était de plus en plus troublé, et ne savait comment raconter l'affaire. Yseult insistait avec une gaieté de sang-froid qui lui était propre, et, pour mieux écouter, venait de s'asseoir posément sur une chaise rustique avec un certain air moitié sœur, moitié reine, qu'elle seule au monde savait conserver dans les moindres actes de sa vie. Forcé dans ses derniers retranchements, et sentant bien qu'il lui devait rendre compte de sa conduite dans une circonstance où il avait publiquement parlé d'elle, il s'arma de résolution ; et, tâchant d'être gai, quoiqu'il tremblât et souffrît mille tortures, il lui raconta ainsi l'anecdote de la veille : — J'étais assis sous la ramée avec le Corinthien et quelques autres de mes amis, lorsque plusieurs jeunes gens, clercs de notaire ou fils de fermiers des environs sont venus boire de la bière à côté de nous. Ils nous ont adressé la parole les premiers, et, après beaucoup de questions oiseuses, ils nous ont demandé si les jeunes dames du château dansaient dans les fêtes de village, et si l'on pouvait les inviter. Vous veniez de passer près de la ramée avec M. le comte et madame la marquise des Frenays. Le Corinthien a pris sur lui de répondre que vous ne dansiez ni l'une ni l'autre. Je ne sais s'il a bien fait, et s'il n'eût pas été mieux de dire qu'il n'en savait rien. C'est du moins là ce que j'aurais répondu à sa place. Un de ces messieurs a dit alors que madame des Frenays dansait tous les dimanches dans la garenne avec les paysans, qu'il en était bien sûr, et même qu'on lui avait dit qu'elle dansait à ravir. Le Corinthien n'aimait pas la figure de ce monsieur ; il est certain qu'il avait le ton assez impertinent, et que, chaque fois qu'il mettait son coude sur la table, il dérangeait notre nappe et faisait tomber quelque chose. Le Berrichon avait ramassé son couteau trois fois, et il perdait patience encore plus que le Corinthien. Et comme ce monsieur, qui est, je crois, un maquignon, insistait toujours sur le même point, et disait qu'Amaury lui avait mal répondu, le Berrichon s'est mêlé de la conversation, et a prétendu que, si la marquise dansait avec les gens du village, ce n'était pas une raison pour danser avec des étrangers… Mais vraiment je ne vois pas, mademoiselle, en quoi cette histoire peut vous intéresser.

— Elle m'intéresse beaucoup, au contraire, et je vous supplie de continuer, dit Yseult. Et, comme Pierre hésitait, elle ajouta pour l'aider : — Ces beaux messieurs ont dit alors que, si nous ne dansions pas avec les étrangers, c'est que nous étions des bégueules impertinentes... Allons, dites tout ; vous voyez bien que cela m'amuse et ne peut me fâcher.

— Eh bien, soit ! Ils ont dit cela, puisque vous voulez absolument le savoir.

— Et ils ont dit encore autre chose ?

— Je ne m'en souviens pas.

— Ah ! vous me trompez, maître Pierre ! Ils ont dit de moi en particulier que j'avais tort de faire la princesse, car on savait bien mon histoire.

— Cela est vrai, dit Pierre en rougissant.

— Mais je voudrais bien la savoir, moi, mon histoire ! Voilà ce qui m'intéresse, et ce que jamais cette sotte de Julie n'a voulu dire à ma cousine !

Pierre était au supplice. L'histoire l'intéressait bien plus qu'Yseult. Que n'eût-il pas donné pour savoir la vérité ! L'occasion se présentait enfin de la connaître d'après les réponses de mademoiselle de Villepreux, ou de la deviner d'après sa contenance ; mais il lui semblait qu'en articulant le fait il laisserait voir l'agitation de son cœur, et que son secret viendrait sur ses lèvres ou dans ses yeux. Enfin il prit son parti avec un courage désespéré.

— Eh bien, puisque vous exigez que je le répète, dit-il, ils ont prétendu que vous aviez voulu vous marier avec un jeune savant qui était précepteur de monsieur votre frère, que ce jeune homme avait été chassé honteusement, et que vous aviez failli en mourir de chagrin...

— Et que, sans cette catastrophe, reprit Yseult, qui écoutait avec un sang-froid terrible, j'aurais conservé ce teint de lis et de roses qu'on voit briller sur les joues de ma cousine ?

— Ils ont dit quelque chose comme cela.

— Et qu'avez-vous répondu à ce dernier chef d'accusation ?

— J'aurais pu leur répondre que je vous avais vue à l'âge de cinq ou six ans, et que vous étiez pâle comme aujourd'hui ; mais je n'ai pas songé à nier l'effet, occupé que j'étais de nier la cause.

— Est-ce que vous vous souvenez vraiment de m'avoir vue enfant, maître Pierre ?

— La première fois que vous vîntes ici, vous aviez les cheveux courts comme un petit garçon, mais aussi noirs que vous les avez aujourd'hui ; vous portiez toujours une robe blanche et une ceinture noire, à cause du deuil de votre père : vous voyez que j'ai une bonne mémoire.

— Et moi, je me souviens que vous m'avez apporté deux ramiers dans une cage, et que vous aviez fait cette cage vous-même. Je vous donnai un livre d'images, un abrégé d'histoire naturelle.

— Que j'ai encore !

— Oh ! vraiment ? Mais voilà une digression qui ne me fera pas perdre de vue ce que je voulais savoir. Qu'avez-vous répondu à ces messieurs ?

— Qu'ils ne savaient ce qu'ils disaient, et qu'il y avait peu d'invention dans leurs romans.

— Et alors ils se sont fâchés ?

— Un peu. Mais quand ils ont vu que nous n'avions pas peur, ils ont quitté la table en disant que le tort était de leur côté, parce que, quand on s'assied auprès des manants, on doit s'attendre à quelque éclaboussure. Si je n'avais retenu de force le Berrichon, je crois qu'il aurait fallu se battre. J'eusse été au désespoir que pareille chose arrivât par suite d'une conversation où vous aviez été nommée.

Yseult sourit d'un air de remerciement, et garda le silence pendant quelques instants. Tout ce que Pierre souffrit dans l'attente de ses réflexions est impossible à exprimer. Enfin elle prit la parole, et lui dit d'un air sérieux :

— Voyons maître Pierre, pourquoi étiez-vous indigné de l'accusation portée contre moi ? Le fait d'avoir voulu me marier avec un petit précepteur vous paraîtrait-il si honteux et si criminel qu'il fallût, pour le nier, s'exposer à faire un mensonge ?

Pierre pâlit et ne répondit point. Il n'écoutait nullement la question pleine de clarté qui lui était adressée ; il ne songeait qu'à cette passion dont on semblait lui faire l'aveu, et qui le précipitait du ciel en terre.

— Allons, reprit mademoiselle de Villepreux avec ce ton bref et un peu absolu qui rappelait, disait-on, celui de l'Empereur, il faut me répondre, maître Pierre. Je tiens à ma réputation, voyez-vous, et je désire l'établir clairement dans l'esprit des personnes que j'estime. Pourquoi avez-vous nié que j'eusse aimé un professeur de latin ? Dites !

— Je ne l'ai pas nié. J'ai dit simplement que toute espèce de supposition sur certaines personnes était impertinente et déplacée de la part de certaines gens.

— Cela est bien aristocratique, monsieur Pierre ; je ne vais pas si loin que vous : je suis, vous le savez, pour la liberté de la presse, pour le libre vote, pour la liberté de conscience, pour toutes les libertés publiques. Il y aurait donc inconséquence à demander une exception en ma faveur.

— J'ai eu tort sans doute de le prendre sur ce ton ; mais ce serait à recommencer que je ne serais pas plus sage. Votre nom me faisait mal dans la bouche de ces bavards grossiers.

— Eh bien, je vous absous ; mais c'est à la condition que vous allez me dire ce que je vous demandais tout à l'heure. En quoi blâmez-vous…

— Mon Dieu, je ne blâme rien ! s'écria Pierre, à qui ce jeu faisait saigner le cœur. Si vous avez le projet de vous marier avec un savant, je trouve cela tout aussi orgueilleux que de vouloir épouser un général, un duc ou un banquier.

— Ainsi vous ne seriez pas mon défenseur en pareille circonstance ? Vous m'accuseriez, au contraire ?

— Vous accuser, moi ? jamais ! Vous avez bien assez de grandes choses dans l'âme pour qu'on vous pardonnât, s'il le fallait, quelque petit travers d'esprit.

— Eh bien, j'aime votre réponse, et j'aime votre jugement sur mon Odyssée avec le professeur. Cela me paraît vu de plus haut que ne pourrait le faire aucune des personnes que je connais. Il est étrange, maître Pierre, que, n'ayant jamais vu ce qu'on appelle le monde, vous le compreniez mieux que les gens qui le composent. En vous appuyant sur la logique pure et sur la sagesse absolue, vous avez démasqué une grande erreur à laquelle se laissent prendre la plupart des hommes et des femmes de ce temps-ci.

— Puis-je vous demander laquelle ? Car il paraît que j'ai fait de la prose sans le savoir[1].

— Eh bien, voici. Les romans sont à la mode. Les femmes du monde en lisent, et puis elles les mettent en

---

1. Comme le constate René Bourgeois, Pierre Huguenin cite avec à propos *Le Bourgeois gentilhomme*. Ce menuisier a donc des lettres.

action le plus qu'elles peuvent, et rien de tout cela n'est romanesque. Il n'y a pas une seule véritable affection sur mille aventures qu'on attribue à l'amour le plus exalté. Ainsi on voit des enlèvements, des duels, des mariages contrariés par les parents et contractés au grand scandale de l'opinion ; on voit même des suicides, et dans tout cela il n'y a pas plus de passion que je n'en ai eu pour le professeur de mon frère. La vanité prend toutes les formes ; on se perd, on se marie ou l'on se tue pour faire parler de soi. Croyez-moi, les vraies passions sont celles qu'on renferme ; les vrais romans sont ceux que le public ignore ; les vraies douleurs sont celles que l'on porte en silence et dont on ne veut être ni plaint ni consolé.

— Il n'y a donc rien de vrai dans l'histoire du précepteur ? dit Pierre avec une naïve anxiété qui fit sourire mademoiselle de Villepreux.

— Si elle s'était passée comme on la raconte, reprit-elle, je vous réponds qu'on ne la raconterait pas. Car si j'avais eu de l'inclination pour ce jeune homme, il serait arrivé de deux choses l'une : ou il eût été digne de moi, et mon grand-père n'eût pas contrarié mon choix ; ou je me serais trompée, et mon grand-père m'eût fait ouvrir les yeux. Dans ce dernier cas, j'aurais eu, je crois, la force de ne montrer ni fausse honte ni désespoir ridicule, et l'on n'aurait pas eu le plaisir de voir pâlir mon teint. Mais, comme il y a quelque chose de réel au fond de toutes les inventions humaines, il faut que je vous dise ce qu'il y a de vrai dans ce roman. Mon frère avait effectivement un professeur de latin et de grec, qui n'était pas très fort, à ce qu'on assure, sur son grec et sur son latin, mais qui l'était bien assez, puisque mon frère était résolu à n'apprendre ni l'un ni l'autre. J'avais quatorze ans tout au plus, et de temps en temps, par pitié pour ce pauvre professeur qui perdait son temps chez nous, je prenais la leçon à la place de Raoul ; au bout d'un an, j'en savais un peu plus que mon maître, ce qui n'était pas beaucoup dire.

Un beau jour, je remarquai que, tout en mangeant de fort bon appétit, il faisait de gros soupirs toutes les fois que je lui offrais de quelque plat. Je lui demandai s'il était souffrant ; il me répondit qu'il souffrait horriblement, et je me mis à le questionner sur sa santé, sans me douter qu'il venait de me faire une déclaration. Je trouvai le lendemain dans mon rudiment un singulier billet, tout rayé de points d'exclamation ; et je le portai à mon grand-père, qui en rit beaucoup, et me recommanda de ne pas laisser deviner que je l'eusse reçu. Il eut un assez long entretien avec le professeur, et le lendemain celui-ci avait disparu. Je ne sais quelle femme du monde ou quelle femme de chambre inventa un scandale domestique, le renvoi brutal et humiliant du professeur et mon désespoir. Le fait est que mon grand-père avait confié à ce jeune homme une petite mission politique en Espagne, dont il s'acquitta tout aussi bien qu'un autre, et qu'à son retour il fut reçu dans la maison avec autant de bienveillance que s'il ne se fût jamais rien passé qui eût dû l'en faire bannir. Il ne fut plus jamais question de billet entre nous, et il n'en écrivit plus. Il semble même l'avoir complètement oublié ; car je l'ai entendu bien souvent se moquer sans pitié des gens assez présomptueux pour se risquer auprès des femmes. C'est du reste un brave garçon, que j'estime beaucoup, quoique ses travers me fassent quelquefois sourire, et je crois que c'est là aussi votre sentiment à son égard.

— Est-ce que je le connais ? dit Pierre stupéfait.

Yseult passa d'un air malin ses doigts sur ses joues, comme pour y dessiner la forme des gros favoris noirs d'Achille Lefort. Elle ne le désigna pas autrement, et posa ensuite son doigt sur ses lèvres avec un sourire plein de finesse et d'enjouement. Cet instant d'abandon et de gaieté la montra à Pierre sous un aspect de beauté qu'il ne lui connaissait pas, et la confiance délicate qu'elle lui témoignait le pénétra jusqu'au cœur.

29

Nous sommes arrivés, dans le cours de notre histoire, à ce moment décisif où s'affaissèrent les sociétés
secrètes de la bourgeoisie sous la Restauration. Si le
lecteur a fait attention à la silhouette que nous avons
tracée du comte de Villepreux, il doit soupçonner auquel
des quatre partis du Carbonarisme[1] ce vieux politique
se rattachait ; et il peut en même temps s'expliquer par
là comment un personnage si fin, si sceptique, si léger
et si pusillanime, avait osé quitter le sentier vulgaire
de la politique officielle pour se lancer dans les conspirations.

Certes, le comte avait trop le sentiment de la tradition historique de la France, soit ancien régime, soit
révolution, pour songer à un prince étranger, et, puisqu'il faut nommer ce prétendant par son nom, à un
prince d'Orange. M. de Villepreux laissait cette idole à
d'autres conspirateurs. Il y a des hommes d'État d'aujourd'hui, ministres, pairs ou députés, qui, fixés alors
par l'exil en Belgique, avaient imaginé de réunir la Belgique à la France en donnant le sceptre constitutionnel
à un prince belge ; ils crurent ainsi un moment renver-

1. Ils ont été précédemment mentionnés : il s'agit des républicains, des bonapartistes, des orléanistes et des orangistes.

ser la Restauration avec l'appui du Nord. L'histoire nous fera peut-être un jour connaître les savants mémoires à consulter qu'ils adressaient à l'empereur de Russie en faveur de leur candidat[1]. Ce candidat hollandais n'avait pas le suffrage du comte, malgré les efforts infinis que fit pour le séduire certain professeur éclectique qui, allant pendant ses vacances picorer en Allemagne, crut aussi, lui, avoir trouvé en Hollande le monarque futur de la France[2].

Le comte aurait été plus volontiers partisan de Napoléon II que du prince d'Orange. Préfet sous l'Empire, une restauration impériale aurait pu lui convenir. Mais il avait trop d'esprit pour ne pas comprendre que l'Empire sans l'Empereur, sans le grand homme, était une chimère.

Enfin, bien qu'il aimât les utopies, et qu'il fût, en théorie, partisan des idées les plus rationnelles, des principes les plus philosophiques et les plus radicaux, il était trop peu enthousiaste pour vouloir, avec La Fayette, monter sur un échafaud, ou conquérir une république dont il ne voyait pas ensuite clairement la destinée. Cette fraction de la Charbonnerie était ménagée, caressée par lui; mais, au fond, il ne la regardait que comme un instrument utile, un appeau à prendre

---

1. Voir note 2, p. 388. Le duc d'Orange était marié avec la sœur de l'empereur Alexandre. 2. Allusion à Victor Cousin (1792-1867), le fondateur avec Théodore Jouffroy de la philosophie éclectique. Il voyagea en Allemagne à trois reprises, en 1817, 1818, 1824. Il fit la connaissance de Hegel au cours du premier voyage. Il importa en France la philosophie allemande (l'esthétique kantienne, un hégélianisme affadi), ce que le narrateur sandien, de manière satirique, appelle «picorer», mot qui signifie «emprunter frauduleusement un ou divers passages à d'autres auteurs» (*Grand Larousse de la langue française*).

les courages, un allié propre à échauffer l'ardeur des étourdis, et à tirer les marrons du feu. Achille Lefort croyait sincèrement le comte de Villepreux *Lafayétiste*; mais le comte de Villepreux savait fort bien, au fond de son âme, qu'il était *Orléaniste*.

Il était comme M. de Talleyrand, son ami et protecteur. Comme M. de Talleyrand, il cherchait non pas un homme, mais un *fait*, c'est-à-dire un homme qui fût un *fait*. Cher lecteur, c'est la fameuse devise du *parce que Bourbon*[1], que vous avez vu arborer depuis, et qui vous a peut-être étonné alors et paru nouvelle. Sachez que les politiques à nez fin étaient depuis longtemps sur cette trace. Le comte de Villepreux avait été naturellement mis sur la voie par suite des relations de sa famille avec l'un des partis actifs de la Révolution, relations que je vous ai fait connaître. Il avait compris, à demi-mot, que l'homme de M. de Talleyrand ne devait pas agir lui-même, mais *faire le mort*. Seulement, croyant les conjonctures plus favorables qu'elles n'étaient et l'issue plus prochaine, il s'était hasardé, pour son propre compte, encouragé d'ailleurs par l'exemple de ceux qui, de bonne foi, et avec plus de désintéressement qu'il n'en avait lui-même*, dirigeaient cette intrigue. C'est ainsi qu'il se trouvait embarqué dans ce qu'il appelait maintenant, lorsqu'il se parlait tout bas à lui-même, *cette maudite galère*[2].

---

* Nous voulons parler surtout de Manuel, qui passe pour avoir dirigé dans la Charbonnerie le parti orléaniste.

---

1. Le duc d'Orléans, le futur Louis-Philippe, pouvait succéder à Louis XVIII «parce que Bourbon», mais aussi parce qu'il était, en principe, républicain.   **2.** Reprise d'une réplique célèbre des *Fourberies de Scapin*.

«Le parti d'Orléans, dit un historien du Carbonarisme, est celui qui fit le plus de mal à l'association,
surtout dans les derniers temps. Au commencement il
n'est pas impossible que Louis-Philippe eût conçu
quelques espérances au sujet de ces vastes préparatifs
d'insurrection ; mais il dut être bientôt évident pour ce
prince que ses cousins avaient encore à leur disposition
trop de ressources pour être si facilement forcés, et que
le Carbonarisme ne pouvait avoir d'autre effet que de
les inquiéter et de les porter à la réaction. Il laissait donc
conspirer pour lui, mais bien décidé à demeurer dans
l'ombre, et ne jugeant pas que le temps de paraître fût
venu. Les habiles politiques ne sont pas ceux qui cherchent à se faire des circonstances, mais ceux qui cherchent à se faire pour les circonstances. Enfin la guerre
d'Espagne vint porter le dernier coup aux associations.
La révolution, comprimée momentanément en Espagne
par l'acte le plus vigoureux et le plus politique que les
Bourbons eussent encore accompli, s'affaissa en France
en même temps. Vaincue les armes à la main là où elle
avait réussi à se constituer, elle ne pouvait plus garder
l'espérance de vaincre là où elle ne possédait que la
ressource des assemblées secrètes et des complots.
L'effet moral d'une victoire acheva ce que la discorde
avait commencé, et ce que ni procès criminels ni échafauds n'auraient jamais produit.»

Le 3 novembre de cette même année 1823, c'est-à-
dire environ deux mois après l'aventure du Corinthien
et de la marquise, on célébra la fête du comte de Villepreux. Plusieurs personnes des environs furent invitées
à dîner. Beaucoup d'autres vinrent rendre hommage au
patriarche du libéralisme de Loir-et-Cher. Le comte
n'était pas très flatté de ces ovations domestiques. Ses

résolutions se ressentaient de la situation politique, à
tel point que le matin de sa fête, son petit-fils Raoul
étant venu l'embrasser, il eut avec lui un assez long
entretien, à la suite duquel, après l'avoir paternellement tancé sur plusieurs points, il lui donna à entendre
qu'il ne prétendait pas entraver son ardeur militaire, et
que, si la guerre se prolongeait en Espagne, il lui per-
mettrait de demander du service dans l'armée française. Raoul fut si enchanté de cette demi-promesse,
qu'il monta à cheval et courut l'annoncer à ses jeunes
amis des châteaux voisins, qui se trouvaient réunis
dans un rendez-vous de chasse à deux lieues de Villepreux. Il y eut grande joie et grande exclamation de
leur part. Ils burent à la santé du vieux comte, déclarant qu'ils lui pardonnaient le passé, et qu'ils iraient le
remercier d'avoir comblé les vœux de Raoul, bien que
leurs familles ne se vissent plus. Vers le soir Raoul se
disposait à retourner au dîner de son grand-père, lorsqu'il passa par la tête de ces jeunes fous de s'inviter à
ce dîner, les uns avec l'élan que leur communiquait le
vin de Champagne, les autres avec la pensée malicieuse
de compromettre par cette démarche le vieux comte
auprès de ses convives libéraux. Raoul s'imagina que
c'était un excellent moyen d'entraîner plus vite son
aïeul, et la jeune phalange ultra-royaliste arriva au château au moment où l'on servait le dîner.

Ce fut un singulier coup de théâtre que l'apparition
de ces enfants de nobles familles au banquet libéral du
comte de Villepreux. On se toisa d'une étrange façon.
Certains convives indignés voulaient se retirer à jeun ;
certains autres, qui avaient des relations de clientèle
avec les parents des jeunes gentilshommes, n'osaient
pas trop leur battre froid, et se trouvaient fort mal à

l'aise. Le comte dominait la situation avec une aisance
diplomatique devant laquelle l'impertinence irréfléchie
de nos ultras imberbes était forcée de baisser pavillon.
Mais la situation se compliqua bien autrement lorsqu'au premier service on vit arriver Achille Lefort à
la tête d'une phalange macédonienne de petits républicains très farouches qu'il avait recrutés dans son
voyage, et qu'il menait là pour les mettre en rapport
avec ses autres adeptes, voulant leur conférer à tous le
baptême carbonique à l'ombre de la fête du vieux
comte. Il les présenta à ce dernier avec son aplomb
ordinaire, lui faisant entendre, au moyen des expressions à double sens du Carbonarisme, que c'étaient là
des *cousins*, et qu'il n'y avait pas à reculer. Le comte
prit encore son parti avec grâce ; et pendant que la première faim tenait les haines politiques assoupies au
fond des estomacs, il se mit, sans en avoir l'air, à chercher un moyen de se débarrasser et des preux de Raoul
et des conspirateurs d'Achille. Quand il l'eut trouvé il
se sentit tranquille ; mais comme son projet ne pouvait
être mis à exécution qu'après le dîner, et que jusque-là
des discussions assez vives pouvaient s'engager à la
table et le forcer à prendre parti d'un côté ou de l'autre,
il imagina de faire des fanfares sous les fenêtres de la
salle à manger à l'apparition de chaque service. Un mot
à l'oreille de son vieux roué de valet de chambre suffit
pour que, cinq minutes après, un effroyable vacarme
de cors de chasse, auxquels tous les chiens du château
et du village répondirent par des hurlements plaintifs,
coupât la parole aux plus exaltés. D'abord la société fut
un peu mortifiée de cette cruelle sérénade, et Achille
Lefort, qui était en veine d'éloquence, déclara à ses voisins que cela était odieux et insupportable. Mais Raoul,

qui détestait cordialement son ex-précepteur depuis qu'il prenait de grands airs avec lui, fut ravi de voir qu'il ne pouvait plus placer un mot, et encouragea les sonneurs de cor en leur faisant porter du vin. Le cor ayant usé son effet, car les poumons du libéralisme finissaient par s'y habituer et par lutter contre la fanfare, il se trouva que le cheval de Raoul s'était détaché et se battait dans l'écurie avec les chevaux de ses jeunes amis. Tous se levèrent et coururent séparer les combattants, ce qui fut assez long et assez difficile ; Wolf, averti par le valet de chambre, avait merveilleusement secondé les intentions de son maître. Quand ils rentrèrent on était au dessert : c'était le moment le plus dangereux. Mais le vin circulait abondamment, et le provincial, qui aime à boire, oubliait ses ressentiments, et laissait Achille et ses Romains occuper l'arène de la discussion. Heureusement le comte avait un auxiliaire puissant dans la personne de Joséphine Clicot. L'amante du Corinthien avait fait ce jour-là une toilette ravissante, et elle était d'une beauté à faire tourner la tête à tous les partis. Le comte la mit en relief en la priant de chanter quelque chanson du pays, suivant le vieil usage campagnard et à la manière des pastourelles de la lande. Joséphine, élevée aux champs, ayant une jolie voix et des instincts particuliers de mimique, chantait ces ballades naïves d'une manière très piquante et avec beaucoup de gentillesse. Elle se fit bien prier, mais enfin elle céda. Dès ce moment on ne s'occupa plus que de la séduisante marquise. Les jeunes royalistes, que l'on avait eu soin de placer autour d'elle, se disputèrent ses réponses, ses regards, ses sourires, et jusqu'aux fruits et aux bonbons que sa main avait touchés. Quand on passa au salon, il s'y trouva un violon ; Raoul savait jouer des contredanses. Le comte pria sa fille de se mettre au piano, et en un instant le bal fut organisé. On avait été chercher, pour faire nombre (car il y avait peu de dames), la fille de l'adjoint et celles des fermiers qui avaient d'assez belles toilettes pour des dames de village. Pendant ce temps, Achille, indigné de la frivolité du vieux comte, s'était éclipsé avec *ses hommes*, et avait envoyé chercher Pierre Huguenin.

Dans la matinée, Pierre avait reçu, par un exprès, un billet du commis voyageur dans lequel, en lui annonçant son arrivée, il le priait d'avertir et de rassembler les membres de sa future Vente, et lui marquait le rendez-vous pour le soir même, pendant les amusements de la fête, dans l'atelier du château. Pierre avait fait ses dispositions avec un certain découragement. Plus il voyait approcher le moment de se lier par des engagements sérieux à une œuvre qui lui avait d'abord paru vaine et frivole, plus il sentait revenir ses répugnances. Il était même en proie à une sorte de remords, que ne pouvaient plus étouffer les naïves illusions dont l'entretenait mademoiselle de Villepreux. Enfin l'heure était venue, et Pierre se promettait de refuser son adhésion si la formule du serment et l'exposition du programme impliquaient une trahison quelconque de ses principes et de ses sentiments.

Mais il était écrit qu'il échapperait à ce danger. Au moment où Achille, accompagné de ses prosélytes, marchait dans l'ombre de la nuit vers l'atelier qui devait lui servir de temple, le comte de Villepreux se présenta, et, feignant d'ignorer ses projets, lui dit qu'un mandat d'amener était lancé contre lui, que les gendarmes le cherchaient, et qu'il n'avait pas un instant à perdre pour se dérober aux poursuites. Ses plans

avaient été éventés ; le préfet avait écrit au procureur
du roi ; on était résolu à sévir contre tous les actes de sa
propagande. Heureusement un employé de la préfecture, à qui le comte avait rendu des services, avait eu la
générosité de l'avertir, afin que, s'il avait lui-même
quelque chance d'être compromis, il eût à se mettre à
couvert. Il aurait certainement à subir une visite domi-
ciliaire dans la nuit. Enfin l'intérêt de la cause exigeait
qu'on se dispersât, et qu'Achille quittât le pays à l'instant même. Un bon cheval et un domestique fidèle
étaient tout prêts, l'un à le porter, l'autre à le guider à
travers les landes jusqu'à la sortie du département.
Toute cette histoire fut si admirablement racontée, et le
vieux comte joua si bien sa comédie, que les républicains épouvantés se dispersèrent à l'instant comme une
poignée de feuilles sèches balayées par le vent. Achille,
qui ne demandait que des émotions, eut celle de se
croire enfin persécuté ; et cette fuite nocturne, ces dangers qui n'existaient pas, ce mystère qu'il eût voulu
confier à tout le monde, l'occupèrent et lui donnèrent
une joie d'enfant. Il courut vers l'atelier pour avertir
Pierre de sa fuite et lui faire ses adieux.

Pierre l'attendait, et il n'était pas seul. Yseult, qui
était dans la confidence, et que son père avait autorisée
à seconder l'établissement de *la Jean-Jacques Rousseau* (tout en travaillant sous jeu à le faire avorter),
s'était échappée furtivement du salon pour aider l'artisan dans ses préparatifs. Elle lui avait ouvert son cabinet de la tourelle, afin qu'il pût y prendre des tables, des
chaises et des flambeaux ; et elle lui désignait l'arrangement du matériel de la cérémonie, lorsque Achille
vint donner, au volet de l'atelier, le signal convenu. Il
leur confia rapidement sa position tragique, leur jura

qu'il n'abandonnait pas la partie, qu'il saurait, à lui seul, ressusciter le Carbonarisme dans toute la France sous une autre forme, et qu'on le reverrait bientôt à Villepreux, en dépit des tyrans et des sous-préfets. Puis il embrassa Pierre, et l'exhorta si chaudement à rester fidèle au libéralisme, que Pierre fut édifié de sa persévérance et du peu d'effroi qu'il montrait. Le fait est qu'Achille ne connaissait pas la peur, l'amour-propre et la générosité le dirigeant toujours vers les postes avancés des folles entreprises. Yseult lui donna une poignée de main, et le reconduisit avec Pierre, par un petit sentier couvert, jusqu'à la grille du parc, où l'attendaient son guide et les chevaux. Puis ils revinrent pour ranger l'atelier et faire disparaître toute trace du naufrage de *la Jean-Jacques Rousseau*.

En remontant les meubles vers le cabinet de la tourelle, Pierre ne put se défendre d'une émotion qu'Yseult aperçut et partagea.

— Cette pièce vous rappelle, ainsi qu'à moi, lui dit-elle avec candeur, un souvenir pénible ; je voudrais l'effacer. Ne vous souvenez-vous pas d'une certaine gravure que vous aviez acceptée et que vous avez méprisée ensuite ? Elle est toujours là ; et tant qu'elle y sera je croirai que nous ne sommes pas bien réconciliés.

— Donnez-la-moi bien vite, répondit Pierre. Il y a longtemps que je me reproche de ne pas oser la réclamer !

— Tenez, la voici, dit Yseult ; et en même temps voici un jouet d'enfant que vous deviez être forcé d'accepter ce soir d'une autre main que la mienne, et que vous allez recevoir de moi comme un souvenir d'amitié et un gage d'union politique.

— Qu'est-ce donc que cela ? dit Pierre en examinant un superbe poignard admirablement ciselé qu'elle lui présentait; à quoi cela pourrait-il me servir? Ce n'est pas un instrument de menuiserie, que je sache.

— C'est une arme de guerre civile, répondit-elle; et c'est le gage que l'on confère au récipiendaire carbonaro.

— J'avais bien ouï dire qu'on jurait sur ce symbole sinistre. Je n'y croyais pas.

— Le royalisme a fait bien des phrases emphatiques là-dessus; mais le Carbonarisme a bien prouvé que le poignard n'était dans ses mains qu'un signe de ralliement inoffensif. Son introduction dans nos mystères est respectable, en ce qu'elle nous vient du Carbonarisme italien[1], qui compte de plus sérieuses batailles et de plus nombreux martyrs que le nôtre. C'est le symbole de notre fraternité avec ces victimes, dont chacun de nous devrait faire chaque jour la commémoration religieuse dans son cœur, comme les catholiques font celle de leurs saints dans les prières; et puisque nous ne pouvons les pleurer qu'en secret, il est peut-être bon d'avoir toujours devant les yeux cet emblème, qui nous rappelle leur mort violente et leur sublime fanatisme.

— Savez-vous, dit Pierre en retournant le poignard dans sa main et en l'examinant avec une sorte de tristesse, qu'il y a chez nous autres une superstition à propos de ces choses-là? Le don d'un instrument à lame

---

1. Le carbonarisme se développa dans le royaume de Naples d'abord pour chasser Murat et rétablir sur le trône Ferdinand IV. Mais après que celui-ci, en 1815, eut retrouvé son pouvoir, le carbonarisme changea de nature. Il devint un mouvement libéral, luttant contre les Autrichiens et les monarchies autoritaires. Il provoqua la révolution de Naples (1820) et celle du Piémont.

tranchante *coupe l'amitié*, suivant les uns, et porte malheur, suivant les autres, à celui qui l'a reçu ou à celui qui l'a donné.

— Je ne crois pas à cela, quoique ce soit une idée poétique.

— Ni moi non plus, et pourtant… Mais qu'est-ce que ce chiffre gravé à jour sur la lame ?

— C'est le vôtre à présent. Autrefois ce fut celui de mes ancêtres auquel ce poignard appartint. Il se nommait Pierre de Villepreux ; n'est-ce pas ainsi que vous vous nommez aussi quand vous réunissez votre nom de baptême à votre nom de Compagnon ?

— Il est vrai, dit Pierre en souriant ; avec cette différence que vos ancêtres donnèrent leur nom au village, et que le village me l'a cédé.

— Vos ancêtres étaient serfs et les miens soldats ; c'est-à-dire que vous sortez des opprimés, et moi des oppresseurs. J'envie beaucoup votre noblesse, maître Pierre.

— Ce poignard est trop beau pour moi, dit-il en le replaçant sur la table ; on me demanderait par moquerie où je l'ai volé ; et puis vraiment, je suis peuple, je porte le joug de la superstition. Je ne peux me défendre d'une idée sombre devant cette arme tranchante. Décidément, je n'en veux pas. Donnez-moi quelque autre chose.

— Choisissez, dit Yseult en lui ouvrant toutes ses armoires.

— Mon choix sera bientôt fait, dit Pierre. Il y a, dans un volume de votre Bossuet, une petite croix de papier découpée, avec des ornements grecs du Bas-Empire, qui sont d'un goût charmant.

— Eh ! mon Dieu, êtes-vous donc sorcier ? Com-

ment savez-vous cela ? Je ne le sais pas moi-même. Il
y a deux ans que je n'ai ouvert mon Bossuet.

Pierre prit le volume, l'ouvrit, et lui montra la petite
croix, dont il avait eu bien envie autrefois, et qu'il
avait respectée.

— Comment savez-vous que c'est moi qui l'ai faite ?
dit-elle.

— Votre chiffre est découpé à jour en lettres gothiques dans un des ornements.

— C'est la vérité. Eh bien, prenez-la donc. Mais
qu'en ferez-vous ?

— Je la cacherai, et je la regarderai en secret.

— Voilà tout ?

— C'est bien assez.

— Vous attachez à cela quelque idée philosophique ;
vous préférez cet emblème de miséricorde à l'emblème de vengeance que je vous avais destiné.

— C'est possible ; mais je préfère surtout ce morceau de papier découpé par vous sous l'influence d'une
idée calme et religieuse, à ce riche poignard qui a servi
peut-être d'instrument à la haine.

— Maintenant, me direz-vous, maître Pierre, comment vous connaissez si bien mon cabinet et mes
livres, et jusqu'aux petites marques qui s'y trouvent ?
À moins que vous n'ayez le don de la seconde vue,
tout me porte à croire que vous avez lu ici.

— J'ai lu tout ce qui est ici, répondit Pierre, et il fit
sa confession, sans omettre les soins recherchés qu'il
avait pris pour ne rien gâter dans le cabinet et pour ne
pas ternir même les marges des livres. Ces scrupules
firent sourire Yseult. Elle lui fit plusieurs questions
sur l'effet que ces lectures avaient produit sur lui, lui
demanda dans quel ordre il les avait faites, et quelles

impressions il en avait reçues. En écoutant ses réponses, elle s'expliqua beaucoup beaucoup de choses qu'elle n'avait pas comprises en lui auparavant, et fut frappée de la droiture de jugement avec laquelle, sans autre lumière que celle d'une conscience rigide et d'un cœur plein de charité, il réfutait l'erreur et confondait l'orgueil des savants de ce monde, n'admirant chez les poètes et les philosophes que ce qui est vraiment grand et éternellement beau, ne croyant de l'histoire que ce qui est d'accord avec la logique divine et la dignité humaine, s'élevant enfin, par sa grandeur innée, au-dessus de toutes les grandeurs décernées par le jugement des hommes. Elle fut entièrement subjuguée, attendrie, saisie de respect, remplie de foi, et en même temps d'une sorte de honte, comme il arrive lorsqu'on découvre qu'on a protégé ingénument un être supérieur à toute protection. Assise sur le bord d'une table, les yeux baissés, l'âme pénétrée de ce sentiment que les chrétiens ont défini *componction*[1], elle garda le silence longtemps après qu'il eut parlé.

— Je vous ai fatiguée, ennuyée peut-être, lui dit Pierre intimidé par cette apparence de froideur ; vous m'avez laissé parler, et je me suis oublié… Je dois vous sembler plus présomptueux dans mes idées que ce bon M. Lefort…

— Pierre, répondit Yseult, je me demande depuis un quart d'heure si je suis digne de votre amitié.

---

1. Terme de théologie : « Tristesse profonde, apparente que cause le sentiment d'avoir offensé Dieu. » Ce vocabulaire religieux pour dire le profane doit nous faire souvenir que Pierre Huguenin est toujours présenté comme un apôtre ; il est apparu tel au Corinthien, il est presque le messie des prolétaires. C'est un grand homme, quasi évangélique, qu'Yseult reconnaît soudainement.

— Vous raillez-vous de moi ? s'écria Pierre avec simplicité ; non, ce n'est pas là l'idée qui vous absorbe, c'est impossible.

Yseult se leva. Elle était plus pâle qu'elle ne l'avait jamais été, ses yeux brillaient d'un feu mystique. La lueur de la lampe à chapiteau vert qui éclairait la tourelle répandait sur son visage un ton vague et flottant qui lui donnait l'apparence d'un spectre. Elle semblait agir et parler dans la fièvre, et pourtant son attitude était calme et sa voix ferme. Pierre se souvint de la sibylle qu'il avait vue en rêve, et il eut une sorte de frayeur.

— L'idée qui m'absorbe ? lui dit-elle en le regardant avec une fixité qui annonçait une volonté inébranlable ; si je vous la disais aujourd'hui, vous n'y croiriez pas. Mais je vous la dirai quelque jour et vous y croirez. En attendant, priez Dieu pour moi ; car il y a dans ma destinée quelque chose de grand, et je ne suis qu'une pauvre fille pour l'accomplir.

Elle se hâta de ranger son cabinet avec beaucoup d'exactitude, quoiqu'elle eût l'air d'être ravie par la pensée dans un autre monde. Puis elle sortit, et traversa l'atelier sans dire un mot à Pierre, qui la suivait en lui portant son bougeoir. Quand elle fut au seuil de la porte qui donnait dans le parc, elle lui répéta encore : « Priez pour moi » ; et, reprenant sa bougie, elle l'éteignit, et disparut devant lui comme un fantôme qui se dissipe. Qu'avait-elle voulu dire ? Pierre n'osait chercher le sens de ses paroles. Oui, se disait-il, la voilà comme dans mon rêve, parlant par énigmes, et me montrant dans l'avenir quelque chose que je ne comprends pas. Il se sentit pris de vertige, et pressa son front dans ses mains, comme s'il eût craint qu'il ne vînt à éclater.

Ne pouvant résister à l'agitation qui était en lui, entraîné comme par l'aimant, il se glissa dans l'ombre sur les traces de mademoiselle de Villepreux, afin de la voir plus longtemps flotter devant lui comme une pâle vision, ou du moins de respirer l'air qu'elle venait de traverser. Il arriva ainsi jusqu'au gazon découvert qui s'étendait devant la façade du château ; et, s'arrêtant dans les derniers massifs, il la vit rentrer dans le salon. Le temps était magnifique et la danse fort animée, on avait ouvert les croisées, et, de sa place, Pierre pouvait voir passer la valse et voltiger la marquise, entourée d'adorateurs, parmi lesquels se trouvaient des jeunes gens de bonne maison dont les façons galantes étaient mêlées de cette légère dose d'impertinence qui plaît aux femmelettes. Joséphine était enivrée de son succès ; il y avait longtemps qu'elle n'avait eu l'occasion d'être belle et qu'elle ne s'était vu admirer ainsi. Elle était comme une phalène qui tourne et folâtre autour de la lumière. Yseult, pour reposer les personnes qui avaient joué tour à tour du violon, se remit au piano. Pierre se plaça de façon à la voir. Ses yeux nageaient dans une sorte de fluide, où d'autres images que celles de la réalité semblaient se dessiner devant elle. Elle jouait avec beaucoup de nerf et d'action ; mais ses mains couraient sur le clavier sans qu'elle en eût conscience.

Raoul sortit pour prendre l'air avec un de ses amis. Pierre l'entendit qui disait : — Regarde donc ma sœur ; ne dirait-on pas d'un automate ?

— Est-ce qu'elle ne rit jamais plus que cela ? reprit son interlocuteur.

— Guère plus. C'est une fille d'esprit, mais une tête de fer.

— Sais-tu qu'elle me fait peur avec ses yeux fixes ?

Elle a l'air d'une figure de marbre qui se mettrait à jouer des sarabandes.

— Je trouve, moi, qu'elle a l'air de la déesse de la Raison, répondit Raoul d'un ton railleur, et qu'elle joue des contredanses sur le mouvement de la Marseillaise.

Ces jeunes gens passèrent, et presque aussitôt Pierre vit quelqu'un qui errait en silence autour du gazon, et dont la marche entrecoupée trahissait l'agitation intérieure. Lorsque cet homme se trouva près de lui, il reconnut le Corinthien, et, sortant doucement de sa retraite, il le saisit par le bras. — Que fais-tu ici ? lui dit-il, car il comprenait bien sa peine secrète ; ne sais-tu pas que ce n'est pas là ta place, et que, si tu veux regarder, il ne faut pas qu'on te voie ? Allons, viens : tu souffres, et tu ne peux ici rien changer à ton sort !

— Eh bien ! dit le Corinthien, laisse-moi m'abreuver de ma souffrance. Laisse-moi me dessécher le cœur à force de colère et de mépris.

— De quel droit mépriserais-tu ce que tu as adoré ? Joséphine était-elle moins coquette, moins légère, moins facile à entraîner, le jour où tu as commencé à l'aimer ?

— Elle ne m'appartenait pas alors ! Mais à présent qu'elle est à moi, il faut qu'elle soit à moi seul, ou qu'elle ne soit plus rien pour moi. Mon Dieu ! avec quelle impatience j'attends le moment de le lui dire !... Mais ce bal ne finira pas ! Elle va danser toute la nuit, et avec tous ces hommes. Quel horrible abandon de soi-même ! La danse est ce que je connais de plus impudique au monde chez ces gens-là. Mais vois donc, Pierre ! Regarde-la. Ses bras sont nus, ses épaules sont nues, son sein est presque nu ! Sa jupe est si courte qu'elle laisse voir à demi ses jambes, et si transparente qu'on distingue toutes ses formes. Une femme du peuple rougirait de se montrer ainsi en public ; elle craindrait d'être confondue avec les prostituées ! Et maintenant la voilà qui passe toute haletante des bras d'un homme aux bras d'un autre homme qui la presse, qui la soulève, qui respire son haleine, qui froisse encore sa ceinture déjà flétrie, et qui boit la volupté dans ses regards. Non ! je ne puis voir cela plus longtemps. Allons-nous-en, Pierre, ou bien entrons dans ce bal, brisons ces lustres, renversons tous ces meubles, mettons en fuite tous ces damerets[1], et leurs femmes verront comme ils savent les défendre des *outrages de la populace* !

Pierre vit que l'exaspération de son ami ne pouvait plus être retenue ; il l'entraîna loin du château, et réussit à le ramener chez lui. Là ils trouvèrent une lettre timbrée de Blois dont la vue fit tressaillir le Corinthien. Elle était adressée à Pierre, qui lui en fit part aussitôt.

« Mon cher Pays (écrivait le Dignitaire), je vous annonce que la Société du Devoir de liberté quitte cette résidence, et que Blois cesse de faire partie de nos villes de Devoir. Les persécutions que nous avons eu à souffrir de la part des autres Sociétés nous ont causé de tels dégoûts, que nous préférons l'abandon de nos droits à une guerre interminable. Cette résolution ayant été prise d'un commun accord, nous sommes à la veille de nous disperser. » Ici le Dignitaire entrait dans les détails relatifs à la Société, et racontait les divers

---

1. « Jeunes hommes d'une élégance efféminée et qui se montrent très galants envers les dames » (*Grand Larousse de la langue française*).

motifs de cette résolution. Puis il faisait un retour sur ses affaires particulières, et annonçait à son ex-collègue que la Savinienne, forcée de renoncer à tenir son auberge, qui n'était achalandée que par les Gavots dont elle était Mère, avait pris le parti de quitter son commerce et de vendre sa maison. « J'aurais pensé, mon cher Pays, disait-il, que je serais consulté sur cette affaire. Comme ami de feu Savinien, et comme dévoué aux intérêts de sa veuve plus qu'aux miens propres, je me flattais d'être son conseil et son guide dans une telle occasion. Eh bien, elle a agi autrement. Elle a fait mettre son établissement en vente sous mon nom, déclarant devant la loi que ce n'était point la propriété de ses enfants, mais la mienne, parce que j'en avais fourni les fonds et qu'ils ne m'étaient point remboursés. Et quand je lui en ai fait des reproches, elle m'a répondu que c'était son devoir d'agir ainsi, et qu'elle ne voulait pas me tromper plus longtemps, son intention étant de ne point se remarier. Villepreux, elle m'a dit que vous connaissiez ses raisons, et qu'elle vous avait confié tout ce qui s'était passé entre moi et son mari à l'article de la mort. Je ne vous demande rien, mon cher Pays, j'en sais bien assez. Quand on a le malheur de n'être pas aimé, on doit savoir souffrir, et ne pas descendre à la plainte. Si je vous écris, c'est pour un autre motif. Je vois bien que la Mère a l'intention de quitter Blois, et je pense qu'elle cherche à s'établir de votre côté. Mais je crois qu'elle est sans ressource, quoiqu'elle m'assure avoir quelques économies. Elle se fait un point d'honneur de ne pas rester endettée avec un homme qu'elle refuse de prendre pour mari. Mais c'est une fierté mal entendue, et qu'elle n'a pas le droit de me témoigner. Je n'ai rien fait pour être méprisé ainsi, et traité comme un créancier. Je saurai me résigner à cet affront ; apparemment j'ai commis quelque faute dont il plaît à Dieu de me punir en m'envoyant beaucoup de chagrin. Mais je ne me soumettrai pas à voir cette femme, que son mari m'avait confiée, tomber dans la misère avec ses enfants. Je sais, pays Villepreux que vous n'êtes pas riche, sans quoi je ne me mettrais pas en peine. Je sais aussi qu'une personne sur laquelle on compte sans doute n'a rien que son travail et son talent, et que ce n'est pas assez pour soutenir une famille. Je viens donc vous prier instamment de vous enquérir de la position de la Mère, et de lui rendre tous les services dont elle aura besoin. Vous pouvez disposer de tout ce que j'ai, pourvu qu'elle ne le sache pas ; car l'idée de la faire souffrir et de l'humilier par mon attachement me fait souffrir et m'humilie moi-même. Adieu, mon cher Pays. Vous ne devez pas trouver mauvais que je vous parle succinctement de toutes ces choses, et vous devez comprendre que cela ne m'est pas facile. Avec le temps, je serai plus raisonnable, s'il plaît à Dieu.

Il me reste à vous embrasser.

Votre ami et pays sincère,
Romanet le Bon-soutien D∴ G∴ T∴[1] de Blois. »

La simplicité de cette rédaction, jointe à l'idée que Pierre se faisait, avec raison, de la profonde douleur du Bon-soutien, l'impressionna tellement, qu'il sentit couler ses larmes.

— Amaury, Amaury ! s'écria-t-il, que nous sommes

---

1. Abréviation du mot « Dignitaire » selon le mode compagnonnique, semblable à celui de la franc-maçonnerie. Sur le Dignitaire, voir note 1, p. 168.

petits, nous autres, avec nos lectures et nos phrases, devant une telle force d'âme et une générosité si peu emphatique ! *Avec le temps, je serai plus raisonnable, s'il plaît à Dieu !* Il croit manquer de courage à l'heure où il en montre un sublime ! Hommes de peu de foi que nous sommes, nous ne saurions pas souffrir avec cet héroïsme. Nous nous répandrions en plaintes, en murmures ; nous aurions de la colère, de la haine et des idées de vengeance...

— Tais-toi, Pierre, je te comprends de reste, s'écria le Corinthien en relevant sa tête qu'il avait tenue cachée dans ses mains pendant la lecture de la lettre. C'est pour moi que tu dis tout cela ; car toi, tu es aussi vertueux que Romanet, et tu serais aussi calme que lui dans le malheur. Mais si c'est pour me rattacher à la marquise que tu vantes le pardon des injures, tu n'y réussis nullement ; les nouvelles que contient cette lettre bouleversent tous mes projets et renouvellent toutes mes idées. Que s'est-il donc passé dans l'esprit de la Savinienne ? Que signifie aujourd'hui sa conduite ? Que veut-elle faire ? Sur quoi compte-t-elle ? Je veux savoir tout cela. Tu dois avoir reçu une lettre d'elle, et tu ne me l'as pas montrée. Je veux la voir !

— Tu ne la verras pas, répondit Pierre. Non, non ! L'amant de la marquise des Frenays ne lira pas les nobles plaintes de la Savinienne. Qu'il te suffise de savoir l'effet de ton silence et du mien ; car je ne lui ai point écrit non plus : je ne pouvais plus la tromper, et je ne voulais pas l'éclairer. Il me semblait toujours que tout n'était pas perdu, et je différais de jour en jour, espérant que tu reviendrais à elle.

— Enfin quel effet a produit ton silence ? Parle !

— Elle a deviné la vérité ; et, se disant qu'elle

n'était plus aimée, qu'elle ne l'avait peut-être jamais été, se voyant délaissée, abandonnée à la misère, elle a voulu, du moins, mettre sa conscience en paix, et ne rien accepter du Dignitaire. Je te citerai un seul passage de sa lettre :

« J'ai bien souffert assez longtemps avec Savinien d'avoir un désir dans le cœur. Je ne veux pas souffrir d'un regret toute ma vie avec Romanet ; ce serait tout aussi coupable. Je ne suis pas sans remords pour le passé : je n'en veux plus dans l'avenir. J'aime mieux toute autre espèce de malheur que celui-là. »

— Pauvre sainte femme ! dit le Corinthien d'une voix sombre, et en se levant. Achève ; que voulait-elle faire après avoir rompu avec le Bon-soutien ?

— Reprendre son ancien état de lingère, et, si tu n'étais pas ici, venir y tenter un établissement. Elle s'est imaginé, d'une part, qu'elle trouverait de l'ouvrage dans ce pays ; et, de l'autre, que tu ne pouvais pas être resté près de moi, puisque tu l'oubliais sans que personne songeât à l'en avertir.

— Son idée est bonne, répondit le Corinthien d'un air préoccupé ; il n'y a point de lingère ici : elle aura la pratique du château… Elle repassera les fichus transparents de la marquise, ajouta-t-il avec une amertume sanglante. Pierre, donne-moi une plume et du papier. Vite !

— Que veux-tu faire ?

— Tu me le demandes ? Écrire à la Savinienne, lui dire que nous l'attendons, et que l'un de nous ira la chercher à moitié chemin, tandis que l'autre retiendra et préparera son logement dans le village. Est-ce que ce n'est pas là mon devoir ?

— Sans aucun doute, Amaury ; mais le dépit est un

mauvais garant du devoir. J'aimerais mieux que tu écrivisses cette lettre demain, à tête reposée.

— Je veux l'écrire tout de suite.

— Parce que tu sens que demain tu n'en auras plus la force.

— Je l'aurai ; j'écrirai encore demain, et encore après-demain, si tu veux ; j'ai plus de force que tu ne crois.

— Amaury, si tu écris, la Savinienne viendra. Elle croira en toi, et, moi, je ne sais si j'aurais le courage d'en douter assez pour la désabuser. Si elle vient, et qu'elle te trouve aux pieds de la marquise, comment faudra-t-il considérer ta conduite ?

— Comme celle d'un lâche ou d'un fou.

— Prends garde d'être fou. N'écris pas encore.

Le Corinthien écrivit pourtant ; il écrivit dans la nuit, sous l'emprise d'une indignation et d'un dégoût profonds pour la marquise. Aussitôt que le jour parut, il courut porter sa lettre à la poste, et elle partit avant que Pierre, vaincu par la fatigue, se fût réveillé.

30

Pendant plusieurs jours le Corinthien ne revit pas la marquise ; et comme elle n'avait la conscience d'aucun tort envers lui, la coquetterie étant chez elle une seconde nature, sa surprise fut extrême ; mais son chagrin ne fut pas bien profond d'abord. Son enivrement se prolongea jusqu'à une partie de chasse que les amis de Raoul lui avaient proposée et qu'ils arrangèrent pour elle. Yseult tâcha d'abord de l'en détourner, n'aimant pas à la voir entrer en relation avec des gens qu'elle croyait antipathiques à son grand-père, et vers lesquels elle ne se sentait portée par aucun lien d'idées ou de position. Mais le vieux comte n'était pas fâché de voir sa famille se rattacher par quelque bout à la noblesse du pays, et il autorisa sa nièce à se distraire en acceptant l'invitation qu'une élégante et fière comtesse des environs, sœur d'un des plus ardents adorateurs de Joséphine, vint lui faire en personne. Cette visite diplomatique avait pour but, dans la pensée de la noble dame, le mariage de ce frère, le vicomte Amédée, avec la riche Yseult de Villepreux. Yseult s'étonna un peu de ce retour vers elle après l'indignation que ses idées républicaines bien connues avaient excitée chez sa voisine. Elle y répondit assez froidement ; et pourtant, comme Joséphine la conjurait de l'accompagner, elle ne refusa pas ouvertement. Joséphine ne montait pas à cheval : on devait venir la prendre en calèche. Yseult était une très bonne amazone ; elle dirigeait adroitement son cheval, et lui faisait franchir les fossés et les barrières avec ce calme dont on ne la voyait jamais se départir. Ce talent d'équitation était le seul qui lui attirât un peu de considération de la part de son frère et des nobles damoiseaux du voisinage. Elle aimait beaucoup cet exercice ; et comme il était bien difficile qu'elle n'eût pas, sous son grave extérieur, un peu des goûts et des entraînements de l'enfance, elle se laissa vaincre peu à peu. Il y avait quelque temps qu'elle n'était pas montée à cheval : elle voulut s'exercer seule dans le parc. Pierre, qui la guettait sans cesse, se trouva sur son passage, comme elle fendait l'air avec la rapidité d'une flèche. Elle s'arrêta court devant lui, et lui demanda en riant s'il n'était pas scandalisé de la voir se livrer à un amusement aussi aristocratique. Pierre sourit à son tour, mais avec tant d'effort, et son regard trahissait une tristesse si profonde, qu'Yseult pressentit tout ce qui se passait en lui. Elle voulut s'en assurer : — Vous savez qu'il y a une grande partie de chasse demain ? lui dit-elle.

— Je l'ai entendu dire, répondit Pierre.

— Et savez-vous qu'on veut m'y emmener ?

— Je n'ai pas cru que vous iriez.

En faisant cette réponse, Pierre laissa lire apparemment jusqu'au fond de son âme ; car mademoiselle de Villepreux, après un moment de silence, durant lequel elle le considéra attentivement, lui dit avec une douceur ineffable et une émotion profonde : — Je vous remercie, Pierre, de n'avoir pas douté ! Puis elle reprit sa course impétueuse, fit deux ou trois fois le tour du parc, et

revint devant le château, où son frère l'attendait avec
le comte et Joséphine. Pierre réparait un petit banc rustique à trois pas de là. — Tiens, reprends ton cheval,
dit Yseult à Raoul en sautant légèrement sur le gazon.
Il ne me plaît pas le moins du monde. — Il n'y paraissait guère tout à l'heure, dit le comte ; j'ai cru que tu
prenais ta course pour le Grand-Désert. — Puisque
vous rentrez, maître Pierre, dit Yseult au menuisier qui
se retirait, auriez-vous la bonté de dire à Julie, en passant, qu'elle ne s'occupe plus de mon amazone ? Je ne
sortirai pas demain, ajouta-t-elle en se tournant vers
Joséphine, mais d'un ton trop net pour que Pierre, en
s'éloignant, ne l'entendît pas.

Elle tint parole, et les prières de sa cousine la trouvèrent inébranlable. Le comte eût désiré qu'elle se mon-
trât moins farouche, et qu'elle ne contrariât pas ses
projets de rapprochement avec le voisinage seigneurial.
Mais il avait montré devant elle tant d'éloignement et
de dédain philosophique pour ces gens-là qu'il lui était
bien impossible de se rétracter clairement.

Pierre nageait dans un océan de bonheur. Il ne pouvait se dissimuler l'amour qu'il inspirait ; mais cet
amour était fait de telle sorte qu'il ne pouvait exprimer
sa reconnaissance. Rien ne l'autorisait à formuler ses
pensées, et d'ailleurs il ne s'en sentait pas le besoin.
Jamais passion ne fut plus absolue, plus dévouée, plus
enthousiaste de part et d'autre ; et pourtant jamais il
n'y eut amour plus contenu, plus muet, plus craintif. Il
y avait comme un contrat tacite passé entre eux. Quelqu'un qui aurait entendu les trois ou quatre paroles que
Pierre échangeait chaque jour à la dérobée avec Yseult,
eût pensé qu'elles étaient le résultat d'une intimité
consacrée par des nœuds indissolubles et des pro-

messes formelles. Personne n'eût voulu croire que le mot d'amour n'avait jamais été prononcé entre eux, et que la virginité de leurs sens n'avait pas été effleurée par le plus léger souffle.

Joséphine courut la chasse dans la brillante calèche de la comtesse. Mais lorsque celle-ci vit que, de son rêve d'alliance et de fortune, il ne lui restait que Joséphine Clicot sur les bras, et son frère qui caracolait à la portière en dévorant des yeux la piquante provinciale, elle sentit qu'elle jouait un singulier rôle, et prit de l'humeur contre tout le monde. La comtesse était sèche et nerveuse : forcée d'amener la marquise à son château, de lui en faire les honneurs, et de la présenter à d'autres illustres dames qu'elle avait convoquées pour fêter et caresser l'héritière de Villepreux, elle dissimula si peu son ennui et son dédain que la pauvre Joséphine se sentit mourir de honte et de crainte. Cependant les hommages dont elle fut l'objet de la part des hommes, car la jeunesse et la beauté trouvent toujours grâce et protection du côté de la barbe, lui rendirent quelque assurance ; et peu à peu la rusée, amorçant par sa gentillesse riches et pauvres, blondins et grisons, se vengea à outrance des mépris de leurs femelles. On avait préparé un petit bal pour le soir, comptant qu'Yseult, tenant le piano, en serait la reine d'une certaine façon : la dame du lieu voulut renvoyer les violons et abréger la soirée en se disant malade. Mais la faction des hommes l'emporta. Le jeune frère se mit en révolte, et ses compagnons firent serment de ne pas laisser partir les jolies femmes. On grisa tous les cochers, on ôta les roues des voitures ; il n'y eut que les équipages des douairières qui furent respectés ; encore leurs vieux époux se firent-ils beaucoup gronder avant de s'arra-

cher à la contemplation des belles épaules de Joséphine.

Elle resta donc au salon avec cinq ou six femmes de
moindres hobereaux, qui s'amusaient pour leur compte
et ne songeaient pas à l'humilier. Mais à mesure que la
nuit avançait, les hommes en passant de la contredanse
au buffet s'animèrent comme des gens qui ont couru
la chasse toute la journée, et prirent des façons tout à
fait anglaises, dont Joséphine commença à s'effrayer.
Il y avait autour d'elle une lutte entre le désir brutal et
un reste de convenance dont la limite était assez mal
gardée. Joséphine n'était folle qu'à la superficie. Elle
était de ces coquettes de province qui, avec l'amour de
l'honnêteté et un fond de sagesse, se permettent un
système d'agaceries qu'elles croient sans conséquence
et sans danger. Heureuse d'abord et fière d'exciter les
désirs, elle sentit la rougeur monter à son front lorsqu'elle eut à se défendre d'un commencement de familiarité ; c'est alors qu'elle songea à la retraite. Mais la
comtesse, qui lui avait promis de la reconduire, voyant
le bal se prolonger et Joséphine s'y complaire, avait
été se coucher ou avait fait semblant : du moins elle
s'était enfermée dans ses appartements. Raoul s'était
laissé griser, et, tout en répondant à sa cousine qu'il
était à ses ordres, ne faisait que chanter et rire aux
éclats, sans comprendre sa situation. Les autres dames
partirent une à une sans lui offrir de la reconduire. Le
vicomte Amédée leur avait fait croire que sa sœur
comptait se relever au point du jour pour ramener
mademoiselle des Frenays dans sa voiture. Cependant
la comtesse ne se releva pas. Les domestiques harassés
ronflaient dans les antichambres ; Raoul complètement
ivre s'était laissé tomber sur un sofa. Joséphine restait

comme seule avec cinq ou six jeunes gens plus ou moins avinés, qui eussent voulu se chasser l'un l'autre, et qui s'obstinaient à la faire valser presque malgré elle. Accablée de fatigue, profondément blessée du procédé de son hôtesse, effrayée des manières des adorateurs, dégoûtée de leur plat caquetage, Joséphine s'assit d'un air consterné au milieu d'eux. Le froid du matin la faisait frissonner ; elle demandait son châle : on lui répondait par des fadeurs à demi obscènes sur la beauté de sa taille. La salle était poudreuse, triste, affreuse à voir dans le désordre à la clarté bleuâtre de l'aube. La pauvre femme était cruellement punie, et chaque mot, chaque regard qui tombait sur elle lui faisait expier son triomphe. C'est alors qu'un cri de détresse s'éleva du fond de son âme vers le Corinthien. Mais il n'était pas là, il pleurait au fond du parc de Villepreux.

Enfin Joséphine fit un effort, sentant bien qu'elle n'avait pas le droit de se courroucer, après avoir en quelque sorte provoqué tous ces hommes, mais résolue à leur sembler sotte et ridicule pour se soustraire à leur convoitise. Elle se leva, et déclara qu'elle partirait à pied si on ne lui amenait pas une voiture. Elle parla si sèchement et repoussa si bien les prières impertinentes qu'elle réussit à se mettre en route, dans une calèche, avec Raoul, qui s'y traîna avec peine, et le vicomte Amédée, qu'il fallut bien accepter pour cavalier, afin de se débarrasser des autres. À peine le roulement de la voiture se fut-il fait sentir que Raoul, réveillé un instant, retomba dans un sommeil léthargique. Il fallut que, pendant deux mortelles heures, Joséphine se défendît en paroles et en actions, contre le plus impertinent de tous les vicomtes. Ce voyage, qui lui rappelait une autre course en voiture, une aurore poétique, un ardent amour et des délires partagés, lui fit tant de mal que, cachant, de confusion, sa figure dans son voile, elle fondit en larmes. Le vicomte n'en devint que plus entreprenant. Joséphine était faible et inconséquente. Malgré elle, une sorte de respect instinctif pour les gens titrés l'empêchait de se prononcer comme elle eût osé le faire à l'égard d'un bourgeois qui lui aurait déplu. Elle voulait se défendre, et s'y prenait si gauchement que chacune de ses naïves réponses était interprétée par le vicomte comme une agacerie. Heureusement le froid prit Raoul, qui se réveilla d'assez mauvaise humeur, et, ne pouvant pas se rendormir, trouva le vicomte insipide et ne se gêna pas pour le lui dire. Peu à peu le sentiment de la protection qu'il devait à sa cousine, qu'il avait si lâchement abjuré, lui revint en mémoire ; et, peu à peu aussi, le vicomte, voyant l'heure passée et l'occasion manquée, se contint et se refroidit. Ils étaient tous les trois fort maussades en arrivant au château, et Joséphine, brisée de chagrin et de fatigue, alla s'enfermer dans sa chambre et se jeter sur son lit, où elle s'endormit sans avoir eu la force de se déshabiller.

Depuis bien des nuits le Corinthien ne dormait pas, et le jour il travaillait sans ardeur. Il éprouvait plutôt le besoin de s'étourdir et de s'arracher à lui-même qu'un véritable repentir de son égarement, et attendait la réponse de la Savinienne avec plus de terreur que d'impatience ; car il faisait d'inutiles efforts pour se rattacher à cet amour austère, si différent de celui qu'il avait connu dans les bras de la marquise. Pierre voyait qu'il espérait un refus, et lui-même désirait qu'il en fût ainsi. En s'affermissant dans la pensée que son ami ne reviendrait jamais complètement à son premier amour, il se promettait, au cas où la Savinienne ajouterait foi à la lettre du Corinthien, de la désabuser, soit en lui écrivant, soit en allant la trouver pour l'éclairer ou l'exhorter au courage.

Le Corinthien était bien coupable, mais il aimait passionnément Joséphine. Et comment ne l'eût-il pas aimée ? Son plus grand crime était de ne pas savoir pardonner quelque chose à la coquetterie d'une jeune fille mal élevée, et de vouloir arracher de son propre cœur, avant le temps, une passion dont les enivrements n'étaient pas encore épuisés. Nous portons tous dans l'amour un besoin de domination qui nous rend implacables pour les moindres fautes. Celles de la marquise n'étaient que le résultat fatal de son caractère et de ses habitudes. Il fallait qu'elle les expiât comme elle venait de le faire pour en sentir la gravité. Inquiète d'abord de voir les nuits s'écouler sans recevoir les visites de son amant, elle l'avait cru malade ; et, se glissant, dès le matin, dans le passage secret, elle avait été regarder dans les fentes de la boiserie. Elle l'avait vu travailler, dans ce moment-là, avec une sorte d'ardeur fébrile et de gaieté forcée qu'elle avait prises pour une brutale indifférence. Faisant alors un retour sur elle-même, comparant les hommages dont elle avait été l'objet de la part des élégants du bal avec cet oubli grossier, elle avait rougi, et, ranimée par l'attente de nouveaux triomphes, elle s'était flattée d'abjurer vite et d'effacer jusqu'au souvenir de sa faute. Mais elle avait fait d'amères réflexions dans la voiture qui l'avait ramenée du dernier bal, et le sommeil qui l'accablait maintenant était troublé par des songes pénibles.

Le Corinthien l'avait vue partir la veille, emportée dans le tourbillon des vanités mondaines. Il s'était dit alors qu'elle était perdue pour lui, et la colère avait fait place au désespoir. Avant ce jour il s'était flatté qu'elle ne supporterait pas son abandon et qu'elle le rappellerait bientôt. Tout entier à la vengeance, il s'était fortifié par l'idée de ce qu'elle devait souffrir loin de lui. Mais quand il la vit passer, oublieuse et rayonnante de plaisir, il voulut se jeter sous les roues de sa voiture. — Gare donc, imbécile ! s'était écrié le vicomte Amédée en se donnant tout au plus la peine de retenir son cheval prêt à l'écraser. Amaury aurait voulu s'élancer sur le fat, le renverser, le fouler aux pieds ; mais son orgueilleux coursier l'avait emporté comme le vent, l'ouvrier avait été couvert de poussière et Joséphine n'avait rien vu.

Le Corinthien rentra dans le parc, déchira sa poitrine avec ses ongles, arracha ses beaux cheveux que Joséphine avait peignés et parfumés tant de fois ; et, quand sa rage se fut exhalée, il se prit à pleurer amèrement. Levé avant le jour, il courut à l'atelier, arracha violemment les clous dont il avait scellé le panneau de la boiserie en jurant de ne jamais rouvrir ce passage, et, s'y élançant avec fracas, au risque de se trahir, il courut à la chambre de Joséphine pour voir si elle était rentrée. Il trouva la chambre bien rangée, le lit fait depuis la veille, et orné d'une courtepointe de dentelles que, dans sa folie, il mit en pièces. Puis il retourna dans le parc pour attendre à la grille le retour de son infidèle. Il la vit enfin arriver avec le vicomte ; et comme il ne vit pas Raoul, qui était enfoncé dans un coin de la voiture et enveloppé de son manteau, il se souvint de la manière dont il avait possédé Joséphine pour la première fois, et ne douta point que le vicomte n'eût triomphé de sa faiblesse avec aussi peu de combats. Lorsqu'il rentra au château, une heure après, il rencontra Julie, l'ex-din-

donnière, qui était au moins aussi coquette que sa maîtresse, et qui faisait toujours briller pour lui ses gros
yeux noirs. Il n'eut pas de peine à la faire causer; et
quand il sut que la marquise s'était enfermée dans sa
chambre en refusant avec humeur le secours de la soubrette pour la déshabiller, il demanda si le vicomte
n'était pas resté au château. Il avait attendu en vain
dans le parc qu'il repassât, se flattant encore qu'il avait
pris une autre route. — Oh! bah! répliqua Julie, M. le
vicomte ne partira pas de sitôt. Il a demandé une
chambre pour se reposer, car il paraît qu'ils ont dansé
toute la nuit; mais je suis bien sûre qu'ils danseront
encore la nuit prochaine, et que tous ces beaux messieurs reviendront dîner ici. Ils sont tous amoureux de
ma maîtresse, et je crois bien que le vicomte en est fou.

Amaury tourna le dos brusquement, et laissa Julie
achever seule ses commentaires. Il courut à l'atelier,
et, ne pouvant rentrer dans le passage secret parce que
le père Huguenin, Pierre et les autres ouvriers étaient
là, il se mit à travailler à sa sculpture. Le père Huguenin était d'assez mauvaise humeur. Il trouvait que
l'ouvrage n'avançait pas comme dans les commencements. Pierre était toujours aussi consciencieux; mais
il avait perdu plus d'un mois à la volière de mademoiselle de Villepreux, et maintenant il se dérangeait sans
cesse. On venait dix fois par jour l'appeler pour toutes
les petites réparations qui se trouvaient à faire à l'intérieur du château; comme si c'était le fait d'un maître
ouvrier comme lui de raccommoder des bâtons de
chaise et de raboter des portes déjetées, et comme si
Guillaume et le Berrichon n'étaient pas bons à cette
besogne! Le Corinthien, qui cachait habilement ses
relations avec la marquise, passait bien ses journées à

l'atelier ; mais il avait des distractions étranges, de profondes langueurs, et cédait souvent à un besoin impérieux de sommeil dont on avait bien de la peine à
l'arracher. Ce jour-là, quand, au lieu du lourd rabot du
menuisier, il prit le ciseau léger du sculpteur, le père
Huguenin fit la grimace et lui demanda, à plusieurs
reprises, s'il aurait bientôt fini d'habiller ses petits
bonshommes.

— Je ne vois pas, disait-il, ce que cela a de si utile et
de si pressé, qu'il faille laisser les murailles nues en
attendant. Et, quant au plaisir qu'on trouve à fabriquer
ces joujoux de Nuremberg, je ne le conçois pas davantage. Depuis huit jours surtout, mon pauvre Amaury, tu
ne fais que des dragons et des couleuvres, sans parler de
celles que tu me fais avaler ! Je crois que le diable s'est
mis après toi, car tu fais son portrait de toutes les
manières ; et, si j'étais femme, je ne voudrais pas regarder ces messieurs-là : je craindrais d'en faire de pareils.

— Celui que je fais maintenant, répondit le Corinthien d'un ton acerbe, est un fort joli monstre. C'est la
Luxure, la présidente du conseil des péchés capitaux, la
reine du monde ; aussi lui vais-je mettre une couronne
sur la tête : la patronne de toutes les femmes ; aussi
vais-je lui donner des pendants d'oreilles et un éventail.

Le père Huguenin ne put s'empêcher de rire ; et puis,
comme la toilette de dame Luxure ne finissait pas, il
reprit de l'humeur, gronda le Corinthien qui semblait
ne pas l'entendre, et finit par lui parler d'un ton rude et
avec des regards enflammés.

— Laissez-moi, mon maître, dit le Corinthien ; je
ne suis pas en état de vous satisfaire aujourd'hui, et je
ne me sens pas plus patient que vous.

Le père Huguenin, habitué à être obéi aveuglément,

s'emporta davantage, et voulut lui arracher son ciseau des mains. Pierre, qui les observait avec anxiété, vit une fureur sauvage s'allumer dans les yeux du Corinthien, et sa main chercher un marteau qu'il eût levé peut-être sur la tête du vieillard, si Pierre ne se fût élancé devant lui.

— Amaury ! Amaury ! s'écria-t-il, que veux-tu donc faire de ce marteau ? Crois-tu que mon cœur ne soit pas assez brisé par ta souffrance ?

Amaury vit des larmes rouler sur les joues de son ami. Il se leva, et s'enfuit dans le parc. Quand les ouvriers furent sortis de l'atelier pour goûter, il se précipita dans le passage secret avec son marteau qu'il n'avait pas quitté. Il s'attendait à trouver la porte de l'alcôve barricadée, et se promettait de l'enfoncer. Peut-être roulait-il dans son esprit une pensée plus sinistre. Il est certain qu'il s'attendait à trouver le vicomte auprès de la marquise. Mais, en poussant le ressort qu'il avait mis lui-même à la porte secrète, il ne rencontra aucune résistance. Il avait arrangé cette porte de manière à ce qu'elle s'ouvrît sans bruit ; car, dans ses nuits de bonheur, il n'avait rien négligé pour en assurer le mystère. Il entra donc dans la chambre de Joséphine sans l'éveiller, et la vit couchée sur son lit, à demi nue, les cheveux en désordre, les bras encore chargés de pierreries, et les jambes entourées de sa robe de bal, flétrie et déchirée. Elle lui inspira d'abord une sorte de dégoût dans cette toilette souillée que l'éclat du jour rendait plus accusatrice encore. Il se souvint d'avoir lu quelque chose des orgies de Cléopâtre et du honteux amour d'Antoine asservi. Il la contempla longtemps et finit, après l'avoir mille fois maudite, par la trouver plus belle que jamais. Le désir chassa le ressentiment qui revint plus amer et plus profond après l'ivresse.

Joséphine pleura, s'accusa humblement, confessa tous les outrages qu'elle avait subis et ceux auxquels elle avait pu se soustraire. Elle jeta l'anathème sur ce monde insolent et corrompu où elle avait voulu briller, et qui l'en avait si cruellement punie ; elle jura de n'y jamais retourner, et de faire telle pénitence que son amant voudrait lui imposer ; elle voulut raser ses beaux cheveux et déchirer son sein d'albâtre lorsqu'elle vit sur la poitrine et les tempes du Corinthien les traces de sa fureur et de son désespoir ; elle se jeta à ses genoux, elle invoqua la colère de Dieu contre elle : elle fut si belle de douleur et d'exaltation que le Corinthien, ivre d'amour, lui demanda pardon, baisa mille fois ses pieds nus, et ne s'arracha aux délires de la passion qu'à la voix d'Yseult, qui appelait sa cousine pour dîner, et qui s'inquiétait de son long sommeil.

Amaury, de retour à l'atelier, demanda loyalement pardon au père Huguenin, qui l'embrassa en grondant et en s'essuyant les yeux du revers de sa manche. Puis il se mit à ses ordres avec un zèle et une soumission qui effacèrent tous ses torts. Il chanta en chœur avec ses compagnons, ce qui ne lui était pas arrivé depuis bien longtemps ; il fit mille agaceries au Berrichon, qui le boudait, et qui finit par lui pardonner ; car il aimait mieux être tourmenté qu'oublié. Enfin, la tâche de ce jour fut close aussi gaiement qu'elle avait été mal commencée. Pierre fut le seul qui demeura triste et inquiet. Cette joie exubérante et soudaine de son ami lui donnait à penser.

Au coucher du soleil, Yseult, pour se débarrasser de la société du vicomte, qui, rudement repoussé par Joséphine, reportait sur elle des hommages moins ardents, mais tout aussi fades, s'éclipsa doucement, et alla se promener seule tout au bout du parc. Elle pensait peut-être y rencontrer Pierre ; car, en quelque endroit qu'elle se promenât, elle le rencontrait toujours. Ceci est un miracle qui s'opère tous les jours pour les êtres qui s'aiment, et il n'est pas un couple d'amants qui puisse m'accuser ici d'invraisemblance. Pierre ne vint pourtant pas ce soir-là. Il ne voulait pas perdre de vue le Corinthien, qu'il voyait fort agité malgré tout son enjouement. Il voulut sacrifier à la dignité de la Savinienne la seule joie qu'il eût au monde, celle de causer un quart d'heure avec Yseult.

En interrogeant des yeux le chemin de ronde par lequel Pierre arrivait quelquefois, mademoiselle de Villepreux vit venir une femme d'une assez grande taille, qui marchait avec beaucoup d'aisance et de noblesse dans son vêtement rustique. Elle avait une jupe de cotonnade brune et un manteau de laine bleue qui lui enveloppait la tête, à peu près comme les peintres florentins drapaient leurs figures de Vierges. La beauté régulière et l'expression grave et pure de cette femme lui donnaient une ressemblance frappante avec ces divines têtes de l'école de Raphaël. Elle conduisait un âne sur lequel était assis un bel enfant aux cheveux d'or, enveloppé comme elle d'une draperie de bure et les jambes pendantes dans un panier. Yseult fut frappée de ce groupe qui lui rappelait la fuite en Égypte, et elle s'arrêta pour contempler ce tableau vivant auquel il ne manquait qu'une auréole.

De son côté, la femme du peuple fut frappée de la figure calme et bienveillante de la jeune châtelaine. À son vêtement simple et presque austère elle la prit pour une femme de service et lui adressa la parole.

— Ma bonne demoiselle, lui dit-elle en arrêtant son

âne devant la grille du parc, voulez-vous bien me dire
si je suis encore loin du village de Villepreux ?

— Vous y êtes, ma bonne dame, répondit Yseult.
Vous n'avez qu'à suivre le chemin qui longe le mur de
ce parc, et en moins de dix minutes vous arriverez aux
premières maisons du bourg.

— Grand merci, à vous et au bon Dieu ! reprit la
voyageuse ; car mes pauvres enfants sont bien fatigués.

En même temps Yseult vit sortir de l'autre panier
une tête d'enfant non moins belle que la première.

— En ce cas, dit-elle, vous pouvez entrer ici. Vous
traverserez le parc en droite ligne, et vous arriverez
encore cinq minutes plus tôt.

— Est-ce qu'on ne le trouvera pas mauvais ?
demanda la voyageuse.

— On le trouvera fort bon, répondit mademoiselle
de Villepreux en venant à sa rencontre, et en prenant la
bride de l'âne pour le faire entrer.

— Vous paraissez une fille de bon cœur. Faut-il
suivre cette allée tout droit ?

— Je vais vous conduire, car les chiens pourraient
effrayer vos enfants.

— On m'avait bien dit, répliqua la voyageuse, que
je trouverais ici de braves gens, et le proverbe a raison : Tel maître, tel serviteur ; car, soit dit sans vous
offenser, vous devez être de la maison.

— J'en suis tout à fait, répondit Yseult en riant.

— Et depuis longtemps sans doute ?

— Depuis que je suis au monde.

Les enfants n'eurent pas plutôt aperçu les beaux
arbres et le vert gazon du parc, qu'ils oublièrent leur
fatigue, sautèrent à bas de leur âne, et se mirent à courir
joyeusement, tandis que l'âne, profitant de l'occasion,

attrapait de temps en temps, à la dérobée, un rameau de verdure le long des charmilles.

— Vous avez là de bien beaux enfants, dit Yseult en embrassant la petite fille, et en prenant le petit garçon dans ses bras pour lui faire cueillir des pommes sur un pommier.

— De pauvres enfants sans père ! répondit la femme du peuple. J'ai perdu mon bon mari le printemps dernier.

— Vous a-t-il au moins laissé un peu de bien ?

— Rien du tout, et certes ce n'est pas sa faute : ce n'est pas le cœur qui lui a manqué !

— Et venez-vous de bien loin, comme cela, à pied ?

— Je suis venue en patache jusqu'à la ville voisine. Là on m'a dit qu'il fallait prendre la traverse. On m'a indiqué assez bien le chemin, et on m'a loué ce pauvre âne pour porter mes petits.

— Et quel est le but de votre voyage ?

— Je m'arrête ici, ma chère demoiselle, j'y viens passer quelque temps.

— Avez-vous des parents dans notre bourg ?

— J'y ai des amis… c'est-à-dire, ajouta la voyageuse, comme si elle eût craint de ne pas s'exprimer avec assez de réserve, des amis de mon défunt mari qui m'ont écrit que je pourrais m'occuper, et qui m'ont promis de me chercher de la clientèle.

— Que savez-vous faire ?

— Coudre, blanchir et repasser le linge fin.

— C'est à merveille. Il n'y a pas de lingère ici. Vous aurez la pratique du château, et ce sera de quoi vous occuper toute l'année.

— Vous me la ferez avoir ?

— Je vous la promets !

— C'est le bon Dieu qui m'a fait vous rencontrer. Je ne suis pas intéressée ; mais voyez-vous, je n'ai que mon travail pour nourrir ces enfants-là.

— Tout ira bien, je vous en réponds. Est-ce qu'on vous attend chez vos amis ?

— Mon Dieu, pas si tôt, je pense ! Ils m'ont écrit la semaine dernière, et, au lieu de leur répondre, je suis arrivée tout de suite. Voyez-vous, ma bonne fille, j'étais Mère de Compagnons ; mais vous ne connaissez peut-être pas ces affaires-là ?

— Je vous demande pardon, je connais des Compagnons qui m'ont expliqué ce que c'est. Vous avez donc quitté vos enfants ?

— Ce sont mes enfants qui m'ont quittée. Ils n'ont pas pu tenir la ville ; et comme je n'avais pas de quoi monter un autre établissement, je n'ai pas pu les suivre. C'est un chagrin, allez, d'avoir une grande famille comme cela, et d'être ensuite toute seule. Il me semble que je n'ai plus rien à faire, et cependant j'ai ces petits-là à élever. J'ai eu tant de peine à m'en aller, que je me suis dépêchée d'en finir. Nous pleurions tous ; et, quand j'y pense, j'en pleure encore.

— Allons, nous tâcherons de vous les faire oublier. Nous voici dans la cour du château. Chez qui allez-vous ? Trouverez-vous à loger chez vos amis ?

— Je ne pense pas ; mais il y a bien une auberge dans ce bourg ?

— Pas trop bonne ; en voici une meilleure. Si vous voulez, on vous y logera jusqu'à ce que vous ayez trouvé à vous établir.

— Dans ce château ? Mais on ne voudra pas me recevoir !

— On vous y recevra très bien. Venez avec moi.

— Mais, mon enfant, vous n'y songez pas ; on me prendra pour une mendiante.

— Non, et vous verrez que les gens de la maison sont fort honnêtes.

— S'ils sont tous comme vous, je le crois bien. Sainte Vierge Marie ! C'est ici comme dans le paradis !

Yseult conduisit la Savinienne et sa famille à un antique pavillon qu'on appelait la Tour carrée, où un logement fort propre était destiné à l'hospitalité. Elle appela un petit garçon de ferme qui vint prendre l'âne, et une servante qui alla chercher aux enfants et à leur mère de quoi souper. Yseult avait dressé tout son monde à cette sorte de charité qu'elle pratiquait, et qui se dissimulait sous l'aspect de l'obligeance.

La voyageuse était fort surprise de cette façon d'agir qui lui ôtait tout souci et semblait vouloir la dispenser de reconnaissance. Le langage concis et les allures droites et franches d'Yseult repoussaient toute phrase louangeuse et toute reconnaissance emphatique. La femme du peuple le sentit, et n'en fut que plus touchée. — Allons, allons, dit-elle en embrassant mademoiselle de Villepreux un peu fort, mais avec une expansion dont Yseult se sentit tout attendrie, malgré la résolution qu'elle avait prise de ne jamais faire à la misère l'outrage de la pitié, je vois bien que le bon Dieu ne m'a pas encore abandonnée.

— Maintenant, dit Yseult en surmontant son émotion, dites-moi les noms des amis que vous avez dans notre village ; je vais leur faire annoncer votre arrivée, et ils viendront vous voir ici.

La voyageuse hésita un instant, puis elle répondit :
— Il faudrait faire dire à mon fils Villepreux, l'Ami-

du-trait, autrement dit Pierre Huguenin, que la Savinienne vient d'arriver.

Yseult tressaillit, regarda cette femme encore jeune
et belle comme un ange, qui venait trouver Pierre et se
fixer près de lui. Elle crut qu'elle s'était trompée, que
ce qu'elle avait pris pour de l'amour n'était que de
l'amitié, et que c'était là vraiment la compagne dont
il avait fait son choix depuis longtemps. Elle se sentit défaillir. Mais reprenant le dessus au même instant :
— Vous verrez Pierre, dit-elle à la Savinienne, et vous
lui direz que je vous ai reçue de grand cœur. Il m'en
saura gré.

Elle s'éloigna rapidement, donna l'ordre d'aller
avertir Pierre Huguenin, et courut s'enfermer dans sa
chambre, où elle resta pendant deux heures, assise
devant la table et la tête dans ses mains. À l'heure du
thé, son grand-père la fit appeler. Elle rentra au salon
aussi calme que s'il n'était rien survenu de grave dans
ses pensées.

31

Pierre accourut auprès de la Savinienne dès qu'il apprit son arrivée au château. Il s'y flattait d'y trouver Amaury, qui s'était échappé au beau milieu de son souper. Mais il ne l'y trouva pas, et c'est en vain qu'il l'attendit ; c'est en vain qu'il le chercha de tous côtés.

La soirée s'écoula sans que le Corinthien parût. Pierre, dans ses prévisions sur l'arrivée de la Savinienne, s'était dit que sa première entrevue avec Amaury déciderait de leur sort mutuel, et que, d'après la froideur ou la joie de son amant, elle découvrirait la vérité ou garderait son illusion. Son embarras, à lui, était donc très grand ; car l'absence du Corinthien pouvait avoir un motif indépendant de sa volonté, et Pierre n'avait pas le droit de faire la confession de son ami avant de lui avoir donné le temps de se justifier. D'un autre côté, la Savinienne était si calme, si pleine de foi et d'espoir, et Pierre pressentait tellement l'inévitable déception qui l'attendait, qu'il se reprochait de la confirmer dans son erreur. Elle ne lui faisait pas de question, une secrète pudeur lui défendant de prononcer la première le nom de celui qu'elle aimait ; mais elle attendait qu'il lui parlât de son ami autrement que pour répéter à chaque instant : « Je ne vois pas venir le

Corinthien », ou bien : « J'espère que le Corinthien va venir. »

Elle fut distraite un instant lorsque, après être revenue, à plusieurs reprises, sur l'obligeance de *la fille de chambre*, dont elle avait tout d'abord raconté à Pierre l'accueil généreux, elle lui fit deviner, par la description qu'elle lui en faisait, que cette femme de chambre n'était autre que la jeune châtelaine. Elle le questionna beaucoup alors sur cette riche et noble demoiselle qui arrêtait les passants sur le chemin pour leur donner l'hospitalité de la nuit et s'occuper des soucis de leur lendemain, et qui faisait ces choses avec tant de simplicité de cœur, qu'on ne pouvait ni deviner son rang ni comprendre, au premier abord, combien elle était bonne, à moins d'être bon soi-même. D'après les détails que Pierre lui donna sur mademoiselle de Villepreux, la Savinienne conçut pour cette jeune personne une sorte de vénération religieuse ; et sa joie fut grande d'apprendre le jugement qu'elle avait porté sur les sculptures du Corinthien ainsi que la protection qu'elle lui avait acquise de la part de son grand-père. Mais lorsque, de questions en questions, elle apprit les projets du Corinthien, et son désir d'aller à Paris et de changer d'état, elle devint pensive et stupéfaite ; et, après avoir écouté tout ce que Pierre essayait de lui faire comprendre, elle lui répondit en secouant la tête : — Tout ceci m'étonne beaucoup, maître Pierre, et me paraît si peu naturel que je crois entendre un de ces contes que nos compagnons lisent quelquefois dans des livres à la veillée, et qu'ils appellent des romans. Vous dites qu'Amaury veut devenir artiste. Est-ce qu'il ne l'est pas en restant menuisier ? Je crois bien plutôt qu'il veut devenir bourgeois et sortir de sa classe. Moi, je n'approuve pas cela, je n'ai jamais vu que la prétention de s'élever au-dessus de ses pareils réussît à personne. Ceux qui y parviennent perdent l'estime de leurs anciens compagnons, et deviennent malheureux parce qu'ils n'ont plus d'amis. Que prétend-il donc faire à Paris ? Est-ce qu'il aura les moyens de s'y établir ? Vous dites qu'il lui faudra plusieurs années pour devenir habile dans son nouveau métier, et beaucoup d'années encore pour que son métier le fasse vivre. Il vivra donc des charités de votre seigneur, en attendant ? Je veux bien que ce comte de Villepreux soit un brave homme ; il est toujours dur d'accepter les secours des riches, et je ne conçois pas qu'arrivé au point de pouvoir exister par soi-même, on se remette sous la tutelle des maîtres, ou à la disposition des gens bienfaisants.

Tout ce que Pierre put dire pour constater les droits de l'intelligence à tous les moyens de perfectionnement ne convainquit point la Savinienne. Son bon sens et sa droiture naturelle ne lui faisaient jamais défaut quand il s'agissait des choses qu'elle pouvait comprendre ; mais ses idées étaient restreintes dans un certain cercle, et, à côté de ses grandes qualités, il y avait un certain nombre de préjugés et de préventions par lesquels elle tenait au peuple comme l'arbre à sa racine.

Son mécontentement secret et son inquiétude douloureuse augmentèrent lorsque, l'horloge du château sonnant onze heures du soir, il lui fallut renoncer à voir le Corinthien avant le lendemain. Elle avait couché ses enfants, et se sentait elle-même trop fatiguée pour veiller davantage ; mais après qu'elle se fut mise au lit, elle ne put s'endormir, et, cédant aux tristes pressentiments qui s'élevaient confusément dans son âme, elle passa une partie de la nuit à pleurer et à prier.

Le Corinthien s'était arraché avec tant d'efforts des bras de la marquise à l'heure du dîner, qu'elle lui avait promis de remonter dans sa chambre aussitôt qu'elle pourrait s'éclipser ; et à peine avait-il fini lui-même de prendre son repas, qu'il avait été l'attendre dans le passage secret. Elle prétexta une forte migraine pour quitter le salon de bonne heure, et retourna s'enfermer chez elle. Là, pour plaire au Corinthien et lui faire oublier toutes les amertumes de sa jalousie, elle imagina de se parer pour lui seul de ses plus beaux atours. Elle avait dans son carton un déguisement de carnaval qui lui allait à merveille : c'était un costume de bal du siècle dernier. Elle crêpa et poudra ses cheveux, qu'elle orna ensuite de perles, de fleurs et de plumes. Elle mit une robe à long corps et à paniers[1], riche et coquette au dernier point, et toute garnie de rubans et de dentelles. Elle n'oublia ni les mules à talons, ni le grand éventail peint par Boucher, ni les larges bagues à tous les doigts, ni la mouche au-dessus du sourcil et au coin de la bouche. Quant au rouge, elle n'en avait pas besoin ; son éclat naturel eût fait pâlir le fard, et un abbé de ce temps-là eût dit que l'Amour s'était niché dans les charmantes fossettes de ses joues. Ce costume demi-somptueux, demi-égrillard, convenait singulièrement à sa taille et à sa personne. Elle éblouit le Corinthien jusqu'à le rendre fou. Ainsi transformée en marquise de la Régence[2], elle lui sembla cent fois plus marquise qu'à

---

1. Le corps désigne ici la partie de la robe qui couvre le buste jusqu'à la taille. Les paniers sont des jupons garnis de cercle de baleine ou de joncs qui font gonfler la jupe. 2. George Sand se réclame, comme on l'a vu, de l'élégante simplicité. Ce déguisement, qui impose une référence au peintre rococo Boucher (1703-1770), est donc tout à la fois contraire à sa morale et à son

l'ordinaire ; et la pensée qu'une femme si belle, si atti-
fée, et d'une si fière allure, se donnait à lui, enfant du
peuple, pauvre, obscur et mal vêtu, le remplit d'un
orgueil qui dégénérait peut-être bien un peu en vanité.
Ce jeu d'enfant les divertit et les enivra toute la nuit. À
eux deux ils ne faisaient pas quarante ans. Jamais une
pensée vraiment sérieuse n'avait fait pencher le beau
front de Joséphine ; et le Corinthien sentait en lui une
telle ardeur de la vie, un tel besoin de tout connaître,
de tout sentir et de tout posséder, que les graves enseignements de la Savinienne et de Pierre Huguenin
étaient effacés de son cœur comme l'image fuyante
qu'un oiseau reflète dans l'onde en la traversant de
son vol. La marquise n'avait rien mangé à dîner, afin
d'avoir le prétexte de se faire porter à souper dans sa
chambre, et de partager des mets exquis avec le Corinthien. Elle s'amusa à étaler ce souper, servi dans du
vermeil, sur une petite table qu'elle orna de vases de
fleurs et d'un grand miroir au milieu, afin que le
Corinthien pût la voir double et l'admirer dans toutes
ses poses. Puis elle ferma hermétiquement les volets et
les rideaux de sa chambre, alluma les candélabres de la
cheminée, plaça des bougies de tous côtés, brûla des
parfums, et joua à la marquise tant qu'elle put, sous
prétexte de faire une parodie du temps passé. Mais ce
jeu tourna au sérieux. Elle était trop jolie pour ressembler à une caricature ; et les raffinements du luxe et de
la volupté s'insinuent trop aisément dans une organisation d'artiste pour que le Corinthien songeât à faire la

---

esthétique. Alors que le goût Régence, après 1840, commence à
refleurir chez des écrivains comme Houssaye, Gautier, Musset,
Nerval, Janin, Sand ne cessera de s'opposer à l'art rocaille.

satire de ce vieux temps qui se révélait à lui, et dont la mollesse lui parut en cet instant plus regrettable que révoltante. Ce souper fin, cette nuit de plaisir, cette chambre arrangée en boudoir, cette petite bourgeoise travestie en grande dame galante, frappèrent son imagination d'un coup fatal. Jusque-là il avait aimé naïvement Joséphine pour elle-même, regrettant qu'elle ne fût pas une pauvre fille des champs, et maudissant la richesse et la grandeur qui mettaient entre eux des obstacles éternels. À partir de ce moment, il s'habitua aux colifichets qui composaient la vie de cette femme ; il trouva un attrait piquant dans le mystère et le danger de ses amours, et porta ses désirs vers ce monde privilégié où il rêva sans répugnance et sans effroi à se faire faire place. Dans son transport, il jura à la marquise qu'elle n'aurait pas longtemps à rougir de son choix, qu'il saurait bien faire ouvrir devant lui, à deux battants, les portes de ces salons dont il avait été destiné à lambrisser les murs, et dont il voulait fouler les tapis et respirer les parfums, un jour qu'on l'y verrait pénétrer la tête haute et le regard assuré. Des rêves d'ambition et de vaine gloire s'emparèrent de son cerveau ; l'amour de Joséphine se trouva lié avec l'avenir brillant auquel il se croyait appelé ; et le souvenir de la Savinienne ne se présenta plus à lui que comme un effrayant esclavage, comme un bail avec la misère, la tristesse et l'obscurité.

Aussi à son réveil, reçut-il comme un coup de poignard la nouvelle que Pierre lui apporta de l'arrivée de la Mère et de sa présence au château. Amaury eût voulu se cacher sous terre, mais il fallut se résigner à paraître devant elle. Il s'arma de courage, prit un air dégagé, caressa les enfants, joua avec eux, et parla d'affaires à la Savinienne, essayant de lui faire oublier, par beaucoup de zèle et de dévouement à ses intérêts matériels, le froid glacial de ses regards et l'aisance forcée de ses manières. En affectant cette audace, le Corinthien pensait malgré lui aux roués de la Régence, dont Joséphine l'avait entretenu toute la nuit, et peu s'en fallait qu'il n'essayât de se croire marquis. La Savinienne l'écoutait, avec une stupeur profonde, l'entretenir du logement qu'il allait lui chercher et des pratiques qu'il allait lui recruter pour l'établissement de son industrie. Elle le laissait remuer et babiller autour d'elle sans lui répondre, et cet accablement silencieux où il la vit commença à l'effrayer. Il sentit s'évanouir son courage, et fut saisi d'un respect craintif qui ne s'accordait guère avec ses essais d'outrecuidance.

La Savinienne se leva enfin, et lui dit en lui tendant la main :

— Je vous remercie, mon cher fils, de l'empressement que vous me marquez ; mais il ne faut pas que cela vous tourmente. Je n'ai pas besoin d'aide pour le moment ; j'ai rencontré déjà ici des personnes qui s'intéressent à moi, et mon logement sera bientôt trouvé. Allez à votre ouvrage, je vous prie ; la journée est commencée, et vous savez que le devoir d'un bon Compagnon est l'exactitude.

Pierre resta auprès d'elle un peu après que le Corinthien se fut retiré, s'attendant à voir l'explosion de sa douleur, mais elle demeura ferme et silencieuse, n'exprima aucun regret, aucun doute, et ne témoigna pas qu'elle eût changé de projets sur son établissement à Villepreux.

Aussitôt que Pierre se fut rendu à l'atelier, la Savinienne reprit son deuil qu'elle avait quitté en voyage, arrangea sa cornette avec soin, rangea sa chambre, prit ses enfants par la main, et les conduisit à une servante qui se chargea de les mener déjeuner ; puis elle demanda s'il serait possible de parler à mademoiselle de Villepreux. Au bout de quelques minutes, elle fut introduite dans l'appartement de la jeune châtelaine.

Yseult avait peu dormi. Elle venait de s'éveiller, et le premier sentiment qui lui était venu en ouvrant les yeux avait été un désenchantement cruel et une secrète confusion. Mais son parti était pris dès la veille, et lorsqu'on vint lui dire que la femme installée par elle dans la chambre des voyageurs demandait à la voir, elle résolut d'être grande et de ne rien faire à demi.

— Asseyez-vous, dit-elle à la Savinienne en lui tendant la main et en la faisant asseoir à côté de son lit. Êtes-vous reposée ? Vos enfants ont-ils bien dormi ?

— Mes enfants ont bien dormi, grâce à Dieu et à votre bon cœur, mademoiselle, répondit la Savinienne en baisant la main d'Yseult d'un air digne qui empêcha la jeune fille de repousser cet acte de déférence et de gratitude. Je ne viens pas pour vous demander pardon de ne pas avoir deviné hier à qui je parlais ; je vous sais au-dessus de cela. Je ne viens pas non plus me confondre en remerciements pour votre bonté envers nous ; on m'a dit que vous n'aimiez pas les louanges. Mais je viens à vous comme à une personne de grand cœur et de bon conseil, pour vous confier un chagrin que j'ai.

— Qui donc vous a inspiré cette confiance en moi, ma chère dame ? dit Yseult en faisant un grand effort sur elle-même pour encourager la Savinienne.

— C'est maître Pierre Huguenin, répondit avec assurance la Mère des Compagnons.

— Vous lui avez donc parlé de moi ? reprit Yseult tremblante.

— Nous avons parlé de vous pendant plus d'une heure, répondit la Savinienne, et voilà pourquoi je vous aime comme si je vous avais vue naître.

— Savinienne, vous me faites beaucoup de bien de me dire cela, reprit Yseult qui, malgré tout son courage, sentit une larme brûlante s'échapper de ses yeux. Quand vous reverrez maître Pierre, vous pourrez lui dire que je serai votre amie comme je suis la sienne.

— Je le savais d'avance, répondit la Savinienne ; car j'en venais faire l'épreuve tout de suite.

Ici la Savinienne raconta son histoire à Yseult depuis son mariage avec Savinien jusqu'au moment où elle avait quitté Blois pour se rendre à l'invitation du Corinthien. Puis elle ajouta :

— Je vous ai bien fatiguée de mon récit, ma bonne demoiselle ; mais vous allez voir que c'est une affaire délicate, et sur laquelle je ne pouvais consulter que vous. Malgré toute l'estime que j'ai pour maître Pierre, nous n'avons pas pu nous entendre hier soir ; et, aujourd'hui, je suis encore loin de comprendre ce qu'il veut m'expliquer. Il me dit que le Corinthien doit être sculpteur ; qu'il faut pour cela qu'il rentre en apprentissage ; que c'est vous, mademoiselle, et monsieur votre père, qui voulez l'envoyer à Paris ; que, pendant bien des années, il ne gagnera rien et vivra de vos bienfaits. S'il en est ainsi, le mariage que nous avions projeté ne peut avoir lieu ; car, si j'épousais le Corinthien l'année prochaine, je tomberais à votre charge, et j'y serais encore pour bien longtemps, ainsi que mes enfants. Quand même vous consentiriez à cela, moi je ne le voudrais pas : mes enfants sont nés libres, ils ne doivent pas être élevés dans la domesticité. C'est un préjugé que mon mari avait, et que je respecterai après sa mort. Je n'ai pas caché à Pierre que le projet de son ami me faisait de la peine. Mais sans doute le Corinthien tient plus à ce projet qu'à moi ; car ce matin, quand je l'ai revu, il était si gêné et si singulier avec moi que je ne l'ai plus reconnu. Il semblait m'en vouloir de ce que je ne partageais pas ses illusions. Voilà la position où nous sommes. Elle est triste pour moi, et je ne suis pas sans remords d'être venue ici confier mon existence au hasard et au caprice d'un jeune homme, tandis que je pouvais rester là-bas sous la protection d'un ami sage et fidèle, qui pour rien au monde ne m'aurait abandonnée. C'est, je crois, un crime pour une veuve qui a des enfants que d'écouter son cœur dans le choix de l'homme qui doit les protéger. Elle ne devrait consulter que sa raison et son devoir. Oui, je suis grandement coupable, je le sens à cette heure. Mais la faute est faite : revenir sur ce que j'ai dit au Bon-soutien serait un manque de dignité, et la mère des enfants de Savinien ne doit point passer pour une femme légère et capricieuse ; cela retomberait un jour sur l'honneur de sa fille. Il faut donc que je cherche à tirer le meilleur parti possible de la mauvaise position que je me suis faite. C'est pour cela, et non pour vous ennuyer de mon chagrin, que je suis venue consulter celle que Pierre Huguenin appelle le bon ange des cœurs brisés.

Le récit de la Savinienne avait levé le poids énorme qui oppressait le cœur d'Yseult. Elle fut reconnaissante du bien qu'elle venait de lui faire, et en même temps touchée de la sagesse et de la droiture de cette femme, qui n'avait d'autre lumière dans l'âme que celle de son devoir.

— Ma chère Savinienne, dit-elle en passant un de ses bras autour du buste élégant et solide de la femme du peuple, vous me demandez conseil, et vous me paraissez si sage qu'il me semble que ce serait à moi d'en recevoir de vous à chaque instant de ma vie. Je ne puis rien vous apprendre de ce qui se passe au fond du cœur de votre Corinthien. Il me paraît impossible qu'il n'adore pas un être tel que vous ; et cependant je craindrais de vous tromper en vous disant que ce jeune homme préférera le bonheur domestique et la vie paisible et laborieuse de l'ouvrier aux luttes, aux souffrances et aux triomphes de l'artiste. Nous causerons assez souvent de lui, j'espère, pour que j'arrive à vous faire comprendre ce que son génie et son ambition lui commandent. J'en ai parlé quelquefois avec Pierre, et Pierre vous dira là-dessus d'excellentes choses dont il m'a convaincue, et qui m'ont décidée à développer la vocation du sculpteur au lieu de l'entraver.

La Savinienne ouvrait de grands yeux, et s'efforçait de comprendre Yseult.

— Vous avez donc eu aussi la pensée que vous le poussiez à sa perte ? lui dit-elle avec un profond soupir.

— Oui, je l'ai eue quelquefois, et j'étais effrayée de l'empressement que mon père mettait à tirer cet enfant de sa condition pour le livrer à tous les dangers de Paris et à tous les hasards de la vie d'artiste. Il me semblait qu'il prenait une grande responsabilité, et que si le Corinthien ne réussissait pas au gré de nos espérances, nous lui aurions rendu un bien triste service.

— Et alors vous avez cependant continué à lui mettre cela en tête ?

— Pierre a décidé que nous n'avions pas le droit de le lui ôter. Chacun de nous a ses aptitudes, et porte en soi le germe de sa destinée, ma bonne Savinienne. Dieu ne fait rien pour rien. Il a ses vues mystérieuses et profondes en nous douant de tel ou tel talent, de telle ou telle vertu, et peut-être aussi de tel ou tel défaut. Les instincts de la jeunesse sont sacrés, et nul n'a le droit d'étouffer la flamme du génie. Au contraire, c'est un devoir de l'exciter et de la développer, au risque de donner à l'homme autant de souffrances que de facultés nouvelles.

— Ce que vous dites, j'ai peine à le croire, répondit la Savinienne, et je ne sais plus comment me diriger au milieu de tout cela. J'allais vous dire que si le Corinthien doit être riche, heureux et considéré dans un nouvel état, j'étais décidée à me sacrifier, à me taire ou à m'en aller ; mais vous me dites qu'il va souffrir, se perdre peut-être, et qu'il faut pourtant risquer tout cela pour plaire à Dieu. Vous êtes plus savante que moi, et vous parlez si bien que je ne sais comment vous répondre, sinon que je ne comprends pas, et que j'ai bien du chagrin.

En parlant ainsi, la Savinienne se mit à pleurer, ce qui ne lui arrivait pas souvent, à moins qu'elle ne fût seule.

Yseult essaya de la consoler, et la conjura de ne rien précipiter. Elle l'engagea à s'établir dans le village, ne fût-ce que pour quelques mois, afin de voir si le Corinthien, libre dans son choix et livré à ses réflexions, ne reviendrait pas à l'amour et au bonheur calme. Yseult était aussi loin que la Savinienne de supposer l'infidélité d'Amaury. Les amours de la marquise étaient si bien protégées par la découverte du passage secret, le Corinthien avait tant de discrétion et de prudence dans ses relations officielles avec le château, que personne n'en avait le moindre soupçon.

La Savinienne reprit donc courage et se décida à rester. Yseult la supplia, au nom de ses enfants, de ne pas avoir avec elle de fierté exagérée, et de garder au moins sa chambre dans le pavillon de la cour ; lui observant qu'elle y travaillerait pour le village en même temps que pour le château, et qu'elle n'y pourrait être considérée en aucune façon comme domestique. La Savinienne céda, et resta ainsi, pendant le reste de la saison, dans une amitié presque intime avec mademoiselle de Villepreux, qui ne passait pas un jour sans aller causer avec elle une heure ou deux, et qui donnait des leçons d'écriture et de calcul à sa petite Manette. Cette intimité donna bien plus souvent à Pierre l'occasion de voir Yseult, et de se passionner pour cette noble créature. Lorsqu'il la voyait assise à côté de la table à ouvrage de la Savinienne, tenant le petit garçon sur ses genoux et lui enseignant l'alphabet, elle qui lisait Montesquieu, Pascal et Leibniz en secret, il avait besoin de se faire violence pour ne pas se mettre à genoux devant elle. Yseult avait bien un peu de coquetterie avec lui ; elle se faisait peuple pour lui plaire, entretenant les réchauds de la Savinienne, et prenant quelquefois son fer, lorsque ses enfants la dérangeaient, pour repasser à sa place les rabats du curé ou les cravates du père Huguenin. L'amour et l'enthousiasme républicain jetaient tant de poésie sur ces détails prosaïques que Pierre ne touchait plus à terre, et vivait dans une sorte de fièvre mystique où son intelligence grandissait chaque jour, et où son cœur, livré sans contrainte à tous ses bons instincts, s'enrichissait d'une force et d'une ardeur nouvelles pour concevoir et désirer le bien et le beau. Je vous assure, ami lecteur, que ces deux amants platoniques échan-

gèrent de bien grandes paroles dans la Tour carrée, tout
en croyant se dire les choses les plus simples du monde,
et que cette belle société, que vous croyez si bien char-
pentée, fléchira comme un ouvrage de paille le jour où
la logique des grands cœurs viendra l'écraser de ces
vérités éternelles que vous appelez des lieux communs,
et qui se remuent chaque jour autour de certains foyers
où vous ne daigneriez pas vous asseoir avec un habit
neuf. Il y avait devant la fenêtre gothique de cette tour
une grande vigne, où les pigeons venaient se jouer au
bord du toit. Yseult les avait apprivoisés à force de se
tenir accoudée sur la fenêtre ; et tandis que le capucin,
le bizet ou le bouvreuil* venaient becqueter sa main[1],
elle eut souvent de grandes révélations sur la perfectibilité[2], et monta avec Pierre, qui pendant ce temps
façonnait un ornement de boiserie, jusqu'aux plus
hautes régions de l'idéal.

Pendant que la Savinienne résignée travaillait pour
ses enfants, et retrempait dans l'amitié et le sentiment
religieux son cœur vide et désolé, le Corinthien souffrait de bien grandes tortures. Toujours contraint et
humilié de lui-même en présence de cette noble

---

* Espèces diverses de pigeons.

---

1. George Sand prétendait avoir hérité de sa mère la faculté
d'attirer la sympathie des oiseaux. Son grand-père maternel était
maître oiselier (voir *Histoire de ma vie*, I, 1). Elle rappelle dans son
autobiographie qu'elle a inventé dans son roman *Teverino* une jeune
fille « ayant pouvoir, comme la première Ève, sur les oiseaux de la
création ».　　**2.** La notion de « perfectibilité » se rencontre déjà
chez Mme de Staël. Pierre Leroux déclarait dans *De l'humanité* (*op.
cit.*, p. 116) : « Nous pouvons énoncer avec certitude une grande
vérité que les anciens n'ont pas connue : *l'homme est perfectible, la
société humaine est perfectible, le genre humain est perfectible.* »

femme, il allait s'étourdir sur ses remords auprès de la marquise ; mais il n'y trouvait plus le même bonheur. Une tristesse profonde, une inquiétude incessante s'étaient emparées de Joséphine. Il semblait au Corinthien qu'elle lui cachât quelque secret. La crainte du monde régnait sur elle, malgré toutes les malédictions qu'elle lui adressait tout bas, et toutes les vengeances qu'elle croyait tirer de lui dans ses plaisirs cachés avec l'homme du peuple. Mais, au moindre bruit qui se faisait entendre, elle avait dans les bras d'Amaury des tressaillements ou des défaillances qui trahissaient la honte et la peur. Il s'en indignait parfois, et d'autres fois il les excusait, mais, au fond, il eût désiré plus d'audace et de confiance à cette maîtresse fougueuse dans le plaisir, lâche dans la réflexion. En présence de ses craintes, le Corinthien sentait amollir sa fierté, et se résignait à de grands sacrifices. Pour écarter les soupçons que son changement de caractère eût pu faire naître, la marquise voulait voir le monde de temps en temps ; et malgré les humiliations qu'elle y avait subies, elle ne perdait pas une occasion de s'y rattacher. Sa coquetterie et sa frivolité renaissaient chaque jour de leurs cendres. Le Corinthien avait de grands emportements de colère et de tendresse ; et, dans ces luttes, il lui semblait qu'au lieu de se ranimer, son cœur se lassait et tendait à s'endurcir. Son caractère s'aigrissait ; il fuyait Pierre, résistait au père Huguenin, et méprisait presque les autres Compagnons. Les habitudes de la pauvreté commençaient à lui peser ; il n'avait plus de plaisir à sculpter sa boiserie, aspirant avec anxiété à tailler dans le marbre et à voir des modèles. La bonne Savinienne remarquait avec douleur qu'il prenait des goûts de toilette et des habitudes de nonchalance.

— Hélas ! disait-elle au père Huguenin, il met tout ce qu'il gagne à se faire faire des vestes de velours et à se faire broder des blouses. Quand je le vois passer le matin, peigné et coiffé comme une image, je ne me demande plus pourquoi il arrive toujours le dernier à l'atelier.

Quant au père Huguenin, il était fort scandalisé de ce que le Corinthien portait des bottes fines au lieu de gros souliers, et il lui disait quelquefois pendant le souper :

— Mon garçon, quand on voit blanchir la main et pousser les ongles d'un ouvrier, on peut dire que c'est mauvais signe ; car ses outils se rouillent et ses planches moisissent.

32

M. Isidore Lerebours, employé aux Ponts et Chaussées, était depuis quelque temps l'habitant à poste fixe
du château de Villepreux. Son père prétendait qu'il
avait eu *quelques désagréments* avec son inspecteur, et
que, *dégoûté de la partie*, il avait donné sa démission.
Mais le fait est que la sottise et l'ignorance d'Isidore
avaient été insupportables à son chef, qu'il y avait eu
des paroles très vives échangées entre eux, et que, sur le
rapport auquel cette discussion avait donné lieu, il avait
été destitué. Il était hébergé au château, en attendant
qu'on lui trouvât un nouvel emploi, et demeurait dans
la tour que son père occupait au fond de la grande cour,
et qui faisait vis-à-vis à la Tour carrée de la Savinienne.

Voyant donc de sa fenêtre tout ce qui se passait là, il
s'était bientôt convaincu que la belle veuve n'avait
d'intrigue amoureuse ni avec Pierre ni avec le Corinthien ; et, ne doutant pas que ses beaux habits et sa
bonne mine ne fissent de l'effet sur cette femme simple
et condamnée au travail, il se hasarda à coqueter autour
d'elle. La Savinienne ne songea pas d'abord à s'en
effrayer, et ne ressentit pas pour lui cet éloignement
qu'il inspirait à toutes les femmes de la maison. La Mère
des Compagnons avait vu tant et de si rudes natures
gronder autour d'elle qu'elle ne s'étonnait plus guère

de rien, et ne connaissait pas d'ailleurs cette peur anticipée et puérile qui tient de près à la coquetterie agaçante.

Charmé de n'être pas brusqué par elle comme il avait l'habitude de l'être par Julie et les autres soubrettes, Isidore crut que la Savinienne serait de meilleure composition, et s'enhardit auprès d'elle au point de vouloir folâtrer dans la cour lorsqu'elle la traversait le soir après avoir porté son linge au château. Ces gentillesses n'étaient pas du goût de la Savinienne : elle le menaça de lui donner un soufflet, ce qu'elle eût fait aussi tranquillement qu'elle le disait. Mais il était écrit dans le ciel qu'Isidore serait réprimé par une main plus robuste.

Un soir, étant ivre, Isidore vit la Savinienne chercher au bas de la Tour carrée un jeune pigeon qui venait de tomber du nid. Il s'élança vers elle, sans voir que Pierre Huguenin était à deux pas de là ; et il recommença ses grossières importunités avec des expressions si triviales et des manières si peu respectueuses, que Pierre indigné s'approcha et lui ordonna de s'éloigner. Isidore, qui n'était pourtant pas brave, mais à qui le vin donnait de l'audace, voulut insister, et, devenant tout à fait brutal, prétendit qu'il allait embrasser la Savinienne à la barbe de *son galant*. — Je ne suis pas son galant, dit Pierre, mais je suis son ami ; et, pour le prouver, je la débarrasse d'un sot. En parlant ainsi, il prit Isidore par les deux épaules ; et quoiqu'il conservât assez de patience pour n'employer pas toute sa force, il l'envoya tomber contre un mur où l'ex-employé s'endommagea quelque peu le visage.

Il se le tint pour dit, et, connaissant désormais le bras de l'ouvrier, il ne se vanta pas de sa mésaventure ; mais il sentit revenir tous ses projets de vengeance, et sa haine contre Pierre Huguenin se ralluma plus vive et plus motivée.

Il commença par s'attaquer au plus faible ennemi, et par déchirer la Savinienne. Il confia tout bas à tout le monde que le Corinthien et Pierre se partageaient ses faveurs avec un mépris cynique pour elle et pour la morale publique, et même que le Berrichon était son amant par-dessus le marché. — Il en était bien sûr, disait-il ; il voyait de sa fenêtre tout ce qui se passait la nuit à la Tour carrée.

Quelques personnes se refusèrent à le croire ; un plus grand nombre le crurent sans examen, et le répétèrent sans scrupule. Les domestiques du château, observant de près la conduite de la Savinienne, repoussaient à bon escient les calomnies d'Isidore, que, du reste, ils détestaient cordialement ; et, comme ils avaient beaucoup d'estime et d'affection pour Pierre, ils se gardèrent de les répéter. Mais ils les donnèrent à entendre au Corinthien, qu'ils aimaient beaucoup moins, parce qu'ils le trouvaient fier, et quelque peu méprisant à leur endroit.

Ce fut un grand châtiment pour Amaury, et un nouveau remords, que de voir celle qu'il avait aimée et appelée auprès de lui, diffamée à cause de lui et défendue par un autre que lui. Il jura que le fils Lerebours s'en repentirait cruellement ; mais il fut empêché de prendre aucun parti par la jalousie de la marquise.

Joséphine avait l'habitude de causer le matin avec sa soubrette, pendant qu'elle se faisait coiffer, et Julie la tenait au courant de tous les cancans de l'office et du village. Lorsqu'elle apprit les soupçons dont la Savinienne était l'objet, avant d'examiner s'ils étaient fondés, elle conçut une aversion étrange pour cette victime

de ses amours avec le Corinthien. Elle commença par
interroger ce dernier, et le fit avec tant d'aigreur et
d'emportement que le Corinthien, dont l'humeur était
déjà assez sombre, lui répondit avec un peu de hauteur
qu'il ne lui devait pas compte de son passé.

— Pourtant, ajouta-t-il, je veux bien vous le dire,
pour vous faire voir à quel point vos outrages sont mal
fondés et votre jalousie injuste. Il est bien vrai que j'ai
aimé la Savinienne et que j'ai été mal aimé d'elle ; il est
bien vrai que je devais l'épouser à la fin de son deuil, et
que je l'aurais fait si je ne vous avais pas rencontrée ; il
est bien vrai aussi que j'ai brisé le plus fidèle et le plus
généreux cœur qui fût jamais, pour en conserver un qui
me dédaigne et m'échappe à chaque instant. Mais
soyez tranquille ; quoique je sente ma folie, quoique je
sois certain d'être brisé un jour par vous à mon tour, je
vous adore et je n'aime plus la Savinienne. C'est en
vain que je rougis de ma conduite, c'est en vain que je
voudrais réparer mon crime : c'est pour moi un supplice affreux que de la voir, et, lorsque Pierre me traîne
auprès d'elle, j'y compte les minutes que je voudrais
passer avec vous.

— Et alors, dit la marquise en secouant la tête d'un
air d'incrédulité, cette femme généreuse et fidèle, que
vous ne daignez pas seulement regarder, se jette par
désespoir dans les bras de votre ami Pierre, et se
console avec lui de votre abandon ?

Le Corinthien fut outré de cette accusation. Il n'aurait jamais pensé que la vanité froissée pût donner à
Joséphine des pensées aussi mauvaises et de tels accès
de méchanceté. Il en fit la cruelle épreuve ; car, dans
son indignation, il défendit chaudement la Savinienne,
et, poussé à bout par les sarcasmes amers de la mar-

quise, il se laissa entraîner jusqu'à rabaisser celle-ci pour exalter sa rivale. Alors Joséphine entra en fureur, eut de véritables attaques de nerfs et ne s'apaisa que lorsque brisée de fatigue, épuisée de larmes, elle eut jeté à ses pieds son amant, égaré et brisé comme elle.

Ces orages se renouvelèrent la nuit suivante, et furent plus violents encore. Joséphine chassa le Corinthien de sa chambre, et, quand il fut dans le passage secret, elle eut de tels sanglots et de tels délires, qu'il revint sur ses pas pour la défendre contre elle-même. Ils se réconcilièrent pour se brouiller encore ; et, dans ces tristes convulsions d'un amour que la foi ne dominait plus, il y eut de ces paroles qui tuent l'idéal, et de ces réponses que rien ne peut effacer. Le Corinthien, consterné, se demandait avec épouvante si c'était de l'amour ou de la haine qu'il y avait entre lui et Joséphine.

Jusque-là de telles précautions avaient été prises par eux, que pas un souffle, pas un bruit imprudent n'avait troublé le silence des longues nuits du vieux château. Mais, dans ces deux nuits d'orage, on se fia trop à l'épaisseur des murs et à la situation isolée de l'appartement. Le comte, qui dormait peu et d'un sommeil léger, comme tous les vieillards, fut frappé des cris étouffés, des sourds gémissements et des éclats de voix soudainement comprimés, qui semblaient s'exhaler des flancs massifs de la muraille. Le passage secret passait non loin de sa chambre à coucher. Il le savait, mais il ignorait qu'une communication pût être établie entre cette impasse et le boyau plus étroit et plus mystérieux que le Corinthien seul avait découvert dans la boiserie de la chapelle.

Le vieux comte croyait peu aux revenants. Il pensa

d'abord à sa petite-fille, se leva, et approcha de son appartement qui était situé au bout du corridor et qui avait une communication par la tourelle avec l'atelier. Il n'entendit aucun bruit, entra doucement, trouva Yseult paisiblement endormie, et traversa sa chambre pour descendre le petit escalier tournant qui conduisait au cabinet de la tourelle. Durant ce court trajet, les bruits étranges qui l'avaient frappé ne se firent plus entendre. Mais quand il se fut avancé sur la tribune de l'atelier, il lui sembla les retrouver encore.

Le comte avait toujours eu la vue très basse, et en revanche l'oreille excessivement fine et exercée. Il entendit venir, comme par un conduit acoustique, deux voix qui se querellaient, et qui semblaient partir de très loin. Il examina les sculptures avec son lorgnon ; mais le panneau mobile était placé trop haut pour qu'il pût en voir le disjoint. D'ailleurs il n'entendit plus rien, et il allait se retirer, lorsqu'il vit le panneau s'ébranler, glisser comme dans une coulisse, et le Corinthien pâle, les cheveux en désordre et la rage dans les yeux, sauter de dix pieds de haut sur un tas de copeaux qu'il avait placés là pour amortir le bruit de sa chute quotidienne. Il montait avec une échelle qu'il jetait ensuite par terre sur ces mêmes copeaux pour ôter tout soupçon à ceux qui pourraient entrer la nuit dans l'atelier.

Aussitôt que le comte avait vu remuer le panneau, il s'était retiré en arrière, et, se cachant derrière le rideau de tapisserie, il avait lorgné et observé le Corinthien sans être aperçu. À peine le jeune homme se fut-il retiré que le comte descendit dans l'atelier, frotta le bout de sa béquille dans un pot de blanc de céruse, et fit sur le panneau mobile une marque pour le reconnaître. Puis, avant que le jour fût levé, il alla réveiller Camille, son

vieux valet de chambre, le plus petit, le plus vert, le plus
pointu, le plus rusé et le plus discret de tous les Fron-
tins [1] du temps passé. Camille prit ses *passe-partout* et
conduisit son maître par un autre chemin à l'atelier. Il
posa l'échelle contre la boiserie désignée, prit sa petite
lanterne sourde, grimpa lestement malgré ses soixante-
dix ans, pénétra dans le couloir mystérieux comme
un furet, et, traversant la trouée faite dans l'impasse,
arriva jusqu'à la porte de l'alcôve de la marquise, qu'il
connaissait fort bien pour avoir dans sa jeunesse fait
passer par là un rival de son maître. À telles enseignes
que le couloir avait été muré, mais trop tard.

Lorsqu'il revint apprendre au comte (non pas sans
quelque embarras) le résultat de son voyage à travers
les murs, le comte, au lieu de se troubler, lui dit d'un
air ironique : — Camille, je ne savais pas qu'au lieu
d'un couloir il y en avait deux ! J'ai été *trompé* plus
longtemps que je ne croyais.

Puis, lui recommandant le silence sur l'existence du
couloir et se gardant bien de lui dire quel homme il
avait vu en sortir, il alla se recoucher assez tranquillement. Il avait tant vécu, que rien ne pouvait lui sembler
neuf, ni exciter sa stupeur ou son indignation. Mais il
ne s'endormit pas avant d'avoir calculé ce qu'il avait à
faire pour mettre fin à une intrigue qu'il ne voulait
tolérer en aucune façon.

Le lendemain, de grand matin, le jeune Raoul partit
pour la chasse avec Isidore Lerebours, dont il se servait comme d'un piqueur robuste pour courir le lièvre,

---

1. Personnage de l'ancienne comédie, valet audacieux et
effronté, l'un des personnages de la comédie de Lesage, *Turcaret*
(1709).

et comme d'un maquignon effronté dans l'achat ou l'échange de ses chevaux. Vers midi, en revenant au château, il lui adressa plusieurs questions sur la Savinienne, dont la beauté avait excité en lui quelque désir ; et Isidore lui ayant répondu que c'était une prude hypocrite, il lui demanda s'il jugeait qu'elle serait sensible à quelques présents. Isidore, qui désirait surtout se venger de Pierre, l'encouragea dans son projet de séduction, et ajouta que si on pouvait écarter le fils Huguenin, qui était fort jaloux d'elle, il serait plus facile de s'en faire écouter.

— Éloigner cet ouvrier de la maison ne me paraît pas chose aisée, répondit Raoul ; mon père et ma sœur en sont coiffés, et le citent à tout propos comme un homme de génie. Quel homme est-ce ?

— Un sot, répondit l'ex-employé aux Ponts et Chaussées, un manant, qui vous manquerait de respect si vous vous commettiez avec lui en quoi que ce soit. Il se donne de grands airs parce que M. le comte le protège, et il dit tout haut que si vous faisiez mine de regarder la Savinienne, vous trouveriez à qui parler, tout comte que vous êtes.

— Ah ! eh bien, nous verrons cela. Mais, dites-moi, la Savinienne est donc bien réellement sa maîtresse ?

— Il n'y a que vous qui ne le sachiez pas.

— Ma sœur se persuade cependant que c'est la plus honnête femme du monde.

— Hélas ! mademoiselle Yseult est dans une grande erreur. Il est bien malheureux qu'elle ait laissé ces gens-là se familiariser avec elle ; cela pourra lui faire plus de tort qu'elle ne pense.

Raoul devint tout à coup sérieux, et, ralentissant son cheval : — Qu'entendez-vous par là ? dit-il ; quelle familiarité trouvez-vous possible entre ma sœur et des gens de cette sorte ?

Le lecteur n'a pas oublié l'aversion que le fils Lerebours nourrissait contre Yseult depuis le jour où elle avait ri de sa chute de cheval. De son côté, elle n'avait jamais pu lui dissimuler l'antipathie et l'espèce de mépris qu'elle éprouvait pour lui, et l'aventure du plan de l'escalier lui avait arraché quelques moqueries qui étaient revenues à Isidore. Il n'avait donc jamais négligé l'occasion de la dénigrer, lorsqu'il avait pu le faire sans se compromettre ; et, depuis quelque temps, il poussait la vengeance jusqu'à insinuer que mademoiselle de Villepreux *ne regardait pas de travers* le fils Huguenin ; que, de sa chambre, il les voyait causer des heures entières chez la Savinienne, et qu'il était tout au moins fort singulier qu'une demoiselle de son rang fréquentât une femme de mauvaise vie et prît ses amis dans le ruisseau.

Il pensa donc qu'en attribuant à l'opinion publique les sales idées qui lui étaient venues, et en les faisant pressentir au frère ultra de la jeune républicaine, il porterait un grand coup, soit à l'indépendance et au bonheur domestique d'Yseult, soit à Pierre Huguenin et à la Savinienne. Il répondit à Raoul que l'on avait remarqué dans la maison l'intimité étrange qui s'était établie dans la Tour carrée entre la demoiselle du château, la lingère et les artisans ; que les domestiques en avaient bavardé dans le village ; que, du village, les mauvais propos avaient été plus loin, et que, dans les foires et marchés des environs, il n'était pas question d'autre chose. Il ajouta que cela lui faisait une peine mortelle, et qu'il avait failli se battre avec ceux qui déchiraient ainsi la sœur de M. Raoul.

— Vous auriez dû le faire et n'en jamais parler, lui répondit Raoul qui l'avait écouté en silence ; mais puisque vous n'avez fait ni l'un ni l'autre, je vous conseille fort, monsieur Isidore, de ne vous lamenter auprès de personne autre que moi de la malveillance dont ma sœur est l'objet. Il est possible qu'elle ait eu trop de liberté pour une jeune personne ; mais il est impossible qu'elle en ait jamais abusé. Il est possible encore que je m'occupe de faire cesser les causes de ces mauvais bruits ; il est possible surtout que je fasse un exemple, et que les bavards insolents aient à se repentir avant qu'il soit peu. Quant à vous, rappelez-vous qu'il y a une manière de défendre les personnes à qui l'on doit du respect, qui est pire que de les accuser. Si vous veniez à l'oublier, je pourrais bien, malgré toute l'amitié que j'ai pour vous, vous casser sur la tête la meilleure de mes cannes.

En parlant ainsi, Raoul piqua des deux et froissa assez rudement, du poitrail de son cheval, le bidet beauceron d'Isidore, qui marchait à ses côtés. Le fils de l'économe fut forcé de faire place à son maître, qui franchit lestement la grille du parc, et laissa derrière lui l'officieux[1] causeur, fort étonné et un peu inquiet du résultat de son entreprise.

Pendant que la Savinienne était l'objet de cet entretien, il y en avait un autre non moins animé à son sujet entre Yseult et la marquise. Yseult était entrée le matin chez sa cousine, et s'était inquiétée de l'altération de ses traits. La marquise avait répondu qu'elle souffrait beaucoup des nerfs. Elle avait grondé sa suivante à tout propos ; elle avait essayé dix collerettes sans en trouver

---

1. Empressé à rendre service, obligeant (emploi ironique).

une qui fût blanchie et repassée à son gré, et elle avait fini par défendre à Julie de confier davantage ses dentelles à cette stupide Savinienne, qui ne savait rien faire que du scandale et des enfants.

Lorsque Julie fut sortie, Yseult reprocha sévèrement à Joséphine la manière dont elle s'était exprimée sur le compte d'une femme respectable.

Faire l'éloge de la Savinienne devant la marquise, c'était verser de l'huile bouillante sur le feu. Elle continua de l'accuser avec une étrange aigreur d'être la maîtresse de Pierre Huguenin et d'Amaury. — Je ne comprends pas, ma chère enfant, lui répondit Yseult avec un sourire de pitié, que tu ajoutes foi à des propos ignobles, et que tu leur donnes accès sur ta jolie bouche. Si j'avais l'esprit aussi mal disposé que tu l'as ce matin, je te dirais que je suis presque tentée de prendre au sérieux les plaisanteries que nous te faisions il y a quelque temps sur le Corinthien.

— Ce serait de ta part, à coup sûr, une mortelle insulte, répondit la marquise ; car tu poses en principe qu'un artisan n'est pas un homme : ce qui fait que tu passes ta vie avec eux comme si c'étaient des oiseaux, des chiens ou des plantes.

— Joséphine ! Joséphine ! s'écria Yseult en joignant les mains avec une surprise douloureuse, que se passe-t-il donc en toi, que tu sois aujourd'hui si différente de toi-même ?

— Il se passe en moi quelque chose d'affreux ! répondit la marquise en se jetant tout échevelée le visage contre son lit, et en se tordant les mains avec des torrents de larmes. Yseult fut effrayée de ce désespoir, qu'elle avait pressenti depuis quelque temps en voyant les traits de Joséphine s'altérer et son caractère s'aigrir. Elle y prit part avec toute la bonté de son cœur et tout le zèle de ses intentions ; et, la serrant dans ses bras, elle la supplia, avec de tendres caresses et de douces paroles, de lui ouvrir son âme.

Certes, la marquise ne pouvait rien faire de plus déplacé, de plus coupable peut-être, que de confier son secret à une jeune fille chaste, pour laquelle l'amour avait encore des mystères où l'imagination n'avait voulu pénétrer ; mais Joséphine n'était plus maîtresse d'elle-même. Elle déroula devant sa cousine, avec une sorte de cynisme exalté, tout le triste roman de ses amours avec le Corinthien ; et elle termina par une théorie du suicide qui n'était pas trop affectée dans ce moment-là.

Yseult écouta ce récit en silence et les yeux baissés. Plusieurs fois la rougeur lui monta au visage, plusieurs fois elle fut sur le point d'arrêter l'effusion de Joséphine. Mais chaque fois elle se commanda le courage, étouffa un soupir, et se soutint ferme et résolue, comme une jeune sœur de charité qui voit pour la première fois une opération de chirurgie, et qui, prête à défaillir, surmonte son dégoût et son effroi par la pensée d'être utile et de soulager un membre de la famille du Christ.

Répondre à cette confession, porter sur Joséphine un jugement qui ne la blessât point, ou justifier un amour adultère, était tout aussi impossible l'un que l'autre à mademoiselle de Villepreux. Il eût fallu raisonner sur des principes ; Joséphine n'en avait pas et ne pouvait pas en avoir, grâce à son éducation, à son mariage, à sa position fausse et douloureuse dans la société. Yseult tâcha cependant de lui faire comprendre qu'en condamnant sa violation du mariage elle ne méprisait point le choix qu'elle avait fait ; mais elle ne l'approuva pas non plus. D'après ce que la Savinienne lui avait confié du passé du Corinthien, Yseult pressentait de plus en plus dans ce jeune homme des instincts et une destinée peu compatibles avec le bonheur d'une femme, quelle qu'elle fût. Elle osa dire toute sa pensée à la marquise, et lui fit faire des réflexions qu'elle n'avait pas encore faites sur l'effrayante personnalité qui se développait insensiblement chez le Corinthien depuis le jour où la protection de M. de Villepreux l'avait fait sortir du néant.

Joséphine commençait à se calmer, et le langage de la raison la préparait à entendre celui de la morale, lorsqu'on frappa à la porte. Yseult ayant été voir ce que c'était, ouvrit à son grand-père en lui adressant, comme elle faisait toujours en le voyant, quelque tendre parole.

— Va-t'en, mon enfant, dit le comte. Je veux être seul avec ta cousine.

Yseult obéit, et M. de Villepreux, s'asseyant avec une lenteur solennelle, entama ainsi l'entretien :

— J'ai à vous parler, ma chère Joséphine, de choses assez délicates et des plus grands secrets qu'une femme puisse avoir. Êtes-vous bien certaine que personne ne peut nous entendre ?

— Mais je crois que cela est impossible, dit Joséphine, un peu interdite de ce préambule et du regard scrutateur que le comte attachait sur elle.

— Eh bien, reprit-il, regardez aux portes… à toutes les portes !

Joséphine se leva, et alla voir si la porte de sa chambre qui donnait sur le corridor, et celle qui communiquait avec les autres pièces de l'appartement, étaient bien fermées ; puis elle revint pour s'asseoir.

— Vous oubliez une porte, lui dit le comte en prenant une prise de tabac, et en la regardant par-dessus ses lunettes.

— Mais, mon oncle, je ne connais pas d'autre porte, répondit Joséphine en pâlissant.

— Et celle de l'alcôve ? Est-ce que vous ne savez pas que de l'atelier on entend tout ce qui se passe ici ?

— Mon Dieu, dit Joséphine tremblante, comment cela se pourrait-il ? Il y a, je crois, un passage sans issue.

— Vous en êtes bien sûre, Joséphine ? Voulez-vous que je demande, à cet égard, des renseignements au Corinthien ?

Joséphine se sentit défaillir ; elle tomba sur ses genoux, et regarda le vieillard avec une angoisse inexprimable, sans avoir la force de dire un mot.

— Relevez-vous, ma nièce, reprit le comte avec une douceur glaciale ; asseyez-vous, et écoutez-moi.

Joséphine obéit machinalement et resta devant lui, immobile et pâle comme une statue.

— De mon temps, ma chère enfant, dit le comte, il y avait certaines marquises qui prenaient leurs laquais pour amants. En général, c'étaient des femmes moins jeunes, moins belles et moins recherchées que vous dans le monde ; ce qui rendait peut-être cette fantaisie un peu explicable de leur part. C'était le temps du Parc-aux-Cerfs[1], après lequel on crie beaucoup aujourd'hui

---

1. Nom devenu mythique d'une petite maison de Versailles qui permettait à Louis XV d'entretenir des aventures galantes avec de jeunes maîtresses non titrées. La rumeur voulait que Lebel, le premier valet de chambre du roi, ait rabattu, pour toutes sortes de turpitudes, des jeunes filles du peuple. Pétrus Borel consacra au Parc-aux-Cerfs des pages de son roman *Madame Putiphar* (1839). La *Chronique de l'œil-de-bœuf* (1829-1833) de Touchard Lafosse contribua à diffuser ces légendes noires du règne de Louis XV.

et que les industriels[1] nous jettent continuellement à la tête comme une souillure ineffaçable imprimée à la noblesse.

— Assez, mon oncle, au nom du ciel ! dit Joséphine en joignant les mains. Je comprends bien !

— Loin de moi, dit le comte, la pensée de vous humilier et de vous blesser, ma chère Joséphine. Je voulais seulement vous dire (ayez un peu de courage, je serai bref) que les mœurs de Louis XV, excusables peut-être dans leur temps, ne sont plus praticables aujourd'hui. Une femme du monde ne pourrait plus dire, au point du jour, à un manant : « Va-t'en, je n'ai plus besoin de toi ! » car il n'y a plus de manants. Un palefrenier est un homme ; un artisan est un artiste ; un paysan est un propriétaire, un citoyen ; et aucune femme, fût-elle reine, n'a le pouvoir de persuader un homme qu'il redevient son inférieur en sortant de ses bras. Vous n'avez donc pas dérogé, ma chère nièce, en choisissant pour votre amant un jeune homme intelligent, né dans les rangs du peuple. Si vous étiez libre de joindre le don de votre main à celui de votre cœur, je vous dirais de le faire, si cela vous convient ; et, au lieu d'être la marquise des Frenays, vous seriez la Corinthienne, sans que j'en fusse humilié ou scandalisé le moins du monde. Mais vous êtes mariée, mon enfant, et votre mari est trop malade (je viens encore de recevoir une lettre de son médecin qui ne lui en donne pas

---

1. Le mot a une connotation saint-simonienne. Sa première occurrence, dans cette acception, date de 1819. Il est ici employé ironiquement par le comte de Villepreux, qui fait en quelque sorte coup double, puisque implicitement il vise la nouvelle bourgeoisie industrielle, tandis que parallèlement il se moque des saint-simoniens qui attendent de l'industrie la prospérité pour tous.

pour six mois), vous touchez de trop près à votre liberté pour qu'il vous soit pardonné de n'avoir pas su attendre. Il est des malheurs de toute la vie où l'erreur de quelques instants est presque inévitable et trouve grâce devant le monde. Dans votre position, vous ne trouveriez aucune indulgence. Voilà pourquoi je vous engage à éloigner de vous le Corinthien, sauf à le rappeler pour l'épouser après une année de veuvage.

Cette manière de prendre les choses était si éloignée de ce que Joséphine attendait de la sévérité de son oncle, que la surprise remplaça la consternation. Elle leva les yeux plusieurs fois sur lui pour voir s'il parlait sérieusement, et les baissa aussitôt après s'être assurée qu'il ne riait pas le moins du monde. Et pourtant ce n'était qu'un jeu d'esprit, un piège moqueur, le dénouement bouffon d'une comédie sceptique. Le vieux comte savait fort bien quel en serait l'effet, et ne craignait nullement que sa comédie tournât contre lui. Il connaissait Joséphine beaucoup mieux qu'elle ne se comprenait elle-même. Il rendait les rênes, sachant bien que c'est la seule manière de gouverner un coursier impétueux.

Joséphine demeura quelques instants muette, et enfin elle répondit :

— Je vous remercie, mon cher, mon généreux oncle, de me traiter avec cette bonté, lorsqu'au fond du cœur vous me méprisez certainement.

— Moi, vous mépriser, mon enfant ! Et pourquoi donc, je vous prie ? Si vous étiez une de ces marquises galantes dont je parlais tout à l'heure, je vous traiterais avec plus de sévérité ; car un noble esprit doit savoir commander aux sens. Mais ce n'est point une faute de ce genre que vous avez commise…

— Non, mon oncle ! s'écria Joséphine, à qui l'ins-

piration du mensonge revint avec l'espérance de se
disculper ; je vous jure que c'est un amour de tête, une
folie, un rêve romanesque, et que ce jeune homme ne
venait ici...

— Que pour vous baiser la main, je n'en doute pas,
répondit le comte avec un sourire d'une si terrible ironie, qu'il ôta tout d'un coup à Joséphine la prétention de
lui en imposer. Mais je ne vous demandais pas cela,
ajouta-t-il en reprenant son sérieux affecté. Il est des
fautes complètes où le cœur joue un si grand rôle qu'on
les plaint au lieu de les condamner. Je suis donc bien
persuadé que vous avez pour le Corinthien une affection très sérieuse, et que, prévoyant la fin prochaine de
M. des Frenays, vous lui avez promis de vous unir un
jour à lui. Eh bien, mon enfant, si vous avez fait cette
promesse, il faudra la tenir ; je vous répète que je ne
m'y oppose pas.

— Mais mon oncle, dit naïvement Joséphine, je ne
lui ai jamais fait aucune promesse !...

Le comte poursuivit, comme s'il n'avait pas entendu
cette réponse, qu'il venait pourtant de noter très particulièrement.

— Et même, si vous voulez que je dise au Corinthien la manière dont j'envisage la chose, je la lui dirai
aujourd'hui.

— Mais, mon oncle, ce serait lui donner une espérance qui ne se réalisera peut-être pas. Je n'attends ni
ne désire la mort de l'homme auquel vous m'avez
mariée ; et ce serait un crime, à ce qu'il me semble, de
présenter cette chance sinistre, à l'homme que j'aime,
comme un rêve et un espoir de bonheur.

— Aussi n'est-il pas convenable, dans ce moment,
que vous le fassiez vous-même. J'approuve vos scru-

pules à cet égard. Mais moi qui sais bien que mon cher neveu le marquis n'est guère aimable, et par conséquent guère regrettable, moi qui ne vous imposerai jamais le semblant d'une hypocrite douleur, et qui comprends fort bien, dans le fond de mon âme, le désir que vous avez d'être libre, je dois me charger de rassurer le Corinthien sur la durée de votre séparation. Cette séparation est nécessaire ; ce que moi seul sais aujourd'hui, tout le monde pourrait le découvrir demain. Il lui sera douloureux de vous quitter : il doit vous aimer éperdument. Mais en lui faisant comprendre qu'il doit vous mériter par ce sacrifice, et qu'il en sera récompensé dans deux ans tout au plus, je ne doute pas qu'il n'accepte la proposition que je vais lui faire.

— Quelle proposition, mon oncle ? demanda Joséphine effrayée.

— Celle de partir tout de suite pour l'Italie, afin d'aller se livrer au culte de l'art sur une terre qui en a gardé les traditions et qui lui fournira les plus beaux modèles. Je lui donnerai tous les moyens d'y faire de bonnes études et de rapides progrès. Dans deux ans peut-être il pourra concourir pour un prix, et alors vous aurez pour époux un élève distingué auquel votre fortune aplanira le chemin de la réputation.

— Je suis bien sûre, mon oncle, dit Joséphine, que ce jeune homme ne l'entend pas ainsi. Il est fier, désintéressé : il ne voudrait pas devoir ses succès à la position que je lui aurais faite dans le monde.

— Il a de l'ambition, dit le comte ; quiconque se sent artiste en a, et la soif de la gloire vaincra bien vite ses scrupules.

— Mais moi, mon oncle, je ne voudrais pas servir d'instrument à la fortune d'un ambitieux. Si le Corinthien pouvait accepter ma fortune avant d'avoir à m'offrir un nom en échange, je douterais de son amour et ne le partagerais plus.

— Eh bien, comme le temps presse et qu'il faut prendre un parti, je vais l'interroger, dit le comte en se levant. Il faut qu'il sache bien que vous l'aimez assez pour l'épouser, quelle que soit sa position, et que j'y consentirais, dût-il rester ouvrier. N'est-ce pas que c'est bien là votre pensée ?

— Mais, mon oncle, … dit Joséphine en se levant aussi et en retenant le comte qui faisait mine de la quitter, donnez-moi le temps de la réflexion. Je n'ai jamais songé à tout cela, moi ! Prendre l'engagement de me remarier, quand je ne suis pas encore veuve, et que je ne connais du mariage que ses plus grands maux… c'est impossible ! Il faut que je respire, que je demande conseil…

— À qui, ma chère nièce ? Au Corinthien ?

— À vous, mon oncle, c'est à vous que je demanderai conseil ! s'écria Joséphine en se jetant dans les bras du comte avec une ruse caressante.

Le vieux seigneur comprit fort bien que la jeune marquise le suppliait de la détourner d'un engagement dont elle avait peur, et qu'elle ne demandait qu'un peu d'aide pour rompre une liaison dont elle rougissait. Joséphine avait aimé le Corinthien, mais elle était vaine : on ne renonce pas au grand monde quand on s'est sacrifié pour y être admise. On aime mieux y briller quelquefois, sauf à y souffrir sans cesse, que d'en être bannie et de n'y pouvoir plus rentrer.

Le comte, riant en lui-même du succès de sa feinte, la quitta en lui promettant de réfléchir à l'explication qu'il aurait avec le Corinthien et en lui donnant jusqu'au soir pour y réfléchir elle-même.

La marquise courut trouver Yseult, et lui raconta de point en point tout ce que le comte venait de lui dire. Yseult l'écouta avec une vive émotion. Sa figure s'éclaira d'une joie étrange ; et la marquise, en finissant son récit, vit avec surprise des larmes d'enthousiasme inonder le visage de sa cousine.

— Eh bien, lui dit-elle, qu'as-tu donc, et que penses-tu de tout cela ?

— Ô mon cher, mon noble aïeul ! s'écria Yseult en levant les yeux et les mains vers le ciel ; j'en étais bien sûre, j'avais bien raison de compter sur lui ! Je le savais bien, moi, que, dans l'occasion, sa conduite s'accorderait avec ses paroles ! Oh ! oui, oui, Joséphine, il faudra épouser le Corinthien !

— Mais je ne te comprends pas, Yseult : tu me disais tantôt qu'il ne me rendrait jamais heureuse, qu'il fallait rompre avec lui ; et maintenant tu me conseilles de m'engager à lui pour toujours !

— J'avais cru devoir te parler ainsi et te montrer les défauts de ton amant pour te guérir d'un amour qui me semblait coupable. Mais mon père a eu le sentiment d'une morale plus élevée ; il comprend la vraie morale, lui ! Il t'a conseillé de redevenir fidèle à ton mari, à l'approche de cette heure solennelle, après laquelle tu seras libre, et pourras faire le serment d'un amour plus légitime et plus heureux !

— Ainsi tu me conseilles toi-même d'épouser le Corinthien ! Et son ambition, et sa jalousie, et ses outrages, dont j'ai tant souffert, et son amour pour la Savinienne qui n'est peut-être pas éteint ? Tu oublies que cette nuit je l'ai chassé d'ici dans un accès de haine et de colère inexprimable.

— Il reviendra te demander pardon de ses torts, et

tu le corrigeras de ses défauts en le guérissant de ses souffrances, en lui prouvant ta sincérité par des promesses...

— C'est de la folie ! s'écria la marquise poussée à bout. Ou vous jouez, ton père et toi, une comédie pour m'éprouver, ou vous êtes sous l'empire de je ne sais quel rêve de républicanisme romanesque auquel vous voulez me sacrifier. Je voudrais bien voir ce que dirait mon oncle si tu voulais épouser Pierre Huguenin, et ce que tu dirais toi-même si on te le conseillait !...

Yseult sourit, et déposa sans rien répondre un long baiser sur le front de sa cousine. Son visage avait une expression sublime.

33

Le soir de ce jour déjà si rempli d'émotions, Pierre et le Corinthien travaillaient à la lumière, agités eux-mêmes d'une sorte de fièvre. Amaury, ennuyé de son entreprise, se hâtait d'achever ses dernières figures sculptées, et aspirait à entamer les ornements plus faciles auxquels Pierre devait l'aider. La partie de pure menuiserie n'avait pas été à beaucoup près aussi vite. Il y avait encore bien des panneaux disjoints, bien des moulures inachevées. Mais le père Huguenin avait été forcé de prendre patience ; car son fils voulait achever avant tout l'escalier de la tribune, qu'il s'était réservé comme le morceau le plus important et le plus difficile. Pierre ne disait pas que, dans le secret de son âme, il chérissait cette partie de l'atelier qui le rapprochait du cabinet de la tourelle, et de la tribune, où quelquefois il n'était séparé d'Yseult que par la porte, souvent entrouverte, du cabinet d'étude.

Retranché dans le fond de l'atelier, Pierre avait depuis quelque temps travaillé sans relâche. Non seulement il voulait que son escalier fût une pièce conforme à toutes les lois de la science, mais il voulait encore en faire une œuvre d'art. Il songeait à lui donner le style, le caractère, le mouvement non seulement facile et sûr, mais encore hardi et pittoresque. Il ne fallait pas que ce fût l'escalier coquet d'un restaurant ou d'un magasin, mais bien l'escalier austère et riche d'un vieux manoir, tel que ceux qu'on voit au fond des intérieurs de Rembrandt, sur lesquels la lumière douteuse et rampante monte et décroît avec tant d'art et de profondeur. La rampe en bois, découpée à jour, et les ornements des pendentifs[1], devaient aussi être d'un choix particulier. Pierre eut le bon sens et le bon goût d'emprunter le dessin de ces parties aux ornements de l'ancienne boiserie. Il les adapta aux formes et aux dimensions de son escalier, et là ses connaissances en géométrie lui devinrent de la plus grande utilité. C'était un travail d'architecte, de décorateur et de sculpteur en même temps. Pierre était sévère envers lui-même. Il se disait que ce serait peut-être la seule occasion qu'il aurait dans sa vie d'unir sérieusement les conditions de l'utile à celles du beau, et il voulait laisser dans ce monument, où des générations d'ouvriers habiles avaient exécuté de si belles choses, une trace de sa vie à lui, ouvrier consciencieux, artiste délicat et noble.

Il était dix heures du soir, et il donnait enfin la dernière main à son œuvre. Il avait ajusté ses marches bien *balancées* sur un palmier élégant, fragile à la vue, solide en réalité. La rampe était posée ; et, à la lueur de la lampe, elle reflétait sur la muraille ses légers enroulements et ses fortes nervures. Pierre, à genoux sur la dernière marche, rabotait avec soin les moindres aspérités ; son front était inondé de sueur, et ses yeux brillaient d'une joie modeste et légitime. Le Corinthien était monté sur une échelle à quelque distance, et plaçait encore quelques chérubins dans leurs niches. Il tra-

1. Voir note 1, p. 79.

vaillait avec la même activité, mais non avec le même plaisir que son ami. Il y avait dans son ardeur une sorte de rage, et à chaque instant il s'écriait en jetant son ciseau sur les dalles : — Maudites marionnettes ! Quand donc en aurai-je fini avec vous ? Puis il reportait de temps en temps ses regards sur cette marque de craie qui était restée au panneau du passage secret, et qu'il ne pouvait pas s'expliquer.

— Moi, j'ai fini ! s'écria Pierre tout d'un coup en s'asseyant sur la marche qui joignait l'escalier à la tribune ; et j'en suis presque fâché, ajouta-t-il en s'essuyant le front : je n'ai jamais rien fait avec tant d'amour et de zèle.

— Je le crois bien, répondit le Corinthien avec amertume ; tu travailles pour quelqu'un qui en vaut la peine.

— Je travaille pour l'art, répondit Pierre.

— Non, répondit brusquement le Corinthien, tu travailles pour celle que tu aimes.

— Tais-toi, tais-toi, s'écria Pierre effrayé, en lui montrant la porte du cabinet.

— Bah ! je sais bien qu'à cette heure elles prennent le thé ! répondit le Corinthien. Je sais de point en point leurs habitudes. Dans ce moment-ci, mademoiselle de Villepreux arrange ses tasses de porcelaine, en parlant politique ou philosophie avec son père, et la marquise bâille en regardant au miroir si elle est bien coiffée. C'est comme si je la voyais.

— C'est égal, parle moins haut, je t'en supplie.

— Je parlerai aussi bas que tu voudras, Pierre, dit le Corinthien en venant s'asseoir à côté de son ami. Mais j'ai besoin de parler, vois-tu, j'ai la tête brisée. Sais-tu que ton escalier est superbe ? Tu as du talent, Pierre. Tu es né architecte comme je suis né sculpteur, et il me semble qu'il y a autant de gloire dans un art que dans l'autre. Est-ce que tu n'as jamais eu d'ambition, toi ?

— Tu vois que j'en ai, puisque je me suis donné tant de mal pour faire cet escalier.

— Et voilà ton ambition satisfaite ?

— Pour aujourd'hui ; demain j'aurai à faire le corps de bibliothèque.

— Et tu comptes faire toute ta vie des escaliers et des armoires ?

— Que pourrais-je faire de mieux ? je ne sais pas faire autre chose.

— Mais tu peux tout ce que tu veux, Pierre, et tu ne veux pas rester menuisier, j'espère ?

— Mon cher Corinthien, je compte rester menuisier. Que tu deviennes sculpteur, que tu étudies Michel-Ange et Donatello[1], c'est juste. Tu es entraîné aux œuvres brillantes par une organisation particulière, qui t'impose le devoir de chercher le beau dans son expression la plus élevée et la plus poétique. Le dégoût que t'inspirent les travaux de pure utilité est peut-être un avertissement de la Providence, qui te réserve de plus hautes destinées. Mais moi, j'aime le travail des mains ; et pourvu que ma peine serve à quelque chose, je ne la regrette pas. Mon intelligence ne me porte pas vers les œuvres d'art, comme tu les entends ; je suis peuple, je me sens ouvrier par tous les pores. Une voix secrète, loin de m'appeler dans le tumulte du monde, murmure sans cesse à mon oreille que je suis attaché à la glèbe du travail, et que je dois peut-être y mourir.

— Mais ceci est une absurdité ! Pierre, tu te ravales

1. Donato di Niccolo Betto Bardi, dit Donatello (1386-1466). Il fut le plus grand sculpteur florentin du quattrocento.

et tu te calomnies ; tu n'es pas fait pour rester machine
et pour suer comme un esclave. Est-ce que la manière
dont le riche exploite le travail du peuple n'est pas une
iniquité ? Toi-même, tu l'as dit cent fois !

— Oui, en principe je hais cette exploitation ; mais
en fait je m'y soumets.

— C'est une inconséquence, Pierre, c'est une lâcheté ! Que chacun en dise autant, et jamais les choses
ne changeront.

— Cher Corinthien, les choses changeront ! Dieu est
trop juste pour abandonner l'humanité, et l'humanité
est trop grande pour s'abandonner elle-même. Il m'est
impossible de sentir dans mon âme ce que c'est que la
justice sans que la justice soit possible. Je ne chérirais
pas l'égalité si l'égalité n'était pas réalisable. Car je ne
suis pas fou, Amaury ; je me sens très calme : je suis
certain d'être très sage dans ce moment-ci, et pourtant
je crois que le riche n'exploitera pas toujours le pauvre.

— Et pourtant tu te fais un devoir de rester pauvre ?

— Oui, ne voulant pas devenir riche à tout prix.

— Et tu ne hais pas les riches ?

— Non, parce qu'il est dans l'instinct de l'homme
de fuir la misère.

— Explique-moi donc cela !

— C'est bien facile. Il est certain, n'est-ce pas, que,
dès aujourd'hui, un pauvre peut devenir riche à force
d'intelligence ?

— Oui.

— Est-il certain que tous les pauvres intelligents
puissent devenir riches ?

— Je ne sais pas. Il y a tant de ces pauvres-là, qu'il
n'y aurait peut-être pas de quoi les enrichir tous.

— Cela est bien certain, Amaury ; ne voyons-nous

pas tous les jours des hommes d'esprit et de talent qui meurent de faim ?

— Il y en a beaucoup. Ce n'est pas tout d'avoir du génie, il faut encore avoir du bonheur.

— C'est-à-dire de l'adresse, du savoir-faire, de l'ambition, de l'audace. Et le plus sûr encore est de n'avoir pas de conscience.

— C'est possible, dit le Corinthien avec un soupir ; Dieu sait si je pourrai conserver la mienne, et s'il ne faudra pas l'abjurer ou échouer.

— J'espère que Dieu veillera sur toi, mon enfant. Mais moi, vois-tu, je ne dois pas me risquer. Je n'ai pas un assez grand génie pour que la voix du destin me commande d'engager cette lutte dangereuse avec les hommes. Je vois que la plupart de ceux qui abandonnent la dure obscurité du mercenaire pour devenir heureux et libres perdent leurs modestes vertus, et ne se font jour à travers les obstacles qu'en laissant à chaque effort un peu de foi, à chaque triomphe un peu de charité. C'est une guerre effroyable que cette rivalité des intelligences ; l'un ne peut parvenir qu'à la condition d'écraser l'autre. La société est comme un régiment où le lieutenant, un jour de bataille, se réjouit de voir tomber le capitaine qu'il va remplacer. Eh bien ! puisque le monde est arrangé ainsi, puisque les esprits les plus libéraux et les plus avancés n'ont encore trouvé que cette maxime : « Détruisez-vous les uns les autres pour vous faire place », moi, je ne veux détruire personne. Nos ambitions personnelles sanctionnent trop souvent ce principe abominable qu'ils appellent la concurrence, l'émulation, et que j'appelle, moi, le vol et le meurtre. J'aime trop le peuple pour accepter cette heureuse destinée qu'on offre à un d'entre nous sur mille en laissant souffrir les autres. Le peuple aveugle et résigné se laisse faire ; il admire ceux qui parviennent ; et celui qui ne parvient pas s'exaspère dans la haine, ou s'abrutit dans le découragement. En un mot, ce principe de rivalité ne fait que des tyrans et des exploiteurs, ou des esclaves et des bandits. Je ne veux être ni l'un ni l'autre. Je resterai pauvre en fait, libre en principe ; et je mourrai peut-être sur la paille, mais en protestant contre la science sociale qui ne met pas tous les hommes à même d'avoir un lit.

— Je te comprends, mon noble Pierre, tu fais comme le marin qui aime mieux périr avec l'équipage que de se sauver dans une petite barque avec quelques privilégiés. Mais tu oublies que ces privilégiés se trouveront toujours là pour sauter dans la barque, et que le ciel ne viendra pas au secours du navire qui périt. J'admire ta vertu, Pierre ; mais si tu veux que je te le dise, elle me semble si peu naturelle, si exagérée, que je crains bien que ce ne soit un accès d'enthousiasme dont tu te repentiras plus tard.

— D'où te vient cette idée ?

— C'est qu'il me semble que tu n'étais pas ainsi il y a six mois.

— Il est vrai ; j'étais alors comme tu es aujourd'hui : je souffrais, je murmurais ; j'avais le dégoût de notre condition, et tu ne l'avais pas. Aujourd'hui je n'ai plus d'ambition, et c'est toi qui en as. Nous avons changé de rôle.

— Et lequel de nous est dans le vrai ?

— Nous y sommes peut-être tous les deux. Tu es l'homme de la société présente, je suis peut-être celui de la société future !

— Et, en attendant, tu ne veux pas vivre ! Car c'est ne pas vivre que de vivre dans le désir et l'attente.

— Dis dans la foi et l'espérance !

— Pierre, c'est mademoiselle de Villepreux qui t'a soufflé ces folles théories. Elles sont bien faciles à ces gens-là. Ils sont riches et puissants : ils jouissent de tout, et ils nous conseillent de vivre de rien.

— Laisse là mademoiselle de Villepreux, répondit Pierre. Je ne vois pas ce qu'elle a de commun avec ce que nous disions.

— Pierre, dit Amaury vivement, je t'ai dit tous mes secrets, et tu ne m'as jamais dit les tiens. Est-ce que tu crois que je ne les lis pas dans ton cœur ?

— Laisse-moi, Amaury, ne me fais pas souffrir inutilement. Je respecte, je révère mademoiselle de Villepreux, cela est certain. Il n'y a pas de secret là-dedans.

— Tu la respectes, tu la révères… et tu l'aimes !

— Oui, je l'aime, répondit Pierre en frissonnant. Je l'aime comme la Savinienne t'aime !

— Tu l'aimes comme j'aime la marquise !

— Oh ! non, non, Amaury, cela n'est pas. Je ne l'aime pas ainsi !

— Tu l'aimes mille fois davantage !

— Je n'en suis pas amoureux, non ! le ciel m'est témoin…

— Tu n'oses achever. Eh bien, il est possible que tu n'en sois pas amoureux, je ne te souhaite pas un pareil malheur ; mais tu l'adores, et tu te trouves heureux d'être l'esclave conquis et enchaîné de cette dame romaine…

Cette conversation fut interrompue par un domestique qui vint, du côté du parc, dire au Corinthien que le comte désirait lui parler. Le Corinthien se rendit à cet ordre, bien éloigné de pressentir l'importance de l'entrevue qu'on lui demandait.

Pierre resta quelques instants absorbé et troublé des insinuations hardies que son ami venait de faire. Puis, en songeant que l'heure de la retraite était sonnée dans le château, et que peut-être mademoiselle de Ville-preux allait descendre dans son cabinet d'étude, comme cela lui arrivait souvent de onze heures à minuit, il se mit à ramasser et à rassembler ses outils pour s'en aller, fidèle au respect qu'il lui avait juré dans son âme. Mais, au moment où il se baissait pour prendre le sac de cuir où étaient ses instruments de travail, il sen-tit une main se poser doucement sur son épaule, et, en relevant la tête, il vit mademoiselle de Villepreux rayonnante d'une beauté qu'elle n'avait jamais eue avant ce jour-là. Toute son âme était dans ses yeux, et cette force qu'elle comprimait toujours au fond d'elle-même éclatait en elle à cette heure, sans qu'elle cher-chât à la reprendre. C'était comme une transfiguration divine qui s'était opérée dans tout son être. Pierre l'avait vue souvent exaltée, mais toujours un peu mys-térieuse, et, dans tout ce qui avait rapport à leur amitié, s'exprimant par énigmes ou par réticences. Il la vit en cet instant comme une pythie prête à répandre ses oracles, et, transporté lui-même d'une confiance et d'une force inconnue, pour la première fois de sa vie il prit la main d'Yseult dans la sienne.

— Mon escalier est fini, dit-il ; c'est vous qui, la première, poserez votre main sur cette rampe.

— Ne parlez pas si haut, Pierre, lui dit-elle. Pour la première fois et la dernière fois de ma vie, j'ai un secret à vous dire ; un secret qui demain n'en sera plus un. Venez !

Elle l'attira dans son cabinet, dont elle referma la porte avec soin ; puis elle parla ainsi :

— Pierre, je ne vous demande pas, comme le Corinthien faisait tout à l'heure, si vous êtes amoureux de moi. Entre nous deux, ce mot me paraît insuffisant et puéril. Je ne suis pas belle, tout le monde le sait ; je ne sais pas si vous êtes beau, quoique tout le monde le dise. Je n'ai jamais cherché dans vos yeux que votre âme, et la beauté morale est la seule qui puisse me fasciner. Mais je viens vous demander, devant Dieu qui nous voit et nous entend, si vous m'aimez comme je vous aime.

Pierre devint pâle, ses dents se serrèrent ; il ne put répondre.

— Ne me laissez pas dans l'incertitude, reprit Yseult. Il est bien important pour moi de ne pas me tromper sur le sentiment que je vous inspire ; car je touche à cette crise décisive de ma vie que je vous avais fait pressentir ici, un soir que je jouais au Carbonarisme avec vous, croyant avoir quelque chose à vous apprendre, et n'ayant pas encore reçu de vous l'initiation à la véritable égalité, que vous m'avez donnée depuis. Écoutez, Pierre, il s'est passé aujourd'hui, dans ma famille, bien des choses que vous ignorez. Ma cousine m'a confié un secret que vous possédiez depuis longtemps. Mon père, par je ne sais quelle aventure, a découvert ce secret, et a prononcé un jugement que je vous laisse à deviner.

Pierre ne pouvait parler. Yseult vit son angoisse, et continua :

— Le jugement de mon père a été conforme aux admirables principes dans lesquels il m'a élevée, et que je lui ai toujours vu professer. Il a conseillé à madame des Frenays, dont le mari est mourant, de se remarier avec le Corinthien aussitôt qu'elle serait libre, et, à l'heure qu'il est, il engage le Corinthien à s'éloigner pour revenir ici dans deux ans. Dans deux ans, Pierre, votre ami sera mon cousin et le neveu de mon père. Vous voyez que, si vous m'aimez, si vous m'estimez, si vous me jugez digne d'être votre femme, comme moi je vous aime, vous respecte et vous vénère, je vais trouver mon aïeul et lui demander de consentir à notre mariage. Si je n'avais pas la certitude de réussir, jamais je ne vous aurais dit ce que je vous dis maintenant dans le calme de mon esprit et dans toute la liberté de ma conscience.

Pierre tomba à genoux et voulut répondre ; mais cet amour, si longtemps comprimé, eût éclaté avec trop de violence. Il n'avait pas d'expression ; des torrents de larmes coulaient en silence sur ses joues.

— Pierre, lui dit-elle, vous n'avez donc pas la force de me dire un mot ? Voilà ce que je craignais ; vous n'avez pas de confiance : vous croyez que je fais un rêve, que je vous propose une chose impossible. Vous me remerciez à genoux, comme si c'était une grande action que je fais là de vous aimer. Eh ! mon Dieu, rien n'est plus simple ; et si vous me voyiez choisir un grand seigneur, c'est alors qu'il faudrait vous étonner et penser que j'ai perdu la raison. Songez donc que j'ai été nourrie de l'esprit qui m'anime aujourd'hui depuis que j'ai commencé à respirer et à vivre ; songez que mes premières lectures, mes premières impressions, mes premières pensées m'ont portée à ce que je fais maintenant. Dès le jour où j'ai pu raisonner sur mon avenir, j'ai résolu d'épouser un homme du peuple afin d'être peuple, comme les esprits disposés au Christianisme se faisaient baptiser jadis afin de pouvoir se dire Chrétiens. J'ai rencontré en vous le seul homme juste que j'aie jamais rencontré, après mon grand-père; j'ai découvert en vous non seulement une sympathie complète avec mes idées et mes sentiments, mais encore une supériorité d'intelligence et de vertu, qui a porté la lumière dans mes bons instincts et l'enthousiasme dans mes convictions. Vous m'avez débarrassée de quelques erreurs; vous m'avez guérie de plusieurs incertitudes : en un mot, vous m'avez enseigné la justice et vous m'avez donné la foi. Vous ne pouvez donc pas être étonné, à moins que vous ne me jugiez trop frivole et trop faible pour exécuter ce que j'ai conçu.

Pierre était en proie à un véritable délire. Il la regardait et n'osait pas seulement poser ses lèvres sur le bout de sa ceinture, tant elle lui apparaissait grandie et sanctifiée par la foi.

— Je vois que vous ne pouvez parler, lui dit-elle. Je vais trouver mon père. Si vous n'y consentez pas, faites seulement un signe, un geste, et j'attendrai que vous ayez changé d'avis.

Pierre prit, avec une sorte d'égarement, le poignard qu'Yseult avait voulu lui donner le jour du départ d'Achille Lefort, et qui se trouvait là sur la table.

— Que voulez-vous donc faire ? lui dit-elle en le lui arrachant des mains.

— Me tuer, répondit-il d'une voix étouffée; car c'est un rêve, et je voudrais me réveiller dans une autre vie.

— Je vois que vous m'aimez, dit Yseult en souriant; car vous ne craignez plus de toucher à cette arme qui *coupe l'amitié.*

— Elle pourrait bien couper mon cœur par morceaux, répondit Pierre; elle n'en ôterait pas l'amour que j'ai pour vous.

— S'il en est ainsi, dit Yseult animée d'une joie sainte et les joues couvertes d'une pudique rougeur, comme je ne connais qu'une manière de vouloir les choses, qui est de les mettre tout de suite à exécution, je vais trouver mon père et lui parler de vous. À demain, Pierre, car ceci est une affaire sérieuse, et peut-être mon père voudra-t-il prendre la nuit pour y réfléchir.

— Demain, demain ? s'écria Pierre tout effrayé. Est-ce que demain viendra jamais ? Comment porterai-je jusqu'à demain cette joie et cette épouvante ? Non, non, ne parlez pas encore à votre père ; laissez-moi vivre jusqu'à demain avec la seule pensée de votre *bonté* pour moi (Pierre n'osait dire de votre amour). Je ne comprends pas encore l'avenir dont vous me parlez : il me semble que là il y a un mystère, et j'y songe avec une sorte de peur... Oui, j'ai le cœur serré, et mon bonheur est si grand qu'il ressemble à la tristesse. C'est une idée solennelle, douloureuse, enivrante. C'est comme si vous alliez vous donner la mort pour moi... Laissez-moi y songer, vous voyez bien que je n'ai pas ma tête. Je ne puis fixer mon esprit, au milieu de ce tourbillon que vous soulevez en moi, que sur une seule idée : c'est que vous m'aimez... Vous, vous ! ah ! mon Dieu, vous !... Je suis aimé de vous !... Est-ce que c'est possible ? Est-ce que j'ai la fièvre ? Est-ce que je ne suis pas dans le délire ?

— Je crains vos réflexions, Pierre, et je ne veux pas vous donner le temps d'en faire. Je les ai faites à votre place, et le parti que j'ai pris a été assez mûri pour que j'en puisse prévoir toutes les conséquences ; elles sont telles que je n'en redoute aucune. Il ne faut pas beaucoup de courage, croyez-le pour braver les préjugés du monde, lorsqu'on fait, non pas un coup de tête, mais un acte de foi ; le monde est bien faible et bien petit devant de telles résolutions. Et quant à vous, je sais bien quels scrupules vous allez avoir dès que vous vous souviendrez que je suis riche et que vous ne l'êtes pas. Je sais ce que j'aurai à vous répondre ; j'ai prévu toutes vos objections, et je suis sûre de les vaincre : car votre fierté m'est plus chère qu'à vous-même, et si je croyais vous pousser à une résolution contraire aux principes de votre conscience, j'aimerais mieux mourir.

Ils s'entretinrent longtemps ainsi. Pierre l'écoutait avidement, et lui répondait à peine. Dans ce premier trouble d'une joie inattendue et immense, il ne pouvait apprécier nettement l'idée d'un mariage aussi contraire aux idées et aux coutumes de la hiérarchie sociale. Il se réservait d'éprouver ce projet au creuset de sa conscience. Mais le courage et l'enthousiasme avec lesquels la croyante Yseult s'y jetait tout entière le pénétraient d'amour, de reconnaissance et d'admiration. Ils avaient tant de choses à se dire, à se rappeler, à repasser ensemble dans leur mémoire, qu'ils ne pouvaient s'arracher à cet entretien. Ce retour sur leur amour comprimé, cette explication nouvelle des moindres mystères, des moindres émotions du passé, étaient pleins de délices ; et ils se sentaient revivre une seconde fois les jours qu'ils avaient déjà vécus. Seulement cette première vie avait été la réalité, la seconde était l'idéal ; et ce souvenir repris à deux, et embelli de toutes les révélations qui avaient manqué au passé, était quelque chose comme le sentiment qu'éprouverait dans une vie heureuse une âme qui se souviendrait d'avoir déjà vécu dans des conditions moins douces et avec tous les désirs qui se trouveraient actuellement satisfaits.

Pendant qu'ils causaient ainsi et qu'ils oubliaient

l'heure, transportés qu'ils étaient dans une autre sphère, le comte de Villepreux conférait avec le Corinthien. Jusqu'à ce moment, la marquise, agitée, en proie à mille combats, était retenue par la honte d'avouer à son oncle que cette passion sérieuse qu'il lui attribuait malicieusement n'était qu'une surprise des sens au milieu d'une fantaisie d'esprit, un roman commencé avec l'étourderie d'une pensionnaire, soutenu au milieu des délires d'un amour sans frein et sans but, prêt à se dénouer devant la crainte du blâme et les besoins de la vanité. Le Corinthien, se présentant avec un nom célèbre et des titres acquis à la considération, l'eût emporté peut-être sur un gentilhomme sans réputation et sans talent. Mais le Corinthien Compagnon menuisier, enfant de génie il est vrai, et sur le point d'être élève à Rome, mais inconnu, mais incertain de son avenir, incapable peut-être de faire de tardives études et de réaliser les espérances que l'on avait conçues pour lui... c'était un dé dans le cornet de ce jeu de hasard qu'on appelle la société, et Joséphine ne se sentait pas assez de foi et de courage pour en faire l'épreuve. Elle était donc très effrayée du parti que lui suggérait hypocritement son oncle ; et au moment où il voulut faire appeler Amaury, elle le suivit dans son cabinet et le supplia de l'écouter auparavant. Elle prétendit avoir découvert une intrigue entre la Savinienne et le Corinthien, et se déclara si bien guérie de son amour qu'elle y renonçait et priait son oncle de l'aider à le rompre. Elle ne mentait qu'à demi. La découverte qu'elle avait faite de cet amour passé était ce qui dépoétisait le plus Amaury à ses yeux. Elle était humiliée d'avoir succédé à une *cabaretière*, et l'humble origine de son amant lui apparaissait plus intolérable depuis qu'elle l'y voyait lié par un amour dont il ne consentait pas à rougir et dont il n'était pas assez lâche pour répudier la mémoire.

Le comte reçut Joséphine à merci[1]. Il cessa de jouer la comédie, et lui dit les choses les plus sévères, afin qu'elle n'y revînt plus, et que désormais elle prît ses amants un peu moins bas. — Ceci doit vous éclairer un peu, j'imagine, lui dit-il, et vous prouver que, si l'on doit aimer et honorer le peuple en principe, on ne doit pas trop se hâter de mettre cette sympathie en une application aussi expérimentale que vous venez de le faire à vos dépens. Le peuple est grand et beau comme masse, il est chétif et misérable comme individu ; il a besoin de passer successivement par toutes les phases de la hiérarchie sociale, pour s'épurer, se débarrasser du limon d'où il est sorti, et acquérir à grand-peine et avec grand mérite cette illustration qui peut lutter avantageusement dès aujourd'hui avec celle de la naissance, et qui doit peut-être en triompher radicalement un jour. Vous avez cru faire, avec vos beaux yeux, la transformation que vingt ans de travail et de combat opéreront ou n'opéreront pas dans ce jeune garçon. Il ne vous comprend pas, et retourne avec plaisir à sa commère Savinienne. Ceci vous prouve encore qu'il y a plus loin du pavé populaire aux sommités du vrai mérite et de la véritable considération que de l'établi du menuisier au lit d'une marquise.

Joséphine subit cette réprimande cynique et mordante avec une aveugle soumission. Sa pensée ne s'éleva pas plus haut que le libéralisme étroit du vieux

---

1. « Recevoir quelqu'un à merci : lui pardonner, lui faire grâce » (*Grand Larousse de la langue française*).

comte. Elle n'aperçut aucune inconséquence dans sa conduite et dans ses paroles ; tout lui parut article de foi. Elle dévora son humiliation avec douleur, mais sans révolte, et reçut son pardon à genoux et avec reconnaissance. Elle était de cette race sur laquelle la caste noble, quoique haïe et tournée en ridicule, exerce encore une influence souveraine.

Le comte essaya d'abord de traiter le Corinthien comme un petit garçon et de lui faire peur. À le voir si *gentil*, il ne s'était jamais douté de l'orgueil et de l'emportement de son caractère. Lorsqu'il le vit entrer en révolte, déclarer qu'il était libre, qu'il n'obéissait à personne, qu'on pouvait bien le renvoyer de l'atelier et du château, mais non pas du pays et du village, qu'il ne reconnaissait au comte aucune autorité sur la marquise et sur lui, force fut à l'habile vieillard de reconnaître qu'il venait de faire une école[1], et que ni la peur du bâton ni la crainte de perdre la protection et les bienfaits ne vaincraient la fierté du Corinthien. Il changea donc de tactique, le prit par la douceur, le raisonna paternellement, le plaignit de son amour, lui dévoila toute la faiblesse et toute la vanité de Joséphine, et lui conseilla d'épouser la Savinienne ou d'aller étudier la statuaire en Italie. Le Corinthien avait sur le cœur les menaces qu'on venait de lui faire ; il s'en vengea en sortant du cabinet de M. de Villepreux sans lui avoir rien promis. Mais la nuit porte conseil, et l'idée de voir l'Italie l'agita d'un si vif désir, qu'il résolut d'entrer en composition le lendemain. Le comte était fort tranquille là-

1. Au jacquet ou au trictrac, faute commise par un joueur. Par extension, « faire une école » signifie commettre une bévue, une sottise, une erreur.

dessus ; au seul nom de Rome, il avait vu jaillir des yeux du jeune artiste la flamme de l'ambition, et il était bien sûr qu'aucun amour n'entraverait sa carrière.

Le vieux comte, un peu fatigué de sa journée, allait se coucher, lorsque son petit-fils Raoul vint à son tour lui demander un moment d'audience. Il s'agissait des révélations qu'Isidore lui avait faites à propos d'Yseult, et des propos que soulevait son intimité avec la Savinienne et avec Pierre Huguenin. Cet avertissement, donné la veille à M. de Villepreux, ne lui eût peut-être pas semblé valoir la peine d'y réfléchir, d'autant plus que Raoul mettait un peu de malice à montrer à son grand-père les dangers et les inconvénients de son républicanisme. Mais l'histoire de la marquise disposait le comte à faire grande attention à ce que lui disait Raoul. Il l'interrogea beaucoup, et ne lui imposa pas silence lorsque le jeune dandy royaliste lui dit, en grasseyant et en blésant[1] comme la plupart de ses pareils (avortons d'une force déchue qui n'ont même plus celle de parler intelligiblement) : — Voyez-vous, mon père, tout cela finira par quelque scandale si vous n'y mettez bon ordre. Yseult a une folle tête ; vous l'avez gâtée ; il n'est plus temps de reprendre votre autorité sur elle. Mais elle est en âge de se marier ; il faut que vous la placiez sous la protection d'un jeune homme, qui sera en même temps l'appui dévoué de votre vieillesse. Ce sera bientôt fait si vous voulez. Amédée est un excel-

---

1. « Prononcer en substituant une consonne faible ou douce à une consonne forte et réciproquement » (*Grand Dictionnaire universel du XIXᵉ siècle* de Pierre Larousse). Ce dictionnaire ajoute que, sous Louis XV, il était à la mode de « bléser ». C'est donc, pour le frère d'Yseult, une sorte d'affectation royaliste, une manière de retrouver l'Ancien Régime.

lent parti pour elle. Il est jeune, élégant, bien élevé, joli
garçon, riche, bien né ; sa famille est bien en cour. Il
est amoureux d'elle, ou prêt à le devenir. La comtesse,
sa sœur, est disposée à faire encore les premiers pas,
quoique Yseult ait été assez maussade avec elle. Si
vous le voulez bien, Yseult changera d'idée ; car si elle
est opiniâtre dans les petites choses, elle est, je crois,
raisonnable dans les grandes. D'ailleurs elle vous
aime, et le désir de vous plaire...

— Nous reparlerons de cela, dit le comte. Laisse-
moi ; je veux d'abord lui parler de cette Savinienne.

Raoul se retira, et le comte descendit au cabinet de
la tourelle. Il était une heure du matin. Il y surprit sa
fille tête à tête avec Pierre Huguenin. Là toute sa prudence l'abandonna ; et la colère à laquelle il était fort
sujet lui montant au cerveau, il s'exprima en termes
fort peu mesurés sur l'inconvenance de cette intimité.
Pierre était si ému qu'il ne songeait point à obéir aux
ordres violents que lui donnait le vieillard de se retirer ;
il craignait pour Yseult l'effet de la colère paternelle,
mais il n'avait rien à dire pour se disculper. Yseult,
effrayée un instant, domina bientôt le malaise affreux
de cette situation par la force de son caractère. Au lieu
de s'irriter secrètement des dures paroles de son grand-
père, elle lui jeta les bras autour du cou, et lui dit, en
caressant ses cheveux blancs, qu'elle était heureuse
d'être surprise dans ce tête-à-tête, et que cela lui abrégeait de longs préambules. Puis, prenant Pierre par la
main, elle l'amena auprès de son aïeul, et, se mettant à
genoux : — Mon père, dit-elle d'une voix pénétrée
mais ferme, vous m'avez dit mille fois que vous aviez
assez de confiance en ma raison et en ma dignité pour
me permettre de faire moi-même le choix d'un époux.

Lorsqu'on m'a proposé divers mariages d'intérêt et d'ambition, vous avez approuvé mes refus, et vous m'avez dit que vous préféreriez me voir unie à un honnête ouvrier qu'à un de ces nobles insolents et bas qui calomniaient votre caractère politique et qui s'humiliaient devant votre argent. Enfin, vous avez dit aujourd'hui à ma cousine des choses que je me suis fait répéter plusieurs fois, afin d'être sûre que je ne vous déplairais pas en vous parlant comme je vais le faire. Voici l'homme que je prendrai pour mari, si vous voulez bien bénir et ratifier mon choix.

Yseult fut forcée de s'interrompre. La surprise, l'indignation, le chagrin, et surtout peut-être la confusion de n'avoir rien à répondre, avaient fait une telle révolution chez le vieux comte qu'il sentit tout d'un coup la force l'abandonner et le sang lui bourdonner dans les oreilles. Il se laissa tomber sur un fauteuil, et devint alternativement écarlate et pâle comme la mort. Yseult, le voyant défaillir, fit un cri et embrassa ses genoux.

— Malheureuse fille ! dit le vieillard avec effort, vous tuez votre père ! Et il perdit connaissance.

34

Le comte eut une congestion cérébrale, qu'on prit d'abord pour une sérieuse attaque d'apoplexie, et qui répandit l'alarme dans le château. Mais aux premières gouttes de sang qu'on lui tira, il se sentit soulagé, et tendit la main à sa petite-fille, qui, plus pâle et plus malade que lui, était agenouillée, demi-morte, auprès de son lit. Affaibli de corps et d'esprit, le vieillard ne songea point à revenir sur l'étrange déclaration qu'Yseult lui avait faite. Il s'endormit assez paisiblement vers le point du jour; et Yseult, brisée de fatigue, toujours à genoux près de lui, s'endormit la face appuyée contre le lit, et les genoux pliés sur un coussin.

Ce que souffrit Pierre Huguenin durant cette nuit-là dépassa tout ce qu'il avait jamais souffert dans sa vie. D'abord il avait aidé Yseult à transporter son père dans sa chambre et à appeler du secours; mais quand le médecin eut fait sortir tout le monde, excepté mademoiselle de Villepreux et son frère; quand il lui fallut quitter l'intérieur du château, où sa présence à cette heure avancée n'était plus explicable ni possible, il fut en proie à toutes les angoisses de l'inquiétude et de l'épouvante. Il songeait à ce que devait souffrir Yseult; il croyait que le comte allait mourir; et il était livré à des remords affreux, comme s'il eût été coupable de

quelque crime. Il erra jusqu'au jour dans le parc, revenant d'heure en heure interroger la Savinienne, qui était
accourue auprès d'Yseult, et qui veillait dans la chambre
voisine. De temps en temps elle descendait furtivement au jardin pour tranquilliser son ami. Lorsqu'il sut
que le comte était tout à fait hors de danger, et que
l'accident n'aurait pas de suites sérieuses, il s'enfonça
de nouveau dans le parc, et alla rêver aux mêmes lieux
où il avait tant rêvé déjà, et qui avaient été témoins des
joies chastes de son amour. D'abord, tout entier à sa
position, il ne songea qu'aux chances d'éternelle union
ou de séparation absolue que lui faisaient pressentir,
d'une part, la ferme volonté de la jeune fille, de l'autre
la colère et le désespoir du vieux comte. Tout souvenir
des obstacles qu'il devait rencontrer dans sa propre
conscience s'était effacé dans la joie soudaine et ineffable de cet amour partagé. Il se disait qu'Yseult vain-
crait tous ceux que sa famille pourrait lui susciter, et il
s'abandonnait à elle avec une confiance religieuse.
D'ailleurs son sang bouillonnait dans ses veines et
obscurcissait toutes ses idées ; son cœur battait si violemment au souvenir des paroles célestes qui vibraient
encore dans ses oreilles, qu'il était forcé à chaque pas
de s'arrêter et de s'asseoir pour ne pas étouffer. La nuit
était sombre et pluvieuse. Il marchait dans le sable
délayé et dans les froides herbes sans s'apercevoir de
rien. Les grandes rafales de l'automne soulevaient
autour de lui des tourbillons de feuilles sèches. Ce vent
furieux et cette nature agitée convenaient à la disposition orageuse et confuse de son âme.

Mais lorsque le jour parut, Pierre se retrouva identi-
quement à la même place où, quatre mois auparavant,
à la même heure, il avait soulevé dans son esprit le

problème de la richesse avec d'incroyables souffrances
et d'affreuses incertitudes. Depuis ce jour mémorable
dans sa vie à tant d'autres égards, Pierre avait tendu
continuellement son esprit vers ce problème ; et s'il
avait eu de grands instincts, si d'immuables principes
de vérité avaient traversé le chaos de sa pensée, s'il
avait trouvé sa règle de conduite et fixé ses rapports
avec la société présente, il n'en était pas moins certain
que le problème général restait encore aussi terrible et
aussi mystérieux pour lui que pour les hommes les
plus forts de son époque. Pierre devait traverser bien
des croyances diverses, bien des systèmes incomplets,
juger bien des erreurs, partager bien des enivrements
politiques et philosophiques avant de recevoir ces
lueurs plus fécondes et plus certaines qui commencent
à éclairer le vaste horizon du peuple.

Ramené, au milieu de sa joie et de son ivresse
d'amour, au sentiment de ce devoir austère qu'il s'était
imposé de chercher la vérité et la justice, il fut épou-
vanté de cette richesse, qui semblait s'offrir à lui et le
convier aux jouissances des privilégiés. Quelle que fût
l'opposition du comte aux projets de sa petite-fille,
Pierre pouvait l'épouser. Le comte était vieux, Yseult
forte et fidèle. Pierre n'avait donc qu'un mot à dire, un
serment à accepter ; et ces terres, et ce château, et ce
beau parc qui lui avait donné la première idée de nature
vaincue et idéalisée par la main de l'homme, tout cela
pouvait être à lui. Il pouvait fermer désormais son
cœur à la souffrance de la pitié, s'endormir pour quarante ou cinquante ans dans la vie du siècle, oublier
le problème divin, profiter de la loi qui consacre et
qui sanctifie presque le bonheur exclusif de certains
hommes... Eh ! pourquoi ne pouvait-il accepter ce

bonheur sans abjurer ses principes ? Ne pouvait-il donc suivre le flot de la société ? Être, comme Amaury, l'homme de son temps, l'heureux parvenu, l'artiste conquérant ou le riche improvisé, sans cesser d'être homme de bien, sans abandonner la recherche de l'idéal ? Ne pouvait-il pas faire servir sa richesse à la découverte du problème, répandre ses bienfaits sur un certain nombre d'hommes, essayer diverses formes d'exploitation rurale avantageuses au cultivateur prolétaire, fonder des hôpitaux, des écoles ? Ces nobles rêves traversèrent sa pensée. Yseult, à coup sûr, au lieu de l'entraver, le seconderait de toute sa volonté et de toute sa vertu. Sans doute, c'étaient là les grands arguments qu'elle avait en réserve pour vaincre son désintéressement et sa fierté.

Mais Pierre, en songeant aux devoirs qu'imposerait la richesse à un homme aussi religieux que lui, s'effraya de son ignorance. Il se demanda s'il avait autre chose que de bonnes intentions, et si son éducation l'avait mis à même de développer ses principes et de les appliquer. Il chercha ce qu'il ferait de bon, de sage, et de vraiment utile, le jour où il entrerait en possession de la fortune, et il ne trouva en lui qu'incertitude et perplexité. Sa nature, toute mystique, toute tournée à la contemplation méditative, excluait cette activité pratique, cette habileté spéciale, ce savoir-faire, cette arithmétique en un mot, qui seraient nécessaires, au degré le plus éminent, à l'homme généreux, pour pratiquer le bien dans une société livrée au mal. Il sonda son intelligence sans fausse humilité, mais sans vaine complaisance, et sans permettre à la soif du bonheur de lui faire illusion. Il sentit et reconnut qu'il n'était point cet homme-là ; que le principe l'absorberait toujours

tout entier, et que les conséquences viendraient à lui
échapper. Pierre avait vingt et un ans, et sachant tout
ce que l'homme le plus éclairé de son temps eût pu
savoir dans l'ordre moral, il ne savait rien dans les
choses de pure intelligence. Il se sentait dix ans de trop
pour refaire son éducation, et il n'avait pas pour ces
choses l'innéité qui supplée au défaut de culture. Il
reporta sa pensée sur tous les éléments de corruption
qui, dans la richesse, pouvaient déflorer son idéal, et
fausser ses bonnes intentions, avant que la lumière lui
fût venue. Il se dit que peut-être, à son âge, le comte de
Villepreux, cet homme qui avait de si belles théories et
de si misérables applications, avait été comme lui
pénétré de l'amour de la justice. Il eut horreur de devenir riche, parce qu'il craignit d'aimer la richesse elle-
même et de n'en savoir point user.

Je ne vous donne point ses conclusions pour le dernier mot de la sagesse, ami lecteur. Si la jeunesse de
Pierre Huguenin, le Compagnon du Tour de France,
a pu vous intéresser quelque peu, sa virilité, dont je
compte vous entretenir dans un second roman[1], vous
intéressera davantage, je l'espère ; et vous verrez que
plusieurs fois, dans la suite de ses années, il douta de
ce qu'il avait fait, et s'interrogea en conscience. Mais,

---

1. Dans une note de son édition, René Bourgeois remarque à
juste titre que l'on trouve ici le schéma classique du roman d'éducation, selon le modèle du *Wilhelm Meister* de Goethe : « après les
années d'apprentissage, les années de maîtrise ». S'il n'y eut pas de
suite au *Compagnon*, on peut estimer que celui-ci trouve son prolongement non seulement dans *Le Meunier d'Angibault*, qui
ménage une issue heureuse à la mésalliance, mais encore dans
Consuelo où l'initiation de l'héroïne se parachève dans *La Comtesse de Rudolstadt*.

à l'âge où je vous le montre, son âme fervente ne pouvait admettre que le renoncement poétique et quasi chrétien aux joies de la terre. Il avait vécu de cela ; il y avait puisé sa vertu, sa poésie et son amour : il ne pouvait pas les abjurer en un instant. Il avait soif de faire une grande chose ; elle se présentait, il n'hésita pas. Il fut plus romanesque que tous les romans qu'il avait lus. Il crut mériter l'amour d'Yseult en y renonçant, et justifier sa préférence en prouvant qu'il était au-dessus de tous ces biens qu'elle lui offrait. Il y eut donc aussi de l'orgueil dans son fait. On en trouverait dans toutes les belles actions, si on les analysait ainsi.

Il attendit que le comte de Villepreux fût bien reposé et se risqua à lui demander une entrevue. Elle lui fut d'abord refusée. Il insista, et l'obtint.

Le vieillard était pâle et sévère. — Pierre, dit-il d'une voix affaiblie, venez-vous insulter à la douleur et à la maladie ? Vous que j'aimais comme mon fils, vous à qui j'ai ouvert mes bras, et pour qui j'aurais donné la moitié de mes biens comme à l'homme le plus digne et le plus utile, vous m'avez trompé, vous m'avez déchiré le cœur ; vous avez séduit ma fille !

Pierre ne fut pas dupe de cette déclamation préparée d'avance, et sourit intérieurement de la peine qu'on voulait se donner pour enchaîner un homme qui venait se livrer de lui-même.

— Non, monsieur le comte, répondit-il d'un ton ferme, je n'ai pas un pareil crime à me reprocher ; et si j'avais été assez lâche pour y songer, votre noble fille eût su s'en garantir. Je puis vous jurer par tout ce qu'il y a de plus sacré pour vous et pour moi sur la terre, par *elle*, que ma main a touché la sienne hier pour la

première fois, et que jamais avant cet instant, je n'avais
eu la pensée qu'elle pût m'aimer.

Cette déclaration, qu'il était impossible de révoquer
en doute quand on connaissait tant soit peu la sincérité
et la moralité de Pierre Huguenin, ôta un poids affreux
au vieux comte. Il connaissait trop sa petite-fille
pour craindre que son roman ne ressemblât à celui de la
marquise. Mais en apprenant que l'éclosion du projet
d'Yseult était si récente, il eut l'espoir de l'y faire
renoncer plus aisément.

— Pierre, dit-il, je vous crois : je douterais de moi-
même plutôt que de vous. Mais aurez-vous autant de
courage que de franchise ? N'ayant rien fait, comme je
le présume, pour égarer l'esprit de ma fille, ferez-vous
tout votre possible pour la ramener à son devoir et à la
soumission qu'elle me doit ?

— Vous allez bien vite, monsieur le comte, répondit Pierre, et vous avez de ma force d'âme une bien
haute opinion apparemment. Je vous en remercie humblement, mais je voudrais savoir pourquoi vous refuse-
riez la main de votre fille chérie à l'homme que vous
estimez au point de lui demander d'emblée un effort de
vertu que vous n'oseriez attendre d'aucun autre.

Cette question embarrassante fut la seule vengeance
que Pierre voulut tirer de l'hypocrisie du vieux comte.
Celui-ci ne pouvait y répondre qu'avec des arguments
puérils, et il s'embarqua dans des considérations si
mesquines et si vulgaires que Pierre en eut pitié. Il
invoqua des engagements pris d'avance pour l'établissement d'Yseult. Pierre savait bien qu'il mentait, et
qu'il n'aurait pas promis sa petite-fille sans qu'elle y eût
consenti. Il parla du monde, de l'opinion, des préjugés ;
du malheur, de l'abandon, et du mépris qui seraient le

partage de sa fille, si elle écoutait la voix de son cœur sans consulter ce monde absurde et injuste auquel il fallait, cependant, prêter foi et hommage, sous peine de n'avoir plus une pierre où reposer sa tête. Yseult était une enfant : elle se repentirait d'avoir cédé à cette inspiration romanesque, le jour où il serait trop tard pour en revenir ; et Pierre, à son tour, se repentirait amèrement ; il serait livré à l'humiliation, au remords, à la douleur mortelle de voir souffrir un être qui se serait sacrifié pour lui.

— En voilà bien assez, monsieur le comte, dit Pierre, pour motiver votre crainte et votre refus. Tout cela ne serait rien, si je n'étais décidé d'avance à vous donner gain de cause ; car j'ai une plus haute idée que vous de la sagesse et de la fermeté de votre fille. Mais je venais ici pour vous dire ce à quoi vous ne vous attendez peut-être pas : c'est que je refuserais de devenir votre gendre lors même que vous y consentiriez. Rappelez-vous un assez long entretien que vous avez daigné avoir avec moi sur la propriété, monsieur le comte, et rappelez-vous que je n'ai pas reçu de vous la solution que j'en attendais. Comme je suis un homme simple et ignorant, et cependant un honnête homme, et comme vous n'avez pas voulu me dire si la richesse était un droit et la pauvreté un devoir, dans le doute je m'abstiens et reste pauvre. Voilà toute ma réponse.

Le comte ouvrit ses bras à l'artisan, et, affaibli par la peur, la maladie et la reconnaissance, le remercia en pleurant de ce qu'il voulait bien ne pas toucher à sa richesse et à sa vanité.

— Maintenant, lui dit Pierre froidement après avoir subi un torrent d'éloges qui n'enfla pas beaucoup son

orgueil, je vous demande la permission de voir mademoiselle de Villepreux et de lui parler sans témoins.

— Allez, Pierre ! répondit le comte après un moment
d'hésitation et de trouble. Vous ne pouvez pas mentir,
c'est impossible. Ce que vous avez promis, vous le
tiendrez. Ce que vous avez conçu, vous l'exécuterez.

Pierre resta enfermé deux heures avec Yseult.
Ils débattirent pied à pied leur différente manière de
comprendre et de pratiquer le beau idéal. Yseult était
inébranlable dans son dessein de s'unir à celui qu'elle
avait élu ; et Pierre, accablé de cette lutte contre lui-
même, ne sut que lui répondre lorsqu'elle finit en lui
disant :

— Pierre, je reconnais qu'il faut que nous nous
quittions pour quelques mois, pour quelques années
peut-être. La douleur et l'effroi que j'ai éprouvés hier
en voyant mon père désavouer le choix immuable que
j'ai fait de vous, m'ont appris à quels remords je serais
en proie si je causais par ma résistance la mort de
l'homme que je chéris le plus au monde après vous ;
oui, Pierre, après vous : le plus vertueux des deux a la
plus grande place dans mon cœur. Mais j'ai envers
mon aïeul des devoirs de toute la vie, dont un jour de
faiblesse et d'erreur de sa part ne saurait me dégager.
Tant qu'il sera contraire à notre amour, je ne lui en
reparlerai plus ; à Dieu ne plaise que j'empoisonne ses
dernières années par une persécution à laquelle il céde-
rait peut-être ! Mais il est possible que de lui-même (et
j'y compte, moi qui ne suis pas habituée à douter de
lui), il revienne à la vérité que je lui ai toujours vu
aimer et pratiquer. S'il persiste, je me soumettrai à
toutes ses volontés, excepté à celle d'épouser un autre
homme que vous. À cet égard, je ne me regarde plus

comme libre. Ce que je vous ai dit, je l'ai juré à Dieu et à moi-même. Je ne me parjurerai pas. Ainsi, dans un an comme dans dix, le jour où je serai libre, si vous avez eu la patience de m'attendre, Pierre, vous me retrouverez dans les sentiments où vous me laissez aujourd'hui.

Trois jours après, le comte, son fils, sa fille et sa nièce roulaient en berline à quatre chevaux sur la route de Paris, et le Corinthien en diligence sur celle de Lyon pour gagner l'Italie. La Savinienne rangeait le cabinet d'Yseult, et versait de grosses larmes en silence. Le Berrichon chantait dans l'atelier ; et Pierre Huguenin, pâle comme un linceul, amaigri, vieilli de dix années en un jour, travaillait d'un air calme, et répondait avec douceur aux caresses et aux questions inquiètes de son père.

FIN

Conclusion[1]

L'hiver s'était écoulé dans le travail et dans la rési-
gnation. Pierre avait fini entièrement sa boiserie, le
bon Berrichon était parti. La Savinienne était toujours
belle, sage, occupée de ses enfants, soumise aux arrêts
de la providence. Elle priait Dieu tous les soirs pour le
Corinthien, pour la marquise, pour sa chère Yseult et
pour l'âme de son pauvre Savinien. M. Isidore était
nommé percepteur des impositions ; il avait épousé
la fille de l'adjoint et continuait à détester Pierre et la

---

1. George Sand avait envisagé de conclure son ouvrage sur un
épilogue qu'elle ne publia pas. Pressée par l'éditeur, malade, elle
n'eut pas le temps de corriger sur épreuves, comme elle le souhaitait, la trente et unième feuille de la deuxième partie du roman.
Celui-ci se clôt sur une séparation et non sur une rencontre. Les
dernières lignes du récit se trouvaient centrées, grâce à cette suppression, sur Pierre Huguenin et non sur Yseult. Cet épilogue
figure dans le manuscrit du roman, conservé à la bibliothèque
Lovenjoul de Chantilly. Pierre Reboul a transcrit ces pages, en
1977, dans le numéro 16 de *Romantisme*. René Bourgeois les a
reproduites dans son édition du *Compagnon du Tour de France*. Il
nous a semblé nécessaire de les faire connaître aux lecteurs non
pour les informations explicites qu'elles contiennent, mais bien
parce que la suppression de ce passage conclusif nous renseigne
indirectement sur la poétique de George Sand. Le roman gagne, en
effet, à cette suppression, qui n'est donc peut-être pas le seul effet
d'une contrainte éditoriale.

Savinienne, à laquelle il ne pardonnait pas d'avoir méprisé sa flamme. Il disait partout dans le village qu'elle vivait avec Pierre et on avait fini par le croire d'autant plus que, le vieux curé du village étant mort, il avait été remplacé par un jeune vicaire intolérant, ignare et emporté, qui défendait aux jeunes filles de danser sous le chêne et qui fulminait en chaire contre l'adultère, le libéralisme et la danse. On était donc devenu peu à peu fort intolérant et même fanatique dans le village. Le père Lacrête assurait que les mœurs n'en étaient pas meilleures pour cela et que M. Lerebours père était un vieux jésuite.

La marquise des Frenays était revenue dans le pays. Elle avait atteint sa majorité et sous prétexte de prendre la direction de ses affaires, elle était arrivée à sa forge un beau matin et s'y était installée pour quelques semaines. Mais elle y était tombée malade et ne quittait pas sa chambre. Elle avait refusé de voir aucun médecin. On disait dans le pays qu'elle avait un érésipèle sur la figure, et qu'elle était si coquette qu'elle ne voulait pas se montrer ainsi même à son médecin.

Malgré les sourdes persécutions dont elle était l'objet, la Savinienne vivait à la Tour carrée dans un calme angélique. Son unique soutien, son ami fidèle, son digne fils Villepreux, comme elle l'appelait toujours, venait tous les soirs donner la leçon d'écriture à sa petite Manette et le petit garçon commençait à épeler fort agréablement ; Pierre n'était ni sombre, ni soucieux, mais il était toujours mélancolique et pâle. Les filles de l'endroit le trouvaient si changé qu'elles ne le regardaient plus. Son père se plaignait de l'excès de sa gravité et prétendait qu'il perdait la vue à force de lire. Il est certain que Pierre ne souriait plus que bien rare-

ment et seulement lorsque les enfants de la Savinienne
l'y forçaient par leur affection et leur gentillesse.

Pierre n'avait trouvé qu'une ressource pour supporter la vie après la grande crise de son amour brisé.
C'était l'étude. Yseult lui avait laissé la clef de son
cabinet en le suppliant d'y travailler et en lui arrachant
même la promesse qu'il y viendrait tous les jours, ne
fût-ce qu'un instant. Il avait été enjoint à M. Lerebours
de ne s'y opposer jamais, et comme Pierre avait toujours quelque chose à retoucher ou à perfectionner aux
ornements de la boiserie, il venait tous les soirs d'hiver
après le coucher des enfants de la Savinienne lire,
écrire et méditer jusqu'à minuit dans la solitude de la
tourelle. Le Vulgaire ne sait pas ce qu'un esprit intelligent et actif peut acquérir de connaissances étendues et
variées en peu de temps, avec un mode de travail régu-
lier et assidu. Pierre consacrait la première heure de
chaque soir à l'étude des langages, la seconde heure à
l'histoire, la troisième aux lectures de science et de philosophie. Il avait dévoré déjà les œuvres capitales qu'il
avait sous la main. La bibliothèque du château était
considérable, c'est lui qui l'avait classée et rangée
dans les armoires qu'il avait faites et il en avait à lui
seul le soin et la jouissance. Quant aux œuvres poétiques il les lisait à la promenade ou pendant ses repas.

Par une belle soirée de mai, il était donc dans la
tourelle. La fenêtre ouverte lui apportait l'exhalaison
des fleurs et les chants du rossignol. Minuit venait
de sonner, et il était encore absorbé dans Condorcet [1],

---

1. Lecture significative, puisque Condorcet (1743-1794) a composé *L'Esquisse d'un tableau historique des progrès humains*, cen-
tré sur la perfectibilité infinie.

lorsqu'il vit tout à coup Yseult apparaître devant lui comme si elle fût descendue dans un rayon de lune. Il fit un cri et bouleversant sa table, sa lumière et ses livres, il la saisit dans ses bras et la tint longtemps serrée contre sa poitrine. Oh mon cher, mon noble ami, lui dit-elle, je vous remercie d'avoir tenu votre promesse et d'être venu ici tous les jours. Nous avons encore longtemps à nous aimer ainsi, car mon père est plein de santé. Mais l'avenir est à nous, Pierre. Il est devant moi comme les jouissances du ciel après les aspirations de la vie. Je me conserverai digne d'y entrer avec vous, et sans appeler par des vœux impies la fin d'une épreuve que le devoir filial m'empêche de haïr, je sens que chaque jour me rapproche de vous.

J'ai travaillé à vous mériter, dit Pierre. Je crois qu'à présent je serai moins ignorant, moins indigne de causer avec vous. J'ai réfléchi aussi sur la vie réelle et sur celle qui me convient. J'ai fait vœu de pauvreté, Yseult, mais s'il était vrai que vous pussiez me conserver votre amour durant de longues années, j'aurais du moins pendant ce temps-là fait mon possible pour mériter le bonheur d'occuper ma pensée. Mais comment êtes-vous ici ? Par quel miracle m'êtes-vous rendue ? Hélas ! dit Yseult, c'est une chose si étrange, si douloureuse et si délicate, que je ne sais comment vous la dire. Cependant je sens qu'il faut ici s'élever au-dessus des scrupules d'une vaine pudeur, et se répéter sans cesse qu'il n'y a dans ce monde-ci qu'une existence morale et chaste pour les femmes, c'est celle de sœur de charité.

En parlant ainsi, elle remit à Pierre le billet suivant.

« Yseult, je sais que je fais une chose insensée, inouïe, criminelle peut-être en vous invoquant dans la position où je me trouve. Je sais que cela blesse toutes

les convenances, et que la pudeur d'une jeune fille
devrait la mettre à l'abri des importunités d'une
femme perdue et désolée. Mais à qui aurai-je recours
si ce n'est à vous ? À qui me fier si ce n'est à la seule
femme discrète, généreuse et grande que je connaisse ?
Écoutez, Yseult, vous pouvez me repousser et m'abandonner, ce sera mon arrêt de mort, car le désespoir est
en moi, et une goutte de fiel de plus dans le calice que
je bois chaque jour doit le faire déborder. Yseult, ô
mon amie, ce que je vais écrire, vous ne le lirez qu'en
rougissant. Dans huit jours tout au plus je serai mère.
J'ai réussi à vous cacher ma position, et quand j'ai vu
que cela n'était plus possible, je me suis enfuie, je suis
venue me réfugier au fond de la Sologne, sous un prétexte dont votre père n'a pas été dupe, je crains bien.
J'ai agi du reste avec tant de précaution qu'il n'y a
pas ici un seul être qui soupçonne mon secret. Mais
voyez mon malheur ! Je comptais trouver ici ma vieille
nourrice, une femme prudente et aveuglément dévouée.
Elle m'aurait assistée à mon heure fatale, elle m'aurait aidée à cacher mon enfant. Elle est morte ! Je n'ai
plus que vous au monde pour la remplacer, Yseult ! le
voudrez-vous ? Et si vous le voulez, le pourrez-vous ?
Oh que Dieu vous inspire et prenne pitié de moi.

                                              Joséphine »

    J'ai reçu cette lettre, dit Yseult, à Montrevel, une
terre que mon père possède à quarante lieues d'ici et
où nous devons passer le printemps ; rappelé à Paris
par une affaire politique, mon père allait repartir pour
revenir presque aussitôt. Je l'ai prié de me laisser à
Montrevel pendant sa courte absence et j'en ai profité

pour venir ici en poste. Je ne pense pas pouvoir assister Joséphine personnellement. Je ne saurais attendre le moment incertain de sa délivrance. Mais j'ai pensé à vous. Je me suis dit que vous trouveriez une femme sûre pour remplacer celle que Joséphine a perdue. J'irai voir mon infortunée cousine, je tâcherai de lui donner du courage. Vous vous occuperez de placer l'enfant chez une bonne nourrice, et quand ces dispositions seront prises, c'est-à-dire dans vingt-quatre heures, je repartirai pour Montrevel. Mon père ne pourra pas ignorer que je suis venue ici. Je lui dirai la vérité. Joséphine m'y autorisera, ce que mon père ne m'eût pas permis d'entreprendre, il l'approuvera quand je l'aurai fait. Et c'est ainsi qu'il faut forcer les meilleures âmes, quand il n'y a aucun moyen de faire autrement.

DOSSIER

Extraits du *Livre du compagnonnage* d'Agricol Perdiguier

Le légendaire des Compagnons et la diversité de leurs Sociétés

« Le compagnonnage reconnaît trois fondateurs principaux ; il forme plusieurs Devoirs et les divise en un grand nombre de Sociétés. Les tailleurs de pierre, *Compagnons étrangers*, dits *les loups*, les menuisiers et les serruriers du Devoir de liberté, dits *les Gavots*, reconnaissent Salomon : ils disent que ce roi, pour la récompense de leurs travaux, leur donna un Devoir, et les unit fraternellement dans l'enceinte du Temple, œuvre de leurs mains. Les tailleurs de pierre, *Compagnons passants* dits les *loups-Garoux* [*sic*], les menuisiers et les serruriers du Devoir, dits les *Dévorants*, prétendent aussi être sortis du Temple : Maître Jacques, fameux conducteur de travaux dans cet édifice, les aurait fondés. Les charpentiers, *Compagnons passants* ou *Drilles*, se donnent les mêmes origines que les précédents ; ils seraient donc sortis du Temple ; et le Père Soubise, savant dans la charpenterie, serait leur fondateur.

Les Sociétés que je viens de nommer ont servi de prétexte à la naissance d'une infinité d'autres Sociétés. Le compagnonnage s'est accru. *Les Enfants de Salomon*, divisés d'abord en trois corps, en forment quatre aujourd'hui. Des charpentiers s'étant dits dans le principe des *Renards de liberté*, puis *Compagnons de liberté*, ont voulu se mettre à côté d'eux. *Les Enfants de Maître Jacques*, qui ne formaient eux aussi que trois corps, se sont donné volontairement des auxiliaires. Les menuisiers ont reçu les tourneurs, et les serruriers ont reçu les vitriers. D'autres adjonctions ont été faites. Les taillandiers, les tanneurs, les corroyeurs, les blanchers, les chaudronniers, les fondeurs, les ferblantiers, les couteliers, les bourreliers, les selliers, les cloutiers, les tondeurs, les vanniers, les doleurs, les chapeliers, les sabotiers, les cordiers, les tisserands, les boulangers, les uns, loyalement, les autres par fraude sont tous devenus *Enfants de Maître Jacques*. Ce serait se tromper étrangement que de croire que j'ai voulu faire une satire contre les anciens enfants de ce fondateur, en mentionnant tant de corps qui se sont introduits parmi eux. J'avoue que j'estime autant un honnête boulanger et un honnête cordonnier qu'un menuisier et un tailleur de pierre, quand ils sont honnêtes aussi. *Les Enfants du Père Soubise* se composaient d'un seul corps d'état ; ils en embrassent trois à présent : les charpentiers ont reçu les couvreurs et les plâtriers.

De nos jours, donc, comme on peut le voir, le compagnonnage se compose de presque tous les corps d'état[1]. »

Chansons de Compagnons

Nous citons deux chansons, l'une composée par Agricol Perdiguier, « Le Partant amoureux », l'autre qui est un chant satirique dirigé contre les Gavots. Dans son roman, George Sand se réfère à la seconde.

LE PARTANT AMOUREUX

      Romance, Air : « Reviens dans la patrie »

      En Compagnon fidèle,
      En pur et tendre amant,

---

1. *Le Livre du compagnonnage, op. cit.*, p. 159-161.

Au devoir, à ma belle
Je demeure constant (*bis*).

Entends au loin, ô ma fidèle amante,
Les chants joyeux qui frappent les échos,
Ils sont poussés par une troupe ardente
De Compagnons, d'intrépides Gavots.
Quand le printemps verdit le bocage,
Quand la route orne son sein de fleurs,
Sur les chemins, sur les mers, sur les plages,
Vont s'agitant de nombreux voyageurs.

En Compagnon fidèle...

À ces seuls mots *voyageurs* et *voyage*,
Je vois tes traits qui s'altèrent soudain ;
Des pleurs brûlants coulent sur ton visage,
Et des soupirs soulèvent ton beau sein.
Reprends courage, ô mon unique amie,
Aux Compagnons, j'obéis sans débats,
Mais loin d'ici, puis-je chérir la vie ?
Mais puis-je vivre au lieu où tu n'es pas ?

En Compagnon fidèle...

Dans les cités ou dans un lieu sauvage,
Dans un tumulte ou seul, sombre et rêveur
Je croirai voir ta séduisante image
Et ta puissance agira sur mon cœur.
Le sentiment que ton regard m'inspire,
Cet amour pur, brûlant, délicieux,
Qui me plongeait dans le plus doux délire,
Règne à jamais sur mon cœur amoureux.

En Compagnon fidèle...

Mais entends-tu cette voix éclatante,
Puissante voix d'un digne compagnon ?
Elle me dit de quitter mon amante,
De me soumettre aux lois de Salomon.

Ô toi Lisa, dont l'âme est si pure,
Sèche tes pleurs, calme ton désespoir.
En amant vrai, je le dis, je le jure,
Je reviendrai, Lise, Lise, au revoir[1].

En Compagnon fidèle…

CHANSON SATIRIQUE DES DÉVORANTS

Chers Compagnons honnêtes,
Le printemps vient de naître :
Le Rouleur nous a dit
Qu'il nous fallait partir.
J'entends le bruit des cannes,
Le Rouleur marche à grands pas ;
La conduite générale
Ne l'entendez-vous pas ? (*bis*)

Que la terre est charmante !
L'on rit, l'on boit, l'on chante ;
Que les arbres sont beaux
Portant leurs fruits nouveaux !
Les rivières sont calmes,
Les prairies sont tout vert [*sic*]
Il y a de la différence
Du printemps à l'hiver (*bis*).

Que diraient ces fillettes
Là-haut dans leurs chambrettes
Qui pleurent leurs amants
Qui s'en vont battre aux champs,
Descendant sur le Rhône,
Sur ce coulant Ruisseau
S'en vont droit à Marseille
Enchaîner les Gavots (*bis*).

Gavot abominable,
Mille fois détestable,

---

1. *Le Livre du compagnonnage*, *op. cit.*, p. 76.

Pour toi quelle pitié
De te voir enchaîné !
Il vaudrait mieux te rendre
Chez notre mère à Lyon ;
Là on saurait entendre
Le devoir d'un Compagnon (*bis*).

Chers Compagnons honnêtes,
Votre loi est parfaite ;
Vous irez dans les Cieux
Comme les bienheureux ;
Et les Gavots infâmes
Iront dans les Enfers
Brûler dedans les flammes
Comme des Lucifers (*bis*).

On dit que je suis fière
Je ne dis pas le contraire.
Je n'ai que trois amants.
Je les rends tous contents.
Au Gavot la grimace,
À l'aspirant les yeux doux,
Au Dévorant je déclare
Qu'il sera mon époux[1] (*bis*).

1. *Le Livre du compagnonnage, op. cit.*, p. 193-195.

George Sand, « Dialogues familiers sur la poésie des prolétaires »

Avec Pierre Leroux et Louis Viardot, George Sand fonda la Revue indépendante, *dont le premier numéro parut en novembre 1841. C'est dans cette revue qu'elle publiera son roman* Horace *(1841) et, en deux livraisons, ses* Dialogues familiers sur la poésie des prolétaires *(janvier 1842 ; septembre 1842). Ils sont écrits dans la continuité des thèses défendues dans* Le Compagnon du Tour de France. *Nous en donnons ici un extrait.*

« Je vous soutiendrai [...] que la régénération de l'intelligence est virtuellement dans le peuple et que les efforts encore très incomplets de cette intelligence pour se manifester sont le signal d'une vie nouvelle que l'on peut prophétiser à coup sûr ; vie nouvelle qui n'éclora pas dans les classes moyennes parce qu'elles ont accompli leur tâche et qu'elles touchent à la fin de leur mission. Il est donc certain que le génie du peuple s'éveille, tandis que celui des classes aisées va s'éteignant chaque jour. La vie du cœur étant finie chez ces dernières (en tant qu'elles résistent à la loi de la fraternité), cette vie de l'intelligence qu'elles prétendent conserver isolée de celle du sentiment n'est que la vie d'un cadavre embaumé et paré pour la tombe. La vie de sensation, long-temps étouffée et comprimée dans le peuple par la loi de résignation chrétienne, s'est éveillée. Le peuple veut de l'ai-sance, du bien-être, une sorte de luxe, des satisfactions d'amour-propre. Eh ! de quel droit ceux qui disputent si avidement ces avantages à la noblesse durant plusieurs siècles voudraient-ils empêcher le peuple d'y aspirer à son tour ? Avec la vie de sensations, la vie de sentiments s'est éveillée aussi dans cette race qui pousse comme une forêt vierge. Et quelle admirable puissance commence à prendre cette vie du cœur ! Il sera bien facile de vous le démontrer. Enfin de la manifestation de ces deux vies dans le peuple doit naître la vie de l'intelligence. Et ces facultés toutes neuves accompliront leur destinée puissante, ainsi qu'il est écrit au livre éternel qui garde toujours dans les archives, sous le limon et sous la cendre de la décomposition transitoire, les germes et l'étincelle de l'éternelle recomposition. Ainsi, quand nous nous reverrons, je vous soutiendrai ces deux propositions abominables 1°) que la rénovation de l'être humain est prête à s'opérer, et que c'est par le peuple qu'elle s'opérera dans toutes les classes de la société devenues *unité sociale* 2°) que c'est le devoir du peuple d'y travailler, et le devoir de toutes les autres classes de l'y pousser, fût-ce au prix d'une infinité de douleurs et de quelques suicides de plus [1]. »

---

1. George Sand, *Revue indépendante*, septembre 1842.

Lettres de George Sand

Nous avons retenu, pour compléter ce dossier, deux lettres publiées par Georges Lubin dans son édition de la Correspondance *de George Sand*[1]. *Elles éclairent la genèse du roman, son idéologie et même sa poétique. Nous avons conservé la ponctuation telle qu'elle avait été restituée par l'éditeur.*

« À AGRICOL PERDIGUIER

Paris, 20 août 1840

J'ai reçu votre lettre, Monsieur, avec bien de la joie. Je suis vivement touchée de tout ce que vous me racontez de votre heureux voyage et je ne doute pas qu'il ne porte ses fruits. C'est dans le peuple, et dans la classe ouvrière surtout qu'est l'avenir du monde. Vous en avez la foi et moi aussi ; nous serons donc bien toujours d'accord sur tout ce que vous tenterez pour hâter l'enfantement de la vérité et de la justice, ces deux divinités jumelles que la sainte plèbe porte dans son sein. Je ne me fais pas illusion sur les obstacles, les peines et les dangers de l'entreprise, mais enfin il est né des libérateurs, ils ne manquent déjà point de disciples généreux et intelligents. Avec le temps, la masse sortira de l'aveuglement et de l'ignorance grossière où les classes, dites *éclairées*, l'ont tenue enchaînée depuis le commencement des siècles. Déjà les puissances qui la dominent sont forcées, pour ne

---

1. Voir *Correspondance*, Classiques Garnier, 1969, t. V.

pas se couvrir d'odieux et de ridicule, de donner raison et force au principe de civilisation et de progrès. Ce n'est pas de la meilleure grâce du monde qu'elles cèdent, mais enfin la théorie s'impose à l'esprit du siècle. Et c'est au peuple de mériter par sa sagesse et sa supériorité morale qu'elle passe dans la pratique. Faites bien sentir à ceux qui vous écoutent, que si un grand crime (le crime d'avoir tenu le peuple dans la servitude et l'abaissement) pèse sur les classes riches, le peuple a aussi à se reprocher de n'avoir pas toujours marché dans la bonne voie pour en sortir. Le moment est venu de tout voir, de tout comprendre et de tout sentir. Quand le peuple donnera l'exemple de la fusion de ses intérêts individuels en un seul intérêt, exemple admirable qu'il a déjà donné sur plusieurs points de la France, croyez-moi, le peuple bien fort et bien grand. C'est lui qui sera le maître du monde, l'initiateur à la civilisation, le nouveau messie. Il donnera un victorieux démenti aux déclamations antisociales qui nous inondent et un terrible soufflet à la fausse science, et à la vaine sagesse de nos économistes et de nos législateurs, les scribes et les pharisiens du temps présent. Allez, persévérez, ayez bon courage. Vous trouverez peut-être des populations, au milieu desquelles vous prophétiserez dans le désert, mais partout je vous en réponds, vous trouverez de nobles cœurs et d'ardentes sympathies qui donneront la force à votre âme, et qui ne laisseront pas tomber vos idées et vos paroles dans l'oubli.

J'ai déjà vu votre femme ; elle m'a apporté la première lettre qu'elle avait reçue de vous. Je lui ai écrit hier en lui envoyant celle que vous m'avez adressée et en la priant de venir me voir. Je l'attends demain. Je compte lui donner tout l'ouvrage d'aiguille qu'il y aura dans ma petite maison. Ce sera de quoi l'occuper pendant la morte saison, et cela me procurera le plaisir de la voir plus souvent. Elle est fort aimable et fort intéressante, et je crois que vous aurez toujours du bonheur de ce côté-là.

J'ai reçu aussi les melons que vous avez eu l'obligeance de m'envoyer. Ils sont arrivés en bon état et ils étaient excellents. Nous vous remercions de cette aimable attention, et nous conservons la graine précieusement, pour acclimater cette belle espèce dans notre Berry. J'ai fait ces jours-ci un petit voyage, et n'ai pas vu mes amis depuis ce temps. Ils seront bien sensibles à votre souvenir et M. Chopin à qui j'en ai fait part, vous en remercie cordialement.

Je suis très occupée d'un roman qui est plus d'à moitié fait, et qui sera lu, j'espère, un peu sur le Tour de France. C'est votre livre qui me l'a inspiré, et s'il y a quelque poésie et quelque bon principe, l'honneur vous en revient. Je compte sur vous pour m'aider dans les corrections car j'aurai pu faire quelques inexactitudes sur les usages du compagnonnage. Je compte aussi, si vous le permettez, publier une notice sur vous et sur votre livre. Il faut que ce qu'on appelle les gens du monde sachent qu'il y a de plus grandes idées et de plus grands sentiments dans les ateliers que dans les salons.

Quant à ce que j'ai fait pour faciliter votre voyage, c'est si peu de chose que ce n'est pas la peine d'en parler. J'y ai été aidée d'ailleurs par deux personnes d'un cœur généreux et d'un esprit vraiment porté à la justice, qui, sans vous connaître et avant d'avoir lu votre livre se sont empressées de seconder vos efforts, rien qu'en apprenant ce que vous aviez entrepris. Achevez donc avec persévérance votre pèlerinage et comptez sur moi en toute occasion. Agréez l'assurance de mon estime et de mes sentiments dévoués.

George Sand. »

« Au Docteur Ange Guépin

Paris, vers le 20 septembre 1840

Je vous serai très reconnaissante, monsieur, si vous voulez bien me donner les renseignements que vous m'indiquez, relativement à la réunion des Compagnons de 1820. Je n'ai pas la prétention d'être un jour aussi utile que vous me le dites par politesse, mais j'ai celle d'avoir été moins nuisible que vous ne pensez, en ne cherchant à détruire que des choses menteuses et impies, le faux amour, la fausse piété, le *faux mariage*, la fausse vertu, etc. Pierre Leroux dont vous semblez reconnaître la haute sagesse, ne juge pas comme vous sur mon œuvre. Il ne me faut pas moins que la sympathie d'un homme tel que lui, pour me consoler d'avoir encouru le blâme d'un esprit tel que le vôtre ; mais je me flatte encore que vous n'avez pas lu les livres dont vous me parlez, et je vous conseille de ne pas les lire, car ils ont le tort inexcusable d'être fort ennuyeux.

Quoi qu'il en soit du passé, dont je vous ferai très bon marché littéralement parlant, je désire que le présent effarouche moins votre respectable intolérance, et je répondrai avec confiance aux questions que vous avez la confiance de m'adresser. Je ne sais faire que des romans, et c'est un roman encore que je fais. Un compagnon menuisier en est le héros ; c'est vous dire que je ne suis pas sortie des idées, des sentiments et des convictions sous l'empire desquels j'écrivis plusieurs romans dont la tendance démocratique m'a été assez reprochée par le *beau monde*. De plus en plus attachée à Pierre Leroux, et de plus en plus éclairée par ses croyances, peut-être ma préoccupation en ce sens est-elle devenue plus assidue, mais elle a toujours été vive, et je n'ai d'autres garanties à vous offrir pour vous en convaincre que les preuves que j'en ai données dans un bon nombre de pages, et l'intérêt bienveillant que mon noble ami accorde au croquis que je trace maintenant.

Je crois que vous pouvez donc sans méfiance aucune, me fournir tous les documents possibles sur la vie et les actes qui sont à votre connaissance. Le roman que j'écris est presque fini, mais il n'est que le frontispice d'un recueil plus étendu et qui paraîtra en plusieurs séries (toujours sous forme de roman), et marquant une succession de sentiments et d'idées chez le prolétaire. Je n'ai eu ici pour guide que le petit livre d'*Agricol Perdiguier* sur le compagnonnage, et j'y ai trouvé assez de poésie forte et vraie, assez de vues droites, et d'assez généreux sentiments pour défrayer deux volumes d'imagination. Cet homme respectable à tous égards, m'a quelquefois parlé des cloutiers de Nantes et d'une association modèle qui, grâce à vous, existerait parmi eux. Leroux m'a parlé de vous, monsieur, comme vous le méritez, et je suis certaine que vous pouvez m'apprendre beaucoup de choses dont j'essayerai de faire bon usage. Ce que Perdiguier qui est encore assez jeune, n'a pu m'apprendre, c'est l'histoire des tentatives faites par les ouvriers pour s'éclairer et se moraliser sous la forme *des Devoirs* ou *Sociétés*, durant les années écoulées depuis l'empire jusqu'à présent. Par exemple, j'ignore jusqu'à quel point les idées émises par lui dans son livre, et répandues encore un peu plus aujourd'hui par la mission qu'il s'est imposée de parcourir la France et de tenter de nouveau la réunion des divers *Devoirs*, j'ignore, dis-je, jusqu'à quel point ces idées sont anciennes parmi les ouvriers et il m'importe beaucoup de le savoir. D'une part, l'éditeur me presse de finir mon premier roman ; de l'autre, je ne voudrais pas abuser de votre extrême obligeance. Il me semble donc, monsieur, que vous pourriez en quelques pages résumer pour moi l'histoire de la *morale sociale* chez les ouvriers, sous la Restauration et dans les premières années du règne *glorieux* que nous subissons aujourd'hui. Ce serait me donner la certitude que je n'ai point rêvé, en attribuant à mon héros une intelligence et une vertu, que beaucoup de lecteurs déclareront impossible ou invraisemblable. Je m'inquiète fort peu des jugements portés sur moi en haine des idées que j'exprime, mais j'ai trop l'amour de la vérité pour vouloir, même à bonne intention, farder la vérité. On peut idéaliser, je crois, une réalité dont la grandeur ne s'est présentée à nous que sous des formes vulgaires ; c'est le rôle de ce qu'on appelle la poésie. Mais la poésie n'a pas le droit de filer sa toile dans le vide. Il lui faut quelque branche où

s'attacher. En traçant le personnage que j'ai dans l'âme maintenant j'ai procédé un peu au hasard et n'écoutant qu'un instinct secret. Le peu de lignes que vous m'écrivez sur cette
réunion de 1820, me prouve que je n'ai pas été égarée par une
fantaisie d'artiste, et qu'il a pu exister dès lors un homme tel
que je l'ai conçu.

Agréez, monsieur, l'expression de ma bien vive gratitude
pour l'aide que vous m'offrez, et celle de ma haute considération.

George Sand. »

Chronologie

1804 *(1ᵉʳ juillet)* : Naissance, à Paris, d'Amandine Aurore Lucile Dupin, fille de Maurice Dupin — petit-fils du maréchal de Saxe — et de Sophie Victoire Delaborde, d'origine modeste.

1808 : Mort, à Nohant, de Maurice, victime d'un accident de cheval.

1818-1820 : Aurore, dont l'éducation a été confiée à sa grand-mère Mme Dupin de Francueil, entre en pension au couvent des Dames anglaises, où elle apprend l'anglais et l'italien.

1821 : Décès de Mme Dupin de Francueil.

1822 *(17 septembre)* : Aurore Dupin épouse Casimir Dudevant.

1823 *(30 juin)* : Naissance de Maurice Dudevant, qui sera connu sous le nom de Maurice Sand.

1825 *(juillet-août)* : Les Dudevant font un séjour à Cauterets (Hautes-Pyrénées) au cours duquel Aurore fait la connaissance d'Aurélien de Sèze, avec qui elle noue une idylle platonique.

1827 : Aurore devient la maîtresse de Stéphane Ajasson de Grandsagne, jeune savant dont certains traits se retrouvent dans le Sténio de *Lélia*.

1828 *(13 septembre)* : Naissance de Solange Dudevant.

1829 *(octobre)* : Rédaction d'un roman qui ne sera pas publié, *La Marraine*.

1830 *(30 juillet)* : Aurore Dudevant rencontre Jules Sandeau qui devient son amant.

1831 : Au début de l'année, elle quitte Nohant pour Paris et, au mois de *juillet*, s'installe avec Jules Sandeau dans un petit appartement au 25, quai Saint-Michel. Tous deux écrivent en collaboration un roman, *Rose et Blanche*, publié en *décembre* sous la signature de « J. Sand ».

1832 : En *mai* paraît *Indiana*, roman écrit par Aurore Dudevant et signé « G. Sand ». Elle devient immédiatement célèbre. À la fin du mois d'*octobre*, la toute nouvelle romancière s'installe 19, quai Malaquais. En *novembre*, elle publie *Valentine*. En *décembre*, elle signe un contrat avec François Buloz, le directeur de *La Revue des Deux Mondes*.

1833 : Le début de l'année voit la fin de la liaison avec Jules Sandeau. George Sand, qui a connu une brève aventure avec Prosper Mérimée, écrit et publie *Lélia*. En *juin*, rencontre avec Alfred de Musset qui devient son amant le mois suivant. Tous deux partent pour l'Italie en *décembre*.

1834 : À Venise, maladie grave de Musset. La romancière fait la connaissance du docteur Pagello qui soigne Musset et dont elle devient la maîtresse. Le *29 mars*, Musset quitte Venise, accompagné à Mestre par George Sand qui, jusqu'au *5 avril*, voyage avec Pagello. Le *14 août*, Sand revient à Paris avec celui-ci. Pagello repart en *octobre*. George Sand renoue avec Musset. *20 septembre* : publication de *Jacques*.

1835 *(6 mars)* : George Sand rompt avec Musset, en partant brusquement pour Nohant. Le *9 avril*, elle rencontre Michel de Bourges, avocat républicain, et leurs relations deviennent rapidement très intimes. Publication d'*André* et de *Leone Leoni*. Le *17 novembre*, Sand rencontre Pierre Leroux.

1836 : Le procès engagé entre George Sand et son mari s'achève en *juillet* devant la cour de Bourges. La séparation est prononcée, suivie d'un arrangement entre les deux époux. À la fin du mois d'*août*, Sand part avec ses enfants pour la Suisse où elle rejoint Liszt et Marie d'Agoult. Elle revient à Nohant le *13 octobre*. Le *31 décembre*, publication des premiers volumes des *Œuvres complètes* de George Sand (édition Bonnaire).

1837 : En *février et mars* paraissent les deux volumes des *Lettres d'un voyageur*. En *juin*, fin de la liaison orageuse avec Michel de Bourges. En *août*, *La Revue des Deux Mondes* commence à publier *Les Maîtres mosaïstes* ; *Mauprat* est édité en librairie ; le *19*, la mère de George Sand meurt.

1838 : En *juin*, début de la liaison avec Chopin : elle durera neuf ans ; en *novembre*, les amants partent pour Majorque où ils résident jusqu'au 13 février 1839.

1839 : En *février* paraissent *Spiridion* et *L'Uscoque*. En *septembre*, deuxième édition, remaniée et accrue, de *Lélia*.

1840 : En *janvier* : *Gabriel*, roman dialogué que Balzac admirait ; en *mai* la romancière rencontre Agricol Perdi-guier, dit Avignonnais-la-Vertu, qui a publié en 1839 *Le Livre du compagnonnage*. En *décembre*, *Le Compagnon du Tour de France* est annoncé par la Bibliographie de la France.

1841 : Publication de *Pauline*. Au début du mois de *novembre* paraît le premier numéro de la *Revue indépendante* dont Pierre Leroux, Viardot et George Sand assurent la direction. *Horace* y est publié avant d'être édité en librairie en 1842. Cette œuvre, à bien des égards, annonce *L'Éducation sentimentale*.

1842 : En *janvier*, édition d'*Un hiver à Majorque* qui relate le séjour avec Chopin, de septembre 1838 à février 1839. En *février*, la *Revue indépendante* commence à publier *Consuelo*, la publication se poursuivra jusqu'en mars 1843, relayée par celle de *La Comtesse de Rudolstadt* (juin 1843-février 1844).

1844 : *Jeanne* suscite l'enthousiasme d'Henri de Latouche. Ce roman est à l'articulation de deux cycles, celui des romans socialistes et celui des romans champêtres qu'il semble inaugurer.

1845 : *Le Meunier d'Angibault*. Des romans sandiens, il est probablement celui qui s'apparente le plus à une utopie. En *octobre*, début de la publication du *Péché de Monsieur Antoine* dans *L'Époque*. Cette œuvre clôt le cycle des romans socialistes. Tout autant que *Le Compagnon du Tour de France*, ce livre met en cause le libéralisme, et peut-être aussi l'industrialisme saint-simonien.

1846 : *Teverino, La Mare au diable.*

1847 : Dispute violente entre George Sand et sa fille. Fin de la liaison avec Chopin qui a pris le parti de Solange *(juillet)*. Publication de *Lucrezia Floriani* et *François le Champi*. Sand commence la rédaction d'*Histoire de ma vie*.

1848 : Après la révolution de Février, George Sand collabore au *Bulletin de la République*, fonde *La Cause du peuple*, participe à la vie politique. Déçue, elle quitte Paris le *17 mai* : la journée du 15 mai a été marquée par l'invasion de l'Assemblée nationale ; il s'en est suivi une violente répression, avec l'arrestation de Barbès et de Blanqui. George Sand se réfugie à Nohant jusqu'en décembre 1849.

1849 : *La Petite Fadette*.

1850 : Début de la liaison avec le graveur Alexandre Manceau.

1851-1853 : Dans la période qui suit immédiatement le coup d'État, Sand intervient pour défendre ses amis républicains. Publication en 1851 du *Château des Désertes*.

1853 : En *février* et en *juillet* paraissent respectivement *Mont-Revêche*, puis *Les Maîtres sonneurs*.

1854 : Parution en *mai*, dans *Le Siècle*, d'*Adriani*. En *octobre*, le journal *La Presse* commence à publier *Histoire de ma vie* en feuilleton.

1857 : Publication de *La Daniella* en *mai* ; en *juin*, Sand et Manceau font leur premier séjour à Gargilesse, dans l'Indre.

1858 *(mars)* : *Les Beaux Messieurs de Bois-Doré*. Sand, qui a renoué avec la *Revue des Deux Mondes*, y publie *L'Homme de neige*, un roman historique, de *juin à septembre*.

1859 : *Elle et Lui*, dans *La Revue des Deux Mondes (15 janvier-1ᵉʳ mars)*, évoque les rapports entre Sand et Musset. Le frère du poète, Paul de Musset, fait part de son indignation en publiant *Lui et Elle* dans *Le Magasin de librairie*.

1860 : *Jean de la Roche* et *Constance Verrier*.

1861 : Parution du *Marquis de Villemer*, de *La Ville noire*, de *La Famille Germendre*. George Sand fait un séjour dans le Var, qui lui inspire le roman *Tamaris* qui paraîtra en 1862.

1863 : Séjour à Chambéry ; rencontre avec Buloz, rédacteur en chef de la *Revue des Deux Mondes*, près du lac du Bourget ; publication de *Mademoiselle de la Quintinie*, roman violemment anticlérical.

1864 : Sand et Manceau s'installent à Palaiseau.

1865 : Mort de Manceau, le *21 août*. Parution de *Laura ou le Voyage dans le cristal*.

1866 : Sand effectue deux séjours à Croisset, auprès de Flaubert, et se lie avec Charles Marchal.

1867 : *Le Dernier Amour*.

1868 : *Mademoiselle Merquem* et *Cadio*.

1869 *(décembre)* : Flaubert fait un bref séjour à Nohant.

1870 : *Malgrétout*.

1871 : Mort de Casimir Dudevant.

1872 : Publication de *Nanon*, roman qui semble une reprise de *Mauprat* à la lumière des événements qui ont déchiré le pays (guerre de 1870, puis la Commune).

1873 : Séjour de Flaubert et de Tourgueniev à Nohant.

1874 : *Ma sœur Jeanne*.

1876 : *La Tour de Percemont*. George Sand meurt à Nohant le *8 juin*.

Bibliographie

Éditions du Compagnon du Tour de France

Le Compagnon du Tour de France, Perrotin, 1841, 2 vol.

Le Compagnon du Tour de France, Œuvres de George Sand, nouvelle édition revue par l'auteur et accompagnée de morceaux inédits, Perrotin, t. XII, 1843.

Le Compagnon du Tour de France, Œuvres illustrées de Sand, dessins de Tony Johannot [et Maurice Sand], préfaces et notices nouvelles par l'auteur, Hetzel, t. I, 1852.

Le Compagnon du Tour de France, Éditions d'aujourd'hui, 1976, présentation par G. Lubin, reprise en offset de l'édition de 1843.

Le Compagnon du Tour de France, Presses universitaires de Grenoble, 1988, présentation et notes par René Bourgeois.

Autres œuvres de George Sand

Correspondance, éd. Georges Lubin, Classiques Garnier, t. IV, 1968 ; t. V, 1969. Ces deux tomes couvrent la période mai 1837-décembre 1842.

Histoire de ma vie dans *Œuvres autobiographiques*, éd. G. Lubin, Gallimard, Bibliothèque de la Pléiade, t. I, 1970 ; t. II, 1971 et Le Livre de Poche, nº 16116 (éd. Brigitte Diaz), 2004.

Questions d'art et de littérature, Calmann-Lévy, 1878.

Questions politiques et sociales, Calmann-Lévy, 1879.

Ouvrages du XIXᵉ siècle autres que ceux de George Sand

Perdiguier, Agricol, *Le Livre du compagnonnage*, chez l'auteur, 1839.

Leroux, Pierre, *Réfutation de l'éclectisme* (1839), Genève, Slatkine, 1978.

—, *De l'humanité* (1840), Corpus des œuvres de philosophie de langue française, Fayard, 1985.

Ouvrages sur George Sand

Barry, Joseph, *George Sand ou le Scandale de la liberté*, Éd. du Seuil, « Points », 1982.

Bordas, Éric (sous la direction d'), *George Sand. Écritures et représentations*, Cazaubon, Eurédit, 2004.

Briquet, Jean, *Agricol Perdiguier, Compagnon du Tour de France et représentant du peuple* (1955), Éditions de la Butte-aux-Cailles, 1981. Voir le chapitre II de la IIIᵉ partie, « Agricol Perdiguier et G. Sand ».

Didier, Béatrice, *George Sand écrivain, « un grand fleuve d'Amérique »*, PUF, coll. « Écrivains », 1998.

Goldin, Jeanne (éd.), *George Sand et l'écriture du roman*, Actes du XIᵉ colloque international George Sand, Montréal, Université de Montréal, Paragraphes, 1996.

Hecquet, Michèle, *Poétique de la parabole. Les Romans socialistes de G. Sand (1840-1845)*, Klincksieck, 1992.

Lacassagne, Jean-Pierre, *Pierre Leroux et George Sand. Une grande amitié*, Klincksieck, 1973.

Laforgue, Pierre, *Corambé : Identité et fiction de soi chez*

George Sand, Klincksieck, « Bibliothèque du XIXe siècle », 2003.

MAUROIS, André, *Lélia ou la Vie de George Sand*, Hachette, 1952, Le Livre de Poche, n° 30139.

MOZET, Nicole, *George Sand, écrivain de romans*, Saint-Cyr-sur-Loire, Christian Pirot, 1997.

NAGINSKI, Isabelle, *George Sand. L'écriture ou la vie*, Honoré Champion, 1999.

REID, Martine, *Signer Sand*, Belin, 2003.

SCHOR, Naomi, *George Sand and Idealism*, New York, Columbia University Press, 1993.

VIERNE, Simone (sous la direction de), *George Sand*, éditions CDU et SEDES, 1981.

Articles sur George Sand *et* Le Compagnon du Tour de France

BOUVIER-AJAM, Maurice, « George Sand et le compagnonnage », *Europe*, n° 587, mars 1978.

CZYBA, Lucette, « La femme et le prolétaire dans *Le Compagnon du Tour de France* », in Simone Vierne, *op. cit.*

LACASSAGNE, Jean-Pierre, « George Sand utopiste ? », *idem*.

LANE, Brigitte, « George Sand, ethnographe et utopiste », *Revue des sciences humaines*, n° 226, 1992.

NOGINSKI, Isabelle, « George Sand et le réalisme prophétique », in Éric Bordas, *op. cit.*

REBOUL, Pierre, « Intrigue et socialisme dans *Le Compagnon du Tour de France* », *Romantisme*, n° 16, 1977.

VIERNE, Simone, « Instruire sans détruire », *Europe*, *op. cit.*

ZUFFI, Nerema, « Les débuts de la *Revue indépendante* et la polémique sur la poésie prolétarienne », in *George Sand et son temps*, Genève, Slatkine, 1993, t. III.

Table

Achevé d'imprimer en octobre 2009 en Allemagne sur Presse Offset
par GGP Media GmbH
Pößneck
Dépôt légal 1re publication : septembre 2004
Édition 02 – octobre 2009
LIBRAIRIE GÉNÉRALE FRANÇAISE – 31, rue de Fleurus – 75278 Paris Cedex 06

30/0124/5